PEARL S. BUCK

STOLZES HERZ

ROMAN

PAUL ZSOLNAY VERLAG
WIEN · HAMBURG

Berechtigte Übersetzung aus dem Amerikanischen
von Richard Hoffmann

Titel der amerikanischen Ausgabe: This Proud Heart.

Umschlag und Einband: Maria Blazejovsky
Fotosatz: Mohndruck, Gütersloh
Druck und Bindung: May & Co., Darmstadt
Printed in Germany
ISBN 3-552-03736-5

CIP-Kurztitelaufnahme der Deutschen Bibliothek
Buck, Pearl S.:
Stolzes Herz: Roman / Pearl S. Buck.
[Berecht. Übers. aus d. Amerikan.
von Richard Hoffmann]. –
Wien; Hamburg: Zsolnay, 1985.
Einheitssacht.: This proud heart «dt.»
ISBN 3-552-03736-5

1

»Susan Gaylord wird heiraten.« Sie hörte die Worte so deutlich, als hätte eine Stimme sie gesprochen, als spräche sie ein jeglich Ding: die Bäume ringsum, der Vogel in der Ulme, nicht fern von der Stelle, wo sie und Mark miteinander in Tramp's Woods standen. Eine kleine frühe Frühlingsgrille zirpte sie schrill. Und Marks Stimme – schlicht und tief – fragte demütig: »Susan, willst du – könntest du mich heiraten?«

Sie hatte gar wohl gewußt, daß dies Tag und Stunde waren, die Mark sich vorgenommen. Bei diesem Mann gab es keine Überraschungen, bei diesem Mann, den sie seit der Zeit kannte, da er als Junge zur fünften Klasse getrottet war. Durch alle die Schuljahre waren sie einander Gefährten gewesen – sie immer fröhlich, und er hochgewachsen und scheu, aufmerksam vom Rand der Schar sie mit dem Blick verfolgend. Vom ersten Tag an hatte sie gewußt, daß er ein Auge auf sie geworfen hatte.

»Ich will heiraten«, sagte sie und warf den Kopf zurück, »und ich will dich heiraten.« Er zitterte. Sie konnte fühlen, wie seine großen Hände auf ihren Schultern zitterten. Nun war es vorbei. Sie wollte heiraten. Sie hatte beschlossen, daß von allen Dingen, die sie wünschte, der Wunsch zu heiraten an erster Stelle komme – dieser eine Wunsch.

Jetzt zog er sie an sich. Sie fühlte den unvertrauten Druck seines harten, eckigen Körpers. Sie war nicht klein, ja nicht einmal so zart, wie Mädchen es zumeist sind. Doch im Vergleich mit ihm fühlte sie sich verkleinert, und sie freute sich dieses Absonderlichen, ohne daß es sie erschüttert hätte, obwohl er sie nun leidenschaftlich, innig küßte.

»Seit jenem ersten Tag in der fünften Klasse war dies meine Sehnsucht«, sagte er.

»Du hast mich doch nicht einmal bei Gesellschaftsspielen geküßt«, rief sie lachend.

»Ich verabscheue solches Geküsse«, sagte er kurz. »Küssen muß etwas Richtiges sein.« Schweigend und fest hielt er sie einen Augenblick an sich gedrückt.

»Ich weiß«, flüsterte sie.

So standen sie in langem Schweigen. Sie lehnte sich an ihn, und ihre Unrast war verschwunden. Schwer war es ihr gefallen, zu wissen, was sie eigentlich tun wollte. Vor langer Zeit hatte im Englischunterricht der alte Professor Kincaid zu ihr gesagt: »Susan, Sie können schreiben, wenn Sie wollen.« Doch dann hatte ihr Vater sie nach New York geführt, und dort hatten sie ein Theaterstück gesehen, und da wollte sie Schauspielerin werden. Durch Jahre hatte sie das Gefühl, auf einer Bühne zu spielen und eine Person darzustellen, die sie nicht war. Sie konnte ein jeder sein, jeder, der sie sein wollte. Aber dann waren auch ihre Hände da. Sie wollte mit ihren Händen etwas werden. Sie liebte es, in den Händen Stoff zu haben, aus dem man etwas schaffen konnte – greifbareren Stoff als Musik, obwohl ihr Vater sie Musik hatte studieren lassen. Sie war ruhelos und wußte nicht recht, was ihre Hände tun sollten, denn ihr gefiel alles. Sie wünschte alles.

Und da entschloß sie sich, zu heiraten und viele, viele Kinder zu bekommen.

Sie hielt einen Augenblick in ihren Gedanken inne und erinnerte sich an das Gefühl, das sie in den Händen gehabt hatte, als sie in der vorigen Woche die Büste ihrer Schwester Mary machte. Die Hände hatten sich flink und gewandt gefühlt, und in ihrer Freude hatte sie Mary zugerufen: »Jetzt hab' ich dich, Mary! Schau!« Mary kam und schaute, und Susan wartete. Und während sie darauf wartete, daß Mary spreche, daß sie überrascht sage: »Das bin ich, Susan! Es ist herrlich!« streckte Mary die Hände aus und zerquetschte den nassen Ton zu einem Kloß.

»Du hast mich häßlich gemacht«, sagte sie leidenschaftlich. »Das ist abscheulich von dir!« Dann brach sie in Tränen aus und lief davon. Susan, zu entsetzt, um zu sprechen, nahm nun den Ton wieder zur Hand und verwischte jegliche Form, doch die ganze Zeit wußte sie nach dem Gefühl in ihren Händen, daß – mochte es ihrer Schwester Mary behagen oder nicht – das, was sie gemacht hatte, wirklich Mary war. Als sie sich dessen entsann, brannten ihr die Handflächen, und ihre Finger öffneten und schlossen sich.

»Mark!« sagte sie. Sie lehnte sich zurück, um ihn zu mustern.

»Wirst du etwas dagegen haben, wenn ich mich nach unserer Hochzeit ernsthaft mit der Bildhauerei befasse? Natürlich wird es unser Leben nicht stören dürfen.«

»Du sollst immer tun, was du willst«, sagte er. Seine klaren, milden blauen Augen wurden schüchtern. »Ich bin nicht gut genug für dich, Sue«, sagte er. »Das weiß ich. Meine Leute sind – nichts Besonderes. Und auch ich nicht. Und du bist ja nun wirklich das vornehmste Mädchen der Stadt.«

»Ach, Unsinn!« sagte sie entschieden. »Ich bin doch nur die Tochter eines armen Professors!« Plötzlich verlangte es sie, alles auf einmal zu beginnen. Sie küßte ihn wieder, rasch und jäh, und sie lachte und faßte nach seiner Hand.

»Laufen wir!« rief sie, und sie liefen durch Gehölz dem Haus zu.

Ich werde heiraten! dachte sie, und die Verzückung ihrer dahinfliegenden Füße war die Begleitmelodie zu diesen Worten: »Ich werde heiraten!«

»Susan«, sagte Mrs. Gaylord, »mir wäre wohl lieber, wenn du nicht so jung heiratetest. Wenn du heiratest, bist du gebunden.«

»Ich will heiraten«, sagte Susan.

Ihre Mutter antwortete nicht. Sie arbeiteten allein im Nähzimmer und schnitten und probierten das Hochzeitskleid. Seit das Frühstücksgeschirr gewaschen war, saßen sie schon allein hier, und die ganze Zeit wußte Susan, daß die Mutter ihr etwas zu sagen hatte. Das war gewiß etwas Mittelbares, in Form einer Anspielung, denn ihre Mutter hegte Scheu, von der Ehe zu sprechen. Einmal, vor Jahren, als Mark das erstemal zu dem Mädchen auf Besuch gekommen, hatte die Mutter ihr etwas sagen wollen. Susan war um Mitternacht ins Zimmer hinaufgekommen, gerötet von einem Entzücken, das sie nicht verstand, und ihre Mutter wartete in dem Zimmer auf sie, in dem braunen, wollenen Schlafrock, das Haar in kleinen Zöpfen für die morgigen Locken.

»Ich halte es für meine Pflicht, dir etwas zu sagen, Susan«, sagte sie mit kläglichem Blick.

»Was denn, Mutter?« fragte sie, und mit festem Blick sah sie der Mutter in die Augen.

»Weißt du, in deinem Alter –«, sagte die Mutter. Das Mädchen konnte die Schüchternheit der Mutter fühlen, und es wurde ihr heiß, und ihr Herz tat ein paar heftige Schläge.

»Du meinst Mark?« fragte sie steif.

»Ich meine die jungen Männer überhaupt«, sagte die Mutter.

»Du brauchst dir keine Sorgen zu machen, Mutter«, sagte Susan rasch. »Mark und ich – wir verhalten uns schon richtig. Außerdem kann ich selber auf mich aufpassen.«

»Nun schön«, seufzte die Mutter. »Wenn du nur weißt, was ich meine –«

Dann küßte sie Susan sanft, und hellrote Flecke färbten

ihr die Wangen. Im Gehen schleifte der Gürtel ihres Schlafrocks nach, und als sie die Tür schloß, verfing er sich.

»O du meine Güte!« rief sie von draußen.

»Laß mich machen«, antwortete Susan und befreite die Mutter.

An diesem Morgen nun lächelte Susan ein wenig unartig. Auch mit Mark hatte sie am Abend vorher ein wenig gelacht. »Mutter wird es gewiß für ihre Pflicht halten, mir etwas zu sagen, wenn ich ihr mitteile, daß wir wirklich verlobt sind«, hatte sie ihm gesagt.

»Über mich?« fragte er trocken. »Ich kann deinen Vater sehen, wie er die Brauen hochzieht und mich fragt: ›Warum müssen Sie gerade meine Tochter heiraten, junger Mann?‹ Und da wüßte ich bestimmt keine Antwort. Du darfst nicht vergessen, Sue, daß ich seine Vorlesungen über Poetik geschwänzt habe!«

»Ach, daraus macht sich Mutter nichts«, antwortete sie ihm lachend. »Nein, nein, sie wird nur über das Leben mit mir sprechen wollen.«

»Aufklärung und dergleichen?« fragte er feierlich, und sie nickte, und dann lachten sie beide.

»Willst du nicht ein paar kleine Rüschen hinten am Hals?« fragte die Mutter.

»Ich habe sie schon gemacht«, erwiderte Susan.

Nun zog sie die langen Säume der Schleppe durch die surrende Nähmaschine. Dann probierte sie den Rock an.

»Du hast wirklich Sinn für Schick«, sagte die Mutter zögernd. »Du hast so schnell gearbeitet, daß es gar nicht ordentlich sein kann, aber es ist doch ordentlich. Ich verstehe das nicht.«

»Ich fühle in den Fingern, ob etwas richtig ist oder falsch«, sagte Susan.

Ja, sie kannte dieses unerklärliche Gefühl leidenschaftlicher Treue gegenüber einem Plan, den ihr Hirn bereits gefaßt. So erging es ihr in vielen Dingen, am meisten, wenn sie modellierte. Aber es konnte sie auch überkommen, wenn sie einen Saum nähte, wenn sie einen Kuchenteig rührte, wenn sie Blumen in einer Schale anordnete. Immer war es da, dieses Wissen, wie alles aussehen soll und wie es sein soll, schon ein fertiges Gemälde in ihrem Hirn, und die Finger waren flinke, gewandte Sklaven, die dem Geschauten gehorchten. Sie lächelte und fügte hinzu: »Ich sollte doch meinen, daß ich mein eigenes Hochzeitskleid ordentlich nähen werde.«

Sie hätten das Kleid auch kaufen können. Ihr Vater hatte ihr gesagt: »Kauf dir, was du willst, Susan«, und ihr hundert Dollar gegeben. »Das ist das Honorar für mindestens zwanzig Gedichte. Ach Gott, wie nieder wird doch die Poesie bewertet! Aber ich freue mich, daß dein junger Mann in der Grundstückbranche tätig ist und nicht Verse macht!« Ihr Vater trug Literatur an der kleinen Universität im Osten vor, auf deren Grundstück sie wohnten, doch seine eigentliche Arbeit war die Poesie, nur konnte er niemanden davon überzeugen. Doch jeder Dollar, den er mit seiner Dichtkunst verdiente, galt anderen Zwecken als dem Butterbrot, wie er es nannte.

Da nahm sie dankbar die hundert Dollar und hielt sorgfältig Umschau nach einem Hochzeitskleid in allen Läden der Stadt. Je mehr sie Umschau hielt, desto deutlicher formte sich ihr das Bild ihres Kleides, und ein solches konnte sie nicht finden. So mußte sie es machen. Darum kaufte sie viele Yard schweren Atlas, fast weiß, aber nicht stumpf. Dieser Atlas war zwar weiß, aber von einem warmen Weiß. Sie zahlte zehn Dollar für ein ganz kleines Stück feiner Spitze und zehn weitere Dollar für eine Nebelschwade feinen Tülls.

»Brauchen Sie kein Schnittmuster?« fragte der Verkäufer.

»O nein, danke«, sagte sie.

Und nun formte sie den Stoff nach ihrem Körper, und in

irgendeiner tieferen Erfüllung vergaß sie, daß es ihr Hochzeitskleid war. Sie vergaß sogar Mark. Sie schuf etwas. Jedesmal, wenn sie etwas schuf, wurde sie vom Schaffen mitgerissen. Eine Harmonie erfüllte ihr Sein. Nun glättete sie den Atlas an der straffen jungen Hüfte. »Ich muß sagen, es sitzt herrlich«, sagte die Mutter seufzend.

»Bist du müde?« fragte Susan rasch, denn sie hörte den Seufzer.

»Nein«, sagte die Mutter, und sie schloß die Lippen. Es wurde immer heißer unter der niederen Decke des Nähzimmers, und die Mutter schob sich die Brille auf die Stirn und wischte sich mit der weißen Schürze das runde, runzlige Gesicht.

Und da wurde sich Susan im Schweigen dieses Raumes, mitten in der Harmonie ihres Innern eines Mißklangs bewußt. Ja, da war es – wie das Summen einer Wespe, die an die Fensterscheibe stößt. Susan hob den Kopf. Ihre Schwester Mary spielte nebenan eine Sonate – langsam und sorgfältig, und jedesmal verflachte sie die wesentliche Lebhaftigkeit der Weise – verflachte sie langsam und sorgfältig. Susan zögerte einen Augenblick und lauschte, und jedesmal traf diese Flachheit ihr Ohr mit wirklichem Schmerz. Darum legte sie nun den Atlas nieder und schritt rasch zur Tür.

»Was –«, begann die Mutter, aber Susan machte nicht halt. Sie mußte Mary erreichen, sie mußte es, bevor wieder diese flache Stelle kam. Eine Angst erfüllte sie, die körperlich war. Hastig öffnete sie die Tür zum Wohnzimmer.

»Mary«, sagte sie freundlich. Sie sprach immer freundlich zu Mary, die fünf Jahre jünger war. Am Klavier wandte Mary das dunkle Gesichtchen fragend der Schwester zu. Ihre mageren, kleinen, schmalen Hände krümmten sich noch den Tasten entgegen. »Mein liebes Kind, du – warte, ich werde es dir zeigen!« Sanft schob sie Mary auf der Klavierbank zur Seite und begann die Melodie zu spielen – voll und weich. »So – und so – hörst du? Das soll sagen: ›Sei nicht traurig, sei nie mehr traurig – erinnere dich, o erinnere dich aller Freuden, die du jemals erlebt hast!‹ – Und darum ist es Dur, nicht Moll. Siehst du!« Sie spielte es mit Erleichterung, froh, den Schmerz zu lindern, den jener Mißklang ihr bereitet hatte. Sie wiederholte es, sich selbst zu trösten, ließ die Weise anschwellen zur Fülle und vergaß Mary und konnte sich nicht sättigen an dieser Erleichterung.

»So werde ich es nie zustande bringen!« Marys Stimme klang klein und entmutigt ans Ohr der Schwester.

»Natürlich bringst du es zustande«, erwiderte Susan munter.

Nun erhob sie sich von der Klavierbank. »Möchtest du es nicht mir zuliebe versuchen? Ich werde dir zeigen –«

Doch sogleich fühlte sie die Mißstimmung Marys. Schließlich und endlich, Mary war fünfzehn Jahre und sie zwanzig. »Nein, natürlich willst du es lieber für dich allein üben. Und du kannst es, weißt du. Du kommst ja mit deinem Musikstudium prächtig vorwärts.« Voll Eifer strebte sie nun danach, Mary wieder froh zu machen. Sie wollte doch jedermann in ihrer Nähe froh wissen.

»Ich glaube, ich werde jetzt nicht mehr üben«, sagte Mary. Sie schloß das Notenheft. Ihr kleiner roter Mund war fest zusammengepreßt.

»Schon gut, mein Kind«, antwortete Susan lächelnd. »Jetzt muß ich aber schnell zurück zu meiner Näharbeit. Willst du dir mein Kleid nicht anschauen?«

»Ein bißchen später«, sagte Mary. Sie sah Susan nicht an und lächelte auch nicht. Mit beiden Händen strich sie sich das glatte schwarze Haar zurück, dann ging sie langsam aus dem Zimmer.

Susan nahm den Atlas wieder zur Hand.

»Was war denn los?« fragte die Mutter.

»Mary hat falsch gespielt«, sagte Susan.

Ihre Mutter antwortete nicht. Unter der niederen Decke schien die Hitze plötzlich heftig anzusteigen.

»Ich weiß, daß du es nicht böse meinst«, sagte die Mutter nach einem Weilchen. »Aber Mary ist gerade jetzt sehr empfindlich – das gehört zu ihrem Alter. An deiner Stelle würde ich sie wohl nicht so oft zurechtweisen.«

»Aber nein – ich habe sie doch nicht zurechtgewiesen«, antwortete Susan rasch. »Das liegt mir ganz und gar nicht. Aber eine falsche Note ist so furchtbar schwer zu ertragen. So etwas macht mich schauern – mein Mund trocknet aus, und die Handflächen werden feucht. Es ist ja dumm, aber ich kann nichts dagegen tun.«

»Dann geh lieber irgendwohin, wo du es nicht hören kannst«, sagte die Mutter und fuhr nach einem Augenblick fort: »Du neigst ein wenig dazu, dich zu überheben, Susan. Du solltest vorsichtiger sein.«

Susan, getroffen durch den Tadel der Mutter, antwortete nicht.

Oft fühlte sie diese Wolke zwischen sich und anderen aufsteigen, eine kleine Wolke, die sie nicht wahrhaben wollte. Sie hatte die Erfahrung gemacht, daß diese Wolke wieder verschwand, wenn man nicht antwortete und nicht einmal den Versuch machte, eine Erklärung zu geben, so daß die Oberfläche der Ereignisse sich wieder glätten konnte. Und sie mußte Glück um sich haben. Sie konnte in einer Wolke nicht atmen.

»Soll ich jetzt die Sauce machen?« fragte sie.

»Gut, wenn du willst«, erwiderte die Mutter und sagte dann: »Ich weiß nicht, aber du machst jetzt die Sauce schon viel besser als ich.«

Susan beugte sich nieder und küßte ihre Mutter. »Unsinn!« sagte sie fröhlich. Aber die Mutter erwiderte das Lächeln nicht. Oft hätte Susan gerne die Mutter lächeln gesehen. Warum lächelte sie denn nicht, da doch alles so gut war? Aber ach – diese Wolke, die so leicht zwischen ihrer

Mutter und ihr aufstieg! Wenn sie einmal mit Mark verheiratet war, so dachte sie in der Küche, während sie sich eine Schürze umband, dann gab es gewiß keine Wolken mehr. Sie liebte dieses Heim, aber das Heim, das sie ihrem Gatten schaffen wollte, das erst sollte ihr Heim sein, ein Werk ihrer Hände.

»Ich will heiraten«, wiederholte sie leidenschaftlich für sich.

Sie lag in Marks Armen, im Mondschein, unter der schattigen Eiche neben der Vorhalle. Sie hatten sich eine Decke ausgebreitet und beobachteten nun, wie der Mond am Ende der Straße emporstieg. Das Haus war voll von Licht. Die Mutter arbeitete in der Küche, der Vater war im Wohnzimmer mit Korrekturen beschäftigt. Immer wieder und wieder konnten sie ihn stöhnen hören: »O Gott – o lieber Gott!« Da wußte Susan, daß er sich in solchen Augenblicken zurücklehnte, daß er die Lider schloß, ein paar Sekunden regungslos blieb, ehe er weiterarbeiten konnte, gequält von Liebe zu einer Vollendung, die er nie fand. Jetzt war Mary im Wohnzimmer und übte schon wieder. Einen bebenden Augenblick lang setzte sich Susan auf und lauschte.

»Ach, Gott sei Dank!« rief sie lachend.

»Amen! Aber warum?« fragte Mark.

»Mary hat es diesmal richtig gespielt«, sagte sie. Er verstand nicht, was sie meinte, aber was machte das aus? Mary spielte mit stammelnden Fingern, sorgfältig und richtig, und Susan legte sich zurück, erfüllt von einer köstlichen Erleichterung, an der Mark keinerlei Anteil hatte. O wie trostreich und behaglich war etwas Richtiges! Ein Ding zu sehen in seinen richtigen Ausmaßen, was immer es sein mochte, seine Umrisse getreu und sicher und schlicht zu ziehen – das war abgrundtiefe Befriedigung und erleuchtete die ganze Welt. Mark antwortete nicht. Er blickte sie an, und jetzt konnte sie sehen, daß er nicht wußte, was sie gemeint hatte. Sie vermochte es ihm nicht zu sagen, weil es nichts mit ihm zu tun hatte, weil es ein Instinkt war, den sie überhaupt nicht in Worte fassen konnte, und so war sie gezwungen, rasch von etwas anderem zu sprechen.

»Mein Hochzeitskleid ist schon zur Hälfte fertig«, sagte sie.

»O Liebste«, flüsterte er innig. »Es gibt keine zweite gleich dir. Ich kenne kein anderes Mädchen hier in der Stadt, das so etwas könnte!«

»Es ist so unterhaltend, etwas zu machen«, sagte sie.

»Aber du machst alles schön«, sagte er halb verwirrt. »Du spielst und singst, du malst und kochst und modellierst.« Er wartete einen Augenblick, und dann sagte er demütig: »Ich bin nicht gut genug für dich.«

Sie verabscheute solche Demut. Das machte ihn ihr ein wenig abstoßend. Sie wollte nicht einen Mann heiraten, der sich neben ihr klein fühlte. Jetzt mußte sie von etwas anderem sprechen, um dieses Gefühl zu verjagen.

Sie sagte: »Ich möchte deine Büste machen, Mark. Dein Kopf ist schön. Laß sehen!«

Sie setzte sich auf und drehte seinen Kopf ins Mondlicht. Zart und fühlend strich sie mit den Händen über seine Züge. Sie konnte jetzt erkennen, wie die Arbeit begonnen werden mußte: ein fester, stetiger Druck auf den Ton sollte diese tiefe, plastische Krümmung am Grund des Schädels ergeben, ein starker Druck der Daumen die weiten Augenhöhlen. Ein vertrauter, innerster Schmerz erwuchs in ihr. Mondschein und Eichenbaum entglitten ihr. Selbst Mark verblaßte. Nichts anderes war mehr da als dieser ernste, sinnende Kopf in ihren Händen. Voll Sehnsucht dachte sie an den Klumpen nassen Tons, der unter einem feuchten Tuch in dem kleinen Alkoven ihres Zimmers lag. Sie regte sich, dann wurde sie wieder ruhig. Wie lächerlich, vom Liebsten in einer Mondscheinnacht fortgehen zu wollen, um seinen Kopf aus Ton zu formen! So zog sie seinen Kopf an ihre Brust. Das war besser, unendlich besser, dieser warme, wirkliche Kopf an ihrer Brust. Sie mußte sich dessen vergewissern, daß ihr die warme Wirklichkeit aller Dinge nicht entging, daß sie sich dies nicht entgleiten ließ, während sie der Dinge Ebenbild schuf. Licht um Licht erlosch im Hause. Das Klavier verstummte, und die Küche wurde dunkel. Für einen Augenblick traten Vater und Mutter in die Vorhalle.

»He! Ihr beiden taufeuchten Sterblichen!« rief der Vater ins Schattendunkel, in dem sie saßen. Im Mondlicht schimmerte sein Silberhaar so weich, und sein schönes Gesicht war deutlich zu sehen. In diesem Augenblick des Mondscheins war auch die Unzufriedenheit um Mund und Augen nicht zu bemerken.

»Gute Nacht, gute Nacht!« rief Susan freundlich.

»Gute Nacht, Herr Professor!« sagte auch Mark.

»Ich werde ins Bett gejagt«, beklagte sich der Vater. »So treibt es die junge Generation.«

Sie lachten, und Susans Vater verweilte noch einen Augenblick.

»Aber da kann man wohl nichts machen«, murmelte er gähnend.

»Sucht euch eine andere Eiche«, rief Susan.

»Sag, Susan, ist es dir nicht zu feucht?« rief die Mutter. »Ihr könnt doch im Wohnzimmer sitzen l«

»Ach, laß, gehen wir zu Bett, Jenny«, sagte Susans Vater und zog seine Frau fort.

Und nun wurde das Haus still und dunkel. Susan lag mit dem Kopf an Marks Schulter und träumte.

»Woran denkst du?« fragte er endlich.

»An alles«, sagte sie. »Nein, nicht eigentlich denken – fühlen und sehen.«

»Was siehst du?«

Einen Augenblick hielt sie ihr Hirn im Zaum und sah ihn

an, um ihm zu sagen, was sie sah. Da waren hundert Bilder – das kleine Haus, in dem sie leben sollten, blaue Vorhänge, ein Tisch mit einem erlesenen Mahl, das sie bereitet hatte, gesunde kleine Kinder mit ihren Augen und Marks Mund, der Kopf Marks in Ton, vollendet, genau so, wie sie ihn haben wollte, sie selbst als Gastgeberin, Freundinnen, die sich in ihrem Haus froh und behaglich fühlten, und jenseits von alldem – darüber hinaus, gleich hellen, sich ballenden Wolken, vom Sonnenschein beleuchtet, die Jahre der Zukunft.

Sie sagte: »Ich will die beste Gattin der Welt werden – die beste Mutter. Ich will eine Menge schöner Dinge schaffen – in Stein und Bronze, dauernde Dinge. Ich will die Welt sehen und die Menschen – es gibt nichts, was ich nicht tun will.«

Er schwieg einen Augenblick.

»Wenn das nicht du wärest«, sagte er, »würde ich dich für verrückt halten. Aber du bist ganz anders als alle anderen Menschen.« Nach einer Weile fügte er hinzu: »Du wirst immer tun, was du willst. Ich wollte, ich wüßte das von mir auch nur halb so genau.«

Sie fühlte den leichten Schatten einer Wolke über dem Mond. »Ich will nichts als dich«, flüsterte sie rasch. Im Dunkel griff sie mit der Hand nach seinem Kopf, strich langsam über sein Haar, seine Ohren, seinen Hals und sein Kinn, und vergaß . . . Morgen wollte sie zeitig aufstehen und Marks Büste beginnen . . .

»Liebste«, flüsterte er, und seine Lippen strebten ihrer Hand entgegen.

»Liebster«, erwiderte sie und berührte seine Lippen mit Fingern, die so feinfühlig waren wie die Finger eines Blinden. Ja, sie mußte sich für den morgigen Tag des Schwunges seiner Lippen erinnern. Bei diesem Gedanken setzte sie sich unruhig auf.

»Was ist denn?« fragte Mark überrascht. Ohne es zu wissen, war sie mühsam aufgestanden. Entsetzt ertappte sie sich dabei.

»Ich weiß nicht – nichts!« stammelte sie und sank wieder an seine Seite.

»Du bist ein komisches Mädel«, sagte er. »Gerade wenn ich nett zu dir sein will, springst du auf und willst fort!«

Sie entsann sich nun, daß er etwas gesagt hatte. Sie schämte sich und war ein wenig verschreckt.

»Oh, ich liebe dich! Ich liebe dich!« flüsterte sie, durch die eigene Stimme sich Zwang auferlegend.

Aber er war abgekühlt. Seine Arme, um sie gelegt, zögerten.

»Manchmal kommst du mir vor wie jemand, den ich gar nicht kenne«, sagte er.

»Ach nein, Mark!« widersprach sie. Was wollte diese Wolke in einer so herrlichen Nacht? »Du mußt mich immer lieben!« beschwor sie ihn, und sie zog seinen Kopf herab, bis seine Lippen auf den ihren lagen.

»Aber natürlich!« versprach er dumpf.

»Liebe mich! Liebe mich!« beharrte sie. »Ich gehöre dir – einzig dir!« Sie drängte sich an ihn. Vor allem andern wollte sie die Seine sein. Kein zweiter Wunsch in ihr reichte so tief. »Heiraten wir bald!« flüsterte sie. »Nicht im Juni, sondern schon im nächsten Monat!« Er zog sie an sich und hielt sie fest, verwirrt durch solche Sprunghaftigkeit, erregt von seinen Wünschen.

»Warum nicht?« fragte er. »Morgen will ich um eine Gehaltserhöhung bitten.«

Sie klammerten sich aneinander, allein in der Nacht, die Erde warm unter ihnen, die Eiche zu ihren Häupten schattendunkel. Er sprang als erster auf.

»Jetzt muß ich gehen«, rief er, »es ist spät.«

»Ja«, sagte sie unsicher. Einen Augenblick blieb sie liegen und sah ihn an.

»Susan, steh auf«, flüsterte er, und sie stand auf und

strich sich das Haar zurück. Sie hatte wissen wollen, sie hatte sich überzeugen wollen, ob sie alles andere als Mark zu vergessen imstande sei. Und jetzt wußte sie es.

Sie schritten zum Gartentor. Der Mond stand hoch, und das Licht schien so hell, daß sie einander rasch küßten, damit man sie nicht von anderen Häusern der Straße sehe, aus Fenstern oder von Terrassen, auf denen so spät noch der eine oder der andere im Schaukelstuhl sitzen mochte. Mark kletterte über den Zaun und lächelte sie an. »Auf morgen«, sagte er. »Auf morgen«, antwortete sie. So stand sie in einer Art Triumph und blickte ihm nach und sah ihn entschreiten und seine Gestalt kleiner werden. Ihn begehrte sie mehr denn alles andere auf Erden.

... Und als sie ihm so nachblickte, fühlte sie, wie ein Wille an ihr zerrte. Noch eine kleine Weile wartete sie, bis Mark an der Krümmung der Straße sich umwandte, ihr zuwinkte und verschwunden war. Wie ein abgeschossener Pfeil flog sie nun ins Haus und die Treppe hinauf in ihr Zimmer. Es war noch nicht so spät, kaum Mitternacht. Leise schloß sie die Tür und ging sogleich zu dem Klumpen weichen Tons im Alkoven, dann drehte sie die kleine Lampe an und schlüpfte in ihr Arbeitskleid. Sie zitterte vor Glück. Jetzt! Jetzt konnte sie es schaffen. Sie nahm eine Handvoll Ton und dann noch eine Kleinigkeit dazu. Das mußte genügen. Sie begann die Büste genau so zu formen, wie sie sie im Geist gesehen hatte, zuerst nur roh, in breiten, großzügigen Linien. Sie arbeitete stundenlang, und ein- oder zweimal sang sie dabei halblaut vor sich hin: »Oh, das wird eitel Herrlichkeit! Herrlichkeit! Herrlichkeit!« Aber sie wußte nicht, was sie sang. Sie war so vollkommen glücklich, allein im Hause, allein auf Erden. Sie schuf etwas Richtiges. Es ähnelte ihm schon. Nun stellte sie die Arbeit auf den Holzblock, den sie als Sockel verwendete, und trat zurück.

Nachdem jetzt die Umrisse geschaffen waren, konnte sie bis morgen warten. Doch halt, nein – zuerst wollte sie den

Mund noch ausarbeiten, solange sich ihre Fingerspitzen seiner Lippen so lebhaft erinnerten. Und so griff sie und gestaltete, aufgegangen in seinen Lippen. Jetzt – jetzt – das war es! Oh, die herrliche Befriedigung, etwas richtig zu machen! Sie trat zurück und hielt das Licht hoch, und das war Marks Mund! Sie hatte seinen Mund geschaffen!

Sie seufzte, wie man bei einer Erfüllung seufzt. Mark hatte den Augenblick ihres Beisammenseins unterbrochen, ihr aber war diese tiefere, einsame Erfüllung geworden. Jetzt konnte sie schlafen. Sie war entspannt. Taumelnd vor Ermüdung ging sie ins Badezimmer und wusch sich, halb im Schlaf. Zehn Minuten später schlief sie schon, traumlos, in tiefster Ruhe.

»Aber ich verstehe nicht, warum du die Hochzeit so beschleunigen willst!« sagte die Mutter verwirrt beim Frühstück. Susan war es gewohnt, diese Wolke der Verwirrung auf dem hübschen, verblaßten Gesicht der Mutter zu sehen; doch wenn sie sie nicht sah, vergaß sie das immer in irgendeinem eifrigen Wunsch, der ihr am Herzen lag. Tanzend war sie ins Speisezimmer gekommen, und wie ein Lied hatte sie gesungen: »Mark und ich, wir heiraten schon im nächsten Monat!« Und sogleich lag die Wolke auf dem Gesicht der Mutter.

»Das Eheleben dauert ohnedies so lange«, sagte die Mutter.

»Hört! Hört!« murmelte der Vater, während er seine Grapefruit anbohrte.

»Bist du nicht meiner Ansicht, Vater?« fragte die Mutter nun.

»Ganz gewiß, aber diesmal geht es mich nichts an«, erwiderte er.

»Du bist nur so kurze Zeit, ach, so kurze Zeit ein junges Mädchen«, klagte die Mutter. »Dann ist es mit deiner Freiheit vorbei.«

»Mark und ich glauben, daß wir nach der Hochzeit freier

sein werden als jetzt«, sagte sie. »Jetzt hole ich die Eier.«

»Nun, du tust ohnedies, was du willst«, seufzte ihre Mutter.

»Aber um Gottes willen, wie können wir mit allem fertig werden?«

»Ich kann es«, sagte Susan.

Mary, deren große schwarze Augen feierlich glänzten, blickte schweigend wie immer von dem einen Gesicht zum anderen. War sie mit der Mutter allein, plauderte sie freimütig über persönliche Kleinigkeiten, niemals aber vor ihrem Vater oder vor Susan. Sie sollte Susans einzige Brautjungfer sein, und Susan hatte den Eindruck, als wäre das jüngere Mädchen sowohl geschmeichelt wie auch zurückhaltend.

Susan, die den Blick ihrer Schwester auffing, blieb in der Küchentür stehen.

»Jetzt kommt dein Kleid dran, Mabs«, sagte sie munter. »Oh, ich sehe es schon vor mir, pfirsichfarbene Schleierwolken unter einem großen Hut!« Mary lächelte schmerzlich, als vermöchte sie ganz und gar nicht, sich ihr kleines dunkles Gesicht zwischen pfirsichfarbenen Schleierwolken und einem großen Hut vorzustellen. Überließ man ihr die Wahl, so kleidete sie sich kummervoll möglichst schlicht und steif, verzweifelnd über die eigene Häßlichkeit. Einmal hatte sie der Schwester schon gesagt, daß sie in pfirsichfarbenen Schleierwolken aussehen werde wie eine Dörrpflaume. »Ach, du Dumme«, hatte Susan lachend gerufen. »Mit deinen Augen!« Mary sagte jetzt nichts, doch schnupfte sie ein wenig auf.

»Wo hast du dein Taschentuch?« rief ihr der Vater zu, von der Zeitung aufblickend.

Sie fuhr zusammen. Der Vater hörte oft gar nicht zu und überfiel einen dann plötzlich. Außerdem hatte sie gar kein Taschentuch. Als Susan nun die Eier hereintrug, schob sie im Vorbeigehen der Schwester ein frisches kleines Taschentuch in den Halsausschnitt und lächelte.

»Nimm dein Taschentuch, liebes Kind«, sagte die Mutter zerstreut. Sie schaute durchs Fenster. »Da kommt Mark!« sagte sie plötzlich. »Am Ende ist gar etwas passiert, weil er uns so früh besucht.«

Aber Susan hatte ihn schon gewahrt. Sie stand nun an der Haustür.

»Ich habe deine Büste angefangen«, rief sie atemlos. »Willst du sie sehen?«

»Ich muß mich beeilen«, antwortete er. »Schnell – küß mich, Sue! Ich habe die ganze Zeit über unsere Hochzeit nachgedacht. Angenommen, ich bekomme die Erhöhung nicht?«

»Ach, lassen wir uns nicht beirren und machen wir, was wir uns vorgenommen haben«, sagte sie fest. »Weißt du was – verlange die Erhöhung gar nicht! Mir ist ein Einfall gekommen. Mrs. Fontane möchte einen Amor für ihren Garten, und ich habe ihr schon gesagt, daß ich ihr einen machen werde. Dafür will ich hundertfünfzig Dollar verlangen.«

»Hundertfünfzig Dollar!« sagte er. »Das ist eine Menge Geld! Ich verdiene im Monat nicht so viel. Das ist mehr, als ich mit einer Gehaltserhöhung erzielen könnte.«

»Und so werden wir heiraten«, sagte sie lockend.

Er zögerte, während er ihr in die klaren dunklen Augen blickte.

»Ich möchte aber doch nicht gerne dein Geld nehmen«, sagte er.

»Ach, wie dumm!« rief sie geringschätzig. »Wir teilen doch auch alles andere, nicht wahr?«

»Du bist so verteufelt hübsch«, flüsterte er. In einer raschen Umarmung hob er sie empor. »Na also! Jetzt muß ich laufen.«

Er war fort. Und da erinnerte sie sich, daß er vergessen

hatte, die Büste anzuschauen. Aber das war nicht wichtig. Sie konnte noch ein wenig daran arbeiten und verbessern. Nun tanzte sie ins Speisezimmer zurück.

»Es ist alles abgemacht«, sagte sie, während sie reichlich von den Eiern nahm.

»Mit der Dichtkunst kann man heutzutage nicht viel anfangen«, sagte der Vater kummervoll. Er las gerade die Stellenangebote in der Zeitung. »Hilfsarbeiter gesucht. Leute für Stallarbeiten, Chauffeure, Heizer, Gärtnergehilfen. Ah – da wäre ja eine Stellung für einen ausgedörrten Poeten. ›Ehepaar gesucht, die Frau zum Kochen, Flicken und zur allgemeinen Hilfe im Haushalt.‹ Was meinst du, Jenny, mein Kind?« Er zog die schönen, buschigen schwarzen Augenbrauen hoch und sah seine Gattin an.

Sie aber schenkte ihm keine Beachtung. Vor Jahren hatte sie sich den Kopf darüber zerbrochen, warum er alle Zeitungsankündigungen so ernsthaft studierte, aber jetzt wußte sie, daß dieser Ernst nichts bedeutet hatte, nicht mehr als seine Späße. Sie kannte den Unterschied zwischen Ernst und Scherz bei ihm nicht und kümmerte sich weder um das eine noch um das andere.

»Du brauchst deine Dichtkunst für mich nicht anzustrengen«, sagte Susan ruhig. »Wir sind mit allem versorgt.« Nach dem Frühstück, sobald sie das Geschirr gewaschen hatte, wollte sie zu Mrs. Fontane schauen und fragen, ob sie den Amor noch immer wünschte.

Der Vater sprang nun vom Sessel auf. »Also los mit der Hochzeit!« rief er, während er Susan in die Höhe zog.

Wie toll tanzten sie einen Augenblick durch die weite Feierlichkeit der Blicke Marys, die in ihren Toast biß.

Mrs. Gaylord schenkte sich die dritte Schale Kaffee ein, während sich ihre Lippen zerstreut bewegten. Sie flüsterte etwas vor sich hin. Susan machte halt.

»Was hast du gesagt, Mams?« fragte sie.

Mrs. Gaylord blickte erschrocken auf.

»Ich dachte gerade daran, daß die Spule Seide zu Ende gegangen ist«, sagte sie. »Wir brauchen zwei Spulen von der weißen.«

»Nach dem Frühstück werde ich sie holen«, sagte Susan.

»Ja, jetzt muß ich gehen«, sagte der Vater. »In der Sechsten warten fünfzig junge Poeten auf mich – o du lieber Herrgott! Manche davon sind sogar noch schlechter, als dein Mark war. Aber trotzdem – vergessen habe ich ihn nicht. Es war mir wirklich ein Vergnügen, diesen jungen Mann durchfallen zu lassen.«

»Ich weiß, daß er sich sehr bemüht hat«, sagte Susan entrüstet. »Mark gibt sich immer jegliche Mühe.«

»Was hat das damit zu tun?« fragte ihr Vater. Krampfhaft suchte er nun in seinen Taschen. »Wo ist mein Rotstift?« fragte er erregt. »Ein Unterricht in dieser Klasse ist ja ganz sinnlos, wenn ich meinen Rotstift verloren habe!«

Susan stand auf und durchsuchte ihm nun die Taschen.

»Mark ist doch nicht schuld daran, wenn er in der Poetik nicht gut war«, sagte sie ungestüm. »Du darfst es ihm nicht vorwerfen, Papa! Da hast du ja den Bleistift! In der Westentasche!«

»Gott sei Dank!« rief der Vater inbrünstig. »Jetzt bin ich wieder ich selber! Natürlich mache ich ihm daraus keinen Vorwurf. Wahrscheinlich wird er, gerade weil er kein Poet ist, ein besserer Ehemann werden. Ich behaupte nur, daß Sich-Mühe-Geben keinerlei Beziehung zur Dichtkunst hat. Die ist wie eine Quelle in der Seele. Ist sie da, strömt sie, und sie kann nicht strömen, wenn sie nicht da ist. Gott befohlen, Sue.« Er küßte sie auf die Wange und ging fort.

Sobald er fortgegangen war, stand Mary langsam auf, griff nach ihrem Schulranzen und trat schweigend vor die Mutter, die sie kritisch musterte und ihr das schmale schwarze Haarband zurechtschob. Susan blieb, einen Stoß Teller in Händen, stehen und hauchte einen Kuß auf den Nacken der jüngeren Schwester.

»Heute abend werde ich schon etwas für dich zum Probieren haben«, versprach sie.

»Schön«, sagte Mary. Ihre Stimme war klar und tonlos.

Als Susan beim Abwaschen mit Windeseile das Geschirr ins heiße, schäumende Wasser hielt, dachte sie zärtlich an die kleine Schwester. Vielleicht konnten sie Freundinnen werden, wenn Mary einmal älter wurde. Mädchen von fünfzehn Jahren sind immer scheu. Wie schön wollte sie Marys Kleid machen, und Mary konnte es dann zu Gesellschaften tragen – Kaskaden von Schleierwolken, die von den Schultern abwärts fielen, um die knochigen, dünnen Arme zu verhüllen, eine Spitzenkrause am Hals, um die Farbe des Kleides zu dämpfen, die sonst von der fahlen Haut zu warm abstach. Munter nahm sie sich vor, daß Mary, die nun groß wurde, sich hübscher kleide. Sie wollte ihr einen kleinen Atlasumhang für den Abend machen, sobald sie nach der Heirat Zeit dazu fand. Es lagen so viel schöne Aufgaben vor ihr, und sie hatte so viel Zeit vor sich – ein ganzes Leben lang. In ihrer Familie war noch niemand jung gestorben. Die Ahnen verhießen ihr ein ebenso langes Leben. Alles konnte sie leisten, und alles vollkommen und vollendet leisten. Friede war in ihr. »Oh – das wird eitel Herrlichkeit!« sang sie halblaut vor sich hin, während sie sich die Hände abtrocknete. Für einen Augenblick jagte sie hinauf, um sich die Büste Marks anzusehen. Nachdem sie das nasse Tuch zur Seite gezogen hatte, stand sie davor, und sie fühlte, wie ihre Hände sich danach ausstreckten. Geschäftig modellierte sie ein paar Minuten, fast schuldbewußt, dann verhüllte sie die Arbeit wieder, wusch sich die Hände, nahm Hut und Mantel und stieg die Treppe hinab. Sie steckte den Kopf ins Wohnzimmer, in dem die Mutter Staub wischte.

»Jetzt geh' ich die Seide kaufen«, sagte sie.

»Du meine Güte!« rief Mrs. Gaylord. »Bist du mit dem Geschirrwaschen schon fertig?«

»Glauben Sie denn, daß Sie das machen können?« fragte Mrs. Fontane zweifelnd. »Ich möchte meinen Garten nicht gerne verunstaltet haben.«

»Sie brauchen die Arbeit ja nicht zu übernehmen, wenn sie Ihnen nicht gefällt«, sagte Susan, »aber ich weiß, daß ich das machen kann.«

»Hundertfünfzig Dollar ist eine Menge Geld für ein junges Mädchen«, sagte Mrs. Fontane, aber sie lächelte.

»Wenn Sie es für zuviel halten – aber wissen Sie, ich wollte nicht einen gewöhnlichen Amor machen«, antwortete Susan hastig. »Ich stelle mir vor, daß er am Rand des Teiches kniet, um sein Spiegelbild zu betrachten, und die kleinen Fittiche flattern, wissen Sie, und Bogen und Köcher gleiten ihm von der Schulter. Er kniet auf einem alten Baumstumpf, und auf seiner Schulter sitzt ein Schmetterling.«

»Na schön«, sagte Mrs. Fontane. »Wenn es mir gefällt, soll es mir um das Geld nicht leid tun.«

Mrs. Fontane gehörte zu den Sommergästen, zu den reichen fröhlichen Leuten, die alte Häuser und Bauernhöfe kauften und für einen oder zwei Sommermonate ganze Vermögen ausgaben.

»Also, gehen Sie an die Arbeit, mein hübsches Kind«, sagte Mrs. Fontane lächelnd. »Ich bin wohl ganz verrückt, denn ich gehöre doch zu den wenigen Leuten, die es sich leisten könnten, eine wirklich anständige Arbeit von David Barnes zu kaufen. Aber es wäre ein Spaß, wenn Sie etwas machen könnten, was mir gefällt.«

»Sie dürfen es gar nicht nehmen, wenn es Ihnen nicht gefällt«, sagte Susan verstockt. Sie zwang ihre Stimme zur Ruhe und ihre Knie zur Festigkeit, obwohl sie im Innersten bebte. »Auf Wiedersehen, Mrs. Fontane.« Sie streckte die Hand aus. »Vielen schönen Dank!«

»Auf Wiedersehen, mein Kind!« sagte Mrs. Fontane. »Sie meinen also in einem Monat?«

»Spätestens in einem Monat«, sagte Susan. »Dann muß es erst gegossen werden, wissen Sie. Ich muß es fortsenden.«

»Ich hätte es gerne, solange die Schwertlilien noch blühen«, sagte Mrs. Fontane.

»Sie werden es haben«, sagte Susan. Natürlich konnte sie es schaffen. Sie hatte immer alles zustande gebracht, was sie sich vorgenommen.

Als der weißhaarige Butler die Tür hinter ihr geschlossen hatte, lief sie die Straße hinab und summte halblaut vor sich hin: »Oh, das wird eitel Herrlichkeit!«

Wie sah ein kleiner nackter Knabe denn aus? Sie wollte zu Lucille Palmer gehen und Tommy anschauen. Jetzt wurde er gewiß gerade gebadet, und so konnte sie wieder sehen, wie ein Knabenkörper stämmig dasteht und wie die Knie –

Rasch schritt sie zu dem kleinen Bungalow, in dem Lucille wohnte. Sie und Lucille waren in der höheren Schule Kameradinnen gewesen, sie aber hatte die Universität bezogen, und Lucille hatte Hal Palmer geheiratet, der ebenfalls ihr Studiengefährte gewesen war, und schon im nächsten Jahr kam Tommy zur Welt. Hal Palmer war in Bakers Schuhladen angestellt. Wenn sie dort eintrat, war er immer sehr freundlich. »Es ist geradezu ein Vergnügen, Ihnen ein Paar Schuhe zu verkaufen«, sagte er jedesmal. »Sie haben ein gutes Mittelmaß, und doch hat Ihr Fuß Stil. Die meisten Frauen haben irgendeinen Fehler an den Füßen.« Dann hielt er ihren kräftigen, hübschen Fuß in der Handfläche und bewunderte ihn. »Was für ein herrlicher Rist«, murmelte er immer wieder.

»Oh, Lucille«, rief sie jetzt in der offenen Tür des kleinen Bungalows. Das Frühstücksgeschirr stand im Speisezimmer noch immer auf dem Tisch.

»Hallo!« antwortete Lucilles Stimme. »Ich bin im Badezimmer.«

Susan ging ins Badezimmer. Dort fand sie Lucille, der das zerzauste lange Blondhaar über den Rücken fiel, während sie den nassen, schlüpfrigen Tommy bändigte.

»Er hat sich gerade entschlossen, wieder in die Wanne zurückzugehen«, jammerte sie, »und er ist so kräftig, daß man ihn nicht festhalten kann.«

In düsterem Schweigen entrann Tommy und begann wieder in die Wanne zu klettern. Susan hob ihn lachend auf und hielt ihn hoch empor. Ernst blickte er auf sie hinab wie ein fliegender Cherub, und dann lächelte er. Dutzende von Eindrücken zogen ihr dabei durch den Sinn – sein Kopf, seine Augen, der Schimmer seines gelben Haars, der warme, runde, feste Körper, die rundlichen Schultern und die sternförmig ausgebreiteten Hände, die lang ausgestreckten kräftigen Beinchen. Jetzt stellte sie ihn auf den Boden. Er hatte die Badewanne vergessen und stand da wie ein Lämmchen und sah sie mit großen Augen an, während sie ihn abtrocknete und ankleidete.

»Oh, Tommy, wie schön!« rief sie lachend. »Ich verstehe nicht, Lucille, wie du überhaupt etwas anderes tun kannst als den ganzen Tag mit ihm spielen. Ich möchte Dutzende solche.«

»Das ist ja ganz schön, wenn man sie nur gelegentlich einmal sieht«, klagte Lucille. »Aber wenn du sie die ganze Zeit um dich hast, Susan, wirst du sie schon lästig finden. Sie nehmen keinerlei Rücksicht auf einen.«

Lächelnd hörte Susan zu, blickte in Tommys große blaue Augen und glaubte den ungeduldigen Worten Lucilles nicht. Sie wollte es schon zustande bringen! Bei ihren Kindern durfte es keine Schwierigkeiten geben.

»Ich muß ihn jetzt füttern«, sagte Lucille. »Dann hoffe ich zu Gott, daß er schlafen wird – aber wahrscheinlich wird er es nicht.«

»Ich bin nur aufeinen Sprung hergekommen«, sagte Susan. »Ich wollte ihn sehen.«

»Kommst du nachmittag in den Bridgeklub?« fragte Lucille.

»Wir sind heute bei Trina.«

Munter schüttelte Susan den Kopf. »Ich habe zu tun«, sagte sie.

»Mark und ich wollen früher heiraten.«

»Nein, wirklich?« rief Lucille. »Seit wann?«

»Seit gestern abend«, sagte Susan.

»Das macht der Vollmond«, neckte Lucille. »Ach, du lieber Gott, ich weiß, was der Mond anrichten kann. Hal machte mir in einer Mondnacht seinen Heiratsantrag, und ich sagte ja, obwohl ich zwei Stunden vorher noch gar nicht im klaren war. So geht es eben, und dann sitzt man drin.«

»Ich sitze nicht drin«, sagte Susan. Sie lachte. »Ich will ja heiraten.«

»Das überlebt sich«, sagte Lucille, während sie sich das Haar aufsteckte.

»Nein, bei mir nicht!« rief Susan. Sie schritt schon durch die winzige Hall. »Auf Wiedersehen, Lucille!«

Doch als sie in das kleine Speisezimmer trat, machte sie halt und warf einen Blick auf den Tisch. Das alte, qualvolle Verlangen, Schönheit und Ordnung zu schaffen, regte sich in ihr. Ja, sie wollte Lucille ein wenig helfen – und außerdem waren schmutzige Schüsseln so häßlich! Rasch nahm sie das Geschirr, eilte leise in die Küche, drehte den Wasserhahn an, wusch das Geschirr und stellte es fort. Es war ja so wenig – und wie lächerlich von Lucille, es nicht gleich fortzuschaffen! Wieder schritt sie auf Zehenspitzen durch das Speisezimmer, wo sie den Tisch abwischte und eine kleine Vase mit künstlichen Blumen darauf stellte. Künstliche Blumen! Lucille sollte sich doch schämen! Wenn schon nichts anderes – am Ende der Straße, dort, wo der Wald begann, wuchsen ja Feldblumen. Nun stahl sie sich auf die Straße und ging schwingenden Schrittes heim, mit einem Lächeln, die Gestalt Tommys noch warm in den Händen.

Gleich wollte sie in ihr Zimmer hinaufeilen und die rohen Umrisse modellieren, jetzt, am Vormittag, und der Nachmittag galt dann dem Nähen.

Ihre Mutter wischte im Speisezimmer Staub.

»Schon zurück?« rief sie.

»Ja«, rief Susan. »Hier ist die Seide.«

Oben in ihrem Zimmer, neben Marks Büste, schuf sie in groben Umrissen die Gestalt eines kleinen, stämmigen knienden Knaben. Wie schön mußte es sein, später die Lokken und die Grübchen und die kleinen sternförmigen Händchen auszuarbeiten – und auch Marks Büste – übrigens sollte dieses Kind ein wenig Mark ähnlich sehen – ein kleines bronzenes Söhnchen Marks, das im Teich sein Spiegelbild betrachtete. Eines Tages wollte sie in ihrem Garten für ihren kleinen Sohn einen kleinen Teich anlegen, damit er dort kniee und sein Spiegelbild betrachte. Leise begann sie vor sich hin zu summen: »Oh, das wird eitel Herrlichkeit – Herrlichkeit –« Sie sollte heiraten.

Sie heirateten. Mauern, die zwischen ihr und Mark bestanden, wurden fortgewälzt durch gesungene und gesprochene Worte, durch ihre eigene bebend-feste Zustimmung, durch Marks bleiche, ernste Bejahung. Sie streckte die Hand nach dem Ring aus, die Luft um sie und Mark wurde Musik. und dann machten sie kehrt und schritten durch den Mittelgang zurück. Sie waren vermählt.

»Ich hatte schon Angst, du würdest ohnmächtig werden«, flüsterte sie vor der Kirchentür, kurz bevor die Leute seufzten und lächelten und sich zum Fortgehen wandten. Warum mußten die Menschen wohl bei Hochzeiten ihre Freude mit Seufzern mengen?

»Mir war ganz schwindelig«, sagte er. »Ich hatte das Gefühl, als wäre ich ein anderer.«

Sie waren durch so lange Zeit an jene Mauern gewöhnt,

daß sie nun, da diese Mauern fort waren, da sie verschwunden waren wie Nebelschwaden nach der Morgenröte – Nebelschwaden, die ihnen jetzt gestatteten, einander zu sehen –, neue, eigene Mauern der Scheu aufrichteten. Sie waren wie in einem Traum von unwirklichen Dingen befangen gewesen, während diese Mauern zur Seite geschoben wurden durch Worte, durch Zurufe, durch grölendes Lachen, durch Geplauder und Glückwünsche. Immer wieder und wieder sagte man ihnen: »Hoffentlich werdet ihr glücklich!« Die Stimmen dieser Menschen waren froh, aber in ihren Blicken lag Zweifel. »Gewiß werden wir glücklich«, sagte Susan. Ja, sobald sie mit Mark allein war, sobald sie ihr gemeinsames Leben beginnen konnten, wollten sie glücklich sein. Sie hatte die Hand in Marks Arm, aber es war nicht ihre Hand, noch auch sein Arm. Sie waren zwei Puppen, die schön gekleidet und lächelnd dastanden, während Leute an ihnen vorbeizogen. Und sie konnten nicht wirkliche Geschöpfe werden, ehe dies vorbei war, ehe sie sich mit Mark allein befand ...

»Komm, schneiden wir den Kuchen an«, flüsterte die Mutter.

Susan preßte Marks Arm.

»Wir müssen den Hochzeitskuchen anschneiden«, flüsterte sie. Dann wandte sie sich um und schritt in das Speisezimmer, und Mark trat neben sie. Hier stand auf dem Tisch der große, runde weiße Kuchen. Sie selbst hatte ihn gebacken, und die Mutter hatte sich neben ihr geschäftig gemacht, hatte die Form eingefettet und nach dem Herd gesehen.

»Eigentlich solltest du deinen eigenen Kuchen nicht selber backen«, hatte die Mutter gesagt.

»Ich backe ihn aber gerne«, hatte sie geantwortet.

Jetzt drückte sie das silberne Messer in das üppige süße Backwerk. Die Leute drängten sich in dem kleinen Raum. Sie konnte Lucille aufkreischen hören: »Oh, wie prächtig,

Susan!« und sie lächelte. Aber dieser Augenblick war kein so tiefes Erlebnis wie der Augenblick in der Küche, da sie Zucker in eine Schale getan hatte und Butter und das helle Gelb einiger Eier. In jedem Augenblick dieser Zubereitung, beim Mengen und Umrühren, beim Schneeschlagen, beim Hinzufügen der dunklen, üppigen Früchte war sie sich ihres Tuns hell bewußt gewesen. Das alles war notwendig, um die braune duftende Masse zu schaffen, die sie dann endlich aus der Röhre zog. Jeden Augenblick war sie sich dabei bewußt: Ich mache meinen Hochzeitskuchen. Und nun, da sie ihn schnitt und teilte, da sie die Späße und das Geplauder über Träume anhörte, war dieser Kuchen nichts anderes als jeder beliebige Kuchen. Nur beim Zubereiten war er kostbar gewesen.

Jedermann aß nun und trank und plauderte. Sie fing Marks Blick auf. »Jetzt!« formten seine Lippen. Sie nickte und stahl sich aus dem Zimmer. Schon vor Tagen hatten sie geplant, wie sie sich davonstehlen wollten, jeder einzeln, um dann an einer bestimmten Stelle zusammenzutreffen, wo er seinen kleinen schnittigen Wagen warten hatte.

Sie lief in ihr Zimmer, legte einen Sweater und einen Rock an, lief dann hinunter durch die Küche und den Hinterhof.

Niemand hatte sie gesehen. O ja, einer doch – ihr Vater kam aus der Küchentür gelaufen, und seine Frackschöße flatterten hinter ihm.

»Susan!« rief er halblaut. Sie machte halt, und er kam keuchend heran. »Ich wollte nur – ich mußte dir sagen – auf mich kannst du zählen, natürlich, so wie immer.«

»Ich weiß«, flüsterte sie.

Jetzt schwiegen sie und blickten einander an.

»Nun schön«, sagte er. »Mark wartet wohl auf dich.«

»Ja«, sagte sie. »Ich muß fort, Papa.«

»Ja«, sagte er, »natürlich. Na also, leb wohl!«

Sie küßte ihn und lief weiter. Einmal blickte sie sich um,

und er stand noch immer da. Sie winkte ihm zu, aber er bewegte sich nicht, und sie wagte nicht, stehenzubleiben, und eilte zu Mark. Er saß schon im Wagen, und der Motor knatterte.

»Hat dich niemand gesehen?« fragte er.

Lachend schüttelte sie den Kopf. »Niemand außer Papa –«

Er neigte den Kopf und küßte sie rasch und schaltete ein, und es gab einen kleinen Ruck. Susan hatte ein sonderbares Gefühl der Erregung. Sein Kuß hatte ihn ihr nicht nähergebracht. Der Wagen kreischte.

»Was hat denn das Zeug?« rief er und riß an dem Hebel.

Sie blickte hinab.

»Da«, sagte sie lachend. »Die Bremse –«

Er hatte die Bremse vergessen.

»Du hast einen dummen Kerl geheiratet, Sue«, sagte er zerknirscht.

Lächelnd schüttelte sie den Kopf. »Papa macht es genauso«, sagte sie. »Das bin ich gewohnt. Er flucht und schilt, weil der Wagen nicht von der Stelle geht.«

»Und du öffnest die Bremse«, sagte er.

Nun donnerten sie dahin durch den windigen Frühlingstag, und sie bewahrte Marks Worte im Sinn. »Du hast einen – du hast einen – dummen Kerl geheiratet«, hatte er gesagt, aber das war nicht richtig. Sie hatte *ihn* geheiratet.

Ich bin verheiratet, dachte sie, und in staunender Frage blickte sie vor sich hin, nicht auf Hügel und Bäume und grüne Fluren, sondern in helle, ungewisse Jahre.

Nun waren sie allein, und noch immer stand eine innere Mauer der Scheu zwischen ihnen und harrte des Fortschaffens – oder vielleicht fiel sie von selbst. Denn sie wollten eine Woche allein sein, am Rande eines Sees, in dem kleinen Holzhäuschen, das ihnen Susans Vater zur Verfügung gestellt hatte. Als sie noch ein Kind war, erbaute er es für die Seinen, aber sie waren nicht oft hingekommen. Susans

Mutter haßte die Stille, die Einsamkeit, die Schnaken, die Eulen bei Nacht, den alten, rostigen Ofen. Und so hatte man es aufgegeben, und nur der Vater war manchmal allein für einen Tag hingefahren, aber nie lange geblieben.

»Mir scheint, ich bin nicht groß genug, allein zu bleiben«, sagte er dann scherzend.

»Ja, bist du denn nicht erwachsen?« hatte Susan einst, als sie noch ein kleines Mädchen war, gefragt.

»Das weiß ich nicht so genau«, antwortete er ernst.

Trotzdem wollte er von dem Holzhaus nicht lassen.

»Vielleicht brauche ich es noch einmal«, sagte er.

Susan und Mark waren vor zwei Tagen hingefahren, um Lebensmittel und Bücher ins Haus zu schaffen, um zu fegen und Staub zu wischen. Als sie in ihrem Zimmer die Bücher, die sie mitnehmen wollte, zusammenpackte, dachte sie: Soll ich Ton mitnehmen oder eine Malkassette? Und wie, wenn ich dort in dem Holzhaus etwas arbeiten will? Nein, derlei Dinge wollte sie nicht in ihre Flitterwochen mitnehmen.

Sie wußte ja nicht, ob sie diese Dinge später noch brauchte. Vielleicht brauchte sie sie überhaupt nicht mehr. Sie packte sie auch nicht für die Flitterwochen ein, sondern zum Mitnehmen in das Haus, das Mark und sie als Wohnstätte gewählt hatten. Der Alkoven in ihrem früheren Zimmer sah nun leer aus und einsam, als sie alles in einer großen Kiste untergebracht hatte, die in das kleine neue Haus geschafft werden sollte. Der Amor war vollendet und kniete nun zwischen den knospenden Schwertlilien in Mrs. Fontanes Garten. Susan selbst trug die Büste Marks die Straße hinab und stellte sie in die Hall ihres künftigen Heims. Die Büste war noch nicht vollendet. Irgend etwas wollte da nicht klappen. Den Mund hatte sie prächtig zustande gebracht, aber die Augen unter den Brauen stimmten nicht. Da mochte sie tun, was sie nur wollte. Die Augen sahen immer drein, als wären es leere Höhlen.

»Es ist nicht richtig – es spricht nicht«, hatte sie eines Tages zu Mark gesagt. Da waren sie in dem kleinen neuen Haus, das sie für den Tag bereitmachten, der nun vorüber war.

»Sprechen?« hatte er gefragt.

»Wenn sie mir richtig gelungen sind, habe ich das Gefühl, als hörte ich sie sprechen«, sagte sie.

»Na, es sieht mir aber so ähnlich, daß mir ganz sonderbar zumute wird«, sagte er, während er die Büste anstarrte.

Sie standen da und betrachteten das Gesicht aus Ton, und plötzlich sagte Mark: »So werde ich aussehen, wenn ich tot bin.«

Sie antwortete nicht, sie konnte es nicht über sich bringen, zu antworten, denn er hatte recht. Das war genau das Gesicht Marks, wenn er einmal tot war. Rasch verhüllte sie es mit dem feuchten Tuch.

»Es ist nicht vollendet, das ist alles«, erwiderte sie. »Ich werde es schon zum Leben erwecken.« Und das sollte das erste sein, das sie in Angriff nahm, wenn sie zurückkehrten, wenn sie ihr wirkliches Leben begannen.

Aber ohne jeden Grund verfolgte nun in dem Holzhaus diese tiefschweigende Maske Susans Gemüt gleich dem Gesicht einer toten Erinnerung. Jedesmal, wenn sie Mark ansah, mußte sie daran denken, während sie plauderten, während sie auspackten. Sie standen einander gegenüber, sie küßten einander, und sie sah nicht sein Gesicht, sondern die Maske, die sie geschaffen.

»Sind wir nicht dumm?« lachte sie. »Wie haben wir uns nach diesem Augenblick gesehnt! Jetzt ist er da – und wir sind verlegen!«

Ohne ein Lächeln blickte er zu ihr hinab. »Mir ist noch immer so, als wären das gar nicht wir«, sagte er. In seinen Augen lag Leere. Sie – sie mußte die Wirklichkeit schaffen. Sein Gesicht durfte für sie nicht die Tonmaske sein, die sie nicht vollendet hatte, die Maske, die in tragischer Demut darauf wartete, daß Susan sie vollende und zum Leben erwecke.

»Komm«, sagte sie praktisch, »packen wir die Koffer aus und richten wir uns etwas zum Abendessen – dann wollen wir beim Mondschein schwimmen gehen, Mark.«

»Ja, das wollen wir«, sagte er eifrig.

Ein gemeinsames Tun mußte alles wieder zur Wirklichkeit machen. Dann mußten sie fühlen, daß sie die beiden waren, die sich eben diese Stunden zum Ziel gesetzt hatten, die Stunden, die nach so langer Zeit gekommen waren. Das war es eben. Sie hatten so lange von diesem Augenblick geträumt, daß sie ihn dem Bereich der Träume nicht entreißen konnten. Obwohl er da war, obwohl sie beide darin lebten, schien er noch immer der Zukunft anzugehören. Mark folgte ihr, während sie die Kleider auf Nägel hinter einen Kretonvorhang hängte, während sie den Fichtenholztisch zum Essen deckte, während sie das Beefsteak briet und Kaffee kochte. Er konnte nicht viel Arbeit finden. Sie war so rasch bei jeder Bewegung, so genau. Sie schien gleichzeitig alles schaffen zu können. Hilflos stand er vor so zielsicherer Flinkheit.

»Du bist herrlich!« sagte er. »Ich – ich komme mir neben dir ganz nutzlos vor.«

Sie steckte nun die roten Rosen in ein Glas mit klarem Wasser, die Rosen, die sie im Gürtel getragen hatte, als sie mit dem Gatten das Haus ihres Vaters verließ. Sie stellte die Blumen auf den Tisch. Doch als er sagte: »Du bist herrlich«, flog sie zu ihm und vergrub ihr Antlitz an seiner Brust.

»Nicht, nicht!« rief sie, halb erstickt an seiner Brust. »Sag das nicht von mir!«

Er war erstaunt. »Aber es ist mein Ernst!« rief er. »Magst du es denn nicht gerne, wenn man dich herrlich nennt?«

»Nein – nein – nein!« rief sie gepreßt.

»Nun schön«, keuchte er. »Aber das verstehe ich nicht – die meisten Menschen –«

Plötzlich hob sie den Kopf und schnupperte.

»Das Steak brennt an!« rief sie. »Das ist nicht sehr herrlich!«

Sie lief hin und legte das zischende Fleisch auf den Teller. Mark konnte nicht recht erkennen, ob sie lachte oder weinte.

»Ich war in meinem Leben noch nicht so hungrig!« rief sie munter. Jetzt waren sie emsig mit dem Essen beschäftigt und fühlten im Kerzenlicht kaum noch Scheu.

»Mir geht's genauso, Liebste«, sagte er.

Sie waren jetzt fast schon wirklich, aber noch nicht ganz. Sie dachte, während sie über seine Augen nachsann: Es ist nur das flackernde Kerzenlicht mit seinen Schatten, das sie leer erscheinen läßt. Sie sind ja gar nicht leer. Ich liebe ihn so innig. Er ist mein Gatte. Und abgesehen davon, daß sie ihn liebte, über diese Frau hinaus, die mit Mark vermählt und sie war, fuhr ihr geschäftiges Hirn fort, Selbstgespräche zu führen. Die Büste schaut jetzt genau aus wie er. Vielleicht habe ich wirklich mein Bestes dabei getan – vielleicht erwacht sie nicht mehr zum Leben. Vielleicht kann ich gar nicht Leben schaffen. Ich wüßte gerne, ob ich das Zeug zur wirklichen Bildhauerin habe.

Ach ja, aber sie wollte Leben schaffen, so sagte sie sich entschlossen.

Sie standen auf und setzten sich nebeneinander auf die kleine Terrasse, von der man zum See sah, und er rauchte seine Pfeife. Eng aneinandergeschmiegt saßen sie schweigend. Und endlich war ein jeder der Gegenwart des anderen bewußt.

»Dies ist der Beginn«, flüsterte sie.

»Der Beginn unseres Lebens«, antwortete er.

Im Mondschein und im Schweigen wurden sie einander deutlicher, kamen sich näher. Die einem jeden eigene Farbe verblaßte in den Gesichtern, in den Augen, in der Haut, und ein verbindender Umriß zeigte sich. Sie fühlte sein Ich, sein atmendes, warmes, erwartungsvolles und scheues Ich.

»Nun zum See!« sagte sie plötzlich. Sie entkleideten sich im Mondschein, und da waren nun die beiden Körper, weiß wie Marmor. Er glich einer Statue aus Marmor. Kalt wie Marmor mußte er sich anfühlen. Aber auch sie war wie Marmor, so dachte sie, als sie hinabblickte am eigenen Körper, aber sie war nicht kalt. Regungslos stand er da und blickte sie an, und sie fühlte ihn, kalt vor Scheu. »Komm!« rief sie. »Laufen wir zum See !«

Denn sie wollte Leben und Bewegung in diesen beiden weißen gemeißelten Körpern. Sie liefen Hand in Hand und sprangen und schwammen gemeinsam hinaus in den See. Sie schwammen hinaus und dann wieder zurück zum Strand. Mark bebte.

»Es ist zu kalt«, sagte er. »Machen wir Feuer.«

Sie liefen zu der Hütte zurück und versperrten die Tür vor der Nacht und dem Dunkel der Wälder, und er schichtete die Scheiter im Kamin, und sie kniete nieder und entzündete das trockene Reisig, und das Feuer flammte auf. Sie knieten einen Augenblick lang davor, und dann fühlte sie sich emporgehoben, und er preßte sie an sich und drückte ihren Kopf zurück, sie zu küssen. Und doch, in diesem einen Augenblick, ehe sein Kuß ihre Lippen traf, nahm ihr Denken eigene Wege und sie sagte rasch zu sich: »Da – das ist der Blick, den ich für die Büste brauche. Er ist lebendig geworden.«

Die unvollendete Büste stand auf dem Dachboden, den Susan einmal vielleicht als ihre Arbeitsstätte einrichten wollte. Doch bis jetzt fühlte sie noch nicht die Notwendigkeit, einen eigenen Raum für sich zu haben. Dies hier war ihr Heim, dieses kleine Haus am Ende der Straße, auf der sie als Kind gespielt hatte. Wenn sie durch die Gassenfenster blickte, sah sie, was ihr das ganze Leben lang vertraut gewesen, die Reihen kleiner weißer Häuser, das Grün des Rasens am ferneren Ende und über den Wipfeln der Bäume die Kuppel der Universitätsaula, die Universität, an der ihr Vater lehrte und die sie und Mark vier Jahre lang besucht hatten. Sie hatte sie gleichzeitig geliebt und verachtet, denn sie wußte, daß dieses Institut klein und provinziell und von seinen Kontrolleuren in Schranken gehalten war, zwei erfolgreichen Farmern, einem Rechtsanwalt und dem Präsidenten der städtischen Bank, und doch liebte sie diese stolze, rauhe, zanksüchtige, von Armut geschlagene Anstalt und deren Lehrkörper, dessen Mitglieder sie nicht nur als die dogmatischen, leidenschaftlichen Personen kannte, die hier unterrichteten, sondern auch als die Personen, über die ihr Vater zänkisch Beschwerde führte, wie zum Beispiel über Professor Sanford, von dem er oft nach einer Fakultätssitzung sagte: »Dieser Sanford ist ein lästiger Patron. Ich weiß ja nicht, wieviel er von Astronomie versteht, aber von etwas anderem als von Sternen hat er keine Ahnung.«

Armer Professor Sanford! Gewiß, er lebte in den Sternen, aber sie alle lebten irgendwo anders als in diesen kleinen Häusern, wo ihre blassen Frauen einen Kampf führten, um kultiviert zu bleiben, während sie Kinder zur Welt brachten und die Hausarbeit verrichteten und keine Mägde hatten. Sie kannte sie so gut, und niemals vermochte sie aus den Gassenfenstern zu blicken, ohne daß abermals Mitleid sie erfaßt hätte. Sie liebte sie und empfand ein wenig Schmerz, wenn sie an sie dachte. Sie alle kämpften so schwer ums Leben und versuchten zu leben, wie es ihnen als schön erschien, und ihre Häuser waren so klein – zu klein und zu eng, so daß sie unablässig das Geschrei ihrer Kinder dämpfen mußten und das eigene Lachen, den eigenen Zorn und auch das eigene Weinen. Einzig das Schweigen vermochte einem jeden von ihnen ein abgesondertes Privatleben zu ermöglichen, und sie brauchten diese Absonderung, denn sie waren nicht unwissende Leute und empfanden daher den Wohlanstand als Notwendigkeit. Sie waren imstande, über die Armut zu spaßen, und taten es auch. Eines Tages hatte die kleine Mrs. Sanford die Hände gerungen – eines Tages, beim Fakultätsempfang für die älteren Semester. Sie trug das wallende schwarze Spitzenkleid, das sie Jahr für Jahr trug. Und sie blickte zu Susan auf, ein wenig schüchtern, und fragte: »Was sind eigentlich Ihre Pläne, liebe Susan?«

»Oh, alles Erdenkliche«, hatte Susan munter geantwortet, und da rang Mrs. Sanford die beiden wasserdurchweichten kleinen Hände, die Hände mit den sauberen, gebrochenen Nägeln. Es war Montag, und am frühen Morgen hatte sie im Keller die Familienwäsche gewaschen und war dann heimlich hinters Haus getreten, um sie rasch aufzuhängen, ohne einen Blick auf andere Höfe, wo andere Gattinnen das gleiche taten.

»Oh, Susanl« hatte sie gesagt. »Sie erschrecken mich, liebes Kind! Es ist so furchtbar, all das zu wissen, was man vom Leben haben will, und es nicht haben zu können. Manchmal halte ich es für besser, es nicht zu wissen – besser zum Beispiel, nicht lesen zu können, als lesen zu können und keine Bücher zu haben, oder so gerne zu singen und sich den Unterricht nicht leisten zu dürfen.« Susan wußte darauf keine Antwort, und da lächelte Mrs. Sanford und tätschelte ihr den Arm. »Aber Sie sind ja so begabt, mein Kind. Ich weiß, daß Sie Erfolg haben werden.«

Da rief jemand: »Ich glaube doch, daß Mrs. Sanford uns etwas vorsingen wird«, und Mrs. Sanford rief zurück: »Oh, du lieber Gott, kein Mensch will mich singen hören.«

»O doch«, sagte Susan. »Bitte, bitte, Mrs. Sanford, ich höre Sie so gerne.«

»Wirklich, mein Kind? Dann singe ich mit Freuden.«

Und so hatte sie dagestanden und zugehört, während die kleine Frau mit einer kleinen, wehmütigen, kurzatmigen

Stimme »Kennst du das Land?« sang. Susan hatte sie das oft singen hören. Warum also wandelte sie jetzt bei der Erinnerung ein Schluchzen an? ...

Jedesmal, wenn sie durchs Gassenfenster blickte, erinnerte sie sich, wie Mrs. Sanford an jenem Tage beim Singen ausgesehen hatte.

Aber die Westfenster boten die Aussicht auf Tramp's Woods. Sie und Mark hatten sich dort verlobt. Damals hatte er gesagt: »Wohin wollen wir denn gehen, Sue?« Und sie hatte gesagt: »Ich wollte schon immer in die Tramp's Woods gehen. Gehen wir dorthin!«

Sie hatten als Kinder dort nicht gespielt, eines Kinderaberglaubens wegen, der von einer Generation spielender Kleiner an die nächste Generation überliefert wurde, des Aberglaubens, daß dort der Geist eines Landstreichers umgehe, der sich vor langer Zeit angesichts einer ganzen Straße voll mit Wohnhäusern und Familien und Kindern bei seinem einsamen Lagerfeuer aufgehängt hatte. Die Lichter der Fenster mußten ihm zugeblinkt haben, während er sein Abendessen aß. Man fand bei ihm eine halbleere Konservendose mit Bohnen, und so konnte er wenigstens nicht hungrig gestorben sein. Und auch ein kleiner Stoß Holz war da, wenn er Feuer brennen wollte. Man fand sogar genügend Geld in seiner Tasche, um ihn, freilich ohne Pomp, zu begraben. Dieses Geld stak in einem Briefumschlag, und er hatte auf diesen mit Bleistift gekritzelt: »Für mein Begräbnis, aber ohne Zeremonie.« Es ließ sich kein Grund dafür ausfindig machen, daß er sich angesichts aller Leute erhängte. Das war so absonderlich von ihm, daß die Mütter eigentlich Erleichterung über seine Tat empfanden, denn sie hätten ja ohnedies nichts dagegen machen können. Sie sagten hinter dem Rücken der Kinder: »Es ist ganz gut, daß so ein Mensch unschädlich gemacht wird, man weiß ja nie, was so einem noch einfällt.« Und die Kinder erhaschten diesen Tonfall und machten aus dem Landstreicher einen Spuk und kamen dem Wald niemals nahe, in dem er gestorben war.

Aber Susan und Mark gingen an diesem Nachmittag dorthin, um allein zu sein. Sie waren gewiß, in den Tramp's Woods allein sein zu können.

»Hast du Angst?« fragte sie ihn lachend.

»Mit dir nicht«, antwortete er, und auch er lachte.

Nun, da ihr eigenes kleines Heim mit der einen Front auf dieses Gehölz blickte, fand sie, daß es dort schön und ruhig war, und wenn sie manchmal am Nachmittag auf Marks Rückkehr wartete, schlenderte sie am Rand des Wäldchens dahin, erinnerte sich halb und halb der alten Geschichte, hatte aber keine Angst mehr davor, denn sie und Mark hatten sich dieses Gehölz zu eigen gemacht. Es war ein sonderbarer Hain, so still, mit unberührten wilden Blumen. Niemals sah sie dort eine Menschenseele.

Aber selbst sie ging nicht oft hin. Denn es gab immer irgend etwas im Haus zu tun. Und das Haus war eigentlich nie ganz fertig, obwohl die Freunde am Tag nach der Heimkehr, als alle gekommen waren, sie zu besuchen, warm gesagt hatten: »Ich verstehe nicht, Sue, wie du das zustande gebracht hast! Es sieht ja aus, als wohntest du hier schon seit Jahren!« Und sie und Mark versanken, lachend und Hand in Hand, im eigenen, tiefen, schlichten Glück, und sie nahmen derlei Huldigungen als einen Teil dieses Glückes entgegen. Sie hatten nichts Ungewöhnliches geleistet, denn ein jeder heiratet doch, und sie wußten, daß ihr Heim klein war, und dennoch fühlten sie sich erfolgreicher denn all ihre Gefährten.

Als an jenem Abend jedermann gegangen war, machten sie gemeinsam einen Rundgang durchs ganze Haus, um sich neuerlich zu überzeugen, um alles wiederzusehen – das Wohnzimmer, das Speisezimmer, die Küche, die Hall, die Treppe, die zwei Schlafzimmer, Marks kleines Arbeitszimmer und den kleinen Baderaum mit den gelben Kacheln. Mark wollte die Treppe zum Dachboden hinaufsteigen, aber Susan hielt ihn zurück.

»Gehen wir nicht hinauf«, rief sie. »Dort oben ist nichts. Ich habe noch nicht einmal darüber nachgedacht, was ich mit den Räumen oben beginne.«

Gewiß, sie war noch nicht einmal oben gewesen, seit sie die nichtvollendete Büste und ihr Werkzeug hinaufgetragen hatte. Und so machten sie kehrt und gingen die Treppe wieder hinab. Und um zu sehen, ob der Kamin im Wohnzimmer einen guten Zug hatte, machte Mark Feuer. Das war nicht nötig, denn die Nacht war so mild, daß sie die Tür offenließen, und an der Straße konnten sie die Lichter ins Dunkle springen sehen, die Lichter in den Wohnungen ihrer Freunde. Es war so schön, so schön! Sie fühlte eine Freude, die aus den Mauern ihres Lebens aufstieg – Lichter und Freunde und ein Heim, und Mark, ihr Gatte! Dort, die Straße hinab und um die Ecke, waren ihre Eltern und Mary und ihre ganze glückliche Kindheit, und sie selbst fühlte sich dieser glücklichen Kindheit so nahe. Sie war sehr glücklich. Warum hatte ihr der Vater Lebewohl gesagt? Sie hatte doch nichts zurücklassen müssen, als sie mit Mark fortzog. Es war ja alles da. Wenn sie wollte, brauchte sie nur die Straße hinabzulaufen, um die Ecke zu biegen, die Tür zu öffnen, und sie war wieder in ihrer Kindheit.

Aber sie wollte nirgendhin zurück. Eifrig und vollen Herzens wandte sie sich Mark zu. »Ich bin glücklich«, flüsterte sie. Sie saßen vor dem eigenen Feuer, erwärmt und satt. »Oh, das wird eitel Herrlichkeit!« sang sie halblaut vor sich hin.

Mark lachte. »Als ich dich das erstemal das singen hörte«, sagte er, »warst du fünf Jahre alt und nähtest auf der obersten Stufe vor dem Haustor ein Kleid für eine Puppe.«

»Wirklich?« rief sie. »Wie lieb von dir, daß du dich erinnerst.«

»Du weißt es offenbar gar nicht, wenn du singst, nicht wahr?« fragte er.

Sie schüttelte den Kopf. »Das kommt von selbst aus mir«, antwortete sie.

Der Abschied am Morgen war ein solcher Schmerz, daß sie Angst davor hatten, von dem Augenblick an, in dem Susan ihrem Mann die zweite Schale Kaffee einschenkte. Dann sah er auf die Uhr.

»Zehn Minuten«, sagte er feierlich.

Da stürzte sie zur Uhr und drehte sie, daß man das Zifferblatt nicht sehen konnte, und dann schob sie ihren Sessel an den seinen. In diesem Augenblick hatte sie das Gefühl, das Haus werde ohne ihn unerträglich leer sein.

»Wenn du nur daheim eine Arbeit hättest«, sagte sie demütig. »Wenn du ein Maler wärest oder ein Schriftsteller –«

»Du hast eben einen alltäglichen Burschen geheiratet«, sagte Mark trocken, während er seinen Kaffee umrührte. »Ich werde wohl leider mein ganzes Leben lang ins Büro gehen müssen, Sue.«

»Dich gibt es nur einmal auf der Welt«, sagte sie rasch und neigte sich, um ihm die Hand zu küssen. Angespannt und innig blickte sie zu ihm empor. »Dreieinhalb Stunden muß ich mich jetzt an dich erinnern«, sagte sie.

»Ich weiß nicht einmal genau, ob ich heute zu Mittag nach Hause kommen kann«, sagte er bekümmert. »Jemand möchte sich das Grundstück des alten Grainger ansehen.«

»Oh, Mark«, klagte sie. »Ein ganzer Tag?«

»Leider, leider, Liebste«, sagte er, und er stand auf und drehte die Uhr wieder um.

Der Augenblick des Abschieds war eine Qual, der Augenblick, da er um die Ecke bog, war Verzweiflung, und doch, wenn diese Augenblicke vorbei waren, schloß sich das Leben wieder warm um Susan mit hundert Dingen, die sie zu tun hatte. Sie schoß im Haus hin und her, schuf Sauberkeit und stellte ihre Habe auf ein Fundament der Ordnung. Und dann trat sie in jedes Zimmer, als wollte sie ein Bild davon malen, sah jedes in seiner Gänze, studierte eine jegliche Einzelheit: den Eindruck, den ein Sessel machte, den Faltenwurf eines Vorhanges, den Farbfleck eines Bildes an der Wand, die Emphase einer Blume. Das Haus war ein Ganzes, geschaffen aus der gesonderten Vollendung eines jeden Raumes. Aber diese Vollendung blieb nicht ruhig, sie mußte atmen, getreulich Anteil haben an Susans Leben und an dem Marks. Es mußte ihrer beider Haus sein, bewohnt von Mark und von ihr. Sie schuf das Arbeitszimmer zu einer Stätte, die Mark glich, mit dem langen Sofa, auf dem sein langer Körper liegen konnte, mit niederen Kissen, denn er liebte es, flach zu liegen, wenn er ermüdet war. Der Schreibtisch war fest, und es lag nichts darauf; die Bilder waren klar und schlicht. Wie seltsam, daß sie Marks Hintergrund besser zu sehen vermochte als ihren eigenen! Ihre Besitztümer ordnete sie jeden zweiten Tag anders an und fühlte sich nie ganz sicher. Stand der Toilettentisch besser hier beim Fenster oder dort gegenüber dem Bett? Die Blumen hier oder dort? Sie war nicht befriedigt und grübelte nach und versuchte bald dies, bald das, ohne je finden zu können, was sie eigentlich wollte.

Bevor sie es ahnte, zeigte die Uhr Mittag, und Susan fühlte sich schuldbewußt, weil die Stunden ohne Mark so rasch hatten verstreichen können. Fast noch ehe sie ihn vermißt hatte, war er wieder da. Sie hörte seine Stimme aus der Hall.

»Es ist doch niemand gekommen, mein Schatz! Und so bin ich zu Hause!«

»Oh, Mark!« Sie flog in die Küche und begann sogleich mit der Arbeit.

Welch Spaß war es, zu sehen, wie rasch sie alles machen

konnte – die Koteletts, die Erbsen, den Salat – dazwischen den Tisch decken, die Blumenvase hinstellen – in diesem Haus gab es keine künstlichen Blumen!

»So!« sagte sie nach fünfzehn Minuten.

»Keine gleicht dir!« Er schob ihr den Sessel hin.

»Ach, Unsinn«, sagte sie. »Nicht doch! Ich mag nicht, daß du mir das sagst.«

»Nein, aber schau«, sagte er eifrig. »Was habe ich denn getan? Ich habe mir die Hände gewaschen, das Haar gebürstet, die Krawatte gewechselt – auf der anderen war nämlich ein Fleck und –«

»Ich werde mir's ansehen«, sagte sie rasch.

»Und während ich die Stiege herunterkomme, hast du alles schon fertig! Nein wirklich, weißt du, niemand gleicht dir!«

Sie lächelte und gab keine Antwort. Warum, nein wirklich, warum hörte sie es nicht gerne, wenn er sagte, niemand gleiche ihr? Es bereitete ihr ein Gefühl der Einsamkeit. Sie wollte sein wie jedermann sonst. Aber Mark plauderte jetzt eifrig und glücklich, während er hungrig aß.

»Zehn Minuten vor zwölf haben die Leute telephoniert, daß sie das Graingersche Grundstück nicht brauchen«, sagte er. »Ich wollte dich gleich anrufen, doch dann dachte ich: Ich laufe ebenso rasch gleich heim.«

»Warum braucht man das Grundstück nicht?« fragte sie neugierig. »Es ist doch ein schönes altes Haus.«

»Zu entlegen für die Dienstboten«, sagte er.

»Vielleicht nimmt man dafür das Sommerhaus der Marseys«, sagte sie.

»Ist das zu verkaufen?« fragte er.

»Mir scheint, ich habe gehört, daß die Familie ins Ausland will, seit Mr. Marsey gestorben ist«, sagte sie. »Ich weiß nicht, wo ich das gehört habe, aber –«

»Dein Gedächtnis ist wie Fliegenpapier«, sagte er. »Aber warum ist mir das nicht selber eingefallen?«

Er stand auf und ging rasch zum Telephon, und sie wartete. »Der Chef hat gesagt: ›Eine prächtige Idee!‹« sagte er, als er sich wieder setzte. »Und ich habe gesagt: ›Die Idee ist von meiner Frau!‹«

»Oh, Mark«, sagte sie vorwurfsvoll. »Es war doch nur ein Zufall, daß ich daran dachte. Das hättest du ihm nicht sagen sollen.«

»Schon recht«, sagte er kurz. »Es kommt eben vor, daß ich an etwas nicht denke.«

Sie blickte ihn an, und ihr Herz schrumpfte zusammen vor Angst. »Hab' ich etwas schlecht gemacht?« fragte sie. »Ach, Mark, du siehst so drein, als wärest du mir böse!«

Unvermittelt stand er auf, ging zu ihr hinüber und küßte sie.

»Warum sitzt du so weit von mir entfernt?« fragte er und schob seinen Sessel neben den ihren. »Sitzen wir doch nebeneinander, immer, immer!«

Irgendwo hatte sie gelesen, die Liebe sei eine Macht, die die Seele weit mache. Menschen, die keine Ahnung gehabt hatten, daß sie so etwas konnten, schrieben Gedichte oder komponierten oder taten Großes, wenn sie liebten. Ihr aber erging es nicht so. Sie zog Marks Liebe um sich wie einen dichten, warm einhüllenden Mantel und tat nichts Großes, nicht einmal im Traum. Kein einziges Mal ging sie zum Dachboden hinauf und dachte nicht einmal an ihre Bildhauerei. Ihren Händen war es genug, die Hausarbeit zu tun, die sie jeden Tag mehr liebte. Wenn sie das Haus frisch gesäubert und jede Schönheit darin vermehrt hatte, konnte sie Pläne schmieden und träumen und jedes Stück ihrer Habe auf den richtigen Platz stellen; dann ging sie in die Küche, setzte sich zu einem Kochbuch und sann nach und schmiedete Pläne. Wenn alles fertig war, wartete sie voll Zufriedenheit, befriedigt in sich selber – wartete, daß Mark heimkomme. Sie baute ihre Liebe rings um sich gleich den Mauern dieses kleinen Hauses am Rand des Waldes.

An den Wald dachte sie immer. Es war ein trügerischer Wald. Am Ende der Straße glich er einem schmalen Streifen von Bäumen, doch sobald man in ihn trat, erstreckte er sich meilenweit, wurde dicht und tief, und sein Boden war zu rauh und felsig, als daß sich der Versuch gelohnt hätte, hier zu roden und eine Farm zu errichten. Ein Bach lief durch; dunkel lief er dahin auf dem Grund einer nassen, schwarzen Felsschlucht, und dann ging der Wald weiter.

Mark haßte den Wald. Am letzten Samstagnachmittag hatte sie ihn dort hingeführt, und in verstocktem Schweigen war er neben ihr einhergetrottet.

»Ist es nicht schön hier?« fragte sie und hob das Gesicht zu den schattigen Bäumen, die nun dunkel waren in der Fülle des Hochsommers.

»Ich fühle mich hier so sonderbar«, sagte er. »Warum habe ich das an dem Tag, an dem ich dich bat, meine Frau zu werden, nicht bemerkt? Damals sah ich nichts anderes, nur dich!«

Einsamkeit fiel über sie beide, obwohl sie Hand in Hand wanderten. Sie kamen zu dem Bach und blickten darauf hinab, wie er dahinfloß über schwarze Felsen.

»Das muß wohl eine Million Jahre gedauert haben, ehe das Wasser in diesen harten Fels eine so tiefe Schlucht graben konnte«, sagte Mark, und sogleich war die Einsamkeit einer Jahrmillion um die beiden. Sie standen da und blickten hinab, und plötzlich drang aus der Schlucht ein Donnern und Brausen. Ein wenig weiter unten, dort wo die Biegung war, hatte sich ein großer Stein gelöst und war ins Wasser gestürzt. Nun fand er Ruhe, doch kleinere Steine und Erde und kleinere Büsche folgten ihm nach, und nach einem Augenblick des Brodelns teilte sich das Wasser gefügig und umfloß das Hindernis, und der Felsblock stand da, als stünde er seit je.

»Gehen wir heim«, sagte Mark. »Wir sind zu tief in den Wald gekommen. Ich habe immer allerlei Geschichten über diesen Ort gehört.«

»Einst sagtest du, mit mir hättest du hier keine Angst«, erinnerte sie ihn.

»Ich habe freilich keine Angst«, erwiderte er. »Nur verstehe ich nicht, warum wir nicht im Sonnenschein spazierengehen können.«

So waren sie nach Hause zurückgekehrt. Als sie aus dem Zwielicht der Bäume traten, stand die Sonne noch hoch über der Straße. Sie konnten Leute sehen, die vom Golf oder von Ausflügen zurückkamen. Ein paar Häuserblocks entfernt strebten Lucille und Hal ihrer Wohnung zu. Stämmig wanderte Tommy zwischen ihnen, Lucille winkte, und Hal rief: »Ich habe euch heute im Klub vermißt.«

Mark schwenkte den Hut, und Susan winkte, und dann stieg sie mit Mark die Stufen zu ihrem Heim empor.

»Dann und wann sollten wir doch einmal in den Klub gehen«, sagte Mark. »Wir wollen doch nicht, daß die Leute uns für hochnäsig halten.«

»Ach, das fällt ihnen ja nicht ein«, sagte sie warm. »Sie kennen uns doch.«

Dann vergaß sie die Leute und ging singend in die Küche und bereitete das Abendessen zu.

»Trotzdem«, sagte Mark wenige Minuten später, »halten einen die Leute bald für hochnäsig, Sue, besonders wenn es sich um einen Menschen wie dich handelt.«

Sie hatte soeben eine Orange für den Fruchtsalat in Scheiben geschnitten. Nun unterbrach sie ihr Tun. Sie hatte dabei gedacht, wie herrlich eine Orange beschaffen ist. Jede einzelne Spalte eine Schar winziger Tropfen eingeschlossener Farbe. Nun stand sie da und hielt nichts anderes in den Händen als nur eine Orange und starrte Mark an.

»Aber was meinst du denn?« fragte sie erstaunt.

Ihr Gesicht war gerötet, und sie zürnte ihm ein wenig.

»Nichts. Nur, daß manchmal die Art, wie du alles tust – die Art, wie du alles anpackst – nun ja – die Leute verstehen das nicht immer.«

Sie fuhr fort, die Orange zu schneiden. Er hatte sie verletzt, aber das wollte sie ihm nicht zeigen.

»Ach, in unserer kleinen Stadt kennt mich ein jeder«, sagte sie ruhig. »Sie kennen mich von Kind an – Lucille und die Mädchen und alle die Jungens.« Plötzlich fühlte sie sich ihm sehr ferne. Einst, als sie noch ganz klein gewesen war, hatte sie einen Lehrer zu einem anderen sagen hören: »Sue ist ein sonderbares Kind, finden Sie nicht? Sie ist gar nicht so wie die anderen Kinder.«

Sie drehte das Licht an, und er sah ihr ins Gesicht.

»Mir scheint, ich weiß nicht, was ich rede«, sagte er langsam.

»Du – ich will dich so, wie du bist.«

»Ich kann nichts anderes sein«, sagte sie. »Komm, Mark, setz dich.«

Und als sie sich setzten, sagte er: »Einen so guten Fruchtsalat habe ich noch nie gegessen, Sue. Er ist ein Wunder der Kochkunst.«

Eine Handvoll Worte flog aus ihrem Hirn und klammerte sich an die Spitze der Zunge. Fast ließ sie sie hervorzüngeln wie das gespaltene Ende einer Schlangenzunge. »Paß auf, Mark, es ist eine bittere Orange darin.«

Hätte sie diese Worte gesprochen, er hätte Susan arglos und überrascht angesehen. So unterdrückte sie sie. Sie war zu leicht verletzt. Sie hatte schon vor langer Zeit gelernt, ihre Rede zu meistern, wenn sie verletzt war. Sie machte die Erfahrung, schon als ganz kleines Kind, daß sie ihre Mutter ängstlich dreinschauen machen konnte, wenn sie aussprach, was in ihrem Hirn emporquoll. Als sie zum erstenmal diese Furcht in den Augen ihrer Mutter sah, lief sie in ihr Zimmer und weinte. »Ich darf nie – nie – nie – jemandem angst vor mir machen, weil ich verletzt bin«, sagte sie sich leidenschaftlich, und sie erinnerte sich dessen für alle Zeiten.

»Nimm dir also noch einmal, mein Liebling«, sagte sie zu Mark, und sie füllte ihm den Teller, den er hinhielt.

Aber in den Wald gingen sie nie wieder. Mark wollte nicht gehen, und sie wollte ohne ihn nicht gehen. Doch plötzlich, ohne jeden Grund, erinnerte sie sich an etwas. Dort oben auf dem Dachboden stand die unvollendete Büste. Obwohl Susan manchmal auf den Dachboden ging, um ihn zu säubern und Staub zu wischen, tat sie doch nichts anderes dort. Nun aber ging sie, weil Mark sie verletzt hatte, am nächsten Tag hinauf. Und da stand sie und blickte sinnend in dem leeren Raum umher. Aber sie tat nichts, die Büste zu vollenden. Noch immer hob sie nicht einmal das Tuch von dem unvollendeten Kopf.

»Du hast alles, was eine Frau nur verlangen kann«, sagte die Mutter eines Tages, während sie in Susans Wohnzimmer Umschau hielt. »Einen guten Gatten und ein hübsches Heim in der schönsten Gegend der Stadt.«

»Ja, ich habe alles«, sagte Susan lächelnd.

»Mark ist so verläßlich«, fuhr die Mutter fort. Sie hatte sich geweigert, den Hut abzulegen. »Ich muß gleich wieder zurück«, sagte sie immer. Oft blieb sie eine Stunde oder zwei sitzen, aber wenn sie den Hut aufbehielt, hatte sie das Gefühl, als könnte sie im nächsten Augenblick gehen. »Zu Hause warten Stöße von Arbeit auf mich.«

»Ich gehe mit dir«, sagte Susan. »Ich bin schon fertig.«

»Ach nein«, sagte die Mutter rasch. »Du hast jetzt dein eigenes Heim. Ich möchte nicht, daß Mark denkt, ich würde mit meinem nicht fertig –«

»Ich komme ja nur auf Besuch zu dir«, sagte Susan lachend. »Außerdem habe ich in unserem Haus fast alles schon fertig – alles, bis auf den Dachboden. Und ich weiß noch nicht, was ich damit anfangen werde.«

»Es ist entzückend hier«, sagte die Mutter wehmütig, während sie die blitzblanke Ordnung musterte. »Du hältst alles so wunderbar – du hast es ja immer verstanden.«

»Das Haus führt sich von selbst«, sagte Susan. »Es ist das bequemste Haus der Welt. Es lebt mit uns. Die Dinge stellen sich ganz von selbst auf ihren Platz – einfach so!«

Sie winkte mit der Hand und hob die Augenbrauen, aber ihre Mutter lächelte nicht.

»Jetzt ist das alles noch gut und schön«, sagte sie bedeutsam. »Aber später wirst du schon daraufkommen, daß du eine Hilfe brauchst. Nun, jetzt muß ich gehen.«

»Ich will meinen Hut holen«, sagte Susan.

»Es ist wirklich ein entzückendes Haus«, sagte die Mutter, während sie auf dem Gehweg stehenblieb, um sich umzusehen. »Nur eines: ich für meine Person würde keinen besonderen Wert darauf legen, am Rande dieses schwarzen Waldes zu leben.«

»Mir gefällt er, ich weiß nicht, warum«, sagte Susan. »Aber meinem Mann ergeht es wohl wie dir.«

Sie ging mit der Mutter, und ihre Füße waren vertraut mit dem Weg. Aber jetzt war sie frei von ihrer Mutter. Wenn sie wieder in das alte Heim ging, geschah es aus eigenem Wunsch. Sie trat in das Haus und begann sogleich mit der alten, gewohnten Runde des Geschirrwaschens, des Fegens in den unteren Räumen und des Staubwischens.

»Ich habe heute früh alles liegen lassen«, murmelte die Mutter. »Ich wollte zeitig ins Warenhaus, denn es ist Sonnabend, und die Leute brauchen immer so lange zur Auswahl. Und dann wollte ich zu dir schauen, weil es ein so schöner Tag war. Nun, während du hier unten arbeitest, werde ich oben die Betten machen.«

Schwerfällig stieg sie die Treppe hinauf, und Susan band

sich ein reines Handtuch übers Haar und flog nur so durch die Räume. Wie angenehm, Ordnung und Frische zu schaffen! Sie sang bei der Arbeit. Als sie ein Mädchen war, hatte dies alles manchmal wie eine alltägliche Tretmühle ausgesehen, Tag für Tag, da ihr Gemüt von anderen Dingen und anderen Wünschen erfüllt gewesen war. Aber niemals war es ganz eine Tretmühle, denn etwas in ihr fand Befriedigung an der Arbeit. Sie schuf und änderte. Und die Zimmer nahmen Gestalt an unter ihren Händen und eine Atmosphäre.

Als sie nahezu fertig war, wurde oben im Haus eine Tür zugeschlagen.

»Bist das du, Susan?« donnerte die Stimme des Vaters über die beiden Treppenabsätze herab.

»Ja, das bin ich«, erwiderte sie laut.

»Komm herauf!« schrie er.

Und als sie über die Stiege zu ihm hinaufgelaufen war, stand er ans Geländer gelehnt mit wirrem Haar und rauchte seine alte Kirschholzpfeife.

»Ich möchte diese Sache von Sibelius hören«, sagte er. »Mary wird nie fähig sein, sie zu spielen. Sie hämmert so hin. Und ich habe die Melodie schon seit Tagen im Ohr und kriege sie nicht aus dem Kopf.«

Und so setzte sie sich vor sein altes Pianino, und lächelnd öffnete sie das Heft mit »Finlandia«. Er streckte sich auf die Couch und legte sich den Arm über die Augen.

»Also los!« kommandierte er.

Sie spielte es, voll und tief, und vergaß alles andere, so wie es ihr unwillkürlich bei allem erging, was sie tat. Ja, unwillkürlich vergaß sie sogar Mark. Sie errichtete ein Gebäude von Musik, das erfüllt war mit strenger, unaussprechlicher Pein. Sie wußte, wie sie es zu füllen hatte. Da sie so jung war, war der Schmerz noch schön für sie. Obwohl sie nie im Leben gelitten hatte, wußte sie dank einem Instinkt, der tiefer reichte als die Erfahrung, wie sie den Schmerz schaffen sollte. Als sie zu Ende war, zitterte sie.

Sie wartete einen Augenblick und wandte sich dann dem Vater zu. Der Arm war ihm vom Gesicht gesunken, und er lag da mit geschlossenen Augen, die Lippen blutleer auf die Pfeife gepreßt.

»Vater«, flüsterte sie.

»Geh fort!« murmelte er. »Geh fort, geh fort!« Unter den schwarzen Wimpern sah sie hell die Tränen schimmern. »Diese Musik –«, flüsterte er.

Und sie ging fort – die Treppe hinab. Das Haus war still. Einen Augenblick machte sie vor der Tür ihrer Mutter halt und lauschte. Sie konnte nichts hören. Sie öffnete leise und blickte hinein. Auf dem Bett, das noch immer nicht gemacht war, lag ihre Mutter schlafend, und ihr Atem ging friedlich wie der eines Kindes. Leise schloß Susan die Tür und stahl sich aus dem Zimmer und aus dem Haus und eilte zurück in ihr Heim.

2

Eines Tages, als der Vormittag halb vorüber war, machte sie halt und sah sich in ihrem Wohnzimmer um. Alles im Haus war nun vollendet. Nichts mehr zu tun. Freundlich erwiderte das Haus ihren Blick – die Fenster hell, der Boden blinkend, alles an Ort und Stelle. Hier gab es für sie nichts mehr zu tun. Das letzte Kissen war angefertigt, der letzte Vorhang, und ein Ding mehr wäre eines zuviel gewesen. Ihr kleiner Wäscheschrank war voll mit Linnen, das sie selbst bestickt hatte. Draußen der Garten wohlgepflegt und blühend im Hochsommer. Marks Arbeit war es, den Garten zu betreuen, aber an sonnigen Tagen war sie hinausgeeilt und hatte Unkraut gejätet und Pflanzen eingesetzt. Gestern nachmittag hatte sie sogar den Rasen gemäht. Aber da war Mark zornig geworden.

»Das wollte ich heute nach dem Abendessen tun«, sagte er. »Ich habe es mir gestern angesehen. Gar so nötig war es noch nicht.«

»Ich habe es nur der Zerstreuung wegen getan«, schmeichelte sie ihm. »Ich hatte nachmittags nichts zu tun und keine Lust, vom Hause wegzugehen. Und so habe ich es gemacht –«

»Tu es aber nicht wieder«, warnte er sie. »Das ist keine Frauenarbeit.«

Sie blickte aus dem Fenster und antwortete nicht. Es war so schön gewesen, die langen, gleichmäßigen Streifen von Grün wegzurasieren.

»Ich werde es nie wieder tun«, sagte sie.

Aber heute war nichts mehr zu tun. Sie ging zum Fenster und blickte hinaus. Wenn es nichts zu tun gab, fühlte sie

Unrast. Unten auf der Straße schob Lucille einen Kinderwagen zum Hause und trat dann rasch ein. Susan konnte die Tür zufallen hören. Das war Lucilles zweites Kind, vor sechs Wochen geboren. »Ich bin wütend!« hatte Lucille gerufen. »Schon wieder ein Kind – wo Tommy jetzt erst so weit ist, daß ich ihn überallhin mitnehmen kann. Und Hal ist nicht imstande, mir ein Mädchen zu halten. Die Männer sind ja so egoistisch!«

Susan hatte nicht geantwortet, denn sie erinnerte sich an Hal, den gelehrigen, immer müden. Es schien unmöglich, daß Lucille von ihm gezwungen werden könnte, irgend etwas zu tun, was sie nicht wollte.

Das Haus hinter ihr war ordentlich und still. Als sie sich nun umwandte, blickte es sie mit dem hellen, friedlichen Blick eines gut betreuten Kindes an. Was sollte sie also jetzt tun? Gestern hatte sie Mary ein neues Kleid gebracht, in Kreppapier eingeschlagen und zusammengebunden mit einem gelben Atlasband. Tag für Tag hatte sie daran gearbeitet, und es war aus blaßgoldenem Lamé, den sie von dem Geld der Mrs. Fontane gekauft hatte. Sie hatte es schlicht und elegant gemacht. Marys Augen leuchteten auf, in wärmerem Glanz als je zuvor.

»Wie prächtig, Sue«, sagte sie. Und ohne daß Susan gewußt hätte, warum, drangen ihr heiße Tränen unter den Lidern hervor. »Gefällt es dir wirklich?« Sie sehnte sich so, es Mary noch einmal sagen zu hören. Vielleicht konnten sie und Mary eines Tages einander näherkommen.

»Ach ja, es ist eine Pracht!« rief Mary.

»Nun, das will ich meinen«, sagte die Mutter seufzend. »Es ist ein hübsches Kleid, Susan.«

Und ihr Vater blieb vor der Tür stehen und steckte den Kopf ins Zimmer. »Großer Gott!« rief er. »Hoffentlich muß ich das nicht bezahlen!«

»Du sollst dich schämen«, sagte die Mutter. »Susan hat es gemacht!«

»Nein, wirklich, Sue«, sagte er. »Sie sieht ja aus wie eine Frühlingsblüte.« Sein Blick war boshaft, als hätte es in diesen Augen niemals Tränen gegeben.

»Es hat allen gefallen«, erzählte Susan ihrem Mann. »Mary sieht hübsch darin aus.«

»Nun, es kann ihnen auch gefallen«, sagte Mark. »Es ist ein herrliches Kleid! Ich verstehe nicht, wie du das zustande bringst, Sue!« Seine Stimme war zärtlich und seine Miene demütig, als er sie nun ansah, und sie schrak ein wenig zusammen.

»Es war ein einfacher Schnitt«, sagte sie, und sie wußte nicht, warum sie es notwendig fand, sich zu verteidigen, es sei denn seiner Demut wegen. Sie wollte Mark nicht demütig sehen ihr gegenüber. Nein, nein, denn das schuf einen Unterschied zwischen ihnen.

Über die Straße drang Kindergeweine – Lucilles Baby. Das Baby schrie so viel. Wenn sie ein Baby hatte, wollte sie es nicht immer schreien lassen. Plötzlich wandte sie sich um und öffnete die Tür und schritt rasch die Straße hinab. Sie konnte sagen, sie komme nur auf kurzen Besuch zu Lucille. Leise lief sie die Stufen hinauf und blickte in den Kinderwagen.

Ach, das arme kleine Ding hatte sich ganz und gar in das Netz verstrickt. Sie schob das Netz zurück, hob das kleine Mädelchen heraus und zog ihm die Röcke zurecht. Die Haubenbänder waren aus steifem Organdy und schnitten in das kleine Kinn, und sie lockerte die Bänder. Dann saß sie da, wiegte das Kind zärtlich hin und her und brachte es zum Schweigen. Eine gewaltige, blinde Zärtlichkeit erhob sich in ihr, als sie den zarten, hilflosen Körper fühlte. So hielt sie den kleinen Körper in den Armen, den Körper, der sich aufs neue zur Gestalt im Mutterleib zusammengekrümmt hatte. Diese Hilflosigkeit war zuviel – war traurig. Wie hilflos das Leben begann! Sie blickte hinab in das kleine Gesicht. Das Kind hatte jetzt aufgehört zu weinen und blickte sie an, und der kleine Mund bewegte sich. Wenn sie ein Kindergesicht modellieren sollte, wie konnte sie ausdrücken, was darin lag – diese nackte, hilflose Geduld, diese demütige Geduld, als kennte das neugeborene Kind schon die ewige Hilflosigkeit seines ganzen Lebens, nicht nur im jetzigen Augenblick, sondern für immer?

»Oh, Susan!« rief Lucilles Stimme scharf. Lucille stand in der Tür. »Was in aller Welt –«

»Sie hat so geweint«, sagte Susan demütig.

»Na, aber schließlich – und jetzt soll sie schlafen!«

»Ich bin mit meiner Arbeit fertig, da habe ich mir gedacht, ich laufe zu dir –«

Aber Lucille nahm ihr das Kind weg. Sie legte es wieder in den Wagen und zog das Netz herab. »Bitte, komm doch herein – so wird das Kind nie einschlafen. Und wenn sie nicht schläft, ist sie den ganzen Tag schlecht gelaunt.«

Im hellen Sonnenlicht sah Lucilles Gesicht hart und feindlich aus.

»Verzeih«, stammelte Susan. »Das Kleine hat so geweint.«

»Nun, ich sehe nicht ein, was das dich angeht, das muß ich schon sagen, Sue.«

»Natürlich nichts«, sagte Susan rasch. »Natürlich nichts. Ich komme nicht ins Haus«, fügte sie hinzu. »Du hast deine Arbeit noch nicht fertig.«

»Ich werde nie fertig – bei zwei Bälgern«, sagte Lucille. »Du kannst also ruhig kommen. Sobald ich mit dem Aufräumen fertig bin, muß ich den Wurm wieder füttern.«

»Nein, ich komme vielleicht nachmittags«, sagte Susan. Sie lächelte, wandte sich am Fuß der Treppe um und winkte. Lucille war eine alte Freundin. Sie durfte es Lucille nicht übelnehmen.

Doch als sie zu ihrem Haus kam, blieb sie einen Augenblick unschlüssig stehen. Der lange, tiefe Blick des Säuglings – das war ein Blick des Menschengeschlechts. Es war nicht der vereinzelte Blick einer einzelnen Seele. Es war ein Menschheitsblick, den niederzukämpfen das kleine Wesen noch nicht genug eigene Persönlichkeit hatte. Später, wenn es heranwuchs, mochte sein Wille sich stärken und solche Nacktheit verhüllen. Doch jetzt waren die Augen kleine Mikroskope, die den Beginn des Lebens vergrößert entschleierten.

Sie setzte sich auf die oberste Stufe der kleinen Freitreppe, umschlang ihre Knie und starrte in den Garten, ohne etwas davon zu sehen. Schon hatte sie Lucille vergessen. Sie erinnerte sich an das Kind, sie fühlte es, sie tauchte mit ihrem ganzen Wesen in solche Unermeßlichkeit. Und ein Verlangen regte sich in ihr, tief und blind, das unerträgliche, süße, dunkle, einsame Verlangen, das sie so gut kannte, das sie mit niemandem teilen durfte. Sie erhob sich und ging langsam hinauf, vorbei an der Schlafzimmertür, zum Dachboden. Dort mischte sie frischen Ton, und aus dem Ton begann sie, ein neugeborenes Kind zu formen und zu modeln, ein Kind, von dessen kleinen, unvollendeten Gesichtszügen eine unermeßliche, unerklärliche, hilflose Geduld ausging.

Das Haus versank rings um sie, unter ihren Füßen weg, und die Decke des Dachbodens über ihrem Haupt war verschwunden. Sie erinnerte sich an niemanden und an nichts; alle die vergangenen Monate waren nie gewesen. Verloren sogar die Jahre ihres Lebens. Da stand sie und formte ein Kind aus Ton – schuf sein Leben aus Ton. Sie drückte den Ton zur Gestalt eines neugeborenen Wesens, das noch immer das Mal des Mutterschoßes trug – auf dem gekrümmten Rücken, den emporgezogenen Beinen, den schwachen, verschränkten Ärmchen. Nur der feierliche Kopf war groß und frei, ein wenig erhoben, und blickte hinaus in seiner furchterregenden Geduld auf ein unbekanntes Leben. Als es vollendet war, starrte sie halb erschreckt darauf. Sie wußte nicht, was sie da geschaffen hatte. Sie hatte Angst davor. Dieses Gesicht, ihr zugewandt, fragte: »Warum bin ich geboren worden?«

»Ich weiß es nicht«, antwortete Susan laut. Ihre Stimme hallte wider in dem leeren Raum, und plötzlich fühlte sie das Dunkel um sich. Sie schaute aus dem Fenster, und dort, jenseits des Waldes, ging die Sonne unter, dunkel, allzu rot ...

Ich habe den ganzen Tag gearbeitet, dachte sie verwirrt, während sie den Arbeitskittel ablegte und sich das Haar glättete. Dann dachte sie: Mark wird heimkommen! Mark! Sie hatte kein einziges Mal an ihn gedacht. Doch als sie jetzt an ihn dachte, fühlte sie wieder das Haus unter den Füßen, das Dach über dem Kopf. Dem, was sie geschaffen hatte, schenkte sie keinen Blick. Sie lief die Treppe hinab.

Als sie hinabeilte, um Marks Abendessen fertigzumachen, hatte sie das Gefühl, lange Zeit fortgewesen zu sein. Oben, auf dem Dachboden, blieb das Ding zurück, das sie geschaffen hatte – ein wirkliches Wesen. Es war da, ein Teil ihrer selbst und dennoch von ihr getrennt. Sie fühlte sich erschöpft, einsam und doch zufrieden. Plötzlich empfand sie Ungeduld nach Mark, hungerte danach, seine Hand zu fühlen und seine Lippen, zu wissen, daß er da war, erdhaft und herzhaft im Hause, denn sie war so lange von ihm fortgewesen. Sie flog hin und her und machte alles für ihn bereit. Und als er endlich ins Haus kam und sie seinen lauten, eifrigen Ruf hörte: »Sue! Wo bist du?« lief sie ihm entgegen, warf sich ihm an den Hals und preßte ihn fest an sich.

»Oh, Mark!« flüsterte sie. »Oh, Mark –« Was hätte sie getan, wäre Mark nicht am Abend heimgekommen?

»Was für ein langer Tag!« sagte er. »Wenn ich mittags nicht heimkommen kann, ist es furchtbar.«

Für sie aber war der Tag dahingegangen wie ein Windstoß. Sie dachte, während sie das Gesicht an seinem Hals barg: Der heutige Tag ist leer in unserem Leben. Sie hatte diesen Tag nicht mit ihm gelebt. Sie mußte eng mit ihm verbunden bleiben. Stürmisch hob sie den Kopf. »Mark!« rief sie. »Bitte, bitte, ich möchte ein Baby!«

»Nein, so was!« sagte Mark erstaunt. Er starrte sie an und war gerührt und lächelte ein wenig. »Was für ein Kind du bist«, sagte er unsicher. Dann lachte er auf. »Na, warten wir wenigstens bis nach dem Abendessen!« sagte er.

»Ein herrliches Essen!« sagte er und lehnte sich zurück, während er seine Pfeife stopfte. »Setzen wir uns auf die Terrasse.«

Sie gingen hinaus und fanden den jungen Mond über dem Wald hängen, und sie setzten sich in den Mondschein. Mark nahm sich einen der beiden neuen Korbstühle, sie aber setzte sich auf die oberste Stufe und lehnte den Kopf an seine Knie. Das Mondlicht war von so scharfer Helle, daß es die Lichter der Häuser verdunkelte. Er neigte sich und wandte plötzlich ihren Kopf so, daß das Mondlicht darauf fiel.

»Warum hast du mir so stürmisch zugerufen, daß du ein Kind willst?« fragte er unvermittelt.

Sie schüttelte den Kopf. »Ich weiß nicht – vielleicht Lucilles Baby –. Ich hatte es heute ein wenig in den Armen, und es schmiegte sich so an mich.«

Er strich ihr das Haar zurück. »Lucille hat mir vor Kindern Angst gemacht«, sagte er. »Hal macht sich solche Sorgen wegen der Gefühle seiner Frau. Er sagt, beide Kinder seien Zufälle gewesen. Tommy kam, ehe Lucille noch bereit war. Sie hatten beschlossen, kein Kind zu haben, bevor er sich ein Dienstmädchen leisten konnte. Ich kann es auch nicht – noch nicht, das weißt du, Susan. Du müßtest ganz sicher sein –«

»Ob wir ein Mädchen haben oder nicht, davon lasse ich mich in meinen Lebenswünschen nicht beeinflussen«, sagte sie ruhig. Er antwortete nicht, aber sie konnte das tiefe

Paffen seiner Pfeife hören. Seine große, ruhige Hand glättete ihr das Haar und berührte ihren Nacken. Sie waren einander sehr nahe, so nahe, daß sie fast sagte: »Ich habe heute ein kleines Kind modelliert, Mark – vielleicht ist es das –« Doch ehe sie es noch sagen konnte, sprach er.

»Manchmal frage ich mich, warum du mich geheiratet hast«, sagte er. Die alte, verhaßte Demut klang tief in seiner Stimme.

»Mark!« Sie wandte sich augenblicklich ihm zu. »Ich liebe dich!«

»Ich verstehe aber nicht, warum«, sagte er traurig. »Ich bin ein sehr gewöhnlicher Bursche.«

»Das bist du nicht!« rief sie.

»Ja, das bin ich«, sagte er. »Die Straße hier ist voll von solchen Burschen – Hal, Tom Page, Bob Shaplin –, wir sind alle aus dem gleichen Stoff.«

»Oh, sprich nicht so«, sagte sie. »Du bist ganz und gar anders.«

»Wir alle sind brave, anständige, arbeitsame Burschen und werden auch nichts anderes sein, wenn wir einmal sterben. Ich werde genauso werden wie mein Vater, der sich in dem kleinen Haus auf der Farm abrackerte, wo er und Mutter den Anfang machten, und immer hat er darauf gewartet, daß es ihm besser gehe, aber das war nie der Fall. Wir sind alle gleich. Hal sagte mir heute, sobald er eine Gehaltserhöhung bekommt –«

»Wenn ich dich aber liebe? Und Hal und Tom und Bob liebe ich nicht.«

»Ich verstehe nicht, warum du mich liebst – du bist ganz anders – du bist auch nicht wie Lucille und –«

»Ich bin nicht anders! Ich bin genau das gleiche. Ich will nicht anders sein!«

»Du kannst es nicht ändern.«

»Oh, nicht doch – nicht doch – ich fühle mich dann so einsam –«

Sie legte ihm die Arme über die Knie und klammerte sich an ihn. Nein, jetzt wollte sie ihm nicht sagen, wie sie den Tag verbracht hatte. Niemals konnte sie es ihm sagen!

»Wir wollen ein kleines Kind haben«, flüsterte sie. »Ich brauche keine Hilfe. Ich habe ohnedies den halben Tag nichts zu tun. Ich will beschäftigt sein.«

»Meinst du – jetzt?« fragte er. Sie konnte fühlen, wie seine Hand an ihrem Hals bebte.

»Ja«, flüsterte sie, und mit beiden Händen preßte sie sich seine Hand an die Brust. Sie konnte fühlen, wie ihr Herz an seine Handfläche schlug. »Jetzt – jetzt«, flüsterte sie.

Er wartete einige Minuten. Er beugte sich über sie und blickte sie an. Und sie blickte in sein junges eckiges Gesicht, dessen Linien und Flächen im Mondlicht lagen. Er sprach nicht, und sie wartete in seinem Schweigen, lange Zeit, und drehte den Kopf zur Seite und schaute hinaus in den dunklen Wald dort draußen. Dann erhob er sich plötzlich und zog sie in die Höhe, legte den Arm um sie, und sie gingen ins Haus. Unten von der Straße konnten sie aus irgendeinem Haus das Radio hören. Er schloß die Tür und versperrte sie, und schweigend stiegen sie die Treppe hinauf.

Manchmal dachte sie an jene gekrümmte Gestalt auf dem Dachboden, an die Gestalt, deren Kopf sich fragend von dem zusammengerollten Körperchen emporhob. Doch rasch schob sie den Gedanken beiseite. Einmal erinnerte sie sich an Marks Demut, und da ging sie die Treppe empor, entschlossen, die Gestalt zu zerstören, sie in Stücke zu brechen und zurückzusenden in die Urform des Tons. Doch als sie davor stand, vermochte sie es nicht. Es war ein Geschöpf geworden. Es hatte ein eigenes Leben, das sie nicht zerstören konnte. Seltsam war es, daß sie eine Idee in ihrem Gehirn zu einem Geschöpf formen konnte, das man nicht zerstören durfte, weil es ein Leben hatte. Lange blickte sie es an und grübelte nach über dieses Gesicht. Und in ihrem eigenen Körper formte sich jetzt eine Gestalt, ebenso sicher, wie ihre beiden Hände diesen Ton geformt hatten. Das eine ließ sich ebensowenig genau verstehen wie das andere. Hier in dem kahlen Dachbodenzimmer konnte sie nicht einmal sagen, welches von beiden die größere Schöpfung war. Konnte das Kind ihres Körpers lebensvoller sein als dieses Geschöpf ihres Hirns? Rasch schritt sie davon, in dem eifrigen Wunsch, nichts mehr von ihrem Werk zu sehen.

Denn jetzt wollte sie nur noch Körper sein. Wie freute sie sich, daß ihr Körper so rasch zur Schöpfung bereit gewesen war. Unverzüglich hatte ihr Körper den Samen des Lebens aufgenommen, der ihm gespendet worden, und sogleich hatte sie empfangen. Sie war stolz darauf. Und eines Morgens brüstete sie sich vor Mark: »Ich habe schon angefangen, Mark.«

»Wie?« rief er. »Schon? Nun, ich dachte – na, von nun an muß ich mein Geld zählen.«

Sorgfältig rechneten sie an diesem Abend. Mark hatte eine Gehaltsaufbesserung von wöchentlich fünf Dollar bekommen – nun, die mußte man weglegen, zum Beispiel für die Arztrechnung. Susan saß neben ihm, das Kinn in der Hand, während er Nickelstücke zählte.

»Es geht gerade«, sagte er schließlich, und er hob den Kopf von den mit winzigen Ziffern bedeckten Papierblättern. »Ich freue mich darüber. Es hätte mir Sorgen gemacht, hätten wir zur Zeit der Niederkunft nicht alles bezahlen können. Aber weißt du auch bestimmt, daß du mit fünfzig Dollar für die Kleidchen und Sachen auskommen kannst?«

Sie nickte. »Ganz bestimmt.« Sie wollte schon darauf achten, daß es reichte. Sie wollte alles selbst machen und nicht ein Kupferstück mehr ausgeben.

»Es wird mir gar nicht schwerfallen, selber irgendwie ein wenig zu verdienen«, sagte sie.

»Nein«, sagte Mark. »Nein, meine Gnädige. Für mein Kind sorge ich!«

»Es ist ja auch meines«, flüsterte sie.

»Du weißt doch, was ich meine«, erwiderte Mark ernst, und er reichte ihr das Papier. »Hier hast du deine Verhaltensmaßregeln sagte er. »Innerhalb dieser Grenzen hast du völlige Freiheit, mein Kind.«

Und nachdem sie am Morgen das Haus so weit hatte, daß es sie mit seinem sauberen, gelehrigen Morgenblick ansah, setzte sie sich zum Fenster und studierte genau die Zahlen. Fünfzig Dollar – innerhalb dieser Grenze hatte sie völlige Freiheit. Es mochte ja recht unterhaltend sein, zu sehen, was man dafür leisten konnte, was für Material kaufen, das man dann zu zarten kleinen Formen verarbeitete. Es mochte unterhaltend sein, aber sie war schon in den Spezialabteilungen der Warenhäuser gewesen, und sie wußte, daß fünfzig Dollar –. »Unsere Kinder müssen mit dem zufrieden sein, was wir ihnen geben können!« hatte Mark gestern abend gesagt, und dann hatten sich seine Lippen hart geschlossen.

An diesem Morgen saß sie allein da und schaute hinaus in den tiefen grünen Wald. Und was hatte sie zu geben? Es lag wirklich kein Grund vor, warum nicht auch sie alles, was sie hatte, geben sollte. Warum durfte nur Mark es sein, der bis zum Äußersten gab? Eine Frau gab mehr von ihrem Körper und mehr von ihrer Zeit, als ein Mann konnte. Aber warum sollte sie mit dem zurückhalten, was sie auf andere Art zu geben vermochte? Vielleicht konnte sie das kleine sonnige Schlafzimmer an der Hinterfront zu einem Kinderzimmer umgestalten, mit winzigen Möbeln, dem Zweck entsprechend? Wozu ein Gedränge? Es wäre nicht gerecht gegen Mark, denn sie konnte Geld verdienen. Warum sollte sie nicht? Unvermittelt erhob sie sich. Mark zog ihr

Grenzen und zog dem Kinde Grenzen. Er mußte einsehen, daß – sie wollte ihm schon das Verständnis dafür beibringen ... Und nachdem sie lange Zeit in den Wald geblickt hatte, stieg sie die Treppe hinauf, zog ihr grünes Tweedkostüm an, setzte einen kleinen braunen Hut auf und schritt fest und rasch zu Mrs. Fontanes Haus. Dort klingelte sie.

»Mrs. Fontane, bitte«, sagte sie entschlossen zu dem Mädchen mit der weißen Haube.

»Mrs. Fontane ist im Garten; sie hat Gäste.« Das Mädchen zögerte, aber Mrs. Fontane war schon durch die offene Glastür hereingerauscht, die Arme voll Rosen.

»Ach, da sind Sie ja!« rief sie. »Gerade sprachen wir von Ihnen. Mein liebes Kind, alle sind ja ganz verrückt von meinem kleinen Amor. Sobald David Barnes herkommt, soll er sich ihn ansehen. Kommen Sie doch in den Garten. Dora, stellen Sie die Blumen ins Wasser!«

Nun fühlte sie Mrs. Fontanes Arm durch den ihren geschoben, und sie trieb dahin auf Mrs. Fontanes warmer Stimme, in der nun kein Zweifel mehr an dem Amor zu hören war, nun, da jedermann vor Entzücken tobte. »Alle wollen sie jetzt einen Amor, meine Teure.« Mrs. Fontane winkte mit dem anderen Arm energisch den Frauen zu, die untätig um den Teich saßen, und ihre Kleider waren Flecke von Blau und Gelb und Rot vor dem Hintergrund des dunklen Immergrüns.

»Sie ist hier, das Mädel mit dem Amor!« rief Mrs. Fontane. Und als Susan näher trat, hoben sich ihr freundliche, wohlerzogene Gesichter entgegen, und sie schüttelte zarte, weiche, beringte Hände, und Stimmen sagten warm: »Ach, wie süß ist der kleine Junge, der sein Spiegelbild im Teich betrachtet!« – »Sie müssen mehr schaffen als nur einen Amor!«

»Was werden Sie für mich machen?«

»Was wollen Sie denn haben?« fragte Susan unvermittelt. Ihrem Mann gedachte sie aber nichts davon zu sagen, daß sie hergekommen war.

»Sie heißt jetzt Mrs. Mark Keening«, rief Mrs. Fontane mit ihrer dröhnenden Stimme. »Aber in Wirklichkeit ist sie noch immer Susan.«

In sorgloser Fröhlichkeit fielen alle sogleich über sie her. »Oh, Susan. Sehen Sie sich doch einmal meinen Garten an und machen Sie mir etwas, zum Beispiel einen Springbrunnen.«

»Susan, machen Sie auch Köpfe? Ich habe einen entzükkenden Jungen mit einem Kopf wie der junge Christus.«

Und sie versprach alles, erfreut über so schöne Wärme.

»Ja, natürlich will ich mir Ihren Garten ansehen und auch Ihr Kind.«

Das wurde nun wie eine Seite aus einem Märchenbuch – dieser Garten, diese weiche Septemberluft, diese hübschen reichen Frauen! Warum waren die Reichen so herzlich, so freundlich?

Sie dachte an die arme, geschäftige, ängstliche Mrs. Sanford, doch Mrs. Fontane sagte nun: »Sie hat ein außerordentliches Talent – eines Tages wird sie uns noch mit etwas überraschen.«

Susan blickte halb erschreckt auf und bemerkte Mrs. Fontanes selbstsicheres, freundliches Lächeln.

»Oh, aber ich –« begann sie.

»Nein, ganz gewiß«, sagte Mrs. Fontane energisch, während sie sich mit dem Hut fächelte. »Eines Tages werde ich auf diesen Amor zeigen und einem jeden sagen: ›Ja, das ist ein Original aus der Frühzeit Susan Gaylords. Wissen Sie, sie hat nämlich hier gelebt. Hier ist das Heim ihrer Kindheit –‹ Oh, ich habe einen Rosendorn im Daumen!« Sie zuckte zusammen und steckte sich den Finger in den Mund.

»Lassen Sie doch mich«, sagte Susan. Sie nahm Mrs. Fontanes Hand, preßte Daumen und Zeigefinger zart zusammen und zog den Dorn heraus.

»Ach, schauen Sie doch Ihre Hände an«, sagte Mrs. Fontane plötzlich, während sie Susans Hände ergriff und immer wieder hin und her drehte. »Solche Hände habe ich noch nie gesehen!«

In atemloser Spannung beugten sich alle über Susans Hände. Nicht einmal Mark hatte noch je ihre Hände so betrachtet. »Sehen Sie diese Fingerspitzen!« rief Mrs. Fontane. »Breit und stark und doch zart wie Fühlhörner. Sie können sie biegen, wie Sie wollen.« Nun bog sie Susans Fingerglied zurück wie eine Feder, und Susan betrachtete die eigenen Hände, als gehörten sie nicht zu ihr. War denn wirklich etwas an ihren Händen? Mrs. Fontane legte sie nun wieder auf Susans Schoß zurück.

»Als Sie mir jenen Amor brachten, wußte ich, was Sie sind«, sagte sie fest. »Ich stehe nicht an zu erklären, daß ich anfangs Angst hatte, Sie könnten mir etwas Unmögliches liefern – begabte Tochter eines Mitbürgers, Sie wissen ja. Aber als Sie mir den Amor brachten, wußte ich, daß es keinerlei Rolle spielte, wo Sie geboren wurden oder wer Ihre Eltern sind oder wen Sie heirateten, und überhaupt nichts. Eines Tages –«

»Ich würde nie daran denken, diese Stadt zu verlassen«, sagte Susan rasch. »Hier habe ich mein Heim – meine Freunde – meine Familie. Ich könnte mir ein Leben anderswo gar nicht vorstellen.«

Mrs.Fontane lächelte und gähnte. »Sie sind ein Kind, Susan Gaylord«, bemerkte sie. »Ach, du meine Güte, wie schläfrig ich bin. Wenn ihr alle nur schon nach Hause ginget! Susan, führen Sie sie fort und fragen Sie sie, was sie haben wollen.«

Alle lachten gleichzeitig. Zwei der Frauen begannen nun einen scherzhaften Zank. »Kommen Sie zuerst in meinen Garten, Susan!« »So hab doch ein Einsehen, Diana, du weißt ja, daß Michael in vierzehn Tagen mit der Schule beginnen muß.«

»Aber ich kann doch gewiß beides machen«, sagte Susan. »Ich arbeite sehr schnell, sobald ich mir einmal ein klares Bild gemacht habe.«

»Nun also, dann Michael zuerst und nachher mein Garten.«

Susan wurde in einen Wagen gesetzt und davongefahren, während Mrs. Fontane murmelte: »Jetzt hast du begonnen, Susan. Gott weiß, wo du enden wirst.«

Und nun fuhren sie meilenweit ins Land und machten vor einem großen weißen Hause halt, dessen ursprünglicher Teil einst einem von Hypotheken gequälten Farmer gehört hatte, und sie stand jetzt in einer elfenbeingetäfelten Hall und trat in einen langen, mit kostbaren Vorhängen geschmückten Raum, wo ein großer, lockenhäuptiger blonder Knabe von vierzehn oder fünfzehn Jahren mit einem Buch im Lehnstuhl zusammengekauert saß.

»Michael!« rief seine Mutter, und er hob den Kopf.

»Was denn?« fragte er. Seine Stimme war mürrisch, aber sein Kopf glich dem eines Engels.

»Nun, sehen Sie!« rief die Mutter. »Jetzt werden Sie wohl verstehen, daß ich das in Stein oder in Bronze oder in so etwas haben möchte.«

»Gewiß«, sagte Susan. Das alte, erschreckende, schöne Verlangen quoll in ihr empor wie Wasser in einem verschlossenen Brunnen, das sich freie Bahn bricht. »Gewiß – herrlich!«

»Halten Sie den Mund«, murmelte der Junge über dem Buch.

»Halte ihn selber«, sagte Susan. »Zeig mir deinen Kopf. Deine Mutter möchte, daß ich eine Büste von dir mache, und das will ich tun.«

»Ich mag nicht«, sagte der Junge. »Es ist läppisch – so spricht sie sogar in der Schule vor den Kameraden. Ich mag keine Büste haben.«

»Das wird dir nichts helfen«, sagte Susan lachend. »Ich

mache sie doch. Und ich werde dir genau zeigen, wie ich es mache. Es ist ein großer Spaß. Du kannst auch den Ton mischen, wenn du willst. Ich mache sie zuerst in Ton und dann in Bronze. Man müßte eigentlich doch Bronze nehmen«, fügte sie zur Mutter gewandt hinzu.

Die beiden Frauen standen nebeneinander. Susan fühlte die Bewunderung der anderen und fand darin Kraft.

»Komm heute nachmittag zu mir«, sagte sie zu Michael. »Um zwei Uhr. Wir arbeiten auf meinem Dachboden, wir beide.«

Er blickte sie zögernd an. »Ich werde auf meinem Pferd hinüberreiten«, sagte er.

»Schön«, sagte sie und wandte sich von ihm ab. »Nun, wo ist der Garten?«

»Sie verstehen Michael zu behandeln«, flüsterte die Mutter. »Sie haben keine Ahnung, wie schwer es mit ihm ist. Ich freue mich immer, wenn er zur Schule zurückgeht. Nun, leben Sie wohl, Susan. Wann kann ich die Büste sehen?«

»In einer Woche«, sagte Susan. »Natürlich nur in Ton.«

»Ach Gott, jetzt hätte ich es beinahe vergessen. Wieviel wird sie kosten?«

Susan atmete tief und nahm einen Anlauf.

»Zweihundert Dollar«, sagte sie fest.

Michaels Mutter blickte sie eine Sekunde an. Dann sagte sie rasch: »Zweihundert – sehr gut, Miss Gaylord.«

Man hätte unmöglich sagen können, ob sie das für viel oder für wenig hielt. Doch war dies nicht wichtig, so dachte Susan im Garten.

»Wissen Sie«, sagte nun Mrs. Vanderwelts helle, harte Stimme, »die Büsche bilden hier einen natürlichen Bogen. Darum wäre ein Brunnen an dieser Stelle so besonders schön.«

»Ja«, sagte Susan und starrte den Bogen an. Ein Brunnen – immer hatte sie künstlerische Pläne mit Wasser und Steinen gehabt. Was die Leute gewöhnlich Brunnen nannten, war doch so häßlich. Das Wasser sollte nur ein Teil des Ganzen sein, nicht ein Ding für sich. »Ach, lassen Sie mich darüber nachsinnen«, sagte sie. »Ich möchte ein wahres Gemälde aus Steinen und Wasser machen, nicht bloß einen Brunnen.«

»Wirklich?« sagte Mrs. Vanderwelt. »Das klingt hinreißend. Und wieviel meinen Sie wohl –«

»Ich habe noch keine Ahnung, ehe meine Skizze vollendet ist«, sagte Susan. »Vielleicht wollen Sie mir eine Höchstgrenze setzen?«

»Nun, sagen wir fünfhundert Dollar.«

»Sehr gut«, sagte Susan. »Ich werde mich daran halten.«

Sie fuhr allein zurück, und als sie bei den Stufen ihres kleinen Hauses anlangte, öffnete der farbige Chauffeur die Tür, und sie stieg aus und schritt über die Stufen zu ihrem Haus.

Im Wohnzimmer, wo sie noch vor wenigen Stunden gesessen hatte, setzte sie sich wieder, den Hut noch auf dem Kopf. Auf dem Tisch lag das Blatt mit Marks Berechnungen. »Fünfzig Dollar«, hatte er hingeschrieben und daneben in Klammern »Susans Limit«. Und sie war am Morgen ausgegangen und hatte siebenhundert Dollar verdient. Wenigstens war sie imstande, bald siebenhundert Dollar zu verdienen. Doch nicht das jagte ihr Angst ein. Es war etwas anderes, etwas Größeres, Grenzenloseres, als Geld je sein kann. Die dünnen Mauern dieses Hauses, dieses Hauses, das ihrem Gatten gehörte und das für sie zu erhalten er so hart arbeitete – sie hatte sie an diesem Morgen von sich geschoben. Sie war hinausgetreten über diese Begrenzung. Der Raum hier sah nach dem großen Raum, in dem Michael gesessen, eng aus wie ein Schrank. Ach, aber sie liebte diesen Raum! Sie und Mark hatten ihn geschaffen, um darin gemeinsam zu leben. Entschlossen stand sie auf. Es gab doch keinen Grund, daß sie nicht ganz schlicht zu

Mark sagen konnte: »Ach, Liebster, ich kann auch etwas beitragen, und warum soll ich es nicht?« Und dann wollte sie ihm von dem Geld erzählen.

In der Küche saß sie sinnend vor Brot und Milch und einem Apfel – ihrem Mittagessen. Es war nicht das Geld – nein, es war doch das Geld –, weshalb es ihr so schwerfiel, die Sache Mark zu erzählen. Wohlan denn, es war nur das Geld, also war es nichts. Nein, aber es war mehr als Geld – viel mehr. Doch nun, da sie allein saß in dem ruhigen Haus, glitt alles von ihr ab und nichts war mehr da – nur der Kopf eines Knaben und nur ein Bogen in dunklem Buschwerk. Sie vergaß sogar, daß sie das Geld für ihr Kind haben wollte. Wasser und Stein – wie konnten sie gemeinsam wirken vor dem ernsten Grün alter Eiben, die selbst im Garten einer reichen Frau aussahen, als wären sie von den Druiden gepflanzt? Sie nahm den Küchenblock und den Bleistift und begann zu skizzieren. Scharf klingelte die Türglocke durch ihren Traum, und sie eilte zur Tür. Michael stand da, schlank und groß, und hinter ihm ein braunes Pferd, von einem Stallknecht gehalten.

»Ich bin einzig und allein gekommen, um mir Ihren Ton und Ihr Arbeitszeug anzusehen«, sagte er kriegerisch. »Wo ist denn der Dachboden?«

»Oben im Haus, wo denn sonst?« erwiderte sie und stieg die Treppe hinauf.

Ob er wohl auch bei ihr schwer zu behandeln war? Sie öffnete die Tür des Dachbodens, zögernd. Er stand da und blickte um sich. »Hier ist ja nichts«, sagte er.

»Du und ich und der Ton«, erwiderte sie. »Was brauchst du denn mehr?« Sie krempelte sich die Ärmel auf, legte den Arbeitskittel an, wandte dem Jungen den Rücken und begann den Ton zu mischen.

»Das ist aber ein sonderbares Kind«, hörte sie Michael sagen.

»Es ist ein neugeborenes«, erwiderte sie.

Er sagte darauf nichts. Als sie sich umwandte, hatte er das Tuch von Marks unvollendeter Büste gelüftet.

»Warum haben Sie einen Toten gemacht?« fragte er, und in seiner Stimme klang Entsetzen.

»Er ist nicht tot«, sagte sie rasch. »Die Arbeit ist nur nicht vollendet.«

»Vollenden Sie je etwas?« fragte er und starrte noch immer hin.

»Natürlich«, sagte sie. »Auch deine Büste. Komm her, hier ist der Ton.«

Er deckte den Kopf wieder zu, trat zu ihr und sah die Masse an, die sie auf dem Tisch gemischt hatte.

»Ich möchte mir die Hände nicht dreckig machen«, sagte er.

»Dann wirst du etwas anderes beginnen müssen«, sagte sie. »Es ist eine schmutzige Arbeit.«

»Ich könnte zeichnen«, schlug er vor. »Ich zeichne viel.«

»Was denn?«

»Nun, zumeist Pferde.«

Sie wusch sich die Hände, kramte unter ihren Dingen und holte Zeichenpapier und Farbstifte hervor. Sie stellte das Papier beim Fenster an die Wand und reichte dem Jungen die Stifte.

»Du kannst hier stehenbleiben und dein Pferd zeichnen«, sagte sie.

Er nahm die Bleistifte und begann wortlos zu zeichnen. Sie aber betrachtete die Lichtwirkungen auf dem jungen Gesicht und begann rasch ihren Ton nach diesem Ebenbild zu modeln und zu formen.

Schwer war es, des Jungen Bild festzuhalten, denn seine Züge waren erfüllt von zarten, verfließenden Ecken und unerwarteten kindlichen Rundungen. Die Wangen waren kindlich gerundet, aber der Mund war eigenwillig und hart, trotz der weichen vollen Lippen der Mund eines jungen Mannes. Kein einziges Mal schenkte er ihr einen Blick, und schweigend arbeitete sie nahezu eine Stunde. Dann warf er die Farbstifte hin.

»Ich habe genug«, sagte er. »Ich mache es morgen fertig.«

Sie unterbrach die Arbeit und trat zu ihm.

»Aber du hast ja nur den Wald gezeichnet«, rief sie. »Ich dachte, du würdest ein Pferd zeichnen.«

»Ich werde auf meinem Pferd in den Wald galoppieren«, erklärte er. »Und darum zeichnete ich zuerst den Wald unter dieser hellen Wolke, denn morgen wird die Helle verschwunden sein, und außerdem werde ich davor sehr klein aussehen.«

Er hatte die Masse der Bäume dunkel vor dem hellen Himmel gezeichnet.

»Gut«, sagte sie. »Wirklich, sehr gut.«

Er nahm diese Anerkennung wortlos entgegen und trat nun zu der Büste.

»Bin das ich?« fragte er.

»Du wirst es sein«, sagte sie. »Gefällt es dir?«

Er schüttelte den Kopf. »Es sieht dreckig aus. Aber ich weiß ja nicht, wie ich aussehe. Jetzt will ich gehen. Morgen komme ich wieder und zeichne das Pferd fertig.«

»Ich werde dich erwarten«, sagte sie. Nun war er fort. Als er ging, erhaschte sie noch eine Linie des Profils und drückte sie fest in den Ton. Dann wischte sie sich die Hände ab und schritt zum Fenster. Der Junge war aufs Pferd gestiegen und ritt davon. Wieder betrachtete sie seine Zeichnung. Es war überraschend, wie gut er die Schatten des Waldes unter dem Abendhimmel festgehalten hatte.

Schwer war es, so wie sie geplant hatte, munter zu Mark zu sagen: »Mark, ich habe heute ein wenig Geld verdient.« Jede andere Frau, die sie kannte, hätte dies ihrem Gatten sogleich zugerufen. Wenn Lucille beim Bridge zwei Dollar gewann, brüstete sie sich immer: »Hal wird sich ärgern, ich habe in diesem Monat zwölf Dollar gewonnen, fast genug für das Mädchen, das zu den Bälgern kommt, wenn ich fort bin.« Aber sie hatte zuviel verdient, zu leicht verdient. Mark fragte gewiß: »Wieviel?« Und wenn sie ihm dann die Summe nannte, zeigte sich wohl der dunkle, tote Ausdruck, den sie so fürchtete, in seinen Augen, und er sagte: »Das ist mehr, als ich in drei, vielleicht in vier Monaten verdienen kann.« Sie schämte sich, mehr leisten zu können als er. Sie konnte es nicht ertragen, ihn zu beschämen. Und dann war noch das andere da, abgesehen vom Gelde, das andere, das sie ihm nicht sagen konnte, denn sie wußte nicht, wie es ihm sagen – jenes Verlangen, das stärkste Verlangen, das sie kannte, jener Trieb, jene einsame Erfüllung, die sie von ihm trennte. Sie wußte selbst nicht wie, denn sie wußte nur, daß sie allein war und allein sein wollte, weil sie niemanden brauchte, nicht einmal ihn. Das konnte sie ihm nicht sagen. Vom Gelde konnte sie ihm sprechen, davon aber nicht.

In der Küche schritt sie nun rasch vom Herd zum Tisch, zum Schrank und bereitete ein Abendessen, das ihm Freude machen mußte. Doch nahm dies nur einen Teil ihres Hirns in Anspruch. Es war nur ein Spiel für die Hände. Und selbst ihre Hände arbeiteten nicht so, wie sie beim Modellieren arbeiteten. Bei all diesen Kleinigkeiten, bei der Hühnerpastete aus dem kalten Huhn vom Vortage, bei dem Aspiksalat und der Nachspeise, grübelte ihr Sinn weiter. Und sie haderte mit sich. Es nützte nichts mehr, sich nicht darüber klar sein zu wollen, was ihr Wesen war und was sie für Mark zu sein anstrebte. Vor allem mußte Mark glücklich werden. Aber wie konnte sie ihn glücklich erhalten, da sie so war, wie sie war? Ja, hier standen die Grenzen, die er gesetzt hatte – »Susans Limit«.

Sie starrte hinaus, zum Himmel empor, zum Himmel über den Wäldern. Der Sonnenuntergang war vorüber, aber der Himmel schimmerte dunkel, und der Abendstern hing daran, ungeheuer groß, so nahe war er. Dort hing er, groß, still, einsam und voll von Bedeutung. Plötzlich fühlte sie sich ganz allein mit sich selbst, und doch war sie nicht allein. Sie hielt Umschau in der Küche, und für einen Augenblick erschien ihr diese als seltsam, als ein Durchgangsort, so als könnte man jeden Tag von hier fortgehen. Erschreckt riß sie sich zusammen.

»Ich muß Mark alles sagen«, entschloß sie sich rasch. »Mark muß alles von mir wissen. Das ist die einzige Sicherheit.« Dann dachte sie: Aber warum fühle ich mich nicht sicher? Heftig zog sie die Markise herunter und schloß den Stern und den Himmel aus. Sie schloß sich in der Küche ab. Und dann sagte Mark an der Tür: »Riecht es hier eigentlich angebrannt oder nicht?«

Und sie lief zum Herd und zog die Pastete heraus; die eine Seite war ganz braun.

»Du bist gerade zurechtgekommen«, rief sie. »O Mark!« Sie stellte die Pastete hin und eilte in seine Arme.

Er war so freundlich und so gut. Warum hatte sie gedacht, es werde schwer sein, mit ihm zu sprechen?

»Versprich mir – versprich mir doch, nicht gekränkt zu sein, wenn ich dir etwas sage«, bat sie ihn nach dem Essen. Es war jetzt fast schon zu kalt, um im Dunkel auf der Terrasse zu sitzen, aber er hatte seinen alten Tweedmantel um sie gelegt und sich einen Sweater über den Kopf gezogen. »Die Sterne sind alle schon da«, sagte er. »Als ich heimging, stand nur ein großer über dem Wald. Komm, setzen wir uns noch einen Abend hinaus. Der Winter wird früh genug dasein.« Und dann sagte er: »Glaubst du denn, du könntest mir irgend etwas sagen, das mich verletzen würde?« Und sie kniete vor ihm und sagte, während sie in sein Gesicht sah, das im Sternenschein nur unklar zu sehen war: »Ich kann dich mehr verletzen als irgendein anderer, und du kannst mich verletzen, wie niemand sonst es kann, denn wir lieben einander.« Und er starrte sie an, und sie konnte seine Augen nicht sehen, sondern nur die Stellen, wo seine Wangen waren und sein Kinn und seine Stirn und seine dunklen Brauen, den Umriß seiner Nase und seines Mundes.

»Was ist es denn?« fragte er.

»Willst du es mir versprechen?«

»Du kannst mir nicht weh tun, denn ich kenne dich.«

»Oh, versprich es mir!«

»Nun schön, aber es wäre nicht nötig – komm, setz dich auf meine Knie.«

Und so setzte sie sich auf seine Knie und fühlte seinen Arm fest um sich gelegt.

»Mark, gestern abend habe ich nachgedacht – und noch immer ist mir, als müßte auch ich mein Scherflein beitragen und tun, was ich kann. Und ich dachte an meine Bildhauerei, und darum besuchte ich Mrs. Fontane. Und zum Glück hatte sie einige Freundinnen zu Besuch, und die gaben mir zwei Aufträge.«

»Geh, setz dich einen Augenblick gerade«, sagte er. »Ich möchte mir die Pfeife anzünden.«

»Der Amor sieht wirklich reizend aus, Mark«, sagte sie, während sie sich gerade setzte. Das Zündholz flammte auf, ein- oder zweimal sog er an der Pfeife und schob dann Susan ein wenig zurück. »Nun also?« sagte er.

»Für die eine soll ich eine Büste machen und einen Brunnen für eine zweite.«

»Sommerfrischler?« fragte er.

»Ja«, sagte sie.

»Wieviel?«

»Mark, o bitte, bitte, sei nicht böse – siebenhundert.«

»Siebenhundert!« rief er. »Aber, Sue!«

Sie legte ihm die Hand auf den Mund. »Oh, sprich nicht weiter – es ist doch nicht wichtig. O Mark, bitte, bitte, laß mich aus einem der hinteren Schlafzimmer ein Kinderzimmer machen, und ich möchte einen wirklich guten Kinderwagen und eine Wiege kaufen. Warum denn nicht, wenn ich es mir leisten kann?«

Er preßte ihre Hand an seine Lippen, küßte ihr die Hand, und steckte sich dann die Pfeife in den Mund. Susan lehnte sich zurück, erleichterten Herzens. Er wurde nicht zornig. Warum hatte sie geglaubt, daß es schwerfallen werde?

»Dies bringt eigentlich etwas zum Klappen, das ich schon lange im Sinn habe, Sue«, sagte er. Er klopfte die Asche aus seiner Pfeife, die er nun sorgfältig auf den Boden legte.

»Du hast mir versprochen, nicht böse zu sein«, sagte sie rasch.

»Es handelt sich hier nicht um böse sein«, sagte er. »Es handelt sich darum, was gegen dich anständig ist, liebste Sue. Ich möchte gegen dich anständig sein und weiß nicht wie.«

»Bleib nur so, wie du jetzt zu mir bist, Mark«, flehte sie ihn an. »Ich liebe unser gemeinsames Leben.«

Aber er schien sie nicht zu hören. Fest hielt er die Arme um sie.

»Ich möchte, daß du tust, was du wünschest«, sagte er flüsternd. »Mach mit dem Dachboden nur, was du willst. Das ist ja eigentlich dein Wunsch. Ich weiß es schon die ganze Zeit.«

Sie setzte sich auf und entwand sich seinen Armen.

»Aber ich möchte doch gar nichts mit dem Dachboden machen«, sage sie erstaunt. »Ich brauche ja diese Sachen für das Kind, nicht für mich. Ich weiß gar nicht, was du meinst.«

»Jetzt bist du verletzt – du bist es jetzt!« rief er. »Aber ich will doch nichts anderes sagen als das eine: du sollst nicht denken, daß du unserer Ehe wegen nicht tun kannst, was du wünschest. Ich meine, wenn du Pläne hast, Pläne, von denen ich nichts weiß, so führe sie doch durch.«

»Aber, Mark –«, begann sie. Doch sie unterbrach sich.

»Ich habe das Gefühl, als wäre ich nicht gut genug für dich«, murmelte er, und seine Stimme klang kläglich.

»Oh, Liebster! Liebster! Liebster!« rief sie, und im Dunkel griff sie nach ihm.

»Ich weiß, daß du anders bist«, murmelte er, an ihre Brust geschmiegt. »Ich habe immer gewußt, daß du anders bist. Welches Recht hätte ich –«

»Oh, still, stilll« flüsterte sie. »Nicht doch – wenn du solche Dinge sagst, ist mir, als schicktest du mich fort. Niemals soll meine Hand wieder den Ton berühren oder einen Pinsel.«

»Oh, gewiß wird sie es.« Er hob den Kopf. »Nun schau, Sue – das ist nicht gerecht. Ich wollte dir nur sagen –«

»Du wolltest mir etwas sagen und hast etwas ganz anderes gefühlt. Du bist bis ins Mark verletzt, aus irgendeinem Grunde, aber ich weiß nicht, aus welchem. Ich muß diesen Grund entdecken und dem ein Ende bereiten. Handelt es sich um das Geld?«

»Nein«, sagte er hitzig. Sie stand jetzt neben ihm und hatte die Hand auf seiner Schulter liegen. »Wenigstens ist es nicht nur das Geld.«

»Wäre es dir denn lieber, wenn ich nichts von diesem Geld für das Kind verwendete?« fuhr sie fort. »Mark, ich muß die Wahrheit wissen.«

»Nun gut«, sagte er verbissen aus dem Dunkel. »Einem Mann ist es lieber, wenn er selbst für seine Familie sorgen kann. Es setzt ihn in ein recht klägliches Licht, wenn er nicht imstande ist, das Notwendigste für seinen Sprößling zu kaufen. Aber –«

»Dann will ich mich an mein Limit halten«, sagte sie entschlossen.

»Ach, ich weiß doch, daß meine Gefühle Unsinn sind«, unterbrach er sie. »Außerdem bin ich mir nicht ganz darüber klar, daß dies der Grund ist. Ich weiß nicht, was der

Grund ist. Ich kann dir nicht genau erklären, was ich fühle.«

»Wenn du es mir nicht erklären kannst, wie soll ich es denn wissen?« fragte sie.

Er antwortete nicht. Ein langer Augenblick hing zwischen ihnen, wortlos und voll des Entsetzens. Dann begann Mark wieder zu sprechen, ruhig und ganz der alte.

»Schau, Sue, Herzallerliebste, ich muß daraufkommen, was ich fühle. Und ich habe kein Recht dir zu sagen, du dürftest das alles für das Kind nicht tun, weil ich es nicht könnte. Bleiben wir bei fünzig zu fünfzig. Ich will meine Hälfte hinlegen –« Er tastete nach ihrer Hand.

»Wirst du es mir sagen, wenn dir selbst das zu viel ist?«

»Ich verspreche es«, sagte er, und er zog ihren Kopf an seine Schulter herab.

»Wenn es dir nicht recht ist, soll es augenblicklich anders werden«, sagte sie. »Du bedeutest mir mehr als alles sonst.«

Er griff abermals nach der Pfeife.

»Ich weiß gar nicht genau, ob es das Geld ist«, sagte er. »Setz dich gerade, während ich das Streichholz anzünde.«

»Also, was denn?« fragte sie, während sie sich aufsetzte.

»Hol mich der Teufel, ich weiß es nicht«, antwortete er. »So, leg dich zurück, ich will dich ganz nahe.«

Doch als sie wieder in seinen Armen lag, konnte sie sich dem Augenblick nicht hingeben.

Ich muß selbst daraufkommen, dachte sie, aber sie sagte nichts, und Mark sprach nicht, und sie war einsam in seinen Armen. Jetzt schien kein Mond mehr. Der war untergegangen. Licht um Licht in den Häusern an der Straße erlosch, die Nacht wurde finster. Doch finsterer noch als die Nacht gähnte die Schwärze des Waldes unter den Sternen.

»Gehen wir hinauf«, sagte sie ruhelos. »Ich bin müde.«

»Du darfst nicht müde sein«, sagte er sanft. »Es sieht dir gar nicht ähnlich, daß du sagst, du seist müde.«

Sie antwortete nicht. Sie ließ sich von ihm ins Bett halb tragen, halb führen. Es verlangte sie danach, in dieser Nacht, wie sie nur konnte, sich an ihn zu schmiegen. Sie ließ sich von ihm beim Auskleiden helfen. Er bereitete ihr das Bad, und als sie nun das Nachthemd angezogen hatte, bürstete er ihr das lange Haar. Sie erlaubte ihm nicht oft, ihr das Haar zu bürsten, obwohl sie wußte, daß er dies so gerne tat, denn sie selber brachte es ja gar flink und leicht zustande. Seine langsamen, großen Hände reizten sie, und ohne es zu wissen, verletzte seine Plumpheit ihre allzu zarte Haut. Heute abend erlaubte sie es ihm. Und er zitterte und war leidenschaftlich. »Ach, wie herrlich!« flüsterte er. Plötzlich vergrub er das Gesicht in ihrem Haar. »Wie herrlich, wie herrlich!« Und nach einem Augenblick murmelte er: »Ich glaube, ich weiß nicht einmal jetzt, von welcher Farbe es ist – hellbraun, kastanienbraun, golden? – Es hat alle Farben.« Er zog sie an sich, doch sie war noch immer einsam, wenn auch nicht allein. Vielleicht fühlte sie sich gerade deshalb, weil sie mit Mark nie allein war, um so einsamer, um so getrennter von ihm, als beschäftigte sie sich mit etwas, woran er kein Teil haben konnte.

Ja, es hatte den Anschein, als ob sie und Mark nie mehr allein sein könnten, und am wenigsten allein zu jenen Zeiten, da sie knapp vorher am innigsten beisammen gewesen waren. Vielleicht, so dachte sie in der Nacht, war es das Wissen, daß das Kind wuchs, Gestalt annahm, Stunde um Stunde mehr zu einem eigenen Wesen wurde. Dieses Kind mußte sogar an der Leidenschaft seiner Eltern Anteil haben.

Und so empfand Susan Scheu vor der Leidenschaft und irgendwie auch Scheu vor Mark.

»Es ist des Kindes wegen«, murmelte sie und wich vor ihm zurück.

»Du sollst nie wieder tun, was du nicht tun willst«, sagte er und wehrte ihr nicht, vor ihm zurückzuweichen.

Und so gab es keine Möglichkeit zu erfahren, was es war, das sich zwischen ihnen geändert hatte. Nichts blieb zu tun übrig, als weiterzuleben Tag für Tag und zu vollenden, was sie versprochen hatte. Sie vollendete die Büste Michaels in langsamer Arbeit und mit mehr Sorgfalt, als sie je zuvor an eine Arbeit gewendet.

Er kam jetzt schon ganz ungezwungen auf den Dachboden und hüpfte die Treppen hinauf, ohne nach ihr zu rufen. Wenn sie auf den Dachboden kam, hatte er schon ein neues Blatt Zeichenpapier genommen, sagte nur ein flüchtiges »Hallo« und trug seine Farben auf. Niemals berührte er den Ton, und jede seiner Zeichnungen unterschied sich von den früheren. Die erste hing noch neben dem Fenster, an die Wand geheftet. Drei Tage hatte er in angespanntem Schweigen daran gearbeitet und hatte den Wald gezeichnet, groß und finster und dräuend, und im Vordergrund galoppierte das Pferd darauf zu, und er selbst war der Reiter, mit flatterndem Haar, emporgehobenem Antlitz, mit allen Fibern dem Walde zustrebend. Pferd und Reiter waren sehr klein, aber er hatte die Eile gut herausgearbeitet. Er hatte noch nie eine Zeichnung zu solcher Vollendung gebracht. Alles andere war nur in groben Umrissen und unklar hingeworfen, und er wußte nicht recht, was er eigentlich wollte. Und sie stellte ihm keine einzige Frage. Niemals fragte sie: »Was machst du da?« Sie ließ ihn gewähren und arbeitete, verstrickt in das eigene Schweigen, vertieft in des Jungen Gesicht.

Dann bezog er wieder die Schule, und sie arbeitete noch ein paar Tage nach dem Gedächtnis und vollendete die Büste. Einmal oder zweimal entglitt sein Gesicht ihrem Gedächtnis, und sie konnte sich seiner ganz und gar nicht mehr entsinnen. Da ging sie hin und blickte seine Zeichnungen an, wog sie im Geiste ab, verstand sie nicht oder versuchte, sie zu verstehen, und da tauchte ihr sein Gesicht wieder auf. Und so vollendete sie die Arbeit, und die Mutter kam, um die Büste zu sehen, ehe diese zum Guß fortgeschickt wurde. Sie stand davor und starrte sie unter ihrem breiten Hut an. »Genau wie er«, sagte sie endlich. »Nur kann ich mir nicht vorstellen, was er eigentlich macht. Es ist ein Ausdruck, den ich nicht verstehe. Was macht er denn, Susan?«

»Er reitet gegen die dunklen Wälder«, sagte Susan.

»Wie sonderbar«, murmelte die Mutter.

Aber Susan antwortete nicht. Sie verhüllte die Büste wieder mit dem Tuch. Doch als sie dann allein war, ging sie zurück und zog das Tuch von der Arbeit. Lange Zeit stand sie da und blickte die Büste an und dachte eigentlich weniger, als daß sie ihren Gefühlen gestattete, in ihr emporzusteigen gleich Nebelschwaden, anzuschwellen und zu verschmelzen und anzuschwellen und sie fortzuspülen. Und dann hörte sie im tiefen Schweigen Michaels Stimme ganz deutlich von den Lippen aus Ton rufen. Und obwohl sie nur Klang hörte und keine Worte, war es genug. Jetzt wußte sie, daß die Arbeit vollendet war und wohlgetan. Und doch, während sie lauschte, fühlte sie plötzlich Angst, fühlte sich von jeder anderen Menschenseele getrennt – auch von Mark. Sie wandte sich um und lief die Treppe hinab und ging zu ihrem Schreibtisch und setzte sich nieder und schrieb an Mrs. Vanderwelt, daß sie ihr jetzt den Brunnen für den Garten nicht machen könne. Es war besser, wenn das, was sie dem Kind zu geben hatte, im Einklang stand mit dem, was Mark geben konnte.

Als sie den Brief geschrieben und verschlossen hatte, saß sie sinnend da und schob die Gedanken an ihre Zukunftspläne von sich, die Gedanken an all das, was sie für das Kind vorgehabt hatte. Es war für dieses nicht so wichtig, alles mögliche zu haben, vielmehr, daß die Liebe zwischen seinen Eltern ungetrübt blieb. Die Liebe war ein sonderbares Ding, empfindlich gegen jede Veränderung und in jeder neuen Lage. Einst hatte Susan davon geträumt, die Liebe sei fest wie das Leben selbst und dauerhaft wie die Zeit. Aber jetzt wußte sie, daß die Liebe gehegt werden muß und gepflegt und behütet. Zwei Leute, die einander liebten, gaben sich voreinander nie ganz frei und natürlich. Immer mußten sie sorgfältig ihrer Liebe achten, diese Liebe nicht zu kränken und nicht zu verringern. Die Liebe war so gebrechlich, so leicht und so unwiederbringlich geschädigt und auf so ungreifbare Art. Nun, da Michael fort war, wollte sie nie wieder auf den Dachboden gehen.

Sie hatte an die Vollendung der Büste wahrlich mehr Zeit gewandt, als notwendig gewesen wäre. Nun, da sie sich entschlossen hatte, kein weiteres Geld mehr zu verdienen, brauchte sie die Zeit, um das, was sie haben wollte, selbst zu machen, statt es zu kaufen. Als der Herbst in den Winter überging, kaufte sie Stoff und begann zu nähen, und sie kaufte Knäuel hellblauer Wolle und begann zu stricken. Ihre Mutter brachte ihr einen Koffer voll mit alten Kinderkleidchen, vergilbt, aber sauber, und eines Tages führte Marks wortkarge Mutter sie in Marks kleines, altes, leeres Schlafzimmer in dem Farmhaus, wo er geboren worden war, und öffnete eine Lade und sagte: »Wenn du die Sachen brauchst –«

Aber Mark war das einzige Kind gewesen, und Susan sah, wie die Blicke seiner Mutter von den wenigen Kleidungsstücken nicht weichen wollten, die aus jener Kindheit zurückgeblieben waren, und sie sagte: »Ich werde sie nicht brauchen, Liebe. Bewahre sie weiter auf.«

»Ich möchte dir aber helfen«, sagte Marks Mutter.

»Wenn ich Hilfe brauche, werde ich mich daran erinnern«, erwiderte Susan leise.

Marks derbknochige, fast bis zur Stummheit wortkarge Mutter verließ ihr Haus nie, und darum sagte Susan oft zu Mark: »Solltest du nicht deine Mutter besuchen gehen?«

Aber Mark hatte sich den beiden alten Leuten entfremdet, in einer Art Groll darüber, daß sie sich unentwegt an das klammerten, was von jeher gewesen. »Sie sind so stolz auf dich – besuche sie doch, Mark«, drängte sie ihn, und er sagte voll Ungeduld: »Wenn ich hingehe, ist es immer das gleiche. Sie haben mir nichts zu sagen und ich ihnen nichts.« Und nun musterte sie den großen, fast kahlen Kopf seiner Mutter und dachte: Das wäre ein herrliches Porträt in Stein – knochiger Schädel, tiefe Augen, breiter Mund. Dann schob sie den Gedanken beiseite. Sie wollte nicht mehr auf den Dachboden gehen, für lange Zeit nicht, vielleicht nie wieder.

»Warum besuchst du deine Eltern nicht öfter?« fragte sie Mark eines Abends.

»Was haben die beiden je für mich getan?« erwiderte er. »Alles mußte ich selbst für mich tun.«

»Sie gaben dir das Leben«, sagte sie.

»Das nackte Leben ist nicht viel«, entgegnete er...

Das nackte Leben, so dachte sie, und sie entsann sich seiner Mutter – das war alles, was diese Frau zu geben vermocht hatte, und ihm erschien es nicht genug. Und doch, es war das Kostbarste, das eine Frau geben konnte ... Es war alles, was eine Frau zu geben hatte, es war das Kostbarste.

In der engen Zelle eines Spitalzimmers schenkte sie John das Leben. Der Arzt lachte sie an. »Sie verstehen sich auf das Geschäft, als hätten Sie schon zehn Kinder zur Welt gebracht.«

Sie wußte, daß dies nicht wahr war, aber als sie ruhelos durch dieses Zimmer schritt und darauf wartete, daß das Kind geboren werde, hatte sie sich fest entschlossen, nicht zu wimmern und nicht laut zu schreien. In einem anderen Zimmer kreischte eine Frau: »Oh, muß ich denn sterben? Ich habe solche Angst vor dem Sterben!« Sie wollte das

Kind, sie hatte es geschaffen, und jetzt sollte es geboren werden. Sie hörte dieses alberne Kreischen und hielt den Mund fest geschlossen, als der letzte Augenblick kam.

»Wie geht es dir, Liebste?« Marks weißes Gesicht zeigte sich in der Tür.

»Prächtig«, antwortete sie kurz, die Augen schimmernd vor Pein, die Hände naß. Schweigend schlug sie sich durch die nächste Stunde.

»Aber Sie hatten eigentlich gar keine Schmerzen, Mrs. Keening«, sagte die Pflegerin.

Dumme Gans! dachte Susan.

Jetzt lag sie ausgestreckt da. John war geboren. Noch immer versank sie in Schmerzen. Einen Augenblick hatte die Pflegerin ein dunkelhäuptiges, in eine Decke gehülltes kleines Ding in die Höhe gehalten. Keine Seele wußte, welche Foltern Susan erduldet hatte. Sie ertrank in Pein. Aber sie freute sich, daß sie nicht geschrien hatte. Mark stahl sich auf den Fußspitzen ins Zimmer, um sie zu küssen, und flüsterte: »Der Doktor sagt, er hat noch nie eine so leichte Geburt gesehen.«

Sie lächelte, unfähig zu sprechen. Erst jetzt verebbten die Schmerzen, und ihr Körper blieb schwach, wie an den Strand gespült. Sie schlief, fast ohne aufzuwachen, Tag und Nacht, zwei Wochen lang, und endlich erwachte sie, ebenso erschöpft vom Schlaf wie früher vom Schmerz, und kehrte in ihr Heim zurück. Ehe sie ins Spital ging, hatte sie die Tür des Dachbodens versperrt, und als sie zurückkam, öffnete sie sie nicht.

Johns Zimmer war das Herz dieses Hauses, obwohl das Zimmer kahl war und nichts anderes enthielt als eine Wiege, einen Tisch und einen Stuhl.

Doch nach einer Weile gewöhnte sich Susan an den kahlen Raum und vergaß alles andere über der Entdeckung ihres Kindes, Johns. Noch nie hatte sie mit einem kleinen Kind gelebt, und jetzt erkannte sie, daß er von Anfang an schon eine Persönlichkeit war. Niemals konnte sie genug darüber nachsinnen, wie es wohl kam, daß man, gab man Gestalt, auch Wesen gab. Sie konnte an dem jungen Geschöpf nicht die geringste Ähnlichkeit mit sich selbst oder mit Mark entdecken, überhaupt keine Ähnlichkeit mit irgend jemandem. Er war zurückgegangen in die unbekannte Vergangenheit und hatte unter jenen schon lange Toten seine gedrungene, feste Gestalt geholt, seine eckigen, kurzfingrigen Hände, seinen runden Kopf und sehr klare, haselnußbraune Augen und einen Mund, der so lächeln konnte und so gelassen war, daß sie über solche Weisheit in einem solchen Kindergesicht oft lachen mußte. Einmal saß sie da, John auf dem Schoß, und erinnerte sich des tönernen Kindes auf dem Dachboden, und sie fühlte den Drang, hinaufzugehen und es wieder anzuschauen. Sonst wollte sie nichts anschauen und schnell, schnell wieder zurückkehren. Sie stieg hinauf und starrte die Arbeit an und sah, daß der getrocknete Ton ein wenig rissig geworden war, und über das Gesicht zogen sich kleine, feine Runzeln, die ihm einen seltsamen Ausdruck der Frühreife verliehen. Aber der Kopf hob sich noch immer in der alten Frage: »Warum bin ich geboren worden?« Rasch bedeckte sie die Arbeit wieder und stieg hinab.

Doch als John heranwuchs, schloß er sich mehr an Mark an als an sie. Den ganzen Tag betreute sie ihn und behütete ihn, aber niemals sprang er in ihre Arme, wie er es gar bald bei Mark tat. Und Mark vergötterte ihn. Wenn er jetzt heimkam, ging er nicht, wie er es bisher immer getan hatte, zuerst auf die Suche nach Susan. Nein, zuerst nahm er den Weg ins Kinderzimmer, und manchmal war es sein Lachen, woran sie erkannte, daß er heimgekommen war. Zwischen den beiden lebte etwas eng Verbundenes und Warmes, und oft, wenn sie dieses Lachen hörte, ging sie nicht hinein, sondern setzte ihre Arbeit in der Küche fort. Zu solchen Zeiten hielt sie in ihrem Tun inne und blickte durchs Fenster, und die Mauern der Küche wichen vor ihr zurück, und es war ihr, als schlenderte sie allein durch jenen Wald. Seit der Geburt Johns war sie eher einsamer geworden. Es war, als hätte sie etwas vollendet und nichts Neues begonnen. Die Zeit ging dahin im Alltag der Arbeit, der Arbeit ihrer Hände, und ihr Hirn mußte warten.

»Ich habe in letzter Zeit meine Freundinnen vernachlässigt«, sagte sie eines Abends bei Tisch zu Mark. »Ich habe das Gefühl, als wäre ich ein wenig hinter der Zeit zurückgeblieben. Ich möchte eine Gesellschaft geben, Mark.«

»Fein«, sagte er. »Es ist schon eine Ewigkeit her, seit wir Besuch hatten. Es wird dich doch nicht zu sehr anstrengen?«

»Ich fühle mich kräftiger denn je«, sagte sie.

Es war ganz richtig, daß sie Unruhe empfand, unter irgendeiner Energie, die nicht einmal von der Geburt Johns verbraucht worden war. Ihre Mutter sagte kummervoll: »Übertreibe es nicht, Susan. Es wäre schon notwendig, dir eine Hilfe ins Haus zu nehmen.«

»Ach, John ist so artig, daß er mir fast gar keine Zeit wegnimmt«, sagte sie ungeduldig.

Und ihr Vater schneite eines Tages ins Haus. Sie hörte seinen Stock auf dem Fußboden der Hall poltern, und als sie hinauseilte, stand er da, die Mütze übers Ohr gezogen.

»Ich habe ein Gedicht verkauft«, sagte er. »Zwanzig Dollar hat es getragen. Deine Mutter sagt, du seist überarbeitet.« Er wühlte in seiner Tasche.

»O du meine Güte!« rief Susan. »Sehe ich denn überarbeitet aus? Dabei habe ich immer das Gefühl, als wäre ich nur zur Hälfte beschäftigt. Schau mich doch an!«

Er schaute sie an und grinste. »Du siehst ungefähr so überarbeitet aus wie die Freiheitsstatue. Nun schön, warum kommst du denn nicht und spielst mir wieder vor?«

»Ich muß John betreuen«, sagte sie.

»Bring ihn mit«, erwiderte er. »Warum nicht? Es wird ihm gut tun, wenn er einmal Musik hört.«

»Schön«, sagte sie nach kurzem Zögern. »Warum nicht?«

Und sie holte das Kind und nahm es mit sich, und auf seinem Dachboden machte der Vater ein Nest aus Kissen auf der Matte.

»So, jetzt kannst du ihn vergessen«, sagte er. »Also, auf zur Musik!«

Und sie spielte, und bei der Musik vergaß sie John.

Aber die Musik verstärkte nur die ruhelose Einsamkeit in ihr. Vielleicht brauche ich Menschen, dachte sie. Ich muß eine Gesellschaft geben.

»Geht es dir gut?« fragte der Vater unvermittelt, als sie das Piano schloß. »Dist du glücklich, und überhaupt?«

»O ja«, sagte sie lächelnd. »Warum nicht? Ich habe alles – Mark hat großen Erfolg – erst neulich konnte er das Grainger-Grundstück verkaufen – an einen Bildhauer. Ist das nicht interessant? Ich habe alles.«

»Alles ist nicht immer genug«, sagte ihr Vater.

»Susan, Susan!« rief die Mutter vom Fuß der Treppe. »Kommst du nicht herunter?«

»Ja, ja«, rief sie zurück, und sie hob den schlafenden Sohn auf.

Unten im Schlafzimmer nahm die Mutter John auf die Knie und wiegte ihn. Er schlief gut und tief.

»Welch Glück, daß er so gesund ist«, flüsterte die Mutter, und dann sagte sie in dem gleichen, keuchenden Flüstern: »Ich bin froh, daß du ihn hast. Ein verheiratetes Paar braucht nach einem oder nach zwei Jahren irgend etwas anderes, vor allem die Frau. Anfangs ist man ganz eingehüllt ineinander und ins gemeinsame Leben, aber dann, wenn das Haus eingerichtet ist und der Mann regelmäßig kommt und geht, empfindet man das Bedürfnis nach mehr.« Sie machte eine verlegene Pause. »Das heißt – ich nehme an, daß du und Mark genauso seid wie alle anderen.«

»Ich weiß es nicht«, sagte Susan, und dann sagte sie: »Wir sind sehr glücklich.«

»Das solltest du auch sein«, sagte die Mutter. »Ich weiß, daß Marks Leute einfach sind, aber sie sind hochachtbar. Ich glaube, so ein Mann wird der beste Gatte. Immer war ich der Ansicht, dein Vater wäre glücklicher geworden, hätte er nicht einen Berufsmusiker zum Vater gehabt. Und darum ist sein Gemüt nicht gefestigt, sein ganzes Leben lang, und das war für mich nicht leicht.«

»Wie war eigentlich Großvater?« fragte Susan. Sie erinnerte sich aus ihrer Kindheit einer zornigen Stimme, eines gewaltigen, weißwirren Kopfes und unruhig zuckender, unablässig sich bewegender Hände.

»Ich habe es beinahe schon vergessen«, sagte die Mutter. »Er ist seit Jahren tot. Ich hatte nie viel für ihn übrig, und er mochte mich nicht leiden. Ich verstand seine Reden nicht. Er sprach immer so, daß man nicht wußte, was er meinte. Ich liebe einfache Dinge.«

John auf ihren Knien öffnete die Augen und lächelte beide freundlich an, und sie erwiderten sein Lachen und vergaßen, wovon sie gesprochen, für diesen Augenblick einig in ihm. Dann seufzte Susans Mutter.

»Es dauert ja so kurze Zeit, und sie sind erwachsen. . . Ach, Susan, Mary möchte unbedingt, daß wir sie in ein anderes College schicken, obwohl sie weiß, daß ihr Studium hier nichts kosten würde, da ja Vater Professor ist. Sie ist weit schwieriger zu behandeln als du.«

»Sie weiß nicht, was sie will«, sagte Susan. »Und das ist immer schwer. Laß sie gewähren, Mutter.«

»Nun schön«, sagte die Mutter zögernd, »ich weiß nicht, ob wir es schaffen können. Der Grund, warum sie fort möchte, ist ja so albern.«

»Warum denn?«

»Nun ja, sie sagt, sie möchte nicht in dasselbe Institut gehen wie du, denn dann hätte sie das Gefühl, sie müßte es deinen Leistungen gleichtun und immer die erste sein und dergleichen.«

»Das muß sie doch nicht.«

»Natürlich nicht, und ich habe es ihr auch gesagt. Aber sie sagt, sie möchte irgendwohin gehen, wo niemand sie kennt.«

»Dann soll sie gehen.« Susan hob ihr Kind auf. »Ich muß jetzt nach Hause. Mark wird warten.«

»Du rätst uns also, sie fortzuschicken?« Die Mutter folgte ihr zur Tür.

»Ganz gewiß«, erwiderte Susan. Jener tiefe, dumme Schmerz wurde ganz ohne Grund ein wenig tiefer. Denn natürlich war es dumm, Mary zu zürnen, weil diese frei sein wollte von der älteren Schwester.

Am nächsten Tag rief sie alle an, eine nach der anderen, ihre alten Freundinnen, und lud sie ein.

»Ich habe euch seit Ewigkeiten nicht gesehen«, rief sie ins Telephon. »Ich vermisse euch – ich fühle mich ohne euch einsam. Außerdem ist John ja schon ganz erwachsen!«

Einen Tag lang war ihr Heim erfüllt von Eile und Geschäftigkeit. Rasch machte sie John fertig, und singend flog sie in der Küche auf und ab.

»Welch Spaß, so viel zu tun zu haben!« rief sie freudig ihrem Mann beim Mittagessen zu. »Ich glaube, ich bin wirklich nur halb beschäftigt!« Aber trotzdem hatte sie sich die Zeit genommen, ihm sein Lieblingsgericht zu bereiten, und er aß es mit Freuden.

»Heute hatte ich nur mit einem Reste-Essen gerechnet«, sagte er.

»Es hat kaum eine halbe Stunde in Anspruch genommen«, sagte sie, »und das alles macht mir ja solchen Spaß.«

Sie hatte sich das Vergnügen, die Blumen in Vasen zu ordnen, für den Nachmittag aufgespart, und jetzt widmete sie sich voll Sorgfalt dieser Arbeit und schuf aus jeder Blumenvase ein vollendetes kleines Gemälde. Dann kleidete sie sich an, und schließlich steckte sie John in winzige Spielhöschen. Und um drei Uhr hielt sie ihn im Arm, während sie ihren Freundinnen die Tür öffnete, und sie kamen herein, und das ruhige Haus fullte sich mit Geplauder und Lachen und mit plötzlichen kurzen Ausrufen der Freude und Überraschung. Das war der Höhepunkt dieses Tages, als jetzt ihre Freunde kamen und ihr Haus füllten.

»Hat es dir gefallen?« fragte Mark, während er ein belegtes Brot nahm und hineinbiß. Alle waren nun fort und das Haus zurückgekehrt in die alte Stille.

»John war furchtbar artig«, sagte sie, während sie sich mit dem Geschirr beschäftigte. Im Haus war so ein Lärm gewesen, daß nun trotz ihrer Stimmen Grabesschweigen zu herrschen schien.

Mark nahm ein Geschirrtuch und begann die Teller zu trocknen, während Susan weiterwusch, schnell und gewandt.

Sie unterbrach ihre Arbeit und wandte sich zu ihm, die Hände noch im Spülwasser.

»Ich habe ein sehr sonderbares Gefühl, nämlich, daß sie mich gar nicht mögen«, sagte sie leise.

»Aber, Kind«, rief er und eilte zu ihr, sie in die Arme zu schließen. Doch sie schüttelte den Kopf.

»Nein, Mark, laß, meine Hände sind ganz seifig. Außerdem – ich kann keinen Grund dafür finden.«

Er trocknete weiter Geschirr ab. »Haben sie denn etwas gesagt?«

»Nein, nein – sie bewunderten alles – sie lobten die Sandwiches und den Kuchen ungemein, und das Bridge war sehr angeregt –« Sie machte eine Pause und sann nach. »Und doch hatte ich die ganze Zeit das Gefühl, als wäre ihnen nicht wohl, weil ich das alles allein zustande bringe – und dazu habe ich noch John –«

»Denk nicht an die Leute«, sagte Mark scharf. »Sie fühlen sich schuldbewußt. Die meisten Frauen sind ja träge und kreischen nach Hilfe, wenn sie nur ein wenig Arbeit zu leisten haben.«

»Lucille hat etwas Sonderbares gesagt. Sie sagte: ›Kinder, ich glaube, wir müssen Susan boykottieren, weil sie für uns alle die Arbeitsbedingungen drückt.‹ Natürlich lachte sie bei diesen Worten. Und auch alle anderen lachten.«

»Denk nicht daran, sag' ich dir«, wiederholte Mark. »Und schließlich werden wir doch vielleicht nicht unser ganzes Leben hier bleiben. Manchmal glaube ich, es wäre besser, aus deiner Heimatstadt fortzuziehen, wo jedermann alles weiß.«

Aber sie fuhr fort: »Ich sagte Lucille: ›Du hast zwei Kinder, Lucille. Wenn ich einmal zwei habe, werde ich gewiß ebenfalls Hilfe brauchen.‹ Aber eigentlich glaube ich das gar nicht, Mark. Ich will ja beschäftigt sein – ich will Arbeit –, ich habe ja bei weitem nicht genug zu tun.«

»Denk nicht daran«, sagte Mark. »Du paßt mir so, wie du bist.«

Er ging zu ihr und nahm sie in die Arme, und sie fühlte seinen Körper an ihrem, fest und gut, und sie war dankbar.

Schließlich – sie hatte ja Mark und John. Sie stellte an Leute wie Lucille allzu hohe Anforderungen. Darum beschloß sie, mit dem, was sie hatte, mit Mark und John, zufrieden zu sein. Für den Augenblick war sie weniger einsam. Vielleicht, wenn sie die Mauern eng genug um sich errichtete, wenn sie ihr Haus gerade groß genug machte für diese, vielleicht war sie dann nicht allein. Denn die Träume machen den Menschen einsam...

Dann erklang eines Tages die Türglocke, und als Susan öffnete, stand Michael da in Reithosen und einem blauen Hemd, um vieles größer und breiter.

»Hallo!« sagte er freundlich und lächelte.

»O Michael!« rief sie.

»Ich habe die Büste gesehen, die Sie von mir gemacht haben, und da beschloß ich, Sie aufzusuchen«, sagte er. »Sie ist jetzt besser als zuvor. Was haben Sie sonst noch geleistet?«

»Nichts«, sagte Susan. »Außer Sie nennen ein Kind eine Leistung.«

Aber er war an ihr vorbeigeschritten und ging jetzt geradewegs zur Treppe, die auf den Dachboden führte.

»Sie meinen das unvollendete Kind, das ich einmal gesehen habe? Ich habe das nie vergessen.«

»Nein, ich meine ein wirkliches«, sagte sie.

»Ach so«, sagte er gleichmütig. Er stand jetzt an der Tür zum Dachboden und rüttelte daran. »Oh, die ist ja verschlossen!« rief er ungeduldig.

»Ich halte sie versperrt«, antwortete sie.

»Öffnen Sie«, sagte er, und sie öffnete die Tür, und sie gingen gemeinsam hinein, und er betrachtete seine eigenen Zeichnungen, die sie an der Wand gelassen hatte, genauso, wie er sie hingestellt hatte. »Ach, diese alten Sachen!« sagte er. »Für einen so kleinen Jungen waren sie gar nicht schlecht, nicht wahr? Wissen Sie, ich glaube, daß mir erst die Arbeit hier bei Ihnen die Augen darüber geöffnet hat, daß ich Maler werden möchte.«

»Haben Sie Fortschritte gemacht?« fragte sie.

»Ich habe seither Lektionen genommen. Ich will nicht ins College. Es ist für mich Zeitvergeudung, mich mit etwas anderem als mit Malerei zu beschäftigen. Ich gehe nach Paris, werde aber nicht so französisches Zeug machen. Ich möchte nur die Farbentechnik erlernen. Dann komme ich zurück und werde malen – oh, du meine Güte, alles das malen, was mir jeden Tag auffällt. Sie wissen doch, daß bisher fast noch niemand Amerika gemalt hat. Der Wald hier ist nicht schlecht, nicht wahr? Vielleicht male ich einmal auch Sie, wissen Sie.« Er war so sicher, so voll von Energie, daß sie sich klein und minder fühlte. »Also ernsthaft, was haben Sie gemacht?« fragte er.

»Ich sagte Ihnen schon, nichts«, wiederholte sie munter und dreist.

»Überhaupt nichts?«

»Überhaupt nichts«, sagte sie. Sie erwähnte jetzt John nicht mehr, weil sie an ihn gar nicht dachte. Es schien ihr, als wäre sie völlig müßig gewesen.

Er maß sie mit starrem Blick, Anklage in den blauen Augen.

»Sie sollten sich schämen«, sagte er endlich. Nun trat er zu der Figur des Kindes, betrachtete sie und betrachtete dann die Büste Marks.

»Genauso, wie sie waren, unvollendet.«

»Unvollendet«, wiederholte sie.

»Und Sie«, sagte er, zu ihr gewandt, »sind Sie denn glücklich, sind Sie befriedigt, obwohl Sie überhaupt nichts getan haben?«

Er starrte sie an, und sein Blick durchbohrte sie, seine langen, jungen Zeigefinger schienen nach ihr zu stechen wie Dolche, und sie konnte vor ihm nicht lügen.

»Nicht ganz«, sagte sie matt. Und als ob er ein erwachsener Mann wäre, begann sie nun demütig zu sprechen: »Die Umstände meines Lebens –«

Aber er hörte nicht zu. Er nahm keinen Anteil an den Umständen ihres Lebens. Er ergriff nun das Wort, als ob sie gar nicht spräche.

»Da gibt es einen Mann – den Bildhauer David Barnes –, der hat hier ein Haus gemietet, das alte Grainger-Grundstück, und gestern abend war er bei uns zu Hause eingeladen. Er sah die Büste, die Sie gemacht haben, und als er sie sah, schrie er geradezu: ›Wer hat das gemacht?‹ Und als Mutter es ihm sagte, sagte er: ›Sagen Sie ihr, sie soll mich aufsuchen.‹«

»O Michael, nein wirklich?«

»Ja, ja, das ist auch mit ein Grund, warum ich heute hergeschaut habe. Werden Sie hingehen?«

»Ich weiß nicht.«

Sie betrachtete seine Zeichnung – den Wald, der sich dunkel vom Himmel abhob, die kleine Gestalt eines Pferdes, das in gefährlicher Hast dahinsprengte.

»Ja, Sie werden.«

»Meinen Sie? Ich verspreche nichts.«

»Sie werden morgen gehen.«

»Ich weiß nicht.«

»Sie werden es bis an Ihr Lebensende bereuen, wenn Sie es nicht tun.«

Sie wandte sich ihm zu, um das abzustreiten, aber sie konnte kein Wort über die Lippen bringen, ihre Augen standen voll Tränen, und ihr Herz war schwer von Gefühlen, die sie nicht erfaßte.

»Leben Sie wohl«, sagte Michael freundlich. »Heute abend will ich Dave Barnes anrufen und ihm sagen, daß Sie morgen um drei Uhr hinkommen. Sie kennen doch David Barnes – er hat im vorigen Jahr mit seiner Kolossalstatue den Preis von Chicago gewonnen. ›Früher Titan‹ heißt das Werk.«

Dann war Michael fort, und sie stand allein im Dachbodenraum, versunken in eine so gewaltige, in eine so tiefe Sehnsucht, daß nichts, das sie je erlebt, dem glich.

»Ich kann John nicht verlassen, und ich kann ihn nicht mitnehmen«, dachte sie, doch gleichzeitig schmiedete sie hastig Pläne. »Ich kann Mutter bitten, zu kommen und eine kleine Weile ihm Gesellschaft zu leisten. Und wenn es später sein muß, kann ich ja für eine regelmäßige Hilfe –«

Sie stieg die Treppe hinab, badete, fütterte John und bereitete sorgfältig das Abendessen. Und als Mark kam, sagte sie nichts von alldem, was sie – das wußte sie jetzt genau – bestimmt zu tun gedachte.

Rasch legte sie die Handschuhe an und hielt in der Tür des Wohnzimmers Umschau. Alles war in Ordnung. Im Zimmer oben schlief John. Ihre Mutter saß in dem großen Lehnstuhl, hatte die Schuhe abgelegt und die Füße auf einem Schemel und eine Zeitschrift in der Hand.

Susan sagte: »Wenn er aufwacht, bevor ich zurückkomme, kannst du ihm ein wenig Orangensaft und ein Stück Toast geben. Aber ich komme bald zurück.«

»Soll ich dir irgend etwas zum Abendessen vorbereiten?« fragte die Mutter und sah das verlockende Bild eines Salats.

»Alles ist bereit, in den Herd geschoben zu werden. Ich bin rechtzeitig zurück.«

»Schon gut«, sagte die Mutter, und sie blätterte weiter und begann eine Geschichte zu lesen, und als sie zu lesen begann, wurde ihr Gesicht leer.

Susan schloß die Tür hinter sich und schritt hinaus in den hellen Frühlingsnachmittag und ging die Straße hinab zur Haltestelle des Autobusses. Sie wollte den Fahrer bitten, sie möglichst nahe am Tor des Grainger-Grundstückes abzusetzen, und dann wollte sie den Pfad hinaufschreiten unter den üppigen alten Bäumen und dann und dann – Sie hatte ja keine Vorstellung davon, was geschehen konnte. Aber dann sollte sie das Haus betreten, in dem ein großer Bildhauer seine Arbeit tat, und sie hörte ihn von seiner Arbeit sprechen, und sie konnte ihm alle die Fragen stellen, auf die sie allein keine Antwort fand und die kein einziger Mensch, den sie je kennengelernt, zu beantworten vermochte. Ihr ganzes Leben lang hatte sie einem Menschen geglichen, der allein durch dunkle Wälder wandert, und nun trat sie ins Licht. Sie sollte nun lernen, sollte erfahren, wie sie das schaffen konnte, was zu schaffen sie sah.

Doch als sie vor dem Tor des Grainger-Grundstückes ausstieg, betrat sie anderen Boden. Und sie hatte Angst. Was begann sie hier? Und was sollte das Ende sein? Sie hätte sich umdrehen und die Stufen des Autobusses wieder ersteigen können, wäre der nicht in einer Wolke von Staub davongedonnert. Sie hätte sich umdrehen und fortgehen können, wäre sie nicht die ganze Nacht schlaflos gewesen, hätte sie nicht von diesem Augenblick geträumt, ihn sich vorgestellt, ihn sich noch immer verboten, obwohl sie wußte, er würde kommen, weil sie ihn allzusehr herbeiwünschte, um ihn sich zu verweigern.

»Was ist denn los?« hatte Mark noch halb im Schlaf gefragt, als sie das Licht anknipste, da sie nicht mehr imstande gewesen war, die Wirklichkeit ihres Träumens zu ertragen. Sie mußte sich dieses Raumes vergewissern, ihres Bettes, ihrer Kommode.

»Nichts«, sagte sie und löschte das Licht.

Und jetzt ging sie, so wie sie geträumt hatte, geradewegs durch das Tor, zwischen abbröckelnden roten Ziegelpfeilern, einen breiten, gekrümmten, sandbestreuten Pfad hinauf, zu den Säulen des alten Kolonialhauses. Sie erstieg die Stufen, die zur Tür führten, und klingelte. Nichts war bis jetzt geschehen, dem Verfall dieses Hauses Einhalt zu gebieten. Die Stufen waren locker und die Bretter des Fußbodens unter ihren Füßen aufgeworfen. Aber Susans Traum machte an der Tür halt, sie hatte nichts von dem geträumt, was hinter dieser Tür lag. Vielleicht war er groß, zackig, gewaltig, seinem eigenen Werk gleich, eine Art Titan, der Titanen schuf.

Aber die Tür wurde aufgerissen, und ein kleiner Mann mit gewaltigem schwarzem Bart stand da. Er war um einige Zoll kleiner als Susan, hatte ein Bäuchlein und runde Schultern. Im selben Augenblick sah sie auch seine Hände, und die waren eckig und kräftig wie die eines Bergmannes und hatten schmutzige Nägel.

»Was wollen Sie?« fragte er.

»Ich bin Susan Gaylord«, sagte sie. »Michael schickt mich.«

Unter den buschigen schwarzen Augenbrauen, unter dem rauhen schwarzen Haar blickte er sie groß an. Er war haarig wie ein Gorilla.

»Ach, Sie sind das Mädel«, sagte er. »Kommen Sie herein. Das war eine gute Büste, nur abscheulich gegossen. Wenn Sie sie selber gegossen hätten, wäre sie besser geworden.«

»Ich weiß nicht sehr gut Bescheid«, sagte sie beschämt. »Ich hatte den Namen der Gießerei aus einem Handbuch für Bildhauer.« Er antwortete nicht, und sie folgte ihm in den Raum, der einst der große Salon des alten Grainger-Hauses gewesen war. Hier war alles voll mit Kisten und halb ausgepackten Figuren.

»Setzen Sie sich«, sagte er, und sie setzte sich auf eine Kiste und sah nichts.

»Nun, was wollen Sie?« fragte er unvermittelt.

»Ich weiß nicht«, sagte Susan. »Ich weiß überhaupt nicht, ob ich irgend etwas will.«

Mit dem dicken Zeigefinger rieb er sich die breite, flache Nase.

»Sie täten gut daran, hierzubleiben und sich umzusehen, bis Sie es wissen«, sagte er gereizt. »Ich bin in einer kleinen Weile wieder da. Wenn ich Sie dann nicht mehr finde, nehme ich an, daß Sie gar nichts von mir wollen.«

Er schob die Kiste zur Seite, auf der er gesessen hatte, und schritt aus dem Raum, klobig wie ein Matrose, und sie war allein gelassen. Doch nach kurzer Zeit bemerkte sie, daß sie nicht allein war. Die Gestalten aus Marmor und aus Bronze, die nichts gewesen waren, als sie eingetreten, erwachten nun zum Leben, und eine jede hatte ihre eigene Bedeutung. Stimme um Stimme begann nun zu sprechen, und Susan schenkte der einen und der anderen Gehör. Da waren zwei Tanzende, ein Mann und eine Frau, und sie erhoben sich aus der Holzwolle und aus dem Sackleinen, worin sie verpackt worden waren. Menschen von einer wilden Insel mit langen, schmalen Körpern und flachen Gesichtern, die Augen schräg und tief. Die Frau kauerte da, den Kopf zurückgeworfen, und der Mann sprang zu ihr. Sie sprachen zueinander, nicht zu Susan, aber sie konnte die beiden murmeln hören – Worte, die sie nicht kannte. Eine Weile stand sie vor ihnen und sah, wie die glatten, straffen, kräftigen Muskeln sich bewegten oder sich anschickten zur Bewegung unter der dunklen, geschmeidigen, glatten Haut. Er hatte sie irgendwo so gesehen, in einem Tempel oder an einem Strand neben dem warmen Meer. Susan trat nun zu der Gestalt der Frau, einer schweigsamen, wartenden Frau, die die Hände im Warten ineinandergeschlungen und den Kopf gebeugt hatte. Aber unter der zarten Stirn blickten die Augen angstvoll und wartend, und der warme Marmor ihres Körpers fragte: »Hat niemand ihn gesehen, hat niemand ihn zu mir kommen gesehen?«

Und dahinter stand eine lebensgroße Gestalt, und Susan sah sie an, und sie sah, daß es Michael war, den schönen Körper nackt, die Hände geballt. Und rings um sie verpackte Kisten, und sie konnte fühlen, wie Wesen aus diesen Kisten barsten. Sie konnte sich kaum zurückhalten, an diesen Kisten zu rütteln, um die Wesen freizulassen, um die Wesen zu sehen.

Ein Klumpen Ton lag auf einem Tisch, und sie ging ruhelos hin, brach ein Stück davon ab und rollte es in den Händen, ungeduldig, hungrig, voll Freude über die feine Masse in ihren Händen. Sie preßte sie zusammen in ihren Händen und öffnete dann die Hände. Da lag der Ton und trug die Spuren ihrer Finger. Und rasch begann sie die Masse zur Gestalt zu formen.

»Was machen Sie da?«

Sie hörte seine Stimme so scharf, daß sie zusammenfuhr, und schon war sein bärtiges Gesicht an ihrer Schulter.

»Ich weiß es nicht«, sagte sie und hielt ihm den Ton hin.

Er nahm ihn und blickte lange Zeit darauf. In rauhen Umrissen war hier sein Gesicht, und er erkannte es.

»Was wollen Sie von mir?« fragte er.

»Lehren Sie mich, was ich wissen muß«, bat sie.

Er legte den Klumpen hin und schritt nun zwischen seinen eigenen Figuren auf und ab, die um so vieles größer waren als er. »Eine Frau!« hörte sie ihn flüstern. »Teufel, Teufel, Teufel! Daß so etwas einer Frau gegeben ist!« Er hielt inne und wandte sich zu ihr und starrte sie wütend an. »Jedenfalls sind Sie kräftig«, sagte er. »Sie sehen kräftig aus wie ein Mann.«

»Ich bin es«, sagte sie.

»Sie müssen es sein und mehr noch«, sagte er, und er zog eine braune Tweedmütze aus der Tasche. »Na, los!« rief er.

»Wohin denn?«

»Wo Sie Ihre Sachen aufbewahren«, sagte er. »Ich muß ein wenig mehr sehen als jenen schauerlich schlecht gegossenen Kopf. Ich muß Sie von den Anfangsgründen an unterrichten. Schauen Sie, Sie müssen erst lernen, wie Sie alles selber machen können, auch den Guß, alles. Die Leute glauben heutzutage, sie seien zu großartig für solche Dinge. Sie formen ihre kleinen Modelle und machen Klumpen Schlamm und schicken sie dann fort zum Fertigstellen. Ich nicht! Was ich mache, das mache ich vom Anfang bis zum Ende. Und darum wird es auch so.«

»Ich habe gar nichts, was ich Ihnen zeigen könnte«, sagte Susan.

»Sie müssen doch etwas haben«, grölte er. Dann riß er sich die Kappe vom Kopf und steckte sie wieder in die Tasche.

»Nein, ich habe nichts«, sagte sie bekümmert. »Ich habe nichts gemacht.« Sie vergaß die vielen Zimmer, die sie gefegt, die Mahlzeiten, die sie bereitet, die Betten, die sie in Ordnung gebracht. Sie vergaß Mark und John, und schließlich sagte sie: »Ich habe zwei kleine Arbeiten – eine Büste und eine Kinderfigur, und beide sind unvollendet.«

Wieder zog er die Kappe aus seiner Tasche und stülpte sie sich auf den Kopf.

»Was für eine Verzögerung!« knurrte er. Dann stelzte er aus dem Raum, und sie folgte ihm.

Dort stand am Fuß der Freitreppe ein kleiner, sehr schmutziger Wagen, und er kletterte hinein und wartete einen Augenblick, bis Susan an seiner Seite saß, und dann fuhren sie unter ungeheurem Gekreische der Schaltungen den Fahrweg hinab und über die Straße zu Susans Wohnung.

Wieviel Uhr es war, wußte sie nicht, und es war auch nicht wichtig. Als sie die Vordertür öffnete, schlief die Mutter im Wohnzimmer, und die Zeitschrift lag auf dem Boden. Susan führte ihn an der Mutter vorbei über die Treppe. Aus dem Kinderzimmer konnte sie John rufen hören, der auf die Arme genommen werden wollte, aber sie schritt weiter zum Dachboden. Hinter ihr stampften schwere Schritte. Er keuchte ein wenig, als sie die Tür zu dem leeren Raum öffnete. Mit einer Bewegung des Arms wies sie auf die Leere.

»Sie sehen, daß ich nichts gemacht habe«, sagte sie wieder.

Aber er antwortete nicht. Er ging zu dem Kind, das zusammengekauert in seiner Urgrstalt dalag und nun bedeckt war mit Staub, und starrte es lange Zeit an und sagte nichts. Dann trat er zu Marks Büste und zog die Tuchhülle fort.

»Aha«, sagte er nach einem Augenblick. »Das ist Ihnen nicht gelungen.«

»Nein«, sagte sie.

»Sie haben versucht, es nach dem Leben zu machen?«

»Ja.«

»Vielleicht war nicht genug zu machen da«, sagte er. »Es ist sonderbar, daß man in unserer Kunst nichts machen kann, wenn nicht ein dauernder Vorwurf zur Hand ist.«

Sie konnte nicht antworten, denn sie brachte es nicht über sich, zu sagen: »Es ist mein Mann.« Aber in diesem Augenblick spielte es für sie keine Rolle, wer das war.

Nach einer kurzen Weile wandte sich ihr Besucher unvermittelt um, musterte sie und sagte: »Hören Sie, im Spätsommer fahre ich nach Paris. Trachten Sie, mit mir zu fahren. Einstweilen kommen Sie zweimal in der Woche zu mir. Fangen wir morgen an.«

Noch immer konnte sie nicht sprechen, denn er verlangte von ihr Unmögliches, und sie wußte, daß sie dieses Unmögliche zustande bringen mußte.

»Bemühen Sie sich nicht«, fügte er hinzu, und dann stampfte er zur Tür, und dort wandte er sich wieder um und musterte den leeren Raum.

»Schämen Sie sich!« sagte er. Seine Stimme klang kalt, und seine rotbraunen Augen zürnten. Dann war er fort.

Sie konnte Johns Stimme hören, die jetzt in ein Heulen umschlug. Sie lief ins Kinderzimmer hinab, hob ihn aus der Wiege und hielt ihn fest. Aber nach dieser langen Vernachlässigung ließ er sich nicht gleich trösten. Er schrie laut, und bald hörte sie die hastigen Schritte der Mutter auf der Treppe, und die Tür ging auf.

»Ach, du bist schon zu Hause? Ich hörte dich gar nicht kommen«, sagte sie überrascht.

»Erst seit wenigen Minuten«, antwortete Susan, die das Kind in den Armen wiegte.

»Fehlt ihm etwas?« fragte die Mutter ein wenig schuldbewußt. »Ich muß wohl eingeschlummert sein – denn ich habe ihn erst jetzt gehört.«

»Ich will ihm das Gesicht waschen und ihn hinuntertragen«, sagte Susan. »Er hat nur Hunger.«

Ihre Mutter gähnte. »Dann gehe ich lieber nach Hause und richte deinem Vater das Abendessen.«

»Ja – und schönen Dank, Mutter.«

»Ich habe ja nichts getan – es ist recht nett, eine Weile im Haus eines anderen zu sitzen. Und er ist ein artiger kleiner Junge.« Mit trüben, liebevollen Augen blickte sie John an. »Also leb wohl, mein Kind!«

»Leb wohl, Mutter.« Susan hatte den Mund voll Sicherheitsnadeln, und sie hielt das Kind fest, während sie es in reine Windeln legte. Und dann trug sie John die Treppe hinab und gab ihm Orangensaft und ein Stück Toast und setzte ihn zwischen seine Spielsachen, weil sie Marks Abendessen vorzubereiten begann. Dann und wann sah das Kind zweifelnd zu ihr hin und spielte ruhig mit seinem Spielzeug weiter. Nach einer Weile kam Mark ins Haus, und er küßte sie und hob das Kind hoch und warf es auf und ab im Spiel und gab ihm dann das in Milch geweichte Brot, das Susan in einer Schüssel hingestellt hatte. Nun gingen sie gemeinsam die Treppe hinauf, und gemeinsam badeten sie das Kind, und Susan drehte sein Haar auf dem Scheitel über ihrem Finger zu einer langen Locke, und dann legten sie ihn, rosig und sauber, zu Bett und löschten das Licht.

Sie und Mark gingen wieder hinab, und sie trug die Mahlzeit auf, die sie zubereitet hatte, und in offenkundigem, herzhaftem Behagen setzte er sich zum Essen. Sogleich begann er zu erzählen, was ihm an diesem Tag widerfahren war, wieviel Zeit er an Leute hatte wenden müssen, die sich über die besichtigten Häuser nicht schlüssig werden konnten, und daß er eine oder zwei Stunden nicht imstande gewesen war, einen Rechenfehler festzustellen, und das sein Chef erklärt hatte, das Geschäft habe sich in den letzten zwei Jahren verdreifacht, und wenn die Dinge »auch weiterhin so gut gingen –«

Alles war genauso wie jeden Abend, und sie saß da und lauschte und betreute ihn ruhig und gewandt.

Doch plötzlich sah er sie an.

»Na, sag einmal«, rief er, »du hast ja kein Wort von dem gehört, was ich dir erzähle. Und du ißt nichts! Es kommt mir vor, als wärest du gar nicht hier l«

»Ja«, sagte sie rasch. »Ja, ich bin hier, Mark. . . Mark, hättest du etwas dagegen, wenn ich ein paar Lektionen in Bildhauerei nähme? David Barnes – du erinnerst dich doch – ich habe dir von ihm erzählt –«

»Warum soll ich etwas dagegen haben?« sagte Mark munter.

»Aber natürlich, es wird dir doch Spaß machen, nicht wahr?«

»Ja«, sagte sie.

»Du gehst zu wenig aus«, sagte er freundlich. »Du besuchst auch gar nicht andere Frauen. Wann warst du zum letztenmal bei Lucille?«

»Es freut mich offenbar nicht sehr«, gab sie zu.

»Also tu, was du willst«, schloß er großmütig.

»Ich werde dafür zahlen«, sagte sie.

»Schön, schön«, sagte Mark lässig.

Seit John geboren worden war, hatten sie nicht von Geld gesprochen. Mark fragte sie nie, sondern gab ihr nur jede Woche sein ganzes Gehalt, bis auf fünf Dollar, die er für sich behielt. Er wollte gar nicht wissen, was sie mit seinem Geld begann, damit er nicht wissen müsse, ob es genug sei oder nicht, und damit er nicht wissen müsse, was sie dazugab. Und er sprach weit mehr als sonst, und sie saß da und lauschte und lauschte. »Und so sagte ich dem Chef, Susan –«

Seine Stimme klang ohne Unterlaß, und Susan richtete den Blick unverwandt auf sein Gesicht. Er wurde in letzter Zeit vielleicht ein wenig schmäler und bekam gewiß noch in jungen Jahren eine Glatze ...

Morgen wollte sie dazu sehen, ob sie jemanden ins Haus nehmen konnte, der zweimal in der Woche ungefähr eine Stunde bei John blieb, jemanden, den kein Mensch in der Straße kannte, eine Fremde, die niemandem etwas erzählte, weil sie sich nicht darum kümmerte. Susan beschloß, eine Stellenvermittlung aufzusuchen. Und nachdem Mark seine Mahlzeit beendet hatte, half er ihr beim Geschirrabwaschen, und dann sagte er unvermittelt: »Du hast mich eigentlich heute noch gar nicht geküßt, seit ich zu Hause bin. Wir beide beschäftigen uns so sehr mit dem Balg –«

Er nahm sie in die Arme, und sie stand schweigend da, während er sie an sich preßte. Es verlangte sie, zurückzuweichen, zu seufzen und zu sagen: »Oh, Mark, ich bin so müde!« Aber er hatte das Gesicht in ihrem Hals vergraben, und sie sah die Linie von seinem Kopf zu den Schultern, und das wirkte ebenso hilflos wie beim Kopf eines Kindes, und sie umschlang ihn fest. Wahrlich, wahrlich, sie liebte ihn sehr!

»Oh, Sue!« sagte er atemlos. »Nur du machst mir den Tag lebenswert.«

Und so stand sie und so hielt sie ihn, und sie wußte, daß, was er sagte, wahr war. Nie durfte sie vergessen, was sie ihm bedeutete, wie innig er sie liebte, und auch nicht, daß sie ihn liebte.

Sie fand eine blasse, ziemlich verängstigte Engländerin und nahm sie auf, zweimal in der Woche John zu betreuen. Sie hatte das Zimmer mit allerlei Frauen und Mädchen in der Agentur gemustert, in aller Hast eine jede ausgeschieden, die Kaugummi kaute und allzu auffällig gekleidet war, und dann begegnete ihr Blick dem zweier blaßblauer, schüchterner Augen in einem schmalen weißen Gesicht.

»Mit dieser möchte ich gerne sprechen«, sagte sie zu der dicken Frau hinter dem Schreibtisch.

»Jane Watson, kommen Sie her«, sagte die Frau, und Jane Watson trat heran. Sie trug ein schwarzes Kattunkleid und schwarze Baumwollhandschuhe und einen Regenschirm.

»Die Dame braucht zweimal in der Woche jemanden für ein Kind«, sagte die Frau.

»O ja«, sagte Jane Watson eifrig. »Ich habe Kinder so gern.«

»Ihr Mann ist eben gestorben«, sagte die Frau zu Susan. »Sie war hier noch nicht in Stellung. Das müssen Sie sich immer vor Augen halten.«

Und so kam Jane ins Haus geschlichen wie ein Schatten, zweimal in der Woche, hängte ihre Sachen in den Küchenschrank und zog eine weiße Schürze über das schwarze Kleid. Sie war so still, als wäre sie stumm, und sie blieb kein einziges Mal aus, und sie war ein lebendes Wesen im Haus, eine Hüterin, der Susan den Teil ihres Lebens anvertrauen konnte, der daheim zurückblieb, wenn sie die Straße hinabeilte zu jenem anderen Teil.

»Wo treibst du dich denn herum?« rief Lucille ihr zu. »Komm doch einen Augenblick herein, Susan, ich habe dich den ganzen Sommer nicht gesehen.«

Susan winkte nur und lächelte. »Ich komme bald zu dir«, versprach sie. Eines Tages wollte sie sich wieder die Zeit nehmen, Lucille zu besuchen. Aber jetzt eilte sie, und ihr Herz eilte ihr voran. Und auf der Terrasse stand Lucille und blickte ihr nach, und das hübsche Gesicht sah ein wenig zänkisch aus.

Manchmal war David Barnes in dem großen Atelier, das einst als Ballsaal gedient hatte, und manchmal war er nicht dort. Doch das galt ihr ganz gleich, denn sie hatte begonnen, einen Entwurf für den Brunnen auszuarbeiten. David Barnes hatte ein wenig die Nase gerümpft.

»Ein Brunnen«, knurrte er. »Gartenarchitektur !«

»Es war von jeher mein Wunsch, zu sehen, was ich aus Wasser und Steinen machen kann«, sagte sie verwirrt. »Aber wenn Sie glauben –«

»Arbeiten Sie nur weiter, wenn Sie wollen«, sagte er. »Was hat meine Ansicht damit zu tun?« Und so begann sie ohne weitere Reden den Brunnen zu entwerfen – einen dürstenden Jüngling, der die Hände gewölbt hinhielt, um Wasser aufzufangen, das in starkem Strahl aus einem Felsen quoll. Aber die Gestalt des Knaben bereitete ihr Sorgen. Sie brauchte ein Modell, und sie hatte keines. Sie kannte nur die Linien von Marks Körper, und sie entsann sich ihrer und sie begann, den Marmor des Blocks, den sie sich im Atelier ausgewählt hatte, nach diesen Linien zu behauen.

Noch nie hatte sie mit anderem Material gearbeitet als mit Ton.

Doch gleich einem unstillbaren Durst war jetzt das Verlangen über sie gekommen, nicht mehr zu modellieren, sondern zu meißeln. Stunden verbrachte sie damit, daß sie David Barnes bei der Arbeit an dem Titanen zusah. Dann sagte sie: »Ich muß in Stein arbeiten. Es war ein Fehler von mir, ein anderes Material auch nur anzurühren !«

»Hm!« grunzte er. »Schlamm ist viel einfacher, besonders für eine Frau.«

»Ich habe kein Geld, Stein zu kaufen«, fuhr sie fort. »Aber vielleicht kann ich für meinen Brunnen, wenn er fertig ist, einen anständigen Preis erzielen.«

»Wählen Sie sich Ihren Stein aus«, befahl er. »Sie können mir später zahlen. Das ist die beste Marmorsorte – ich beziehe sie von Kinnaird. Kennen Sie Kinnaird?«

»Nein«, sagte sie.

»Eine Marmorfirma«, sagte er.

Er führte sie von einem Stück zum andern.

»Wählen Sie«, sagte er wieder. »Nicht allzu rasch – befühlen Sie jeden Block genau. Beachten Sie die Struktur und die Farbe. Jeder Block unterscheidet sich von den anderen. Manche sind warm, manche sind kalt, und manche durchzieht eine Ader der Verderbnis bis ins Innerste. Das müssen Sie riskieren.«

Und so hatte sie stundenlang über den Stein nachgesonnen und jedes einzelne Stück gemustert. Endlich wählte sie einen kleinen, warmen, weißen Block, und sie berührte ihn und fragte: »Haben Sie mit diesem etwas vor?«

David Barnes schüttelte den Kopf und setzte seine Arbeit fort, und ein ganzer Wirbelwind kleiner Steinsplitter schwirrte ihm um den Kopf. Damals schuf er seine Titanen, und dies war der zehnte, die Gestalt Galileis. Eines Tages sollte dies eine steinerne Galerie der Geschichte werden. Nachdem sie ihm bei der Arbeit zugesehen, begann sie mit einigem Zögern ihr Werk.

Anfangs war dies recht einfach. Sie sah ganz deutlich durch den Marmor die Gestalt, die sie haben wollte. Sie hatte eine Skizze gemacht, dann ein Dutzend Skizzen und schließlich, trotz seiner geringschätzigen Bemerkungen, ein vollständiges Gemälde dessen, was sie haben wollte.

»Skizzen – Skizzen – Skizzen –«, hatte er in den Bart gemurmelt.

»Skizzieren ist nur Trägheit. Stellen Sie doch schon hin, was Sie eigentlich haben wollen.«

Sie hatte es in sorgfältigen Linien aufgezeichnet, und er sagte: »Der Körper ist zu steif. Das ist der Körper eines Bankbeamten oder eines Versicherungsagenten oder eines Verkäufers. Das ist ein Grundstückvermittler oder ein Kritiker oder ein Sergeant in der Armee.« Er blinzelte ihr über seinen Bart zu, und sie lachte. »Aus solchem Zeug können Sie keine Brunnenfiguren machen«, sagte er schroff.

Aber sie wußte nicht, wie sie die Gestalt ändern sollte, und so begann sie, die äußeren Schichten des Steins abzuhauen. Dann aber empfand sie bittere Enttäuschung, denn ihr Bild befriedigte sie nicht. Sie legte den Meißel nieder und starrte lange Zeit die gemalte Gestalt an. Die war genau Marks Körper, und Mark war keiner, der sich bückte, um in den Händen das Wasser einer Quelle aufzufangen. Wo konnte sie den Körper eines Knaben finden, eines Knaben, der schön war und schlank und noch nicht ganz ein Mann? Hier nicht – die Einwohner der Stadt hätten sie für verrückt gehalten.

»Was ist denn los?« fragte er grob, und das endlose, rasche Pochen seines Hammers verstummte.

»Ich habe den Körper nicht richtig«, sagte sie. »Ich kann nicht näher an die Gestalt in dem Marmorblock heran, ehe ich sie klar sehe. Die hier gefällt mir gar nicht.« Sie riß ihre Zeichnung in zwei Stücke.

»Warum verschaffen Sie sich dann nicht, was Sie brauchen?« fragte er.

Sie wollte nicht sagen, daß sie nicht wisse, wie sie dies bewerkstelligen sollte. Aber sie mußte es bewerkstelligen. Was machte es aus, was die Leute dachten? Sie wollte einen Studenten der armseligen kleinen Universität aufnehmen – sie waren ja alle so arm, aber sie konnte sich keinen von ihnen mit einem schönen Körper vorstellen, denn das waren Kinder der Armen. Und außerdem mußte sie den Klatsch in der Stadt bedenken, und in diesem Augenblick hörte sie Hufeklappern, und vor der Glastür, die auf eine alte, zerbröckelnde Terrasse führte, sprang Michael vom Pferd und eilte die Stufen empor. David Barnes und Susan blickten einander an. »Warum nicht?« sagte David Barnes nachlässig. »Michael!

Michael!« grölte er, und die Tür ging auf, und Michael steckte den Kopf herein.

»Hallo!« sagte er. »Hören Sie, Susan, Mutter möchte Sie

sprechen. Es ist jemand bei ihr und will eine Kinderplastik.«

»Augenblicklich kann ich keine Arbeit übernehmen«, sagte Susan.

»Treten Sie ein und ziehen Sie sich aus«, sagte Barnes. »Sie braucht Ihren Akt.«

Und Michael trat ein in munterem Gehorsam und zerrte an seinem Gürtel und an seinem offenen Hemdkragen und warf die Schuhe von den ohnehin schon nackten Füßen.

»Ich kann nicht lang bleiben«, sagte er freundlich.

»Sie bleiben mindestens eine halbe Stunde!« befahl Barnes.

»Also los, Susan Gaylord!«

Aber sie zeichnete schon, so schnell ihr Bleistift nur fliegen konnte.

»Sie beugen sich nieder, um aus den Händen von einer Quelle zu trinken, die aus einem Fels entspringt«, sagte sie, und Michael beugte sich nachlässig und anmutig und wölbte die Hände.

»Meiner Treu, ich habe Durst«, sagte er, den Mund leicht öffnend. »Es wird draußen heiß. Und außerdem möchte ich Ihr Porträt fertigzeichnen. Sie müssen heute abend kommen und mir sitzen, Dave.«

»Einen alten Affen in erlöschendem Kerzenlicht – das haben Sie in Ihrer abscheulichen Zeichnung aus mir gemacht«, knurrte Barnes. »Sooft ich das Zeug anschaue, habe ich Angst, mein Bart könnte Feuer fangen.«

»Ich erwarte Sie abends«, sagte Michael lachend.

Susan hörte die beiden nicht. Sie nahm jede Linie seines jungen, schönen, harten Körpers auf, seines schönen, geneigten Kopfes – nein, sie kannte ja den Kopf, nein, aber er war größer, anders, geändert. Und seine Hände – das mußte ihr gelingen – Gott sei Dank, seine Knie waren glatt und gerade wie die eines Mädchens, und seine Hüften schmal. Sie blickte ihn an und sah seinen Körper in Marmor, seinen Kopf in Marmor, die Biegung seines Leibes und den Schenkel in Marmor. Dies war der Körper im Inneren ihres Steinblocks. Sie wandte sich nun ab von seinem Fleisch und Blut und begann mit sicheren Bewegungen an dem Stein zu arbeiten, gestaltend und schaffend. Als sie wieder aufschaute und der Lärm ihres Meißels verstummte, herrschte Schweigen im Raum. Die beiden waren fortgegangen, und sie blieb allein. Wie lang sie schon allein war, das wußte sie nicht, aber die gelbe Abendsonne schien schräg auf die schweigende Terrasse, und Susan mußte nach Hause eilen.

Aber der Marmor war nicht mehr ein bloßer Steinblock. Aus ihm trat nun eine warme, weiße Menschengestalt, deren Umrisse sich von einem Felsen abzeichneten. Susan nahm den Meißel auf und legte ihn wieder nieder, verwirrt... Sie mußte nach Hause, um John zu Bett zu bringen und Marks Abendessen zu bereiten. Das war die Arbeit, die ihr oblag.

Als Mark heimkam, stand sein Essen fertig da, und John war gebadet und hatte sein Nachtkleidchen an, während er eben seine Abendmahlzeit verzehrte. Und als Mark eine Weile mit seinem Sohn gespielt hatte, brachte er ihn gemeinsam mit Susan zu Bett, und dann aßen sie, und er erzählte ihr, was ihm untertags alles widerfahren war. Als er alles erzählt hatte, woran er sich erinnern konnte, sagte er freundlich: »Wie war es denn bei deiner Lektion heute?« »Sehr schön«, antwortete sie.

»Was hast du gemacht?« fragte er.

»Den ganzen Nachmittag Stein gehämmert wie ein Sträfling beim Straßenbau«, sagte sie.

Er lachte, und sie lachte mit ihm, und er bemerkte in diesem Lachen nicht, daß sie kein weiteres Wort davon sprach.

Der Sommer verstrich, und sie wußte es nicht. Jane kam insgeheim früher und blieb länger, und wenn Susan am Abend heimeilte, und sie eilte immer, weil sie spät daran war, fand sie das Gemüse gewaschen und das Fleisch bereit und den Tisch gedeckt, und John, der gerade gebadet worden war, aß sein Abendessen.

»Ich habe ja sonst nichts zu tun, Gnädige«, sagte Jane. »Es ist wenigstens eine Beschäftigung. Sie brauchen mir nicht mehr zu zahlen.«

Und Susan, die das Haus und das Kind in guten Händen wußte, blieb bis in die Sommerdämmerung, solange das Licht noch währte, und nahm sich nur noch Marks Heimkehr zur Richtschnur. Michael saß ihr noch mehrere Male, bis sie seinen Körper auswendig kannte, und dann machte sie sich davon los und schuf die Gestalt noch schlanker, noch jünger, so daß das nicht er war, sondern ein Traum. Und die ganze Zeit weilte David Barnes an ihrer Seite, doch schenkte er ihr scheinbar keine Beachtung.

Aber von der Seite blickte er sie an, während er arbeitete, oder er schrie sie plötzlich an, wütend darüber, daß eine Linie nicht getroffen worden oder daß ihr Meißel ausgeglitten war. Nichts aber konnte ihn so verärgern wie wenn sie es an Kraft fehlen ließ. »Sie machen ja keine Torte«, röhrte er. »Sie wollen ja keine Gipsfigur fertigstellen. Hauen Sie hin – hauen Sie hin! Fest und kräftig und klar!«

Er selbst wollte keinen Finger an ihre Arbeit legen, nicht einmal, um ihr zu zeigen, was er sich vorstellte. Aber er war erbarmungslos gegen sie, und daß sie kein Mann war, bewog ihn nicht, ihr etwas zu ersparen.

»Vergessen Sie ein für allemal, daß Sie eine Frau sind, Gott hat es ohnedies schon vergessen. Meißeln Sie diese Linie tiefer, fester – so – so –sol«

Und sie schlug zu.

»Ich will diese Klopferei nicht hören«, sagte er wild. »Wenn man die Arbeit fertigmacht, muß man das Gefühl haben, als wäre das Ende des Meißels die eigene Fingerspitze. Jetzt aber muß man ihn als Muskel empfinden.«

Abends taten ihr die Schultern weh, so weh, daß sie nicht schlafen konnte. Aber nur deshalb, weil sie eine Frau war, wollte sie keine Schonung.

Als sie den Brunnen vollendet hatte, musterte ihn David Barnes gleichmutig.

»Ganz gut für eine Erstlingsarbeit«, sagte er. »Doch Sie müssen Ihre Anatomie auffrischen. Da haben Sie einen Körper recht säuberlich photographiert, aber Sie haben ihn nicht vom Skelett aus geschaffen. Wenn wir im Herbst nach Paris fahren, werde ich Sie mit einem meiner Freunde bekanntmachen, einem Chirurgen. Er hat mich unterrichtet, als ich ein ebensolcher Grünschnabel war wie Sie. Ich sah ihm bei der Arbeit zu, bis ich selber imstande gewesen wäre, eine schwere Operation durchzuführen. Sie müssen die Innereien kennen, sonst bringen Sie nichts anderes zustande als Photographien.«

Schweigend stand sie da und lauschte ihm. Der Brunnen, der ihr noch vor wenigen Minuten so schön erschienen war, so schön und dem Bild ihrer Phantasie so nahe, war nun wertlos.

»Verkaufen Sie es – verkaufen Sie es!« sagte er schroff. »Zum Verkaufen ist es gut genug!«

»Soll ich es mit meinem Namen zeichnen?« fragte sie demütig.

»Nein«, knurrte er. »Dazu ist es nicht gut genug.«

Und so verkaufte sie die Arbeit der Mrs. Vanderwelt für fünfhundert Dollar.

Doch als der Brunnen an seinem Platz stand, vor den dunklen Büschen, gefiel er ihr doch ein wenig.

Es ist von mir, mag es auch nicht vollkommen sein, dachte sie. Und insgeheim und ganz klein und tief unten kratzte sie ihren Namen in die Handfläche der ausgestreckten Hand. Wenn sie sich nach Jahren dessen schämen sollte, hatte das Wasser, das so lange Zeit in die Hände plätscherte, gewiß ihren Namen weggespült.

»Signieren Sie nichts«, sagte er eines Tages im August, »ehe Sie zwei Jahre in Paris verbracht haben. Wenn ich dann mit Ihnen zufrieden bin, können Sie anfangen zu signieren. Vorher haben Sie doch keine Ahnung davon, welche Ihrer Arbeiten gut ist oder nicht. Alles, was man macht, erscheint einem zuerst schön. Man muß aber wissen, wann man eine schlechte Arbeit gemacht hat.«

»Ich habe doch nicht gesagt, daß ich nach Paris mitfahre«, sagte sie ruhig. »In Wirklichkeit kann ich ganz und gar nicht.«

An diesem Tage meißelte er soeben an Leonardo da Vinci, seinem elften Titanen. Ein Mann saß ihm, ein Mann, den sie noch nie gesehen hatte, obwohl sie nicht verstand, warum Barnes ein Modell brauchte, da er scheinbar nie von seiner Arbeit aufblickte. Er hatte dem Mann gesagt: »Gehen Sie umher, lesen Sie, tun Sie, was Sie wollen, nur belästigen Sie mich nicht. Ich will Ihre Stimme nicht hören und will auch nicht wissen, was Sie denken. Ich zahle Ihnen nur für Ihren Körper. Ihr Geist interessiert mich nicht. Ich habe selbst so viel Geist, daß ich ihn Ihrem Gesicht einhauchen kann.« Nun wandte er sich zu ihr, während sie dasaß und die Einzelheiten eines Fußes zeichnete, und schrie: »Was faseln Sie da? Ich habe meinem Lehrer schon von Ihnen geschrieben. Ich möchte seine Meinung über Sie hören, bevor ich meine Zeit an Sie vergeude. Wenn Sie modellieren wollen, schere ich mich nicht um Sie. Das einzig richtige ist Meißeln. Ihr Brunnen hat mir nichts gesagt – der war viel zu hübsch und hätte genausogut aus Ton sein können.«

»Ich habe einen Mann und ein Kind«, sagte sie.

Er wandte ihr den Rücken zu und arbeitete eine Viertelstunde in stummer Wut weiter. Dann wandte er sich um, daß ihm der Bart über die Schulter hing, und rief aus Leibeskräften:

»Mann und Kinder kann jede Frau haben. Was geht das Sie an?«

Er drehte sich nicht um, trotzdem machte er eine kleine Pause, um ihre Antwort zu hören, obwohl er so tat, als studierte er eine Linie seiner Arbeit.

»Ich liebe meinen Mann und mein Kind«, sagte sie fest.

Er fing nun wieder sehr laut zu hämmern an und sagte kein Wort zu ihr, und am Ende des Nachmittags ging sie ein wenig früher fort.

»Auf Wiedersehen«, sagte sie, aber er antwortete nicht.

Es wurde ein Zankapfel zwischen ihnen, als der Sommer sich seinem Ende näherte. David Barnes hörte auf, ihr zu zürnen, als er sah, daß sie seinen Zorn nicht fürchtete. Statt dessen sprach er gütig zu ihr und erklärte ihr seine Absichten.

»Susan, ich habe eine Menge Leute gesehen, aber das wirkliche Talent bisher noch nicht. Sie haben es. Sie wollen es vielleicht nicht haben, aber Sie können es nicht fortgeben. Sie können es nicht fortwerfen. Es ist in Ihnen. Es ist Sie. Und einfach deshalb, weil Sie es nicht wußten, weil Sie als junges Ding hingingen und heirateten und ein Kind bekamen, haben Sie doch noch lange nicht das Recht, diese Gabe zu vernachlässigen, die Ihnen eine alberne Gottheit geschenkt hat.«

»Vielleicht kann ich sie meinem Kinde schenken«, sagte sie.

Er zog eine Grimasse vor Wut und zwang sich dann zur Ruhe.

»Hören Sie mich an, Susan, wollen Sie zugeben, daß ich mehr verstehe als Sie?«

»In manchen Dingen.«

»Ich rede von diesen hier, von meinem Beruf.« Er sagte nie »Kunst«, denn er haßte das Wort.

»Ja«, sagte sie, »das vielleicht.«

»Was mich betrifft, für mich ist es das einzige«, sagte er.

»Und auch für Sie, obwohl Sie das nicht wissen. Lassen Sie sich etwas sagen. Sie können es Ihrem Kind nicht geben. Wer hat es denn Ihnen gegeben? Hatten Sie jemals einen Bildhauer in der Familie oder auch nur einen Maler?«

Sie schüttelte den Kopf, aber ehe sie noch etwas sagen konnte, überschüttete er sie mit seinen Worten.

»Nein, niemand hat Ihnen das gegeben. Sie können ja weitermachen und ein ganzes Kinderzimmer voll Bälger bekommen, und die werden genau so sein wie die einer jeden anderen Frau – um kein Haar besser. Sie werden Ihnen ja nicht einmal eine gute Mutter sein können. Eine Frau wie Sie kann gar keine gute Mutter sein – Sie denken zu sehr an anderes.«

»Ich kann eine gute Mutter sein«, sagte Susan grimmig.

»Glauben Sie nicht, ich wüßte nichts von Kindern. Das wäre ganz falsch«, fuhr er fort. »Ich habe selber welche – drei Knaben und ein Mädchen, und kein einziges versteht einen Meißel in die Hand zu nehmen und hat auch keinerlei Lust dazu.«

»Und die Mutter?«

»Drei Mütter!« rief er spöttisch. »Drei verschiedene Frauen waren die Mütter, und die Bälger sind einander alle gleich.«

Sie antwortete nicht und wollte nicht mehr mit ihm darüber sprechen. Denn was konnte er von dem kleinen Haus wissen, von dem kleinen Haus am Rande des Waldes, am Ende einer beleuchteten Straße, und von der Sicherheit, die darin lag, daß Mark sie liebte und ihr erklärte, sie sei es, die es ihm der Mühe wert mache, den Tag bis zum Abend zu leben? Wenn sie nach Paris fuhr – aber sie wollte nicht nach Paris fahren, gewiß nicht, solange John auf sie angewiesen war und auf sie wartete, in seinem hohen Stuhl in der Küche, warm und sauber und rosig. Sie konnte nicht fortfahren. Am Ende eines jeden Tages wußte sie, daß sie nicht nach Paris fahren würde. Aber am Morgen, wenn sie fegte und Staub wischte, wäre es ihr lieber gewesen, jene fünfhundert Dollar, die sie für den Brunnen erhalten hatte, nicht auf der Bank zu haben. Und David Barnes wußte, daß sie das Geld hatte, aber er hatte für seinen Marmorblock nichts annehmen wollen. Sie hatte versucht, ihm das Geld zu geben, und er hatte zornig gesagt: »Ich will Ihr Geld nicht. Behalten Sie's! Ich habe alles, was ich brauche.«

»Aber Ihre Kinder –«, begann sie, und er herrschte sie an: »Zum Teufel, denen gebe ich nichts.«

»Ihren Kindern geben Sie nichts?« rief sie.

»Ich brauche sie nicht.«

»Aber Sie haben sie doch bekommen«, sagte sie anklagend.

»Ich nicht, ihre Mütter.« Er kicherte, und dann grölte er vor Lachen.

Sie starrte ihn einen Augenblick ungläubig an, verblüfft darüber, daß ein Mann mit solcher Leidenschaft für Schönheit so fühlen konnte.

»Wo sind sie denn?« fragte sie.

»Ich weiß nicht«, antwortete er. Seine Stimme klang gleichmütig, aber seine Augen wurden plötzlich warm.

»Schauen Sie her, Susan«, flüsterte er. »Schauen Sie her!« Sie blickte auf seinen Finger, der über eine rauhe Kante des Marmors strich. »So muß sich der Kopf neigen. Erst jetzt sehe ich es richtig.« Sein Gesicht war zärtlich erhellt, und obwohl sie ihn einen Augenblick lang gehaßt hatte, beugte sie sich nun sehenden Auges vor.

»Der Marmor schmiegt sich der Krümmung an«, flüsterte sie.

»Ja«, sagte er. »Sehen Sie das?«

Sie nickte. In völligem Verstehen schauten sie einander an, und alles andere war vergessen.

Am nächsten Tag nahmen sie ihren Zank wieder auf, denn ihr Geld lag doch auf der Bank. Und so konnte sie nicht sagen: »Ich habe kein Geld.« Und sie konnte nicht sagen: »Ich möchte es für meine Familie ausgeben, sie braucht es.« Denn sie war keine gute Lügnerin. Am nächsten Tag sagte sie ihm klipp und klar: »Ich kann nicht fahren, weil keiner mich verstehen würde, weder mein Mann noch meine Mutter noch meine Freundinnen – niemand würde mich verstehen.« Und dann fügte sie hinzu: »Vielleicht einzig mein Vater.«

»Und wenn auch – und wenn auch!« schrie er sie an und hob die schwieligen, rauhen Hände. »Was zum Teufel macht es aus, ob die Leute das verstehen oder nicht?«

Er zitterte vor Wut, aber plötzlich unterbrach er sich, setzte sich nieder, vorgebeugt, die Hände auf den Knien, und begann in freundlichem Ton zu sprechen. »Susan, bedeutet es Ihnen denn gar nichts, daß Sie eine der Großen Ihrer Generation werden können, vielleicht aller Generationen? Nein, das meine ich ja gar nicht. Susan, Sie haben eine tiefe Sehnsucht in sich, die tiefer ist als Liebe und Ehestand, tiefer als die Mutterschaft. Es ist das Verlangen, zu schaffen, auf die Ihnen eigene Art die Dinge zu schaffen, die Sie fühlen und sehen. Niemand kann das für Sie tun – nein, warten Sie, das ist ja auch nicht wichtig –, wichtig ist, daß Sie nicht glücklich werden können, nicht einmal als Frau glücklich, wenn Sie dieses Verlangen nicht befriedigen. Nein, warten Sie – Sie dürfen kein Wort sagen. Ich werde Sie nicht wieder auffordern. Hören Sie. Ich habe Ihnen ein Ticket reserviert, für den dritten September, das ist nicht mein Schiff, denn ich fahre nächste Woche – ich weiß, wie die Leute klatschen. Aber bevor ich fahre, können Sie mir Bescheid sagen. Nein, bitte, sprechen Sie jetzt kein Wort.«

Er stand auf und stampfte aus dem Raum, und sie nahm ihren Hut und ging heim. Lucille saß vor ihrem Haus, den dritten Säugling im Schoß, und Susan hielt einen Augenblick inne und stieg die Stufen hinauf. Es war ein kleiner Junge.

»Ich freue mich jedenfalls, daß es ein Junge ist«, sagte Lucille, in deren Tonfall sich Stolz und Mißvergnügen mengten. »Die Frauen haben hier auf Erden einen zu harten Stand, als daß ich weitere in die Welt setzen möchte.«

Lächelnd beugte sich Susan über das kleine, ernste, rosige Gesicht. Sie fuhr mit den Händen unter das Körperchen und hielt das Kind an sich und stand da. Was war das Geheimnis, wenn man einen Kinderkörper so an die Brust drückte? Einen Augenblick stand sie da, verwirrt und voll der Gefühle. Dann legte sie das Kind nieder, küßte Lucille auf die Wange und ging schnell fort, so daß sie die Überraschung in Lucilles Blick nicht mehr bemerken konnte. Am Ende der Straße wartete ihr eigenes Heim auf sie, und John lachte gewiß, wenn sie in die Küche trat, und Jane sagte dann zärtlich: »Er war heute so artig. Soll ich nicht bleiben und Ihnen das Essen auftragen, Gnädige? Es ist schon fertig.« Und dann kam Mark nach Hause. Bei diesem Gedanken beeilte sie sich, so gut sie konnte, und lief die Stufen hinauf, heißes Verlangen nach der Heimkehr im Herzen.

Eine Woche ging sie nicht in das Atelier, und Barnes schrieb weder, noch schien er ihre Abwesenheit zu bemerken. Sie war völlig glücklich daheim, so sagte sie sich, sehr glücklich. Am Tag vor seiner Abfahrt ging sie noch einmal hinüber, sich zu verabschieden, und er war da und arbeitete allein. Sie kam durch die offene Terrassentür, so wie immer. Er kniete vor dem Titanen, und der Nachmittagssonnenschein beleuchtete die Figur. Rasch, seiner Schöpfung sicher, hämmerte er.

»Nun?« sagte er und blickte auf. Denn ihr Schatten war schwarz auf den Marmor gefallen.

»Ich bin nur gekommen, mich zu verabschieden«, sagte sie. Sie wußte genau, was sie sagen wollte.

»Sie fahren nicht mit?« fragte er freundlich, so freundlich, daß es die Stimme war, mit der er vor einem Sterbenden oder Toten sprechen mochte.

Sie schüttelte den Kopf, und er erhob sich von den Knien, legte sein Werkzeug zur Seite und schritt zum Tisch und schrieb eine Adresse auf ein Platt Papier.

»Wenn Sie jemals erkennen, daß Sie unrecht haben«, sagte er, »können Sie mir dorthin schreiben. Aber schreiben Sie mir nicht aus anderen Gründen. Ich habe sonst kein Interesse an Ihnen.« Und er ging zu seiner Arbeit zurück, nahm sein Werkzeug auf und kniete wieder vor seinem Titanen.

Da ging sie heim durch Nachmittagslicht und wußte nicht, ob es Tag war oder Nacht. Sie hatte das Stück Papier in der Hand, und sie stieg die Treppe hinauf und legte das Papier unter die Kinderstatue, die sie nie vollendet hatte. Dann stand sie da und hielt Umschau in dem noch immer leeren Raum. Der war jetzt leerer denn je, und immer mußte er leer bleiben. Und während sie so dastand, hörte sie Marks Schritte in der Hall und seine Stimme, die nach ihr rief:

»Susan! Heute bin ich schon früher da!«

Da lief sie die Treppe hinab und warf sich ihm an die Brust.

»Mark – Mark – Mark –«, rief sie immer wieder und wieder und klammerte sich an ihn.

»Aber, Susan – aber – Liebste –«, sagte er erschreckt.

»O Mark«, sagte sie, und dann lachte sie und trat zurück und trocknete sich die Augen. »Ich habe dich nicht so früh erwartet. Noch nie im Leben war ich so froh, dich zu sehen.«

»Ist denn etwas los?« fragte er, noch immer besorgt.

»Nein – nein –«, sagte sie. »Ich liebe dich – ich liebe dich –«

Eng umschlangen sie einander, und seit vielen Monaten

waren ihre Küsse nicht so innig gewesen. Und in der Nacht wandte sie sich ihm im Dunkel entschlossen zu und sagte: »Mark, es ist Zeit, daß wir ein zweites Kind bekommen. Ich will ein zweites Kind.« Und er sagte voll Sehnsucht und Angst: »Sue – bist du sicher?«

Und sie antwortete fest: »Gewiß!«

Sie schlief traumlos und erwachte mit dem Sonnenschein, der durchs Zimmer strömte. Und als Mark fort war, stürzte sie sich voll Freude in die Hausarbeit, und diese Freude war für den Augenblick köstlich. Sie fühlte sich befriedigt, als wäre ein Hunger gestillt worden. Munter schritt sie die Treppe hinauf und begann Matratzen umzudrehen und Kissen zu klopfen. Sie fegte und kehrte und wischte Staub, und dann setzte sie sich aufs Fensterbrett und wusch die Fenster, und ihr Haar flatterte im Herbstwind. Sie arbeitete voll Freude, entzückt über dieses Säubern, über diese Ordnung, über diese Frische. Und doch arbeitete die ganze Zeit nur ein Teil ihres Wesens, und sie wußte das.

Als mittags die Tür aufging, lief sie hinunter, und da kam gerade John an Janes Hand, mit rosigen Wangen, Frieden in den braunen Augen.

»Milch«, sagte er, »und Brot.«

»Du wirst gleich dein Essen haben«, versprach sie ihm.

»Soll ich es ihm geben?« fragte Jane, und ihre blassen Augen blickten bittend.

Susan schüttelte den Kopf. »Heute möchte ich es tun«, antwortete sie.

»Ich komme nachmittags wieder«, sagte Jane, und sie ging und schloß zart die Tür hinter sich.

Mit dem Knaben allein geblieben, wusch ihn Susan und setzte ihn in seinen Stuhl und gab ihm zu essen, und er aß und dachte dabei an alles, was er getan hatte.

»Ich habe ein Haus gebaut«, sagte er, »ein großes Haus.«

»Nein, wirklich, mein Herzblatt!«

Voll Anbetung betrachtete sie ihn, und sie liebte ihn bis zum Schmerz. Er war schön. Er war, was sie erträumt hatte: ihr Kind, mit Marks Augen und ihrem Mund. Als er fertig gegessen hatte, trug sie ihn hinauf und entkleidete ihn und legte ihn ins Bett und deckte ihn zu, damit er schlummere. Er blickte zu ihr empor, mit Marks treufreundlichen Augen. Und ihr schwanden schier die Sinne vor Liebe zu ihm. Doch trotzdem und obwohl sie so gern viele Kinder gehabt hätte, wußte sie, daß ein Teil ihres Wesens abseits stand und nichts mit alldem zu tun hatte. Sie schob dieses Wissen von sich und hüllte sich ein in das von ihr erwählte Leben, hüllte sich ein, fest und warm.

Am Ende des Sommers hatte sie nicht ohne jeden Schmerz geglaubt, sie werde David Barnes sehr vermissen, sie werde ihn vermissen und all das, was ihr dort in dem gewaltigen alten Ballsaalatelier gegeben worden war. In der Nacht, da sie nach einem zweiten Kind gerufen, war ein Teil ihres Inneren verzagt gewesen. Aber die Tage schlossen sich gar glücklich um sie, ohne David Barnes und ohne eine andere Arbeit als die Betreuung des Hauses und Johns und Marks.

Mark sagte zufrieden: »Ich glaube wirklich, daß ich in diesem Sommer zuviel gearbeitet habe, mein Kind. Es ist so schön, wieder Zeit zum Plaudern zu haben. Im Herbst und im Winter kaufen die Leute weniger Häuser.«

Damals wußte er nicht, daß sie, getrennt von ihm, auch mit Arbeit beschäftigt gewesen war. Aber er hatte wieder eine Gehaltserhöhung bekommen, und er war glücklich und fühlte sich erfolgreich und erging sich in überschwenglichen genauen Berichten über sein ganzes Tagewerk. Wenn sie mitsammen bei einer Mahlzeit saßen oder unter dem Licht der Lampe, bei der sie nähte, lauschte sie ihm ganz zufrieden. Ja, sie war ganz zufrieden, nur manchmal nicht, trotz Kaminschein und Lampenlicht, wenn der Wind draußen im Wald heulte. Dann hob sie den Kopf und horchte auf. Oben im Zimmer lag John warm im Schlafe. Alles war schön. Sie waren sicher, und ein Tag folgte dem andern, in dem alten sicheren Lauf, den sie all ihr Lebtag gekannt hatte. Doch wenn sie das Lärmen des Windes bei Nacht hörte, hatte sie das Gefühl, und ohne zu wissen wie, wußte sie, daß es mehr galt als dies, obwohl sie mit diesem völlig zufrieden war. Selbst wenn sie mit Mark die Treppe hinaufstieg und sein Arm um sie lag und der ihre um ihn in echter Liebe, konnte sie Korridore sehen, weit und leer, die sich vor ihr erstreckten, Korridore, durch die sie noch nicht geschritten war.

Doch schien sie die ganze Zeit – sogar sich selbst – genau so zu sein wie jede andere Frau. Schon zu Weihnachten wußte sie, daß sie ein zweites Kind haben würde, und sie war froh. Sie sagte es Mark, und er nahm zart ihre Hand und hielt sie fest.

»Manchmal befällt mich wie ein Traum der Gedanke, daß du meine Kinder gebierst«, sagte er. »Ich habe das Gefühl, daß du alles werden könntest, was du willst. Ich bin nicht gut genug für dich.«

»Sprich nicht so«, antwortete sie scharf. »Ich kann dir nicht sagen, wie sehr ich solche Reden in deinem Mund verabscheue.«

»Aber wenn ich es ernst meine?«

»Selbst wenn du es so meinst, sage es nicht«, bat sie.

»Warum nicht?«

»Ich weiß nicht.«

Aber sie wußte es. Es war ihr Bedürfnis, ihn als ebenbürtig zu betrachten. Sie mußte das Gefühl völliger Kameradschaft haben, doch wenn Mark oder John nicht körperlich anwesend waren, blieb sie allein. Sie fragte sich oft verblüfft, ob auch andere Frauen so waren wie sie, die die Hand ausstrecken mußte und lebendes Fleisch berühren, einem Blick begegnen, eine Stimme hören und gesprochene Worte, denn sonst hatte sie das Gefühl, die Welt versinke und sie selbst bleibe allein. Aber sie konnte niemanden danach fragen.

Es würde mir auch nicht helfen, wenn ich es täte, dachte sie sinnend. Ich bin so, wie ich geboren wurde, und was andere sind, kann mich nicht ändern.

Doch sie blickte in die Zukunft, mit der Vorahnung, die zuzeiten über sie kam, und sie sah sich dahinschreiten durch die fernen Räume ihres Lebens, und sie war immer allein. Mark war nicht da, noch auch ein Kind noch ein Freund. Und sie wich zurück vor jenem einsamen Weg und wandte sich ihrer hellen Gegenwart zu. Jene Vision bedeutete vielleicht gar nichts. Vielleicht sahen in jedem Leben die Jahre der Zukunft ganz anders aus, viel furchtbarer als die Gegenwart, die man kannte.

Sie mußte so sein wie jede andere Frau, nein, sie war es. Sie kochte und nähte, sie las und spielte Klavier und lauschte Marks Erzählungen. Sie betreute John, dem sie nun die ersten Märchen zu erzählen begann, und er hörte mit halbem Verständnis, aber voll Eifer zu. Sie ließ sich von Jane erzählen, die ihr mit trauriger Freude von ihrer Mädchenzeit in London berichtete, wo sie als Küchengehilfin in einem großen Haushalt gedient hatte, dessen Herr während des Krieges nach Kanada zog, weil er zu alt war, um zu kämpfen, und zu spät geheiratet hatte, um seinem Vaterland Söhne zu schenken, und so beschloß er, mit allen seinen Töchtern und Dienern auszuwandern.

»Ein Gesinde von zwölf Leuten«, sagte Jane mit kummervoller Genugtuung. »Ihn hätte beinahe der Schlag getroffen, gnädige Frau, weil er nicht in den Krieg gehen konnte, denn er war schon zu alt. Und so verließen wir England, und er nahm auch den Wagen und die Pferde mit, denn er war überzeugt, das Automobil sei für kleine Kinder nicht zuträglich. Er hatte so seine eigenen Ideen, Gnädige. Und dann verlor er sein Geld und hatte Furchtbares mitzumachen, Gnädige. Die Reichen tun mir ja so leid. Die Armen, Gnädige – wir sind an nichts gewöhnt. Aber es ist ganz grausam, wenn ein Reicher arm wird. Es ist am besten, nicht an das gute Leben gewöhnt zu sein. Dann ist man dankbar für das wenige, das man hat.«

Susan blickte in Janes hageres, ehrliches Gesicht, und sie fühlte sich schuldig, weil sie so viel hatte.

Im Januar brachte ihr der Postbote einen schmalen kleinen Umschlag mit dem Poststempel Paris.

»Ein Auslandsbrief, Mrs. Keening«, sagte er.

Der Brief kam von David Barnes – eine kurze, quer über das Blatt gekritzelte Frage.

»Weshalb vergeuden Sie so viel Zeit?« fragte er, und seine Handschrift stand eckig und schwarz quer über dem blauen Papier. Sie lächelte und zerknüllte den Brief in der Hand und warf ihn fort. Im Juni sollte ihr Kind geboren werden. John wuchs heran. Ihr Heim war gepflegt, und der Garten mußte sich im Frühling mit Blumen füllen, auf daß einem jeden, der über die Straße ging, die Farbenpracht der Blüten vor dem Hintergrund des Waldes so fröhlich entgegenleuchte wie flatternde Fahnen. Nun, da sie den ganzen Tag zu Haus verbrachte, kamen auch ihre alten Freundinnen auf Besuch, ließen sich ein wenig nieder auf der Couch beim Kaminfeuer, oder im Frühling, der so bald kam, auf einer Gartenbank, die Mark verfertigt hatte, und sie schwatzten und plauderten über die viele Arbeit, die sie hatten. Susan lauschte, und sie lächelte und sagte nur wenig. Obwohl dies erwachsene Frauen waren, schienen sie ihr noch immer die Kinder zu sein, an die sie sich erinnerte, eifrig bestrebt, Pflichten hinter sich zu bringen, eifrig bestrebt nach schlichter Unterhaltung bei Spielen und im

Kino. Sie liebte sie mit Mitleid und sprach mit ihnen über ihre Probleme, ein wenig beschämt darüber, daß sie ihrerseits keine Probleme zu bieten hatte. Der Winter verstrich unbemerkt, und es war nun früher Frühling. Und noch immer hielt sie entschlossen an ihrem Glück fest.

Lucille sagte dankbar: »Es ist so nett, dich von Zeit zu Zeit besuchen zu können, Sue. Im letzten Sommer warst du jedesmal fort, wenn ich herkam.«

»Ich nahm Unterricht«, antwortete Susan. Sie machte Gartenarbeiten in einem Stiefmütterchenbeet, und Lucille saß im frischen Gras müßig neben ihr.

»Also das hast du gemacht!« Lucilles Augen nahmen einen listigen Ausdruck an.

»Was sonst?« fragte Susan schlicht. »Ich ging den ganzen Sommer, Tag für Tag, zu David Barnes.«

»Ich weiß«, sagte Lucille. »Ich muß sagen, wir alle waren darüber erstaunt. Er hat den denkbar schlechtesten Ruf.«

»Davon weiß ich nichts«, sagte Susan.

»O du meine Güte!« rief Lucille. »Hast du denn noch nie von Vannie Blaine gehört? Jeder sagt doch, sie sei seine Geliebte gewesenl Darum ist sie ja ihrem Gatten durchgebrannt. Man sagt, sie habe natürlich gedacht, er werde sie heiraten. Aber das tat er nicht, obwohl sie ein Kind hatten. Solche Leute heiraten nicht. Ich glaube, Künstler benehmen sich ganz anders als andere Menschen.« »Davon weiß ich nichts«, sagte Susan.

David Barnes war nur ein Paar Hände, empfindsam, derb, bewegt, kräftig. Er war ein Hirn, das aus mürrischen dunkelblauen Augen blickte. Er war eine zornige Stimme, die Susan aus einer Wildnis anschrie.

Jane kam jetzt in den Garten. »Na, du hast Glück, daß dir jemand im Haus hilft«, sagte Lucille. »Ich muß jetzt gehen. Das Kind wird wach sein. Ich hätte auch gerne ein Mädchen. Mark muß furchtbar viel verdienen.«

»Jane bezahle ich«, sagte Susan, und dann tat es ihr leid.

War es denn wichtig, wer Jane bezahlte? Aber Mark sähe es gar nicht gerne, wenn jemand glaubte, er bezahle nicht alles.

»Du kannst nicht so weitermachen«, sagte Lucille entschlossen. »Das wirst du schon noch entdecken, sobald du einmal zwei hast. Außerdem, Sue, sollst du aufpassen, Mark nicht zu verwöhnen. Das wäre ja noch schöner, wenn wir nicht nur die Kinder bekommen, sondern auch noch das Geld dafür verdienen müßten.«

»Ich möchte sechs haben«, sagte Susan lächelnd. Unter ihren Fingern richtete sich eine Krone gelber Stiefmütterchen in einem munteren Kreis empor.

»Du bist verrückt«, sagte Lucille. »Ich habe drei, und mir bleibt kein Augenblick für mich. Na, leb wohl, Sue!«

»Leb wohl, meine Liebe!« sagte Susan friedlich.

Wieder allein, grübelte sie über Lucille nach. Die Stadt war voll solcher Lucilles. Ein wenig dicker, ein wenig dünner, alt oder jung – überall fand man sie. Wie kam es, daß Frauen einander so gleich wurden, oder wenn sie anders geartet waren, glichen sie der Mutter Marks, waren schweigsam, einsam und offensichtlich freudlos, oder sie waren wie Mary, jung und mürrisch. Susans eigene Mutter war nur eine Art Lucille. Und alle diese Lucilles verlebten kindische Jahre aufs Geratewohl, getrennt vom Leben, wie es wirklich war, und forderten Romantik, und die gequälten, verwirrten Männer wußten nicht, wie sie ihnen diese Romantik geben sollten.

Am Abend vorher hatte Mark an ihrer Schulter geseufzt: »Du bist so ruhevoll. Irgendwie versinke ich in dir, und du bist still und tief und warm. Du forderst nie etwas, Sue. Bist du glücklich?«

»Ei freilich!« hatte sie gesagt.

Denn jeder Augenblick des Lebens war ihr zu eigen. »Kein Augenblick bleibt einem«, hatte Lucille gesagt, aber alle Augenblicke Susans gehörten zu ihrem Leben. Dieser

Augenblick zum Beispiel, da ihre Hände warm die weiche, feuchte Erde fühlten, war ein Teil ihres Lebens. In einer Stunde sollte sie das Mittagessen kochen, und auch diese Stunde war ihr eigenes Leben.

Jane brachte jetzt John aus dem Haus, doch sie zögerte.

»Ich möchte Sie etwas fragen, Gnädige«, sagte sie.

»Ja?« sagte Susan.

»Wenn das Kleine kommt, werden Sie mich dann nicht für ständig brauchen?«

»Ich glaube nicht, Jane«, sagte Susan freundlich. »Wir haben nicht viel Geld, und es liegt doch nicht daran, daß ich die Arbeit scheue.«

»Ich habe gedacht, vielleicht wollen Sie wieder bildhauern, Gnädige.«

Susan zauderte. »Ich weiß nicht«, sagte sie. »Ich kann es jetzt noch nicht sagen.«

»Schön«, sagte Jane. »Ich warte gern. Sie werden sich schon klarwerden.«

Sie bückte sich und nahm John bei der Hand, und mitsammen schritten sie durchs Gartentor, und ihr langer schwarzer Rock flatterte ihr im Frühlingswind um die dünnen Beine. Aber Susan, die den Kopf hob, sah den alten Schimmer langer, leerer Korridore der Zukunft. Die Straße, das Haus, die knospenden Bäume waren auf einmal unwirklich wie der gemalte Hintergrund einer Bühne. Dann stieß sie entschlossen die Schaufel in die Erde, und alles wurde wieder wirklich, und so konnte sie diesen Augenblick festhalten, der trotz allem ihr eigen war.

Am zehnten Juni schenkte sie einer Tochter das Leben, die, so hatte sie beschlossen, Marcia heißen sollte. Und Mark stahl sich auf Zehenspitzen in knarrenden Schuhen ins Spitalzimmer und fand sie lächelnd.

»Du siehst aus wie das Leben«, flüsterte er. »Wenn einem jemand erzählte, daß du eine Frau bist, die gerade ein Kind bekommen hat, müßte man ja lachen.«

Sie schob eine Decke zur Seite und zeigte ihm das kleine Mädchen, das dunkel war und schwarzhaarig. »Jetzt habe ich schon die Technik heraus«, brüstete sie sich lachend. »Ich weiß genau, wie man's macht. Es werden ja noch vier weitere kommen, Mark.«

»Da muß ich mich wohl beeilen«, sagte er.

Lange Zeit saß er da und starrte in das winzige Gesicht, das die tiefe Zufriedenheit des Schlafes umfing. Susan fragte ihn nicht, was er denke, und es war ja auch nicht so ungemein wichtig, das zu wissen. Außerdem kannte sie ihn so gut. Mark dachte gewiß nichts allzu Sonderbares. Sie war versunken in behagliche Zufriedenheit, tief hinein getaucht. Mancher Instinkt in ihr war beinahe befriedigt, mehr befriedigt als seit vielen Monaten. Mit mehr als der bloßen Zufriedenheit einer Mutter hatte sie das feste Körperchen Marcias gefühlt. Es war ein schöner, vollendeter Körper. Jede Linie richtig, und sie hatte ihn geschaffen. Sie seufzte, lächelte und sank in Schlaf.

Während sie ruhig darauf wartete, daß man ihr erlaube, wieder nach Hause zu gehen, dachte sie viele, viele Stunden lang an alles und an nichts. Sie lag da und nahm in sich jeglichen Gedanken auf, der sich hier niederließ zur Rast in ihrem Hirn, gleich einem Wandervogel, der vorbeifliegt. Das war die Rast, die nach dem Schaffen kommt. Bald gab es anderes. Eines Tages sollte sie aufstehen aus diesem schmalen weißen Bett und zurückkehren zu allem, was gewesen war, und zu dem Mehr, das, wie sie wußte, auf sie wartete. Doch einstweilen konnte sie sein, wie sie war, aufnahmebereit, wartend. Ihre Eltern kamen Tag für Tag, doch nie gemeinsam. Die Mutter sprach wenig. Sie saß nur da und hielt Marcia mit schlichter Freude auf den Armen und sagte nur von Zeit zu Zeit nach langem Grübeln laut vor sich hin: »Sie sieht nicht so sehr dir ähnlich als vielmehr Mary, als sie neugeboren war.«

Und ihr Vater blickte Marcia an und sagte munter: »Sie ist wohl wie jedes andere Kind. Doch immerhin, hier hast du ein Gedicht ›Für Marcia zu ihrer Geburt‹.« Er räusperte sich und las es vor. Als er zu Ende war, sagte er: »Die Frage ist: willst du lieber die zwanzig Dollar haben, die ich vielleicht dafür bekommen werde, oder das Gedicht?«

»Ach, natürlich das Gedicht«, sagte Susan lachend.

»Na, meinetwegen kannst du beides haben«, erwiderte er. »Man darf nie etwas ausschlagen, man bekommt ohnedies so wenig . . . Sue, wenn ich einmal in den Ruhestand trete, will ich in die Südsee gehen, ob deine Mutter mag oder nicht.«

Sie lachte wieder auf und griff nach dem Gedicht. Solange sie sich erinnern konnte, sprach er davon, in die Südsee zu gehen. Als ganz kleines Kind hatte sie sich darüber gegrämt, denn auch die Mutter glaubte ihm und rief jedesmal: »O Danny, was soll ich dort anfangen?« Und bei dem Schreck ihrer Mutter hatte auch sie voll Ungewißheit gezittert. Doch im Lauf der Jahre hörte die Mutter auf, diesen Reden Beachtung zu schenken.

»Ich werde es unter meine Kostbarkeiten legen«, sagte sie.

Er freute sich sehr, aber er knurrte nur: »Ich habe ohnedies eine Abschrift.«

Und Mary kam nach dem ersten Jahr im College auf Ferien, und sie beugte sich über Marcia, eine neue, ruhig gewordene Mary, sehr reif und kühl, in einem dunkelblauen Kostüm und einer weißen Bluse und einem kleinen dunklen Hut. »Sie sieht gesund aus«, sagte sie gleichmütig, setzte sich dann nieder und zündete sich herausfordernd eine Zigarette an.

»Hat Papa etwas über mich gesagt?« fragte sie, die Augenbrauen hochgezogen.

Susan schüttelte den Kopf.

»Dann wird er es tun«, sagte Mary. »Er ist wütend auf mich.«

»Warum?«

»Weil ich das College nicht fertigmachen will. Ich möchte in Stellung gehen. Das College ist doch so kleinbürgerlich.«

Sie blies einen Rauchring, dann noch einen und dann noch einen.

»Was sagt Mutter dazu?« fragte Susan vorsichtig.

»Oh, Mutter!« sagte Mary. »Sie hat doch gar keine Ideen im Kopf.« Mit dem kleinen Finger streifte sie die Asche von der Zigarette. »Ich denke nicht daran, mich damit zufriedenzugeben, daß ich mich niederlasse und heirate«, fuhr sie fort. »Ich möchte ins Leben hinaus.«

Susan blickte zu Marcia hinab, die nun zusammengerollt in ihren Armen lag.

»Auch dies ist das Leben«, sagte sie.

»Mag sein«, sagte Mary. »Aber nicht nach meinem Geschmack.«

Ruhelos stand sie auf, ein rankes, dunkles Mädchen mit kaltem, klarem, scharfem Profil und kleinem, festgeschlossenem rotem Mund. Die Form und der Ausdruck ihres Mundes änderten sich nie. In der Kindheit hatte sie den Mund schon so geformt gehabt. Auch jetzt war er nicht größer, nicht voller, nicht leidenschaftlicher. »Susan, ich bitte dich nicht um eine Gefälligkeit, aber wenn Papa etwas sagt, so bedeute ihm nur, ich wisse schon, was ich zu tun hätte, ja?«

»Wenn du es gewiß weißt«, sagte Susan zweifelnd.

»Wenn ich es nicht weiß, weiß es niemand«, sagte Mary. »Nun, auf Wiedersehen, Sue. Wirklich, ein nettes Kind!«

Nach Marys Fortgehen lehnte sich Susan ein wenig erschöpft zurück. Mary hatte geradezu die ganze Luft verbraucht.

Einen oder zwei Tage später sagte ihr Vater, während er Marcia anstarrte, mürrisch: »Ich weiß nicht, ob ich etwas dagegen hätte, wenn du noch einen Jungen bekämst. Frauen sind heutzutage so verflucht schwer zu behandeln. Deine Schwester hat sich radikale Flausen in den Kopf gesetzt – sie möchte ihr eigenes Leben leben, nach New York gehen und dort eine Stellung annehmen. Einem Jungen kann man sagen, er soll sich zum Teufel scheren, aber doch nicht einem Mädchen. Und ich weiß nicht, was ich mit Mary sonst beginnen soll.«

Sie sagte nichts, denn sie wußte nicht, was sie hätte sagen können. In einer aufzuckenden Erinnerung hörte sie Mary wieder falsch spielen, immer von neuem die falsche Taste anschlagen, denn sie wußte nicht, daß sie nicht richtig spielte.

Und so trieb das Leben der Menschen an sie heran und wieder fort, und ihnen allen war sie zum Teil verbunden und keinem einzigen ganz. Endlich stand sie auf und ging, Mark an der Seite, Marcia auf dem Arm, wieder nach Hause zurück. John und Jane standen zur Begrüßung an der Tür. Fest und stämmig und vertraut und teuer dem Auge erhob sich ihr Haus, und voll Freude betrat sie es.

Doch sobald sie darin war, begann inmitten all dieser wohlbekannten und warmen Habseligkeiten das Herz in ihrer Brust zu zucken, und etwas bewegte sich in ihr, so wie Marcia sich bewegt hatte, ehe sie geboren worden war – ein Geschöpf, beschlossen in ihr und doch von ihr getrennt. Sie war gar nicht ruhelos, sie war glücklich, denn ihr Wesen war für das Glück geschaffen und leicht in Anspruch genommen von jedem flüchtig vorbeihuschenden Gegenstand. Eine unerwartete gelbe Rose, die sich auf der Terrasse öffnete, war für sie ebenso fesselnd wie die Nachricht in der Zeitung der vorigen Woche, daß David Barnes für seinen neuen Titanen Christoph Columbus fünftausend Dollar erhalten habe und daß die Stadt New York ihn kaufen wolle. Sie war von diesen Dingen ebenso bezaubert wie von der Nachricht der Entdeckung des Nordpols, oder wie sie es beim ersten Zahn Marcias sein sollte. Aber sie wußte – nicht so sehr durch Wissen wie vielmehr durch Instinkt –, daß sie unendlich größeres Glück fassen konnte, als ihr jetzt in allem beschieden war, und daß sie die Fähigkeit besaß, einen tieferen Frieden zu finden als den Frieden dieses Lebens, der ihr jedoch völlig genügte.

Aus diesem Instinkt kam eine Bewegung, die ebenso blind war und ebenso unvermeidlich wie der Instinkt eines Baumes, sich in Äste zu teilen, oder der Instinkt eines Astes, Laub anzusetzen. Aus vollendetem Glück begann sie, nach weiterem Wachstum zu verlangen. Als sie einst als Kind in einer Kirche gesessen hatte, hörte sie den Priester von einem Todesfall sprechen, und er sagte: »Wen der Herr liebt, den züchtigt er«, und er sagte: »Der Kummer wird uns gesandt, die menschliche Seele zu belehren und sie für größere Dinge fähig zu machen.« Aber sie hatte bis jetzt keinerlei Kummer erlebt. Mark in seiner Liebe war nichts als schlichte Güte; ihre Kinder waren gesund und anspruchslos, und nichts belastete ihren Tag. Sogar Jane sagte orakelhaft: »Freuen Sie sich an allem, solange es geht, Gnädige. Das Ende kommt schnell genug.« Doch alle diese Worte bedeuteten ihr nichts. Sie hatte noch nie den Tod gesehen, und es schien ihr, das Leben sei endlos, und sie freute sich, daß es so war. Aber ihre Zufriedenheit glich der Erde, die Samenkörner nährt, und die Samenkörner keimten dank ihrer eigenen Gesundheit aus der Erde. Gerade ihre Zufriedenheit zwang sie wieder zum Schaffen. Und der Beginn war ihre Ruhelosigkeit.

Sie hatte nicht genug zu tun. Wie beschäftigt sie auch sein mochte, wußte sie doch, daß in ihr eine Kraft lebte, die noch nicht verbraucht war, eine einfache, gehemmte Fähigkeit. Sie begann über das hinaus, was ihre Sinne ihr zeigten, zu fühlen, über das Bild eines Baumes, den der Wind peitschte, oder Johns, der ein Bausteinhaus baute, oder Janes, die sich über das Küchengeschirr neigte oder emporblickte bei der Tür, weil man sie gerufen hatte, oder halb erschreckt sich die Hände an der Schürze abwischte. Jane – Jane – Jane hatte keinerlei Rundungen. Ihr Körper war so einfach geschnitten wie eine Granitplatte – und doch war jede Linie gemacht worden, nicht geboren, sondern gemacht durch Janes inneres Wesen – ihr gerader, trauriger Mund, ihr stoisches Kinn, ihre schwieligen Hände, ihre schmalen, kräftigen Schultern und ihre flachen, großen englischen Füße.

»Jane!« rief Susan eines Tages an der Küchentür.

Jane blickte erschreckt auf und wischte sich die Hände an der Schürze ab.

»Gnädige?«

John spielte im Garten im Sommersonnenschein, Marcia schlief in ihrer Wiege.

»Ja, Gnädige?« sagte Jane wieder.

»Was machen Sie jetzt, Jane?«

»Geschirr waschen, Gnädige.«

»Dann kommen Sie herauf.«

Sie hörte hinter sich auf der Treppe Janes großfüßigen, schweren Schritt, während die Magd ihr auf den Dachboden folgte. Jane blieb in der Tür stehen und wischte sich noch immer die nassen Arme ab und blickte Susan ängstlich an.

»Bleiben Sie genau so«, sagte Susan, denn plötzlich sah sie diese wesenhafte Jane, die zwischen Töpfen und Geschirr hervorschaute, demütig, ängstlich, Augenblick für Augenblick im zufriedenen Haushalt einer anderen Frau verlebend, in einem schüchternen, kostbaren Frieden, den sie für eine kurze Zeit von einem wirren, tragischen Leben ausgeliehen hatte. Mit ihrem furchtsamen, immer flehenden Blick starrte sie Susan an, und Susan, die rasch ihren Ton mengte, begann in eifrigem Schweigen und mit raschen, sicheren Bewegungen dieses Geschöpf zu formen und zu modeln. So lange war es her, seit sie zuletzt den seltsamen Hunger empfunden. Aber ihre Hände konnten die Fähigkeit nicht vergessen, die mit ihnen geboren worden war. Diese Fähigkeit war viele Monate weder verwendet noch gebraucht worden, heute aber war sie da, stärker denn je, weil sie unterdrückt gewesen. Mit wilder ungestümer Hast arbeitete Susan, und Janes Augen wurden immer ängstlicher, doch sagte sie kein Wort. Und Susan summte in einer Art inbrünstigen Flüsterns: »Oh, das wird eitel Herrlichkeit!« Und sie ahnte gar nicht, daß sie vor sich hinsummte.

Im Verlauf der Zeit begann Jane kleine unruhige Bewegungen zu machen, und Susan, gestört im Dahinstreichen der Stunden, rief: »Sie sind müde. Ich habe Sie zu lange hier stehen lassen. Wie spät ist es denn wohl?« Die Mittagsonne brannte heiß auf das Dach, und Susans Gesicht war naß vor Schweiß.

Jane sagte ängstlich: »Ich bin nicht müde, Gnädige, aber ich höre das Kleine schreien, und Johnnie klopft schon lange und will eingelassen werden.«

»Ich habe nichts gehört«, sagte Susan, ein wenig beschämt. Sie lauschte nun und konnte Marcias helles lautes Weinen hören und Johns Rufe: »Janie – Janie, ich bringe die Tür nicht auf!« Aber Jane war schon fort.

Susan schloß plötzlich die Augen. Sie brauchte sich nicht zu beeilen. Sie vernahm das tiefe, feste Schlagen ihres Herzens. Dann öffnete sie die Augen, um zu sehen, was sie geformt hatte. Da stand in Lebensgröße, freilich noch roh und unausgearbeitet, aber lebensecht, in dem noch nassen, dunklen Ton Jane, die sich die nassen Arme abtrocknete. Aber dies war mehr als Jane. Hier waren alle Frauen gleich Jane, demütige Frauen, die um den Herd anderer schlichen, die säuberten und kochten und nähten und außer ihrem kleinen Lohn verwirrten Sinnes die Brosamen in Empfang nahmen, die man ihnen gab, und aus diesen tiefliegenden Augen, aus dem halboffenen, schmalen Mund, aus der ganzen gebückten, gebrechlichen und doch irgendwie unbrechbaren Gestalt konnte Susan eine Stimme hören. Das war nicht ein deutlicher Ruf wie der des Kindes, das gefragt hatte, warum es denn geboren worden sei. Hier war keine Frage, denn die Möglichkeit einer Frage war schon lange tot, weil fragen auch einer Auflehnung fähig sein heißt, und sei es auch nur einer kleinen. In Jane gab es keinerlei Auflehnung mehr gegen irgend etwas. Nein, das war eine Stimme, die in einer Monotonie von Töpfen und Pfannen murmelte, von Speisen, die gekocht werden mußten, von Küchenfliesen, die es zu scheuern galt, von Kindern, die nach Nahrung schrien – sonst nichts. Nur der Tod konnte dieses Murmeln zum Verstummen bringen. Eines Tages gab es einen Seufzer, und was ein nahezu stummes Leben gewesen, wurde dann ein schlichtes Schweigen. Das war Jane, Tausende und Tausende Janes, und Susan, die das erkannte, ging zum Fenster, das gegen den Wald schaute, und starrte hinaus in dessen sommerliches Grün. Hier war überall Sonnenschein. Blendend lag die Straße im Sonnenschein. Durchs Fenster konnte sie vom Nachbargarten her das Knarren einer Hängematte hören. Jetzt war das Haus still. Jane hatte Marcia hinaufgetragen und John zu essen gegeben. Aber Susan stand beim Fenster, und sie weinte, und ihr Körper war eine Glut der Pein, die sie nicht begreifen konnte, denn sie wußte nichts anderes, als daß sie aus irgendeinem Grund um Janes willen weinte.

Nun brauchte sie keine Jane mehr, die ihr in Fleisch und Blut Modell stand. Das tat ihr nicht mehr not. Sie sah deutlich, was sie schuf, und Tag für Tag stieg sie zum Dachboden hinauf und vollendete die Gestalt und arbeitete mit größerer Sicherheit denn je. Jene Stunden mit David Barnes vor einem Jahr hatten sie Sicherheit gelehrt. Ohne es ganz genau zu wissen, hatte sie gelernt, wie man mit kräftigem

Daumendruck modelliert, so wie er es getan hatte die wenigen Male, da er Ton verwendete, wie man kühn und hart zu sein hat mit dem Material und beseitigen muß, was man nicht haben will. Doch an Janes Gesicht arbeitete sie mit solcher Zartheit, daß es war, als wollte sie die Züge erfühlen. Ihre Augen waren halb geschlossen, und ihre Finger griffen suchend und tastend in den Ton und preßten jede knochige Stelle und jede Fläche hervor. Tag für Tag, wenn sie die Dachbodentür öffnete, öffnete sie sie zu einem Entzücken, und wenn sie die Dachbodentür hinter sich schloß, schloß sie sie, als verschlösse sie jenes geheime Entzücken. Mit allen Fibern ihres Wesens war sie lebendig. Und sie sagte es niemandem. Sie hatte niemanden, dem sie es sagen konnte.

Einmal wachte sie nachts auf. Im Schlaf fühlte sie ganz unerträglich einen leichten Druck auf den Lidern, und sie erwachte plötzlich und entdeckte, daß der helle Mond voll und strahlend wie eine Sonne vor den Fenstern draußen am Himmel stand, gerade ihrem Bett gegenüber. Erschreckt setzte sie sich auf, und Mark sprach, und in seiner Stimme klang keine Spur von Schlaf:

»Bist auch du aufgewacht? Das ist der Mond.«

Und nach einem Augenblick fragte er: »Sue, kann ich zu deinem Bett hinüber?«

Und sie sagte – denn wann hätte sie ihm je etwas verwehrt? –: »Natürlich, Liebster.« Und sie sank in die Kissen zurück. Schlaftrunken gähnte sie, dennoch war sie sich der Freude an der Wärme bewußt, die Marks Körper ausstrahlte. Und als er mit leiser Stimme sagte: »Halt mich fest, Sue«, legte sie warm die Arme um ihn und fühlte ihn ihrem Herzen teuer und nicht abstoßend. Und so, in der trauten Gewohnheit, war sie nicht vorbereitet auf die plötzliche Kühle, die nun über Marks Körper kroch. Im Mondlicht fühlte sie seine Hände zittern und die Wärme aus ihm weichen. Er lag einen Augenblick ganz still, dann küßte er sie zart und deckte sie warm zu.

»Schlaf jetzt, teure Sue«, sagte er zart. »Ich hätte dich nicht stören sollen.«

Sogleich erwachte sie aus ihrem Halbschlaf.

»Aber, Mark, ich war dir doch so nahe«, widersprach sie.

»Schon gut«, sagte er mit der gleichen zarten Stimme. Jetzt stand er auf, legte den Schlafrock an und suchte nach seinen Pantoffeln. »Ich glaube, ich werde eine Weile lesen. Dieser verdammte Mond läßt mich nicht einschlafen.«

Sie starrte ihn an. Seine Stimme klang munter, aber sie hatte das Gefühl, er habe sich ihr gegenüber verändert.

»Mark, irgend etwas ist nicht in Ordnung, und du sagst es mir nicht.«

»Alles ist in Ordnung«, beharrte er. »Geh jetzt schlafen.« Er griff nach der Lampe und begann dann mit dem Finger über die Bücher zu fahren, die auf dem kleinen Regal neben seinem Bett standen.

»Mark, du hast mich noch nie angelogen«, sagte sie. Sie war jetzt völlig wach und hatte das Gefühl, daß sie in dieser Nacht nicht mehr werde schlafen können.

»Ich liebe dich«, sagte er, und er sah sie nicht an.

»Natürlich liebst du mich«, sagte sie. »Und ich liebe dich. Woran fehlt es also?«

Da blickte er sie an, und sie sah seine Lippen zittern. »Aber Mark!« rief sie entsetzt. Sie hatte Mark noch nie weinen sehen. Sie sprang aus dem Bett und eilte zu ihm und zog seinen Kopf an ihre Schulter herab. »Mark – Mark«, flüsterte sie, und während sie ihn hielt, fühlte sie, wie sein Körper zitterte und das Weinen zu bemeistern strebte. »Was mag nur geschehen sein?« fragte sie. »Oh, Mark, ich kann das nicht ertragen.«

»Nichts«, keuchte er. »Es ist nichts – nur habe ich das Gefühl, daß du dich irgendwie mir gegenüber änderst. Ich bin dir nicht genug.«

Einen Augenblick hatte sie den Eindruck, als wäre sie der Mann und er die Frau. Sie hatte andere Frauen so von ihren Gatten sprechen hören. Einmal hatte bei einer Bridgepartie in Lucilles Häuschen Trina Prescott die Karten hingeworfen und gerufen: »Ich kann nicht weiter, Kinder – ich bin so unglücklich! Rob kümmert sich nicht mehr um mich. Er ist ganz verändert.« Und voll Mitleid hatten sie den Fall durchgesprochen, und schließlich nahm sie Trina nach Hause, und Lucille kam am nächsten Tag, um das Ganze noch einmal zu besprechen, und sie sagte: »Die Frauen sind ja so weich, Sue! Ich möchte es Hal nicht raten, sich mir gegenüber zu ändern. Das könnte nur eines bedeuten – nämlich, daß er an eine andere Frau denkt. Und das wäre das einzige, das ich mir nicht bieten ließe. Ich würde ihm schon den Kopf zurechtsetzen. Hat er mir denn nicht Treue versprochen?«

Und Susan hatte schweigend diesen Frauenreden gelauscht, denn sie wußte, daß sie solches von Mark nicht sagen konnte. Aber noch nie hatte sie einen Mann, das Haupt auf den Schultern einer Frau, so wie jetzt weinend klagen hören, er habe die Frau verloren. Dies machte Mark zu einem Fremden, der nicht mehr der muntere, schlichte, bescheidene Kamerad im Hause war. In einer erschreckenden Sekunde sah sie die fernen Korridore der Zukunft, zu der die Gegenwart nur als Tor führte. Aber sie wollte nicht, daß dieses Leben sich ändere. Sie war jetzt vier Jahre mit Mark verheiratet und hatte nie geahnt, er könnte nicht glücklich sein. Sie hatte Angst.

»Setz dich, Liebster«, sagte sie sehr zart, und wie ein Kind gehorchte er, an sie geklammert. »Jetzt sag mir alles. Habe ich dir etwas getan? Habe ich dich verletzt? Aber das Schreckliche daran ist, daß ich nicht weiß, was es war. Darum mußt du es mir sagen. Ich liebe dich so sehr.«

Doch es dauerte geraume Zeit, ehe er sprechen konnte. Nicht einmal für sich selbst hatte er die Antwort auf die Frage, die sie ihm jetzt stellte, in Worte gefaßt. Tief und stumm und gegen seinen Willen hatte er gelitten und nie gewußt, warum er litt.

»Du bist immer vollkommen«, sagte er wieder und wieder. »Ich bin verrückt, das ist alles. Es liegt an mir, nicht an dir. Du betreust mir ja das Haus so herrlich. Du bist tadellos den Kindern gegenüber –« Er machte eine Pause und fuhr fort. »Du bist immer lieb und gut zu mir. Ich höre, wie andere Männer sich über ihre Frauen beklagen. Hal wagt es nicht, zehn Minuten zu spät zu kommen, sonst will Lucille wissen, wo er war, und sie durchsucht ihm die Taschen, weil sie so eifersüchtig ist – sie ist sogar eifersüchtig auf die Stenotypistin im Geschäft! Ich höre sie alle und sage mir: ›Gott sei Dank, meine Frau ist nicht so!‹«

Sie hörte zu und streichelte ihm die Schulter, und unter dem dünnen Zeug seines Pyjamas fühlte sie diese Schultern zittern. Und er sagte: »Es ist nichts, was du getan hättest.«

»Dann ist es etwas, das ich bin«, erwiderte sie.

Einen Augenblick lang sprach er nicht. Dann wich er zurück, ging im Zimmer hin und her, suchte seine Pfeife und zündete sie an und setzte sich aufs Fensterbrett und schaute ins Mondlicht.

»Vielleicht«, sagte er. »Vielleicht ist es das.«

Ihr Herz flatterte vor Furcht. »Das ist viel schlimmer«, sagte sie ruhig. »Ich könnte etwas unterlassen, was dich verletzt, aber es fällt mir sehr schwer, etwas nicht zu sein, das ich bin. Ich wüßte nicht, wie ich das anstellen sollte. Ich glaube, ich habe nie darüber nachgedacht, wie ich bin. Mein ganzes Leben hatte ich so viel Arbeit und war so glücklich.«

Er stand auf und zog die Markise herunter, um den Mondschein auszusperren, dann drehte er das Licht an und setzte sich aufs Bett. »Ich wollte dieses Gespräch nie beginnen«, sagte er. »Ich kann dir nicht erklären, was ich meine. Darum hätte ich dir nichts sagen dürfen. Aber mir ist die ganze Zeit, als wärst du nicht hier – wenigstens nicht ganz. Du machst alles so gut, so viel besser als jeder andere Mensch – ich weiß das –«

»O Mark, nicht!« bat sie ihn. »Kümmert es mich denn, wie ich irgend etwas mache? Ich will ja nur, daß du glücklich bist. Wenn das, was ich tue, dich nicht glücklich macht, taugt es nichts. Ich habe versagt.«

»Du machst mich glücklich«, sagte er verbissen. »Ich bin ein Narr, daß ich etwas gesagt habe. Ich lebe behaglich und werde betreut, und du läßt nichts unversucht – es sei denn –« Er verstummte und sagte nach einer Weile: »Es sei denn, daß du dich mir nicht ganz schenkst.«

»Was meinst du damit?« fragte sie. »Wann hätte ich dir je etwas verwehrt?«

»Das tust du nicht – ich bin ja ein Dummkopf –, aber mir ist, als hätte ich dich nie ganz besessen. Schau, Sue, wenn ich mit dir spreche, erzähle ich dir alles, was mir widerfahren ist. Ich erzähle dir alles, verstehst du? Mehr gibt es bei mir nicht. Aber bei dir ist so vieles, das du mir nicht sagst. Du hörst zu, aber nur ein Teil deines Wesens hört zu. Ich glaube, das ist es – ich bin nur mit einem Teil deines Wesens verheiratet.«

Ernst blickte er zu ihr hinab, und in seinem Gesicht zeigte sich die angstvolle Mühe, sich ihr verständlich zu machen, und sie verstand ihn, und zum erstenmal im Leben überkam sie das Verlangen, vor ihm zurückzuweichen. Denn wer hatte das Recht, von ihr zu fordern, daß sie ihm die letzten Schlupfwinkel ihres Wesens auftue? Alles zu schenken lag nicht in ihrer Macht. Sie gab, was er zu empfangen fähig war.

Schon wollte sie den Mund öffnen und scharf sagen: »Wenn du mich ganz willst, mußt du fähig sein, alles zu nehmen. Habe ich einen Teil meiner selbst zurückgehalten, kann ich es nicht ändern.«

Aber Mark sprach mit unsteter Stimme: »Es ist, als hielte ich dir eine Schale hin –«

Sie hätte sagen können: »Die Schale ist zu klein.« Aber bevor sie es sagen konnte, rief er aus: »Das klingt ja furchtbar, ich meine es gar nicht so. Der Haken liegt darin, daß ich nicht gut genug bin für dich. Vielleicht ist die Schale zu klein.«

Sie sagte nichts. Mit einem einzigen Wort hätte sie ihn wieder weinen machen können, ihm die Angst einjagen, er werde sie ganz verlieren. Doch dies wollte sie nicht, denn es hätte sie mehr verletzt als ihn. Niemals im Leben wollte sie wieder jemandem wehtun. Das war die große Sünde: einem anderen Menschen wehtun. All ihr Lebtag hatte sie sich gezügelt und ihre wahren Fähigkeiten verborgen, weil sie niemanden beschämen oder verwunden wollte. Aber sie hätte es nicht nötig gehabt, sich vor ihm zu verbergen. Doch – sie hatte es getan! Sie hatte es getan! Und irgendwie fühlte er dies unklar. Sie war verwirrt. Sie mußte darüber nachsinnen – über alles, was er gesprochen hatte, und erkennen, was das eigentlich bedeutete. Aber jetzt war das wichtigste, Mark zu trösten, ihn durch ihre Liebe dessen zu versichern, daß er ihr und daher auch sich selbst genug war. Ob er ihr genug war, war nicht so wichtig, wie daß er glaubte, er sei genug. Tief und warm lächelte sie ihn an und schob alles zur Seite bis auf dieses eine.

»Komm her zu mir, mein Liebster«, sagte sie, und ihre Stimme klang fest und klar. »Weißt du, du sprichst Unsinn. Ich bin ja so glücklich. Du bist der beste, liebste Mensch. Du bist der Mittelpunkt meines Lebens.« Sie zog seinen Kopf an ihre Brust. Es war völlig wahr. Er bedeutete ihr den Mittelpunkt. Denn ihr tat es not, jemanden zu haben gleich Mark, jemanden, der treu war, unmittelbar nahe, eng verbunden, und von diesem Mittelpunkt konnte ihr Leben auf die ihr eigene Art nach allen Richtungen ausstrahlen. Er war ihre Erde. In ihm hatte sie Wurzeln geschlagen, dunkel und fest und kräftig. Und was hoch über ihm erblühte, ging auf ihn zurück. Mit warm zwingenden Armen zog sie ihn an sich. Und sie lachte ein wenig und neckte ihn und umschmeichelte ihn. Er überließ sich ihrer Stimmung, erregt und überzeugt. Und sie verschloß alle anderen Tore und lebte in diesem einen Zimmer ihres Hauses, in dieser geheimen Stunde der Mondnacht. Für diese Stunde war sie ebenso überzeugt wie er, ebenso hingerissen. Doch darin lag der Unterschied: am Ende der Stunde hielt der Traum bei ihm an. Er lag da, den Kopf auf ihrem Arm, halb schlafend, lächelnd, die Augen geschlossen.

»Vergiß, was ich gesagt habe, meine Teure«, sagte er. »Ich war wohl müde. Ich hatte einen schweren Tag im Büro.«

Sie stützte sich auf den Ellbogen und blickte zu ihm hinab.

»Liebe ich dich?« fragte sie.

Er blickte zu ihr empor.

»Ja«, flüsterte er, und seine Augen waren demütig vor den ihren. »Ich weiß nicht, warum, aber du liebst mich.«

»Versprichst du mir, daß du das nie vergessen wirst?«

»Ich verspreche es«, sagte er bereitwillig wie ein zufriedenes Kind.

Sie sah ihn an. »Jetzt schlafe!« befahl sie. »Nein, geh nicht fort! Bleib in meinem Bett und ich geh' in deines.«

Aber er schlief schon. Sie zog ihren Arm unter seinem Kopf fort und schritt zum anderen Bett und deckte sich zu. Sein Atem kam und ging in ruhigem Takte, aber sie konnte nicht schlafen. Sie lag da in ungestümem, angespanntem Entschluß. Ihr Wille erforderte ihr Herz, ihr Hirn, ihr Wesen. Mark hatte recht gehabt, aber er durfte das nie erfahren.

»Ich will in nichts versagen. Ich kann alles sein – Gattin,

Mutter und ich selbst.« Sie war nachlässig gewesen, vielleicht sogar träge, und hatte es zugelassen, daß Mark durch ihre Vertiefung in etwas, das abseits von ihm lag, verletzt worden war. Denn es lebte etwas in ihr, das abseits von ihm bleiben mußte. Blindlings war er an einen echten, urtiefen Teil ihres Wesens geraten. Sie wollte es besser machen. Sie wollte darüber nachsinnen, wie sie sich völliger schenken, wie sie gänzlicher dort leben konnte, wo für die gegenwärtige Stunde ihr Leben war. Doch trotz ihres Entschlusses, und so sehr sie sich auch hierherwünschte, in diese Stunde, in diesen Raum, in diese Nacht, bereit zum Schlaf und nach Schlaf verlangend, schloß sich dennoch die Tür. In ihrem Geist öffnete sich jetzt eine Tür und wieder eine andere, ganz leise, und sie wanderte weiter, einsam, während Mark süß und ihrer Gegenwart sicher schlief. So lag sie da, regungslos, und sie erkannte sich wie bisher noch nie.

Warum sollte sie nicht sein, wie sie geboren worden war, und warum sollte sie nicht alles tun und sein – nicht offen oder mit Getue wie manche Frauen, die das Recht der Freiheit für sich forderten, der Freiheit, nicht so sehr zu tun wie vielmehr zu sein? Es war völlig richtig, daß Mark ihr nicht genügte, aber sie konnte ohne ihn nicht auskommen, denn nichts genügte ihr an sich: nicht die Kinder, nicht das Haus, nicht die Eltern, nicht die Stadt, nicht die Schönheit der Wälder und des Himmels, und dennoch konnte sie ohne das alles nicht leben. Nicht einmal die Arbeit genügte ihr. Wäre es ihr möglich gewesen, so zu leben wie David Barnes, der den ganzen Tag meißelte und formte und schuf, hätte sie am Ende des Tages, selbst nach Stunden, in denen sie alles andere vergessen, gewußt, daß auch dies nicht genügte. Denn in seiner Art war David Barnes ebenso begrenzt wie Lucille Palmer, und in seiner Art lebte er ebensowenig vom Leben wie diese. Obwohl die Schönheit die Nahrung seiner Seele bildete, war es doch nicht alle Schönheit, nach der er hungerte, sondern nur eine Art dieser Schönheit. Er konnte keine Notwendigkeit sehen in der Geburt von Kindern und im Heranziehen von Kindern, im Säubern und Kochen, in der Gartenarbeit und im Singen und in den Liebesstunden mit Mark. Was er von alldem auswählen, fassen und in eine Handvoll Ton oder in Steingestalt umsetzen konnte, das verstand er. Aber sie – sie wünschte nicht nur zu schaffen, sondern auch zu sein. Eigentlich waren diese beiden Seiten ihres Inneren nicht getrennt. Sie konnte nichts von ihrem Leben entbehren, nichts und niemanden, weder Lucille noch Jane noch Mary und ganz gewiß nicht ihre Kinder und nicht Mark. Nichts und niemanden konnte sie entbehren.

»Gierig!« sagte sie feierlich zu sich, während Mark schlief. »Ich bin gierig wie die Hölle.«

Aber warum nicht? Warum hätte sie nicht alles haben sollen, was sie fassen konnte? Der Mond versank, und sie lag eine Stunde im Dunkel und dachte wütend nach. Niemand konnte ihre ganze Zeit besitzen, niemand – weder Mark noch David Barnes, von denen jeder nach seiner Art diesen Anspruch an sie stellte. Und doch wollte sie einem jeden das sein, was er brauchte, denn sie blieb sie selbst bis zum letzten. Wo sie selbst am meisten war, das wußte sie nicht, und das kümmerte sie auch nicht. Alles wollte sie haben, alles, was sie von allem forderte. Niemand durfte sie beschränken, weder durch seine Liebe noch durch seinen Tadel. Das Weltall war ihr Weltall mit allen seinen Stunden, seinen Ländern, seinen Gärten, seinen Himmeln, seinen Kindern, seiner Musik, seiner Malerei, seinen Menschen, seinen Gestirnen. Was konnte ihr Einhalt gebieten? Anfüllen wollte sie ihr Leben, anfüllen bis zur Vollendung. Alles wollte sie sein, was sie sein konnte, und sie konnte sein, was sie wollte. Als das Zimmer sich im Dämmerlicht erhellte, beobachtete sie voll Freude das Nahen des Tages. Ihr tat es nicht not, zwischen dem einen und dem anderen zu wählen, zwischen den alten, lächerlichen Endgültigkeiten der Frauen. Sie wollte ein Heim, und sie schuf ein Heim, und nun, da Marcia geboren war und gedieh, wollte sie zu arbeiten beginnen.

Im Behagen dieser Zuversicht schlummerte sie plötzlich ein und erwachte zwei Stunden später durch Marks munteren Ruf: »He, Mädel, willst du den ganzen Tag schlafen?«

Sie erwachte, und der Sonnenschein strömte durchs Fenster.

Mark war schon angekleidet, und von unten kam der lockende Geruch von Speck. Jane, die Tag für Tag verstohlen früher kam, bereitete das Frühstück. Aus dem Kinderzimmer war kein Ton zu hören. Das bedeutete, daß Marcia schon die morgendliche Milchflasche bekommen hatte und daß John in der Küche war. Aber Susan sprach kein Wort darüber. Sie erinnerte sich dieser Nacht und Marks, und sie streckte die Hand nach ihm aus und zog seinen Kopf an ihre Brust. Er murmelte: »Vergiß meine albernen Reden von heute nacht, ja, Sue? Ich weiß nicht, was mich überkommen hat.«

»Gerne«, sagte sie. Sie drückte seinen Kopf an sich und küßte ihn, und dann sprang sie aus dem Bett.

»Zwei Minuten für eine Brause, und dann bin ich unten«, rief sie. Ihre Augen waren hell und klar wie die eines Kindes. Sie lächelte, und als er sie für einen Augenblick in die Arme nahm, fügte sie sich gern. Niemals wollte sie Mark in dieser Nacht vergessen, noch auch ein Wort von dem, was er gesagt hatte. Niemals wollte sie wieder auch nur einen einzigen Augenblick versäumen. Sie legte ein frisches blaues Leinenkleid an und lief hinab und setzte sich hinter die Kaffeekanne und sah strahlend zu Mark hin. Und er betete sie an, und sie wußte es, und es war ihr gar köstlich. Sie mußte sich diese Anbetung erhalten. Und als John hereinkam, nahm sie ihn in die Arme und kitzelte ihn, bis er vor Lachen keuchte.

»Mammie, Mammie, ich hab' dich so gern, wenn du lustig bist«, seufzte er. Wohlan denn, so wollte sie um Johns willen fröhlich sein. Sie folgte Mark zur Tür, und gemeinsam schlenderten sie den Gartenpfad hinab, und dort wartete sie, Johns Hand in der ihren, bis Mark um die Straßenecke gebogen war.

»Nun, was möchtest du heute vormittag gern machen?« fragte sie John in ernsthaftem Tonfall.

Er dachte nach, und er antwortete gewichtig: »Heute will ich Schlammkuchen backen.«

»Fein«, stimmte sie zu. »Ich werde dir eine Schürze umbinden, und dann wollen wir gleich Wasser holen. Nur vergiß nicht, alle Kuchen aufzuheben und mir zu zeigen.«

Er versprach es.

Und nun mußte man Marcia baden und füttern, und Susan widmete sich voll Freude dieser Pflicht. Jeder Augenblick war ihr eigen und mußte gelebt werden.

Als das Haus solchermaßen seinen Tag begonnen hatte, stieg sie entschlossen die Treppe zum Dachboden hinauf, denn dieses Haus mußte groß genug sein, ihr ganzes Leben zu umfassen. Und auch hier war ihr Leben, obwohl Mark und die Kinder nicht hierherkamen. Sie schloß die Tür und blickte sich um. Es lag kein Grund vor, warum sie diesen Dachboden nicht zu einem Raum gestalten sollte, in dem sie wirklich arbeiten konnte. Bisher war er eine gelegentliche Werkstätte gewesen, wo sie alle paar Monate einmal für wenige Stunden fieberhaft-hastig an einem hastigen Geheimnis werkte. So wollte sie in Hinkunft nicht mehr arbeiten. Wenn sie sich ganz den anderen schenkte, wollte sie sich auch hier ganz schenken, auf daß sie Erfüllung finde. Und so mochte dieser Dachboden nicht so sehr ihr eigenster Raum werden wie vielmehr einer ihrer vielen Räume, ohne die ihr Haus nicht vollständig war. Rasch hielt sie Umschau und musterte ihr Material. Hier gebrach es gar kläglich an vielem. Sie wollte eine genaue Liste anlegen: neue

Zeichenstifte – sie hatte nur die, die Michael schon zu Stummeln abgebraucht hatte –, neue Zeichenblöcke, neues Werkzeug, eine neue Art Ton, von der David Barnes ihr erzählt hatte, weil sie hier in Ton arbeiten mußte und nicht in Marmor. Sie wollte eine Couch hinaufstellen und einen Fauteuil, denn hier konnte man ja nur auf einer Kiste sitzen. Ein Teppich mußte her und Vorhänge. Sie brauchte mehr Licht, und das Giebelfenster nach Norden konnte größer gemacht werden. Bei diesem Pläneschmieden entdeckte sie plötzlich wachsenden Hunger, den sie vorher kaum bemerkt hatte, weil sie ihn nicht hatte bemerken wollen. Es verlangte sie jetzt, mehr zu schaffen als Gartenbrunnen und kleine Figuren. Sie mochte vielleicht etwas Großes schaffen, eine Figurengruppe.

Aber das Haus war zu klein, der Raum war zu klein. Nun, sie konnte ja zuerst ein kleines Modell ihrer Idee ausführen. Die Idee brauchte nicht klein zu sein. Später konnte man das Ganze in Lebensgröße herstellen. Eines Tages mochte sie es vielleicht für angezeigt halten, diesen Dachboden ganz aufzugeben und vielleicht ein Atelier zu erbauen oder eines zu mieten. Bei diesem Gedanken hatte sie wieder das Gefühl unendlicher Weite in ihrer Seele. Sie vermochte etwas zu leisten. Warum also nicht?

Sie setzte sich auf die Kiste und dachte rasch nach und träumte in großen Sprüngen der Phantasie. Wenn man irgendwo hinauszog aufs Land, in ein Farmhaus, gab es reichlich Platz für die Arbeit und für die Kinder zum Spielen. Mark und sie hatten an so etwas noch nicht gedacht, als sie sich vermählten. Ein kleines Haus an einer belebten Straße in der Nähe von Menschen, die man kannte, das war der Wunsch der meisten. Es war auch der Wunsch Marks gewesen. Rastlos erhob sie sich; plötzlich fühlte sie, daß es keinen Sinn hatte, irgend etwas an diesem kleinen Haus zu ändern. Es war zu klein für sie. Sie wollte ein großes Haus mit viel Raum, in den man hineinwachsen konnte. Sie war kaum imstande, am Abend die Heimkehr Marks abzuwarten. Den ganzen Tag erschien es ihr Kraftvergeudung, an diesem Haus etwas zu tun. Sie hatte das Gefühl, damit fertig zu sein.

»Mark!« rief sie in dem Augenblick, da sie ihn sah. »Ziehen wir aufs Land!«

Er blieb stehen, die Hand am Gittertor. »Dieses Haus verlassen?« fragte er, und er starrte sie an.

»Ja«, antwortete sie ungeduldig. Es dauerte immer so lange, bis Mark ihre Gedanken erfassen konnte. Aber schließlich hatte sie den ganzen Tag darüber nachgedacht und er nicht. »Ich brauche mehr Raum. Ich brauche einen richtigen Arbeitsplatz. Und die Kinder –«

»Du hast dir ja den Dachboden nie wirklich eingerichtet«, sagte er langsam.

»Er ist zu klein, als daß man damit auch nur beginnen kann«, sagte sie. »Ich möchte in diesem Sommer, wenn David Barnes zurückkommt, etwas Großes arbeiten. Eine Arbeit in Lebensgröße. Außerdem sind die Kinder –«

»Da wäre ein altes Haus mit einer Scheune zur Verfügung«, sagte er nachdenklich. Plötzlich sah er sehr müde aus, und langsam schritt er dem Hause zu. »Warte nur, bis ich mich gewaschen habe«, sagte er.

»Ach, Liebster, natürlich«, sagte sie. »Ich bin immer viel zu rasch.«

»Und ich zu langsam«, murmelte er.

Zerknirscht ging sie in die Küche. Sie wollte warten, bis er darüber sprach, warten und kein Wort erwähnen, ehe die Mahlzeit zu Ende war. Nichts wollte sie sagen, bevor er begann. Langsam kam er ins Zimmer und setzte sich, und sie lächelte ihn rasch an, und sein Blick wurde warm.

»Wenn du wirklich fortziehen willst«, sagte er, »ich wüßte ein altes Haus auf einem Hügelhang, ungefähr eine Meile südlich der Stadt neben einem Bächlein.«

»Können wir nach dem Essen hinfahren und es ansehen?« fragte sie. Doch dann tat es ihr wieder leid. »Nein, wir wollen warten. Du bist müde.«

»Wir können schon hinfahren«, sagte er. »Die Abende sind jetzt lang.«

»Ich denke auch an die Kinder«, sagte sie.

»Natürlich«, stimmte er bei.

»John möchte jetzt den ganzen Tag im Wald spielen«, fuhr sie fort. »Und ich habe solche Angst vor der tiefen Schlucht.«

Mark blickte plötzlich auf. »Sehr richtig«, erwiderte er. »Das hatte ich vergessen. Nun, heute abend gehen wir hin. Ich brauche ein wenig Zeit, um die Sache zu bedenken, Sue, obwohl ich bei meiner Zusage bleibe. Du sollst haben, was du willst.«

»Wir wollen noch nichts beschließen«, erklärte sie, aber sie fühlte sich schon fort aus diesem Hause.

Im klaren Dämmerlicht fuhren sie aus der Stadt nach Süden über eine Landstraße zwischen Bäumen durch zu einem alten Haus, das aus rauhen Felssteinen erbaut war. Hier stand es schwerfällig und massig vor dem geröteten Abendhimmel. In den Fenstern war kein Licht zu sehen, und als Susan und Mark hinkamen, bemerkten sie, daß die Läden geschlossen waren und daß man vor die Tür in Kreuzform Latten genagelt hatte. Ohne ein Wort riß Mark diese weg und öffnete die Tür, und sie traten ein und schritten durch die Räume. Die waren alle leer und sauber, nur hatte sich ruhig und still der Staub angesammelt. In jedem Zimmer blieb Susan einen Augenblick stehen und grübelte und fühlte. Konnte sie hier leben? War dies ihr Haus? Sie sprachen erst wieder, als sie durch die lange, von Pfeilern gestützte Vorhalle ins Freie traten.

»Dort drüben liegt die Scheune – sie ist ebenfalls aus Stein«, sagte Mark. Er zeigte nach rechts, und Susan sah die Scheune, die mit ihrem steilen Dach gewaltig dalag.

»Dort wäre sogar für mich genug Raum«, sagte sie.

Sogleich empfand sie Sehnsucht danach. Marmorblöcke, Granitblöcke – diese Scheune war groß genug für Gewaltiges.

»Mir gefällt es hier«, flüsterte sie. »Sieh die Hügel an – und die alten Bäume! Ist das dort ein Brunnen?«

»Heute wollen wir uns noch nicht entscheiden«, sagte er unvermittelt.

»Nein«, stimmte sie zu, »wir werden es uns noch bei Tageslicht ansehen.«

Durch die beginnende Dunkelheit fuhren sie heim, und als der Wagen untergebracht war, setzten sie sich auf die Terrasse ihres kleinen Hauses.

»Ich habe das Gefühl«, sagte Mark aus dem Dunkel, »als hätten wir in diesem Hause noch nicht zur Gänze gelebt.«

»Wir werden es auch nicht verlassen, wenn du nicht willst«, antwortete sie ruhig. Aber sie wußte, daß sie dieses Haus verlassen mußte, denn dieses Haus hatte nicht Raum genug für ihr ganzes Sein. Marks Gattin, die Mutter der Kinder, konnte hier glücklich sein, aber für Susan Gaylord war kein Raum. Sie dachte: »Morgen gehe ich allein hinüber und sehe es mir an.«

Als sie am nächsten Tag allein zu dem Steinhaus gegangen war, wußte sie, daß dies ihr Heim sein mußte. Sie wandelte durch die Räume und sann und plante.

»Mark«, sagte sie zu Mittag. »Ich muß das Haus haben.«

Mit seinen demütigen treuen Augen blickte er sie an.

»Schön, Sue«, sagte er. »Wie du willst.«

Als die Übersiedlung vorbei war, sagte sogar Mark, daß dies ein gutes Haus sei und besser als das frühere.

»Sieh die Kinder an«, sagte Susan. »Schon um ihretwillen hat es die Mühe gelohnt.«

John lief soeben über die Wiese zum Bach. Jane trat ins

Haus, das Gesicht gerunzelt vor Vergnügen, Marcia auf dem Arm.

»Gnädige, im hinteren Garten gibt es Brombeeren«, sagte sie.

»Die werde ich einkochen.«

Jane, die in einem kleinen Zimmer über der Küche wohnte, war völlig glücklich. »Es wäre ja Unsinn, nur über Tag ins Haus zu kommen«, hatte sie bei der Übersiedlung gesagt. »Sie werden mich gar nicht bemerken, Gnädige, das verspreche ich Ihnen.«

»Ich habe dabei an dich gedacht«, sagte Mark zu Susan.

»Hier kann ich meine Arbeit machen«, antwortete Susan schlicht, und er schwieg.

In der großen leeren Scheune brachte sie ihr Material und ihr Werkzeug unter. Die Geräumigkeit der Halle hielt sie geradezu besessen. Hoch über ihr waren die von Spinnweben bedeckten Balken. Die Verschläge hier hatten einst die Ernte der Erde aufgenommen. Jetzt sollten sie aufnehmen, was Susan schuf. Sie waren groß genug für die größten Figuren, die man machen konnte. Sie öffnete das breite Scheunentor, das zu den Hügeln hinschaute. Auf diesen Flächen von Grün bewegte sich John wie ein winziges Staubkörnchen im Sonnenschein. Und hinter den Hügeln war der Himmel.

Und inmitten dieser geräumigen neuen Welt fühlte sie, wie sich in ihrem Inneren der alte, ungeheure Trieb regte, Ton zu nehmen und ihn in Gestalt und Form zu modeln und etwas zu schaffen. Sie begann die Figuren eines Mannes und einer Frau zu zeichnen, und zwischen die beiden stellte sie ein Kind, und nach einer Weile legte sie der Frau einen Säugling in den Arm. Diese vier waren die Einheit in diesem Weltall. Immer wieder zeichnete sie sie, Tag für Tag, und sie bedeckte gewaltige Papierblätter und verbrauchte endlose Stunden mit der Zeichnung einer Hand, eines Mundes, blickender Augen. Aber die Frau gelang ihr nicht. Endlich legte sie, nicht zufriedengestellt, den Zeichenstift zur Seite und das Papier und nahm den Ton. Vielleicht konnte sie durch den festeren Stoff zur klareren Gestalt gelangen. Sie schuf die Gestalten weit unterlebensgroß, versuchte allerlei und probte jede Bewegung aus. Wenn ihr die Frau gelang, wollte sie das Ganze nach David Barnes' Rückkehr vielleicht sogar in eine endgültige Marmorfassung bringen.

Zwei- oder dreimal während der beiden Jahre, die er fort war, hatte sie dürftige Nachricht von ihm erhalten. In der vorigen Woche eine Postkarte: »Ich komme am 5. Juli.«

Während die Sommertage weitergingen, arbeitete sie, und sie sah keine Menschenseele und hörte erst auf, wenn Marks Wagen am Abend um die Ecke des Zufahrtsweges bog. Dann legte sie alles zur Seite, woran sie gerade arbeitete, obwohl eine Linie noch darauf wartete, aus dem Gedanken in die Wirklichkeit des Tons gerufen zu werden. Stein! Eines Tages mochte sie vielleicht nur in Stein arbeiten. Sie wandte sich ab und wusch sich die Hände, und schon stand sie auch am Tor, Mark zu begrüßen.

»Was hast du den ganzen Tag gemacht?« fragte er immer, nachdem er sie geküßt hatte.

Und sie antwortete jedesmal: »Oh, nichts Besonderes.«

Sie schritten zum Haus, Arm in Arm, und sie stieg hinter ihm die Treppe hinauf.

»Heute hatte ich viel Arbeit«, sagte er. Er ging ins Badezimmer und wusch sich und kam wieder heraus, das braune Haar naß und glänzend.

»Diese Sommerfrischler«, sagte er munter, während er sich das Haar vor dem Spiegel bürstete, »sind wirklich ein gutes Geschäft für mich. Ich hätte das Haus hier schon dreimal verkaufen können, seit wir es bezogen haben.«

»Wir werden es nie verkaufen«, antwortete sie. »Ich verstehe nicht mehr, wie wir in dem anderen leben konnten.«

»Als wir noch darin waren, haben wir nichts gewußt«,

sagte er. »Solange wir dachten, es sei unser Heim, war es ganz gut.«

Aber sie antwortete nicht. Sie saß ruhig da und sah ihm zu, wie er eine frische Krawatte anlegte. Sie kannte ihn jetzt sehr gut. Sie wußte, wie sie ihn glücklich machen konnte, und sie war – fast immer – dessen sicher, daß sie glücklich war.

Der Mann und die Frau und die Kinder waren vollendet. Die Frau hatte plötzlich kapituliert und war aus dem Ton getreten. Da stand sie, endlich gefügig, und umklammerte das Kind, den Kopf ein wenig zur Seite gewandt. Als die Figur vollendet war, rief Susan durch die Scheunentür: »Jane! Jane!«

Sie mußte irgend jemandem zeigen, was sie gemacht hatte. Und Jane kam mit Marcia herangelaufen und John hintendrein, getrieben vom Klang der Freude in Susans Stimme.

»Schaut«, sagte Susan feierlich, als sie eintraten, und sie schauten und drängten sich zusammen vor den dunklen Figuren aus Ton. »Wie können Sie so etwas machen, Gnädige?« flüsterte Jane.

Und John sagte scheu: »Wer ist das?«

»Das sind Leute«, erwiderte Susan. »Ich kenne sie nicht, ich habe sie nur gemacht.«

Sie sah sie an, ein wenig ängstlich nun, da sie sich von ihr getrennt hatten. Wenn Mark am Abend heimkam, wollte sie ihn herführen. Schließlich verstand Jane trotz allem nichts, und die anderen waren Kinder. Sie hungerte danach, Marks Gesicht zu sehen, wenn ihm vor Augen kam, was sie geschaffen hatte. Sie konnte diese Gestalten jetzt nicht verbergen. Voll Eifer wünschte sie, sie mit Mark zu teilen.

Den ganzen Nachmittag blieb sie bei ihren Figuren und

schaute sie an und betrachtete sie und sah, wie sie ihr immer näher und näher kamen. Sie konnte die einzelnen Stimmen dieser Gestalten hören. Sie konnte hören, wie sie zueinander sprachen, und während sie sie betrachtete, sah sie, wie sie sich anschickten, sich zu bewegen, obwohl sie wußte, daß sie sie in diese Bewegung festgebannt hatte. Sinnend dachte sie, sie würde sie befreien, wenn sie wüßte, wie. Aber sie wußte nicht, wie.

Als sie die Klänge einer Autohupe hörte, die dreimal tutete, stand sie auf und ging Mark entgegen, und sie schritt dahin ohne Hast.

»Komm und schau, was ich gemacht habe«, sagte sie.

»Hast du schon etwas fertig?« fragte er.

»Die Grundform«, erwiderte sie.

Hand in Hand schritten sie zu der Scheune, und sie sagte nichts.

»Nein«, sagte er, und dann: »Aber, Susan!«

Er starrte die vier Gestalten an, wie John sie angestarrt hatte.

»Wer ist das?« fragte er.

»Nur Leute«, erwiderte sie.

Sie stand da und wartete, während er die Gestalten ansah.

»Sie blicken einander gar nicht an«, sagte er. »Warum hast du das so gemacht?«

»Was meinst du denn?« fragte sie. »Ich habe sie gemacht, so wie sie sind.«

»Sie blicken voneinander fort«, sagte er. »Besonders die Frau, siehst du? Sie wendet den Blick von ihrem Kind ab. Eine Frau wird doch ihr Kind ansehen, sollte man meinen, Susan, oder den Mann.«

»Erscheint dir das nicht richtig, Mark?« fragte sie ängstlich. »Ich hatte schwer mit ihr zu ringen. Ich konnte sie nicht richtig herausbekommen, bis sie mir plötzlich von selbst in diese Stellung zu geraten schien.«

»Sind das wir?« fragte er unvermittelt.

»Nein, natürlich nicht«, erwiderte sie.

»Wo hast du die Modelle her?« fuhr er fort.

Sie zögerte. Es war richtig, daß sie sich, um den Körper der Frau zu zeichnen, nackt vor einen Spiegel gestellt und jede Linie ihres Körpers studiert hatte.

»Die Frau sieht genauso aus wie du«, fuhr er fort.

»Aber nur ihr Körper«, sagte sie rasch.

»Mehr als das«, sagte er. »Der ganze Ausdruck gleicht dem deinen, und die Augen – ich habe dich den Kopf genauso wegdrehen sehen, wenn du hinausgeschaut hast zum Wald neben unserem kleinen Haus. Manchmal, wenn wir bei Tisch saßen und ich erzählte dir etwas, wandtest du den Kopf so ab und blicktest in die Ferne, irgendwohin beim Fenster hinaus in die Wälder.«

»Wenn du dir bei allem, was ich mache, vorstellst, das seien wir«, sagte sie ungeduldig, »dann muß ich überhaupt aufhören, etwas zu machen. Ich kann es nicht auf mich nehmen, dich jedesmal zu verletzen.«

»Aber natürlich, ich denke ja nicht daran«, sagte er.

Doch gleich einem Gefühl der Kälte stahl sich ein seltsam bitteres Gefühl in sie. »Siehst du denn nicht«, fuhr sie fort, »daß ich von der Furcht, dich zu verletzen, frei sein muß, weil ich sonst nicht arbeiten kann? Ich muß mich frei fühlen. Ich kann nicht immer denken: Wird ihm das behagen?«

»Aber es gefällt mir doch«, beharrte Mark. »Sei vernünftig Susan!« Er legte den Arm um sie. »Ich halte es für wundervoll. Ich fühle mich ja so klein neben dir. Ich verstehe nicht, wie du das machen kannst. Es ist wie Zauberei. Aber –«

»Aber?« fragte sie ihn. Sie stand da, umschlossen von seinem Arm, doch lehnte sie sich nicht an ihn, und sie wußte nicht, daß die Frau, die sie gemacht hatte, ebenso dastand am Arm ihres Mannes, aber von ihm getrennt.

»Es ist – ich kann mich nicht genau ausdrücken –, aber du scheinst mir irgendwie zu entrinnen. Es ist der alte Kummer – ich kann es nicht vergessen. Ich bin nicht gut genug für dich – das ist das Um und Auf.«

Mark ließ den Arm sinken. Er steckte die Hände in die Taschen.

Sie war allein.

»In wenigen Minuten kann ich das Zeug hier in Stücke schlagen«, sagte sie langsam. »Dann steht es nicht mehr zwischen uns.«

»Susan!« rief er, Entsetzen im Gesicht. »Aber du hast doch Tage dazu gebraucht, Wochen!«

»In einem Augenblick kann ich es zertrümmern«, wiederholte sie.

»Schau, Susan, das – das würde ich dir nie vergeben. Ich wäre tief unglücklich – ich könnte nie wieder glücklich werden, wenn ich mir vorstellen müßte, daß du etwas tust, das du nicht willst.«

»Aber wenn ich dich unglücklich mache –«

Er unterbrach sie. »Ich verspreche es dir – ich werde nie wieder ein Wort über uns beide sagen.«

»Ich werde es wissen, selbst wenn du es nur fühlst«, sagte sie, »und dieses Wissen wird mir sein wie ein Paar Handschellen.«

»Nein – ich werde an anderes denken«, sagte er inbrünstig. »Bitte, küß mich, Sue!«

Sie wandte sich ihm zu und sah seine flehenden, angsterfüllten Augen. Sie nahm ihn in die Arme und fühlte seine Arme um sich. Er hatte Angst vor ihr. Warum hatte er Angst vor ihr? Es war etwas in ihr, das den Leuten Angst einflößte, und wenn sie die Angst der anderen fühlte, fühlte sie Furcht. Sie preßte sich an ihn.

»Zieh mich fest an dich«, flüsterte sie, und gehorsam schlossen sich seine Arme um sie. »Fester!« flüsterte sie. »Noch fester!«

Sie preßte sich einen Augenblick an ihn. Aber er konnte sie nicht fester halten. Dann sagte sie leise: »Komm, Liebster, gehen wir die Kinder suchen.«

Mark wandte sich mit ihr um, und sie versperrte die Scheunentür, und mitsammen schritten sie dem Hause zu.

Als sie darin waren, stieg sie die Treppe hinauf und legte den Schlüssel in eine kleine Schachtel auf ihrem Schreibtisch. Ich werde Mark nie wieder hinführen, dachte sie. Sie war irgendwie verwundet, irgendwo – nein, vielleicht war sie nur sehr müde. Sie bürstete sich das Haar frisch und legte ein gelbes Leinenkleid an, das ihre Augen noch dunkler erscheinen ließ, dann stieg sie ruhig die Treppe hinab.

Auf der Terrasse saß Mark und rauchte, Marcia auf den Knien, und John war auf der Stufe neben ihm und hielt beim Sprechen seine Knie umschlungen, genauso, wie Mark es oft tat.

»Ich habe es mit Würmern versucht, Papa«, sagte er, »und eine Art Fische mag die Würmer nicht.«

»Dann nimm Fliegen.« Marks Stimme klang warm vor Anteilnahme. »Du mußt darauf achten, welche Art Fliegen gerade der Jahreszeit entspricht, mein Sohn, und die nimm dann als Köder.«

»M-m-m!« summte Marcia halblaut. Sie hatte eine kleine Lappenpuppe ohne Arme in der Hand. Alle diese Stimmen schufen für Susan wieder die Wirklichkeit. Das war ihre eigentliche Welt, diese hier.

»Nun, mein Schatz«, sagte sie warm und mit tiefer Stimme, während sie auf die Terrasse trat. »Bist du bereit zum Abendessen?«

John sprang auf, und Marcia ließ die Puppe fallen. Susans Blick traf den Marks, und beide lachten. Jetzt waren sie einander sehr nahe, mit diesen Kindern hier. Er stand auf und legte ihr den Arm auf die Schulter, und plötzlich war ihr ganzes Leben hier. Das Ding, das sie gemacht hatte, war kalter Ton.

Der süße Duft der siedenden Brombeeren und des Zukkers erfüllte das ganze Haus. Susan war in der Küche, während Jane einkochte. Die Kinder spielten draußen im Sonnenschein, aber dann und wann zog es John in die Küche.

»Es riecht so gut«, sagte John.

»Du bist wie eine Biene«, sagte Susan lachend. Summend stießen die Bienen gegen die Fensterscheibe, toll nach der Süße, die sie nicht erreichen konnten.

John stand vor den Gläsern mit der dunklen Marmelade. »Ich könnte das Ganze aufessen!« rief er.

»Gleich sollst du ein wenig aufs Butterbrot haben«, sagte Susan fröhlich, und sie holte einen der braunen Brotlaibe, die Jane gebacken hatte.

»Auch Marcia«, sagte John ernst.

Sie schnitt das Brot und bestrich es dick mit Butter, während die Kinder zusahen. Sie blickte sie an, und es überkam sie einer dieser Augenblicke heftigster Wirklichkeit. Die Zeit blieb stehen und hielt alles für den Augenblick fest, so wie es war: die große Küche mit dem sauberen, derben Boden und den kleinen, hellen Fenstern, Jane, die beim Herd den purpurroten Saft aus dem langen Zinnlöffel rinnen ließ, Marcia in ihrem hohen Sesselchen, den erregt wartenden John, der den Blick nicht von ihren Händen wandte, sie selbst – sie reichte ihm nun das Brot, und die Zeit begann wieder zu fließen.

»So«, sagte sie. »Iß, und es wird dir guttun.«

»Sollen wir nicht auch den Bienen etwas geben?« fragte John. »Sie möchten es so gerne haben.«

Sie goß ein wenig von dem heißen Saft in eine Untertasse.

»Stell es auf die Stufe und gib acht, was geschieht«, sagte sie.

Schon war er fort, und sie und Jane füllten wieder die Gläser, eines nach dem anderen, und stellten sie dann zum Auskühlen beiseite.

»Wie gesagt, Gnädige«, fuhr Jane fort, dort, wo sie ihre Erzählung unterbrochen hatte, »mein Mann war gut und lieb. Er hat nie getrunken, höchstens am 4. Juli ein Glas Bier, und das wollte er, um den Vierten zu feiern, wie er immer sagte, Gnädige, und mir zu zeigen, daß er unabhängig war, denn er war ein Amerikaner und ich eine Engländerin. Es war natürlich nur ein Spaß, Gnädige – denn er arbeitete fleißig und schlug mich nie im Leben, und was kann man denn von einem Mann mehr verlangen, sage ich immer?«

»Ja, wirklich und wahrhaftig«, murmelte Susan.

»Es gibt viele Frauen, die kein solches Glück haben wie Sie und ich, Gnädige«, sagte Jane kummervoll. »Mr. Keening ist genauso, nicht wahr, Gnädige? Er trinkt nie einen Tropfen und ist immer der gleiche, tagein, tagaus. So ein Mann ist etwas Wunderbares!«

»Ja«, sagte Susan.

Und als ihre Welt glücklich umschlossen war von den Mauern des Hauses und dem Rücken des Hügellandes am Horizont, hörte sie eines Tages das Rattern eines Automobils. Sie nähte ein rosa Seidenkleidchen für Marcia, denn Marcias Augen waren ebenso dunkel wie die ihren, und da läutete die Glocke. Sie hörte Janes Stimme, und dann hörte sie, wie David Barnes schroff und ungeduldig sagte: »Es war eine höllische Mühe, dieses Haus ausfindig zu machen.«

Sie erhob sich sogleich und legte das Kleidchen nieder, und in der Tür des Zimmers sagte Jane: »Ein Herr ist unten,

Gnädige. Er ist so unfreundlich, daß er etwas Besonderes sein muß.«

»Ich komme sofort«, sagte Susan.

Aber sie ging nicht sofort hinunter. Nachdem Jane verschwunden war, blieb sie einen Augenblick stehen. Dann ging sie in das Zimmer, in dem Marcia ihr Nachmittagsschläfchen hielt. Das Kind erwachte nun und gähnte und streckte die dicken Beinchen. Susan nahm die Kleine in die Arme, dann legte sie ihr ein frisches Kleid an und bürstete die kurzen dunklen Locken.

»Wir haben Besuch bekommen«, sagte sie, und mit Marcia in den Armen stieg sie die Treppe hinab ins Wohnzimmer, wo David Barnes stand und durchs Fenster starrte. Er war dicker denn je und sah vierschrötig aus in seinem derben Tweedanzug.

»Ich habe Sie warten lassen«, sagte sie fröhlich, »weil ich Ihnen Marcia zeigen wollte. Als Sie fortfuhren, war sie noch nicht auf der Welt«.

Er wandte sich um und hielt in beiden Händen einen kurzen, schweren Spazierstock aus Schwarzdornholz. Die Mütze sah ihm aus der Tasche, wo er sie ungeduldig hineingeschoben hatte.

»Ist das alles, was Sie geleistet haben?« fragte er.

»Es ist genug, finden Sie nicht?« erwiderte sie, und ihre Augen leuchteten hart.

Sie setzte sich und nahm Marcia auf die Knie, er aber blieb unhöflich vor ihr stehen. Er hatte sich, so schien es ihr, verändert. Er war älter geworden.

»Haben Sie überhaupt gearbeitet?« fragte er.

Sie antwortete nicht. Marcia wollte aufden Boden hinunter, und als sie endlich frei war, rief sie: »Janie!«

»Lassen Sie sie doch fort«, sagte David Barnes. »Sie will Sie ja gar nicht. Wer ist Janie?«

»Unsere Hilfe«, sagte Susan.

»Das Kind zieht sie Ihnen vor«, sagte David Barnes. »Sie

taugen nichts als Mutter. Ich habe Ihnen das vorausgesagt.«

»Ich bin eine gute Mutter«, sagte Susan leise.

»Was haben Sie geleistet?« fragte er. »Haben Sie denn überhaupt etwas gemacht?«

»Ich habe etwas gemacht«, sagte sie.

»Ich möchte das sehen«, sagte er ernst.

Und so blieb ihr nichts anderes übrig, als zu tun, was ihm beliebte. Ihr Heim, Mark, ihre Kinder waren verschwunden. Nichts blieb als diese ungebärdige kurze Gestalt, diese Stimme, diese zornigen Augen, die ihre Fähigkeiten forderten. Sie erhob sich und ging zum Schreibtisch und nahm den Schlüssel, den sie vor Wochen in die kleine Schachtel gelegt hatte, und wortlos schritten sie zu der Scheune, die sie nicht betreten, seit sie mit Mark dort gestanden hatte.

Oft und oft hatte Mark gefragt: »Willst du denn nicht wieder an deinen Figuren arbeiten, Susan?« Und da sagte sie jedesmal: »Ich glaube nicht, Liebster. Jetzt möchte ich bei dir und den Kindern sein.« Einmal hatte sie in der tiefen sanften Stille der ländlichen Nacht zu ihm gesagt: »Wir wollen mehr Kinder, Liebster – Marcia kann jetzt schon laufen.« Aber er hatte gesagt: »Nein, noch nicht. Ich möchte es erst dann, wenn du deiner Wünsche sicher bist.«

»Ich fühle mich meiner sicher«, murmelte sie. Seine Schulter lag neben ihrem Kopf, aus Fleisch und Blut, warm und vertraut.

»Nein«, sagte er. »Nein, noch nicht –«

Jetzt öffnete sie die große Scheunentür, und David Barnes schritt hinein und wandte sich wie einem Lichte der Stelle entgegen, wo die Figuren standen, und betrachtete sie. Wartend stand sie neben ihm. Unter dem großen, darübergebreiteten Tuch war der nasse Ton langsam getrocknet, und als sie es jetzt zur Seite zog, standen die Figuren makellos da, zu einer blassen, matten Silberfarbe erhärtet.

Ohne ein Wort betrachtete er die Gruppe. Es dauerte lange Zeit, aber Susan wartete. Ihnen zu Häupten raschelten Tauben, die in Balken nisteten, und ein paar Federn flatterten sanft herunter und blieben an den beiden hängen.

»Sie wollen noch immer nicht Anatomie studieren«, knurrte er endlich. »Die Sache ist so höllisch gut, daß Sie Ihr Glück gar nicht verdienen. Aber mit den Skeletten klappt es nicht. Ich sage Ihnen, Sie müssen Skelette und Muskeln studieren. Ich lasse mir von Ihnen nichts mehr vormachen. Ich kenne einen in New York, und dort müssen Sie hin und dreimal in der Woche bei ihm arbeiten. Er befaßt sich nur mit Anatomie.«

Sie wollte schon sagen: »Ich kann nicht!« Aber sie sagte es nicht.

»Wie können Sie das behaupten?« fragte sie erstaunt. »Ich habe meinen eigenen Körper abgezeichnet.«

»Abgezeichnet – abgezeichnet – abgezeichnet –«, grölte er sie an. »Ich sage Ihnen, Sie müssen schon aufhören mit dem Abzeichnen! Ein Bildhauer baut von innen nach außen – er schafft seine Leute genauso, wie Gott es macht.«

»Vielleicht ist es besser, ich bleibe beim Kinderkriegen«, sagte Susan, aber sie wußte sehr gut, was er meinte.

Er hörte ihre Worte nicht. »Der einzige Vorteil, den Sie davon haben, daß Sie eine Frau sind«, sagte er, »ist der, daß Sie sich von einem Mann ernähren und bekleiden lassen können, während Sie arbeiten. Ich mußte gleichzeitig auch für den Verkauf arbeiten, um meinen Lebensunterhalt zu bestreiten.«

»Sie verstehen mich nicht«, sagte sie hitzig. »Ich bin nicht wie Sie – ich bin ein menschliches Wesen – eine Frau, deren Wünsche –«

»Selbst ich mußte mich einmal mit einer Frau einlassen«, fuhr er fort, ohne auf sie zu hören. »Arm war ich und verzehrt von dem Verlangen nach meiner Arbeit, und da mußte ich hingehen und einer Frau nachlaufen und sie überreden, ihrem Gatten durchzubrennen, und dann glaubte ich, sie nie mehr loszubekommen. Ich brauchte Jahre, um zu erkennen, was ich jetzt weiß – daß niemand und nichts wichtig ist neben der Arbeit. Ich wollte zu Gott, jemand hätte mich damals genommen und mir eine auf den Schädel geschlagen und mir gesagt, was ich Ihnen jetzt sage: für Leute, wie wir es sind, ist nichts wichtig neben unserer Arbeit – ein paar Menschen sind eben so –, und wir leisten die Arbeit der Welt. Die anderen können nur dastehen und anstarren, was wir geschaffen haben.«

Und so riß er sie aus der Welt, und sie stand neben ihm, körperlos, eine Flamme!

»Soll ich das zertrümmern und neu beginnen, sobald ich von Anatomie etwas verstehe?« fragte sie.

»Nein, nein«, sagte er ungeduldig. »Es ist gut.«

»Ich wollte es in Marmor ausführen«, sagte sie.

»Nein«, sagte er. »Heben Sie Ihren Marmor für Ihr Bestes auf. Damals ließ ich Sie den Brunnen in Marmor aushauen, nur weil ich sehen wollte, wie Sie mit dem Material umgehen. Eines Tages werden Sie den Ton zur Seite legen und nie wieder berühren. Sie sind geschaffen, in Stein zu hauen – nicht zu modeln. Aber das hier taugt für Bronze – ich werde es zum Guß schicken lassen. Und wissen Sie was, ich will es bei einem Wettbewerb einreichen. Ich kenne jemanden, der möchte so etwas für ein von seinem Vater gegründetes Spital – und das hier eignet sich dafür. Ich werde mit dem Mann sprechen.«

Er schritt rund um die Figuren, pfiff leise und nickte mit dem zottigen Schädel.

»Sie haben etwas gemacht«, sagte er schließlich. »Sie wollten die Einzelheiten photographieren, aber dann haben Sie doch sich selbst vergessen und etwas geleistet. Die Frau ist sehr schön, wie sie fortblickt. Das war ein guter Einfall von Ihnen, daß sie weder den Mann noch das Kind ansieht. Ach Gott, die meisten Leute werden ja sagen, sie sollte das

Kind anglotzen. Das sind ja solche Idioten!« Jetzt zog er sich die schäbige Mütze über die Ohren. »Machen Sie sich bereit, am Dienstag mit Ihren Anatomiestudien zu beginnen«, sagte er, und im nächsten Augenblick hörte sie, wie sein Wagen den Kies des Fahrweges aufwirbelte.

Am Abend sagte sie sehr nebenbei zu Mark: »David Barnes hat heute meine Gruppe angesehen.«

Sie saßen nebeneinander auf der breiten Terrasse. Der Abend war wie jeder andere Abend, und so wollte sie es haben. So wollte sie es bewahren.

»Was hat er dazu gesagt?« Marks Stimme war freundlich und ein wenig kühl. Sie setzte sich näher zu ihm und schob ihre Hand in die seine.

»Er sagte, es sei recht gut, aber ich wisse noch zu wenig. Ich hätte keine Grundlagen.«

»Der aufgeblasene Kerl!« rief Mark. »Deine Arbeit ist wunderbar! Ich möchte hingehen und es noch einmal anschauen.«

»Er sagte, ich kopiere nur die Körper der Menschen, ich schaffe sie aber nicht.«

»Was meint er denn damit?« knurrte Mark.

»Er möchte, daß ich am Dienstag nach New York fahre und ein wenig Anatomie studiere. Hättest du etwas dagegen? Ich bin wieder zu Hause, bevor du heimkommst.«

Im Dunkeln konnte sie Marks Pfeife paffen hören. Endlich sagte er: »Du weißt, daß du machen sollst, was dir beliebt. Aber überzeug dich vorher, daß der Mann auch etwas versteht.«

»Ich gehe ja nur zweimal die Woche hin, und Jane ist so prächtig mit den Kindern«, sagte sie.

Er antwortete nicht. Aber sie hatte gesagt, was sie sagen mußte.

Nach einem Augenblick stand sie auf und setzte sich ihm auf die Knie und machte sich ganz klein und schmiegte sich in seine Arme, und er hielt sie fest. Lange Zeit schwiegen sie.

»Du bist so süß«, flüsterte er. »Wenn du so bist, bist du so süß.«

Gleich nachdem Mark am Dienstag das Haus verlassen hatte, stieg sie die Treppe hinauf und zog das geblümte Morgenkleid aus. Er hatte vergessen, daß Dienstag war, und sie hatte ihm nichts davon gesagt. Er küßte sie und sagte wie immer: »Nach genau zehn Stunden bin ich wieder daheim.«

»Wir werden beim Tor sein, wir alle«, sagte sie, und John sagte: »Wie nett, daß Marcia ein wenig laufen kann, denn jetzt kann sie schon selber zum Tor mit.«

Sie gingen den Pfad hinunter zum Tor und winkten Mark zu, während dieser fortfuhr, und dann wandte sie sich rasch an die Kinder: »John, Mutter muß heute für eine Weile fort. Darum sollst du Jane helfen, Marcia zu beaufsichtigen.«

»Wohin gehst du?« fragte er.

»Nach New York«, sagte sie.

»Wozu?« fragte er.

»Zur Arbeit.«

»Wirst du jeden Tag arbeiten, wie Papa?« fragte er ängstlich.

»Nein, nein – nur manchmal«, erwiderte sie, und so ließ sie die Kinder im Sonnenschein zurück, und sie starrten sie an, verwirrt, denn das war mehr, als sie verstehen konnten. Aber sie mußte fort.

Es war nur eine Meile zu der Eisenbahnstation am südlichen Ende der Stadt. Mark hätte sie leicht im Auto dorthin mitnehmen können, aber sie hatte nicht gewollt, daß dieser Morgen sich von allen anderen unterscheide, sie wollte zu Fuß gehen.

Sie war fähig, alles zu leisten ... ja, sie war sogar zu diesem fähig. Als sie in den hellen, makellosen Raum geführt wurde, dachte sie einen raschen Augenblick, als sie die lange Gestalt unter dem Tuch sah, sie werde dazu nicht fähig sein.

»Ich kann aber doch«, sagte sie zu sich. »Ich kann es.«

Und ein Mann mit freundlichem Gesicht und ruhiger Stimme kam auf sie zu und sagte: »Miss Gaylord? Mein Name ist Creighton. Mein Freund Dave Barnes hat mir von Ihnen erzählt.«

Sie schüttelte ihm die saubere, zarte, schmale Hand.

»Wollen Sie mitkommen?« Sie folgte ihm in ein kleines Zimmer. »Jetzt nehmen Sie den Hut ab und legen das hier an – und die Handschuhe –, es ist sehr wichtig, daß Sie sich bei der Arbeit nie schneiden.«

Sie gehorchte, und das Herz zuckte ihr in der Brust. Scharf blickte er sie an.

»Machen Sie so etwas zum erstenmal?«

»Ich habe noch nie eine Leiche gesehen«, antwortete sie, und sie schämte sich ihrer verzagten Stimme. Sie räusperte sich und sagte dann lauter: »Ich bin Bildhauerin, und Mr. Barnes erklärt, ich müsse mehr von der Anatomie wissen.«

»Du lieber Gott«, sagte er freundlich. »Das sieht Dave ähnlich, ein junges Ding wie Sie in so etwas zu hetzen. Warum fangen Sie nicht mit einem Zeichenkurs an oder mit sonst etwas Milderem?«

»Ich werde es zustande bringen«, sagte sie fest.

»Schön«, antwortete er zweifelnd. »Wenn Sie ohnmächtig werden sollten –«

»Ich werde nicht ohnmächtig werden«, erwiderte sie.

Und als er nun das Tuch fortzog, freute sie sich, daß dieser stille Körper schön war. Wäre es ein alter oder unförmiger Leichnam gewesen – aber nein, er war jung und sehr schön. Einst war dies ein junger Mann gewesen.

»Woran ist er gestorben?« flüsterte sie.

»In seinem Hirn war eine seltsame Krankheit verborgen«, erwiderte Creighton.

»Und seine Familie läßt ihn hier?«

»Er war ein Findling und konnte es nie zu etwas bringen. Er verbrachte sein Leben in einer öffentlichen Institution, dem Staate zur Last. Endlich wird sein Hirn zu etwas nützlich sein.«

Es war richtig: als Susan das Gesicht anblickte, sah sie, daß dieses Gesicht glatt und leer war.

»Jetzt merkt man ihm nichts an«, sagte Creighton. »Aber zu seinen Lebzeiten sah ich ihn zweimal, und sein Gesicht war verzerrt.«

»Vor Schmerz?«

»Wer kann das wissen?« sagte Creighton. »Er war von Geburt an stumm ... Jetzt werde ich meine Arbeit fortsetzen, und ich rate Ihnen, gleich zu beginnen. Sehen Sie, so.«

Er führte einen raschen und genauen Schnitt.

»Es kommt ja kein Blut«, sagte sie erstaunt.

»Nein, die Leiche ist präpariert«, erwiderte er. »Also sehen Sie, ich rate Ihnen, beginnen Sie so. Hier haben Sie das Handbuch. Lesen Sie eine Seite – bis hierher –, und dann fahren Sie mit der Arbeit fort. Fragen Sie mich, sooft Sie wollen. Aber ich arbeite weiter. Sie fühlen sich doch wohl?«

»Ja«, sagte sie.

Sie setzte sich und las langsam und zwang ihren Geist zur Aufmerksamkeit. Sorgfältig las sie die Seite bis zum Ende. Dann stand sie auf und nahm das dünne, scharfe Messer, das zart war und kräftig ... Sie freute sich, daß kein Blut floß. Das Fleisch war wie Ton. Es fühlte sich an wie Ton. Alles Fleisch war nur Ton. Sie konnte kalten Ton berühren. Und Ton wußte nichts von Schmerz oder Pein ... Die Haut war so dünn. Und wenn man sie zurücklegte, wie sie es jetzt tat, lag das Fleisch da. Wie sich die Muskeln ineinander verflochten und an die Knochen fügten, wie sie sich bewegten und zogen! Und hier, die wunderbaren, zarten Nerven, das erlesene Netzwerk von Adern und Arterien ...

»Sind Sie schon fertig?« fragte er endlich. »Es ist Zeit, den Laden zu schließen.«

Verwirrt blickte sie ihn an.

»Ich hatte ja gar keine Ahnung, daß ein Ellbogen so aussieht«, erwiderte sie. »Jetzt weiß ich es.«

Nachts lag sie wach, während Mark schlief. Sie konnte nicht schlafen. Ich muß daraufkommen, wie das alles ist, bevor ich eine neue Arbeit versuche, dachte sie. Nach einer Weile stand sie auf und ging barfuß aus dem Hause ins Gras und blieb unter dem Himmel stehen. Es war kein Mond da, und die Sterne leuchteten klar und ungeheuer. Das Gras unter ihren Füßen war naß vom Tau. In der Stille der Nacht stand sie da, und sie fühlte das alles.

Ich will vordringen bis ins innerste Herz der Schöpfung, dachte sie. Aber sie hatte keine Angst.

Sie konnte Mark nichts von dem erzählen, was sie lernte. Es war jetzt schon zur Gewohnheit geworden, daß sie zweimal in der Woche nach New York fuhr, und er bestand darauf, sie im Wagen zum Bahnhof zu bringen und sie am Abend dort abzuholen.

»Du kannst im heißen Sonnenschein nicht so weit gehen«, sagte er zärtlich. Einmal oder zweimal fragte er sie: »Was machst du dort eigentlich, Sue?« Und sie erwiderte: »Anatomische Studien.«

Einmal hatte er etwas eindringlicher gefragt.

»Wie machst du das denn?«

»Oh, ich studiere, wie die Muskeln und die Knochen arbeiten«, antwortete sie.

»Das muß ja recht langweilig sein«, sagte er, und sie rief: »Oh, schau, Mark! Siehst du den Reiher am Bach?«

Einmal oder zweimal im Jahr verirrte sich ein Reiher auf seinem Zug hierher an den Bach. So auch jetzt. Und Mark hielt den Wagen an, denn er liebte Vögel, und gemeinsam beobachteten sie das anmutige Geschöpf, das ins fließende Wasser tauchte und sich dann wieder in die Lüfte schwang. Der war wohl von Gott gesandt, dachte sie und lächelte. Es wäre ihr unmöglich gewesen, ihrem Mann das Entzücken verständlich zu machen, das sie Woche um Woche empfand, wenn sie entdeckte, wie die Krümmung eines Schenkels beschaffen war, der Rist eines Fußes, der schöne Mechanismus einer Hand.

»Creighton sagt, Sie hätten Wissenschaftlerin werden sollen«, sagte David Barnes eines Tages am Ende des Sommers, als er in den Seziersaal kam, um zu sehen, was sie da trieb.

»Sie haben eine wundervoll sichere Hand, Miss Gaylord«, sagte Creighton lächelnd.

»Und ein kaltes Herz«, knurrte David Barnes. »Gott sei Dank hat sie das richtige kalte Herz. Ich wette, sie hat kein einziges Mal versucht, mit Ihnen zu flirten, Creighton.«

Creightons helle Haut färbte sich blutrot, und Susan lächelte.

Diese beiden wußten ja nichts von ihr; sie kannten einen Teil ihres Wesens, und auch Mark kannte nur einen Teil. Aber niemand kannte sie ganz.

»Sie wird einmal eine große Bildhauerin, das Mädel«, sagte David Barnes. Seine derben Hände lagen auf ihren Schultern, kräftig und feinfühlig. »Sie darf nicht an die Wissenschaft vergeudet werden. Wann sind Sie mit ihren

Studien hier fertig, Susan? Der Sommer ist vorbei. Ich fahre wieder nach Paris, und Sie kommen mit.«

»Nein«, sagte sie.

»Sie sind noch nicht fertig mit Ihren Studien?«

»Ich fahre nicht nach Paris«, wiederholte sie.

»Zum Teufel, warum nicht?«

»Weil ich Mark und die Kinder nicht verlassen kann.«

Creighton blickte sie erstaunt an.

»Ja, ja, sie ist hingegangen und hat geheiratet«, murrte David Barnes erbittert. »Da steht sie, geboren mit dem Größten, das ein Menschenwesen haben kann, und sie geht hin und bindet sich an jemanden – was ist er denn eigentlich? Grundstückmakler oder so etwas –, und wirklich hat sie Kinder von ihm bekommen. Sie muß sie verlassen. Sie weiß es noch nicht, aber Gott wird sie dazu zwingen.«

Creighton schwieg. Er war emsig damit beschäftigt, seine zarten Instrumente zu waschen, die feinen Schneiden zu prüfen, Stück für Stück sorgfältig abzuwischen.

»Sie verstehen nicht, daß ich von allem etwas haben muß«, sagte Susan. »Ein Teil von mir wäre gestorben, hätte ich Mark nicht geheiratet und nicht die Kinder bekommen. Dann hätte ich nur mit einem Teil meines Wesens gearbeitet, und meine Arbeit wäre nie so gut geraten.«

»Man braucht nicht sein Leben im Kerker zu verbringen, um zu wissen, wie der Kerker aussieht«, sagte David Barnes. »Ein paar Nächte genügen.«

Sie antwortete nicht. Es gab Dinge, die sie David Barnes nicht sagen konnte, ebenso wie es Dinge gab, die sie Mark nicht sagen konnte. Niemand war imstande, alles zu verstehen. . . Doch als sie an diesem Abend ihre Instrumente zur Seite legte, fühlte sie plötzlich, daß sie hier zu Ende war. Sie wußte, was sie zu wissen gewünscht hatte. Jetzt war sie zu Größerem bereit.

»Leben Sie wohl, Mr. Creighton«, sagte sie, als David

Barnes fortgegangen war. »Ich komme nicht mehr wieder.«

»Nein?« fragte er rasch. Dann lächelte er ein wenig düster. »Nun, es war mir eine große Freude, Miss Gaylord. Eines Tages, wenn Sie berühmt sind und ich irgendwo eine Statue von Ihnen sehe, werde ich denken: Dabei habe ich ein wenig mitgeholfen.«

»Sie haben mir in Wahrheit geholfen«, sagte sie warm. Sie hatte den ganzen Sommer an seiner Seite gearbeitet, und sie kannte ihn, aber er kannte sie nicht.

»Es war mir eine große Freude, Sie kennenzulernen«, sagte er wieder, und er trocknete sich die Hände an einem Handtuch. »Natürlich hätte ich nie geahnt – ich glaube, ich habe noch nie eine verheiratete Frau gesehen, die sich für so etwas interessiert hätte. Sie sind nicht so wie die anderen.«

Diese vertrauten Worte erweckten einen Widerhall aus langer vergangener Zeit. Als sie noch ein kleines, bezopftes Mädchen gewesen war, hatte sie gehört, wie jemand zu ihrer Mutter sagte: »Susan ist ganz anders, nicht wahr?« Und ihre Mutter sagte: »Manchmal weiß ich selber bei ihr nicht Bescheid.« Und sie hatte sich davongestohlen, um ein wenig zu weinen, in einem unklaren Gefühl, und sie wußte nicht, warum sie weinte, es sei denn deshalb, weil sie sich einsam fühlte.

»Auf Wiedersehen«, sagte sie, und sie streckte die Hand aus. »Sie waren sehr freundlich zu mir.«

»Ach, lassen Sie«, murmelte er, und sie schaute für einen Augenblick in seine traurigen, ein wenig erschreckten Augen und fühlte seine trockene, saubere Hand. Er zögerte eine Sekunde. »Sie glauben wohl, dies sei keine sehr konstruktive Arbeit, wenn man die ganze Zeit etwas zerstükkelt. Aber sie dient dazu, daß jemand anderer sich weiterbilden kann. Ich versuche, mir das immer vor Augen zu halten. Es gibt jemandem Grundlagen.«

»Ja«, sagte Susan.

Sie ging fort, und sie schloß die Tür hinter sich, leise und zum letztenmal.

Ich schreite vorwärts, dachte sie.

David Barnes saß auf der vorderen Terrasse und polterte mit dem Stock auf die alten Bretter, während er Susan anschrie.

»Ich möchte, daß Sie die großen Burschen arbeiten sehen – Sie haben bis jetzt nur mir bei der Arbeit zugeschaut.«

»Warum soll ich jemanden arbeiten sehen?« unterbrach sie ihn ruhig. »Ich muß auf meine eigene Art arbeiten. Außerdem will ich amerikanische Stoffe schaffen, nicht französische.«

»Großer Gott, Sie sind unwissend wie eine von den Kühen dort drüben«, brüllte er, und er wies mit seinem Stock auf den Berghang. »Kein Mensch hat hier von Ihnen gehört – Sie müssen sagen können, daß Sie die Schülerin irgendeiner Berühmtheit sind.«

»Nun schön«, sagte sie friedfertig, »Sie sind ja eine Berühmtheit.«

»Aber Sie brauchen Paris«, stöhnte er. »Sie verstehen nichts von der Kunst, wenn Sie nicht in Paris gewesen sind.«

Sie antwortete nicht. Marcia kam jetzt den Gartenpfad herauf, tanzend, und hinter ihr ging Jane. Das Kind fiel zu Boden und blieb einen Augenblick liegen und wußte nicht recht, ob es weinen sollte, doch besann es sich dann eines Besseren. Die Kleine raffte sich auf, wischte den Staub von den winzigen Händen und begann wieder gewandt die Stufen der Terrasse zu erklimmen. Susan und David Barnes sahen ihr zu, als sie die oberste Stufe erreicht hatte und nun mit strahlendem Gesicht ihre Mutter ansah. Und Susan öffnete die Arme und nahm sie und setzte sie sich aufs Knie und blickte David Barnes hochmütig an.

»Warten Sie nur, bis die Bälger herangewachsen sind«, sagte er schroff. »Warten Sie nur, bis sie Ihr Haus verlassen. Und das werden sie, sobald sie nur können, denn sie sind egoistisch wie alle Menschenwesen, und Sie werden allein sein, und Ihnen bleibt nichts. Dann ist es zu spät.«

»Sie verstehen das eine nicht«, sagte Susan, »daß ich nämlich gar nichts aufgebe. Ich werde alles haben – passen Sie auf!«

»Das können Sie nicht«, sagte David Barnes. Seine Stimme klang so freundlich, wie Susan sie noch nie gehört hatte. »Das ist es, was Sie jetzt nicht verstehen, meine Liebe. In diesem Leben müssen Sie Ihre Wahl treffen. Für alles hat man nicht Zeit.« Er nahm seinen Stock und erhob sich. »Nun, eines Tages werde ich Sie in Paris sehen. Daran glaube ich fest.«

»Vielleicht«, sagte Susan lächelnd. »Ich sagte Ihnen doch, ich werde alles haben, also vielleicht auch Paris.«

»Sie können nicht alles haben, sage ich Ihnen.« Seine Stimme war unerbittlich. »Wenn Sie in Paris sind, werden Sie das hier nicht haben. Nein, widersprechen Sie nicht – warten Sie ab! Ich irre nie.«

Sie lachte, und er schritt den Pfad hinab und durchs Tor und die Straße entlang, und sein kurzer Körper schwankte von der einen Seite zur anderen.

Sie beobachtete seine einsame Gestalt. Die Gestalt verschwand, und Susan blieb sitzen und wiegte Marcia in den Armen. Nach einer kleinen Weile sollte John vom Fischen im Bach heimkehren, und auch Mark bog dann bald um die Krümmung der Straße. Die Sonne war dem Untergang nahe, und in der Luft lag ein Hauch von Herbstkühle. Marcia wurde so groß. Bald war sie zwei Jahre alt. Es war wirklich beinahe schon Zeit für ein drittes Kind. Aber wollte sie gerade jetzt eines haben? Trotz allem war sie dessen nicht so sicher. Zuerst wollte sie das neue Wissen, das noch frisch in ihr war, nutzen. Es schien so lange Zeit her, seit sie überhaupt etwas gearbeitet hatte. Mit den Kindern hatte es keine Eile. Sie war jung, und es blieb ihr ja noch so viel Zeit für alles.

Das Gartentor öffnete sich, und Mark trat ein. Sie hörte seine Schritte auf dem Pfad, und sie horchte auf. Sie kannte den Rhythmus seines Schrittes ebensogut wie sie den Rhythmus des eigenen Herzschlages kannte. Sein Schritt war anders geworden. Sein Schritt war schleppend.

»Mark!« rief sie. Sie stand auf und stellte Marcia zu Boden.

»Ja, Sue«, antwortete er. Seine Stimme klang ermüdet. Aber am Abend war er oft müde. Seine hohe Gestalt sah so kräftig aus, doch eigentlich besaß er nicht viel Spannkraft. In ihm wohnte nicht die unermüdliche Stärke ihres elastischen Körpers.

»Ist irgend etwas passiert?« fragte sie. Er kam näher, und sie konnte sehen, wie er matt lächelte.

»Nein, meine Liebste«, sagte er. Er bückte sich, um Marcia aufzuheben, und schwerfällig erstieg er die Stufen, das Kind im Arm, und setzte sich. »Ich glaube immer, jetzt, da der Sommer vorbei ist, werde ich nicht mehr so müde sein. Aber vorläufig bin ich es noch«, sagte er.

Sie musterte sein weißes Gesicht und sah ihm in die vor Erschöpfung eingefallenen Augen.

»Ich will dir eine gute, kräftige Suppe kochen«, sagte sie und vergaß alles andere außer Mark.

»Ich fühle mich wieder ganz wohl, Sue«, sagte er am Morgen beim Frühstück. »Mir fehlt gar nichts. Der Sommer war ja so heiß.«

Sie wollte schon sagen: »Findest du? Ich habe es gar nicht bemerkt.« Aber sie sagte es nicht.

»Fühlst du dich wirklich wohl?« fragte sie. Er lächelte und nickte, und die vertraute, ruhige Treue in seinen blauen Augen und in den derben, wohlbekannten Gesichtszügen traf sie ins Herz. Sie neigte sich zu ihm.

»Ich liebe dich mehr als alles auf Erden«, sagte sie ernst.

»Wirklich, mein teures Herz?« sagte er schlicht, und sie sah, wie ihm Tränen in die Augen schossen.

Sie stand auf und trat zu ihm.

»Aber, Liebster!« rief sie sanft, und sie zog seinen Kopf an ihre Brust.

»Mir fehlt gar nichts«, murmelte er. »Ich bin nur müde. Wir dürfen die Kinder nicht erschrecken.«

John und Marcia starrten die beiden mit großen, verwirrten Blicken an. Susan setzte sich wieder.

»Du wirst Urlaub nehmen«, sagte sie fest.

Ehe er noch antworten konnte, trat Jane ein und reichte Mark ein Kuvert.

»Ein Telegramm, gnädiger Herr!« rief sie entsetzt. »Hoffentlich ist niemand gestorben.«

»Wer könnte das sein?« rief Susan.

Mark riß den Umschlag auf.

»Was soll das heißen?« fragte er. »Ach, Sue, das ist für dich. Es ist von Barnes.«

Sie las es rasch und las: »Hurra für Susan Gaylord stop Ihre Gruppe beim Wettbewerb für Halfred Mead als beste erklärt stop Können Sie mich New York aufsuchen heute elf Uhr im Büro der Gesellschaft stop Verschiebe Ihretwegen Abreise Barnes.«

Atemlos blickte sie Mark an. »Das hätte ich mir nie träumen lassen – natürlich kann ich nicht hinfahren –«

»Natürlich wirst du hinfahren!« rief Mark. »Beeile dich und mach dich fertig. Einmal kann ich mich ja verspäten.«

»Ich werde keinen Augenblick Ruhe finden, weil du dich nicht wohl fühlst«, widersprach sie hartnäckig.

»Ich fühle mich doch wohl, sage ich dir«, rief er. »Paß auf, du kommst mit einem frühen Zug zurück, und ich hole dich ab, und dann bleibe ich zu Hause und ruhe mich aus und gehe sogar zu Bett, wenn mir nicht besonders gut ist.«

»Versprichst du mir das?«

»Ja, ich verspreche es«, sagte er fröhlich, und sie lief die Treppe hinauf.

»Du siehst ganz gut aus«, sagte sie dann aus dem Waggonfenster. »Sonst könnte ich nicht fahren, Mark.«

»Natürlich sehe ich gut aus«, sagte er, und er schaute zu ihr hinauf. »Wie schön du bist, Sue, schön wie immer.«

Sie lächelte und warf ihm eine Kußhand zu und sagte dann nüchtern: »Ich glaube, die Kinder werden untertags ganz artig sein. Ich habe mit Jane alles genau besprochen.«

»Du bist eine vollkommene Mutter«, sagte er. Sie fühlte die Anbetung in seinem Blick. Jetzt begann der Zug sich in Bewegung zu setzen. »Vergiß uns alle für eine Weile«, sagte Mark. »Und unterhalte dich gut, mein Schatz.«

Sie winkte, solange seine hohe Gestalt zu sehen war. Dann bog der Zug um einen Hügelhang, und Mark war verschwunden.

Jetzt konnte sie für eine Weile alle die Ihren ruhig vergessen. Aus dem Sinn bedeutete nicht aus dem Herzen. Sie weilten immer in ihrem Herzen. Sie saß beim Fenster und schaute mit festem Blick auf die vorübergleitende Landschaft. Ihre Gedanken eilten voran, fern über die Berge. Bald mußten die Vororte kommen und dann die Wohnviertel von Jersey und die Türme der Stadt. Ihr Geist befaßte sich mit dem Skulpturenschmuck dieser Bauten, vielleicht machte sie einmal eine Gruppe von Männern für einen solchen Turm. Sie dachte darüber nach und plante und erwog das Verhältnis zwischen den menschlichen Wesen und diesen Türmen, die von ihnen errichtet worden waren. Die Figuren konnten im Vordergrund größer sein, sonst wirkten sie allzu klein, allzu beschattet, gebückt, zermalmt von dem, was sie selbst geschaffen hatten. Sie schob den Gedanken zur Seite und legte ihn unschlüssig in die Vorratskammer ihres Hirns. Ihre nächste Arbeit sollte nicht eine Gruppe sein, sondern eine einzige menschliche Gestalt, geschmeidig und flink, und das Leben sollte elektrisch durch

Muskeln und Knochen laufen, durch Adern und Nerven. David Barnes hatte recht gehabt. Das Wissen, zu dem er sie gezwungen, war kostbar und war eine Quelle des Schaffens. Sie lächelte, denn sie erinnerte sich daran, daß Creighton den ganzen Sommer nicht verstehen konnte, was sie eigentlich im Sinn hatte. Aber die Männer verstanden die Frauen ja nur, soweit sie nach ihren eigenen Gattinnen urteilen konnten, und Creightons Gattin war, wenn er überhaupt eine hatte, wohl ein stilles Mäuschen von Frau, voll Haushalts- und Küchensorgen, und wollte von seiner Arbeit nichts wissen. Susan konnte sie angeekelt sagen hören: »Mein Gatte ist Wissenschaftler.« Aber bei sich sagte jene Frau gewiß: »Ich kann Leichen nicht ertragen. Ich will nicht einmal daran denken.« Susan lachte ein wenig vor sich hin, ganz leise, denn sie sah diese Frau vor sich.

Der Zug jagte nun durch die Straßen, und ein flüchtiger, saurer, sumpfiger Geruch drang durchs Fenster. In weiter Ferne konnte sie die perlfarbenen Türme sehen, die sich vor einem nebelig blauen Himmel erhoben. Sie atmete tief und preßte die Hände fest aneinander. Sie freute sich darüber, daß sie ihr bestes Kleid angezogen hatte.

Während sie im Taxi saß und durch den regen Straßenverkehr fuhr, pochte ihr das Herz laut in der Brust. Dieses Herz schien ein eigenes Geschöpf in ihr zu sein. Sie saß ganz ruhig da und schloß in sich dieses schwer pochende Herz ein. Sie war ganz und gar nicht erregt, nur dieses Herz war erregt. Und als sie nun ein ruhiges Büro mit weichen Teppichen betrat, schwoll dieses Herz an und schlug rascher und stieg ihr in die Kehle, als sollte sie ersticken.

»Der Name?« fragte eine gleichmütige Stimme hinter einem Telephonschaltbrett.

»Susan Gaylord«, sagte sie.

Ein blonder Kopf erschien über dem Schaltbrett, und das erstaunte Gesicht eines Mädchens blickte ihr in die Augen.

»Nein, wirklich!« rief sie. »Bitte eine Minute. Wollen Sie nicht Platz nehmen?« Sie rief in einen Hörer: »Miss Gaylord – Susan Gaylord – ja, ja!«

Susan setzte sich in einen Plüschfauteuil und wartete. Quer durch das Zimmer starrten die blauen Augen des Mädchens unverwandt auf sie. Und in der nächsten Minute kam ein junger Mann mit frischem Gesicht hereingeeilt, beide Hände ausgestreckt.

»Miss Gaylord! Wir warteten auf ein Telegramm von Ihnen. Wir haben soeben Dave Barnes herübergerufen. Er war schon sehr zornig.«

Sie stand auf. »Ich dachte gar nicht daran, ein Telegramm zu schicken«, sagte sie schüchtern. »Er hat mich gerufen, und ich bin gekommen.«

Aber der junge Mann schien sie kaum zu hören. Er hielt sie am Arm und führte sie durch einen Korridor in einen hellen, rechteckigen Raum, der mit dunklen Möbelstücken eingerichtet war.

»Nehmen Sie Platz, nehmen Sie Platz«, sagte er. »Nebenbei bemerkt, ich bin Jonathan Halfred – nur der Sohn meines Vaters –, mehr nicht. Jetzt erzählen Sie mir genau von sich. Ich kann Ihnen nicht sagen, wie sehr uns Ihre Arbeit aufgeregt hat. Sie ist ja einfach vollendet, wissen Sie. Das Spital, das mein Vater gestiftet hat, soll zu Neujahr eröffnet werden, und wir brauchen eine große Gruppe für die Eingangshalle, und nichts war uns groß genug. Ich meine natürlich nicht nach dem Metermaß, Sie verstehen doch – ich meine, was das Gefühl betrifft –, und dann hat uns Barnes Ihren wundervollen Entwurf geschickt. Natürlich muß es in Bronze ausgeführt werden – riesengroß, in doppelter Lebensgröße mindestens.«

Sie wurde mitgerissen von dem Sturzbach seiner

Wärme, seiner Begeisterung, seiner Aufrichtigkeit, seines strahlenden Blicks.

»Ich freue mich ja so«, sagte sie immer wieder. »Natürlich freue ich mich.« Und dann unterbrach sie ihn und sagte verlegen: »Ich muß Sie wohl darauf aufmerksam machen, daß wir – Mr. Barnes und ich – die Sache nicht für meine beste Arbeit halten. Ich habe seither eine Menge dazugelernt. Den ganzen Sommer beschäftigte ich mich mit dem Studium der Anatomie.«

»Die Arbeit könnte gar nicht besser sein«, beruhigte er sie.

Sie lächelte, denn sie wußte, daß das Gegenteil zutraf, dennoch gebot sie seinen stammelnden Worten des Lobes nicht Einhalt. Das Lob konnte sie nicht täuschen, da sie doch in ihrem Inneren, im Gefühl ihrer Hände, das Wissen hatte um das, was gut war.

Und dann ging die Tür auf, und David Barnes trat ein.

»Na also«, sagte er, und er strich sich das buschige Grauhaar zurück. »Sie verdienen so viel Glück gar nicht, aber Sie haben es, und ich will Ihnen helfen. Sie können jetzt den ganzen Kram nach Paris mitnehmen – arbeiten werden Sie ohnedies nichts, solange das nicht erledigt ist.«

Sie schenkte ihm keine Beachtung.

»Kann ich sehen, wo es aufgestellt werden soll?« fragte sie Jonathan Halfred.

»Natürlich«, erwiderte er munter. »Wir wollen jetzt hinüberlaufen.« Er hob das Telephon ab. »Sagen Sie Briggs, er soll mich in fünf Minuten am Tor abholen«, befahl er, und nach fünf Minuten stiegen sie in einen geschlossenen Wagen, in den kein Geräusch des Stadtlärms dringen konnte. Susan hatte noch nie einen solchen Wagen gesehen.

Die beiden Männer sprachen, aber sie hörte nicht zu. Sie sagte zu sich, sie werde, wenn sie jetzt ihre Gruppe wiedersah und ihr die Arbeit nicht gut genug erschien, alles von neuem beginnen. Diese erste große Arbeit mußte vollendet sein. Sie wandte sich an David Barnes, den sie, ohne daß sie es gewußt hätte, unterbrach.

»Wenn ich zu der Ansicht gelange, daß die Figuren nicht gut sind«, sagte sie, »werde ich sie neu machen. Ich kann es.«

»Zum Verkaufen sind sie gut genug«, sagte David Barnes. »Aber schließlich, es ist Ihre Sache.«

Sie sagte nichts mehr und saß angespannt da und wartete, bis sie nun zu einem schimmernden, neuen, noch unvollendeten Gebäude gelangten. Susan folgte den beiden Männern zu dem Bronzetor und trat durch den Eingang einer großen Halle, in die durch ein rundes Fenster im Dach das Licht fiel.

»Hier«, sagte Jonathan Halfred. »Wir haben es hierhergestellt, um die Wirkung zu beurteilen. Natürlich ist die Gruppe jetzt noch viel zu klein.«

Er zog das Tuch zur Seite, und sie sah die Figuren im blendenden Lichte stehen. Sie sah sie, als wäre nicht sie es, die sie geschaffen. Sie sah sie wie Gestalten mit eigenem Leben, und sie wandte sich an David Barnes.

»Ich muß sie neu machen«, sagte sie.

»Aber –«, begann Jonathan Halfred. Doch sie hörte ihn nicht.

Sie sprach mit David Barnes.

»Sie sehen aus wie Menschen«, sagte sie, »aber sie sind keine Menschen.«

Er blickte sie an und sagte: »Nicht viele von denen, die hier vorbeigehen, verstehen sich auf diesen Unterschied.«

Sie sagte: »Aber ich werde es immer wissen, und es wird mich nachts unglücklich machen.«

Fest schauten sie einander an. Jonathan Halfred sah von dem einen zum anderen, verblüfft, als sprächen sie eine Sprache, die er nicht verstand.

»Es muß viel größer werden«, sagte Susan.

»Sie sind eine dumme Gans«, sagte David Barnes zwischen den Zähnen. »Sie sind eine dumme Gans, aber man kann es Ihnen nicht verbieten, denn Sie haben recht. Sie brauchen mich ja gar nicht – ich fahre nach Paris zurück.«

Er wandte sich um und schritt schweren Trittes die Stufen hinab, und Susan sagte zu Jonathan Halfred: »Versprechen Sie mir, die Gruppe zu vernichten, und ich sende Ihnen die richtige.«

»Aber – aber«, begann er.

»Nein, versprechen Sie es mir«, befahl sie. »Die Arbeit wird rechtzeitig hier sein.«

»Ich halte das für Wahnsinn«, sagte er schließlich, noch immer verwirrt. »Aber ich verspreche es.«

»Jetzt möchte ich heimfahren«, sagte Susan.

»Oh, Sie müssen zum Lunch bleiben !« rief er.

»Nein«, sagte sie. »Ich muß sogleich nach Hause und mit der Arbeit beginnen. Nun sehe ich genau, was ich zu tun habe.«

Sie hatte im Augenblick erkannt, woran es fehlte, so dachte sie ruhig, während sie in dem beinahe leeren Zug saß, und sie wußte, wie sie es besser machen sollte. Sie erinnerte sich jetzt daran, daß Mark sie gebeten hatte, ihm die Zeit ihrer Rückkehr telegraphisch bekanntzugeben, und dies war auch ihre Absicht gewesen, doch hatte sie es dann vergessen. Er wußte also gar nicht, daß sie zurückkam. Es war viel früher, als sie gerechnet hatte, aber es hätte keinen Sinn gehabt, länger zu bleiben, nachdem ihr klargeworden war, was es zu tun galt. Sie wollte daheim sein, unverzüglich in die Scheune eilen und die Arbeit beginnen. Und ihre Gedanken waren schon in der Scheune und formten den frischen Ton.

Es war der frühe Nachmittag dieses Septembertages, als sie dem Zug entstieg, und sie schlug sogleich den Heimweg ein. Die Luft war trocken und kühl, und Susan konnte schnell ausschreiten. Noch eine halbe Stunde, und sie war zu Hause. Und beim Gehen schmiedete sie ihre Pläne: ein paar Minuten, um Mark zu telephonieren, ein paar Minuten, die Kinder zu sehen und Jane sagen zu hören: »John wird jetzt so lebhaft, Gnädige, und Marcia will es ihm unbedingt gleichtun. Heute habe ich zu den beiden gesagt –« Und dann, und dann wollte sie sich in die große kühle Scheune stehlen und den Ton mengen und in die Hände nehmen – ohne Skizze, ohne Zeichnung. Sie hatte das Gefühl jetzt schon in der Hand. Sie schloß die Augen und neigte den Kopf und sah wiederum die lange, edle Halle, die Stelle im Licht, an der ihre Menschen stehen sollten. Sie konnte fühlen, wie sich in ihr die Kraft sammelte, sie so zu schaffen, wie sie wirklich waren.

Der Zug hatte gehalten, und sie stieg auf einen leeren Perron und ging durch den leeren Bahnhof und die Straße am Südrand der Stadt hinab, ihrem Heim zu. Sie konnte sich an nichts erinnern, was sie untertags gesehen hatte. Ihr Geist war erfüllt mit dem immer dringlicher emporwallenden Trieb, ihre wartenden Menschen zu schaffen und zu formen. Rasch schritt sie aus, und dann nahm sie den Hut ab und trug ihn in der Hand. Noch zwanzig Minuten, noch fünfzehn, noch zehn – jetzt stand sie am Tor und schob den Riegel zurück. Ein fremdes Auto stand vor dem Tor, ein kleines, staubbedecktes graues Auto.

»John – Marcia!« rief sie und schritt dem Eingang zu.

Die Tür öffnete sich, und ihr Vater kam heraus.

»O Papa«, rief sie fröhlich.

»Mein liebes Kind«, sagte er ernst, »Mark ist sehr krank.«

Sie stand auf der Stufe und starrte ihn an. »Aber am Morgen«, so sagte sie, und der Atem blieb ihr in der Kehle stekken, »am Morgen war er doch noch ganz gesund.«

»Hal hat ihn mittags nach Hause gebracht«, sagte ihr Vater. »Du warst nicht hier, und so kam Lucille herüber, und sie brachten ihn zu Bett und ließen den Arzt holen. Mutter und ich sind auch gleich herübergekommen. Es ist Typhus.«

Sie aber eilte an ihm vorbei, die Stiege hinauf, in Marks Zimmer. Schon war es nicht mehr sein Zimmer. Eine fremde Pflegerin saß neben seinem Bett, und da lag er mit sehr rotem Gesicht und halbgeschlossenen Augen.

»Mark, Liebster!« sagte Susan, und als sie eintrat, stand die Pflegerin auf.

»Mrs. Keening?« fragte die Pflegerin, aber Susan sah sie nicht.

»Lieber, ich bin wieder hier«, sagte sie, und sie kniete neben dem Bett nieder und beugte sich über ihn.

Und er öffnete langsam die Augen und wandte den Kopf zu ihr und sagte mit schlaftrunkener, gepreßter Stimme: »Hast du dich – gut unterhalten?«

»Warum hast du mir am Morgen nichts gesagt, mein Liebster?« rief sie. »Ich wäre gewiß nicht fortgefahren.« Aber Mark antwortete ihr nicht. Er fuhr sich mit der trockenen Zunge über die trockenen Lippen.

»Wasser!« flüsterte er der Pflegerin zu.

Sie brachte ihm eine Schale mit ein wenig Wasser, und er trank und schloß dann wieder die Augen.

»Wie lange liegt er schon so?« fragte Susan. Die Knochen in ihrem Leib waren weich vor Entsetzen, und sie fühlte eine brechreizerregende Angst, die über sie dahinkroch wie kalter Nebel.

»Er hätte sich schon vor Tagen ins Bett legen sollen«, sagte die Schwester mit klarer, nüchterner Stimme. »Er hat sich so lang dahingeschleppt, bis er zusammengebrochen ist. Der Arzt ist unten und möchte mit Ihnen sprechen, sobald Sie kommen, hat er gesagt. Gehen Sie gleich hinunter und lassen Sie Ihren Gatten ruhen.«

Sie nahm ein Waschbecken und begann Marks Stirn und Hände mit einem Schwamm zu kühlen, und Susan stand langsam auf und betrachtete diesen von Fieber geschüttelten Mark, dessen heißes, angeschwollenes Gesicht ihr so fremd erschien.

Sie ging in ihr Zimmer und glättete sich das Haar und wusch sich das Gesicht und die Hände und stieg die Treppe wieder hinab, und die ganze Zeit hielt sie mit beiden Händen ihre Welt fest und zwang sie, sich der Katastrophe dieser Stunde anzupassen. Ihre Mutter kam aus der Küche, das runde, runzelige Gesicht in Sorgenfalten gelegt.

»Ich habe Jane mit den Kindern zu uns nach Hause geschickt«, flüsterte sie. »Johnnie weinte die ganze Zeit.«

»Ja«, sagte Susan laut. Warum flüsterten die Menschen, sobald jemand krank war? Mark lag ja nicht im Sterben. Sie ging ins Wohnzimmer, und dort saß mit ihrem Vater der Arzt, ein junger, tüchtiger Mann, den sie noch nie gesehen hatte, denn der alte Arzt, der sie behandelt hatte, als John und Marcia geboren wurden, war gestorben. In der Familie gab es fast nie Krankheitsfälle. Sie alle waren zu gesund. Sie brauchten niemals einen Arzt.

»Mrs. Keening, Ihr Gatte ist sehr krank«, sagte er, und er erhob sich rasch und setzte sich gleich wieder.

»Das ist so plötzlich gekommen«, sagte Susan. »Heute früh –«

»Da waren die Symptome noch nicht zu bemerken«, sagte der Arzt. »Er gehört offenbar zu den Menschen, die sich nicht so bald beklagen.«

»Mark beklagt sich nie«, sagte sie. »Aber ich hätte es bemerken müssen.«

Der Arzt hustete hinter der vorgehaltenen Hand. »Hier in der Nähe muß ein Infektionsherd sein«, sagte er. »Haben Sie Ihren Brunnen untersuchen lassen?« fragte er. »Diese alten Farmen haben oft unreines Brunnenwasser.«

»Nein«, sagte sie, und sie erwiderte offen seinen Blick. »Daran habe ich nie gedacht.«

»Ah«, sagte der Arzt. Sie konnte ihm ansehen, daß er dachte: Das wäre wohl Ihre Sache, an solche Dinge zu denken.

»An so etwas hätte ich selber nicht gedacht«, murmelte ihr Vater.

»Ich hätte daran denken müssen«, sagte sie. Es war ihr, als stieße sie sich einen Dolch ins Herz. »Ich drängte darauf, hierherzuziehen«, fuhr sie erbarmungslos fort. »Wären wir in dem Haus geblieben, in dem wir wohnten, hätten wir die städtische Wasserleitung gehabt, und dies wäre nie geschehen.«

Abermals hüstelte der Arzt.

»Nun, Susan«, sagte der Vater, »wie kannst du nur so alberne Reden führen, wenn das Unglück schon geschehen ist?«

»Ich wollte hierherziehen, um besser arbeiten zu können«, fuhr sie in gleichem Tonfall fort.

Der Arzt sprach kein Wort.

»Doch lassen wir das«, sagte Susan rasch und beugte sich im Sitzen vor. »Was können wir für ihn tun?«

Und dieser Tag war vergangen, nein, mehr, er war nie gewesen.

»Er muß ins Spital gebracht werden«, sagte der Arzt. Sie fühlte geradezu, wie er sich an seiner Macht über sie weidete. Er stand auf. »Ich sende Ihnen gleich den Krankenwagen«, fuhr er unbarmherzig fort. »Einstweilen müssen Sie alle Vorsichtsmaßregeln treffen. Sie werden von mir hören.«

Und nun war er fort, und sie blickte ihren Vater an.

Unvermittelt erhob sie sich. »Ich muß jetzt nachdenken, was man tun könnte«, sagte sie ruhelos. Auf dem Weg zur Tür machte sie halt und küßte das dichte weiße Haar auf dem Scheitel ihres Vaters.

Aber es blieb ihr nichts zu tun.

An Marks Bett verweilte sie einen Augenblick.

»Sollten wir nicht –«, begann sie. Aber die Pflegerin erklärte fest: »Es ist alles in Ordnung, Mrs. Keening. Ich werde nichts versäumen.«

Susan stieg wieder die Treppe hinab und ging in das Zimmer, in dem ihr Vater saß. Er hatte sich nicht von der Stelle bewegt, sondern saß ruhig dort beim Fenster, so wie sie ihn zurückgelassen hatte. Sie ging zu dem niedrigen Fensterbrett und setzte sich darauf. Das Fenster stand offen, und der Wind des kühlen Spätseptemberabends drang herein. Sie starrte in den Garten, und nach einer Weile blickte sie ihren Vater an.

»Habe ich Unrecht getan?« fragte sie. »Hätte ich die Hälfte meines Lebens aufgeben sollen? Woher wüßte ich, daß das ihn gerettet hätte?«

»Solche Fragen sind sinnlos«, sagte ihr Vater. Er legte die schönen Hände aneinander, Fingerspitzen an Fingerspitzen, und betrachtete sie. »Wenn du die Hälfte deines Lebens aus irgendeinem Grund aufgibst«, sagte er ruhig und deutlich, »dann wirst du ein ganz anderer Mensch. Du wirst nicht nur zur Hälfte dessen, was du sein könntest – das Opfer verkrümmt dich und entstellt dich zu einem ganz anderen Geschöpf.« Er machte eine Pause und fuhr dann fort: »Dein Großvater lebte nur für seine Musik, und er war eine bestimmte Gattung Mensch, und seine Frau und seine Kinder starben beinahe Hungers. Und ich schwor mir, niemals eine Frau so zu behandeln, wie er meine Mutter behandelte. Deine Mutter war ein hübsches Kind, als wir heirateten, und ich zählte zweiundzwanzig, und ich gelobte mir, sie zu betreuen. Und weil sie Angst gehabt hätte, hätten wir nicht jeden Monat ein bestimmtes Gehalt bekommen, nahm ich eine Stellung an, statt daß ich mit Schreiben mein Glück versucht hätte. Und nun glaube ich, daß ich ihr vielleicht alles in allem Schlimmeres angetan habe, als mein Vater meiner Mutter antat. Mit mir zu leben ist nicht angenehm, und daß ich das weiß, macht es nicht angenehmer.«

Sie antwortete nicht. Was wäre aus ihr geworden, wäre sie in dem kleinen Haus geblieben und hätte sie Susan Gaylord ruhig zu Grab gebracht, Stunde für Stunde, Tag für Tag?

»Die Leute verstehen eines nicht«, fuhr ihr Vater fort, und seine Fingerspitzen flatterten auseinander. »Nämlich, daß es sich gar nicht um die Arbeit handelt. Die Welt kann weiterleben ohne das bißchen Musik oder Dichtkunst oder all den Klimbim, den Leute wie du und ich zu schaffen die Berufung fühlen. Was ist nun mit dir und mir?« Er unterbrach sich wieder und preßte die Finger fest zusammen. »Ich rate dir eines: Gib dein Leben auf, wenn du kannst. Wenn du es kannst, kannst du anders leben, und alles wird dann einfach sein. Dann verstehen dich die Leute, und sie haben dich lieber, wenn du nicht anders bist als sie. O Gott, wie sehr hassen die Menschen jeden, dessen Haupt über die Menge ragt. Dann halten sie dich unten, wenn sie können, und sie schneiden dir den Kopf ab, um dich unten zu halten.«

Er verstummte, und sie saß da und betrachtete seine zarten, schmalen Hände, und sie sagte nichts und hörte immer wieder und wieder in der Verwirrung ihres Gemütes, was er gesagt hatte. Jetzt vermochte sie nicht zu erkennen, was sie hätte tun oder sein sollen. Sie hatte ebenso natürlich und unbewußt gelebt wie Kinder leben, mit allen Fasern ihres Wesens. Und die Frau, die sie war, war die Frau gewesen, die Mark liebte. Dies wußte sie und sonst nichts.

Das Haus war so still, daß das Rattern der Maschinen, die einen neuen Brunnen bohrten, die Stille nur noch tiefer machte. Susan hatte den alten Brunnen sogleich zuschütten lassen. Niemand durfte in Hinkunft daraus trinken. Bis zur Fertigstellung der Arbeit hatte sie das Haus ihres Vaters bezogen.

»Bleib bei uns, bis Mark zurückkommt«, bat ihre Mutter.

So konnte sie abends in das Haus zurückkehren, in dem sie ein Kind gewesen war, aber am Morgen wollte sie in ihrem eigenen Hause sein. Denn jetzt waren die Tage nichts anderes als leere Stunden zwischen den Besuchen, die sie Mark abstatten konnte. Am Vormittag und am Nachmittag beobachtete sie die Uhr, bis sie die Tür des kleinen weißen Spitalzimmers öffnen konnte, in dem Mark regungslos im Bette lag, und er lächelte schlaftrunken, wenn sie eintrat, doch sprach er kaum jemals ein Wort. Tag für Tag traf sie bei einem dieser Besuche mit seinem Vater oder mit seiner Mutter zusammen. Die beiden konnten nie miteinander kommen, denn immer gab es Kühe zu melken oder sonstige Arbeit zu tun.

»Wie findest du den Jungen, Susan?« flüsterte Marks Vater immer mit heiserer Stimme, und sie antwortete immer deutlich und laut: »Mark wird genesen!«

Aber seine Mutter sprach nur selten. Sie nahm Susans Hand und hielt sie fest, und sie schenkte ihr das Lächeln, das so entfernt an Marks Lächeln erinnerte. Manchmal saßen sie während der ihnen gestatteten halben Stunde nebeneinander an Marks Bett, und Mark sprach zu keiner. Wenn die Zeit um war und sie gemeinsam in den starken Herbstsonnenschein hinaustraten, sagte Susan: »Es ist ein schöner Tag, nicht wahr? Um Marks willen freue ich mich, daß das Wetter schön bleibt. Die Luft allein gibt einem Kraft.«

Und seine Mutter stimmte zu. »Die Luft ist sehr wichtig.« Und die beiden lächelten einander an, und sie trennten sich, weil sie nicht mehr zu sprechen vermochten.

Und Tag für Tag weigerte sie sich, an etwas anderes zu glauben als an das eine, daß Mark, sobald er einmal seine Kräfte zusammengerafft hatte, wieder genesen werde. Sie bedurfte seiner und wußte es. Immer wieder sagte sie ihm:

»Liebster, alles ist abgebrochen, solange du nicht wieder daheim bist. Wir alle warten.«

Als der Brief aus New York kam, legte sie ihn in den Schreibtisch und öffnete ihn nicht. Sie konnte sich keinen Augenblick ihres Lebens ferne von Mark vorstellen. Wenn sie nicht bei ihm sein durfte, mußte sie wenigstens an ihn denken. Es war ihr unmöglich, zu ihrer Arbeit zurückzukehren, denn dann hätte sie ihn vergessen.

Wie schlecht ich doch bin! dachte sie. Sogar jetzt könnte ich arbeiten und ihn vergessen, ihn, den ich liebe.

Darum wollte sie nicht arbeiten. Wenn sich in die dunkle Leere ihres Hirns jene Gestalten stahlen, die Gestalten, die sie zu schaffen vermochte, sandte sie sie wieder fort. Niemand durfte hier sein, nur Mark. Sie fühlte, wie sich ein seltsamer Aberglaube in ihr erhob. Wenn sie es zuwege brachte, nur an Mark zu denken, konnte sie ihn am Leben erhalten. Ließ sie sich den Gedanken an ihn niemals entgleiten, entglitt Mark nicht aus dem Leben. Sie konnte ihn ans Leben binden. Schließlich glaubte sie das und hatte keine Angst. Es lag in ihrer Macht, ihn zu retten. Sie hatte immer alles zustande gebracht, was sie wünschte. Der Doktor sagte ernst: »Ich muß Ihnen sagen, daß ich gar nicht zufrieden bin, Mrs. Keening. Er setzt der Krankheit keinerlei Widerstand entgegen.« Aber noch immer erlaubte sie sich nicht, Angst zu haben. Immer war ihr alles gut ausgegangen. Sie wollte nicht zulassen, daß Mark starb.

»Es ist ein sonderbarer Fall«, sagte der Doktor schließlich. »Die Krankheit nimmt gar nicht den richtigen Verlauf, der zu einer Krise führen müßte. Es wird nicht besser.«

»Es ist nicht schlechter geworden«, sagte sie verbissen.

»Für die menschliche Natur gibt es keinen Stillstand«, erwiderte der Arzt. »Wenn es ihm nicht besser geht, geht es ihm schlechter.« ... Eines Tages fühlte sich Mark ganz ohne Ursache besser, und das war der Tag, an dem er starb. Er sprach ein wenig, als Susan kam.

»Wie geht es den Kindern?« Bei dieser Frage öffnete er die Augen.

»Es geht ihnen gut, nur haben wir alle Sehnsucht nach dir«, antwortete sie. Sie waren für ein paar Augenblicke allein.

»Ich bin noch immer – müde«, sagte er sehr erschöpft.

»Ja, du mußt ruhen«, sagte Susan tröstend. »Du sollst ruhen, solange du nur willst, mein Liebster. Nur vergiß uns nicht.«

Er lächelte, und nach einer Weile fragte er: »Was machst du jetzt?«

»Nichts«, sagte sie rasch. »Ich kann nicht arbeiten, ehe du daheim bist. Ich muß dich wieder gesund und daheim haben.«

Er sagte mit seiner langsamen, erlöschenden Stimme: »Was wirst du dann machen?«

»Eine neue Fassung meiner Gruppe, Liebster«, sagte sie sanft. »Aber erst, wenn du ganz gesund bist.«

»Die Frau hat zur Seite geblickt, nicht wahr?« murmelte er.

»Ja«, sagte Susan zart.

Er sprach nicht wieder. Er schloß die Augen, und während sie dasaß und sein stummes Gesicht anschaute, wandte er plötzlich den Kopf von ihr fort, zur Wand, und ganz still starb er.

Wie konnte er nur so rasch, so still sterben? Hätte sie im mindesten geahnt, daß er gesonnen war zu sterben, sie hätte ihn ergriffen und festgehalten, hätte ihm zugeschrien und den Gedanken an den Tod aus seinem Sinn gejagt. Als sie nun aufkreischte, war es zu spät. Er war schon verschieden.

Die Pflegerin lief herein.

»Aber – aber«, rief sie erschreckt.

»Rasch –«, keuchte Susan.

Doch es half nichts mehr. Ohne Kampf war er entflohen, nicht in Flinkheit oder Eile, sondern in schlichter Ermüdung.

»Er sah so müde aus«, sagte Susan. Ihre Kehle war zusammengepreßt. Sie konnte sich jetzt genau erinnern, wie Mark in den letzten Augenblicken ausgesehen hatte. »Dann schloß er die Lider und wandte das Gesicht zur Seite.«

»Er hat eben den Widerstand aufgegeben, das ist es«, sagte die Pflegerin kummervoll. »Ich habe schon solche Fälle erlebt. Da plagt man sich mit ihnen und plagt sich, und eines schönen Tages werden sie einfach müde und laufen einem davon.«

Der Doktor war jetzt im Zimmer. Seine flinken Hände betasteten Marks Brust, seine Augen, seinen Puls, seine Hände. Dann zog er ihm das Laken übers Gesicht.

»Gehen Sie lieber nach Hause, Mrs. Keening«, sagte er ruhig. »Soll ich Ihren Vater anrufen?«

»Nein«, sagte sie. »Nein.«

Sie konnte sich nicht bewegen. Sie konnte keinen Gedanken fassen.

»Kommen Sie, liebe gnädige Frau, legen Sie sich nebenan nieder«, sagte die Pflegerin.

»Nein«, sagte Susan wieder.

»Soll ich ein Taxi holen lassen?« fragte der Doktor. Er war freundlich, aber sie konnte sehen, daß für ihn hier nichts mehr zu tun war und daß er seiner anderen Arbeit nachgehen wollte.

»Nein, mein Wagen steht unten«, sagte sie.

»Beschweren Sie sich nicht mit – mit Einzelheiten«, sagte er.

»Ich werde Ihren Vater anrufen. Ich bedauere Sie sehr, Mrs. Keening. Sie wissen doch, daß wir unser möglichstes getan haben. Es lag hier ein seltsamer Mangel an Lebenswillen vor, vielleicht – man kann das ja nicht wissen –, nun, jetzt werden Sie mich wohl entschuldigen –«

Endlich war sie fähig, sich abzuwenden. Sie ging festen Schrittes durch die Halle und trat hinaus in den Sonnenschein des reifen Oktobertages. Sie stieg in den kleinen grauen Wagen und fuhr zu ihrem Haus. Sie wollte mit niemandem sprechen. Das überließ sie anderen. Sie wollte heimgehen, die Treppe hinauf in das Zimmer, in dem sie gemeinsam mit Mark gelebt hatte, und dort wollte sie die Tür vor jedem anderen Menschen verschließen. Mark konnte noch nicht ganz aus dem Hause verschwunden sein, in dem sie gemeinsam gelebt hatten.

Alles war still, als sie zum Gartentor fuhr. Sie vermißte einen Rhythmus des Lärms, ohne daß sie sich hätte entsinnen können, was sie eigentlich vermißte. Auf dem Zufahrtsweg machte sie einen Augenblick halt und versuchte sich zu erinnern. Warum war die strahlende, windstille Luft so stumm? Und während sie dort stand, kam ein Arbeiter in derbem blauem Overall um die Ecke des Hauses.

»Hören Sie, gnädige Frau«, rief er laut und freudig. »Wir sind auf Wasser gestoßen, gnädige Frau. Schon vor einer halben Stunde! Ja, gnädige Frau, in einer Tiefe von zweihundertfünfzig Fuß, fünfzig Fuß im Gestein, ist das klarste, süßeste Wasser, das je ein Mensch getrunken hat.«

Er hielt ihr einen Becher Wasser hin.

»Zu spät«, sagte sie. Sie ließ ihn stehen, und er starrte sie an, sie aber trat rasch ins Haus und schloß die Tür.

Sie hatte telephonisch die Kinder kommen lassen, trotz dem erstaunten, gekränkten Widerspruch ihrer Mutter.

»Aber, Susan, du darfst doch nicht in diesem Haus bleiben. Komm für eine Zeit zu uns.«

»Nein«, hatte sie gesagt. »Nein. Ich will heute nacht hierbleiben, gerade diese Nacht. Ich will, daß die Kinder heimkommen. Es ist ganz sicher – wir haben jetzt reines Trinkwasser.«

»Ich hoffe, du quälst dich nicht absichtlich, Sue«, sagte ihr Vater. »Du willst dich doch nicht damit trösten, daß du möglichst viel Leid suchst?«

Sie dachte einen Augenblick nach. »Ich glaube nicht«, sagte sie schließlich. »Nein, es ist nicht das. Nur fühle ich mich hier wohler als sonst irgendwo.«

Und so brachte Jane die Kinder nach Hause, und Susan aß friedlich mit ihnen zu Abend und half Jane, die Kleinen zu Bett zu bringen.

»Sollen wir dir auch den Gutenachtkuß für Papa geben?« fragte John gespannt.

»Ja«, sagte Susan.

Diese Küsse sengten ihr das Herz, aber sie weinte nicht. Jane schluchzte ohne Unterlaß und leise, und sie wandte das Gesicht bei der Arbeit zur Seite...

In jener ersten Nacht lag Susan wach. Als sie sich durch ein Bad erfrischt und das Haar geflochten hatte wie immer, legte sie sich ins Bett und nahm ein Buch und las, sorgfältig, Stunde um Stunde, Wort für Wort. Sie hatte nicht geweint, und sie konnte nicht weinen. Sie wandte die Blätter um, Blatt für Blatt, bis sie ganz schwach war vor Erschöpfung. Dann schloß sie das Buch und sah auf die Uhr. Es war drei. Mark war nun genau zwölf Stunden tot. Sie sah hinüber zu seinem leeren Bett, und blindlings erhob sie sich von dem ihren, und verzweifelt legte sie sich in seines und schmiegte ihren Körper in die Vertiefungen, die der seine gemacht hatte, und drückte ihr Gesicht in das Kissen, auf dem sein Haupt geruht. Und plötzlich fühlte sie, einem Wildbach gleich, der über sein Felsenbett schäumt, endlich, endlich die Tränen in ihren Augen aufsteigen.

Die Menschen waren so sonderbar. Sie glaubten, ihre Gegenwart, ihre bloße Anzahl könnten Susan trösten oder sie wenigstens abhalten, sich daran zu erinnern, daß Mark tot war. Sie drängten sich in Scharen, sie zu besuchen und sorgfältig über andere Themen zu sprechen. Hal kam jeden Tag, und immer wieder sagte er: »Wenn es irgend etwas gibt, das ich für dich tun kann – irgendeinen Weg, eine Besorgung –«

»Vielen Dank, Hal«, sagte sie. Besser war es, sich in der Nacht auszuweinen, auf daß die Augen bei Tag trocken seien, wenn die Leute immer wieder kamen. »Im Notfall werde ich es dir schon sagen«, versprach sie ihm.

Aber Mark fehlte ihr nicht in den Dingen, die Hal gemeint hatte. Es war nicht seine Art gewesen, viel im Haus zu machen. Sie hatte bei solchen Arbeiten, bei denen die Frauen gewöhnlich auf ihre Gatten rechnen, nicht auf ihn gezählt. Ohne darüber nachzudenken, hatte sie alles selbst gemacht, so daß Mark davon nicht einmal etwas erfuhr. Es war immer einfacher, etwas selbst zu tun und es sich dadurch vom Hals zu schaffen. Nein, Mark fehlte ihr in Dingen, in denen niemand ihn ersetzen konnte. Abend für Abend vermißte sie sein Heimkommen. Zu seinen Lebzeiten hatte sie nicht gewußt, wie der Tag anstieg zu diesem Höhepunkt: sechs Uhr, da er heimkam. Jetzt wußte sie es, doch nie mehr kam er um die Biegung der Straße, und dieses hoffnungslose Warten rieb sie auf.

»Er kommt nicht«, sagte sie entschlossen zu sich. »Nie wieder werde ich die drei Hupentöne hören.« Aber trotzdem lauschte sie, als ob sie die Hupe vernähme, und sie lauschte, bis sechs Uhr gekommen und vergangen war. Dann dehnte sich der Abend endlos vor ihr. Sie ließ sich bei allem möglichst viel Zeit und half Jane, die Kinder zu Bett zu bringen, und Abend für Abend nahm sie die fröhlichen Gutenachtküsse für Mark entgegen. Der Gutenachtkuß hielt Mark für die Kinder am Leben, und so duldete sie diesen Schmerz.

Und Abend für Abend kamen Leute zu Besuch. Lucille erschien fast jeden Abend und ließ Hal bei den Kindern zurück. Emsig plauderte sie über ihren Alltag, erzählte, was die Mädchen trieben und was Susan tun solle, um »sich abzulenken«.

»Natürlich weiß ich, daß dir jetzt nicht danach zumute ist, Sue. Aber sobald du kannst, solltest du wieder in den Bridgeklub kommen. Alle sagen das. Es gibt eine Menge Dinge, die du tun könntest, um deine Zeit auszufüllen, Sue.«

»Ja«, sagte Susan ausweichend.

Gewaltig groß stand der Mond an der Ecke der Scheune, der erste Vollmond, seit Mark gestorben war. Immer hatten sie mitsammen gesessen und das Aufgehen des Vollmonds beobachtet. Selbst an kalten Winterabenden legten sie die Mäntel an und liefen hinaus, zusammenschauernd und die kalte Luft schluckend, und sie lachten. »Man muß die Dinge machen, solange man lebt, Sue«, hatte Mark gesagt. . .

Lucille fragte sie etwas.

»Verzeih, ich habe nicht zugehört«, sagte Susan.

»Ich habe gesagt, ich fragte mich immer, warum du gerade in New York warst, damals, an dem Tag, an dem Mark krank wurde«, sagte Lucille. »Er sagte uns immer wieder, man dürfe dich um keinen Preis anrufen, denn es sei so wichtig.«

Und sogleich konnte Susan Mark vor sich sehen, den todkranken Mark, der darauf bestand, daß sie um seinetwillen nicht gestört werde.

»Ich wollte doch gar nicht fortfahren«, sagte sie, »aber er wünschte es. Er sagte, wenn ich führe, werde er früh heimkommen und sich ausruhen.«

»Ja, er sagte, es sei furchtbar wichtig«, wiederholte Lucille.

»An jenem Tage schien das so«, sagte Susan, und sie fügte hinzu: »Jetzt aber scheint es nicht mehr so wichtig zu sein, daß man darüber reden müßte.«

Lucille schwieg einen Augenblick. Susan konnte fühlen, wie Lucille sich fragte, was sie jetzt sagen sollte.

»Ihr seid alle so gut zu mir«, sagte Susan freundlich. »Es geht mir besser, und ich glaube, ich werde heute nacht schlafen können.«

Und Lucille stand rasch auf und küßte sie warm auf die Wange.

»Also, gute Nacht, Sue, meine Liebe. Auf Wiedersehen morgen. Höre, in einer Zeitschrift beginnt jetzt eine großartige neue Serie. Ich bring' sie dir mit.«

Munter schloß sie das Tor, und Susan konnte hören, wie die Kupplung ihres Wagens laut knirschte. Und dann senkte sich wie am Ende eines jeden Tages die Nacht über sie. Jetzt galt es, die lange Nacht zu durchleben, ehe der neue Tag kommen konnte. Sie saß da und starrte zum Mond empor. Sie hätte zu Bett gehen können, aber es fiel ihr leichter, hier zu sitzen und zu warten; es fiel ihr leichter, hier an Mark zu denken als eingeschlossen in die angespannte Einsamkeit jenes Zimmers. Abermals entsann sie sich einer jeden Linie seines Antlitzes . . .

Und während sie sich dessen entsann, dachte sie an den modellierten Kopf, den sie nie vollendet hatte. Monatelang hatte sie nie daran gedacht, aber jetzt in der Nacht überkam sie, augenblicklich und unerträglich, der Wunsch, diese Büste zu sehen. Es verlangte sie, mit den Fingerspitzen die Züge seines Antlitzes zu fühlen. Sie ging in die Küche, holte eine Petroleumlampe und Zündhölzer, und dann schritt sie über den Streifen mondbeschienen Grases in die ungeheure Dunkelheit der Scheune.

Sie zündete die Lampe an und stellte sie auf eine Kiste. Dann schritt sie zu dem Regal, das sie am Ende der Scheune hatte anbringen lassen, und tastete suchend über das rauhe Holz, bis ihre Finger auf die Form stießen, die sie so gut kannte. Sie trug das Modell zum Licht und nahm das Tuch ab, das sie darum gehüllt hatte, und hier, in ihren Händen, lag nun sein Antlitz. Sie hielt es und kniete nieder und blickte es an. Jetzt sah es genau aus wie er. Der Tod hatte es ihm gleichgemacht. Endlich war es vollendet. Da kniete sie und hielt es in den Händen, und nach einer Weile neigte sie den Kopf und legte die Wange an die Wange aus Ton. Kalt lag diese an ihrem warmen, weichen Fleisch, und die Lippen waren tot. Nun hüllte sie den Kopf wieder ein, nahm ihn in den Arm, dann griff sie nach der Lampe, ging zum Regal und stellte die Büste zurück.

In diesem Augenblick kam ihr die gekrümmte Gestalt des neugeborenen Kindes vor Augen, und da befiel sie ein Wissen um neuen Tod. Nun, da Mark fort war, gab es keine Kinder mehr. Sie hatte noch gar nicht daran gedacht. Aber in diesem Augenblick wurde sie durch das Kind, das sie aus Ton geformt hatte, an alles erinnert. Sogleich kam ihr zu Bewußtsein, daß sie allein hier war in der gewaltigen Scheune. Sie stellte die Lampe nieder und stand verängstigt da, verängstigt ob ihrer Einsamkeit. Wenn sie jetzt rief, konnte niemand sie hören. Niemand war da, sie zu hören. Jane und die Kinder schliefen, und sie wachten nicht auf. Ihre Stimme konnte zu niemandem dringen. Niemand war da, der sich darum gesorgt hätte, wo sie war, so wie Mark sich gesorgt hatte. Niemals hätte er daran gedacht, sie allein bei Nacht in die Scheune gehen zu lassen. Es mochte ein Landstreicher in der Nähe sein, so einer wie der, der sich einst im Wald erhängte. Sie blickte um sich, besessen von einem kindischen Gefühl der Furcht. Über ihr dämmerten die langen, eckigen Schatten der Balken. Sie stand in dem kleinen Kreis trüben Lichtes, aber rings um sie waren Schatten und schwärzestes Schweigen. Es verlangte sie, das Licht an sich zu reißen und davonzueilen. Aber wohin konnte sie eilen? Niemand war da.

»Ich bin eine Närrin«, sagte sie laut. Ihre Stimme hallte in der Leere wider. Sie hörte, wie mehrfaches Echo hohl aneinanderprallte. Ich muß etwas tun, dachte sie. Ich muß etwas mit meinen Händen tun, sonst werde ich verrückt.

Sie schaute um sich, und da lag auf dem Regal vor ihr wartend der geduldige Ton. Und sie nahm ihn und mengte ihn, und langsam rief dieses vertraute Material ihre Erinnerungen wach. Sie hatte versprochen, ihre Gruppe neu zu machen. Auf ihrem Schreibtisch lag ein kleiner Stoß Briefe. Vor einigen Tagen war sogar ein Telegramm gekommen, das sie gelesen, aber nicht beantwortet hatte. Während sie nun arbeitete, begann sie sich allmählich an alles zu erinnern. Sie hatte nicht arbeiten wollen. Es war ihr unmöglich gewesen, anzufangen. Sie konnte nicht daran denken, solange es galt, Mark am Leben zu erhalten. Nun aber erwachte sie durch den Tastsinn ihrer Hände aus einem Schlaf. Ihr Körper hatte nicht geschlafen, aber etwas in ihr hatte geschlafen, als wäre es tot. Aber nicht tot, wie Mark tot war. Denn jetzt regte sich aus ihren Händen durch Knochen und Adern und Nerven und Muskeln das Verlangen, das alte, gierige Verlangen, das noch immer elektrisch war. Sie begann rasch zu arbeiten und mit einer furchtbaren Energie, als wäre sie lange Zeit gehemmt gewesen und als wäre das Hindernis nun verschwunden. Sie vergaß, daß sie jemals Angst gehabt hatte. Sie vergaß alles wieder, bis die Morgendämmerung anbrach.

Und als die Morgendämmerung anbrach, konnte Susan nicht mehr arbeiten. Dann schritt sie langsam zum Haus zurück, die Fußknöchel naß vom Tau und Nebel im Haar, und sie badete und legte sich nieder und schlief eine Weile, als hätte sie zuviel Wein getrunken.

Doch als sie aufwachte, konnte sie nicht wieder arbeiten. Sie fühlte kein Verlangen in sich. Es war ihr kalt vor Erschöpfung, obwohl sie es unmöglich fand, im Bett liegen zu bleiben. Sie konnte nichts tun als aufstehen, sich ankleiden und einen neuen Tag seinen Anfang nehmen lassen.

»Sue, du siehst wirklich krank aus«, sagte die Mutter immer wieder. »Wenn du nicht zu uns kommen willst, ziehe ich für eine Weile zu dir. Mary kann eine oder zwei Wochen den Vater betreuen.«

Susan hatte eines Nachmittags vor Weihnachten die Kinder zu ihren Eltern mitgenommen, denn plötzlich um drei Uhr hatte sie sich dabei ertappt, daß sie jetzt schon beobachtete, wie die Zeiger der Uhr sich der Sechs näherten. Ihr Vater war die Treppe herabgekommen, als er die Kinder hörte, und nun schnitzte er ihnen ein kleines Schiff. Er schnitzte schön, und jeder Schnitt entsprach dem Bilde, das er im Sinn hatte. John stand neben ihm, stumm vor Freude, aber Marcia wirbelte rundum und rundum und sang: »Ein kleines Boot – ein kleines – kleines Boot –«

»Ich will nicht mit Mary allein bleiben«, knurrte der Vater. »Jedesmal, wenn sie aus ihrer Handelsschule in New York heimkommt, wissen wir weniger miteinander anzufangen. Wenn irgend jemand von hier fort soll, so soll sie es sein.«

»Ja«, sagte Susan eifrig. »So soll sie zu mir kommen, Mutter.«

»Gut, wenn du sie haben willst«, sagte die Mutter widerstrebend, wie es ihre Gewohnheit war.

Susan brauchte Mary eigentlich nicht. Sie brauchte niemanden. Aber Mary war gewiß besser als die Mutter. Mary dachte nur an sich und nicht an sie. Mary bemerkte es wohl nicht, wenn Susan am Morgen blaß war ... Wann, ach wann konnte sie wieder wirklich schlafen, lange, tiefe Stunden des Schlafs, nicht diese kurzen, abgerissenen Fetzen der Bewußtlosigkeit, aus der sie immer wieder erwachte, um zu wissen, daß Mark nicht wiederkam? ... Und Mary achtete gewiß nicht auf sie und rief ihr nicht zu: »Susan, du ißt ja nichts!« Ach, wann wußte sie wieder, was Hunger war?

»Es ist sehr lieb von dir, Mary, daß du deine Ferien so

verbringen willst«, sagte Susan, als Mary mit dem Koffer zu ihr kam. Mary war jedesmal, wenn sie aus der Stadt zurückkehrte, ein anderer Mensch. Sie war sehr groß geworden, und ihre fahle Unscheinbarkeit hatte sich zu einer schlichten, dunklen, mageren Hübschheit gewandelt, und sie lernte nun endlich, sich kleidsam anzuziehen.

»Ich komme ganz gerne«, sagte sie gleichmütig. »Wo ist mein Zimmer?«

Jane hatte das kleine Gastzimmer vorbereitet, und Susan hatte eine gelbe Rose in eine Vase auf dem Ankleidetisch gesteckt. Nun führte sie Mary die Treppe hinauf und zögerte. Mary war zugleich vertraut und fremd. Aber Mary schickte sie fort. »Nach einer Weile komme ich hinunter«, sagte sie, und Susan ging.

Es fiel ihr noch immer schwer, zu jemandem zu sprechen. Sie hatte sich an Marks leichtes Geplauder über kleine und angenehme Dinge gewöhnt. Er hatte gesprochen, ohne darauf zu warten, daß sie zuerst spreche oder daß sie antworte, und sie hatte die Gewohnheit angenommen, ihm zuzuhören und beim Zuhören zu träumen, denn das, was er erzählte, füllte ihren Sinn nicht aus. Aber es war trostreich und angenehm gewesen, und jetzt, da die Leute darauf warteten, daß sie spreche, wußte sie nie, womit sie beginnen sollte. Aber auch Mary sprach nicht. Es war fast so, als hätte man niemanden im Hause. Stundenlang saß Mary da und las, und dann warf sie das Buch zur Seite, zog ihren braunen Tweedmantel an und wanderte barhaupt querfeldein. Und abends ging sie früh in ihr Zimmer hinauf und sagte nichts anderes zu Susan als ein kurzes: »Gute Nacht, Sue, auf Wiedersehen morgen.«

Dann blieb Susan wieder allein mit der Nacht. Viele Kleinigkeiten gab es, den Tag auszufüllen: die Kinder, das Haus, da und dort eine Näharbeit. Marcias Kleider mußten länger gemacht werden, und Susan machte sie länger. John wollte einen roten Sweater haben, und Susan strickte ihn.

Mark hatte immer ihren Fingern bei der Arbeit zugesehen und hatte gesagt: »Ich liebe es, deine Hände bei der Arbeit zu beobachten. Sie wissen genau, was sie zu tun haben, und sie tun es so rasch.« Und da hatte sie gelächelt, denn insgeheim war sie ein wenig stolz auf ihre flinken, kräftigen Finger. Jetzt aber hatte diese Flinkheit keinen Wert, denn es gab keine Stunde mehr, der sie entgegenarbeitete. Und doch konnte sie ihre Hände nicht zur Muße verurteilen, weil sie an ihre eigene Flinkheit gewöhnt waren und auch ohne Susans Willen arbeiteten, so wie sie arbeiten mußten.

Sie konnte ein wenig lesen, und manchmal ging sie nach Hause, um Klavier zu spielen, bis eines Tages ihr Vater sagte: »Ich werde dir das Klavier hinüberschicken. Ich habe mein eigenes im oberen Stockwerk, und seit du fort bist, kümmert sich hier kein Mensch mehr um Musik.«

»Natürlich kann Susan das Klavier haben«, sagte die Mutter ein wenig kummervoll. »Aber du sollst nicht behaupten, Vater, daß ich die Musik nicht liebe. Ich habe viel übrig für eine schöne Melodie.«

Er antwortete ihr nicht, er antwortete ihr ja nie, und das Klavier kam zu Susan. Das war eine Möglichkeit, Stunden des Tages zu verbringen, und Susan fühlte sich dankbar.

Doch was immer sie tat, der Tag ging vorbei, und dann kam die lange Nacht, in der sie nicht schlafen konnte. Und voll Verzweiflung über die Endlosigkeit der Nacht und über ihr eigenes angespannt waches, leeres Gemüt legte sie ohne jedes Verlangen nach eigener Arbeit den alten blauen Kittel an und schritt über das froststarre Gras zu der Scheune und zündete die Petroleumlampe an, und noch immer ohne jeglichen Wunsch, begann sie von neuem, die dunkle Masse des Tons zu modeln, die langsam Form annahm. Die erste Stunde arbeitete sie verbissen, gegen ihren Willen, jeden Augenblick dessen bewußt, daß Mark fort war und daß es ihr gleich galt, was sie tat. Und dann erwachte in den Tiefen ihres Hirns, tiefer als Denken, tiefer als Wissen, langsam das alte Feuer, und sie begann über die Arbeit hinauszuschreiten ins Schaffen. Dann erst konnte sie vergessen, daß Mark tot war. Und die Gewohnheit dieser Nächte erstarkte, bis Susan endlich, sobald ihre Hände den Ton berührten, vergessen konnte, und es war tröstend wie traumloser Schlaf, und allmählich hörte sie auf, den ganzen Tag lang Angst davor zu hegen, daß die Nacht vor ihr lag.

Die einzige Nacht, vor der sie noch Angst hatte, war die des Weihnachtsabends. Sie konnte nicht vergessen, wie sie und Mark diesen Abend Jahr für Jahr gefeiert hatten. Jetzt steckte sie mit Mary und ohne Mark das Spielzeug in die kleinen Strümpfe, das Spielzeug, das zu kaufen sie allein fortgegangen war. Die beiden sprachen nicht über das, was sie taten, sie wechselten nur einige Worte.

»Das Messer hier gehört John«, sagte Susan. »Er möchte schnitzen wie sein Großvater. Natürlich wird er sich in die Finger schneiden.«

»Früher oder später schneidet er sich ohnedies in die Finger«, sagte Mary. »Die Puppe ist natürlich für Marcia.«

»Marcia hat nicht mehr viel für Puppen übrig«, antwortete Susan.

»Ich habe Puppen nie leiden mögen«, sagte Mary gähnend. »Aber du hast sie immer gern gehabt.«

Susan nickte. »Wahrscheinlich schenke ich sie ihr deshalb noch immer«, antwortete sie. In ein paar Minuten war die Arbeit beendet. Mary gähnte wieder.

»Ich gehe jetzt zu Bett«, sagte sie. »Seit ich wieder daheim bin, kann ich nicht genug Schlaf haben. In New York ist es immer spät nachts geworden. Dort gibt es ja so viel zu tun. Hier ist es ganz still.« »Bist du mit deinem Leben zufrieden?« fragte Susan.

»Ich liebe es«, sagte Mary leidenschaftlich. »Hoffentlich kann ich immer dort bleiben. Es wird wohl gehen. Eigentlich verspricht man uns Anstellungen, wenn wir die Schule beenden. Ich werde mich dem Zeichnen widmen – Kleider und Hüte –« Auf halber Höhe der Treppe blickte sie zu der Schwester hinab, eine hohe, eckige, elegante junge Gestalt. Sie sagte lässig: »Vielleicht kann ich dir helfen, Sue, wenn du wieder Brunnen oder Figuren oder so etwas machen willst. Möglicherweise kann ich sie dir vertreiben.«

Zum erstenmal seit Marks Tode fühlte Susan wieder einen leichten Schmerz. »Ich werde keine kleinen Sachen mehr arbeiten«, sagte sie stolz. »Ich habe dir noch nicht erzählt, daß Jonathan Halfred meinen Entwurf für das Gedächtnisspital seines Vaters angenommen hat. Ich arbeite jetzt daran.«

»Halfred von Halfred-Mead?« fragte Mary mit ihrer kühlen Stimme.

»Ja«, sagte Susan.

»Das ist sehr schön«, sagte Mary. »Seit wann weißt du es?«

»Seit dem Tag, an dem Mark ins Krankenhaus kam«, antwortete Susan.

»Es sieht dir gar nicht ähnlich, so etwas für dich zu behalten.«

Mary ließ diese Worte fallen, eins nach dem anderen, wie kleine Stückchen Eis.

»Nach Marks Tod schien es mir nicht mehr wichtig«, sagte Susan.

Sie blickten einander an. Bebend schwebte etwas zwischen ihnen, eine alte, unbewußte Verschiedenheit, die ihnen angeboren war. Susan wartete abwehrbereit, daß Mary dies in klare, kalte Worte forme. Es wäre gut gewesen, hätte es sich in Worte geformt, damit jede wisse, was es war, und damit der Nebel zwischen ihnen sich teile. Nachher wären sie einander in solcher Klarheit vielleicht näher gewesen als jetzt, da keine von beiden wußte, was für Worte das waren.

Aber Mary wandte den Kopf zur Seite. »Gute Nacht,

Sue«, sagte sie in ihrer kühlen Art. »Auf Wiedersehen, morgen.«

Sie ging die Treppe hinauf, und ihre Absätze klopften scharf auf die Stufen.

Am Abend schritt Susan schwer über den dunklen Rasen, und voll Grimm begann sie tatkräftig und sogleich mit der Arbeit.

Mary haßt mich, dachte sie. Ich weiß nicht, warum, aber sie haßt mich um dessentwillen, was ich bin. Nichts, was ich tun könnte, kann sie mir gleichmachen.

Sie unterbrach für einen Augenblick ihr Grübeln. Einmal hatte Mark nachts gesagt, daß etwas, das sie war, manchmal zwischen ihn und sie trat und sie von ihm entfernte. Und da hatte sie ihr Selbst zur Seite geschoben und sich Mark geschenkt.

Wie freue ich mich, daß ich das getan habe, dachte sie wehmütig, dann begann sie jählings wieder die Arbeit.

Doch keine Wehmut war in dem Wissen, daß Mary sie nicht mochte. Nichts fühlte sie, nur Groll, und der Groll war heilsam, denn er ließ sie vergessen. Sie arbeitete zweimal so schnell und zweimal so gut wie je vorher, und als sie um vier Uhr zu Bett ging, sank sie unverzüglich in Schlaf und schlief ohne Traum und ohne Schmerz.

Am Morgen des Christtages beobachtete Mary mit kühlen, dunklen Augen John, der sich mit seinem neuen Messer plagte, und ohne zu lächeln, saß sie dabei, während Marcia ihre Puppe entkleidete, sie wieder fallen ließ und nun alle Pakete zu öffnen begann. Es war, als ob Mary die Kinder nicht sähe. Während des ganzen Weihnachtstages im Haus ihres Vaters hielt sie sich von den anderen fern, als wäre sie eine Fremde, und sie duldete den Christbaum und ihres Vaters abgestandene Scherze beim Truthahn und bei dem flammenden Plumpudding. Susan, angespannt vor

Zorn, sah sie und fühlte sie, und ihr Zorn bewirkte es, daß sie den Tag ohne die Verzweiflung verbrachte, die sie so sehr gefürchtet hatte.

Aber noch immer sagte sie nichts zu Mary. Sie entsann sich der blassen, dunklen, verbissenen Kindheit Marys, und als ihr Vater flüsternd ihr zuknurrte: »Leidet Mary insgeheim an Krebs oder an unglücklicher Liebe oder an sonst etwas?« antwortete sie lachend: »Sie versucht nur, erwachsen zu sein.« Marys ernstes Gesicht war noch immer kindlich und ihr Profil so jung, wenn sie über den steifgehaltenen Schultern unerwartet den Kopf wandte.

Am Tag nach Weihnachten hörte Susan, während sie am Klavier saß, ein erbarmungsloses Zerren an der Türklingel. Jane eilte hinaus, um zu sehen, wer das war. Susan konnte hören, wie Jane steif sagte: »Bitte hier abzulegen, mein Herr.« Im nächsten Augenblick stahl sich Jane leise zu ihr und flüsterte entrüstet: »Es ist nur der junge Bursche, der immer zum anderen Haus geritten kam – ich weiß nicht, was ihm einfällt, daß er den Griff der Türglocke abgerissen hat. Schauen Sie her, Gnädige.« Sie hielt den altmodischen Bronzeknopf in der Hand.

Und nun schrie Michaels Stimme von der Hall her: »Wo sind Sie denn, Susan? Störe ich?«

Sie ging hinaus, und da stand er in einem braunen Pelzmantel, gewaltig groß und verändert. Doch als er den Mantel abwarf, war er noch immer schlank, freilich etliche Zoll höher.

»Wir sind über Weihnachten hierher aufs Land gefahren«, erklärte er, und sein Gesicht war schön und freundlich. Er beugte sich nieder und küßte sie auf beide Wangen. »Jetzt lassen Sie mich eintreten und mich ans Feuer setzen und erzählen Sie mir, wie es Ihnen geht – erzählen Sie mir aber nichts Trauriges, denn das weiß ich schon, sondern erzählen Sie mir, woran Sie arbeiten.«

Er schob sich den blauen Fauteuil zum Feuer und plauderte in seiner ein wenig ausländisch wirkenden Art. Er hatte so lange fern geweilt, daß es nun schwerfiel, zu bestimmen, wohin in der Welt er eigentlich gehörte. Aber er machte das Zimmer warm und hell und froh. Sie beugte sich vor, um ein Scheit auf das Feuer zu legen, doch ehe sie dies noch tun konnte, hatte er es ihr schon abgenommen, und seine festen, raschen Hände hantierten geschickt mit der Ofenzange.

Er war wirklich. Er war frisch und jung, und er bewirkte es, daß alles ringsum vor Wirklichkeit strotzte: das Zimmer hier, das Haus, die Kinderstimmen, die von oben herabdrangen, die flackernden Flammen, das Lampenlicht, die zugezogenen Vorhänge. Und alles, worüber er sprach, wurde wirklich.

»Unlängst sah ich Dave in Paris«, sagte er, und Paris erstrahlte vor ihren Augen, eine Stadt, erfüllt von lebenden Menschen. »Er erwartet Sie in der nächsten Zeit.«

Sie lächelte, gab aber keine Antwort. Es war ihr gar nicht in den Sinn gekommen, daß sie dieses Haus verlassen könnte, in dem sie gemeinsam mit Mark gelebt hatte. Aber Michael brachte die Welt hierher ins Zimmer – mit seiner leichten Stimme und mit seinem Geplauder über alles mögliche. Und Michael hatte Mark nie gesehen.

»Ich machte einen Abstecher nach Konstantinopel«, sagte er. »Nur als Urlaubsfahrt, und vorigen Winter war ich in Indien, um im Himalaja zu malen. Ich wollte Gebirgslandschaften – aber nicht die Alpen, denn heutzutage klettern ja überall Leute umher –, nein, Schnee, den noch nie menschliche Füße betreten haben. Nun, und Sie können sich's ja denken. Im Himalaja gibt es Berge, die sich die Menschen gar nicht nahe kommen lassen, Susan. Wenn man den Versuch macht, sie zu ersteigen, kann man deutlich sehen, wie sie das Haupt immer höher und höher erheben.«

Sie beugte sich vor und lauschte. Noch nie hatte jemand so lange zu ihr gesprochen. Er breitete die Welt vor ihr aus und zeigte sie ihr. Sie hatte vergessen, daß es eine Welt überhaupt gab. »Dann schickte ich meine Bilder nach Hause und fuhr nach China und malte wieder – diesmal Menschen –, aber nicht die läppischen alten Mandarine, Sue, sondern Frauen, schlank und geschmeidig wie Odalisken – wie – wie – schmale Elfenbeinstatuen – moderne Frauen. Es gibt nichts auf der Welt, was so wunderbar zu malen wäre – na, warten Sie, bis die alten Knaben in der Akademie die Bilder zu Gesicht bekommen! Die Welt hat diesen Typus bis jetzt noch nicht entdeckt.«

Er verstummte und blickte über Susans Kopf hinweg. Sie wandte sich um, und da stand Mary an der Schwelle in einer eng anliegenden, glatten dunkelroten Jacke, die bis zum Kinn hinauf hochgeschlossen war, und auf dem Kopf trug sie einen kleinen roten Hut.

»Komm herein, Mary«, sagte Susan. »Laß dir vorstellen: Michael Barry.«

Michael stand auf. »Michael, das ist meine Schwester«, sagte Susan.

Mary streckte die schmale dunkle Hand aus. »Guten Tag«, sagte sie gelassen. »Sue, ich gehe spazieren, bevor es dunkel wird.«

»Wann kommst du zurück?« fragte Susan.

»Ich weiß nicht«, sagte Mary. Wenn sie sich überhaupt bewußt war, daß Michael sie anstarrte, ließ sie sich doch nichts anmerken. Sie stand da und schob sich den kleinen roten Samthut zurecht, und Michael stand da und gaffte sie an. Gleichmütig wandte sie sich um, ohne Hast, und sie ging, und nach einem Augenblick setzte er sich wieder.

»Sie sprachen über China«, sagte Susan.

»Ja«, sagte Michael. Er zündete sich eine Zigarette an und rauchte rasch. »Sie sieht beinahe aus wie eine Chinesin, Ihre Schwester. Sie haben mir ja kein Wort von ihr erzählt, Susan.«

»Ich habe Ihnen ja auch von mir nichts erzählt«, sagte Susan ruhig. »Ich habe doch auch noch zwei Kinder und einen Vater und eine Mutter.«

Aber er hörte gar nicht auf sie. Er zerdrückte seine Zigarette und stand wieder auf. »Jetzt muß ich gehen«, sagte er unvermittelt. Sie folgte ihm in die Hall. »Es war wirklich fein, Sie wiederzusehen«, sagte er eilig, dann tauchte er in den großen Pelzmantel und schmetterte die Tür hinter sich zu.

Jane, die eben den Tisch für das Abendessen der Kinder deckte, spähte durchs Fenster. »Ein alberner, eingebildeter junger Mann«, knurrte sie. »Gar nicht so, wie eine Frau ihn sich wünscht.«

Hier im Hause beobachtete Susan voll Staunen das rasche Aufwallen augenblicklicher Liebe zwischen Michael und Mary. Diese Liebe lenkte sie von ihren Gedanken ab und riß sie aus der Stumpfheit, in der sie seit Marks Tod ihre Tage verbracht hatte. Diese Liebe glich keiner anderen, die Susan je gesehen hatte, und sie wußte genau, daß sie nicht der langsamen, dauernden Liebe zwischen ihr und Mark glich. Schon als Kind hatte sie Mark gekannt. Es gab keine einzige Zeit in ihrem Leben, die nicht Erinnerungen an Mark barg. Er war immer der gleiche geblieben, ein freundlicher, guter kleiner Junge, ein schüchterner, freundlicher Jüngling, und nur einmal war er fremd gewesen, da er ihr Liebster wurde. Doch selbst in dieser Nacht war ihm Tollheit fremd, und er hatte nichts anderes gezeigt als unendliche liebevolle Güte. Diese Liebe war ein breites, sanftes Meer, das sie kaum je unruhig gesehen hatte.

Aber diese neue Liebe war ein reißender, schmaler, grimmiger Strom, zwischen Felsen eingezwängt. Diese Liebe kannte kein zartes Wachsen. Michael kam Tag für Tag am Morgen.

»Wo ist Mary?« fragte er. »Ich muß sie sehen.«

»Mary!« rief Susan die Treppe hinauf.

Manchmal antwortete Mary, und manchmal antwortete sie nicht. Wenn sie nicht antwortete, wartete Michael unruhig und gesprächig. Am ersten Morgen hatte Susan Marys Tür geöffnet.

»Ich will dir nur sagen, daß Michael hier ist«, sagte sie.

Mary schlief noch, im gelben Pyjama, den Kopf auf den Armen, den Körper gestrafft. Sie öffnete die Augen und blickte Susan an.

»Ich sehe nicht ein, warum er mich aufweckt«, sagte sie, und sie wandte sich um und schloß neuerlich die Augen.

Susan machte die Tür zu und ging zu Michael hinunter.

»Sie will nicht aufwachen«, sagte sie.

»Sie muß aufwachen«, sagte Michael. »Wir haben nur ein paar Tage Zeit.«

»Ich wecke sie nicht auf«, sagte Susan freundlich.

»Offenbar ist sie furchtbar schlecht gelaunt«, sagte Michael düster. »Aber das macht mir nichts.«

Er schrie hinauf: »Mary, aufstehen! Sonst komme ich hinauf! Ich warte nicht.«

Aber er wartete doch. Endlich kam Mary kühl herunter, und sie gähnte ein wenig.

»Ziehen Sie sich den Mantel an und kommen Sie mit mir«, befahl Michael. »Ich habe den Wagen da.«

»Ich gehe nirgends hin, bevor ich gefrühstückt habe«, sagte Mary, und sie setzte sich gemächlich zum Frühstück und trank Kaffee und aß Toast und rauchte eine Zigarette und wollte sich nicht drängen lassen, obwohl Michael düster dastand und auf sie wartete.

Die Liebe erhob sich zwischen ihnen wie ein scharfer Frühlingswind, und sie verbargen sie nicht.

»Sie hat mich ganz toll gemacht«, sagte Michael eines Tages zu Susan. »Ich kann nicht essen, ich kann nicht schlafen. Aber nicht etwa, weil ich von Frauen nichts wüßte. Nein, es ist Mary – es hat mich ins Herz getroffen.«

»Ich sollte mich eigentlich freuen, aber ich freue mich nicht«, sagte Susan langsam. »Ich kann mir nicht vorstellen, daß Sie mit ihr glücklich werden. Sie muß ihre eigenen Wege gehen.«

»Das muß auch ich«, sagte er rasch. »Ich will sie heiraten. Heute werde ich sie fragen, denn morgen fährt sie fort.« Es war zehn Uhr vormittag, und er stand beim Kamin und wartete auf Mary. »Dann geht sie nicht mehr in ihre Handelsschule zurück. Ich werde ganz verrückt, wenn ich sie mir in einem Büro vorstelle, mit einer Menge Männer. Ich möchte sie malen – die ganze Zeit, die ich mit ihr bin, habe ich den Wunsch, sie zu malen, aber alles auf einmal geht nicht. Wenn wir verheiratet sind, werde ich den ganzen Tag nichts anderes tun als sie malen.«

»Liebt Mary Sie?« fragte Susan. Es war unmöglich zu wissen, ob Mary ihn liebte.

»Natürlich liebt sie mich«, sagte Michael ungeduldig.

Susan sah dem Wagen nach, der über den kiesbestreuten Fahrweg auf die hartgefrorene Straße und dann durch die Winterlandschaft fuhr. Die beiden wechselten, wenn sie allein waren, kaum ein Wort miteinander, und hätte sie nicht gewußt, daß sie einander liebten, hätte sie eher geglaubt, es verbände sie gegenseitiger Haß. Sie blieben den ganzen Tag fort. Es war schon die Dämmerstunde, als die Tür aufging und Mary allein eintrat. Sie stieg die Treppe hinauf, und Susan ging zum Klavier und spielte leise und wartete. Sie fühlte sich sonderbar traurig, als ob sie alt wäre und ihr Leben vorbei, obwohl sie noch nicht dreißig zählte, aber das Leben entsprach nicht dem Lebensalter – es wurde durch das bestimmt, was man hatte. Heute genügte das, was sie hatte, nicht, und sie fühlte sich alt.

Sie hörte nun Marys Schritte auf der Treppe und im Zimmer nebenan. Jetzt lag ihr Marys Hand auf der Schulter, kühl und leicht.

»Nun, Sue?« sagte sie mit ihrer klaren Stimme.

»Nun?« fragte Susan und spielte weiter und dämpfte die Musik zu einem Flüstern.

»Ich habe fertig gepackt«, sagte Mary. Susan wandte sich um und blickte sie an. Mary nahm die Hand fort, setzte sich in den blauen Fauteuil und kreuzte die langen, schlanken Beine.

»Du wirst doch nicht – du hast doch nicht –«, sagte Susan.

»Ich werde Michael Barry nicht heiraten«, sagte Mary mit festem Blick. »Das meinst du ja, nicht wahr?«

»Liebst du ihn denn nicht?« fragte Susan erstaunt.

»Doch, ich liebe ihn«, sagte Mary, »aber ich will eben nicht heiraten. Ich habe mich fest entschlossen, nicht zu heiraten. Ich weiß, was ich will.«

»Du hast unrecht«, sagte Susan rasch. »Du wirst es bereuen.«

»Warum?« Marys Stimme klang klar und hart.

»Das Leben ist so«, sagte Susan langsam. »Du kannst dem Leben nicht entsagen und am Leben bleiben.«

Mary hielt Umschau in dem stillen Zimmer. Draußen waren das Dunkel und die Stille der Winternacht.

»Hier im Hause ist nicht allzuviel Leben«, sagte sie. »Du weißt nicht, was das Leben ist, Sue. In dieser Abgeschlossenheit.«

»Ich hatte Mark«, sagte Susan. »Ich habe die Kinder.«

Oben schliefen John und Marcia. Sie hatten im kalten Sonnenschein im Freien gespielt, und ihre Wangen waren scharlachrot.

»Ich weiß nicht, warum die Frauen glauben, ein Mann und ein paar Kinder seien das ganze Leben«, sagte Mary.

»Sie sind die Erde, aus der das Leben wächst«, sagte Susan. »Wenn du die Ehe ablehnst, Mary, wirst du niemals tief Wurzel schlagen.«

»Ich brauche keine tiefen Wurzeln«, sagte Mary. »Ich will nirgends wachsen, in keinem Hause, und daran gefesselt sein. Es nützt nichts, wenn du darüber sprichst, Susan. Wir werden die Dinge nie mit gleichen Augen betrachten. Du warst immer ziemlich einfach, trotz all deiner Begabung. Du nimmst diese kleine Stadt ernst – du verkehrst weiter mit den Frauen, die du als Mädchen gekannt hast, zum Beispiel mit dieser entsetzlichen Lucille! Genauso wie im College, wo es deine größte Freude war, Klassenerste zu sein. Du verschwendest dich. Mark war ein guter Mensch, aber bei weitem nicht gut genug für dich.«

»Sprich nicht von ihm«, murmelte Susan. Sie ballte die Hände auf der Kante der Klavierbank.

»Ich will nicht weiter von ihm sprechen«, sagte Mary. »Du bist eben ein Beispiel für mich.« Sie machte eine Pause und musterte ihre schmalen, spitzen Fingernägel. »Du hast deine Gabe von dir geworfen«, sagte sie. »Du schließt dich hier ein, und du solltest doch in die Welt hinaus und reisen und Beziehungen anknüpfen. So wirst du es nie weiterbringen. Niemand kennt dich. Hätte ich deine Begabung, ich wäre schon viele Meilen fort. Und du wärst schon soweit, hättest du nicht Mark geheiratet und die Kinder bekommen und dich mit dem Haus abgerackert wie jede gewöhnliche Frau.«

»Ich muß alles haben«, sagte Susan. »Ich kann mich nicht so beschränken, wie du es kannst. Ich mußte Kinder in die Welt setzen. Ich mußte fühlen, wie das Leben in mir emporquoll, nicht wie ein toller Platzregen, sondern wie ein Born, der aus der Tiefe emporplätschert. Du wirst das nie verstehen! Armer Michael!«

»Oh, Michael und ich, wir werden uns gut vertragen«, sagte Mary. Ihre klare Stimme klang leidenschaftslos. »Gegen einen Mann ist doch nichts einzuwenden, natürlich darf er nicht abstoßend sein. Und Michael ist wirklich reizend. In gewisser Beziehung brauche ich ihn.«

»Aber, Mary!« warf Susan ein.

»Was denn?« fragte Mary, und sie öffnete die Augen.

»Ich werde Michael warnen«, sagte darauf Susan mit fester Stimme.

Lächelnd stand Mary auf. »Ich will dir jetzt gute Nacht sagen, noch ehe wir streiten«, sagte sie. »Arme Susanl« Sie beugte sich nieder und küßte rasch Susans Haar. »Ich war früher immer so eifersüchtig, Susan. Du warst viel hübscher als ich und konntest alles hundertmal besser. Aber jetzt bin ich nicht mehr eifersüchtig. Ich bin lieber ich. Ich weiß, was ich will.« Noch während des Sprechens ging sie die Treppe hinauf, unbeugsam wie ein Schwert, jung und hart und unerbittlich. »Ich lebe«, sagte sie, »und du bist tot.«

Sie ging, aber ihre Worte blieben, und Susan hörte immer aufs neue den Widerhall dieser Worte. Sie und tot, sie, die gelitten hatte, wie es Mary nicht gegeben war! Tote konnten nicht leiden. In diesem Augenblick lebte sie und lebte so, wie Mary es nie verstand. Sie fühlte alles: die zusammensinkende Glut des erlöschenden Feuers, die Melodie, die sie gespielt hatte, die weißen Sterne am schwarzen Himmel. Sie lebte in jedem Augenblick ihres Seins, wo immer sie war, was immer sie tat, so wieMary es nie vermochte.Dieses ganze Leben, das sie gewählt und gelebt, war nur der Beginn eines Etwas, die Grundlage eines Etwas, das in der Zukunft lag. Doch was lag in der Zukunft? Sie nahm den Mantel und schritt aus dem Haus, quer über den froststarren, schneebedeckten Grund zu der Scheune. Sie zündete die Lampe an und hielt ein Streichholz an das Holz in dem großen Eisenofen, den sie gekauft und hier aufgestellt hatte. Rasch gab es einen Kreis der Wärme, und sie trat in diesen Kreis. Ohne einen Augenblick der Ruhe arbeitete sie bis Mitternacht, und sie fühlte, wie die Macht aus ihrem Inneren emporquoll, ihre Arme hinab, aus ihren Händen. Wissenden Sinnes hatte sie diese Geschöpfe gemacht: den Mann hier, die Frau, die Kinder. Innig vertraut waren ihr diese Körper, und sie schuf sie, als ob die Oberfläche

Fleisch bedeckte und das Fleisch Knochen und lebenswichtige Organe.

Um Mitternacht trat sie zurück, schob einen Holzklotz heran, setzte sich und betrachtete die Gestalten. Jetzt konnte man sie deutlich sehen, denn sie hatte sie schon geformt. Es blieb nichts mehr zu tun übrig, nur noch die Vollendung dessen, was schon klar vor Augen stand. Und während sie so schaute, sah sie, daß sie sie aus ihrem eigenen Leben geschaffen hatte; ohne zu wissen, was sie getan, hatte sie den Mann nach dem Ebenbild Marks gefertigt, und in der Kopfhaltung der Frau erkannte sie ihre eigene. Rasch stand sie auf und trat hinzu und stellte sich unter die Gestalt des Mannes und blickte empor. Ja, das war Marks Gesicht. Wie sonderbar, daß sie zu seinen Lebzeiten nicht imstande gewesen war, ihn abzubilden, so daß der Kopf, an dem sie damals gearbeitet hatte, jetzt einer Totenmaske glich! Hier aber war Mark, der lebende Mark, obwohl er jetzt tot war. Der Ausdruck, den sie so gut kannte, lag in seinem Gesicht, ein Ausdruck, halb schüchtern, ein wenig zögernd, nicht kühn, sondern gütig und gut und mit der Kraft der Güte. Doch die Frau blickte noch immer zur Seite.

Wäre Mark hier neben ihr gewesen, er hätte sich wieder bitter gekränkt.

»Da hast du ja uns gemacht«, hätte er nun langsam gesagt, und dann hätte er gefragt: »Warum blickst du von mir fort, Sue?«

Aber er war nicht hier. Nie wieder war er hier. Als dieser Dolchstoß heller Pein ins Dunkel verebbte, entsann sie sich des Gedankens: Er wird sich aber auch nie wieder kränken. Und sie dachte weiter: Ich hätte ihn immer neu gekränkt, weil ich alles, was ich mache, aus meinem eigenen Leben machen muß. Und das ist mein einziges Material.

Ja, das war es, was Mary nie verstehen konnte. Reisen, das zufällige Kommen und Gehen Fremder, fremder Menschen, die ihr nichts bedeuteten und denen sie nichts war, das konnte Susans Leben nicht ausmachen. Sie konnte nicht in dieser trügerischen Welt leben, nein, nur in ihren eigenen Tiefen.

Sie löschte die Lampe und bedeckte die Glut im Ofen mit Asche und verhüllte ihre Arbeit mit dem alten Tuch, dann verließ sie die Scheune. Der Himmel war schwarz, aber der Schnee schimmerte matt im Dunkel. Kein Windhauch wehte. Einen Augenblick blieb sie stehen, heftigster Einsamkeit bewußt.

»Bin ich geboren, einsam zu sein?« fragte sie sich. Während sie nun gegen den Schnee weiterschritt, fühlte sie die Luft kalt und trocken. Das Haus war still wie die Nacht, und allein stahl sie sich die Treppe hinauf und trat in ihr einsames Zimmer. Lange Zeit lag sie wach. Mark – dieser Gedanke war ihr plötzlich gekommen – war jetzt vor jeder Kränkung sicher, die sie ihm zufügen konnte. Sie brauchte nie wieder zu denken: Ich muß vorsichtig sein – ich darf nicht sagen, was ich gestern gesagt habe. Ich sah, wie seine Augen sich verdüsterten – ich muß warten. Jetzt konnte sie weiterschreiten auf ihrem Pfad, ohne Rücksicht zu nehmen, denn die Liebe lag im Grab und konnte durch das, was in Susan war, nicht mehr verletzt werden. War sie manchmal verzagt, so war sie auch manchmal frei, und in dieser Freiheit vollendete sie ihre Gruppe. Und so nahm sie die Einsamkeit auf sich.

3

Ihre Figuren waren nun vollendet, und sie machte sich bereit, sie fortzuschicken. Sie freute sich, daß ihr Werk nicht nur künstlerisch, sondern auch technisch reif war, denn in ihren Adern rollte mehr als nur das Blut des Musikers, der ihr Großvater gewesen war. Der Vater der Mutter war Baumeister und Zimmermann, und er hatte Häuser gebaut, und sein Wissen um Werkzeuge und deren Verwendung gab ihr das sichere Gefühl für Holz und Stein und den Wert edlen Werkzeuges. Sie besaß nicht viel Werkzeug, doch niemals kaufte sie ein billiges oder wertloses. Und je länger sie arbeitete, desto genauer wußte sie, an welchen Werkzeugen es ihr gebrach und welche sie als erste kaufen wollte, wenn sie sie kaufen konnte. Sie war zufrieden, daß sie es vermochte, rauhes, gewöhnliches Material zu nehmen und es zu modeln und zu formen, nicht nur mit den Händen, sondern auch mit dem Hirn. Sie mußte wissen, nicht nur, wie man den menschlichen Körper in seiner fleischlichen Gestalt schafft, sondern sie mußte auch wissen, welches Gerippe aus Holz, welches Gerüst an Größe und Kraft genügte, um die gewaltige Masse des gemodelten Tons zu halten. Sie mußte wissen, wie man sägt und hämmert und nagelt und Drähte zusammenfügt und welche Ausmaße ein Sockel haben soll. Sie mußte nicht nur mit Träumen, sondern auch mit Zahlen rechnen.

Nun hüllte sie ihre Figuren in rauhes Sackleinen und weiche, alte Lumpen und machte sie versandbereit. Sie stand auf einer Leiter, die bis zu den Köpfen des Mannes und der Frau reichte. Sie hatte einen Zimmermann gerufen, um die Kiste zu zimmern, die in zwei Hälften bereitstand.

Wenn sie nun jeden Teil gehörig geschützt hatte, wollte sie die Kiste zusammenschieben wie zwei Muschelschalen und mit starken Holzleisten die beiden Hälften aneinander befestigen. Halblaut sang sie vor sich hin: »Oh, das wird eitel Herrlichkeit!« und dann verstummte sie erschreckt. »Das ist das erste Mal, daß ich dieses Lied wieder singe, und ich wußte gar nicht, daß ich singe.« Nun hörte sie das Knarren der Scheunentür, und als sie hinabblickte, stand Michael da und schaute zu ihr hinauf, und er hatte den Kopf über dem Pelzkragen zurückgeworfen.

»Sie haben mir ja gar nicht erzählt, daß Sie eine so gewaltige Sache machen«, rief er vorwurfsvoll.

»Sie haben mich ja auch nicht gefragt«, gab sie zurück.

»Wollen Sie es nicht enthüllen, damit ich es sehen kann?« fragte er.

»Nein«, erwiderte sie munter. »Jetzt ist es fertig und wird verschickt.«

Und fürwahr, sie hätte auch einen einzigen Tag der Verzögerung nicht mehr ertragen können. Es war schon spät. Endlich hatte sie Jonathan Halfred geschrieben, und er hatte unverzüglich geantwortet, sie solle sich Zeit lassen. Man warte auf die Fertigstellung. Und an diesem Morgen hatte sie ihm telegraphiert: »Meine Gruppe kommt«, und er hatte zurücktelegraphiert: »Sie wird mit gebührenden Ehren empfangen werden.« Jetzt schlug sie den letzten Nagel ein und stieg die Leiter hinunter.

»Es muß noch gegossen werden, aber wenn Sie in ein paar Monaten in die Halfred-Gedächtnishalle gehen, werden Sie es sehen.«

»Ich werde künftig in New York leben«, sagte er so nebenbei. »Warten Sie, ich will Ihnen helfen.«

Er hob das eine Ende der Kiste gemeinsam mit Susan und dann das andere. »Halten Sie sie nur einen Augenblick fest, bis ich die erste Leiste annagle«, sagte Susan. Ihr Hammer erklang rasch und klar und verfehlte kein einziges Mal sein Ziel. Einst hatte Mark gesagt: »Du bist die einzige Frau, die ich kenne, die jedesmal einen Nagel auf den Kopf trifft.«

»Neulich habe ich Mary in New York gesehen«, sagte Michael mit erhobener Stimme.

»So«, antwortete Susan.

»Wir aßen mitsammen und gingen in den Central Park und fuhren dort in einem Wagen im Mondschein immer wieder rundherum.«

Susan hielt im Hämmern inne.

»Waren Sie böse, daß Mary Sie nicht heiraten wollte?« fragte sie.

»Ich weiß nicht«, sagte Michael langsam. »Vielleicht nicht, wenn sie mich nur in ihrer Nähe sein läßt, soviel ich will.«

»Tut sie das?« fragte Susan neugierig.

»Ja«, sagte Michael leise.

Wieder begann sie rasch zu hämmern. Michael hatte sich verändert. Er war nicht mehr der hellhaarige Knabe, dessen Kopf sie einst modelliert hatte, damit seine Mutter sich für immer daran erinnere, wie schön er gewesen war.

»Bleiben Sie jetzt auf dem Land?«

»Nein«, sagte er. »Ich bin hergekommen, meine Sachen zusammenzupacken. Ich weiß nicht, wann ich wieder hier sein werde.« Er half ihr beim Zunageln der Kiste. Dann nahm er einen Pinsel und einen Topf mit schwarzer Farbe und malte mit kühnen Strichen die Adresse, die sie ihm gab: »Andrew Kenley. Gießerei Kenley, Mount High, New York.«

Dann half er ihr, Rollen unter die Kiste zu schieben und die Kiste zur Scheunentür zu bringen. Am nächsten Morgen sollte ein Farmer, ein Bekannter Susans, sie mit dem Wagen abholen. Soweit es auf Susan ankam, war die Arbeit getan. Nun schritten sie durchs Dämmerlicht dem Haus zu.

»Wollen Sie eintreten?« fragte sie.

»Nein, danke«, sagte er. »Ich möchte morgen sehr früh in die Stadt zurück.«

Er war voll Ungeduld. Sie konnte diese Ungeduld in seiner Stimme fühlen, in seiner Miene, in seinem ganzen Tun. Sie sah seinen Kopf und sein Profil deutlich abgezeichnet vor dem Himmel, als sie in der offenen Tür stand.

»Dann leben Sie wohl«, sagte sie.

»Leben Sie wohl«, antwortete er.

Hätte sie jetzt seinen Kopf modelliert, wäre wohl niemandem der Gedanke gekommen, das könnte derselbe Mensch sein. Auch wußte sie nicht genau, ob sie ihn gut genug kannte, um ihn jetzt zu modellieren. So stand sie da und ließ ihn ziehen. Er war nicht ihr Leben – nein. Es fehlte ihr etwas, etwas Klares, etwas Reines, das er einst ausstrahlen konnte. Er war erfüllt von Mary, und seine Strahlung war verschwunden. Und sie stand da und sah zu, wie er in seinen Wagen sprang und davonsauste, dann trat sie langsam ins Haus.

Als sie gesehen hatte, wie die Kiste verladen wurde und nun schwankend die staubige Landstraße hinabfuhr, war ihr, als hätte jedermann sie verlassen und als wäre sie vereinsamt. Im Morgensonnenschein eines Tages im frühen Frühling stand sie da in der Pause neuer Einsamkeit.

John und Marcia waren vors Haus gelaufen, um bei der Verladung zuzusehen, und jetzt standen sie neben ihr. Und da hörte sie, wie John zu Marcia sagte: »Gehen wir zum Boot zurück.«

»Zu welchem Boot?« fragte Susan.

»Wir machen eines«, sagte John.

»Wo?« fragte sie.

»Im Obstgarten«, sagte er ungeduldig. »Du fragst nicht jeden Tag so viel, Mutter.«

Er wartete ihre Antwort nicht ab; munter hüpfte er durchs Gras, in einem geheimnisvollen, von ihm erdachten Zickzack.

»Ich will mit John gehen«, sagte Marcia und trottete davon.

Sie stand da und blickte ihnen nach, voll Stolz und doch auch traurig, irgendwie von ihnen getrennt. Sie war nicht imstande, den Kindern, so sehr sie es auch versuchte, Mark zu ersetzen. Sie hatte nicht die Fähigkeit Marks, sich in ihre kleine, geschäftige Welt einzuleben, und sie konnten die ihre nicht betreten. Vielleicht gab es keine richtige Kameradschaft mit Kindern. Wie sehr hatte sie sich danach gesehnt! Sie vergaß nicht, daß sie Mark um diese Kinder gebeten hatte. Wäre er noch am Leben gewesen, immer wieder und wieder hätte sie ein Kind haben wollen denn wenn sie ein Kind unter dem Herzen trug, lebte die Genugtuung des Schaffens in ihr. Aber die Kinder wurden geboren, und dann wuchsen sie heran und entfernten sich. Was immer sie machte, wurde durch das Gesetz seines eigenen Wesens vollendet und entfernte sich von ihr und hörte auf, ein Teil von ihr zu sein. Und jedesmal wurde sie wieder allein gelassen.

Sie trat in die Scheune, und langsam und sorgfältig säuberte sie ihr Werkzeug, ölte es und legte es zur Seite. Dann entfernte sie die Abfälle ihrer Arbeit, wischte Staub fort und fegte und schuf Ordnung. Sie nahm ihr Material auf und machte sich Notizen, was ergänzt werden mußte. Als sie zu Mittag die Scheune verließ, war alles für die nächste Arbeit bereit, die sie machen wollte, und sie verschloß die Tür der Scheune nicht.

Schon hielt sie rastlos Ausschau in ihrem Sinn, was sie als nächstes beginnen wollte, denn die Arbeit an sich war jetzt für sie zur Notwendigkeit geworden. Am Nachmittag machte sie einen langen Spaziergang, und alles, was sie sah, betrachtete sie von dem Gesichtspunkt der Arbeit aus – einen Farmer, der ein Feld pflügte, einen Falken, der ein totes Kaninchen zerriß, einen Fasan, der aus dem Nest aufflatterte. Hier lag das Nest zu ihren Füßen, ein gestaltloser, ausgehöhlter Grashaufen mit zwei gefleckten Eiern. Doch das alles bedeutete ihr nichts. Ein Photographieren dieser äußeren Formen hatte ihr nichts zu sagen. Der Sinn kam nur aus ihr selbst. Sie konnte vielleicht die Kinder modellieren, der Schönheit halber, oder – daran hatte sie oft gedacht – den zornig edlen Kopf ihres Vaters in Stein meißeln. Aber selbst das wäre nicht vollendet, käme es nicht aus der inneren Notwendigkeit ihres Wesens.

Jetzt war sie bis zum Rande der Tramp's Woods gelangt, ohne es recht zu wissen, und nun tauchte sie ins Dickicht. Über ihrem Kopf war das junge Laub schon dunkel genug, um Schatten zu bieten, und das frische Moos grünte unter ihren Füßen. Sie bückte sich, um einen Farn zu pflücken, der gelockt war und weich wie Kinderhaar, und dann schritt sie der Schlucht zu. Bald hatte sie diese erreicht, nicht an der Stelle, an der sie mit Mark gestanden hatte, sondern an einer anderen Stelle, wo sie noch nie gewesen war. Sie blickte hinab, noch immer ängstlich, aber sie wich nicht zurück, wie sie einst getan. Jetzt war niemand da, an den sie sich wenden konnte, mochte ihre Furcht auch noch so groß sein. Sie setzte sich auf einen Felsblock und schaute festen Blicks hinab auf den schmalen grünen Bach, der zwischen den schwarzen Steinen brauste. Aber noch immer sah sie keinen tieferen Sinn. Das war nicht ihr Material – diese Bäume und diese Wolken, diese zarten Farne hier zu ihren Füßen. Sie mußte in festerem Material arbeiten. Ihr Material war der Mensch, nicht sein Körper, sondern sein Wesen, dessen äußere Gestalt der Körper nur war.

Ich muß fort und Menschen suchen, dachte sie. Und alle die Welten von Menschen kamen ihr in den Sinn, von denen Michael ihr erzählt und die sie nie gesehen hatte.

Ich habe sehr wenig gesehen, dachte sie. Ich weiß nicht,

warum ich so glücklich war. Mary hatte gesagt, sie sei wie tot in dieser kleinen Stadt, und sie hatte gesagt und sie hatte es geglaubt, das Leben sei überall, wo man lebe.

Aber jetzt lebe ich nicht, dachte sie. Nichts geht in meinem Inneren vor. Und wenn in meinem Inneren nichts vorgeht, haben meine Hände keine Arbeit, und dann muß ich wirklich sterben.

Erschrocken stand sie auf. Sie mußte vor Einbruch der Dunkelheit aus diesem Wald. Rasch schritt sie aus, und bald kam sie unerwartet ins Freie, am Ende der Straße, in der sie mit Mark einst gelebt hatte. Dort stand jenes erste Haus. Es war versperrt und vernachlässigt, und den Garten überwucherte Unkraut. Niemand war hier eingezogen, seit sie es verlassen. Sie starrte es an, und es erschien ihr fremd, und sie sah es mit fremden Augen.

Wie konnte ich jemals in diesem kleinen Haus leben? dachte sie erstaunt. Aber einst hatte es ihr genügt.

Und während sie so dastand, schien plötzlich das ganze Leben, das sie bis zu diesem Augenblick geführt hatte, in dieses versperrte Haus zusammenzuschrumpfen, dem sie entwachsen war. Die Stadt, die Menschen, die Freunde, die sie gehabt, die Jahre, die sie verbracht, alles sammelte sich um die Erinnerung an Mark und war mit ihm begraben. Und alles gehörte der Vergangenheit an. Sie allein blieb zurück, sie mit den beiden Kindern, und sie hatte nichts als die Zukunft. Und dieser Zukunft mußte sie jetzt entgegengehen.

Rasch schritt sie die dämmerdunkle Straße hinab. Einmal wandte sie den Kopf zur Seite, und da sah sie das Haus Lucilles. Die Fenster waren offen, und alle saßen beim Abendessen rund um den Tisch. Lucille stand und schnitt Scheibe um Scheibe von einem Laib Brot. Susan sah zur Seite und ging ihres Weges.

An diesem Abend schrieb sie an David Barnes: »Ich will fort –« Sie machte eine Pause und schaute durchs Fenster, und dort sah sie den zarten jungen Mond. »Und warum nicht nach Paris, da Sie nun einmal dort sind?«

Als sie den Brief geschrieben, verschlossen und mit einer Marke versehen hatte, schritt sie den Pfad hinab und warf ihn in den ländlichen Briefkasten und steckte die kleine Blechflagge an, damit der Postbote am Morgen ihn hole. Dann ging sie durch die blasse Nacht zurück und schlief, wie sie seit Marks Tod noch nie geschlafen hatte.

Am Morgen erwachte sie mit leichtem, erregtem Herzen. Sie summte ein wenig vor sich hin, während sie sich ankleidete, und als sie die Treppe hinabgestiegen war, sagte sie zu Jane: »Wir fahren alle nach Paris.«

Jane schaute vom Küchenherd auf. »Auf See ist mir immer hundeübel, Gnädige«, sagte sie. »Aber schließlich, man stirbt nicht daran, obwohl man es sich wünscht. Und Paris! Ich verstehe die Sprache nicht, und wie sollen wir die Einkäufe besorgen?«

»Ein Schiff, ein Schiff!« rief John.

»Wer wird dann in unserem Haus wohnen?« fragte Marcia feierlich. Die Kinder saßen beim Frühstück am Küchentisch.

»Niemand«, sagte Susan. »Wir werden es versperren.«

»Kommen wir denn nie zurück?«

»Ich weiß nicht – aber natürlich kommen wir zurück.«

»Das will ich hoffen«, murmelte Jane, die sich am Herd zu schaffen machte. »Die Brombeeren und überhaupt –«

Nachdem Susan selbst gefrühstückt hatte, ging sie zu den Eltern, um ihnen die Neuigkeit zu berichten. Die saßen noch bei Tisch, und ihre Mutter sagte: »Warum läßt du die Kinder nicht bei mir, Susan? Die Kost im Ausland ist so sonderbar.«

Sie dachte einen Augenblick nach. Wie wäre es gewesen, fortzuziehen, frei und allein, um zu arbeiten! Aber sie konnte die Kinder nicht allein lassen. Abends mußte sie nach Hause kommen können, und diese Kinder waren jetzt ihr einziges Zuhause.

»Ich kann nicht fort ohne sie«, sagte sie ihrer Mutter. »Selbst wenn sie bei dir besser aufgehoben sind, müssen sie es mit mir riskieren.«

»Paris!« sagte ihr Vater immer wieder. »Paris! Stets dachte ich, ich würde eines Tages hinfahren können, aber ich war nie dort.«

Die Neuigkeit verbreitete sich wie im Flug durch die kleine Stadt. Lucille gab einen Bridgeabend für Susan, und Susan mußte allerlei Ausrufe anhören: »Woher nimmst du den Mut, Sue?« »Und noch mit den Kindern!« »Ich beneide dich, meiner Treu!« »Ach, Paris ist so bezaubernd. Ich denke immer –« »Du mußt uns alles genau berichten, Susan!«

»Was wirst du drüben anfangen?« fragte Lucille. Sie wurde allmählich stark, und sie keuchte beinahe, während sie nun einen dunklen Kuchen anschnitt und sich ein wenig Creme vom Finger leckte. Dann vergaß sie Paris. »Da habt ihr, Mädels!« rief sie. »Ein guter Kuchen, obwohl ich das nicht sagen sollte.«

Sie alle vergaßen Paris, Susan, alles, was nicht in ihrem Leben war. Sie kreischten und schrien: »Deine Kuchen sind immer großartig, Lucille!« »Oh, Lucille! M –m –m!« Lucille lächelte geröteten Gesichts und vergaß, was sie gefragt hatte. »Das ganze Geheimnis daran ist –«, begann sie. »Nein, ich will es euch nicht verraten«, erklärte sie. »Sonst könntet ihr alle den Kuchen machen, und ich hätte euch nichts Besonderes vorzusetzen, wenn ihr zu mir kommt.«

»Ach, du gemeine Kröte!« »Ist sie nicht gemein?« »Am liebsten äße ich gar nichts von deinem alten Kuchen!«

Schweigend, lächelnd, bemüht, noch immer eine von ihnen zu sein, so wie sie sich als Kind bemüht hatte, war Susan ebenso einsam wie unlängst im Waldesdickicht. Keine dieser Frauen lebte. Hätte sie eine von ihnen in Stein oder

Marmor meißeln sollen, das kräftige Material hätte sie zu nichts zermalmt, denn sie waren leer in ihrem Leben. In ihnen war nichts, woraus Susan etwas schaffen konnte. Hätten sie gewußt, was sie dachte, sie hätten sie gehaßt. Aber Susan haßte sie gar nicht. Sie saß da und hörte zu und beobachtete und bewunderte die hübschen Kleider, die hübschen Händchen, die zwischen den Spielkarten flatterten. Oft hatte sie bei der Morgenarbeit innegehalten, um zuzusehen, wie eine Schar kleiner Vögel sich sammelte und mit mannigfachen Geräuschen zu schwatzen begann, nicht in Liedern und auch der Sprache nicht fähig. Sie beobachtete nun halb belustigt, halb zärtlich diese Frauen, und sie verstand ihre kleinen Interessen, die aber nicht die ihren waren.

Ich darf nicht vergessen, ihnen Krumen vorzuwerfen, dachte sie immer wieder, und manchmal tat sie es auch ...

»Natürlich werde ich daran denken, euch allen Ansichtskarten zu schicken«, versprach sie.

»Ach, was für wunderbare Dinge du sehen wirst, Sue!«

Und sie antwortete lächelnd: »Ihr alle müßt mir schreiben und mir erzählen, wie eure Kinder heranwachsen und was alles in der Stadt vorgeht.«

»Gewiß, teuerste Sue«, versprachen sie ihr. »Viel Glück, Sue.

Oh, oh, ich muß mich beeilen! Larry wird schon zu Hause sein!« »Oh, Himmel, ist es sechs Uhr? Tom verhungert ja schon! Gott befohlen, Sue!« »Leb wohl, teuerste Sue!«

»Lebt wohl, lebt wohl!« rief sie ihnen allen zu.

Sie fuhren nach New York, ein kleiner Trupp von vier Personen, und sie war der Anführer. Sie blickten zu ihr auf, und sie führte sie, und wohin immer sie ging, schaute sie sich um, um Janes treu-klobige Gestalt zu sehen, ein Kinderhändchen in jeder ihrer Hände, mit verbissenem, angsterfülltem Blick.

»Ich bin schon zu groß, daß du mich an der Hand führst, Jane«, knurrte John starrköpfig.

»Ich lasse euch beide nicht los, ehe wir ankommen«, antwortete Jane trotzig, und kalter Schweiß stand auf ihrer Oberlippe, und John fügte sich.

Susan ließ die drei im Hotelzimmer zurück, während sie die Schiffskarten kaufte und sich nach allen Einzelheiten erkundigte.

»Sperren Sie das Zimmer ab«, sagte Jane grimmig. »Sonst streitet John die ganze Zeit, und ich will nicht, daß wir das Zimmer verlassen, bevor Sie zurückkommen, Gnädige, und dann kann er zanken, soviel er will.«

Und darum versperrte sie das Zimmer und steckte den Schlüssel in ihr Handtäschchen und ging ihren Geschäften nach, bis alles erledigt war. Dann, in den wenigen Stunden, ehe das Schiff in See stach, führte sie die Kinder zur Eingangshalle des Halfred-Hospitals und sagte ein wenig schüchtern zu ihnen: »Dort, unter den ungeheuren runden Fenstern, wird die Gruppe stehen, die ich gemacht habe.«

»Nein, so etwas«, sagte Jane albern und starrte in dem gewaltigen Raum um sich.

»Schau, Mutter!« rief John. »Dort steht ein Mann mit Ballons!«

»Wo?« kreischte Marcia, und schon jagten die Kinder auf die Straße.

»Dort! Dort!« rief John.

»Ich werde euch welche kaufen«, sagte Susan ruhig, und sie ging hin und kaufte Ballons. Natürlich konnte es den Kindern nichts bedeuten, wo ihre Gruppe stehen sollte.

Auf dem Schiff, als das Land den Blicken entglitt, zählte sie sorgfältig ihr Geld. Wäre sie allein gewesen, sie hätte sich nichts daraus gemacht, wieviel sie besaß, aber diese drei waren in jeglichem auf sie angewiesen. Sie zählte die Noten und sah nach, ob die Reiseschecks dort waren, wohin sie sie gelegt hatte. Jane stelzte über das Deck, und ihre Hände umklammerten noch immer fest die zuckenden kleinen Kinderfinger.

»Ich passe auf, solange ich kann«, hatte sie zu Susan gesagt. »Aber sobald wir in See stechen, muß ich mich für die ganze Fahrt niederlegen.«

»Dann will ich hinuntergehen und auspacken«, sagte Susan.

Und so ging sie in die Kabine hinab und packte Pyjamas und Zahnbürsten aus und zählte ihr Geld. Sie hatte das Geld von ihrem Preis, und sie hatte die Hälfte der Versicherungssumme nach dem Tode Marks von der Bank abgehoben, und das genügte nach ihrer Berechnung, um von Jane betreut ein Jahr zu leben. In diesem Jahr mußte sie Geld verdienen, das für ein weiteres Jahr reichen sollte. Ihre Arbeit mußte jetzt mehr sein als bloße Kunst, mehr als etwas, das nur dazu diente, ihr eigenes Verlangen und ihre Wünsche zu befriedigen. Diese Arbeit mußte Brot sein, Brot für die Kinder und ein Dach über dem Kopf.

Der letzte Augenblick, in dem sie dagestanden hatte, bereit, die vertraute Tür zu versperren, kam ihr jählings wieder in den Sinn. Vor diesem Augenblick hatte sie ein wenig Angst gehabt. Sie verließ einen Zufluchtsort, den einzigen Zufluchtsort, den sie besaß, um ohne einen besonderen Grund hinauszuziehen in die Welt, die sie nicht kannte. Dennoch hatte sie nicht den Wunsch, noch eine Nacht in diesem Haus zu schlafen. Es verlangte sie, zu wandern. Sie mußte wandern.

»Habe ich Angst?« fragte sie ihr Herz. Sie hatte keine Angst. Ich bin stark genug, dachte sie festen Sinnes. Sie bürstete sich das Haar vor dem Spiegel, bürstete es mit raschen, ausholenden Bewegungen. Ihr Gesicht war braun vom Wind der Landluft und vom Sonnenbrand und ihr Körper fest und voll Kraft, und seit dem Tag, an dem sie den Entschluß gefaßt, nach Paris zu fahren, war auch der Mangel an Willenskraft, der sie nach Marks Tod so ermüdet hatte, von ihr gewichen. Sie fühlte sich zu allem fähig. Ein Jahr! Was konnte sie nicht alles in einem Jahr vollbringen!

Die Tür öffnete sich, und Jane stand da, blaßgrün im Gesicht.

»Wir fahren schon«, sagte sie matt. »Ich muß mich jetzt niederlegen.« Sie schob die Kinder in die Kabine. »Passen Sie auf sie auf, Gnädige. Fangen Sie nicht an zu träumen!«

»Nein«, sagte Susan, »ich werde nicht träumen.«

»Sie müssen gut auf sie aufpassen«, sagte Jane. Dann umarmte sie die beiden Kinder und lehnte schließlich den Kopf an den Türpfosten.

»Das will ich«, versprach Susan. Sie blickte durch die Luke. Das Schiff hatte die Taue gelöst und glitt nun langsam der See zu.

»Na also, Susan Gaylord«, sagte David Barnes. »Da sind Sie ja endlich!«

Langsam war der Zug im Grau eines frühen Pariser Morgens zum Stehen gekommen, und sogleich hatte sich David Barnes' Kopf in der Tür gezeigt. »Na also«, sagte er. »Kommen Sie, ich habe ein Pensionszimmer für Sie. Ich kann Ihnen noch eines beschaffen. Ich dachte nämlich, Sie würden allein kommen. Ich hätte nie gedacht, daß Sie Ihre Brut mitschleppen.«

»Ich mußte so kommen oder gar nicht«, sagte sie.

Er antwortete nicht. Er herrschte einen schläfrigen Träger an, dieser solle die Koffer übernehmen, und dann stampfte er vor Susan durch die Menge und schuf sich mit grimmigen Ellbogenstößen Raum.

»Halten Sie sich dicht hinter mir«, befahl er.

Er führte sie zu einem Tor und steckte die Finger in den Mund und stieß einen scharfen Pfiff aus, und ein Taxi tauchte aus dem Nebel auf.

»Hier, kriechen Sie hinein«, sagte er, und als alle darin saßen, zwängte er sich selbst neben Susan und grölte dem Chauffeur eine Adresse zu.

»Alles ist für Sie bereit«, sagte er zu Susan. »Sie werden jeden Morgen um acht Uhr ins Atelier gehen – hier ist die Adresse, ich habe sie Ihnen aufgeschrieben –, und Sie werden den ganzen Vormittag bei diesem Mann arbeiten. Er soll Ihnen die Million Dinge zeigen, von denen Sie noch immer keine Ahnung haben. Und am Nachmittag werden Sie vorläufig zu mir kommen und als Lehrling arbeiten. Ich habe Ihnen bis jetzt ja noch keine richtige Arbeit gegeben. Ich habe Sie bis jetzt eigentlich mehr als eine Frau behandelt. Aber von diesem Augenblick an sind Sie keine Frau mehr. Sie sind Bildhauerin. Sie dürfen sich über nichts beschweren, was ich in Ihrem Interesse für gut halte. Sie sollen alles lernen. Haben Sie jemals eine Gießerei gesehen?«

»Nein«, sagte Susan.

»Na ja«, sagte David Barnes. Er starrte die Kinder an. »Warum haben Sie sie mitgebracht?« fragte er.

»Sie sind mein Heim«, sagte sie.

Er knurrte: »Sie brauchen kein Heim!«

Sie antwortete nicht, aber sie wollte sich von ihm nicht einschüchtern lassen. An der Tür der Pension wandte sie sich zu ihm und streckte die Hand aus.

»Sie sind so gut«, sagte sie. »Nun, mehr können Sie für uns ja nicht tun. Morgen früh gehe ich in das Atelier, und am Nachmittag werde ich zu Ihnen kommen.«

»Hier ist meine Adresse«, sagte er. Er gab ihr ein Stückchen Papier. »Ich habe alles aufgeschrieben. Diese französischen Namen kann sich ja kein Mensch merken. Haben Sie sonst noch Wünsche?«

»Keineswegs«, sagte Susan rasch.

»Schön«, grunzte er, dann wandte er sich ab und stampfte in den Nebel hinaus.

»Wohin gehen wir denn, Gnädige?« fragte Jane. Sie unterbrach die stämmige, dunkle Französin, die zu ihrem Empfang erschienen war.

»Jetzt gehen wir einmal frühstücken«, sagte Susan. »Dann passen Sie auf die Kinder auf, und ich beginne die Suche nach einer Wohnung.« Sie folgten nun der Frau über eine saubere, dunkle kleine Treppe in einen großen, kahlen, sauberen Raum.

»Einen Augenblick!« rief die Frau. »Ein kleines Frühstück, meine Lieben!«

»Was sagt sie da?« fragte Jane argwöhnisch.

»Sie will uns das Frühstück bringen«, sagte Susan munter.

»Aber, Jane, schauen Sie sie doch nicht an, als ob sie eine Mörderin wäre.«

Jane musterte nun den kleinen Wasserkrug, der in einem Waschbecken stand. »Damit können wir uns nicht sauber halten«, sagte sie. »Die Franzosen sind ein schmutziges Volk.«

»Wir bleiben ja nicht hier«, sagte Susan. »Nur für den heutigen Tag. Heute muß ich noch etwas finden, denn morgen beginnt meine Arbeit. Ach, Jane, ich werde arbeiten müssen wie noch nie vorher.«

»Die vielen schönen Brombeeren verderben im Garten zu Hause«, murmelte Jane, die soeben Marcia voll Zärtlichkeit Hut und Mantel abnahm. »Nun, mein Schatz, jetzt wollen wir uns waschen und ein bißchen frühstücken, und dann mußt du schlafen, nach einer solchen Nacht. Nein, diese Eisenbahnzüge hier, Gnädige! John, du hast dich nicht sauber gemacht.«

»Ihr alle sollt rasten«, sagte Susan freundlich. »Jetzt will ich eine angenehme Wohnung für uns suchen, und am Nachmittag wollen wir übersiedeln.«

Sie hatte keine Ahnung, wie sie das zustande bringen sollte, aber sie mußte es tun. Heute war ihr einziger freier Tag. Sie wollte keinen Aufschub erbitten, nur weil sie eine Frau mit zwei Kindern war.

In ihrem steifen Schulfranzösisch fragte sie, während Jane Brötchen mit Butter und Honig bestrich, die dicke, dunkle Französin nach einer Wohnung: »Womöglich in der Nähe eines Parks, wegen der Kinder, aber nicht teuer«, fügte sie hinzu.

»Gewiß, gewiß«, sagte die Frau munter. »Ich verstehe, ich verstehe. Madame sind Künstlerin, und da bleiben eben so Kinder zurück. Ach ja, es gibt schon Häuser, Appartements und Mietwohnungen, ganz gewiß, und manche sind auch nicht teuer, wenn Madame nichts gegen die Wohnungsgemeinschaft mit armen Leuten hat. Und sauber ist es überall, denn alle Franzosen sind sauber. Bei uns bedeutet Armut nicht Schmutz – nein, nein, wir sind nicht so wie die Engländer, Gott sei Dank! Übrigens gibt es solche Wohnungen hier in dieser Straße – wie groß soll denn der Park sein, Madame? Am Ende unserer Straße ist ein kleiner Rasenplatz mit der Statue eines alten Provinzgenerals. Die Statue ist ein Geschenk seiner Heimatprovinz, Sie verstehen, Madame, und natürlich ganz und gar nicht gut genug für Paris. Aber was wollen Sie – Geschenk ist Geschenk. Und höflich sind wir vor allem andern, wir Pariser. Und so hat die Behörde die Statue hier aufgestellt, unter den armen Leuten. Eigentlich kann man es keinen Park nennen, aber die Sperlinge kommen und setzen sich so nett auf die Schultern des armen alten Mannes. Er ist schon ganz grau vor Sperlingsschmutz, und eine Bank steht dort, und dann gibt es ein Stückchen Rasen und einen Baum, und die Straße ist breit.«

»Ich will mir's ansehen«, sagte Susan.

Doch als sie sich an der Tür umwandte, um sich zu verabschieden, sah sie, daß Jane entsetzt war.

»Wenn etwas passiert, Gnädige«, sagte Jane, »kann ich ja kein Wort sprechen.«

Susan lachte. »Mir wird schon nichts passieren, aber hier haben Sie David Barnes'Adresse.« Sie gab Jane das Stück Papier und ging allein fort. Und als sie nun hinabging, die fremde Straße, und von einem fremden Haus zu dem andern nichts sah als fremde Gesichter, war auch für sie sein Name und seine auf das Notizblatt gekritzelte Adresse Trost.

Sie trat in jedes Haus der langen, gekrümmten Straße, überall, wo sie eine freie Wohnung angekündigt fand. Sie lauschte langatmigen, glühenden Erklärungen, durch welches Fenster Sonnenlicht falle, sogar im Winter, und wie man in diesem Zimmer den Lärm der Marktwagen im Morgengrauen und das Geschrei der Straßenverkäufer nicht höre, und wie dieser eine Raum, der freilich einen dunklen Eindruck mache, im Sommer wunderbar kühl sei und im Winter warm. Doch in keinem dieser Zimmer konnte Susan ihr Heim sehen. In einem Zimmer mußte etwas sein, das das Leben aufnahm, und diese Räume nahmen es nicht auf.

Schließlich schritt sie ans Ende der Straße. Es war ratsam, sich durch eigenen Augenschein vom Vorhandensein dieses Rasenflecks zu überzeugen und zu entscheiden, ob man ihn als Park bezeichnen könne. Plötzlich stieß sie darauf. Die hohen, schmalen, so dicht aneinandergepreßten Häuser mit den Dächern, die zackig waren wie Klippen, nahmen hier ein jähes Ende und umschlossen ein winziges Rechteck von Grün. Und fürwahr, da saß ein alter General aus Sandstein unter einer einzelnen großen Kastanie. Susan überquerte die Straße und trat vor das Denkmal. Irgend jemand hatte ihn aus Stein gemeißelt, jemand, der nicht allzugut mit seinem Werkzeug umzugehen verstand, den Mann aber geliebt hatte. Die Uniform war steif und häßlich, aber das Gesicht freundlich und gütig in den Linien, und jede nur erdenkliche Medaille prangte auf der stolzen, alten Brust. Freilich hatten ihn die Sperlinge als Eigentum beansprucht. Sie saßen in ganzen Trauben auf seinem Kopf und seinen Schultern, und in dem abgebogenen Arm hatte eine Taube ihr Nest gebaut. Und hier saß in dieser hellen, geschäftigen, nachlässigen Stadt der alte Mann als Verbannter, und nur die Vögel kümmerten sich um ihn. Ich würde ganz gerne in seiner Nähe leben, dachte Susan. Die Kinder konnten hier spielen, und auf der Bank, die leer stand, mochte Jane sitzen und nähen. An den vier Seiten des Platzes lagen kleine Läden, wo man die Lebensmittel kaufen konnte. Wieder schritt sie über die Straße und suchte sorgfältig. Über einer kleinen Patisserie sah sie eine Ankündigung, und sie trat ein. Eine kleine, saubere, weißhaarige Frau nickte fröhlich über langen Regalen mit Brot und Backwerk und führte sie über eine gerade, schmale Stiege neben dem Ladeneingang und öffnete dann eine Tür. Vier kleine, saubere Zimmer, eins mit dem andern verbunden, lagen vor Susan. Sie schritt zum Fenster und schaute hinaus und sah vor sich den stolz geneigten Kopf des alten Generals und seine von grauem Sperlingsschmutz bedeckten Schultern, und die Kastanie besprengte die Fensterscheiben mit Grün.

Hier können wir leben, dachte sie. »Kann man gleich einziehen?« fragte sie die alte Dame.

»Aber gewiß, Madame«, antwortete diese schlicht. »Die Zimmer sind doch zu vermieten. Je früher, desto besser für Sie und für mich.«

Es gab hier zwei Schlafzimmer, und Jane konnte mit den Kindern das große nehmen – sie wollte für John einen Wandschirm aufstellen. Und das kleine Schlafzimmer gedachte sie sich zu behalten. Die Wohnung gefiel ihr sehr gut. Sie öffnete die Börse und legte die erste Wochenmiete in die rosafarbene, runzelige Handfläche der Greisin.

Aus dem Tumult dieses kleinen, dichtbevölkerten Hauses, aus dem fröhlichen Geplauder am winzigen Frühstückstisch, den man zum Fenster geschoben hatte, aus dem Geschwätz der Sperlinge auf dem Fensterbrett, die die von den Kindern hingelegten Krumen wegpickten, aus Janes unablässiger düsterer Freude über die üblen Sitten fremder Völker, aus dem Lärm und der schrillen Energie des Platzes, der zu seinem Morgenleben erwachte, fuhr sie Tag für Tag zeitig mit dem Autobus zu dem gewaltigen, stillen Atelier am Rande der Stadt, zu dem Atelier, in dem der berühmte Bildhauer arbeitete. Als sie sich am ersten Morgen vorstellte, übernahm eine Frau in Bauerntracht und mit Haube ihre Visitenkarte und sagte mit dunkler, tiefer Stimme: »Bitte treten Sie in die Halle und warten Sie.«

Und so trat Susan in eine kleine, mit Steinfliesen belegte Halle und wartete stehend, bis die Frau zurückkam, die nun mit gelassenem Gesicht abermals sagte: »Bitte treten Sie ins Atelier und warten Sie.«

Nun trat sie in einen langen Raum, erfüllt von verhüllten und enthüllten Marmorfiguren. Die Augenblicke dehnten sich endlos, während sie wartete. Sie schritt auf und nieder und wartete, aber niemand kam. Die Fenster waren hoch, und sie konnte nichts anderes sehen als grüne Baumwipfel, und die Wände waren so dick, daß von außen kein Geräusch hereindrang. Die Frau kam nicht zurück, und Susan hatte den Eindruck, als hätte man sie hier vergessen.

Sie setzte sich, dann stand sie rastlos auf und ging abermals zwischen den Figuren hin und her, und schließlich wurde sie beim Warten beinahe zornig, und beinahe faßte sie den Entschluß, den Raum zu verlassen, den Raum und dieses Haus. Aber am Ende des Ateliers stand ein großes Gerüst. Susan hatte es anfangs nicht gesehen, weil das Atelier im rechten Winkel abbog und an der anderen Front des Hauses weiterlief. Nun trat sie eifrig zu dem Gerüst, und darin sah sie einen gewaltigen Marmorblock, der zum Teil schon ausgemeißelt war, einen Block mit einem ungeheuren, kühnen Kopf. Kopf und Schultern eines Giganten waren in derben, sicheren Linien umrissen. Sie blickte empor, erschreckt durch solche Gewalt, und sie wußte nicht, was das werden sollte, und dann begann sie, weil sie es sich nicht versagen konnte, über die Leiter zur Höhe des Gerüstes zu klettern. Dort fand sie auf dem obersten Brett in genauer Ordnung eine Reihe Werkzeuge. Da hüpfte ihr das Herz, und sie nahm Stück für Stück zur Hand. Das waren wirkliche Werkzeuge, schön und brauchbar, wie ein Bildhauer sie sich nur erträumen mochte – die Werkzeuge eines Meisters, kräftig und leicht, scharf und gepflegt. Sie nahm einen Meißel und einen Hammer. Sie fügten sich ihr in die Handfläche, als hätte man Maß genommen. Nun beugte sie sich über den ungeheuren Kopf, getrieben von dem Drang, die Berührung des Stahls mit dem Marmor zu fühlen, und dann schlug sie zart zu, einmal, ein zweites Mal. Das war, als malte man mit einem Pinsel, so sicher und fein schnitt die Kante. Wo, ach, wo konnte sie solches Werkzeug kaufen?

»Kommen Sie herunter«, hörte sie eine Stimme sagen. Diese Stimme war so freundlich und leise, daß Susan kaum Überraschung empfand. Die Worte geboten ihren Händen Halt, erschreckten sie aber nicht. Sie schaute durchs Gerüst hinab und sah ein gewaltiges, weißbärtiges, emporgewandtes Gesicht.

»Kommen Sie herunter«, wiederholte er. Sorgfältig legte sie das Werkzeug nieder und kam herab und stand nun Aug in Aug einem ungeheuer großen alten Mann in braunem Kittel gegenüber. Er war braun wie ein Seehund. Er hatte braune Haut und braune Augen, aber sein buschiger Bart war weiß. Nun brach seine Stimme aus ihm, plötzlich laut schallend, so daß Susan zusammenschrak. »So, so, Mademoiselle!« brüllte er. »Sie machen meine Köpfe fertig, hein? Eine junge Dame, die ich nicht kenne, die ich nur meinem alten Freund Barnes zuliebe empfange, kommt herein und geruht, einen Kopf für mich fertig zu machen. Besten Dank, Mademoiselle!«

Seine Hände zupften und zerrten nun an seinem Bart.

»Wo kann ich solches Werkzeug bekommen?« fragte Susan. »Ich muß solches Werkzeug haben.«

»Und jetzt wollen Sie mir auch noch mein Werkzeug wegnehmen!« rief er. Er wandte sich um und sprach zu den Figuren: »Ach, meine Freunde, wo sind denn die Werkzeuge? Sie will die Werkzeuge haben, die Werkzeuge, mit denen ihr gemacht seid – gebt sie ihr !«

»O bitte!« sagte Susan.

Ungestüm keuchte er, und er hustete und sagte plötzlich ganz vernünftig: »Na also, mein Kind, warum sind Sie hier?«

»Nur um zu lernen, sonst aus keinem Grund«, sagte Susan trotzig. »Ich will alles lernen, was Sie mich lehren können.«

»In diesem Fall«, sagte er ernst, »ist die Aufgabe unbegrenzt.« Er machte eine Pause und strich sich den Bart, und seine Augen funkelten. »Steigen Sie wieder hinauf!« befahl er. »Bringen Sie das Werkzeug herunter. Wir wollen mit dem Werkzeug beginnen.«

Sie kletterte hinauf und brachte Stück für Stück herunter.

»Jetzt geben Sie acht –«, begann er, und zwei Stunden erzählte er ihr von Werkzeugen.

»Sie kommen aber spät«, knurrte David Barnes am Nachmittag.

»Was haben Sie gelernt?«

»Ich habe gelernt, wo man Werkzeug kauft«, sagte sie, und dann sagte sie: »Ich werde rasch Geld verdienen müssen, Dave. Ich habe heute mein halbes Geld, das halbe Brot meiner Kinder, für Werkzeug ausgegeben!«

Er stand bei einem schrägen Pult und zeichnete eine kurze, untersetzte, kühne Gestalt. Er blickte auf.

»Ich habe Ihnen ja gesagt, daß Sie zur Mutter ganz und gar nicht taugen«, kläffte er schroff, aber seine Augen leuchteten.

Sie tat nichts anderes als zeichnen, nichts anderes als lernen; sie lernte, wie man Gerüste errichtet, wie man Ton mengt, wie man Gips herstellt. Sie vergaß, daß sie nicht den Körper eines Mannes hatte, und sie lernte, wie man Eisen biegt und schweren Draht krümmt, wie man die Spannungen und den Druck gewaltiger Tonfiguren berechnet. Alles, was sie gewußt hatte, wurde nun zu einem Nichts – sie hatte ja weit, weit mehr zu erlernen.

»Rechnen Sie!« befahl der Meister. »Wenn man den Laokoon in Ton ausführen will, wie stark und wie groß muß dann der Sockel sein?«

Stunden saß sie da wie ein Schulmädchen und rechnete und steckte sich den Bleistift in den Mund und murmelte Multiplikationen vor sich hin. Als sie ihm endlich das Ergebnis brachte, grölte er vor gewaltigem Lachen.

»Aber die Schlangen!« rief er. »Die Schlangen! Das Ganze kracht doch sofort zu Boden.«

Und sie stand da und sah unverwandt zu, wie sein schwarzer Bleistift rasch über das Papier glitt.

»So!« sagte er. »Und so – und so –« Sie fühlte, wie sich die kräftigen schwarzen Striche in ihr Hirn fraßen.

... Sie hatte den Rest ihres Geldes Jane anvertraut, und Jane sparte und gab nur das Notwendigste für Miete und Nahrung aus. »Sie müssen mir sagen, wenn es nur noch für einen Monat reicht«, hatte Susan erklärt, aber Jane hatte bis jetzt noch nichts gesagt. . .

»Zuerst der Handwerker«, sagte der Meister. »Und erst dann der Künstler – vielleicht nie der Künstler«, fügte er hinzu. »Denn das hängt davon ab, was Sie in Ihrem Innern sind, Mademoiselle. Davon hängt es ab, ob Sie ein Künstler sind. Man wird nicht ein Künstler, man ist es oder man ist es nicht.«

Sie wollte ihn nicht fragen, was ihr auf der Zunge lag: »Und ich – bin ich eine Künstlerin?« Niemand konnte diese Frage beantworten, nur sie selbst. Wenn sie ihr handwerkliches Können genau kannte, wollte sie sich die Frage stellen und sie beantworten.

»Die Seele«, sagte er, während er einen schmalen Meißel zart schliff. »Alles liegt in den Maßen der Seele. Ein kleines Talent und eine große Seele sind besser als ein großes Talent und eine kleine Seele. Halten Talent und Seele in ihren Ausmaßen einander die Waage, ja dann – aber das habe ich nur einmal oder zweimal erlebt.«

Er musterte sie scharf, und hell funkelten die Augen unter den buschigen braunen Brauen. »Sie stellen mir keine Frage?«

»Nein«, sagte Susan fest. »Ich stelle noch keine Frage.«

Er fuhr fort, seinen Meißel zu schärfen. Dann hielt er inne und strich sich die Schnurrbartspitzen hoch. Zwischen dem Schnurrbart und dem Bart glänzten die Lippen noch immer voll und rot.

»Sie sind gar keine Frau, wissen Sie, Mademoiselle«, erklärte er. »Eine Frau widmet sich nicht so der Kunst, wie Sie es tun. Bei Frauen ist die Kunst nur eine Flucht. Eine Beschäftigung, wenn das Leben das nicht gibt, was man am innigsten wünscht. Aber bei Ihnen glaube ich beinahe, daß Sie die Kunst am innigsten wünschen. Ach, Ihr Herz ist kalt und klar. Ich fühle, daß es so ist.«

Sie lächelte, gab aber keine Antwort. Er sprach ziemlich viel. Sie wußte genau, daß er, zuckte sie nur ein einziges Mal mit den Lidern oder bebte nur einmal ihre Hand, mit diesen heißen, roten Lippen über sie herfallen werde. Sie hatte da und dort im Atelier von den Schülern allerhand erzählen hören. Dieses Modell war seine Geliebte und auch jenes. Doch hatte sie dem keine Beachtung geschenkt, denn es war ihr nicht wichtig. Jetzt konnte sie fühlen, was er im innersten Wesen war: ein Geschöpf voll Lavaglut, voll verborgener Wärme, brennend danach, in leicht bereiter Leidenschaft loszubrechen, sei es wo immer.

Doch auch das kümmerte sie nicht mehr als die Geschichten, die sie gehört hatte. Sie blickte ihn mit großen, aufrichtigen Augen an, und ihre Hand zitterte nie.

»Manchmal glaube ich, Mademoiselle Gaylord, daß Sie ein wenig dumm sind. Ihre Augen sind dumm wie die eines Kindes«, sagte er.

»Ich bin ganz und gar nicht intellektuell, Monsieur«, gab sie friedfertig zu.

»Sie arbeiten also nicht mit dem Hirn, he?« fragte er.

»Nein«, sagte sie, »nicht mit dem Hirn.«

»Und Herz haben Sie nicht«, sagte er schroff, während er sie mit den Blicken maß.

»Gewiß nicht«, sagte sie freundlich.

»So!« schrie er. »Sie arbeiten also vielleicht mit dem Magen?«

Sie dachte darüber nach.

»Vielleicht, wirklich«, gab sie wieder zu.

»Ach«, knurrte er. »Sie wissen ja nichts. Sie wissen ja nichts von sich selbst.«

Eines Nachmittags sagte sie zu David Barnes in dessen Atelier: »Wie soll ich wissen, was ich bin?« Sie arbeitete an einer glatten Bronzeplatte, in die sie Säuren rieb, um die Patina zu studieren.

Er erwiderte: »Wenn Sie sich mit Werkzeugen und Material zufriedengeben können, seien Sie zufrieden. Sie sind dann noch kein Künstler. Erlernen Sie Ihr Handwerk, und wenn es Ihnen genug ist, so soll es genug sein.«

Er verstummte und begann zu pfeifen.

»Was dann?« fragte sie.

»Dann werden Sie ein guter Gehilfe für Bildhauer werden, zum Beispiel für mich.«

»Das könnte mich nie befriedigen«, sagte sie rasch.

»Na also, meine Gnädige«, erwiderte er. »Denken Sie doch darüber nach, was Ihre Seele befriedigen könnte.«

Er saß an seinem großen Zeichentisch. Rings um ihn lagen gewaltige Papierbogen, auf denen er zeichnete.

»Im nächsten Jahr werde ich nach Amerika fahren müssen«, murmelte er. »Jetzt ist Edison an der Reihe.« Er sah zu Susan empor. »Daraufzukommen, wer diese Titanen sind, das ist die Schwierigkeit. Sobald man sie gefunden hat, ist es leicht, sie zu machen. Aber wo sind sie? Zwischen denen die Auswahl zu treffen, die schon unsere Geschichte gestaltet haben, war leicht. Der Tod hat die Spreu vom Weizen gesondert. Aber das Leben ist nicht so klug. Wer kann sagen, daß unter den Lebenden dieser größer sei als jener?«

Susan hörte nicht zu. Durch Wochen hatte sie mehr mit den Händen als mit dem Hirn gearbeitet. Werkzeuge und Material, die Herstellung von Gipsabgüssen, die Zurichtung des Marmors, die Eigenschaften der Bronze und die Methoden des Gießens, diesen Dingen hatte ihr ganzes Interesse gegolten. Sie war mit David Barnes in einem Mietwagen über eine Straße mit Katzenkopfpflaster hinaus zu einer ausgedehnten alten Gießerei gefahren, wo sie einem weißbärtigen, alten französischen Gießer und seinen beiden Söhnen zusah, wie sie nach dem Gipsabguß Barnes' Napoleon gossen. Als das Gipsmodell fertiggestellt wurde, hatte sie an David Barnes' Seite gestanden. Und während sie nun warteten, sah sie, wie der Puls in seinen Kiefern pochte und wie seine Augen grimmig dreinsahen. Er bemerkte ihren Ausdruck und sagte: »Diesen Augenblick kann ich nie ruhig bleiben, den Augenblick, in dem mein Tonmodell zerstört wird. Es ist meiner Hände Werk. Wenn die Männer hier es von mir fortnehmen, gebe ich es ihnen nur ungern, obwohl ich weiß, daß es sein muß – in einer solchen Sekunde ist es das innerste Mark meiner Seele – das Ding, das ich geschaffen habe. Wie, wenn sie einen

Kunstfehler begingen, wie könnte ich es genauso von neuem schaffen?«

»Haben Sie jemals etwas neu machen müssen?« fragte sie.

»Nein, aber ich leide immer wieder die gleiche Qual«, erwiderte er. »Und doch, wenn die Bronze aus der Gießerei zu mir kommt, ist es eine Wiedergeburt. Mein Eigen kommt heim zu mir, vollendet und von Dauer.«

Niemals gestattete er, wie andere Bildhauer es so oft tun, daß Handwerker seine Bronzen vollendeten. Er selbst hielt den Gasschlauch oder ließ ihn von Susan halten, und er pinselte die Säuren in das warme Metall. Er konnte nicht essen, ehe er sich davon überzeugt hatte, ob seine Arbeit von Erfolg gekrönt war. Gemeinsam scheuerten sie die glatten Flächen, Zoll für Zoll, bis diese Flächen glänzten und leuchteten, und erst, wenn alles vollendet war, brüllte er auf, er sterbe Hungers. Dann setzte er den Hut schief auf, lief aus dem Atelier und kam mit einem großen Beefsteak zurück, das er nun über Kohlenglut briet, und Susan mußte mit ihm essen.

Heute kam sie spät heim, wie so oft, und sie wanderte durch die menschenleeren Straßen der Stadt und hielt den Blick fest geradeaus gerichtet, der einsamen Gestalten wegen, die aus dem Dunkel tauchten und an sie anstießen. Ihre Kleidung war zu armselig, um einen Räuber in Versuchung zu führen, und ihre angespannten, unverwandt blikkenden Augen bargen keine Lockung für den Jäger nach flüchtigem Abenteuer. Wenn ein Betrunkener ihr im Wege stand, schob sie ihn mit der einen Hand zur Seite. Ihr Gemüt war erfüllt von ihrem Studium.

Tag für Tag war sie nun in der Gießerei und sah zu, wie das geschmolzene Metall brodelte und wie der heiße weiße Strahl in die Form floß. Sie drängte sich vor, ohne der Funken und des Qualms zu achten, bis die Form überging. Da sprang jemand vor, um das überflüssige Metall zu entfernen, und der Augenblick weißer Anspannung war vorüber. So wie sie sich nach Kindern gesehnt hatte, sehnte sie sich danach, eine Figur zur Gänze schaffen zu können: vom Tonmodell bis zur endgültigen Bronzegestalt. Das Tonmodell war nichts anderes als die Empfängnis. Sie wollte den ganzen Schöpfungsvorgang selbst vollziehen, vom Tonmodell über den Gipsabguß zur endgültig geglätteten, funkelnden Bronze. Doch niemand tat dies, nicht einmal David Barnes. Und die anderen Bildhauer, die sie durch ihn kennengelernt hatte, dachten überhaupt nicht weiter als bis zum Tonmodell. Für sie war es genug, eine Idee zu haben und sie in Ton darzustellen. Dann schickten sie das Modell fort und bekamen es wieder und wußten gar nicht, wie das geschah, daß ihr Werk in Ton hinauszog und in Metall zurückkam. Sie aber fühlte sich unvollkommen, wenn ihre Hände nicht bei jeder Phase des Werkes mithelfen konnten. . .

»Bin ich eine Handwerkerin oder eine Künstlerin?« fragte sie sich laut im Dunkel der Straße.

Immer wieder sagte ihr der Meister ganz unverblümt, Frauen könnten niemals Künstler werden. Frauen seien zu passiv, es fehle ihnen an dem kalten Verlangen nach Vollendung; Frauen seien träge, sie könnten sich nicht restlos aufopfern; Frauen seien Maschinen und nicht Schöpfer; Frauen hätten keine Phantasie. Sie lauschte ihm und sann über seine Worte nach. Aber sie glich nicht anderen Frauen. Einst hatte sie Mark voll Leidenschaft gesagt, sie wolle nicht anders sein. Nun aber wußte sie, daß sie anders war. Andere Frauen trugen nicht dieses unablässige Verlangen nach Vollendung beim Gestalten des Tons und beim Meißeln des Steins in der Seele. Andere Frauen verließen nicht ihr Heim und zogen über die See auf die Suche. Sie wußte jetzt, daß sie, wäre Mark am Leben geblieben, eines Tages doch hierhergefahren wäre, und wäre er nicht mit ihr gekommen, hätte sie ihn verlassen und wäre allein auf die Suche gegangen. Und das hätte ihm das Herz gebrochen – besser, daß er tot war, als daß sie ihm das Herz gebrochen hätte. Dann war sie entsetzt, daß sie Marks Tod für gut halten konnte. Sie schämte sich, und doch sagte sie sich immer wieder verbissen: »Ich habe zu vollenden, was zu vollenden ich geschaffen wurde.«

Sie kam nun auf den Platz, und aus der Schwärze ragte die Gestalt des alten Generals in noch immer massigerer Schwärze, und Susan öffnete die Tür und stieg die gerade Treppe hinauf, die zu ihrem Heim führte. Nun ließ sie jene unbeantwortete Frage draußen in der Welt. Oben saß Jane vor einer sauber brennenden Lampe und stopfte Johns Socken.

»Wie waren die Kinder?« fragte Susan rasch.

»Sie haben einen wunderbaren Tag verbracht«, sagte Jane. »Ich habe sie mit dem Autobus in einen Park geführt, von dem mir der Schutzmann erzählt hat. Am Ende der Straße steht ein Polizist, der beinahe eine Christensprache sprechen kann, Gnädige.«

»Ihr müßt aufpassen, daß ihr euch nicht verirrt«, sagte Susan. »Wie sollte ich euch wiederfinden?«

»Haben Sie keine Sorge«, antwortete Jane. »Ich merke mir immer genau, wie ich gehe, und komme dann auf demselben Weg zurück.«

Susan stahl sich in das kleine Schlafzimmer, wo die Kinder schlummerten. Sie nahm einen Sessel und setzte sich. Im Schlafen wie im Wachen gaben sie ihr etwas, das zu begreifen sie gar nicht versuchte, das sie aber haben mußte. Ihre Körperchen, ihre Stimmen, ihr Plaudern und Lachen, ihr ganzes Wesen verliehen Susans Leben eine Grundlage der Wirklichkeit. Den ganzen Tag hatte sie die Kinder nicht gesehen. Sie hatte kaum an sie gedacht. Doch abends ging sie heim, weil diese hier waren. Im matten Licht der Nachtlampe konnte sie Johns Kopf sehen, die Wange, die auf der Hand ruhte, still und ordentlich, wie John war. Aber Marcia lag zusammengekrümmt da, die Arme von sich gestreckt, das Haar zerzaust, so wie der Schlaf sie überfallen hatte. Wären diese beiden nicht gewesen, ihr ein Heim zu schaffen, wohin hätte sie gehen sollen? Wo wäre nachts ein Heim gewesen? David Barnes hatte in seinem Atelier eine Couch hinter einem Wandschirm, und ihm galt es gleich, ob Tag war oder Nacht. Er schlief, wenn er nicht mehr arbeiten konnte. Sie aber mußte eine Tür öffnen und in ein Zimmer treten und eine brennende Lampe sehen und einen gedeckten Tisch, und sie mußte wissen, daß ihre Kinder wohlbehalten schlummerten. Auf Fußspitzen verließ sie zufrieden das Zimmer.

Jane stand auf, um das Abendessen zu holen, und Susan setzte sich und zog sich Johns Socke über die Hand und begann den Faden hin und her zu ziehen. Gut war es, die vertraute häusliche Arbeit wieder mit den Fingern zu fühlen.

»Wie lang sein Fuß wird«, sagte sie zu Jane.

»Er braucht jetzt schon richtige Sachen für Achtjährige«, sagte Jane. Jetzt stellte sie eine Suppenterrine auf den Tisch. »Das Rezept für diese Suppe habe ich von der Madame unten gelernt, deren Namen ich nie aussprechen kann«, sagte sie. »Aber die Suppe ist gut. Eines Tages habe ich es gerochen, als ich in die Küche kam. ›Was ist das?‹ sage ich und schnuppere, wissen Sie, Gnädige, damit sie mich versteht, weil sie doch im Englischen recht schwach ist, und da hat sie mir alles gezeigt. Rübchen, Zwiebel, ein wenig Kohl, und was man gerade für Fleisch hat –«

»Sie ist gut«, sagte Susan. Immer wieder vergaß sie das Essen. Und erst, wenn sie heimkam, bemerkte sie, daß sie beim Geruch und beim Geschmack der Speisen heißhungrig wurde.

»Sollen wir nicht John zur Schule schicken?« sagte sie zu Jane, die einen Salat auftrug.

»Es wäre vielleicht ganz gut für ihn«, sagte Jane, »obwohl es jammerschade ist, daß er in dieser Schandsprache lernen muß.«

»Ich glaube, ich werde den morgigen Tag dafür verwenden, mich nach Schulen zu erkundigen«, sagte Susan. Es war lange Zeit her, seit sie zum letztenmal einen Tag mit den Kindern verbracht hatte. Die Sehnsucht nach den beiden regte sich in ihr. Von Zeit zu Zeit tat es ihr not, sich an ihnen zu erneuern. Sie dürfen nicht vergessen, daß ich ihre Mutter bin, dachte sie eifersüchtig.

Und einen Tag lang war sie ihnen alles.

»Mutter soll mir das Kleid zuknöpfen«, rief Marcia. »Geh weg, garstige alte Jane!«

»Mutter, ich habe ein paar Vögel gezeichnet«, sagte John eifrig. »Ich möchte dir meine Vögel zeigen.«

Nach dem Frühstück ging sie mit den Kindern auf Besuch zu Mr. Withers, dem englischen Geistlichen, der ihr einmal eine Visite gemacht hatte.

»Wir brauchen eine Schule für John«, sagte sie ihm. Sie saßen in dem ordentlichen kleinen englischen Salon, von dem man die Aussicht auf eine winkelige alte Pariser Gasse hatte, und Mr. Withers' verblaßte kleine Frau sagte: »Wollt ihr nicht noch Kuchen, meine Lieben?«

»Lassen Sie mich nachdenken«, sagte der Priester.

»Eine französische«, sagte Susan.

»Oh«, sagte Mr. Withers. »Ich weiß nicht, ob es ratsam ist, daß er in einer fremden Sprache lernt.«

»O nein, nein!« rief Mrs. Withers. »Lassen Sie ihn nicht ausländisch werden. Es ist ja eine solche Versuchung. Man erliegt ihr und weiß es kaum. Manchmal habe ich selber ein sonderbares Gefühl, wenn wir in unser liebes altes England zurückfahren. Hätte Mr. Withers nicht seine Herde in Paris –«

Aber schließlich brachte Susan ihren Jungen in eine kleine Volksschule in der Nähe, eine Schule, in die die Kinder der Nachbarn gingen. Das war keine Schule, von der Mr. Withers je gehört hatte, und hätte er davon gehört, er hätte sie nicht gebilligt. Doch gingen dorthin jeden Morgen saubere kleine französische Knaben und kleine Mädchen mit Baumwollschürzen, und mittags war Susan auf dem Heimweg von Mr. Withers hier eingetreten.

»Aber natürlich!« rief die rotbäckige Lehrerin. »Warum nicht, Madame! Wir haben nichts gegen kleine Engländer, wenn sie Französisch lernen wollen. Nun, Kleiner, du bist sechs Jahre alt? Da bist du aber groß! Ja, die Engländer sind so groß. Ah, er ist Amerikaner? Die sind ja noch größer als die Engländer. Gewiß, gewiß, morgen – warum denn nicht?«

Am Nachmittag führte Susan die Kinder in den Louvre. Sie standen vor der Venus von Milo.

»Kannst du das genausogut machen?« fragte John.

»Ich weiß es nicht«, antwortete Susan. Während des ganzen Tages hatte sie die Frage vergessen, die sie sich am Abend vorher gestellt. Nun kam diese Frage wieder jählings über sie. Wie glatt waren die Flächen, wie fließend die Linien! Nichts Eckiges störte die Harmonie dieser Gestalt.

»Sieh, John«, sagte sie eifrig. »Fühl sie an!« Sie hob ihn auf, damit er den glatten Körper berühre. »Sieh, wie die Linien fließen, als wären sie aus Wasser! Erinnerst du dich an den Wogenkamm am Bug des Schiffes, als das Schiff in See stach?«

Die Kinder blickten sie mit großen Augen verständnislos an.

»Kommt, es ist Zeit, heimzugehen«, sagte Susan. Und als sie daheim waren, gab sie den Kindern zu essen und badete sie und brachte sie zu Bett.

»Ich kann allein baden«, widersprach John. »Jane läßt mich immer allein baden.«

»Laß dich nur abtrocknen«, sagte sie, als er aus der Blechwanne stieg, die Jane mit einer Kanne angefüllt hatte. Sie trocknete ihn ab und fühlte die hagere Festigkeit seines Körpers. Die Rundungen verschwanden. Er wuchs in Linien und Flächen. Einen Augenblick lang sah sie ihn als Statue, die Biegung seiner Schultern und Schenkel, die Haltung des Kopfes ... Den ganzen Tag hatte sie mit den Kindern verbracht. Sie waren glücklich gewesen, und sie, Susan, hatte sich zufrieden gefühlt. Immer wieder im Lauf des Tages streckte sie die Hand aus, die beiden zu berühren, sie zu liebkosen, ihre Händchen zu halten, und nun war jener eine Teil ihres Wesens befriedigt, und der andere hungerte. Als die Kinder im Bett lagen, sagte sie unvermittelt zu Jane: »Ich gehe vor dem Schlafen noch spazieren.«

Und als sie die Tür öffnete, lauerte die Frage auf sie, die Frage, die sie dort draußen zurückgelassen hatte. Susan schritt über den kleinen Platz und setzte sich in den Schatten des alten Provinzgenerals. Sie konnte gleich Zacken in der Kontur seiner Schultern kopflose Gestalten von Sperlingen sehen, die Federn aufgeplustert im Schlaf, den Kopf unter den Flügel gesteckt. Sie saß lange Zeit dort, bis Madame ihren kleinen Laden geschlossen und der schwarzhaarige Junge die Läden über Nacht heruntergelassen hatte. Jetzt war der Platz still wie ein Feld in der Heimat, nur ein kleines Café lag an der fernen Ecke. Doch selbst dort wurden die Tische schon leer. Ein Mann kam mit einer Frau vorbei, und er zog sie in den Schatten des Generals und küßte sie innig und lange.

»Alors!« rief er mit einem lauten Seufzer, und sie klammerte sich einen Augenblick an ihn, und dann traten sie wieder auf die Straße und gingen weiter. Sie hatten Susan nicht bemerkt, aber sie hatte die beiden eifrig beobachtet, als ob sie sie kennte. Sie hatte die Frau in den Armen des Mannes gefühlt. Auf den eigenen Lippen empfand sie den Druck seines Mundes. Nun saß sie da und träumte von diesem Paar, von anderen Paaren, von allen Paaren auf der Welt und davon, wie das unzerstörbare Leben sich jeglichem aufzwang. Sie wollte nichts anderes als das Leben packen und ihm Leben für immer schenken. Diese beiden Gestalten, der Mann und die Frau, waren einen Augenblick regungslos gewesen wie Marmor. Das Leben in seinen Höhepunkten war still, nur Gefühl. Der Marmor allein vermochte es, diese edle Stille zu fassen, der alle Bewegung zuströmte. Jedes Ende ist still.

Sie erhob sich und fühlte, wie eine Macht sie überkam. Sie wußte jetzt Bescheid mit ihren Werkzeugen und war Herrin ihres Materials. Aber die Werkzeuge genügten nicht, und das Material war nur ein Mittel zum Zweck. Marmor, Stein und Bronze, Fleisch und Blut und Knochen, das waren noch immer nur Mittel.

Ich will Menschen machen, dachte sie. Plötzlich hatte sie genug von Zahlen und Metallen, von Metallguß und Gießereien. Sie beherrschte ihr Handwerk, nun galt es, ihre Kunst zu finden.

»Ich brauche ein eigenes Atelier«, sagte sie zu David Barnes. »Es war sehr freundlich von Ihnen, mich hier arbeiten zu lassen. Aber jetzt möchte ich etwas Wirkliches schaffen, und dazu muß ich allein sein.«

»Ich weiß nicht, wie Sie auf den Gedanken kommen, daß Sie schon so viel können«, murmelte er. Er war in letzter Zeit ziemlich übellaunig, weil er immer mehr die Überzeugung gewann, daß er für seinen nächsten Titanen nach Amerika werde fahren müssen, denn dieser Titan sollte ein Zeitgenosse sein. Bis jetzt waren sie alle Europäer gewesen, Engländer, große Männer, die schon tot waren. Doch nun war er schon zur heutigen Zeit gelangt.

»Ich muß nach Amerika fahren«, stöhnte er. »Edison kommt nicht herüber. Sie können mein Atelier nehmen.«

»Nein«, sagte sie. »Hier wären immer nur Sie. Ich könnte mich nie von Ihnen frei machen.«

»Sie sind ein schwaches Weib«, sagte er. »Wären Sie stark genug, Sie könnten überall arbeiten. Schauen Sie mich an. Ich arbeite dort, wo ich zufällig mein Material habe. Die Hände habe ich immer bei mir, und den Ton bekommt man leicht. Eine meiner besten Arbeiten schuf ich in einem englischen Gasthaus, während alle Lümmel umherstanden und sich über mich lustig machten.«

»Auch ich würde so arbeiten«, rief sie, denn seine Mißachtung entzündete ihren Zorn wie eine Fackel, die an Zunder gehalten wird. »Sie sind so verdammt anmaßend. Ich werde Sie hier fühlen, auch wenn Sie fort sind.«

»Ich störe Sie doch nie!« schrie er.

»Nur, indem Sie Sie sind«, erwiderte sie.

Dies wurde nun eine Herausforderung zum Kampf.

»So nehmen Sie doch mein Atelier und machen Sie hier Ihr Zeug!«

»Ich könnte es ja, wenn ich wüßte, was meine richtige Arbeit ist«, erwiderte sie. »Aber ich suche doch noch. Ihre Ideen, Ihre Worte werden hier lauern wie ein Echo, auch nach Ihrem Fortgehen. Ich will das nicht.«

»Ich fahre in einer Woche«, sagte er. »Entschließen Sie sich, Sie Frau!«

Eine Frau zu sein war eine solche Last, daß Susan gegen dieses Wort empfindlich geworden war. Sogleich erwiderte sie: »Sehr gut, ich nehme das Atelier. Und wenn Sie zurückkommen, sollen Sie es hier so fremd finden, daß Sie nicht werden bleiben wollen.«

Doch ehe die Woche um war, sagte Jane: »Ich habe nur noch für einen Monat Geld, Gnädige. Ich sollte es Ihnen ja sagen.«

Susan hatte es ganz vergessen. »Schön«, sagte sie und holte tief Atem. »Dann muß ich eben welches herbeischaffen, Jane.«

Sie fühlte plötzliches Entsetzen. Von nun an war sie völlig allein. Niemanden hatte sie, an den sie sich wenden konnte, sobald David nach Amerika gefahren war, und wenn sie ihren Kindern nichts zu essen geben konnte – sie freute sich, daß sie von alldem bisher nichts gewußt hatte. Jetzt wollte sie es David Barnes nicht sagen. Sie war imstande, ihr Leben in die eigenen Hände zu nehmen. Sie half David Barnes beim Packen und ließ den letzten Tag seiner Wut über sich ergehen.

Sorgfältig verstaute er seine Werkzeuge in schön verfertigte Etuis, jede Meißelspitze in Rehleder gehüllt, und dann nahm er einen ungeheuren Vorrat von Ton eigener Mischung mit.

»Der amerikanische Ton«, knurrte er, »trocknet, bevor man mit der halben Arbeit fertig ist – Ton soll weich bleiben wie Fleisch, bis man alles erledigt hat –, ich habe ein Geheimnis, das ich Ihnen eines Tages verraten werde, Susan, aber erst auf dem Totenbett.«

»Angenommen, Sie fallen aus einem Aeroplan oder sonst etwas?« fragte sie.

»Sie müssen in diesen Adam dort hineinschauen.« Mit einem Kopfnicken wies er auf eine kleine Gipsfigur. »In seinem Innern ist, auf einem Blatt Papier, das Geheimnis verborgen. Niemand weiß das. Na also, ich bin bereit.«

»Aber wo sind Ihre Anzüge?« fragte sie.

Er blickte sie an.

»Alle Teufel«, sagte er; dann zog er einen alten Reisesack unter der Couch hervor, öffnete eine Lade und zerrte alte Kleidungsstücke heraus. »Einmal fuhr ich ohne das Zeug ab«, sagte er hastig, »und entdeckte das erst, als ich schon auf See war.«

»Was fingen Sie da an?« fragte sie.

»Ich trug eben, was ich auf dem Leib hatte«, erwiderte er munter. »Na also, leben Sie wohl, Susan.« Er öffnete die Tür, rief dröhnend etwas in die Halle hinaus, und ein Junge kam und hob die Werkzeugkiste auf die Schulter, und Barnes ergriff das zweite Gepäckstück. Nun fühlte sie seinen gigantischen Bart an der Wange wie eine steife Bürste. »Leben Sie wohl«, sagte er wieder, und er blieb an der Tür stehen. »Dort im Schrank ist gemischter Ton«, sagte er. »Sie können ihn ruhig verwenden.«

»Schön«, sagte sie.

Nun war er fort. Durchs Fenster sah sie, wie er seinen Reisesack in ein Taxi warf und nun die schmale Gasse hinabfuhr. Einen Augenblick stand sie da, und dann wandte sie sich fest und rasch um und öffnete die Schranktür. Hier lag der Ton.

Sie hatte am Nachmittag immer nur ganz wenig Zeit daran zu denken, daß dies das Atelier David Barnes' war. Sein Kittel hing an einer Tür. Die ersten Modelle seiner Titanen standen im Schatten der Dachbalken. Sie änderte nichts, sondern machte sich nur einen kleinen Raum frei. Sie konnte auch nichts anderes tun. Ein Tag jagte den anderen, und das Ende des Monats war ein nahes Unheil, und sie sah den Augenblick vor sich, da Jane ihr die leere Hand hinstreckte. Sie mußte den Kindern Nahrung geben, sie allein. Hätte sie sich nicht so zu beherrschen verstanden, sie hätte beinahe Angst gefühlt. Diese Stadt erschien ihr plötzlich allzu fremd. Sie hatte so viel zu arbeiten gehabt, daß ihr die Umgebung bisher noch nie als fremd erschienen war. Doch wenn sie nun durch die langen Fenster nach Norden blickte, dachte sie an Tramp's Woods. Die Straßen waren fremd, die Leute schroff und von anderer Art. Sie wandte sich ab und rief ihre alte Kraft zu Hilfe. Sie durfte der Furcht keinen Raum gewähren. Was sie mußte und wollte, das konnte sie auch.

Eben diese Leute gedachte sie dazu zu verwenden, daß sie den Kindern Brot schuf. Nun begann sie rasch, ihren Ton zu formen. Sie wollte kleine Figuren von Menschen machen, die sie jeden Tag sah: von der alten Madame Jeure im Laden unten, von dem Eigentümer des Cafés an der Ecke, der mit seinem großen Bauch den ganzen Tag sich mit den eigenen Weinvorräten beschäftigte, von den Kindern, die um die Knie des alten Generals spielten, von einem Taxichauffeur, der hinter dem Lenkrad zusammengekauert auf dem Standplatz schlief. Diese fremdartigen Gestalten marschierten durch ihr Gemüt, und Susans Finger flogen. Sie wollte sie machen, in Gips gießen und in einem kleinen Laden, an dem sie Tag für Tag vorbeikam, zum Verkauf ausstellen. Sie hatte dort Frauen mit Paketen ein und aus gehen sehen, und in den Fenstern lagen mannigfaltige kleine Gegenstände für Geschenke. Das war ja nur Spielzeug, was sie hier machte, und doch überkam sie selbst jetzt eine gewisse Befriedigung, die sich warm und süß in ihre Brust stahl. Halblaut summte sie, und sie wurde dessen gewahr und horchte auf, um zu hören, was sie da sang. »Oh, das wird eitel Herrlichkeit!« Es war ihr altes Lied, sie hatte es nicht gesungen, seit sie nach Paris gekommen war, und woher war es jetzt plötzlich aufgetaucht, woher, wenn nicht aus dieser so vertrauten Ekstase in ihren Händen?

»Ich habe jetzt noch Geld für eine Woche«, sagte Jane ohne Dringlichkeit. Sie war auf dem Frühmarkt gewesen und nun zurückgekommen und brachte ihre kleinen sparsamen Einkäufe in einem runden französischen Körbchen. Sie war ganz und gar nicht verängstigt. Das Geld kam von irgendwo, irgendwie. Ihre Pflicht war nur, es so sparsam wie möglich auszugeben. Susan begleitete John zur Schule, zog ihm die Krawatte zurecht und suchte seine Mütze.

»Leb wohl, Sohn. Vergiß nicht, daß du Amerikaner bist.«

»Mutter, du glaubst doch nicht, daß ich das je vergessen werde?«

»Nein, aber denk daran, daß du der einzige Amerikaner bist, den die Leute hier kennen, und wenn sie dich ansehen, werden sie glauben, alle Amerikaner seien wie du.«

»Mutter, eigentlich vergesse ich Amerika doch ein wenig! Hatten wir dort nicht Apfelbäume und eine Scheune?«

»Ja, mein Schatz. Wir haben sie noch immer. Leb wohl, leb wohl!«

Nun sah sie, wie seine hohe, schlanke Gestalt die Straße hinabeilte, diese Gestalt, die so anders war als jede sonst auf der Straße. Und Marcia, die ein Kauderwelsch aus Englisch und Französisch plapperte, wollte Papierpuppen schneiden.

»Maman, Maman, wo ist die Schere, Maman?«

Susan suchte die Schere und setzte dann Marcia zum sonnigen offenen Fenster.

»Jetzt muß Mutter arbeiten gehen, mein Schatz.«

Marcia hatte nichts dagegen. Marcia sang nun schon mit hoher, süßer kleiner Stimme ein Lied, das Madame Jeure sie gelehrt hatte, wenn Marcia manchmal der Obhut Janes entlief, um zuzusehen, wie kleine Pastetchen aus dem Ofen kamen.

»Ich weiß nicht genau, wann ich zurückkomme, Jane«, rief Susan von der Schwelle.

»Sehr wohl, Gnädige«, sagte Jane in der Küchentür, während sie sich die Hände an der Schürze abwischte.

»Wahrscheinlich bringe ich heute Geld nach Hause«, sagte Susan.

»Sehr wohl, Gnädige«, sagte Jane.

Susan trat in den scharfen Herbstsonnenschein. Jede Kante der vielkantigen, dichtgedrängten Häuser zeigte sich klar und hart, und die Pflastersteine, naß vom Besprengen, glitzerten. Susan wandte sich nach rechts und ging wie jeden Morgen und jeden Abend an dem kleinen Laden vorbei. Sie blieb stehen. Zwei ihrer Figuren waren aus dem Fenster verschwunden: Madame Jeure und der kleine Schuljunge. Eilig trat sie ein und suchte den alten Ladenbesitzer.

»Monsieur«, rief sie. »Monsieur, est-ce que –«

»Ah«, erwiderte er fröhlich hinter dem Ladentisch, und sein weißer Schnurrbart wackelte vor Vergnügen. Er fuhr mit der Hand in die Lade und hielt sie ihr hin. Es war eine Handvoll Francs. »Mes Américains!« rief er scherzhaft. »Die sind ganz verrückt mit den kleinen Puppen.«

»Merci, merci«, sagte sie lächelnd.

Auf der Straße zählte sie das Geld. Es war gar nicht so wenig – natürlich hatte sich der Mann seine Provision abgezogen. Sie legte das Geld in ihre Börse. Wie angenehm zu wissen, daß es hier war, wenn es auch eigentlich gar nicht viel ausmachte. Diese kleinen Puppen konnten nicht für die Miete und die Ernährung und die muntere Schulmeisterin und Janes Lohn aufkommen. Die Tage wurden kühl, und bald mußte sie an Beheizung denken. Festen Schrittes ging sie nun zum Atelier weiter, in dem sie noch immer den Morgen verbrachte und alle möglichen Gebiete studierte, die ihr fremd waren. Das waren jetzt nicht mehr so viele. In manchem hatte sie große Gewandtheit erworben. Aber sie wußte noch nicht, was sie als nächstes beginnen wollte.

Sie öffnete die Tür zu der rechteckigen Halle des Ateliers, und dort nahm sie den Hut und den Mantel ab und legte ihren braunen Kittel an. Dann trat sie in den Arbeitsraum. Manchmal waren andere Schüler da und arbeiteten, aber Monsieur hielt keine Kurse. Wenn gewisse junge Leute von Begabung, so sagte er immer, wobei er die dicken Schultern hochzog, den Wunsch hatten, zu kommen und ihm zuzusehen und dabei zu lernen, war er bereit, ihnen manchmal Fragen zu stellen und sie auf die eigene Unwissenheit aufmerksam zu machen. Das war alles. Doch keiner kam gleich ihr jeden Tag und früh am Morgen vor dem Petit déjeuner. Sie aber erschien jeden Morgen und nahm die Arbeit auf, die sie am Tag vorher unvollendet gelassen hatte: die Fertigstellung eines Sockels, die Herstellung eines Gipsabgusses, die Vorbereitungen für einen Bronzeguß. Dann trat er ein und wischte sich Kaffee und Honig aus dem Schnurrbart.

»Ah, Susanne, Sie sind hier?«

»Ja, Maître. Was soll ich tun, wenn ich mit dieser Arbeit fertig bin?«

»Lassen Sie sich ansehen. Sie sind blaß.«

Er hielt sie an den Schultern und drehte ihr Gesicht zum Fenster.

»Es geht mir ganz gut.«

»Sie essen nicht genug. Sie spielen nicht. Am Abend müssen Sie mit den anderen Schülern ausgehen und spielen. Sie gehen nach Hause – was machen Sie denn zu Hause?« fragte er sie.

Sie lächelte und gab keine Antwort.

»Sie sind doch nicht verliebt?« fragte er sie.

Heftig schüttelte sie den Kopf. Verliebt! Die Franzosen dachten an nichts anderes.

»Nein, Sie dürfen sich nicht verlieben, Susanne. Das ist ein großer Fluch für die Arbeit. Einmal, freilich. Jeder Mensch muß einmal verliebt gewesen sein, um daraufzukommen, daß das nicht so viel bedeutet. Waren Sie einmal verliebt?«

Sie zögerte, und dann sagte sie rasch: »Ja, einmal.« Hatte sie denn Mark nicht geliebt?

Seine Hände sanken von ihren Schultern.

»Also gehen Sie zur Arbeit«, sagte er unvermittelt, und er wandte sich dem gewaltigen Marmorblock zu, an dem er Messungen und Studien vornahm. Er begann ein neues Werk, über Auftrag, eine Statue Clemenceaus. Susan hatte ihm schon durch Tage beim Zeichnen der Skizzen zugesehen.

»Was soll man mit dem Körper unter dem großen Kopf anfangen?« hatte er immer wieder gemurmelt. »Der Körper dieses Mannes ist ja nichts, ein bloßes Anhängsel an dem ungestümen Haupt.« Und so hatte ihn nichts befriedigt, und eine Woche lang umschlich er den großen Marmorblock rastlos vor Mißvergnügen. Jetzt schrie er Susan plötzlich an. »He, Susanne, ich habe etwas vergessen.«

»Was denn?« fragte sie.

»Wieviel Uhr ist es?«

Sie sah auf ihre Uhr. »Bald zehn.«

»Dann kommt er ja her, der Kerl!« rief er mürrisch. »Als ob ich nicht schon genug Unannehmlichkeiten mit dem alten Ungeheuer hätte! Heute kommt ein neuer Schüler, den mir Barnes schickt. Ein Genie, so sagt Barnes. Ja, denken Sie nur, er kabelt es mir. Ein Genie moderner Kunst! Und Robert kann nicht kommen – gerade heute, da ich endlich mein Ungetüm im Stein liegen sehe, gerade heute, da ich möchte, daß Robert mit den Vorbereitungen beginnt. Robert hat sich bei irgendeinem Unsinn in die Hand geschnitten! Robert kann nicht geduldig auf das Ungetüm warten – nein, er muß selbst irgend etwas pfuschen und sich die Hand verletzen, und nun trägt er sie in der Schlinge, und ich bin verzweifelt. Es sei denn – soll ich vielleicht den neuen Schüler –, aber nein, der ruiniert mir ja das Ungetüm. Das Ungetüm ist alt – ein Urzeitgeschöpf. Ich habe Robert oft gesagt: ›Sie sind ein Steinmetz – ein ausgezeichneter Steinmetz, aber nie im Leben ein Bildhauer, verstehen Sie? Lassen Sie die Hände davon!‹«

Sie hatte oft zugesehen, wie Robert, ein großer, dunkler, freundlicher Geselle, die ersten Marmorschichten wegmeißelte, keuchend über die Skizzen gebeugt, mit gewölbten Lippen, die Winkel und die Distanzen nach dem Ton- oder Gipsmodell, das vor ihm stand, nachmessend.

»Ich könnte es machen«, sagte sie laut.

Er starrte sie an und strich sich den Schnurrbart von den roten Lippen empor.

»Na ja«, sagte er. »Aber nur vielleicht.«

»Versuchen Sie es mit mir«, sagte sie, und dann dachte sie an ihre Kinder und sagte rasch, bevor die Scham allzu mächtig wurde: »Werden Sie mir ebensoviel zahlen wie Robert?«

So, nun hatte sie es gesagt, und jetzt schämte sie sich, aber sie hatte es gesagt. Robert konnte von seiner Arbeit als Zurichter des Marmors leben.

»Geld, Geld«, knurrte der Bildhauer sie an. »Ach, ihr Amerikaner! Und wenn Sie mir den Block ruinieren?«

»Dann bezahle ich ihn«, sagte Susan. Schon griff sie zu Hammer und Meißel.

»Nein, nein«, rief er erschreckt. »Nun schön, aber warten Sie. Erst, wenn ich im Atelier bin, hören Sie? Ich will bei jedem Schlag zusehen.«

Zwei oder drei französische Schüler waren eingetreten, und während sie mit der Arbeit begannen, beobachteten sie die beiden voll Neugier. Susan kannte sie nicht. Manchmal hatte der eine oder der andere sie eingeladen, mit ihm auszugehen, aber sie hatte den Kopf geschüttelt. »Ich habe keine Zeit für Unterhaltungen«, sagte sie immer rasch und fügte dann gezwungenermaßen hinzu: »Ich danke Ihnen.«

Nun begann sie eine Kante, eine Ecke abzuschlagen.

»O du lieber Gott!« stöhnte der alte Bildhauer. »So schnell?«

»Ich sehe es vor mir«, antwortete sie ruhig. Aber sie war nicht ruhig. In ihrem Inneren erhob sich fieberhafter Eifer. Sie sah diesen zusammengekauerten, schwächlichen Körper aus dem Stein auftauchen und darüber den gewaltigen, trotzigen, ungestümen Kopf. Sie mußte nur so weitermachen – so – da, die zwei großen Ecken – fort damit, links und rechts, aber der untere Teil mußte viereckig bleiben für die Gestalt, die auf dem Sockel kauerte.

Eine Tür ging auf, und jemand trat ein. Aber sie wandte sich nicht um. Sie wandte sich nie um, wenn die Tür aufging. »Ah, da sind Sie ja, Monsieur«, hörte sie den Maître sagen. Jetzt mußte sie vorsichtig zuschlagen, dort, wo sich unter dem Stein die Schulter dick und verdrossen runden sollte. Sie durfte nicht vergessen, das Modell immer wieder im Auge zu behalten. Ach, aber das Modell war doch falsch! Ein viel zu langer Hals! Die Schultern mußten hochgezogen sein. Sie wandte sich um und vergaß alles andere. Sie rief: »Maitre, hier ist das Modell falsch, hier, sehen Sie? Die Schultern müssen so sein –« Und wieder schlug sie kraftvoll zu.

Mit einem Sprung war er an ihrer Seite. »Halt! Genug, lassen Sie sehen. Sie ruinieren mich –«

Er packte sie bei der Hand, und ehe sie sich noch freimachen konnte, blickte sie in die belustigten grauen Augen eines Mannes, die sehr kühl, sehr gelassen und sehr hübsch unter geraden schwarzen Brauen hervorschauten. Susan bemerkte diese Augen gar nicht. Sie umklammerte den Hammer und den Meißel, und der Meister wollte sie ihr entreißen.

»So lassen Sie mich doch!« rief sie. »Ich weiß genau, was ich mache. Ich sehe ihn vor mir – Clemenceau. Er hatte keinen solchen Hals. Schauen Sie nur!« Sie nahm Hammer und Meißel in die Linke, griff nach einem Bleistift und zeichnete rasch. »Das ist er, Maître – so!«

»Nun hören Sie«, knurrte er, »ist das mein Clemenceau oder Ihrer?«

Sie starrte ihn an und begann zu lachen. Sie legte Hammer und Meißel nieder.

»Ich tauge nicht zu dieser Arbeit«, sagte sie stolz. »Ich hatte unrecht. Sie müssen auf Robert warten.«

»Halt, halt, seien Sie doch nicht so vorschnell«, murmelte der Meister verwirrt. »Und wenn Sie recht hätten?«

Sie stand da und wartete. Sie wußte, daß sie recht hatte. Aber es war nicht wichtig, ob sie in diesem Punkt recht oder unrecht hatte. Die Substanz des Marmors unter ihrem Meißel, der Instinkt ihrer Hände, die die Werkzeuge führten, hatten das alte, dunkle, wilde Verlangen entfesselt. Sie wollte schaffen, sie mußte schaffen, ein Eigenes, ein Großes –

»Ja, Sie haben recht«, sagte der Meister plötzlich. »Ich sehe es jetzt, wie Sie es sehen. Machen Sie weiter –«

»Ich habe Sie um Geld gebeten«, sagte sie. »Ich nehme das zurück, mon maitre. Ich will kein Geld. Aber wenn ich die Arbeit Roberts mache, werden Sie mir dann einen Block Marmor für meine Arbeit geben?« Sie mußte den Marmor haben. Um Geld zu verdienen, wollte sie weiterhin kleine Leute aus Ton formen. Aber wenn sie Marmor hatte –

Der alte Bildhauer sah sie unverwandt an. Seine Augen wirkten über dem großen Schnurrbart plötzlich eingefallen.

»Ach, warum sind Sie eine Frau?« fragte er traurig. »Eine Frau soll mir sagen –? Barnes hat recht, wenn er behauptet: ›Gott wird in letzter Zeit nachlässig und verteilt seine Gaben überallhin.‹« Er seufzte und zuckte die Achseln und zerrte an seinem Schnurrbart. »Ja, was wollen Sie? Ein Stück von meinem Marmor? Nun, das sollen Sie haben, aber Sie müssen mir etwas versprechen – haben Sie jetzt keine eigenen Ideen mehr! Halten Sie sich von nun an an das Modell. Und lassen Sie mir ungefähr einen Zoll Spielraum, sage ich Ihnen. Hören Sie? Sonst machen Sie mir mit Ihrem Eigensinn die Arbeit fertig. Sie sind ein besonderer Greuel – eine Frau mit Geist! Ich hasse solche Frauen. Warum schickt mir Gott eine solche Frau in den Weg?«

Sie schenkte dem allem keine Beachtung.

»Darf ich mir heute meinen Marmorblock aussuchen?« fragte sie. Hell schimmerten ihre Augen. »Ich meine, wenn ich für heute fertig bin.«

Er knurrte etwas in den Bart und stelzte davon. Sie nahm Hammer und Meißel in einem frohen und gleichzeitig grimmigen Triumph. Sie sollte ihren Marmorblock haben.

Und dann konnte sie endlich ein eigenes Werk beginnen.

»Mir scheint, Sie haben den alten Knaben verängstigt«, sagte eine schöne Stimme, voll von Lachen.

Erschreckt wandte sie sich um und sah einen hochgewachsenen jungen Mann in einem grauen Anzug. Das war der Mann mit den grauen Augen. Sie hatte ihn vergessen.

»Er ist nur aufgeregt, weil ich sein Modell ändern wollte«, antwortete sie kurz. Nun schlug sie Stücke von den Armen fort, die sie im Innern des Steins gekreuzt sehen konnte.

»Ich heiße Blake Kinnaird«, sagte die angenehme, klare Stimme. »David Barnes hat mir von Susan Gaylord erzählt.«

»Nun, da bin ich«, sagte sie. Dennoch unterbrach sie für keine Sekunde die Arbeit mit dem Hammer, das emsige Meißeln. Sie dachte . . . und wenn sie genau den richtigen Marmor gefunden hatte, würde sie schon fühlen, was sie machen wollte.

Gewiß sagte es ihr der Marmor. Sie wollte einen Rundgang machen und alle Stücke mustern, bis sie ihren Block gefunden hatte, ein genügend großes Stück.

Sie mußte etwas Großes schaffen. Sie war Bildhauerin. Sie hatte den Ton abgetan – nun ja, bis auf die kleinen Figuren, um des Broterwerbes willen, bis sie imstande war, eine große Arbeit zu verkaufen – sie wollte gleich in Stein arbeiten – ohne Zeichnung und ohne Modell – wollte das Werk aus dem Stein erfühlen . . . Sie hörte die Stimme nicht wieder, auch blickte sie nicht über die Schulter, um zu sehen, wohin der Fremde verschwunden war.

Sie hatte sich so an die Einsamkeit gewöhnt, daß sie nun jedesmal erschrak, wenn er sie ansprach. Er drängte sich in ihr Schweigen. Und jedesmal trat sie aus diesem ihr natürlichen Schweigen, erschreckt beim Klang seiner Stimme. Sie blickte ihn an, und sie antwortete ihm und kehrte dann in das Schweigen zurück, in dem sie lebte. Und jeden Tag arbeitete sie und meißelte an der Gestalt Clemenceaus. Doch einen Zoll ließ sie frei, denn so sehr sie das Verlangen hatte, das Werk zu vollenden, beherrschte sie sich.

Ich träfe es genauso gut wie der Maître – vielleicht besser, dachte sie, und sie schämte sich nicht, denn sie fühlte in ihrem Inneren eine noch nicht gebrauchte Kraft. Jetzt war sie so sicher, wie sie ihres Lebens sicher war, daß sie etwas Großes schaffen konnte, mochte sie auch noch nicht wissen, was das war. Sie wußte nur, daß diese Kraft in ihr war, alle diese Kraft, noch von nichts verbraucht, noch von niemandem in geordnete Bahnen gelenkt. Hier war viel mehr Kraft, als ihr Leben bisher nötig gehabt hatte. Mark hatte nur wenig in Anspruch genommen, und die Kinder nahmen wenig in Anspruch. Manchmal, wenn sie an einem Sonntag oder an einem Feiertag das Verlangen hatte, sich zu schenken, schenkte sie sich ganz den Kindern.

»John, Marcia, schaut, spielen wir alle mitsammen, wir alle. Ich spiele mit. Wir wollen spielen, wir seien Reisende und führen um die Welt auf den Wolken und Winden. Niemand kann uns sehen, aber wir sehen alle.«

Doch die Kinder konnten nicht lange mittun. Bald wurden sie dieser allzu üppigen Phantasie müde, dieses zu raschen Planens, selbst wenn es sich um ihre Zerstreuung handelte. Sie waren bald abgelenkt.

»Ich will nicht mehr spielen, Mutter«, sagte John.

»Dieses Spiel gefällt mir nicht, Mutter«, sagte Marcia.

»Ich werde lieber schnitzen«, sagte John.

»Schnitzen wir alle«, sagte Susan, denn es widerstrebte ihr, nicht teilzuhaben am Tun der Kinder, und es verlangte sie, die Macht ihrer Liebe auszugießen, daß die Kinder sie nutzten.

Aber die Raschheit ihrer gewandten Finger entmutigte

die Kleinen. Sie schnitzte Vögelchen auf einem Zweig, und John sagte mißvergnügt: »So hübsche Vögel werde ich nie machen können. Mach sie lieber nicht, Mutter.«

Nein, und sie konnte die Kinder nie innig genug lieben, nie war ihre Liebe erschöpft. Wenn sie manchmal an ihr vorbeigingen, war es ihr unmöglich, es sich zu versagen, daß sie die Arme ausstreckte und die Kinder ergriff und in heißer Umarmung festhielt.

»Ach, eure Mutter liebt euch ja so sehr!« rief sie. Aber diese Liebe war für die Kleinen zuviel.

»Drück mich nicht so, Mutter!« rief Marcia, und John entzog sich ihrer Umarmung. So lernte sie es, die Kinder rasch zu küssen und ihres Weges gehen zu lassen . . .

Nur der Marmor war groß genug für all ihre Kraft. Stunden verbrachte sie mit der Wahl des Blocks, den sie haben wollte. Wenn man nur ein Stück zur Verfügung hatte, war dieses Stück kostbar. Der Meister hatte sich großmütig gezeigt. Er war zufrieden mit ihr, und er sagte mit einer breiten Bewegung der eckigen Hände: »Nehmen Sie, was Ihnen gefällt. Sie sind nicht Robert, und darum sollen Sie mehr haben, als er bekäme. Was könnte er mit Marmor beginnen?«

Und so wanderte sie zwischen den Blöcken rauhen Marmors umher, betastete einen jeden, berührte ihn, sann darüber nach. Jeder dieser Blöcke war ein Kerker für irgendeine Gestalt. Die sonderbare, vertraute Glückseligkeit erfüllte sie, die Glückseligkeit, die in ihr war, wenn sie sich wieder bereit fühlte zu schaffen.

»Soll ich Ihnen behilflich sein?« Wieder brach jene Stimme in ihr Schweigen. Zornig blickte sie auf, um abzulehnen. »Ich weiß gut Bescheid mit dem Marmor«, fuhr er fort. »Mein Vater importiert Marmor. Dieses Stück zum Beispiel ist von einer schwarzen Ader durchzogen. Sie wären mit der Arbeit schon halb fertig, ehe Sie es entdeckten.«

»Ja, woher wissen Sie denn das?« fragte sie, und sie vergaß, ihn abzuweisen.

»Sehen Sie diesen gelblichen Strich?« Seine rasche, nervöse, schmale Hand tastete über den Marmor. Susan mußte sich nahe hinbeugen, um zu sehen, was er meinte. Ja, hier war ein Strich, fast nicht sichtbar in der rauhen Oberfläche des unbehauenen Steines.

»Dieses Stück – und dieses ist nicht gut«, sagte er, womit er rasch zwei weitere Blöcke abtat. »Und diese zwei sind sehr schön, der hier aber ist weitaus der beste.«

Sie betrachtete den Marmor, und es verlangte sie danach, und es wäre ihr lieber gewesen, er hätte sie dieses Stück selbst wählen lassen.

»Arbeiten Sie denn in Marmor?« fragte sie. Es widerstrebte ihr, diesen Block von ihm anzunehmen. Sie wollte sich erst entscheiden, wenn er fortgegangen war.

»O du meine Güte, nein!« Er lachte. »Das geht mir zu langsam. Ich modelliere – die schwere Arbeit sollen andere machen.«

Sie hörte ihn nicht. Sie dachte an das Stück Marmor und wünschte ihren Begleiter fort.

»David Barnes hat mir eine Menge von Ihnen erzählt«, sagte nun die angenehme Stimme.

»Wirklich?« Sie blickte auf und sah ihn an und wandte den Blick dann wieder zur Seite. Seine Augen waren grau wie das Meer unter bewölktem Himmel.

»Er hält Sie für ein großes Genie.«

»Ich weiß noch nicht, was ich bin«, sagte Susan. »Das weiß noch niemand.«

Blake Kinnaird lachte. »Das scheint mir auch so«, sagte er. »Soll ich versuchen, es herauszubekommen?«

Ernst schüttelte sie den Kopf. »Das können Sie nicht«, sagte sie. »Ich muß es allein tun.« Hier war er ihr unerträglich nahe. Sie hatte eine seltsame Vorahnung von Furcht. »Ich muß fort«, sagte sie unvermittelt, und sie ging, während er stehenblieb und ihr nachstarrte. Sie trat auf die Straße und kaufte in einem kleinen Laden ein Brötchen und eine Schale heiße Milch zum Mittagessen ... Sie wollte wirklich dieses Stück Marmor haben, nur wäre es ihr lieber gewesen ... Ich will nicht mehr an ihn denken, entschloß sie sich rasch und fest.

Aber er ließ nicht zu, daß sie nicht an ihn denke. Tag für Tag kam er ins Atelier, sprach lange und rechthaberisch über seine Arbeit und lachte, wenn der alte Bildhauer höhnische Bemerkungen über seine so rasch und so leicht modellierten Figuren machte.

»Aber, Monsieur, ich bin ein Moderner«, sagte Blake Kinnaird immer wieder. »Ich schaffe mir meine eigene Technik, wenn Sie erlauben. Ich arbeite flächenhaft. Nieder mit dem Realismus! Ich bin kein Realist, und Sie sind einer.«

Der alte Bildhauer, der unter den flatternden Rockschößen die Hände gefaltet hatte, schrie: »Und wer hat schon so ein menschliches Gesicht gesehen? Das ist ein Schmutzfleck, eine Teetasse, ich weiß nicht was – alles, nur kein Gesicht!«

Blake Kinnaird, in der besten Laune, faßte ihn kräftig an den dicken, runden Schultern.

»Wenn Sie sich in einer Entfernung von zwei Zoll dazustellen, wird Ihnen jedes Gesicht entweder wie eine Teekanne oder ein Teetablett vorkommen. Stellen Sie sich hierher, Herr, und lassen Sie das Licht so auffallen – Sie müssen wissen, Herr, daß ich das Licht als Material verwende.«

»Susanne!« rief der alte Mann, von den beiden kräftigen jungen Händen festgehalten. »Kommen Sie her – schauen Sie sich das mit Ihren guten, ehrlichen Augen an –, ist das ein menschliches Gesicht?«

Sie verließ die Ecke, in der ihr Marmorblock nun stand, und sie trat hin und musterte das Tonmodell, das der junge

Mann so rasch und mit scheinbarer Gleichgültigkeit in wenigen Tagen vollendet hatte. Die halbe Zeit hatte er damit verbracht, es aus einer Entfernung von zwanzig Fuß anzustarren. Dann war er von Zeit zu Zeit wieder hingetreten und hatte das Modell nach dieser oder jener Richtung einen Zoll verschoben.

»Es ist ein Mädchen im Herbst«, sagte er. »Der Wind bläst ihr durchs Haar.«

Und da sah Susan das Mädchen – ein mageres, zitterndes Geschöpf, das sich das Gesicht mit den Händen schützte, gewiß – der Wind wehte.

»Sehen Sie das?« fragte der alte Mann.

»Ja, ich sehe es«, sagte sie langsam. »Aber es gleicht einem Traum. Man ist nicht sicher – es entschwindet einem fast wieder.«

»Schauen Sie jetzt her!« Blake Kinnaird ließ die Schultern des alten Mannes frei und trat zu dem Modell und verrückte den Sockel. Sogleich war nur noch eine Masse von Flächen und Kanten zu sehen.

»Oh, jetzt ist sie fort«, sagte Susan.

»Sie war nie da«, sagte der alte Mann höhnisch.

Langsam und genau drehte Blake Kinnaird das Modell von neuem.

»Ich sehe sie wieder«, rief Susan.

»Nun ja, ein klein wenig«, gab der alte Mann zu. »Wenn ich rasch hinsehe und dann wieder fortblicke –«

»Sehen Sie oft hin«, sagte Blake Kinnaird. »Dann wird es jedesmal deutlicher sein.«

»Das ist wie ein Wunder«, rief Susan erregt. »Ich verstehe es nicht, aber ich sehe es.«

»Solange Sie es sehen, ist das Verstehen unnötig«, sagte Blake Kinnaird.

»Ach, ihr beide –«, murmelte der alte Mann, der verwirrt davontrottete. Rings um ihn standen die ehrlichen, klassischen Statuen, an die er sein Leben gewandt hatte – Körper mit gesunden, vollen Armen und Beinen, runden Rümpfen und edlen Häuptern.

»Besten Dank, Susan Gaylord«, sagte Blake Kinnaird.

Und Susan trat wieder zu dem Tonmodell des Mädchens und studierte es und war erstaunt und verwundert und bezaubert.

»Daß man das Licht so verwenden kann!« sagte sie. »Das hätte ich nie für möglich gehalten – aber natürlich haben Sie recht. Das Licht ist ein Material – es kann nicht als Konstante verwendet werden. Die Flächen fangen es auf.«

»Sie sehen das?« rief er eifrig.

Sie waren einander sehr nahe. Sie hatte vergessen, daß sie ihn nicht in ihrer Nähe haben wollte. Sie wollte sprechen. Seit David Barnes fortgefahren war, hatte sie eigentlich noch mit niemandem gesprochen.

»Essen wir miteinander zu Mittag«, sagte Blake Kinnaird.

»Ja, gerne«, antwortete sie erfreut. »Ich möchte über den Realismus mit Ihnen sprechen. Ich wüßte gerne, was Sie davon halten. Ich bin im Realismus erzogen worden, aber manchmal habe ich das Gefühl, er sei ein Kerker, in dem ich sitze. Ich möchte daraus entfliehen.«

Sie verließen das Atelier, und er führte sie zu einem Tisch im Freien und schob ihr den Stuhl hin.

»Der Realismus ist das Ende«, sagte er. »Nein, Susan, Sie werden mehr bestellen als Brot und Milch – lassen Sie mich für Sie bestellen. He, garçon!« rief er rasch und wandte sich dann wieder Susan zu. »Die Schwierigkeit liegt darin, die Mittel realistisch zu machen. Wenn die Mittel und die Methode realistisch sind, ist das Ergebnis photographische Treue und nicht Realismus. Und photographische Treue ist falsch. Buchstäbliche Wahrheit ist nur eine halbe Wahrheit, ja vielleicht nicht einmal das. Alle Nuancen und Zwischennuancen bleiben ohne Ausdruck. Nicht, was gesagt wird, ist wichtig, sondern was es bedeutet.«

Sie aß etwas Warmes und Köstliches, aber sie wußte nicht, was es war. Sie sprach und hörte zu, und in den Pausen des Gespräches sah sie ihren Nachbarn an. Er war schön – von eigenartiger, eckiger, karger Schönheit. Er hatte schwarzes Haar. Seine Hände waren lang und sehr zart, viel zarter als die ihren. Schließlich stand sie unvermittelt auf.

»Ich muß zur Arbeit zurück«, sagte sie.

»Wo arbeiten Sie denn am Nachmittag?« fragte er.

»In meinem eigenen Atelier«, antwortete sie. »Das heißt, es ist das Atelier David Barnes', aber er hat es mir zur Verfügung gestellt.«

»Darf ich manchmal hinkommen?« fragte er lächelnd. Und als sie zögerte, sagte er rasch: »Ich möchte gerne seine Arbeiten sehen, er hat es mir erlaubt.«

»Ich habe wohl nicht das Recht, es Ihnen zu verweigern«, sagte sie langsam. Dann sagte sie rasch: »Nein, nein – bitte, bitte, kommen Sie nicht!«

Sie konnte ihn nicht in ihrer Nähe brauchen, wenn sie an ihrem Marmorblock arbeitete. Es war gewiß, daß das, was sie sah, verschwand, sobald er in ihre Nähe kam.

»Gehen Sie, Blake, gehen Sie!« rief sie ihm verzweifelt am Morgen zu, wenn er zu ihr trat. Sie mußte ganz allein sein. Sie hatte nichts dagegen, wenn der Maître sich manchmal, während sie arbeitete, mit leisen Schritten in ihrer Nähe herumtrieb, denn er sagte nichts. Aber Blake mußte immer mit ihr sprechen, und beim Klang seiner Stimme floh das erschaute Bild in den Marmor zurück und verbarg sich dort. Doch schlimmer noch als seine Stimme war seine Berührung. Wenn er ihr die Hand auf den Arm legte – und das war seine Gewohnheit –, stöhnte sie:

»Lassen Sie mich, Blake –«

Und als er einmal unversehens mit der Hand über den

Marmor strich, zuckte Susan zusammen und nahm seine Hand fort.

»Berühren Sie mich nicht so!« rief sie ihm zu.

»Ich habe Sie doch nicht berührt«, erwiderte er ärgerlich.

»Sie haben es getan!« rief sie. »Ich kann es nicht ertragen, wenn man mich berührt.«

»Susan, Sie sind verrückt«, sagte er erstaunt. »Ich schwöre Ihnen, ich habe nur den Marmor angefaßt.«

Sie fuhr sich mit dem Zipfel des Kittels übers Gesicht.

»Blake, bitte, gehen Sie fort, wenn ich arbeite.«

»Wenn ich jetzt fortgehe, darf ich dann nachmittags in Ihr Atelier kommen?«

Unartig und eigenwillig lächelte er sie an, aber sie starrte auf ihren Marmor.

»Ja – ja – wie Sie wollen. Nur stören Sie mich nicht bei der Arbeit.«

Und wenn er dann fort war, genoß sie wieder die gesegnete, heftige Einsamkeit. Wenn er nicht bei ihr war, fehlte er ihr. Aber wenn sie allein war, kam das, was sie sah, wieder aus dem Stein. Es war eine Frau, eine scheue Frau, kniend, jung, eifrig, wartend, unschuldig. Kam Blake näher, verschwand diese Frau, doch wenn er fort war, rang sie sich wieder aus dem Stein. Und Susan konnte dann hämmern und meißeln, rasch und sicher, und sie sah sie deutlich.

Wenn sie in ihrem Atelier die kleinen Figuren für den Verkauf machte, bedeutete Blake ihr keine Störung. Er war bezaubert von den kleinen Figuren.

»Susan, Ihre Sachen sind entzückend. Ich werde selbst welche kaufen.«

Sie wollte das nicht zugeben. »Nein, Sie müssen in den Laden gehen wie alle anderen.«

»Aber dabei ersparen Sie doch die Provision«, widersprach er.

Sie schüttelte den Kopf. »Woher wüßte ich dann, ob das nicht ein Akt der Hilfe ist?« sagte sie fest. »Ich muß wissen, daß ich mir selbst helfe. Natürlich kann ich Ihnen nicht verbieten, in den Laden zu gehen.«

»Unabhängige Frauen sind mir verhaßt«, erklärte er.

Susan blickte von dem winzigen Geschöpf in ihrer Hand auf und sagte nichts. In ihrer Beziehung zu ihm hatte sie sich nicht als Frau betrachtet. Doch daß er diese Worte sprach, machte sie zu einer Frau. Jetzt sah sie, daß sie ihren alten, fleckigen braunen Kittel trug und daß ihr Haar zum Schutz vor dem Steinstaub in ein Barett gestopft war, und ihre Hände waren schwielig und schmutzig und die Nägel zerrissen von der Berührung mit dem rauhen Stein. Unabhängige Frauen waren ihm verhaßt, Frauen, die so waren wie sie.

»Ich weiß«, sagte sie demütig. »So geht es wohl allen Männern. Aber was kann ich machen – ich bin so.«

»Susan!« rief er. »Sie sprechen wohl nicht im Ernst. Glauben Sie denn, ich hätte es wirklich so gemeint?«

In seiner impulsiven Art, in seinem raschen Wesen, an das sie sich nicht gewöhnen konnte, war er auf die Knie gefallen. Jetzt unklammerte er ihre Handgelenke.

»O ja, Sie meinen es ernst.« Heftig nickte sie. »Ich weiß, was Sie fühlen – jeder begegnet mir mit solchen Gefühlen, wie mir scheint.« Sie machte ihre Hände frei, riß sich das Barett vom Kopf und glättete ihr Haar.

»Ich bewundere Sie aus ganzem Herzen«, sagte er leise.

»Ich glaube, daß die Menschen Leute, denen sie Bewunderung entgegenbringen, nicht so besonders gern leiden mögen«, sagte sie stammelnd. »Schon in der Schule war ich nicht allzu beliebt, wenn ich Preise bekam, wissen Sie.«

»Ach, Susan, Susan!« Ja, verlachte er sie wirklich? – »Sie

sind ein kleines Kind! Wo waren Sie denn all Ihr Lebtag?« Wieder griff er nach ihren Händen.

Mit scheuen dunklen Augen blickte sie ihn an. Was meinte er damit? Sie war verheiratet gewesen, sie hatte zwei Kinder, die sie ernährte.

»Schauen Sie!« Doch warum ließ er ihre Hände nicht frei, während er sprach? Seine Hände waren wie Ketten. Sie suchte sich jetzt zu befreien. »Nein, ich lasse Sie nicht. Immer stehlen Sie sich allein davon; selbst wenn ich mit Ihnen spreche, verschwinden Sie irgendwohin, insgeheim, und bleiben für sich. Ich will Sie zum Leben erwecken.«

Unverwandt blickte sie in sein angespanntes Gesicht. Sie zum Leben erwecken! Mary hatte ihr gesagt: »Ich lebe, und du bist tot.« Einst war ihr Heim erfüllt gewesen von jener sonderbaren, heißen, stürmischen Liebe zwischen Michael und Mary. Sie hatte sie gefühlt wie eine unbekannte Flut, wie einen wirbelnden Strom, den sie vom Ufer aus betrachtete. Sie hatte diese Liebe gehaßt und doch gespürt. Welche Art Liebe war es, daß Mary nicht den Wunsch hegte, Michael zu heiraten? ... Blake sprach jetzt zu ihr. Seine Brust drückte sich an ihre Knie. Jetzt hielt er ihre Hände fest in den seinen, hielt sie an seine Wangen.

»Susan, hat Ihnen schon jemand gesagt, daß Sie schön sind, ach, so schön? Hat Ihnen jemals einer gesagt, daß Ihr Haar das herrlichste Haar auf Erden ist und eine Farbe hat, die nicht einmal ich verstehe, denn manchmal ist es dunkel und manchmal ist es golden? Hat Ihnen jemals einer gesagt, es sei Zauberkunst, dunkle Augen zu haben bei solchem Haar – Augen, die so scheu blicken, wenn Sie eine Frau sind, und so kühn, wenn Sie ein Kind sind? Hat Ihnen je einer überhaupt etwas über Sie gesagt, Susan?«

Sie wurde aus etwas Hartem, Kaltem, das sie umgab, herausgezogen. Sie enttauchte ihm scheu, bebend, lebendig.

Langsam schüttelte sie den Kopf, mit leicht geöffnetem

Mund, den Blick noch immer auf seine Augen gerichtet. Sein Gesicht war nahe, allzu nahe –

»Nein«, flüsterte sie. Ihr Atem war heiß. Sie drohte zu ersticken. »Nein, ich will nicht –«

Sie neigte den Kopf.

»Was wollen Sie nicht?« flüsterte er.

– Warum flüsterten sie? Niemand war in der Nähe.

»Ich will nicht heraus aus dem Stein«, sagte sie laut. Dann stieß sie seine Hände fort, sprang auf und lief aus dem Atelier.

Es war kalt auf der Straße. Es war später am Nachmittag, als sie geahnt hatte. Was hatte sie den ganzen Nachmittag gemacht? Sie hatte weder Mantel noch Hut, aber sie wollte nicht zurück. Geradewegs eilte sie nach Hause, den Kopf trotzig dem Wind entgegenhaltend. Die Leute starrten sie an, aber sie sah die Leute nicht . . . Sprach er ihr von Liebe? Sie wollte keine Liebe. Nie wieder wollte sie ihn sehen. Sie wollte nur heimgehen zu John und Marcia und Jane. Sie hatte ein Heim, ein Heim, wohin sie gehen konnte. Wie klug war es von ihr gewesen, dieses Bedürfnis nach einem Heim richtig zu erkennen und sich ein Heim zu schaffen. Sie brauchte sonst nichts. Sie hatte alles gehabt – sie hatte auch jetzt alles, nur Mark nicht, der tot war.

Sie lief die Treppe hinauf und ins Zimmer. Jane deckte gerade den Tisch zum Abendessen. Die Kinder trugen die Teller herein.

»Aber, Mutter!« rief John. »Dein Haar ist ja ganz zerzaust.«

»Wo haben Sie Ihren Mantel und Ihren Hut, Gnädige?« fragte Jane.

»Die muß ich wohl vergessen haben«, sagte Susan. Sie stand jetzt mit dem Rücken zur Tür und schaute die Ihren an. Sie waren wie immer, und doch musterten sie Susan so sonderbar. Sie waren fremd. Nein, sie war es, die ihnen fremd erschien.

»Sie werden sich den Tod holen«, tadelte Jane.

»Ich mußte nach Hause«, sagte Susan. »Ich hatte keine Ahnung, daß es so spät war. Ich lief davon, wie ich war –«

Mit einem hohen, silbernen Lachen stellte Marcia ihren Teller hin.

»Mutter, du bist so spaßig.« In ihrer Stimme klangen Duldsamkeit und Mitleid.

»Ich weiß es«, sagte Susan schuldbewußt.

Sie ging in ihr Zimmer und ordnete ihr Haar und wusch sich Gesicht und Hände. Dann setzte sie sich mit den Kindern zum Tisch und aß die Suppe, die Jane gekocht hatte, und das Gemüse und den Brotpudding. Sie war wohlbehalten zu Hause, und hier konnte er sie nicht finden. Er wußte nicht, wo sie wohnte. Aber die ganze Zeit, während sie aß, die ganze Zeit, während sie den vertrauten Stimmen lauschte, gesichert im warmen Kreis des Lampenlichts, lief ihr Herz noch immer und lief die Straßen hinab und floh.

Sie stand am Morgen früh auf und ging in das Atelier und arbeitete an der knienden Frau, viele Stunden, ehe er kam. Er schlief lange, und es war schon mitten am Vormittag, als sie den Meister über ihn klagen hörte.

»Eh ja, schon wieder solche Dreieckel Was soll denn das jetzt sein, Herr Bildhauer? Nein, lassen Sie mich raten – eine Jungfrau im Bade, wie? Nein? Nun also, eine Frau, die Wäsche wäscht – nein? Dann muß ich gestehen, ich sehe nichts.«

»Es ist ein Tiger«, sagte Blake ruhig.

»Ein Tiger?«

»Ich bin mit der Lichtwirkung noch nicht zu Ende«, erklärte Blake. »Aber Sie werden schon sehen.«

»Oh, besten Dank, Monsieur, ich bin nicht so überzeugt.«

Einen Augenblick später hörte sie Blakes Stimme eifrig fragen: »Haben Sie bemerkt, wie dünn der Schnurrbart des armen alten Knaben wird? Der Mann ist so erbittert gegen mich, daß er sich den Schnurrbart geradezu ausreißt.«

Sie fühlte, wie er ihr näher kam. Sie wollte ihn nicht anschauen.

»Blake, Sie haben mir versprochen –«

Er hatte ihr versprochen, ihr nicht nahe zu kommen, während sie arbeitete, wenn er sich am Nachmittag müßig in ihrem Atelier herumtrieb.

»Gewiß – ich bin artig – ich gehe schon –. Aber, teuerste Susan, Ihre Figur ist herrlich. Ich sehe das Mädchen auf den Knien, eine prachtvolle Sache! Ich bin schon sehr gespannt auf das Gesicht –«

Sie zitterte unter seiner Stimme. »Oh, gehen Sie, Blake, wenn ich arbeite«, rief sie in Gedanken. »Ich will arbeiten – wenn Sie hier sind, kann ich nicht arbeiten. Ich höre Ihnen immer zu. Ich will frei sein.« Aber sie sagte es nicht. Sie wollte sich nicht umwenden. Sie wollte ihn nicht anschauen. Sie wartete, bis sie ihn seufzen hörte.

»Ein kaltes Herz – o Susan, Susan!«

Sie wartete, bis er fort war, und dann begann sie, mit dem Hammer und mit einem Meißel aus kaltem, feinem Stahl, der so spitz war wie ein Bleistift, in dem Marmor nach dem Gesicht der knienden Frau zu tasten.

In dieser großen, fremden Stadt konnte sie ihm nirgends entfliehen. Sie mußte am Nachmittag für ihre Kinder arbeiten, und zu dieser Zeit konnte er sie immer finden. Sie unterbrach ihre Arbeit nicht, wenn er eintrat. Nein, sie arbeitete rascher denn je, und manchmal dachte sie, vielleicht bilde ich mir nur ein, daß es mit not tut, vor ihm zu entfliehen. Er war so angenehm und so kühl. Manchmal versuchte er nicht, ihre Hände zu fassen, und nannte sie kein einziges Mal »teuerste Susan« und sprach auch nicht über ihren »herrlichen großen Mund, der rot ist wie Stechapfelbeeren zu Weihnachten, Susan!« Er streckte sich auf die Couch, gleichgültig und freundlich und abwesend.

Er sagte: »Dieser alte Mann kann mich nichts mehr lehren, Susan. Ich fahre heim. Er versteht das moderne Amerika nicht. Ich bin zu neu für ihn.«

Und dann, wenn sie sah, daß er gar nicht an sie dachte, verlangte es sie – und dieses sonderbare Gefühl erstaunte sie und machte ihr Angst –, daß er an sie denke. Sie verachtete sich, weil sie mit bewußter Absicht sagte: »Ich will nicht, daß Sie fortfahren, Blake.«

Ach, aber am Morgen hatte sie gewollt, daß er gehe!

»Würden Sie mich vermissen, Teuerste?«

»Ein wenig, Blake.«

Nein, nein, die Einsamkeit war gut. Man arbeitete, wenn man einsam war.

»Sehr«, sagte er anmaßend. »Sie werden mich sehr vermissen, meine Teuerste, denn Sie beginnen mich zu lieben.«

»Fällt mir nicht ein«, rief sie wütend. »Von alldem habe ich genug.«

Er ließ es nicht zu, daß sie von Mark spreche. Er lachte, als sie sagte, sie sei verheiratet gewesen. »Sie haben im ganzen Leben nie geliebt«, sagte er und lachte wieder.

»O doch, o doch«, sagte sie, und mit aller Kraft beschwor sie Marks Bild herauf. Aber Mark war tot. Sie konnte ihn nicht sehen. Sie konnte nur seine Büste sehen, die sie einmal gemacht hatte, und die hatte sie zu Hause gelassen in der Scheune, in ein Tuch gehüllt. Und hier war das Heute. Blake kam jetzt, hier, auf sie zu, hier in dem warmen Atelier, das hell dalag in der lebhaften Sonne eines Winternachmittags. Susan stand regungslos da und blickte ihn an.

»So haben Sie noch nie geliebt«, sagte er, und er zog sie an sich und wandte ihr Gesicht empor, die Hand unter ihrem Kinn. »Sie wissen nicht einmal, daß Sie eine Frau sind«, sagte er. Seine Augen wurden schmal. »Aber Sie sind es!« sagte er, und seine Stimme klang plötzlich erstickt hinter den zusammengepreßten Zähnen. Er küßte sie, und sie bewegte sich nicht. Wie heiß war die Sonne, in der sie standen, wie lautlos der Raum! Aber es war nicht Stille. Er war in ihre Stille eingedrungen, und diese Stille war dahin. In jedem Augenblick gab sie sich mehr auf. Zuerst berührten seine Lippen die ihren, und die waren geschlossen. Dann preßte sich sein Mund in den ihren. Blake trat ein in das große Schweigen ihres Wesens, in das Schweigen, in das noch niemand getreten war. Bis zu diesem Augenblick hatte sie ihr ganzes Leben einsam gelebt. Er riß sich endlich von ihr los.

»Ich glaube nicht, daß Sie jemals einen Mann geküßt haben«, sagte er erstaunt und ein wenig belustigt.

Sie antwortete nicht. Sie schaute ihn an, und ihre Augen waren ungeheuer groß und voll Tränen. Sie zitterte.

»Weine nicht«, sagte er. Er legte ihr den Arm um die Schulter.

»Ich werde furchtbar gut zu dir sein, Susan. Aber Susan, Susanne, du siehst ja aus wie ein kleines Mädchen. Warum weinst du, Liebste?«

»Ich habe Angst«, sagte sie. Ja, sie hatte Angst, und zum erstenmal im Leben fühlte sie sich hilflos. Aber er lachte laut.

»Du wirst mich heiraten«, sagte er, und dann zog er sie an sich und küßte sie wieder und wieder, bis auch sie lachte, wie sie seit Jahren nicht gelacht hatte, und hilflos durch ihr Lachen schluchzte: »O Blake, Blake –«

»So«, sagte er, und er ließ sie niedersetzen. »Jetzt hol deinen Hut, das müssen wir feiern.«

Gleich einem klaren Westwind fegte er in ihr ganzes Leben und entschied alles in großen Zügen.

»Wir werden gleich heiraten«, sagte er mitten während der Feier.

Er zeigte ihr ein Paris, das sie nie gesehen hatte. Ihr Paris waren kleine, gekrümmte Straßen gewesen, der alte General aus Stein, die kleinen Zimmer oberhalb der Pâtisserie, die alte Madame Jeure, deren kleines, verrunzeltes Gesicht am Morgen so freundlich strahlte. Der Louvre, die Seine mit den alten Buchläden und Notre-Dame, ungeheuer und groß. Das und die Leute, die sie so scharf sah, waren für sie Paris.

Er aber fuhr mit der Feier fort, Abend für Abend.

»Was, das hast du noch nicht gesehen, Susan? Aber das ist doch Paris!« Sie starrte über eine Schar toller, grell gekleideter, tanzender Gestalten und schüttelte den Kopf. Sie saß da und lauschte einem fröhlichen, ausgelassenen Dialog auf einer Bühne, und sie lachte, und insgeheim schämte sie sich ein wenig.

»Wenn mir jemals einer erzählt hätte, ich würde ein Kind heiraten –«, sagte Blake. »Susan, du bist ein Kind. Du bist nicht sehr intellektuell, weißt du, meine Liebe. Ein reizendes, kluges, großes Kind und noch ganz und gar nicht recht klar. Was soll ich mit dir nur beginnen? Das wird ja so sein, als hätte ich einen jungen Bernhardiner im Haus.« Er lachte, und seine Augen glänzten, und sie fühlte sich dumm und demütig.

Gewiß, sie wußte nie, was sie Blake sagen sollte, aber sie hatte auch vorher kaum je viel gesprochen. Sie hatte immer zuviel Arbeit gehabt. Und wenn andere sprachen, hörte sie immer sorgfältig zu und empfing von ihnen nicht nur die Worte, sondern auch die Gebärden und die Mienen, den Tonfall ihrer Stimmen, die anstiegen und sich dämpften. Wenn sie scharf genug aufpaßte und mit dem Gefühl in die Klänge eindrang, konnte sie fühlen, was die Menschen dachten. Und so schien es ihr nicht notwendig, zu sprechen.

»Vielleicht hast du recht«, sagte sie gefügig zu Blake.

Aber sie verlebte auch schöne Tage im Bois, sonnige,

kalte Nachmittage, an denen Blake die Jacke auszog und mit Susan in einem kleinen Boot auf dem Teich ruderte, und da hatte sie keine Angst vor ihm, und sie fragte ihn später einmal scheu: »Hast du etwas dagegen, wenn wir die Kinder mitnehmen?«

»Aber natürlich nicht, wenn du sie gerne mitnimmst.«

Sie sagte es ihm zwar nicht, aber ohne die Kinder war nichts für sie die richtige Freude. Es war ein so inniger Wunsch gewesen, daß Blake sehe, was für schöne Kinder sie hatte. Sie erklärte ihm, wie innig ihr Wunsch nach diesen Kindern gewesen war, wie sie viele Kinder hatte haben wollen, und errötend war sie verstummt, denn sie dachte mit einem zarten Gefühl innerer Verwirrung, daß sie jetzt weitere Kinder bekommen konnte. Bisher hatte sie noch nicht daran gedacht, von Blake Kinder zu haben. Selbst jetzt fühlte sie das nicht im Körper, sondern nur in der Seele.

Aber er sagte leichthin: »Du hättest keine Kinder haben sollen, weißt du, liebste Susan.« Er rührte mit einem Löffel in einem großen grünen Glas um. Sie lunchten miteinander, wie sie es jetzt täglich taten. »Es ist eitel Vergeudung, daß du deinen Körper so verbrauchst. Ich mache dich darauf aufmerksam, ich werde das nicht zugeben.«

»O Blake, das verstehst du nicht«, rief sie ernst. »Es ist ja ganz anders. Ich kann dir nicht sagen, was für ein Gefühl ich habe, wenn ich ein Kind bekomme – als ob nicht nur mein Kopf und meine Hände arbeiteten, sondern mein ganzes Wesen, mein Blut, mein Atem –«

»Du liebst doch *mich,* Susan«, sagte er plötzlich. Über dem grünen Glas sahen seine Augen ernst und ein wenig kalt drein. Sie war verwirrt.

»Ja, aber, Blake, wenn Leute einander lieben, wollen sie doch Kinder haben.«

»Ich will keine Kinder haben«, sagte er. »Und ich liebe dich furchtbar, mein altmodischer Schatz!«

Er streckte die schöne, lange, schmale Hand aus und

liebkoste unter dem Tisch Susans Handfläche, und ihr stockte der Atem. Diese Berührung war erschreckend – so kraftvoll, so süß, aber jetzt brauchte sie keine Angst mehr davor zu haben. Sie sollte ja seine Frau werden – aber warum hatte sie doch noch ein wenig Angst? Wenn sie einmal verheiratet waren, wollte er gewiß Kinder haben. Er war eben noch nie verheiratet gewesen, er hatte eben noch nie ein wirkliches Heim gehabt. Seine Mutter hatte er verloren, als er noch ein kleiner Junge gewesen war, und sein Vater blieb Witwer. Die Leute besaßen viel Geld und machten große Reisen.

»Ich möchte ja so gerne, daß du John und Marcia liebgewinnst«, sagte Susan angstvoll. »Marcia hat sehr lange Wimpern, und John ist ein so süßer, artiger Junge.«

»Ich kann sie mir nicht vorstellen«, sagte er. »Du und Kinder! Und überhaupt: du hast sie erfunden, um mir Angst einzujagen.«

Aber ihr war nicht nach Scherz zumute.

»Nein, wirklich, Blake, für mein Glück ist es lebenswichtig, daß du sie liebgewinnst.«

»Dann verspreche ich dir, sie liebzugewinnen«, sagte er fröhlich.

Gewiß, er war zu den Kindern sehr gut, aber Susan konnte nicht recht glauben, daß er sie liebe.

Er war sehr gut zu ihnen in einer nachlässigen Art. »He!« rief er ihnen zu. »Fangt!« Und er warf ihnen Frankenstücke zu. »Lauft und kauft euch Ballons. Ich sehe gern Kinder mit Ballons.«

»Darf ich mir nur Ballons kaufen, Mutter?« fragte John verzweifelt.

Blake ließ sein hohes, helles Lachen hören. »Nein, du pedantischer Jüngling! Ballons bedeutet: was du dir gern kaufst. Ich würde mir eben Ballons kaufen.«

»Dann kaufe ich dir einen«, sagte John, bestrebt, in dieser neuen Lage artig zu sein.

John hatte ein wenig Angst vor Blake. Susan konnte seine zarte, tastende Angst fühlen. Er war sehr höflich und vergaß niemals, zu grüßen oder für Blakes kleine Geschenke zu danken. Doch recht oft war er durch diese Geschenke verwirrt.

»Was soll ich damit tun, Mutter?« fragte er eines Tages, nachdem Blake gegangen war, und er starrte verwirrt einen grotesken Keramiktiger an, der mit rückwärts gewandtem Kopf melancholisch über den eigenen Schweif wegblickte.

»Ich weiß wirklich nicht«, antwortete Susan ehrlich.

»Ich finde es joli«, sagte Marcia eigenwillig.

Marcia hatte keinerlei Angst vor Blake. Aber sie hatte vor keiner Menschenseele und überhaupt vor nichts Angst. »Ich habe dich gern«, sagte sie ihm beim ersten Sehen. »Ich habe dich sehr gern.«

»Schön«, erwiderte er freundlich. »Das tut jeder«, fügte er spöttisch hinzu. »Das heißt, beinahe jeder. Manchmal hat Susan mich nicht gern.«

»Aber ich schon«, erwiderte Marcia ernst. »Wenn sie dich nicht gern hat – ich hab' dich gern.«

Und schützend legte sie die Hand in die seine und maß Susan mit einem hochfahrenden Blick. Das war lächerlich, es war der Hochmut eines Kindes, es war die Liebe eines Kindes, aber Susan mußte die Hand ausstrecken und ihn berühren . . .

»Wenn du den Tiger nicht haben willst, ich möchte ihn schon haben«, erklärte Marcia. »Gib ihn mir, John.«

»Gut«, sagte er. »Ich brauche ihn nicht.«

Marcia nahm den Tiger. »Ich werde ihn Blake nennen«, murmelte sie, und sie streichelte ihn. »Lieber Blake, guter Blake.«

»Er ist eigentlich ganz und gar nicht hübsch«, sagte Susan. »Nur freue ich mich, daß du das nicht vor Blake gesagt hast.«

»Oh, so etwas täte ich nie!« rief John, und seine Augen weiteten sich vor Entsetzen.

»Mir gefällt er«, beharrte Marcia.

Es fiel Susan nicht ganz leicht, Jane mitzuteilen, daß sie die Absicht hatte, Blake zu heiraten. Eines Abends wartete sie, bis die Kinder im Bett waren. Dann ging sie in die Küche und sagte geradeheraus, denn sie hätte keine andere Art gewußt, es zu sagen: »Jane, ich werde heiraten.«

Jane sah vom Geschirrwaschen auf.

»Oh, Gnädige«, sagte sie, »doch nicht einen Franzosen?«

»Nein«, sagte Susan. »Einen Amerikaner aus New York.«

Jane starrte sie an. Sie hatte Blake noch nicht gesehen. »Gibt es denn einen Amerikaner in dieser Stadt, Gnädige? Was mich betrifft, ich sehe hier nie eine Christenseele.«

Susan lachte. »Er ist ebenfalls Bildhauer.«

»Ach, der ist es, Gnädige?« sagte Jane zögernd. »Die Kinder haben mir von ihm erzählt. Nur sagten sie nicht, daß er Amerikaner ist. Na, hoffentlich geht es gut aus. Freilich, ich weiß nicht recht. Was mich betrifft, ich sage immer, man soll schlafende Hunde schlafen lassen, Gnädige. Es ist ein Glück, wenn man einmal gut verheiratet war. Es laufen nicht so viele brave Männer herum. Entweder sind sie schon verheiratet, oder sie liegen unter der Erde.«

»Sie werden ja sehen«, sagte Susan. »Er kommt morgen. Ich möchte, daß die Kinder sich hübsch machen.«

Sie wandte sich zum Gehen, denn in Janes düsterer Stimmung fühlte sie sich unbehaglich. Jane war lächerlich. Sie, Susan, konnte ihr Leben nicht nach Jane richten, die stets den Wunsch hegte, alles solle genau beim alten bleiben.

»Warum schauen Sie so unglücklich drein, Jane?« sagte sie ungeduldig. »Sie sollten sich doch freuen, daß ich wieder glücklich werde.«

Aber Jane lehnte es ab, fröhlich zu sein.

»Werden wir in New York wohnen?« fragte sie.

»Wahrscheinlich«, antwortete Susan.

»Ach, die guten Brombeeren, die daheim Jahr für Jahr verderben«, sagte Jane kummervoll.

Aber Susan hatte auf Janes Worte nicht mehr geachtet. Die wußte es nun, und jetzt galt es, es den Kindern zu sagen. Sie ging ins Schlafzimmer, in dem die beiden Betten nahe nebeneinander standen.

»Schlaft ihr noch nicht, meine Kleinen?« Sie setzte sich auf Johns Bett und griff nach Marcias Hand.

»Nein«, sagte John.

»Ich schon«, sagte Marcia.

John setzte sich. »Marcia!« sagte er vorwurfsvoll. »Woher weiß sie denn, daß du hier bist, nicht wahr, Mutter?«

»Ich habe die Augen fest geschlossen«, rief Marcia verstockt.

»Lassen wir das jetzt«, sagte Susan. »Wach nur auf, denn ich habe eine Überraschung für dich. Kinder, ich werde Blake heiraten, und wir werden alle in seinem Haus wohnen.«

Sie sah, daß John keinerlei Ahnung hatte, was heiraten bedeutete. Aber Marcia öffnete die Augen und lag da und schaute Susan mit hellem Blick schweigend und verstohlen an.

»Wo ist denn sein Haus?« fragte John zurückhaltend.

»In New York«, sagte Susan.

»Und was dann?« fragte Marcia mit klarer Stimme.

»Nun, das ist wohl alles«, sagte Susan, und sie staunte darüber, daß das wirklich alles war. »Aber morgen kommt er, um euch zu sehen, und ich möchte, daß ihr euch recht schön anzieht. Er ist doch euer neuer Vater, versteht ihr?«

»Das habe ich nicht gewußt«, sagte John.

»Ich kann mich an meinen alten Vater gar nicht erinnern«, sagte Marcia.

»Ich schon, ein wenig«, sagte John. »War er nicht ziemlich groß, Mutter? Und er spielte mit mir, wenn er heimkam.«

»Ja«, sagte Susan ruhig. Undeutlich trat Mark aus dem Schatten. Beim Klang der Stimme seines Sohnes trat er heraus, und sie sah ihn, wie sie ihn seit vielen Monaten nicht gesehen hatte. Sie konnte es nicht ertragen. Marcia musterte sie noch immer mit hellen, forschenden Augen.

»Was denkst du, Marcia?« fragte Susan.

»Wird Blake dich jetzt am liebsten haben?« fragte sie. »Wird er dich lieber haben als mich?« Ihre Augen waren groß, und ihr Mund war klein und dunkel.

»Er liebt mich auf eine Art und euch auf andere Art«, sagte Susan.

Sie wandte den Blick ab vor der Kälte in Marcias fertigem kleinem Gesicht.

»Schlaft – schlaft –«, sagte sie rasch. »Gute Nacht.«

Sie war sehr stolz auf die beiden, die so adrett und so gerade vor Blake standen. John machte eine kurze französische Verbeugung, und Marcia knickste. An anderen Tagen sprang sie auf ihn zu und klammerte sich an seinen Hals und bohrte ihm die Knie in den Magen. Aber heute hätte er ebensogut ein Fremder sein können. Sie knickste und sagte kein Wort. Dann streckten die beiden die ungemein sauber gewaschenen Hände aus.

»Wie geht es?« sagten sie gemeinsam.

»Danke, sehr gut«, erwiderte Blake ernst. »Ich habe Ihnen Schokolade mitgebracht, Mademoiselle, und Ihnen,

Monsieur, bringe ich eine Schachtel mit entzückenden Bleistiften.« Und er überreichte jedem eine Schachtel.

»Schönen Dank, schönen Dank«, erwiderten die Kinder und schauten fragend zu Susan empor.

»Ja, ja, öffnet sie nur. Das ist sehr nett von Blake«, sagte sie.

Aber John zischte ihr zu: »Hast du schon gefragt – du weißt doch, Mutter?«

Sie erinnerte sich nicht. Sie sah ihn verständnislos an.

»Aber du weißt doch – Papa?« flüsterte Marcia.

»Ach ja!« rief Susan. »Daß ich das vergessen habe! Blake, wie sollen dich denn die Kinder von nun an nennen?«

Sie lächelte ihn an. Es war so nett, daß er den Kindern Geschenke brachte – es war so warm, sie alle beisammen zu haben, alle, die sie liebte. Jetzt brachte Jane den Tee. Das war ein Heim. »Hier ist unsere liebe Jane!« rief sie, und Jane verbeugte sich.

»Hallo, Jane«, sagte Blake gleichmütig. Jane nickte und verließ unvermittelt das Zimmer. »Nun ja«, fuhr er fort, während er die Kinder musterte. »Ich möchte gewiß nicht, daß mich zwei so große Kinder plötzlich Papa nennen. Da hätte ich das Gefühl, als ob mir die Vorderzähne ausfielen und das Haar schütter würde. Wahrscheinlich ginge ich dann auch gebückt. Sagt lieber Blake zu mir. . . Jetzt hätte ich gerne Tee, Susan.«

»Ich werde dich nicht Papa nennen«, sagte Marcia plötzlich.

»Warum nicht?« fragte Blake. »Was ist denn heute mit Ihnen los, Mademoiselle? Sie sind ja kalt wie Eis.«

»Du bist nicht mein Vater«, sagte Marcia.

»Sehr richtig«, sagte Blake munter.

John wandte sich an Susan. »Erlaubst du, daß ich meinen Tee bei Jane trinke, Mutter?« fragte er. »Sie fühlt sich in der Küche wahrscheinlich einsam.«

Die Kinder zogen ab, die Teller sorgfältig balancierend, und voll lachenden Stolzes sah Susan Blake an.

»Sind sie nicht entzückend?« fragte sie.

»Sehr nette Bälger«, sagte er. »Weißt du was, Susan, gehen wir doch in die Ausstellung französischer Moderner.« Er sah auf die Uhr. »Wir haben gerade noch Zeit.«

Sie stand auf und ging in die Küche. Am Tisch saßen John und Marcia schweigend bei Jane.

»Ich gehe für eine Weile fort, Jane«, sagte Susan.

»Sehr wohl, Gnädige«, sagte Jane. Hinter ihrer großen Teeschale sah sie Susan bekümmert an.

Susan zögerte. »Lebt wohl, meine lieben Kleinen«, sagte sie. »Ich komme nicht spät.«

»Gute Nacht, Mutter«, sagte John. Aber Marcia antwortete nichts. Gedankenvoll betrachtete sie ihre Mutter, und dabei kaute sie langsam und hatte die schmalen roten Lippen fest geschlossen.

»Mit Marcia ist etwas los«, sagte Susan zu Blake, als sie in die kalte, klare Abendluft traten.

»Ein sonderbares Ding«, sagte Blake. »In gewissem Sinn ist sie älter als du – sie ist alt geboren wie so manche Frau – wissend geboren.«

»Was meinst du damit?« fragte sie.

»Vergiß sie doch schon«, sagte er ungeduldig. »Du bist jetzt mit mir, Susanne.«

Sie liebte die Kinder – sie liebte sie, aber wenn sie mit Blake auf die Straße trat, ließ sie sie hinter sich.

Doch auf seine sprunghafte, fröhliche Art war er sehr gütig zu ihnen. Es wurde allmählich Brauch, daß er mit Susan den Abend zumeist in irgendeiner Vergnügungsstätte allein verbrachte oder allein im Atelier, doch am Sonntag gingen sie mit den Kindern und Jane in den Bois oder in ein Theater oder, als der Frühling kam, sogar nach Fontainebleau. Er gab jedoch nie vor, mit ihr allein nicht glücklicher zu sein.

»Na also«, sagte er fröhlich, wenn sich die Tür hinter den Kindern schloß. »Deine Pflicht ist erledigt. Jetzt, Susan, jetzt denk gefälligst nur an mich.«

»Ach, aber ich denke doch immer nur an dich«, antwortete sie zerknirscht. »Wenn ich bei den Kindern bin, bin ich voll Ungeduld, bei dir zu sein. Wenn ich arbeite, schaue ich immer wieder auf die Uhr – ich, die ich nie an die Zeit dachte, ehe es zu dunkel für die Arbeit wurde.«

Er ergriff ihre Hand und lachte vor Triumph.

»Du liebst mich«, rief er, und die Gewißheit in seiner Stimme machte Susan erbeben . . .

»Was ist mit Ihnen los, Mademoiselle?« fragte der Meister am Morgen. »Sie waren früher so eifrig bei der Arbeit, und jetzt vergeuden Sie Ihre Zeit damit, daß Sie das anstarren, was Sie schon gemacht haben. Wie sollen Sie es rechtzeitig fertigstellen und für den Salon einsenden? Sie sind ja nahezu fertig und machen es nicht fertig?«

Blake, der das gehört hatte, kam mit großen Schritten zu Susan, sobald der Alte fort war, und die französischen Schüler starrten die beiden mit verhohlener Neugier an.

»Mach es fertig!« befahl er ihr mit leiser Stimme. »Wir wollen doch heiraten und heimfahren.«

»Wann?« fragte sie erstaunt. Jeden Abend sagte er: »Heiraten wir bald – bald –« Aber das nächste Wort verlor sich in seinem Kuß.

»Warum hast du dich so rasch entschlossen?« fragte sie jetzt.

»Ich habe genug davon«, antwortete er ungeduldig. »Ich will dich nach Hause bringen.«

Sie antwortete nicht. Festen Sinnes machte sie sich daran, ihre Marmorfigur zu vollenden. Am Ende gelang es ihr, ein paar Augenblicke ihrer alten, reichen Einsamkeit zurückzuerobern. Für Bruchteile von Stunden vergaß sie Blake, während sie die Augen vollendete, die Hände, das Haar. Dann meißelte sie klein und tief in den Sockel aus rauhem Marmor die Worte: »Die Kniende« und noch kleiner ihren eigenen Namen.

In der nächsten Woche, an dem Tag, bevor sie in See stachen, heirateten die beiden in aller Stille im Standesamt. Nachher gingen sie genau so, als wäre es ein anderer Tag, nach Hause. Susan sagte: »Blake und ich haben heute geheiratet.«

Jane fuhr sich mit der Hand nach dem Mund.

»Aber, Gnädige, doch nicht so – Hals über Kopf!«

»Wir beide wollten es hinter uns haben«, sagte sie.

»Mutter!« rief John, und Marcia sah sie an und aß weiter.

»Ich bin nicht anders geworden«, sagte sie ruhig, und sie beugte sich nieder und küßte die beiden. Dann ging sie ins Schlafzimmer und nahm den Hut ab und strich sich das Haar zurück. Es war die letzte Nacht in diesem kleinen Zimmer. Blake hatte gesagt: »Machen wir es rasch ab. Ich hasse Hochzeiten.« Doch das war keine Hochzeit gewesen, nur die Unterzeichnung eines Vertrages. Blake hatte inbrünstig gebeten: »Komm doch heute in meine Wohnung, Susan, warum denn nicht?« Aber sie hatte den Kopf geschüttelt. »Nein, Blake, ich kann die beiden nicht allein lassen – sie waren nachts noch nie allein.« Und so ging sie nach Hause.

Er redete ihr nicht weiter zu, obwohl sie sich darauf gefaßt gemacht hatte. Die Anspannung schwand aus seinem Gesicht. Er zündete sich eine Zigarette an.

»Schon recht, Susanne«, sagte er. »Das macht nichts aus – heute oder morgen.« Er lächelte. »Ich habe das schönste

Appartement auf dem Schiff genommen. Nur so zum Spaß.«

Sinnend saß sie da. Sie liebte ihn über alle Maßen. Sie wußte nicht, daß Blake in ihr eine Frau gefunden hatte, die schlief, bis er gekommen war. Wenn sie mit ihm war, war sie nur diese Frau: scheu und bebend und eifrig und lebensvoll; Hülle um Hülle hatte er von ihrer Seele gerissen, bis er ans Mark ihres Frauentums gekommen war. Ihm galt es ganz gleich, daß sie die Fähigkeit hatte, zu leisten oder zu schaffen. Ihm galt es nichts, daß sie eine Bildhauerin war, mochte ihre Begabung nun groß oder klein sein. Er lachte jedesmal, wenn sie pflichtbewußt sagte, sie müsse arbeiten.

»Warum brauchst du zu arbeiten, du hast doch mich, der für dich sorgt?« sagte er. Und ehe sie noch antworten konnte, rief er leidenschaftlich: »Susan, weißt du, daß du knapp am linken Mundwinkel ein Grübchen hast? Warte, rühr dich nicht, ich muß dich küssen.«

Und sie rührte sich nicht und vergaß.

Sie wollte genau das tun, was sie getan hatte. Doch warum dachte sie dann immer wieder an ihre kniende Frau und was deren Los sein mochte, wenn sie nun allein und verlassen in den Händen alter Akademiker blieb?

»Susanne! Susanne!«

Der Tag begann mit Blakes Stimme. Sie schlief, wie sie seit den Tagen ihrer Kindheit nicht geschlafen hatte. Seine Stimme rief sie aus dem Schlaf. »Du bist so schön, wenn du schläfst, daß ich dich wecken muß, um es dir zu sagen!« Sie erwachte, und die Luxuskabine war voll von frischer Seeluft, von Sonnenschein und dem Klang seiner Stimme.

Und sie fühlte die eigene Schönheit, wenn sie dalag, noch immer halb schlafend unter Blakes Blick. Sie war eine schöne Frau, sonst nichts, und das genügte. »Susanne, erinnerst du dich an die Nacht? Jeden Morgen, wenn du aufwachst, sind deine Augen so, als erinnerten sie sich an nichts.«

Rasch und scheu nickte sie. Sie erinnerte sich an alles. In seiner glühenden Liebe zu ihrem Körper hatte sie das Gefühl, als wäre sie Marmor und er meißelte sie aus dem Block, oder als wäre sie Ton und er verliehe ihr Gestalt. Wenn er sie mit den Händen berührte, vollendete er sie. Sie hatte sich vorher selbst noch nie gesehen.

»Susanne, laß mich diese Linie deiner Schultern berühren, die Linie deines Rückens, deine herrlichen Schenkel, dein Knie, deinen Knöchel, deinen erlesenen Fuß. Dein Körper ist so kraftvoll. Ich verabscheue zerbrechliche Frauen.«

»Ich muß stark sein für meine Arbeit«, hatte sie einmal gesagt. Und da war seine Antwort gewesen: »Nein, du bist stark, weil es schön ist, stark zu sein.«

In seiner Anbetung schuf er etwas, das sie noch nie gewesen, eine Frau, ihrer selbst bewußt und gewahr. Es glich nicht im geringsten einer Ehe, und es erweckte keine Erinnerungen. Es war eher so, als wäre sie seine Geliebte, angebetet und anbetungswert. Und die Liebe beider ging nicht über den anderen hinaus. Sie kannten nicht den Wunsch nach einem Heim und nach einem geregelten gemeinsamen Leben. Es gab nur diese angespannte, erregende Nähe, Stunde für Stunde ... Er hob sie aus dem Bett und legte ihr einen Spitzenumhang um. Die Schränke in der Kabine waren voll mit solchen Kleidungsstücken, die er für sie gewählt hatte.

»Jetzt geh und wasch dir das Gesicht und bürste dein Haar«, befahl er.

Als sie zurückkam, stand das Frühstück schon in dem kleinen Salon bereit. Sie aßen mitsammen, halb lachend, halb leidenschaftlich. Er bewirkte, daß sie alles vergaß.

Einmal sagte sie: »Eigentlich sollte ich jetzt nachsehen, wie es den Kindern geht.«

»Nein, das sollst du nicht«, sagte er. »Du sollst nur lieben und hast keine andere Pflicht und keine andere Freude.«

Er riß sie in seine Arme, und wieder schenkte sie sich dem Augenblick. Jeder Augenblick war ein Leben, ein neues und strahlendes Leben. Sie lachte, sie lachte immer. Der Ozean war ein helles, tanzendes Blau, Tag für Tag, und der Vollmond schien. Die Kinder waren froh und artig. Susan sah sie kaum und dachte nur selten an sie.

Jede Einzelheit war so lächerlich vollkommen wie in einem zu gut inszenierten Stück. Blake freute sich an den vollendeten Details. Aber den Vollmond und das windstille Meer und die Reihe verschwenderisch farbenprächtiger Sonnenuntergänge konnte er nicht geplant haben.

»Und doch«, so sagte sie, während sie einmal um Mitternacht den Kopf an ihn lehnte, als sie mitsammen am Bug des Schiffes standen, »habe ich das Gefühl, als hättest vielleicht du das alles angeordnet und Sonne und Mond und purpurfarbenes Meer bestellt.«

»Gewiß«, sagte er ernst. »Ich sagte zu Gott: ›Zeig deine Kunst. Sie wird deinen alten Ozean überqueren.‹ Und er war gefügig, wie man es sich nur wünschen kann.«

Sie lachten, und er faßte sie und hielt sie und küßte sie.

»Blake«, flüsterte Susan, und der Atem stockte ihr schier in der Kehle, »Blake, das mit Gott glaube ich beinahe.«

Sie hatte ein heftiges Gefühl für diesen Augenblick, da sie und Blake aneinandergepreßt, umschlungen bei Mondlicht und dunkler glatter See hier standen.

Es kann an Land gewiß nicht so herrlich sein, wie es in diesen Tagen auf der See war, dachte sie, während sie zusah, wie die Türme der Küste immer höher in den Himmel ragten. Sie fühlte das Herz in ihrer Brust kühler werden, fühlte es seinen tanzenden Rhythmus mäßigen. Sie hatten überhaupt nicht auf Erden gelebt. Jetzt mußte sie nüchtern an ein Heim denken, an Dienstboten, an eine Art Leben, wie sie es in einer großen Stadt noch nie geführt hatte. Blakes Leben war ihr gewiß sehr fremd. Sie kannte ihn so nahe und gut, und sie wußte zu wenig von ihm. Doch sie kannte ihn, wie sie es nie für möglich gehalten hätte. Und wenn er dann aus der Tür ihres Zimmers trat, war er plötzlich ein anderer Mann, ein Mann von Welt, ein wenig ungeduldig, rasch zur Kritik bereit, zur Kritik selbst an ihr.

»Susanne«, sagte er an der Kabinentür, als sie zum Aussteigen bereit waren, »dein Hut paßt nicht zu dem braunen Kostüm.«

»Wirklich nicht, Blake?« Sie verachtete sich ob solcher Demut vor ihm. Sie hätte ruhig sagen sollen: »Ich bin nicht deiner Ansicht, Blake.« Aber jetzt vermochte sie das nicht zu sagen. Vielleicht konnte sie es ihm nach einer Weile sagen, wenn sie nicht seiner Ansicht war.

»Sobald wir daheim sind, kaufst du dir einen anderen Hut«, sagte er. »Einen größeren. Du sollst womöglich keine kleinen Hüte tragen.« Dann sagte er mit der heimlichen Wärme, die Susan so erregen konnte, daß sie sogleich alles vergaß: »Du bist schön – alles, was du trägst, muß sich in diese Schönheit einfügen.« Sie hatte noch nie über ihr Gesicht nachgedacht, über ihren Körper, ihre Augen, ihre Hände und über die Kleider, die sie tragen mußte, um schön zu sein. Blake schuf sie, und ihm dankte sie das Gefühl, etwas Kostbares zu sein. Vielleicht war das der Grund, daß sie sich vor ihm demütigte und auf sein Wort lauschte. Werde ich eitel? fragte sie sich erstaunt. Blake machte aus ihr eine Frau, die sie nie gewesen. Wie sonderbar, eitel zu sein!

Aber Blake sagte jetzt etwas. Das Schiff hatte angelegt.

»Das ist meine schöne Susanne, Vater«, sagte er nun. »Susan, er verläßt das Land nie. Er hat es also dir zuliebe getan.«

Ein großer alter Mann mit zartem Gesicht, sehr mager und hager, ein Mann in einem lichtgrauen Anzug, ergriff ihre Hände mit seinen beiden. Sie fühlte die Trockenheit seiner Handflächen, seine Lippen berührten trocken Susans Wangen, der Blick der alten, blassen Augen lag trokken und leicht auf ihr. Als er sprach, klang seine Stimme hoch.

»Meine Liebe, schon lange hoffte ich, daß mein Sohn heiraten werde. Ich selbst war sehr glücklich verheiratet. Jetzt bin ich froh, daß er so lange gewartet hat.«

Sie lächelte, denn dieser große, ein wenig zitternde alte Mann gefiel ihr.

»Das sind meine Kinder«, sagte sie, die Hände auf den Schultern der beiden Kleinen.

»Ja, ja«, murmelte er, ohne die Kinder recht anzusehen. »Sie müssen nach Fane Hill kommen und dort einen Tag verbringen.« Doch die Hände, von John und Marcia vorsichtig ausgestreckt, nahm er nicht. Hinter ihnen stand Jane in ihrem schwarzen Sonntagskleid. Sie war sehr blaß, und Susan dachte so nebenbei: Es ist eigentlich eine Schande. Ich habe gar nicht daran gedacht, daß sie immer seekrank wird. Doch ehe sie noch etwas sagen konnte, verstaute Blake alle in ein großes Automobil, und sie fuhren durch städtische Straßen, die hell waren im Glanze des Abends, und endlich erreichten sie eine ruhige Gruppe von Häusern beim Strom. Der Wagen hielt, eine Tür öffnete sich, und ein Diener in Livree trat heraus.

»Kommst du mit, Vater?« fragte Blake.

»Nein«, sagte der alte Mr. Kinnaird. »Nein, ich fahre nach Fane Hill zurück. Ihr werdet ruhen wollen. Außerdem macht mich die Stadt immer müde. Und die Pfirsiche sind sehr schön geraten. Linlay wird euch am Morgen welche bringen. Einer von den Terriern ist krank. Ich muß gleich zurückfahren.«

Sie stiegen aus dem Wagen, der geräuschlos weiterfuhr. Die Kinder blieben verwirrt stehen. Susan selbst war plötzlich fremd, eine Fremde in einer fremden Straße in einer Stadt, die sie nicht kannte. Der Augenblick war seltsam. Sie fühlte sich wie betäubt, sie wußte nicht, was jetzt zu geschehen hatte. Dann wurde sie plötzlich vom Boden emporgehoben und über die Schwelle getragen.

»Jetzt bist du in meinem Haus, Susanne«, sagte Blake. Nun stand sie in einer weiten Hall, die sehr kahl und sehr schön war, und hielt Umschau. An dem einen Ende hing ein Bild, eine Indianerin, die im harten, weißen Sonnenschein auf einer eckigen Fläche schimmernder Wüste allein stand. Von dieser Leinwand schien das Sonnenlicht auszustrahlen. Susan konnte hören, wie Marcia draußen rief: »Heb auch mich hinüber, Blake. Trag auch mich durch die Tür!«

Aber Blake schüttelte lachend den Kopf. Sein Arm lag um Susans Schulter, und eilig drängte er sie weiter. Sie schaute sich um und sah, wie die Kinder zögernd in die Hall traten.

»Kommt, meine Lieben!« rief sie.

Aber Blake befahl herrisch: »Susanne! Hier sind deine Zimmer.«

Nun gingen sie die Treppe hinauf. Hinter Susan schritten schüchtern die Kinder her, schlichen auf Zehenspitzen die weißen Marmorstufen hinauf.

Und Blake sagte zu John: »Du und Marcia und Jane, ihr wohnt im nächsten Stock.«

»Kommt also mit mir«, sagte Jane und schob die Kinder vor sich hin.

Blake öffnete eine breite Tür, und Susan stand da und blickte in die Zimmer, die er für sie eingerichtet hatte, ungeheure Räume von edler Kahlheit, von anmutiger Leere, mit blassen, geraden Möbeln, in den Ecken Fenster, das Licht gedämpft.

»Für meine große Susanne darf es nichts Kleines oder Bürgerliches geben«, sagte Blake. »Ich habe alles selbst entworfen.«

»Wann?« fragte sie, und sie starrte in diese gewaltige Größe.

»Oh, fast gleich zu Beginn – ich glaube, ich fing an dem Tag, nachdem wir uns kennenlernten, an«, sagte Blake, und er beobachtete sie lächelnd.

Sie fand keine Worte. Sie blickte nur immer um sich.

»Gefällt es dir?« fragte Blake.

»Ja«, flüsterte sie. »Es erscheint sonderbar – aber es ist schön.« Sie wartete einen Augenblick, und dann sagte sie schlicht: »Ich danke dir, Blake, dafür, daß du mich liebst.«

4

Alles im Hause, so dachte sie, während sie durch den langen, schmalen Salon blickte, war nun in Ordnung. Sie hatte in Blakes Haus schon so viele Wochen gewohnt, daß sie wußte, wann alles für den Tag bereit war. Am Ende des Salons war ein kleiner Garten, und hinter dem Garten lag der East River. Linlay, der schottische Gärtner, kam einmal oder zweimal in der Woche vom Landsitz und betreute die Pflanzen rings um den Teich.

Der Chauffeur hatte die Aufgabe, zwischen seinen Fahrten den Garten zu gießen. Susan hatte soeben Linlays Beschwerden angehört.

»Bantie gießt den Garten lange nicht genug, Gnädige. Mit Ihrer Erlaubnis möchte ich das dem Herrn melden.«

»Aber nein, Linlay«, sagte sie rasch. »Bitte, stören Sie meinen Mann nicht damit. Ich werde mit Bantie sprechen.« Bei der nächsten Fahrt – heute, wenn sie nachmittags ausfuhr, durfte sie nicht vergessen, sich vorzubeugen und es dem jungen Bantie zu sagen. Das Haus selbst war im Hochsommer sehr still. Die Kinder waren ins Camp gefahren. In der ersten Woche hatte Blake nervös zu Susan gesagt: »Kinder sollen im Sommer doch eigentlich in ein Camp.« Und er hatte recht, im Sommer durften sie gewiß nicht in der Stadt bleiben. Blake hatte sich großzügig gezeigt, indem er den westlichen Flügel des Hauses für die Kinder einrichtete, aber es war heiß. Und außerdem fand Susan eines Morgens Blake im Salon, wie er sich den Kopf mit beiden Händen hielt, weil John eben über die Stiege hüpfte.

»John!« rief sie da scharf und ging in die Hall, um ihn abzufangen, wie er über die letzte Stufe sprang. Doch dann hatte sie ihn nicht gescholten, weil seine fragenden Augen so unschuldig dreinsahen.

»Würdest du gerne in ein Camp gehen?« fragte sie statt dessen.

»Jane hat gesagt, sie wird Marcia und mich vielleicht nach Hause mitnehmen«, sagte er, und seine Stimme klang bittend.

»Zu Hause ist hier«, sagte sie.

»Ja, das weiß ich«, antwortete er gefügig. »Aber ich meine – du weißt doch – unser wirkliches Zuhause.«

»Nein«, sagte sie rasch. »Mir wäre viel lieber, ihr beide geht in ein Camp, um Schwimmen und andere Dinge zu lernen.«

So arbeitete sie mit Jane eine Woche durch, um die Kinder bereitzumachen. Blake war sehr freundlich gewesen. Er schenkte John eine kostspielige Fischangel und erklärte ihm genau die Köder. Es gab fast nichts, was Blake nicht gewußt hätte. Aber in der vorigen Woche hatte John Susan insgeheim geschrieben: »Bitte schicke mir eine gewöhnliche Angel und sage Blake nichts davon, denn die Burschen hier behaupten, die gewöhnliche Art, die jedermann hat, sei besser, und wir verwenden hier nicht Fliegen, sondern Würmer.« Und so ging Susan, ohne Blake etwas zu sagen – denn um nichts in der Welt hätte sie ihm etwas gesagt –, allein in ein Sportgeschäft und sandte ihrem Sohn eine sehr gewöhnlich aussehende Angelrute. Marcia war zu klein, um selbst zu schreiben. Jede zweite Woche kam ein offizieller Brief der Campleitung, worin gewisse Mitteilungen über Marcia enthalten waren: daß es ihr sehr gut gehe, daß sie zum Schwimmen und Reiten natürliche Begabung habe, daß es aber mit ihrem Appetit nicht ganz stimme und daß sie ein wenig eigenwillig sei. Susan fragte: »Erweckt Marcia den Eindruck, daß sie Heimweh hat?« »Nein«, erwiderte die Campleitung. »Marcia spricht gelegentlich von ihrem neuen Vater, aber man kann wohl behaupten, daß sie niemanden vermißt.«

Und als die beiden fort waren, sagte Jane sehr entschlossen: »Da Sie so viele Hilfe im Haus haben, Gnädige, brauchen Sie mich nicht, solange die Kinder fort sind. Darum möchte ich heimfahren und das Haus in Ordnung bringen und Brombeermarmelade einkochen.« Und so blieb Susan mit Blake allein im Haus.

»Möchtest du fortfahren, Susanne?« fragte Blake.

»Möchtest du?« fragte sie.

»Nein«, sagte er. »Ich finde es hier herrlich. Ich liebe dieses Haus – ich liebe diese Stadt. Außerdem habe ich einige Einfälle, die ich in Terrakotta ausführen möchte. New York ist wunderbar im Sommer. Da sind alle Leute fort.«

Aber die Stadt war voll von Leuten. Oft beobachtete Susan diese Leute vom Fenster aus. Sie war müßig, müßig. Sie kannte nichts anderes als ihre Liebe zu Blake.

Wenn Blake in Stimmung war, kannte er keine Ermüdung bei der Arbeit. Im obersten Stockwerk des Hauses lag sein Atelier, und als er Susan am ersten Tag dorthin führte, sagte er: »Auch du sollst es verwenden, Susanne – das heißt, wenn du überhaupt weiterarbeiten willst.«

»Natürlich werde ich weiterarbeiten«, antwortete sie da erstaunt. Doch bis jetzt hatte sie nichts gearbeitet. . .

Es kam ihr damals vor, als hätte er ihre Worte gar nicht gehört. Er zeigte ihr alles. Er war stolz auf sein Haus und besonders stolz auf sein Atelier, das er selbst entworfen hatte. Hier gab es große Fenster, deren Vorhänge sinnreich durch seidene Stricke angeordnet werden konnten, hier gab es endlose Regale, in denen er sein Material aufbewahrte, Zeichenbretter und Werkzeuge – in der kahlen Scheune oder in dem praktischen, unordentlichen Atelier des alten Maître hätte sie sich solchen Luxus nie träumen lassen. Oft stieg sie ins oberste Stockwerk, um Blake bei der Arbeit zuzuschauen, doch noch immer arbeitete sie selbst nicht. In einer solchen Umgebung, in der sie alles hatte, fand sie nichts, was sie hätte schaffen können.

Doch warum brauchte sie sich zu beeilen? Es war herrlich, in Blakes Haus zu leben, sich als Blakes Gattin zu fühlen. Es war nahezu genug. Als sie mit Mark verheiratet gewesen, dachte sie unablässig an andere Dinge, die zu tun es sie verlangte. Doch jetzt hätte sie, selbst wenn Blake arm und sie gezwungen gewesen wäre, zu kochen und zu scheuern, nicht den Wunsch gehegt, etwas zu leisten, sondern sich damit zufriedengegeben, zu sein, was sie war – Blakes Liebste. Aber sie konnte sich Blake nicht arm vorstellen.

»Ich habe noch immer nicht das Gefühl, deine Frau zu sein«, sagte sie oft und oft.

»Das ist auch nicht so wichtig«, sagte Blake mit seiner fröhlichen Stimme. »Es ist ein reiner Zufall, eine bequeme Fügung. Das einzig Wichtige ist, daß du meine Liebste bist.«

Auf die große Couch im Atelier türmte er Kissen, und dort lag Susan und sah ihm bei der Arbeit zu. Er arbeitete ja so rasch, er pfiff dabei unablässig Brocken aus Liedern, dann unterbrach er seine Arbeit, um einen Drink zu mixen oder um sich neben Susan hinzuwerfen für einen Augenblick der Leidenschaft, aus dem er so plötzlich wieder auftauchen konnte, daß sie hilflos und verwirrt war. Seine Leidenschaft eilte der ihren voran.

Manchmal, wenn sie ihn beobachtete, verwunderte sie sich darüber, daß sie zufrieden war. Sie schien nicht mehr den Wunsch zu hegen, etwas zu schaffen, oder wenn sie den Wunsch hatte, befriedigte ihn vielleicht Blake mit dem, was er so rasch, so gewandt schuf. An seiner Seite wäre Susans Arbeit schwerfällig und langsam erschienen. Er machte damals eine Serie, die er seine Galerie der Modernen nannte. Einmal oder zweimal in der Woche, wenn Susan die Ateliertür öffnete, hatte Blake ein Modell bei sich, junge Männer oder junge Frauen mit mageren, theatralischen Körpern. Er modellierte sie hastig in einer Serie unregelmäßiger, konkaver Flächen, die gleichermaßen absurd und real waren.

»Ich kann ganz und gar nicht verstehen, wie du das machst«, sagte Susan. »Aber ich fühle, daß es Kunst ist.«

»Es ist die einzige Kunst unserer Zeit«, sagte Blake gleichmütig.

Sie sah ihn an. Wenn er unrecht hatte, hätte sie ihm widersprechen sollen. Die Kunst war nicht an die Zeit gebunden.

»Das heißt, die einzige lebende Kunst«, fügte er hinzu, und er pfiff Fetzen einer Rumbamelodie vor sich hin, nach der er mit Susan am Abend vorher auf einem Wolkenkratzerdach getanzt hatte. Abend für Abend führte er sie aus, irgendwohin, zu Leuten, die sie nicht kannte, und gemeinsam schauten sie dann von sterniger Höhe auf viele Meilen kleiner Lichter auf der Erde tief unten.

Sie fragte Blake: »Ich sollte doch meine Eltern besuchen. Warum will ich nicht zu ihnen fahren? Ich glaubte doch immer, ich liebte sie so sehr – ja, liebe ich sie denn?«

Er sagte: »Ich mache aus dir eine ehrliche Frau. Du hast nie wirklich den Wunsch gehabt, sie zu sehen, sondern warst nur der Ansicht, du sähest sie gerne. Kinder hassen von Natur aus ihre Eltern.«

»Das glaube ich nicht«, sagte sie überrascht. Verwirrt dachte sie über seine Worte nach. Manchmal vermochte er es, lässig und doch so grausam sicher den Nagel auf den Kopf zu treffen.

»Warum fährst du dann nicht, sie zu besuchen? Warum lebe ich glücklich und zufrieden ohne meinen Vater? Warum will er kein einziges Mal eine Nacht unter unserem

Dach verbringen? Warum sind John und Marcia so glücklich ohne uns?«

Sie gab keine Antwort. Wenn er so arbeitete wie jetzt, war sein Gesicht sehr hart, ebenso hart wie die scharfkantigen Wesen, die er schuf.

»Du bist hart, Blake«, sagte sie. »Warum?«

»Man kommt nicht weiter, wenn man nicht hart ist«, antwortete er und trat einen Schritt zurück, um den Tonklumpen zu mustern, dem er jetzt Gestalt aufzwang. »Das ist das Beste, was wir haben, wir Modernen – daß wir hart sind.«

»Aber warum denn?« beharrte sie.

»Erbarmungslose Liebe zur Schönheit«, sagte er. »Die pure Schönheit ist hart.«

Nein, an ihm war kein weicher Zug. Selbst in der größten Leidenschaft war er erbarmungslos. Sogar seine Zärtlichkeit war hart... Wie war sein Leben? Susan wollte es gar nicht wissen. Er fragte sie nie nach ihrem früheren Leben, ehe sie ihn kennengelernt hatte, und auch sie sprach nie davon. Sie lebten, als ob es sonst nichts gäbe auf Erden. Vielleicht war es auch so.

Sie ging in ihr Zimmer und schloß die Tür und schrieb einen langen Brief an ihre Eltern. »Ich bin sehr glücklich, meine Teuren«, schrieb sie am Schluß, »und ich komme in den nächsten Tagen auf längeren Besuch.« Dann fügte sie hinzu: »Natürlich möchte Blake Euch furchtbar gern kennenlernen«, und dann schrieb sie noch in einem letzten Postskriptum einen alten, kindlichen Satz: »Vergeßt nicht, daß ich Euch lieb habe! Sue.« Das war ein Brief, den sie um keinen Preis auf Erden ihrem Mann gezeigt hätte.

Blake fand sogleich Gefallen an Mary.

Sobald Susan nach New York gekommen war, hatte sie an Mary geschrieben, doch erhielt sie keine Antwort. Dann kam plötzlich nach einigen Wochen Mary zufällig ins

Haus, wie irgendein Besuch. Sie ließ sich anmelden und saß wartend im Salon. Blake fand sie dort, und er ging auf die Suche nach Susan, die er lesend in ihrem Zimmer fand.

»Unten sitzt ein Mädchen namens Mary und behauptet, deine Schwester zu sein«, sagte er. »Ein hübsches Ding – sieht dir gar nicht ähnlich.«

Sie ging in den Salon, und dort saß Mary, ganz in Schwarz und Weiß, die blassen Hände auf den Knien gefaltet. »Hallo, Susan«, sagte sie. »Wie lächerlich, daß du gerade mit Blake Kinnaird verheiratet bist!«

»Kennst du Blake denn?« Susan küßte die kühle, glatte, blasse Wange, die Mary ihr darbot. Mary küßte nie jemanden. Sie reichte nur die Wange zum Kuß und blickte dabei zur Seite.

»Nein, aber Michael kennt ihn«, sagte Mary.

»Wo ist Michael?« fragte Susan.

»Wir sind eben erst von Norwegen zurückgekommen«, sagte Mary kühl. »Er hat dort Felsen und Wasser und ähnliche Dinge gemalt. Er bewundert Blake ganz ungeheuer, doch hat er gelacht, als er hörte, daß du mit ihm verheiratet bist. Jetzt muß es dir ganz seltsam vorkommen, Susan. Michael sagt, er könne sich überhaupt nicht vorstellen, daß Blake jemanden wirklich heiratet. Nun, wenigstens bist du unabhängig – er will gewiß keine Kinder und nichts von dem ganzen Klimbim.«

Blake war eingetreten. Er zündete sich eine Zigarette an und blickte mit seinen schmalen grauen Augen manchmal zu Mary hin. »Was sprechen Sie da von mir?« fragte er.

»Ich habe gesagt, daß Susan, weil sie mit Ihnen verheiratet ist, ihre Unabhängigkeit aufrechterhalten kann«, sagte Mary so leichthin, als hätte sie ihn seit je gekannt. Jetzt gab es in ihr keine Spur mehr von Scheu. Vielleicht war sie in Gesellschaft von Frauen schweigsam, aber gewiß nicht vor Männern.

»Keiner von euch versteht Susan«, sagte Blake. »Sie ist ganz und gar nicht unabhängig in ihrem Wesen. Nicht wahr, Susanne?«

Mary lächelte. »Schluß mit den Theorien, Susan?«

»Keine einzige Theorie mehr«, sagte Blake in Susans Namen. »Sie ist das weiblichste Exemplar ihrer Gattung.«

»Das habe ich von jeher geargwöhnt«, sagte Mary, und ihr kleiner Mund zuckte. »Vertrauen Sie ihr nicht! Eines Tages spielt sie Ihnen noch den Streich und bekommt ein Kind. Sie hat immer Kinder haben wollen.«

»Das wäre ein Scheidungsgrund«, erklärte Blake. »Ich habe eine Frau namens Susan Gaylord geheiratet – nicht eine Firma Susan Gaylord & Co.«

Und so sprühten die Funken des Geplauders zwischen den beiden, spitz und paradox und scherzhaft. Mary war die Gattung Frau, die Blake sogleich bekannt war, und obwohl sie ihn noch nie gesehen hatte, fühlte auch sie sich völlig vertraut mit ihm. Susan saß da und beobachtete die beiden und lächelte und empfand eine gewisse Verwirrung, als ob sich die beiden über sie lustig machten. Sie kam sich linkisch, albern und unscheinbar vor. Als Mary gegangen war, fragte Susan demütig: »Warum hast du mich geheiratet, Blake?«

»Ich habe nicht die leiseste Ahnung,« sagte er mit nekkendem Blick.

»Hältst du Mary für hübsch?« fragte sie. Der Raum lag im Dämmerlicht, und sie konnte Blakes Gesicht nicht sehen.

Er griff nach einer Zigarette, und der Lichtschein des Zündholzes erhellte sein schmales, hübsches Gesicht, auf dem ein Ausdruck plötzlicher Vorsicht lag.

»Ist sie hübsch?« sagte er sinnend. »Ich weiß es nicht. Sie wäre leicht zu zeichnen. Sie hat Linien. Aber sie gleicht dir ganz und gar nicht.«

Es verlangte sie auszurufen: »Du mußt wissen, Blake, sie

war ein häßliches Kind.« Dann wollte sie sagen: »Als Mary jung war, war sie wirklich abscheulich.« Dann war sie entsetzt, als sie solche Kleinlichkeit an sich entdeckte. Die Liebe zu Blake entfremdete sie ihr selbst. Niemals hatte sie noch so an Mary gedacht. Es war furchtbar, sich selbst erkennen zu müssen. Sie sprach kein Wort. Statt dessen saß sie da und dachte rasch nach: Ich könnte Mary jetzt ein schönes Geschenk machen – etwas wirklich Hübsches und Teures. Blake ist doch so großzügig.

»Machen wir Licht.« Blake sprang auf. »Dunkle Zimmer sind mir verhaßt.«

Der Raum erstrahlte in plötzlichem Licht. Blake neigte sich über Susans Sessel.

»Woran denkst du?« fragte er.

»Ich habe gedacht, daß ich Mary etwas Hübsches schenken möchte«, sagte sie schlicht.

Da lachte er zu ihr hinab, aber seine grauen Augen waren scharf und hell.

»Du hast schlechte Dinge über sie gedacht«, sagte er. »Du schämst dich.«

»Woher weißt du das?« fragte sie und öffnete die Augen sehr weit.

»Oh, meine einfache Susan!« sagte er, und er lachte wieder.

»Bin ich einfach?« fragte sie verwirrt. »Zu einfach für dich, Blake?« Ach, wenn er nur aufgehört hätte zu lachen. Warum verlachte er sie so oft?

»Gute Menschen sind immer einfach«, erklärte er. Er stand noch immer über sie gebeugt und schaute ihr in die Augen.

»Mary –«, begann sie.

»Mary«, sagte er, »ist wie alle anderen Frauen. Du nicht. Und das ist alles.«

»Marmor –«, sagte der alte Mr. Kinnaird. Während einer plötzlichen Hitzewelle waren Susan und Blake für eine Woche im August nach Fane Hill gefahren. Blake hatte sich eines Morgens angeekelt von seinem Tonmodell abgewandt.

»Alles bleibt mir an den Händen kleben«, sagte er. »Mach dich bereit, Susanne. In Fane Hill ist es besser. Das Haus ist so groß dort, daß uns der alte Knabe nicht allzusehr zur Last fallen wird.«

»Ich würde ihn gerne näher kennenlernen«, sagte Susan. Sie sprang auf. Der Gedanke an Bäume machte sie froh.

»Ach, den kann man nicht kennenlernen«, sagte Blake. Er wusch sich jetzt sorgfältig die Hände und parfümierte die Handflächen ein wenig, denn der Ton ließ einen Geruch zurück, den Blake nicht leiden mochte.

Eine Stunde später saß Susan schon unter einer großen Ulme, ein kühles Glas in der Hand, und sie hörte dem alten Mr. Kinnaird zu. Blake lag im Gras, mit geschlossenen Augen, Arme und Beine in anmutiger Erschöpfung von sich gestreckt.

»Marmor«, sagte der alte Mr. Kinnaird, während er mit einem langstieligen Silberlöffel sorgfältig das Getränk in dem hohen Glas umrührte. »Den Marmor kann man sein Lebtag nicht verstehen. Ich glaube, daß es kaum jemanden gibt, der mehr von Marmor weiß als ich. Ich verkaufe ihn nicht nur – ich behalte mir die schönsten Stücke zurück, um sie zu studieren, um sie zu verstehen und um sie schließlich in Hände zu geben, die damit umgehen können.«

Er hätte aus seinem eigenen Marmor gemeißelt sein können, so dachte Susan. Da saß er unter den Bäumen in den Schatten, die der leichte Wind bewegte, saß da, sehr mager und aufrecht, in seinem hellen Flanellanzug. Quer über dem einen langen, schmalen, mit einem weißen Schuh bekleideten Fuß lag ein kleiner, glatthaariger schwarzer Terrier, der in unruhigem Schlaf das Ohr spitzte.

»Nebenbei bemerkt«, sagte der alte Mann mit seiner trokkenen, silbernen alten Stimme, »wenn du in Marmor arbeiten willst, meine Liebe, würde ich mich ganz besonders freuen – ich habe ein paar Stücke italienischen Marmor, die ich seit Jahren aufhebe, weil ich immer glaubte, Blake würde eines Tages in Marmor arbeiten wollen. Aber er will ja nicht.«

»Meine Arbeit will es nicht«, murmelte Blake, ohne die Augen zu öffnen.

In irgendeinem unbestimmten Teil ihres Wesens fühlte sie eine leichte Regung von Anteilnahme.

»Ich würde den Marmor gerne sehen«, sagte sie, und dann fügte sie hinzu: »Ich meine, irgendeinmal.«

Blake gähnte sehr anmutig, ohne auch nur im geringsten unvorteilhaft auszusehen. »Ich hasse das Landleben«, murmelte er. »Es macht einen langweiligen Kerl aus mir. Jetzt möchte ich schlafen.«

Er legte sich den Arm über die Augen und sank sogleich in leichten Schlummer.

»Warum nicht gleich?« fragte Mr. Kinnaird. Jetzt war ein Eifer in ihm, den er bisher nicht gezeigt hatte, und Susan stand auf.

Sie ließen Blake im Gras schlafen und wanderten einen schattigen Pfad entlang.

»Meine schönsten Stücke habe ich alle hier beisammen«, sagte Mr. Kinnaird. »Bei jeder Lieferung wähle ich mir die Blöcke aus, die ich nicht verkaufe. Und die verschenke ich dann –«

Er zog einen Schlüssel aus der Tasche und öffnete die Tür einer großen, ungestrichenen Holzscheune am Ende des Weges. Im Inneren standen Blöcke rauhen Marmors von jeder Größe.

»Sie alle warten«, sagte er freundlich. »Möchtest du einen haben, meine Liebe? Einmal habe ich David Barnes hergeführt, und er nahm sich drei Stücke – ein großes für einen seiner Titanen und zwei kleine. Aus dem einen machte er seinen Edison.«

Rastlos schritt sie zwischen den Blöcken herum. Wieder regte sich etwas in ihr.

»Du darfst nicht gleich deine Wahl treffen«, sagte er. »Wenn du bereit bist – die Blöcke stehen hier. Marmor darf man nicht rasch wählen.«

»Das weiß ich«, sagte sie. Sie hätte mehr sagen sollen und vermochte es nicht. Sie war froh, als er die Tür schloß, und noch immer fühlte sie, wie diese Ratlosigkeit sich in ihr regte, gleich der Ankündigung eines Schmerzes.

»Weißt du, Blake hat unrecht mit dem Marmor«, sagte Mr. Kinnaird. »Marmor ist das einzige Material für den wirklichen Bildhauer – nicht Ton. Nur die Großen können in Stein arbeiten. Blake hat Angst davor.« Susan sah ihn an. Sein Gesicht war ruhig und kalt, während er über den Sohn sprach. »Blakes Arbeiten«, fuhr er fort, »könnten dem Marmor nicht standhalten. Man muß innere Festigkeit haben, sonst nimmt es der Marmor nicht auf. Nein, der Marmor ist nur für das Einfache – das heißt für das Ewige.«

Sie hörte ihn an, erstaunt darüber, daß er das wußte. Aber sie erwiderte nichts. Tief in ihrem Inneren regte sich etwas, und sie lauschte ihm, als trüge sie ein Kind.

Am ersten kühlen Tag im Frühherbst ging sie allein zum Halfred-Gedächtnisspital, um die Arbeit zu sehen, die sie gemacht hatte. Einmal oder zweimal war ihr der Gedanke gekommen, Blake davon zu erzählen, doch dann unterließ sie es. Sie hatte Angst, daß Blake die Gruppe sehe. Sie hatte sie vor so langer Zeit geschaffen, daß sie ihrem Gedächtnis nicht mehr vertrauen mochte und nicht wußte, ob die Arbeit gut war oder schlecht. Zuerst wollte sie allein hingehen.

An einem kühlen Nachmittag im späten September ging

sie hin, und Leute gingen ein und aus, und sie schritt durch eine der Türen und stand dann ruhig in der Halle und schaute ... Ja, da waren sie, die Menschen, die sie geschaffen hatte, für immer festgehalten in unwandelbarer Bronze. Die Zeit konnte Malerei zerstören, Bücher konnten in Staub zerfallen und vergehen, und die Musik verstummte, doch was sie geschaffen hatte, ob es nun gut war oder nicht, mußte dauern. Feierlich schaute sie, denn diese Gestalten waren ewiger als sie selbst.

Und während sie schaute, erschienen ihr die Gestalten plump und zu groß. Waren sie wirklich so, oder hatte sie sich an die überschlanken, kantigen Figuren Blakes gewöhnt? Sie hatte diese Menschen geschaffen, ehe sie Blake kennengelernt. Sie waren gewaltig – die Schultern des Mannes breit, die Brüste der Frau voll. Sie konnte Blake höhnen hören: »Hoffnungslos realistisch, teuerste Susanne!« Doch warum erschienen sie ihr dann so lebendig? Die dunkle Bronze glänzte vor Leben, wenn das Licht darauffiel. Sie schienen sich zu bewegen und Leben zu atmen. Zwei Mädchen traten ein und stellten sich neben Susan, und gummikauend starrten sie die Gruppe an.

»Die Frau ist aber furchtbar traurig, findest du nicht?« flüsterte die eine der anderen zu.

»Nja«, sagte die andere. »Man möchte beinahe weinen.«

Wenn Blake hier gewesen wäre und das gehört hätte, hätte er herzlich gelacht.

Susan wandte sich zum Gehen. Daheim fragte sie nicht einmal, ob Blake da sei. Sie ging in ihr Zimmer und schloß sich ein. Sie legte das Straßenkleid ab und badete und nahm eine Atlasrobe und legte sich auf eine Couch. Der Couch gegenüber hatte Blake schräghängende Spiegel anbringen lassen, und sie sah sich immer wieder und wieder und kleiner und kleiner, bis der Raum voll zu sein schien von hübschen, müßigen Frauen in elfenbeinfarbenem Atlas, ausgestreckt auf cremefarbenen Atlascouches. Schlaff hob sie die Hand. Die war weich und weiß geworden wie noch nie. Ihre Hände – ach, ihre Hände! Und nun sah sie in den Spiegeln unzählige hübsche Hände erhoben, schlaff und weiß. Und da wandte sie sich ab von diesen Frauen und vergrub das Gesicht in den Armen.

Als Blake eintrat, bewegte sie sich nicht. Sie hörte ihn kommen. Er trat neben sie, und noch immer bewegte sie sich nicht. Dann fühlte sie seinen Griff an ihren Schultern, und er drehte sie zu sich um. Seine Hände waren rasch und hart und taten ihr immer ein wenig weh bei jeder Berührung, als wären sie geschliffen.

»Aber du schläfst ja gar nicht«, rief er. »Ich dachte, du schliefest.«

Sie schüttelte den Kopf, und er setzte sich. In den Spiegeln setzten sich große, hübsche, schlanke Männer nieder und beugten sich über hübsche Frauen.

»Was gibt es denn?« fragte er.

Aber er wartete gar nicht auf eine Antwort. Seine grauen Augen funkelten, während er sie anschaute. »Du bist schön«, sagte er unvermittelt.

In den Spiegeln beugten sich die Männer nieder und nahmen die Frauen in die Arme. Über Blakes Schultern sah es Susan. Alle diese Männer waren Blake, aber keine einzige dieser Frauen war sie – nein, sie kannte die Frauen nicht.

Ihr Leben, das immer schlicht und ganz gewesen war, war jetzt ein wildes Wirrsal von Bruchstücken, die alle auffunkelten und alle nur einen Augenblick dauerten. Nichts vermochte diese Stücke aneinanderzukitten. Sie waren nicht zu einem Leben verbunden. Susan schritt von einem Zimmer ins andere, und alle die vielen Zimmer bildeten kein Haus, in dem ihre Seele leben konnte. Sie hatte alles.

Es gab wirklich nichts Erdenkbares, das sie nicht hatte. Blake liebte sie leidenschaftlich. Sie war sein ein und alles. John und Marcia kamen heim, und sie war ihre Mutter, und sie hörte zu, während die beiden sprachen.

»Ich habe sechsundfünfzig Fische gefangen, und wir haben sie gegessen«, sagte John. »Warum bist du nicht zu Besuch gekommen, Mutter?«

»Und ich bin geschwommen und geschwommen.« Marcia, braun wie Bronze, lief durchs Zimmer und machte Schwimmbewegungen.

Jane kam zurück und brachte Einsiedegläser mit Marmelade und Kompott mit. »Das übrige ist im Keller daheim«, sagte sie.

»Aber warum, Jane?« fragte Susan. »Das Haus steht doch leer.«

»Man weiß nie«, antwortete Jane. »Ich hatte das Gefühl, es tun zu müssen. Und dann habe ich alles saubergemacht. Dort ist es wie im Himmel – so ruhig.«

Die Wände dieses Hauses standen plötzlich fremd rings um Susan.

»Wie ist der neue Brunnen?« fragte sie.

»Herrlich, Gnädige«, sagte Jane. »Das Wasser ist klar und kalt.«

Susan erwiderte nichts. Hätte Mark dieses klare, kalte Wasser getrunken, hätte er nicht sterben müssen. Doch dann wäre dieses ganze Leben mit Blake nie gewesen. Jetzt konnte sie sich ein Leben ohne Blake nicht vorstellen.

Sie war Blakes Liebste, und er war ihr Liebster!

»Nimm heute dein dunkelgoldenes Kleid, Susanne«, sagte Blake. Sie gingen zum Tanz. »Du sollst immer dunkles Gold tragen, Liebste, und laß mich dein Haar ordnen. Alle Leute kommen jetzt wieder in die Stadt zurück, und alle Leute wollen wissen, wen Blake Kinnaird geheiratet hat. Du erinnerst dich doch, daß ich immer sagte, ich würde niemanden heiraten. Ach, Susanne – hol der Teufel deine herrlichen Augen!« Und sie war hingegangen als Blakes Liebste, und sie hielt sich stolz, und sie war stolz, als sie diese fröhlichen, schönen Menschen Blake umringen sah. Leicht lag Blakes Arm um sie.

»Susanne, Susanne!« Er stellte ihr alle vor. Frauenaugen betrachteten sie neugierig und kalt, aber die Blicke der Männer waren heiß. Doch sie betrachtete alle gleichermaßen und sprach kaum ein Wort.

Und während sie sie musterte und ihnen zuhörte, dachte sie, sie werde wohl nie imstande sein, mit ihnen zu sprechen. Sie konnte die Reden dieser Leute nicht verstehen. Blake verstand sie. Blake warf den Ball des spitzen Gespräches hin und her. Unvermittelt kamen Frauen zu ihm mit glitzernden Worten und gähnenden Augen. Die Blicke aller Frauen lagen glühend auf Blake. Ihre Augen schufen um ihn einen Pfuhl der Wärme. Und er glich einem glänzenden, silbrigen Geschöpf, das durch diese Wärme schoß, den Frauen zu, von den Frauen fort, ausweichend, neckend, lächelnd. Keine konnte ihn haschen. Sie streckten die Hände aus beim Sprechen, er aber entglitt ihnen, als wüßte er nicht, daß eine Hand bereit war, seinen Arm, seine Hand zu berühren.

Blake weiß sich zu schützen, dachte sie. Dann dachte sie erstaunt: Aber es macht ihm Freude. Er liebt es – ein wenig liebt er jede einzelne dieser Frauen. Und während sie inmitten unablässigen Flatterns und Zuckens und Neckens still dasaß, fragte sie sich wieder erstaunt, ohne Demut, nur in hellem Staunen, warum er sie wohl geheiratet hatte.

»Hast du dich gut unterhalten?« fragte Blake, als sie um vier Uhr morgens zu Bett gingen. Er war ein wenig betrunken, und er hob ihren Kopf in die Höhe und bedeckte ihren Hals mit Küssen. Sie lag gleichmütig da und sann nach.

»Ich glaube schon«, sagte sie ernst. »Nur ist es sonderbar, daß ich mich an kein einziges Gesicht erinnern kann.«

»Du bist angeheitert«, sagte er lachend.

Aber sie hatte während des ganzen Abends keinen Tropfen getrunken. Sie hatte nichts anderes getan als beobachtet und zugehört und gestaunt.

»Susanne, komm her!« befahl Blake. Gefügig näherte sie sich ihm. Sie war Blakes Liebste, und er war ihr Liebster, mochte sie auch nicht wissen, warum. Aber auch das war nur ein Gedankenfragment ...

Einmal kam Michael auf Besuch. Er kam allein, und auch sie war allein. Er war ganz zum Mann geworden, das sah sie sogleich. Der schöne Knabe war völlig verschwunden. Verschwunden auch die Ähnlichkeit mit dem jungen Christus, als hätte es eine solche Ähnlichkeit nie gegeben. Das blonde Haar schimmerte nun dunkler und glatter. Michael trug einen kleinen Schnurrbart und war stärker geworden. Er erwähnte Mary überhaupt nicht und erwähnte auch nicht, daß sie mit ihm in Norwegen gewesen war.

»Ich mache eine Ausstellung – meine Fjordlandschaften«, sagte er. »Den ganzen Sommer habe ich nichts anderes gemalt als Felsen und Wasser und Akte – doch zumeist Felsen und Wasser. Der weiche Körper einer Frau auf einem nassen, schwarzen Felsen, wenn die Brandung dagegen antost, ist etwas ganz Besonderes – man möchte schwören, daß die Wogen sie zerschmettern werden. Ja, man hat den Wunsch, daß sie zerschmettert werde.« Er machte eine Pause. »Ich male jetzt nur solche Sachen«, sagte er lässig. »Man macht, was man machen muß –« Er stand auf und schritt zum Fenster des Salons und schaute zum Fluß hinab.

»Malen Sie keine Pferde mehr?« fragte sie. »Früher haben Sie laufende Pferde so schön gemalt. Man konnte den Windhauch spüren.«

»Ich habe ein paar Wildpferde an einer Wasserlache in der Wüste gemalt«, sagte er. »Der alte Joseph Hart hat das Bild gekauft.«

»Erzählen Sie mir davon«, bat sie.

»Ach, da ist nichts zu erzählen«, sagte er ungeduldig. »Ich war im Westen und hatte noch nie Wildpferde gesehen. Man sprach zwar davon, aber ich hatte noch keines gesehen. Und als ich eine Nacht schlaflos lag, trat ich aus meiner Hütte und erstieg einen kleinen Sandhügel, und da waren sie, neun Stück, und tranken aus einer Wasserlache am Fuß des Hügels. Eines war schwarz, alle anderen aber weiß. Sie schienen mich zu fühlen. Das schwarze witterte mich. Dieses schwarze war der Anführer. Es hob den Kopf und wieherte, und fort waren sie alle, im gestreckten Galopp hinter dem schwarzen, vom Mondlicht beschienen.«

»Ich kann das vor mir sehen«, sagte sie. »Oh, Michael!«

Aber er zündete sich eine Zigarette an.

»Es wird interessant sein zu beobachten, was Sie und Kinnaird einander antun werden«, sagte er. »Einer von euch wird sich ändern. Freilich kann ich mir nicht vorstellen, daß er anders werden sollte.«

»Sie sind nicht verheiratet?« fragte sie.

»Gott sei Dank, nein!« rief er. »Das wäre mein Ruin.«

»Warum?« fragte sie, und sie entsann sich, wie verzweifelt er einst den Wunsch gehegt hatte, Mary zu heiraten.

»Ich will mir niemanden so nahe kommen lassen«, sagte er. »Dazu bin ich nicht stark genug. Das weiß ich jetzt. Mein Wesen würde gestört. Ich wüßte nicht mehr, was ich malen sollte.« Er machte eine Pause und fügte hinzu: »Bei Ihnen ist das anders.«

»Warum?« fragte sie.

»Nun ja – Sie sind eine Frau –« Er zuckte die Achseln.

»Nun, und? Und eine Frau?« wiederholte sie.

»Bei Frauen liegt der Fall anders«, sagte er. »Das ist physiologisch bedingt.«

Sie wollte widersprechen, unterließ es aber. Als Blake letzte Nacht schlafen gegangen war, hatte sie ruhig dagelegen, erschöpft und befriedigt. Ja, sie war noch immer zufrieden. Sie saß da und musterte Michael mit stetigem

Blick, und sie war zu ehrlich abzuleugnen, was sie war.

Sie war Blakes Liebste.

Eines Tages kam David Barnes hereingestampft. Susan und Blake saßen allein beim Lunch, und er schloß sich ihnen an.

»Ihr beide!« sagte er, während er in dem mit vielen Spiegeln geschmückten Speisezimmer um sich blickte. Hier hatte Blake die schiefen Spiegel, die er so liebte, in die Wandtäfelungen setzen lassen, so daß das Zimmer erfüllt war von diesen drei immer aufs neue wiederholten Personen. »Blake, ich hätte mir gedacht, daß Sie in Paris etwas anderes anfangen würden als heiraten.«

»Das liegt doch an Susanne«, sagte Blake leichthin. »Sie gehört zu der verdammten Sorte von Frauen, der man nichts anderes vorschlagen darf als eine Heirat. Denn etwas anderes paßt nicht zu dem Typus. Gott weiß, daß ich nicht habe heiraten wollen«, fuhr er fort. »Ich habe es auf alle anderen Arten versucht, nicht wahr, Susanne? Aber bei ihr hieß es: Heirat oder nichts.«

»Blake!« rief Susan. »Du hast mich doch gleich am Anfang um meine Hand gebeten.«

»Ach«, sagte Blake, und er warf Barnes einen Blick zu. »Vorher hat sie nichts verstanden. Sie ist ein dummes Geschöpf. Das wissen Sie ja, Barnes.«

Sie lachten, und als Susan errötete, lachten die beiden wieder, weil sie in ihr Zweifel an sich selbst geweckt hatten. Hatte sie Blake nicht verstanden?

»Ich weiß, daß du mich nur neckst«, rief sie aus, aber sie war dessen nicht so sicher.

Und sie war gar nicht mehr sicher, als nach dem Mittagessen Blake fortging und sie mit David Barnes allein ließ.

»Sie sind also verheiratet, Susan«, sagte er unvermittelt.

Er zündete sich die Pfeife an und streckte die Beine aus und ließ die Gelenke seiner großen, schmutzigen Hände knakken. »Ich hatte gedacht, Sie seien dessen schon satt und wollten arbeiten. Werden Sie denn nie wieder anfangen zu arbeiten? Sie sind eben eine Frau. Die Frauen wollen von wirklicher Arbeit nichts wissen.«

»Etwas in mir hat nach Blake verlangt«, sagte sie ehrlich.

»Blake wird nicht so sein wie jener, na, wie hat er denn geheißen? Er macht Ihnen nicht die Freude, jung zu sterben«, sagte David Barnes, und der Ausdruck seiner Augen wurde grimmig. »Blake wird leben und weiterleben. Ihm ist es lieber, wenn alle anderen früher sterben. Er stirbt nicht.«

»Wenn Blake stürbe, stürbe auch ich«, sagte sie.

»Ah«, sagte David Barnes. »Sie meinen?«

Sie gab keine Antwort. Einen Augenblick schaute sie auf, und sie bemerkte, daß er sie neugierig musterte, als kennte er sie nicht.

»Was gibt es denn?« fragte sie. »Was haben Sie?«

»Fühlen Sie keinerlei Schuldbewußtsein?« fragte er.

»Schuldbewußtsein?« wiederholte sie.

»Ja, Schuldbewußtsein«, sagte er. »Schuldbewußtsein! Ihr Leben verstreicht, und Sie leisten nichts.«

Sie schüttelte den Kopf. »Ich bin zufrieden, daß ich lebe«, antwortete sie.

»Daß Sie lebenl« flüsterte er. »Das nennen Sie lebenl Dann hat es gar keinen Sinn, Ihnen etwas zu sagen.«

Und sehr bald darauf ging er fort.

Sie war ihm nicht böse. Er dauerte sie sogar ein wenig.

»David Barnes lebt in einer Schachtel«, sagte sie am Abend zu Blake. »Er hat sein Leben von seiner Kunst erschlagen lassen. Das Leben muß aber zuerst kommen, nicht wahr, Blake? Aus allem Erlebten ersteht es schließlich als Blüte und Samenkorn.«

»Denkst du noch immer an die Kunst?« fragte Blake.

Seine grauen Augen verlachten sie. »Ich dachte, du hättest das alles hinter dir –« Doch ehe sie noch emporblicken konnte, sagte er rasch, und seine grauen Augen funkelten: »Susan, heute abend fiel mir ein Kleid für dich ein, ein Kleid, das ich dir machen möchte – dünnes Goldgewebe auf Rot – weißt du, steif abstehendes Gold – und darunter das grelle Rot.« Und er begann, auf einen der kleinen Papierblöcke, die er überall im Hause liegen hatte, zu zeichnen. Sie lehnte sich über ihn und sah zu. Allmählich fühlte sie Liebe für die Kleider, die er ihr zeichnete. Anfangs war sie scheu gewesen, wenn er sie bekleidet hatte, aber jetzt war ihr Körper Ton in seinen Händen. Und sie fühlte sich froh. Denn sie war Blakes Liebste, und er war ihr Liebster. Sie fuhr fort, ihr Leben zu leben, ein helles Fragment nach dem anderen. Erst lange Zeit nachher erinnerte sie sich daran, daß David Barnes an diesem Tag kein Wort über seine Titanen oder überhaupt über seine Arbeiten gesprochen hatte.

Blake sagte: »Weihnachten bedeutet mir nichts, mein Schatz. Natürlich kannst du die Kinder nehmen und mit ihnen zu deinen Eltern fahren. Sonst fühlst du dich ja ganz unglücklich, wenn du deine Pflicht nicht tust – ich hingegen fühle mich unglücklich, wenn ich sie tue. Darum lasse ich mich nicht von meinem Vater einladen. Er soll allein in Fane Hill essen, wie er es immer tut.«

»Was wirst denn du zu Weihnachten machen, Blake?« fragte sie verwirrt. Irgendwie erschien es ihr als Unrecht, Blake an diesen ersten Weihnachten allein zu lassen. Aber er haßte Gedenktage. »Warum spricht man mir immer von der Zeit?« Das waren seine Worte.

»Es gibt Hunderte von Dingen, die ich tun kann«, sagte er. »Aber ich erzähle dir nichts davon. Ich sage dir nur: wenn du hierbleibst, bitte ich dich, das Haus nicht mit

Christbäumen und Flitter zu verunstalten und auch deinen Kindern zu verbieten, daß sie mich mit Geschenken überhäufen, die ich nicht brauche.«

»Schön«, erwiderte sie ruhig. Sie wußte nie genau, ob Blakes Reden ernst gemeint waren. Sie beobachtete ihn unablässig, damit sie den genauen Sinn seiner Worte entdeckte, denn vom bloßen Hören konnte sie sie nicht verstehen.

Zum erstenmal war ihr der Wunsch gekommen, eine kleine Weile von ihm fern zu sein. Sie konnte es nicht ertragen, auch nur eine einzige Nacht nicht mit ihm zu verbringen, und doch fühlte sie sich allmählich erschöpft. Er bewog sie zu einem Leben, das nicht das ihre war. Sie war mager geworden, obwohl sie in tiefstem Müßiggang lebte. Sie hegte den Wunsch, von ihm fortzugehen und in einem ruhigen, altmodischen Haus vor einem Kaminfeuer zu sitzen und nichts anderes zu hören als vertraute, heimatliche Geräusche. In Blakes Haus war alles rasch und auf Blakes Wünsche abgestimmt. Die Diener waren nervös und allzu dienstfertig. Susan kannte diese Leute noch immer nicht. Selbst Jane war nicht die alte. Sie hatte ein eigenes kleines Zimmer neben denen der Kinder und kam mit dem anderen Gesinde nicht in Berührung.

»Jane, wir werden Weihnachten bei meinen Eltern verbringen«, sagte Susan.

»John hat sehr darum gebetet«, sagte Jane.

»Ich brauche Erholung«, sagte Susan langsam. »Obwohl ich nicht weiß, wovon.«

Jane öffnete den Mund, doch schloß sie ihn wieder, und dann ging sie packen.

Nachdem Susan ihren Entschluß gefaßt hatte, klammerte sie sich wieder an Blake. »Ich möchte dich nicht verlassen«, sagte sie. Nun waren die Feiertage da, und in der Hall hüpfte John auf einem Bein hin und her, und Marcia trug ihren neuen Hut und Mantel. Natürlich mußte Susan fahren. Die Kinder hätten eine solche Enttäuschung nicht verwunden. Doch wenn sie allein gewesen wäre, wäre sie nicht fortgefahren. Blake war in ihrem Blut wie ein toller Trank, wie eine süße Krankheit. Vor allem anderen hatte sie ihr Leben verschlossen.

»Ja, ja, du willst mich verlassen«, sagte Blake, und seine Augen glitzerten. »Du willst fort von mir.«

»Wirklich?« rief sie. »Woher weißt du das, Blake?«

»Du bist ein wenig verändert, Susanne«, sagte er. »Ein klein wenig. Ich fühle es, wenn ich dich in den Armen halte. Du gibst dich nicht so ganz. Geh nur, und du wirst sehen, wie ich dir fehle.«

»Werde ich dir fehlen, Blake?«

»Ja, natürlich wirst du mir fehlen«, sagte er. »Aber ich will die Nase nicht hängen lassen deinetwegen – und überhaupt um niemandes willen. Ich habe tausend Dinge zu tun.«

Er küßte sie in seiner harten, raschen, ungestümen Art. »Jetzt sieh zu, daß du fortkommst«, sagte er. Aber sein Blick heftete sich auf sie, des Besitzes sicher.

Er liebte sie, aber er hatte keine Zärtlichkeit für sie.

Sie war so lange Zeit ohne Zärtlichkeit gewesen, so lange Zeit hatte sie in der dünnen Höhenluft der Leidenschaft verbracht, daß ihr dieses Haus der Kindheit eine Welt des Behagens bedeutete. Sie versank in die Schäbigkeit seiner alten Fauteuils und Sofas, der breiten alten Betten und der verblaßten Vorhänge. Als sie ihren Vater an der Tür sah, überkam sie das plötzliche Verlangen, zu weinen. John lief geradewegs in die Küche.

»Es ist lange her, seit ich zuletzt in einer Küche war«, hatte er während der Autofahrt gesagt, und Marcia hatte gerufen: »Ich war überhaupt noch nicht in einer Küche.«

»Doch, du warst in einer Küche«, sagte er ernst, »aber du

erinnerst dich nicht daran. Ich kann mich selbst kaum daran erinnern.« Marcia lief hinter ihm her.

Susan hörte das erregte Lachen ihrer Mutter. »Nein, so etwas –«

»Ich habe einen neuen Mantel und einen neuen Hut«, rief Marcias hohe Stimme.

Susan hielt ihren alten Vater umschlungen, und ihre Lippen zitterten. »Aber, aber, Sue, mein Mädel«, sagte er, und er tätschelte ihr den Rücken.

»Vater, ich habe schlimme Zeiten hinter mir«, wollte sie sagen. Aber das war ja nicht richtig, so dachte sie, erstaunt über solche Verlogenheit. Es war nicht wahr. Doch sie bedurfte der Zärtlichkeit, sehnte sich albern und unklar nach irgendeiner Anteilnahme. Aber sie hatte keine Ahnung, warum.

»Ich weiß nicht, warum ich weine«, sagte sie, halb schon lachend, und sie versuchte, ihr Taschentuch hervorzuziehen. »Es ist so schön, dich wiederzusehen, Papa. Aber du bist mager geworden.« Er sah gebrechlich und alt aus.

»Ja, ja«, sagte er. »Na also, die Mutter wartet auf dich. Deine Zimmer sind bereit. Marcia schläft in Marys Zimmer. Mary kommt zu Weihnachten nicht heim, sie hat andere Pläne. Ich verstehe das Mädel nicht, Susan. Vielleicht verstehst du sie. Sie gehört nicht zu uns.«

»Es gibt eine Menge Menschen gleich ihr«, sagte Susan. Sie wollte nicht über Mary sprechen. Sue küßte ihren Vater auf die braune Wange und ging in die Küche, ihre Mutter zu suchen. Die saß am Tisch vor dem Fenster und schnitt Brot für die Kinder, und nun reichte sie Susan die weiche, welkende Wange zum Kuß. Jane schälte bereits Kartoffeln.

»Du siehst immer gleich aus, Mutter«, sagte Susan. Der untersetzte, massige Körper der Mutter war gar nicht gealtert. Auch zeigte sich keinerlei Weiß in dem verblaßten blonden Haar. Nur das Gesicht war jetzt ein Muster von

Runzeln, und ein lockeres Welken der einst hellen Haut verlieh ihr einen Ausdruck kindischen Greisentums, einschrumpfend, aber unreif.

»Ich bin gesund«, sagte die Mutter. Dann sah sie Susan an. »Du bist mager, Sue – ich glaube nicht, daß ich dich je so mager gesehen habe. Nun, du wirst schon zunehmen... John sieht Mark ähnlich, nicht wahr? Aber mehr in der Gestalt als im Gesicht.«

»Das habe ich nicht bemerkt«, sagte Susan. Sie musterte nun John. Mark war allzulang tot, und sie sah einzig John.

»Die Kinder dürften sich an ihn gar nicht mehr erinnern«, sagte die Mutter kummervoll. »Seine Eltern haben es nie verwunden. Die haben sich zurückgezogen und gehen nirgends mehr hin. Jahrein, jahraus sehe ich nichts von ihnen, denn jetzt besuchen sie nicht einmal mehr die Kirche. Seit dem Sonntag, an dem Mark starb, waren sie nicht in der Kirche. Du erinnerst dich doch, daß er an einem Sonntag starb? Die Leute sagen, die beiden seien ungläubig geworden, als Mark starb.«

»Ich weiß nicht, was für ein Tag es war«, sagte Susan. Sie konnte wohl Marks Eltern besuchen. Aber warum? Mit Marks Tod waren sie aus Susans Leben entschwunden. Und welchen Glauben hätte sie ihnen wieder geben können?

Die Küche war warm und vom Duft der Gewürze erfüllt. Rote Geranien standen im Fenster, und die Sonne schien voll darauf. Susans Mutter streute braunen Zucker auf die Butterbrote.

»Das hätte ich auch ganz gerne«, sagte Susan. Als kleines Mädchen hatte sie sich auf dem Heimweg von der Schule oft beeilt, um Butterbrot mit braunem Zucker zu essen. Sie nahm die Brotschnitte und biß hinein.

»Ich hab' gar nicht gewußt, daß du Butterbrot mit Zucker gern ißt, Mutter!« rief Marcia.

»Natürlich esse ich es gern«, antwortete Susan.

Das war köstlich und erquickend, und sie aß langsam bis zur letzten Krume, während sie die Treppe hinaufstieg und in ihr altes Zimmer ging. Das Zimmer war unverändert geblieben, mit den blaukarierten Vorhängen und der blauen Steppdecke und der Matte auf dem Boden. Sie setzte sich in den Korbstuhl. Im ganzen Körper fühlte sie die Entspannung der Nerven und Muskeln – als ob Saiten einer Geige, allzu hoch und schrill gestimmt, allmählich gelockert würden. Sue kehrte nun zu ihrem richtigen Klang zurück. Sie wollte schlafen und schlafen, nicht sprechen müssen und niemandem zuhören. Die Kinder waren wohlbehalten untergebracht, und sie brauchte an sie nicht zu denken. Alles war sicher hier im Haus. Sie stand auf und nahm den Zobelmantel, den Blake ihr geschenkt hatte, und hängte ihn in den Schrank. Da sah sie ihren alten Schlafrock, gewaschen und sauber. Sie legte das Kleid ab und schlüpfte in den Schlafrock und legte sich aufs Bett. Das war tief und weich und rief Erinnerungen wach. Sie fiel sogleich in traumlosen Schlaf.

Als sie aufwachte, stand die Mutter neben ihr. Das Licht war angedreht, und draußen war es dunkel.

»Wir haben uns schon Sorgen um dich gemacht!« rief die Mutter. »Du bist doch nicht am Ende krank, Sue?«

Mühsam setzte Susan sich auf. Die Stille war betäubend. Susan hatte sich so sehr an den Lärm gewöhnt. »Nein«, sagte sie, »nur müde. Es ist so gut, daheim zu sein.«

»Also komm zum Abendbrot«, sagte die Mutter. »Ich habe ein gutes Austernragout gemacht. Die Kinder habe ich schon essen lassen – sie waren ganz ausgehungert. Ach, du meine Güte, das ist ein brauchbares Geschöpf, deine Miss – wie heißt sie denn?«

»Jane«, sagte Susan gähnend.

»Es liegt mir nicht, Leute so beim Vornamen zu rufen«, widersprach die Mutter. »Sag, Susan, soll sie nicht mit uns essen?«

»Nein«, sagte Susan. »Sie würde sich sehr unbehaglich fühlen.«

»Schön«, sagte die Mutter zweifelnd, »du mußt sie ja kennen. Aber laß doch – zieh dich nicht ganz an, mein Kind, behalte nur deine Pantoffeln. Wir sind doch unter uns.«

Und sie setzten sich rings um den beleuchteten Tisch, und der Vater neigte das Haupt, um das Tischgebet zu sprechen, während John und Marcia erstaunt im Essen innehielten, den Löffel auf halbem Weg zum Mund. Susan hatte sie nie ein Tischgebet sprechen gelehrt. Der Duft der köstlichen Suppe stieg ihr in die Nase. Und mit herzhafter Freude begann sie zu essen.

Nichts ereignete sich in diesem ruhigen alten Haus. Ihre Eltern hatten einander und auch ihr wenig zu sagen. Sie fragten sie nicht nach ihrem Leben, und sie sprach nicht über sich.

»Es hat Blake leid getan, daß er nicht kommen konnte«, sagte sie so nebenbei am ersten Abend, und die Mutter, die den Tisch musterte, antwortete, ohne recht hinzuhören: »Ja, das ist zu schlimm. Vielleicht kann er ein andermal kommen.«

Blake schickte jeden Tag ein Telegramm, und Susan antwortete, und sie vermißte ihn nicht. Es verblüffte sie, daß das möglich war, und manchmal machte es sie unglücklich. Gewiß mußte sie ihn eines Tages vermissen. Eines Tages, in einer Nacht mußte das Verlangen nach ihm sie ergreifen, und dann wollte sie am Morgen sagen: »Ich muß zu Blake zurück.«

Tag folgte auf Tag, und noch immer wollte sie nicht fort. Sie wartete schweigend, und es verlangte sie nach nichts anderem als nach dieser tiefen Ruhe. Einmal dachte sie auch an das Farmhaus, aber sie hatte gar nicht den Wunsch, dorthin zu gehen. Dort war die Erinnerung an Mark, und sie brauchte nichts und niemanden. Sie fühlte, wie ein Etwas in ihr sich allmählich befreite und sich wieder aufrichtete, so wie ein von einer Last niedergebeugter Baum wieder emporwächst, befreit man ihn.

»Möchtest du nicht deine Freundinnen einladen?« fragte die Mutter. Aber Susan schüttelte den Kopf. Was hätte sie ihnen zu sagen gehabt?

Am Sonntag vor Weihnachten gingen sie zur Kirche, und in einem Kirchenstuhl vor dem ihren sah sie Hal und Lucille, und zwischen ihnen saßen drei Kinder. Später kam Lucille kreischend auf sie zugestürzt. »Oh, Susan, wie herrlich, dich wiederzusehen! Wir hören hier alle möglichen Wunderdinge – du willst doch nicht behaupten, daß das deine Kinder sind! Du siehst ja keinen Tag älter aus – oh, aber ich, ich bin eine Vogelscheuche geworden, und so fett! Nach Jimmy habe ich angefangen zuzunehmen. Ja, ja, das hier ist mein einziges Töchterchen, Leora.«

Susan blickte auf ein blasses, schweigsames Mädchen hinunter, das als einziges von den drei Kindern Hal ähnlich sah.

»Einmal habe ich dich weinen hören, und ich ging hin und hob dich auf«, sagte sie. »Daran erinnerst du dich wohl nicht?«

Das kleine Mädchen schüttelte den Kopf, und Lucille ließ ihr lautes, schallendes Lachen hören. »Leora ist noch immer ein Heulpeter«, sagte sie munter. »Da ist Hal, Susan!« Und da stand Hal groß und scheu vor ihr, und er wurde schon kahl. Sogleich überwältigte sie der Gedanke an Mark. Wäre Mark am Leben geblieben, sie wäre weiterhin eine von diesen gewesen. Und – was wäre aus ihr geworden, wäre Mark am Leben geblieben? Aber jetzt war sie sehr weit entfernt.

In diesen Tagen ging sie viel zu Fuß. Der Winter war sehr warm.

»Heuer gibt's keinen Schnee«, sagte der Vater, als die Kinder nach Wolken am Himmel Ausschau hielten. »Im Herbst waren die Ähren dünn, und die Eichhörnchen beeilten sich, die Nüsse in Sicherheit zu bringen – die Nüsse, die überall im Wald umherliegen. Das bedeutet milden Winter.«

Der Morgen des Heiligen Abends brach an wie ein Oktobertag, erfüllt von stillem, warmem Sonnenschein. An diesem Tag ging Susan in Mrs. Fontanes Garten. Das Haus war geschlossen und das Tor versperrt, und Susan kletterte über eine kleine Steinmauer in den Garten und überquerte die laubbedeckten Rasenflächen, bis sie den Teich sah in seiner Zier gefallener Blätter. Dort kniete ihr kleiner Amor und schaute ins Wasser. Sie stand da und musterte ihn, als hätte sie ihn nie gesehen. Durch Jahre hatte sie ihn vergessen, wie man ein Kind vergessen mag, das nach wenigen Atemzügen verstarb. Dieser Beginn erschien ihr nun als nichts anderes. Und doch, als sie hinsah, erinnerte sie sich nicht, warum dieser Amor geschaffen worden war, nämlich damit sie und Mark heiraten konnten.

Ziemlich gut, dachte sie, und sie vergaß das alles wieder. Ganz lebendig, obwohl ich damals nichts verstand. Ja, irgendwie packte ich das Leben, wenngleich ich nichts davon wußte. Ein Wind fuhr durch die letzten Blätter, und ein Schauer von Laub rieselte herab, und das gelbe Laub flatterte an dem Amor vorbei und fiel auf ihn und fiel zu Boden und ließ sich sanft auf dem schweigenden, seichten Teich nieder. Wie lange her das alles war! Susan fühlte sich eingehüllt in das endlose Schweigen.

Selbst Weihnachten lockte sie nicht aus ihrem Schweigen hervor. Sie machte die vertraute Feier mit, noch immer den anderen ferne. Als der Tag vorbei war und sie sich in ihr Zimmer zurückgezogen hatte und im Bett lag, bereit für den Schlaf, erinnerte sie sich daran, daß Blake heute nichts von sich hatte hören lassen. Sein Geschenk lag unter dem

Christbaum, eine kleine, viereckige Armbanduhr, mit Diamanten besetzt, doch von keiner Zeile begleitet. Diese Uhr war von einem Geschäft geschickt worden. Schon wollte sie sich erheben, um zum Telephon zu eilen, doch sie tat es nicht. Einen Augenblick lag sie unschlüssig da, und dann sank sie, ohne es zu wissen, in Schlaf.

Ihr Vater sagte: »Komm ins oberste Geschoß hinauf und spiel mir ein wenig vor, Susan. Ich höre in letzter Zeit sehr wenig Musik.« So stieg sie hinauf und spielte die Stücke, die sie seit vielen Jahren nicht gespielt hatte. Er saß da und lauschte, den Mund bedeckt mit den schönen alten Händen. Wenn er Musik hörte, verbarg er immer seinen Mund.

»Schreibst du keine Gedichte mehr, Vater?« fragte sie ihn, während sie spielte.

»Nein, das habe ich aufgegeben«, erwiderte er und seufzte.

»Du hast doch nicht die Südsee aufgegeben?« fragte sie lächelnd. Ihre rechte Hand wanderte durch die hohen, süßen Töne, und der tiefe, weiche Baß folgte gleich einem Echo.

»Manchmal denke ich noch daran«, sagte er. Dann erwiderte er Susans Lächeln, beschämt wie ein Kind. »Natürlich, ich habe ja immer gewußt, daß ich nie hinkommen werde«, sagte er sanft. Er schloß die Augen, und sie spielte eine ganze Stunde weiter, und er lauschte.

Und als sie dann sein Lieblingsstück von Sibelius zu Ende gespielt hatte, wandte sie sich um. Der alte Mann sah zu ihr hin und zitterte, und in seinen blauen Augen lag ein Ausdruck von Furcht.

»Papa!« rief sie heftig.

»Irgendwo in meinem Leben habe ich einen falschen Weg eingeschlagen, Susan«, flüsterte er. »Ich dachte, ich wanderte durch die Hauptstraße, und dabei war es nur eine Sackgasse. Ich bin nirgends herausgekommen.«

»Laß«, sagte sie. Sie ging zu ihm und legte ihm die Arme um den Hals und hielt ihn fest und preßte ihren Kopf an seine Brust. Alt zu werden, zu spät erfahren zu müssen, daß man irgendwo den falschen Weg eingeschlagen hat, zu erkennen, daß es keine Rückkehr gibt, da das Leben in grellen Fragmenten verbraucht worden ist – das war der erste Tod. »Es ist vergeudet«, flüsterte er. »Ich habe mich selbst vergeudet. Die Jahre narrten mich – ich habe nicht getan, was zu tun ich mir vorgenommen.« Jetzt kniete sie neben ihm und hielt ihn fest, in einem augenblicklichen Entsetzen, das größer war als das seine, denn sie fühlte bis ins innerste Wesen, was er meinte.

So geschah es eben. Jahr folgte auf Jahr, das war alles. Eines Tages hatte man noch eine Menge Zeit, und am nächsten Tag gar keine mehr. »Aber das ist wohl nicht wichtig«, sagte ihr Vater jetzt. »Ich habe der Welt nicht gefehlt – sie fehlte mir. Ich glaube nicht, daß das wichtig ist – freilich, für mich schon.«

»Vater!« flüsterte sie. Sie kniete neben ihm. »Du hast doch nicht alles im Leben versäumt.«

»Wenn man am Ende das nicht hat, was man wollte, scheint nichts zu zählen«, sagte er. Dann schob er sie plötzlich fort und stand auf. »Na schön«, sagte er.

Er hatte sich zur Seite gewandt, aber in seinen Augen lag noch immer Entsetzen.

Und dieses Entsetzen war ein Licht für Susans Seele. Nachts lag sie wach, und das Entsetzen umspielte sie zukkend und ungestüm gleich einem Blitz, und in seinem grellen Licht sah sie, daß Blake – daß Blake der Fehler in ihrem Leben war. Sie, die sich niemandem fügte, hatte ihm nachgegeben, weil sie ihn liebte. Jetzt wußte sie, daß sie Mark nicht innig genug geliebt hatte, und darum hatte er ihr keinen Schaden getan. Aber Blake erstickte sie. Sie fügte sich ihm, und sie ließ die Jahre über ihr Haupt dahinstreichen. Sie liebte ihn und fürchtete ihn, und damit er ihr nicht zürne, hatte sie ihn aus ihr machen lassen, was ihm beliebte. Darum war sie so erschöpft und so tödlich müde geworden. Sie war von ihm geformt, wie er seine Tonfiguren formte, und ihr nun gefügiger Geist verblaßte, obwohl sie das nicht bemerkt hatte, ehe sie ihn verließ. Denn die Gestalt, in die er sie modelte, war nicht ihre Gestalt. . . Einmal erinnerte sie sich, daß ihr Vater ihr in einem seiner Augenblicke unvermuteter halber Bekenntnisse gesagt hatte: »Als ich deine Mutter heiratete, war sie ein kleines, rosenwangiges Geschöpf mit gelbem Haar. Ich glaubte, sie werde alles für mich tun. Erst später entdeckte ich, daß sie das verstockteste Ding auf Erden ist. Sie ist freundlich und dumm und weiß immer alles besser und setzt ihren Willen durch. Jeden in ihrer Nähe wird sie zermalmen. Wenn ich nur aufhören könnte, sie zu lieben –«

Doch er hatte nie aufgehört, sie zu lieben. Das Schreckliche war, daß er diese Frau noch immer liebte, der er sich unterworfen hatte. Nie war er ihr fortgegangen, nicht einmal für eine Nacht, obwohl er von den Inseln in der Südsee träumte und obwohl er sich die Hütte am See erbaut hatte. Doch am Abend kam er immer heim, voll Liebe und voll Haß.

So war es, wenn einer sich nicht losreißen konnte. . . Sie mußte fort von Blake. Aber sie wußte nicht wie, denn sie liebte ihn. Andere Frauen mochten sich verlieren und so weiterleben, sie aber konnte das nicht.

Und so lag sie im Dunkel ihres alten Zimmers und begann Pläne zu machen, und sie war bitter und wach. Blake war in ihren Adern wie Gift. Sie hatte sich von ihm betören lassen. Sie war noch immer betört. Sie blieb es wohl auch künftighin, obgleich sie seine Gattin war. Und dieser

Rausch bedeutete das Ende ihres Seins, wenn sie sich nicht befreite. Sie mußte sich in die Hände nehmen, sie mußte die Herrschaft über ihr Leben wiedergewinnen, ehe es zu spät war.

Schuldbewußtsein! dachte sie plötzlich. Jetzt weiß ich, was David gemeint hat. Natürlich bin ich schuldig. Die Liebe war ein Übel, wenn sie einem antat, was sie ihr angetan. Susan setzte sich im Bett auf und umklammerte ihre Knie. Wie, wenn sie eines Tages so aufwachte und ihr Haar weiß fand und ihre Hände allzu alt für die Arbeit? Wie, wenn die Jahre auch sie narrten und sich leise an ihr vorbeistahlen und sie durch kein Geräusch störten, so daß sie von diesem Vorbeiziehen nichts merkte? Und dann war es eines Morgens zu spät. Dann waren ihre Hände erschlafft und ihre Augen trübe. Sie sprang aus dem Bett und drehte das Licht an und starrte in den Spiegel. Sie war noch jung, sie war noch stark. Ihre Hände waren noch immer ihre Hände. Sie konnte mit ihnen arbeiten. Sie hatte Zeit. Sie hatte die Jahre bei ihrem argen Spiel ertappt, doch ihr ganzes weiteres Leben lang wollte sie ihnen voraneilen. Sie stand da und betrachtete ihr Spiegelbild. Sie war gerötet von Erholung und Sonnenschein. Kraft quoll in ihrem Körper empor. Ach, wäre es nur nicht Nacht gewesen! Sie hatte genug vom Schlaf, und jetzt wartete sie voll Ungeduld auf den Morgen. Und Blake? Was sollte sie ihm sagen? Was denn, wenn nicht die eine und einzige Wahrheit, daß sie müßig gegangen war und nun arbeiten mußte? Wenn er sie verlachte, wenn er sie wieder in sein Leben zurückzog, wollte sie sich dieser Angst erinnern, dieser Angst davor, eines Tages aufzuwachen und alt zu sein und das Leben zerstört zu finden.

Sie konnte es. Sie stieg wieder ins Bett und krümmte sich zusammen in der eigenen Wärme und dachte an Blake. Sie haßte ihn nicht, sie war wohl nie fähig, ihn zu hassen. Ein Teil ihres Wesens mußte dank ihm in Hinkunft immer zärtlich und leidenschaftlich bleiben. Für eine kleine Weile hatte er sie zu etwas gemacht, das nichts anderes war als eine Frau gleich allen Frauen. Das war einer von den Räumen ihres Lebens. Sie hatte darin gewohnt, und jetzt war sie herausgetreten. Aber die Tür blieb unverschlossen. Sie konnte ein und aus gehen nach Gutdünken, nur durfte sie nie wieder gestatten, daß Blake sie darin einsperre. Niemand durfte sie von Stund an einschließen – nirgends. »Ich bringe alles zustande!« rief sie laut, und der Klang ihrer Stimme und der alten vertrauten Worte verjagte die letzte Spur von Angst. Sie legte sich nieder ins lautlose Dunkel und schlief endlich.

5

Am Tag nach dem Neujahrstag fuhren sie wieder heim. Blake war nicht da.

»Der gnädige Herr hat geglaubt, Sie würden erst in einer Stunde kommen«, sagte Crowne, der sie anstarrte, als wäre sie ein unerwarteter Besuch.

»Es macht ja nichts aus«, sagte Susan.

Sie hatte also eine Stunde vor sich, in der sie von diesem Haus Besitz ergreifen konnte. Sie ging mit den Kindern in ihre Zimmer, und gemeinsam packten sie aus und hängten die Kleider an die Haken.

»Ach, wenn wir nur immer auf dem Land leben könnten!« sagte John verdrossen.

»Das wünschte ich mir auch«, seufzte Jane.

»Ich nicht«, erklärte Marcia. Sie wurde nun zu einem großen Kind mit scharfen, schroffen Worten und Bewegungen. Immer wieder hatte sie gefragt: »Wann gehen wir zu Blake zurück?«

Sie bewunderte Blake und betete ihn an, weil er ihr in seiner sprunghaften Laune manchmal Aufmerksamkeit schenkte. Oft spielte er mit ihr, dann vergaß er sie wieder für Tage. Und sie folgte ihm auf dem Fuß und sprach zu ihm mit gekünstelter Lebhaftigkeit, um ihn lachen zu machen. Susan dachte: Ich muß sie von ihm fortschicken, zur Schule. Ich möchte nicht, daß sie ein Mädel von der Art wird, für die Blake etwas übrig hat. Sie hatte Angst um Marcia. Ein gesunder, ein erdhafter Instinkt begann sich in ihr zu regen. In Blakes Wesen stimmte etwas nicht. Er entseelte jeden, den er liebte, jeden, der ihn liebte. Sie sehnte sich danach, seinen Schritt zu hören, und fürchtete sich davor. Sie wollte mit den Kindern hier in dem Zimmer bleiben – mochte er sie nur suchen!

Und da kam er, hübsch und makellos, sehr froh, sie alle zu sehen, und er küßte sie rasch und hart, ihr Gesicht zwischen den Händen, und seine Handflächen waren kühl und glatt.

»Susanne, ich bin froh, dich zu sehen! Was für heiße Wangen du hast!« sagte er. »Ich will dir nicht verhehlen, daß mir die Zeit sehr lange geworden ist. Ich möchte nicht, daß du glaubst, du seist für mich unentbehrlich, aber in gewissem Sinn bist du's doch. Ich kann Weihnachten nicht leiden. Wie geht's denn dir, John? Und du, Marcia, komm her und laß dich küssen.«

Marcia lief zu ihm, und er hob sie auf und küßte sie auf den Mund.

»Küß mich noch einmal, Blake«, bat sie.

»Aber, Marcia!« rief Susan scharf.

»Das ist ja nur deshalb, weil sie Blakes Gesicht gern riecht«, sagte John voll Verachtung. »Sie hat es mir verraten.« Er stand da in geringschätziger Gelassenheit, die Hände in den Taschen.

Aber Blake lachte und küßte Marcia noch einmal. Dabei sah er Susan an, Spott im Blick.

»Hast du die Tanzschritte schon alle vergessen, Marcia?« fragte er. Er hatte sie einmal ein paar steife, präzise Tanzschritte gelehrt, die zu ihrem eckig geschnittenen straffen Haar und zu ihrer mageren Kindergestalt paßten.

»Nein, keinen einzigen«, rief sie, und sie begann zu tanzen.

Susan konnte sehen, wie das Kind den Blick unverwandt auf Blake gerichtet hatte und wie sich das hagere kleine Körperchen unter Blakes Befehl anspannte. Er sang eine scharf synkopierte Melodie und schlug dazu nervös den Takt. Als er verstummte, zitterte Marcia. »Noch – noch!« bat sie.

»Schluß damit!« sagte Susan. »Blake, das ist nicht gut für das Kind. Sie ist ohnedies schon überspannt.«

»Ihr gefällt es«, sagte er ruhig. »Nicht wahr, Kleine?« Er fuhr ihr durchs Haar, und sie sah ihn entzückt an.

»Ja!« flüsterte sie. »Ja!«

Und Susan dachte: Was ist das für eine seltsame Macht in ihm?

»...Ich werde beide Kinder aufs Land in die Schule schikken«, sagte sie am Abend zu Blake.

»Wie du willst«, sagte er, und sein Ton klang gleichmütig. »Zieh dir dein neues Kleid an, Susanne – das in Rot und Gold.«

»Nein, Blake«, erwiderte sie.

»Warum nicht?« fragte er überrascht.

»Ich mag nicht«, sagte sie ruhig, und sie wählte ein stumpfblaues Kleid, das sie schon lange nicht mehr getragen hatte.

»Du gefällst mir nicht in Blau«, sagte er mürrisch, während er sie musterte.

»Nein?« entgegnete sie ruhig. »Ich habe Blau gern.« Und sie tat so, als bemerkte sie die Blicke nicht, die er ihr zuwarf. Es war ja nur eine Kleinigkeit, und doch hatte sie in diesem Augenblick das Gefühl, als wäre ihr Leib befreit worden. Und auch das hätte sie nicht getan, hätte sie nicht jene Angst erlebt.

Mit dieser kleinen, ersten unabhängigen Handlung kam nun langsam und verstohlen das gewaltige Verlangen, wieder ihre Arbeit zu tun. Sie erwachte zu diesem Verlangen, wie man nach einer Krankheit zur Genesung erwacht, und sie fühlte sich wieder wohl, und ihre Muskeln waren bereit und ihr Geist klar und willig. Gemeinsam stiegen sie die Treppe hinab, und Blake legte den Arm um sie, die Hand in ihrer warmen Achselhöhle. Sie wandte sich ihm zu und lächelte und bemeisterte die alte, stets bereite Unterwerfung, das süße, ohnmächtige Sichfügen, das seine Berührung einst hatte bewirken können. Sie besaß sich wieder.

Sie wollte sagen: »Blake, hast du etwas dagegen, wenn ich arbeite?«, doch statt dessen sagte sie: »Ich fange wieder zu arbeiten an, Blake.« Das war am nächsten Morgen, als sie beim Frühstück saßen.

»Warum nicht?« fragte er zerstreut. Mit einem raschen, kurzen Schlag köpfte er ein Ei. »Jetzt gehen die Kinder bald fort, und ich bin nicht genug für dich, das weiß ich. Gestern abend hab' ich's gespürt.«

Sie sah ihn an, um seine Stimmung zu erforschen, aber er war trotz seinen Worten sehr freundlich. »Geht in Ordnung«, sagte er munter. »Du sollst in meinem Atelier eine Ecke bekommen, und ich will dir das Geheimnis erklären, wie ich meinen Ton mische. Kein Mensch kennt das, und ich würde es niemandem sagen außer dir.«

»Hast du denn ein geheimes Rezept?« fragte sie scherzhaft.

»Natürlich«, sagte er. Er sprach ein wenig von oben herab. »Wie sollten sonst diese schlanken Figuren zusammenhalten?«

»Wahrscheinlich hat jeder ein Geheimrezept«, entgegnete sie friedlich. »Ich erinnere mich, daß mir David Barnes sagte, seines sei in dem kleinen Adam aus Gips in seinem Atelier verborgen. Im Rücken der Figur war eine kleine viereckige Öffnung, und darin steckte das Papier.«

»Was war denn das Geheimnis?« fragte Blake.

»Ich hab's nie angesehen«, antwortete sie überrascht. »Er sagte, ich dürfe das erst nach seinem Tod.«

»Und da hast du Tag für Tag bei ihm gearbeitet und hast dir's nie angesehen?« Blake zog die schmalen schwarzen Brauen hoch.

»Natürlich nicht«, rief sie entrüstet, und er lachte auf.

»Ach, du süße Susanne!« sagte er. »Darum liebe ich dich ja, weil du so bist wie kein anderer Mensch!«

»Glaubst du mir nicht?« fragte sie.

»Oh, gewiß glaube ich dir«, erklärte er. »Ich glaube dir immer, sonst aber niemandem. Und du kannst dir die Atelierecke beim Fenster einrichten.«

Er war so freundlich und so hübsch, daß sie kaum imstande war, das zu tun, was sie bereits geplant hatte. Sie erkannte allmählich, daß sie Angst vor ihm gehabt hatte, wenn er nicht liebenswürdig war, und daß er dies wußte. Dem mußte ein Ende gesetzt werden. Sie zwang sich, weiterzusprechen.

»Eine Ecke wird mir kaum genügen, Blake – ich möchte in Marmor arbeiten.«

»In Marmor!« rief er. »Du kannst doch keinen Block herauftransportieren lassen. Verzeih, wenn ich allzu neugierig bin, aber was willst du denn in Marmor machen?«

Er war ganz und gar nicht unfreundlich. Seine Stimme klang froh und begütigend. Susan liebte ihn sehr, aber sie entdeckte, während sie sich nun von Augenblick zu Augenblick weitertastete, daß sie nicht den Wunsch hegte, ihm irgend etwas zu sagen.

»Ich weiß nicht«, sagte sie.

»Das dachte ich«, sagte er. »Laß dir einen Rat geben, Susanne, und meißle nicht gleich in Marmor. Das kann niemand – nur zwei oder drei ganz große Bildhauer versuchen es.« Ihr stolzes Herz erhob sich in ihr wie ein Löwe. »Woher weißt du, daß ich nicht groß bin?« fragte dieses Herz. Doch sie gebot ihm Schweigen, mochte sie die Worte noch so deutlich hören. Schweigend saß sie da und lächelte Blake an, während er sprach, und sie hörte ihm gar nicht zu. Noch immer war sie seine Liebste, und er war ihr Liebster. Aber sie sammelte nun ihr Leben aus den Bruchstücken, sogar aus der Liebe.

Draußen auf der Straße schickte sie Bantie fort, der sie erstaunt angaffte.

»Danke, Bantie«, sagte sie. »Heute will ich den kleinen Wagen selber fahren.«

»Der Verkehr ist sehr dicht, gnädige Frau«, sagte er düster.

»Sie können heute Linlay überraschen und den Garten säubern«, sagte sie mit einem unterdrückten Lächeln, während sie sich ans Lenkrad setzte.

»Sehr wohl, Gnädige«, sagte er verwirrt. Nichts machte ihm größere Freude, als im dichtesten Verkehr endlos durch die Stadt zu fahren, und er verabscheute die Gartenarbeit.

Aber sie wollte allein sein und eine Arbeitsstätte suchen. Irgendwo mußte es doch einen Ort geben, wohin sie gehen konnte und wo sie Blake vergaß, eine leerstehende Garage oder ein Stockwerk in einem alten Haus.

Die vornehmen Wohnungsbüros hatten nichts für sie, wie sie feststellen konnte. »Sie können ein Atelierappartement haben«, sagten ihr immer wieder die gutangezogenen jungen Herren, und in ihren Stimmen klang eifriges berufliches Interesse.

»Nein, nein, schönen Dank«, sagte sie. »Ich brauche das Atelier nicht zum Wohnen. Ich habe mein eigenes Haus.«

Nach vielen Stunden fuhr sie heim, auf Umwegen und langsam.

Ganz nahe ihrer Wohnung waren Miethäuser, voll mit Ausländern und Armen. Ein paar reiche Männer hatten sich, so wie Blake, der Uferfront bemächtigt und ungeachtet der Armut, die wenige Schritte weiter hauste, Häuser gebaut. Bantie fuhr niemals durch dieses Viertel.

Und nun fand sich Susan in einem Wirrwarr von Mietkasernen. Sie mußte vorsichtig fahren, der Kinder wegen, die unter schrillem Geschrei ihren Spielen nachgingen und die

Automobile nicht mehr beachteten als Fliegen. Frauen lehnten in den Fenstern und schrien die Kinder an und schüttelten schmutzige Laken aus, und Männer lungerten auf schadhaften Stufen. Blake kam gewiß nie in diese Gegend. Bei einem Haus machte sie halt. Da hing ein Zettel im Fenster: »Wohnung zu vermieten.«

»Kann ich die Wohnung sehen?« rief sie einem freundlichen Mann mit schmutzigem Gesicht zu, der an der Tür lehnte.

»Ich hab' nichts dagegen«, bemerkte er.

Kleine Jungen umsprangen sie in einem ganzen Schwarm gleich Grashüpfern.

»Passen Sie auf Ihren Wagen auf, Gnädige! Ich will ihn bewachen, Gnädige!«

»Warum soll er denn bewacht werden?« fragte sie.

»Weil ihm sonst was passiert«, sagte ein dunkler Junge mit glänzenden schwarzen Augen.

»Soll ich zehn von euch je einen Nickel geben oder einem einzigen einen halben Dollar?« fragte sie.

Das war ein ernstes Problem. Sie hielten Rat.

»Geben Sie das Geld Smikey«, schrien sie dann. »Er muß es mit uns teilen.«

Smikey trat vor, ein blasses Kind mit ängstlichen blauen Augen.

Die Vorderzähne fehlten ihm.

»Willst du auf den Wagen aufpassen, Smikey?« fragte Susan.

Er nickte, da man ihn von hinten stieß, aber er brachte kein Wort hervor.

Nun trat sie ins Haus, von dem Mann mit dem schmutzigen Gesicht geführt, und besichtigte die leere Wohnung. Die bestand aus drei Räumen, die früher einmal ein einziger von edlen Ausmaßen gewesen waren. Die Decke war hoch und hatte Karniesen. Blake konnte sie hier nie finden.

»Macht es etwas, wenn ich die Wände entfernen lasse?« fragte sie.

»Ich übernehme das gerne, Miss«, sagte der Mann eifrig. »Ich bin hier der Hauswart und mache alle Arbeiten.«

»Ich möchte auch den Boden gestrichen und die Wände getüncht haben«, sagte sie.

»Wird geschehen.«

»Und die Fenster geputzt.«

»Das macht meine Alte.«

»Schön«, sagte sie. »Dann nehme ich die Wohnung.«

»Ich werde es der Verwaltung melden«, sagte er stolz.

»Wann kann ich einziehen?« fragte sie.

»Heute in einer Woche«, sagte er ohne Zögern.

Sie stieg die schmutzigen Stufen hinab. Rings um den Wagen hielt ein Rudel schweigender, aufmerksamer Kinder Wacht. Sie nahm fünfzig Cent aus der Börse.

»Vielen Dank, Smikey!« sagte sie.

»Sie gibt's wirklich her«, flüsterten die Kinder. »Fünfzig Cent – nein, so was!«

Sie verschwanden die Straße hinab, Smikey in ihrer Mitte, wie eine Schar Vögel im Wind.

Susan fuhr drei Häuserblocks weiter und bog um eine Ecke in das ruhige Viertel, in dem sie und Blake und einige wenige reiche Leute lebten.

»Kannst du denn nicht hier arbeiten, meine Liebe?« fragte der alte Mr. Kinnaird. Sie war nach Fane Hill gefahren, um den Marmorblock zu wählen, den er ihr versprochen hatte.

»Nein, das ginge wirklich nicht«, sagte sie. »Es ist wunderschön hier, aber ich könnte nicht arbeiten.« Es wäre ihr unmöglich gewesen, an diesem entlegenen Ort unter den freundlichen blassen Augen des alten Mannes etwas zu schaffen.

»Es ist sehr ruhig hier«, murmelte er.

»Ja, gewiß«, sagte sie freundlich. »Es ist herrlich.«

Es war sehr still. Der Winter ging unmerklich seinem Ende zu.

Das schöne alte Haus, in dem Blake geboren worden war, lag zwischen den großen Bäumen, schlafend und ersterbend, während das junge Laub sich anschickte, aufs neue zu knospen. Hier konnte Susan nicht arbeiten. Hier hätte sie nur müßig dagesessen, Tag für Tag, und wäre erstorben, mit all dem, was hier starb.

»Nimm dir nur, was du brauchst«, sagte er, während er die Tür des Magazins aufschloß. »Wohin soll ich es dir schicken?«

Sie nannte ihm Straße und Hausnummer.

»Hab' ich nie gehört«, sagte er. »Ist dort ein Atelier?«

»Ich habe mir eines eingerichtet«, sagte sie.

Dann ging sie zwischen den Marmorblöcken umher. Ohne eine Ahnung davon, was sie arbeiten wollte, wählte sie vier Stücke – einen Block Siena-Marmor, zwei Blöcke Serravezza, einen schwarzen belgischen.

»Das ist ein trügerisches Material«, sagte der alte Mr. Kinnaird, und seine Hand lag aschfahl auf dem belgischen schwarzen Marmor. »Trügerisch wie die Schönheit. Paß gut auf.« Und dann gab er ihr drei Blöcke parischen Marmors.

Hier sind Jahre meines Lebens, dachte sie, aufbewahrt und festgehalten. Der Marmor war vor ihr, fest und schwer vor Verheißung. Die Jahre standen still.

»Du mußt mir zeigen, was du daraus machst«, sagte der alte Mann.

Er stand im Licht der offenen Tür, schlank und edel und blaß, die anmutigste und reinste Statue des Greisenalters, die Susan je gesehen, und doch niemals liebenswert. Sie streckte die Hand aus und sagte warm:

»Ich danke dir aus ganzem Herzen.«

Er berührte ihre Hand rasch mit den Fingern, die er sogleich zurückzog. Seine Hand war kalt und fühlte sich an wie Staub...

»Blake«, fragte sie abends beim Essen, »erinnerst du dich an deine Mutter?«

»Nein«, sagte er, »sie starb, als ich zwei Jahre alt war.«

»Hat dein Vater nie von ihr gesprochen?« fragte sie.

»Nein, nur manchmal sagte er, sie seien glücklich gewesen.«

»Er oder beide?«

»Ich glaube«, sagte Blake, und er sah sie fest an, »daß er es immer so ausgedrückt hat: ›Ich war mit deiner Mutter sehr glücklich.‹« Er zog die schmalen Brauen hoch. »Ist das nicht dasselbe?«

Lächelnd schüttelte sie den Kopf.

»Gewiß ist es dasselbe«, beharrte er. »Ich müßte es doch auch wissen, wenn du nicht glücklich wärst.«

»Und angenommen, ich sagte dir nichts davon?« fragte sie.

»Ich wüßte es trotzdem«, erklärte er gleichmütig.

Sinnend sah sie ihn an und strebte ihn zu erforschen. Nein, so dachte sie, von ihrem Glück wußte er nichts.

Sie sagte sich, Blake dürfe nicht die geringste Veränderung am ihr bemerken. Niemand durfte sie verändert sehen oder fühlen. Die einzige Veränderung sollte in ihrem Inneren sein. Sie hatte jetzt ihre Liebe gemeistert. Diese Liebe sollte sie nicht länger in Stunden und Stunden des Müßigganges verzehren. Wenn Blake zur Arbeit ging, wollte auch sie arbeiten. Sie hatte ihm gesagt, daß sie in der Nähe ein Atelier gemietet hatte, und er machte dazu keine Bemerkung. Aber er betrug sich nun am Morgen anders. Wenn er früher gewußt hatte, daß sie in sein Atelier kommen wollte, um sich auf die Couch zu legen und ihm zuzusehen, sprang er aus dem Bett, voll Eifer, mit der Arbeit zu beginnen. Eine halbe Stunde mußte für das Frühstück genügen.

Jetzt aber kam er frühmorgens in ihr Zimmer und hielt

sie mit seiner Liebe auf. Sie verbiß ihre Ungeduld. Sie liebte ihn, aber das war Tücke, das war kindisch. Der Tag mußte beginnen, denn die Nacht kam so bald. Dann rief er ihr zu: »Susan, was hast du denn? Du bist ganz anders zu mir!«

»Nein, gewiß nicht, Blake«, sagte sie gepreßt.

»Warum willst du dann aufstehen?«

Zuerst beschwichtigte sie ihn mit allerlei Ausflüchten. Dann bemerkte sie, daß sie Angst vor ihm hatte, und darum sagte sie klipp und klar: »Ich habe meine Arbeit.«

»Verzeih!« sagte er und sprang aus dem Bett.

Er stand da und blickte auf sie hinab, während er sich in seinen Dressing-gown hüllte. Seine Lippen waren schmal und seine Augen grau wie Schiefer, und seine Stimme klang so kalt, daß Susan nach seiner Hand haschte.

»Du weißt, daß du mein Liebster bist«, sagte sie zart. »Küß mich, Blake!«

Er küßte sie mürrisch.

»Sag mir so etwas nicht wieder!« rief er.

»Du mußt mich liebhaben, Blake«, flehte sie.

»Das tu' ich«, sagte er. »Du aber bleib das, was ich liebhabe.«

Er ging fort, und er kam nicht wieder, wie er sonst zumeist tat, um nachzusehen, ob sie schon angekleidet sei, und sie wußte, daß er zornig war. Sie trafen beim Frühstück zusammen, und obwohl sie ihm durch Blicke und Worte schmeichelte, betrug er sich doch absichtlich kühl. Einmal streckte sie die Hand aus, aber Crowne trat ein, und sie zog die Hand zurück.

Sogleich nach dem Frühstück ging er aus dem Zimmer, und sie blieb stehen und schaute ihm nach. Er konnte so glühend sein und so kalt! Es verlangte sie, ihm nachzulaufen. Statt dessen zog sie den Mantel an und trat auf die Straße. Bantie stand neben dem Wagen und legte die Finger grüßend an seine Kappe.

»Heute gehe ich zu Fuß«, sagte sie.

Sie hatte den Wunsch, zu ihrem Atelier zu gehen und nicht in Blakes Wagen zu fahren. Sie bog um die Ecke und schritt die Straße hinab. In dieser Stadt gab es Tausende und Abertausende Menschen, die sie nicht kannte. Doch nie wurde sie müde, sie zu beobachten: die dunklen italienischen Gesichter, die braunen Griechen und die blassen Schweden, die untersetzten Tschechen und die Russen mit der niederen Stirn. Sie starrten sie im Vorbeigehen an. Eines Tages wollte sie diese Leute kennenlernen. Sie waren freundlich, denn jedermann wußte, daß sie im Haus hundertzwölf eine Wohnung gemietet hatte. Offenen Mundes hatten sie dabeigestanden, als das Lastauto von Fane Hill die großen Marmorblöcke brachte.

»Steine!« hatten die Kinder verwirrt gemurmelt.

»Ich bin Bildhauerin«, hatte sie denen erklärt, die am nächsten zur Tür standen. »Ich mache Figuren aus Stein.«

Darauf wußten sie nichts zu sagen. »Donnerwetter!« rief eine einzige Stimme, die eines kleinen Knaben. Dann flatterten sie davon wie ein Schwarm Vögel. Nichts konnte sie lang festhalten, diese Stadtkinder, die von einem erregenden Abenteuer zum anderen hüpften. Die Sirene eines Feuerwehrautos oder eines Rettungswagens, ein Schrei, ein Zank, der Pfiff eines Polizisten – und schon waren sie davongestoben.

Der große Raum war leer und enthielt nichts außer den Marmorblöcken, den Werkzeugen und einem Stuhl. Susan setzte sich, bereit zur Arbeit. Hier konnte nichts sie von ihrem tiefsten Verlangen abhalten. Niemand wußte, wo sie war. Dankbar blickte sie um sich. Die Wände waren weiß getüncht, die Fenster schimmerten sauber. Sie stand auf und ging von einem Marmorblock zum anderen und berührte jeden. Gestern hatte sie sich weitere schöne Werkzeuge gekauft, die feinsten, zartesten, stärksten, die sie finden konnte. Der Mann in dem Laden hatte immer wieder gesagt: »Sehen Sie, Miss, das ist etwas ganz Neues – der letzte Schrei sozusagen –«

Aber sie hatte alles zur Seite geschoben und wählte nur die stärksten und einfachsten Werkzeuge.

»Bitte, keinen Kram«, sagte sie.

Sie setzte sich wieder. Sie mußte darüber nachdenken, was sie schaffen sollte. Und nun – an dieser Stelle, an der Blake nie gewesen und an der er sie nie finden konnte – entdeckte sie, daß sie einzig an ihn dachte. Sie gab ihn nicht auf – nein, sie wollte, daß alles so bleibe, wie es gewesen. Aber er mußte einsehen, daß dies nur dann sein konnte, wenn sie ihr volles eigenes Leben lebte. Zwei gleiche Geschöpfe mußten einander gegenüberstehen, jedes in sich vollendet, und sie mußten einander um solcher Vollendung willen nur noch inniger lieben. Tag für Tag wollte sie ihm zeigen, wie sie sich das dachte.

»Ich bringe es zustande«, sagte sie fest zu sich. »Ich bringe alles zustande.«

Ihre Gedanken eilten die Jahre zurück. Nichts war ihr unmöglich gewesen. An etwas zu denken, zu wissen, daß sie es wünschte, hatte auch bedeutet, daß es geschah. Sie sah sich, wie sie einst gewesen war – das junge Mädchen mit den hunderterlei Beschäftigungen, und alles hatte sie gut getroffen, und sie wußte nicht, was sie aufgeben mußte. In jenen Tagen hatte sie Mark zugerufen, sie habe alles gewünscht. Nun hatten sich die mannigfachen Wünsche ihres allzu reichen Lebens zu dieser einen großen Notwendigkeit geklärt – ihrer Arbeit. Mit Blake war sie in den Ferien gewesen, Ferien der Liebe, und nun war sie zurückgekehrt. Die Ehe – was bedeutete die ihr? Sie wußte es nicht.

Vielleicht können Frauen wie ich nicht verheiratet sein, dachte sie. Nicht Mark, nicht Blake war es, nein, sie selber, die für die Ehe nicht taugte. Ein Teil ihres Wesens blieb völlig allein, bedurfte keines Gefährten. Wenn dies zutraf, und es traf zu, wie unmöglich war dann die Aufgabe, die sie den beiden Männern gestellt hatte! Und bei diesen Gedanken versank sie in die tiefste Einsamkeit, die sie jemals erlebt hatte.

»Blake! Blake!« rief sie in ihrer Seele. Es verlangte sie nach seiner Hand, seiner Berührung, seiner Gegenwart, nach allem, was geeignet gewesen wäre, dieses Wissen zu verjagen, daß sie als einsamer Mensch geboren worden war.

»Ich wäre nie glücklich gewesen, hätte ich nicht geheiratet, hätte ich nicht die Kinder mit Mark gehabt und hätte ich nicht gewußt, was es heißt, Blakes Liebste zu sein.« Es war die alte Geschichte, so dachte sie ein wenig traurig. Sie mußte alles haben. Und dann genügte ihr dieses Alles nicht. Doch sie hatte ihr Ich, das im Grunde einsam war.

Ich muß das durchkämpfen, dachte sie. Ich weiß, was ich bin. Als Mark gestorben war, hatte sich zuerst ihr Wille wieder geregt und sie zur Arbeit bewogen – ihr Wille! Ihr Wille! Sie griff nach den Werkzeugen und legte sie wieder hin, den schönen, kräftigen Hammer, den scharfen, edlen Meißel. Bleistift und Papier. Sie hängte die großen Blätter an die Wand und spitzte die Bleistifte. Dann setzte sie sich wieder, starrte die herrlichen Marmorblöcke an und dachte nur an Blake. Sie wollte zu ihm zurückeilen, wollte sehen, was er machte, wollte sich überzeugen, daß er da war. Doch nein! Sie wollte Blake aus ganzem Herzen lieben, doch für sie konnte die Liebe nicht ein Ende bedeuten. Diese Liebe mußte sich in etwas einbauen, das größer war als sie beide, größer auch als die Liebe. Sie konnte sich nicht restlos schenken, denn ein Teil ihres Wesens konnte nie verschenkt werden, so gern sie dies auch getan hätte. Ungenutzt, blieb dieser Teil abseits, zum Sterben verurteilt, und sein Tod mußte ihr ganzes Leben vergiften. Sie durfte jenes Entsetzen nie vergessen.

Als sie mittags nach Hause ging, war sie matt und erschöpft, aber ihr Wille regte sich noch immer. Sie faßte Mut, dem Zorn Blakes zu begegnen. Sie war bereit, ihm schlicht zu sagen: »Blake, vielleicht hätte ich dich nicht heiraten sollen. Aber ich bin eben so, und so muß ich sein, und wenn du mich nicht lieben kannst, muß ich doch immer weiter so sein, wie ich bin.«

Aber er war gar nicht zornig. Er kam ihr aus dem Salon entgegen und lächelte ihr mit all seiner Anmut zu wie in den ersten Zeiten.

»Hast du den Vormittag angenehm verbracht, Susanne?« fragte er, und dann sprach er hastig weiter, ohne ihre Antwort abzuwarten: »Ich hatte einen herrlichen Vormittag – irgend etwas hat mich inspiriert. Wahrscheinlich tut es mir gut, dich zu hassen!« Seine Stimme klang so liebenswürdig, daß Susan vor Erleichterung auflachte.

»Hast du mich gehaßt, Blake?«

»Ein wenig«, sagte er munter. »Jetzt liebe ich dich wieder. Komm, sieh dir an, was ich gearbeitet habe.«

Er nahm sie leicht beim Ellbogen und stieg mit ihr die Treppe hinauf. Sie dachte: Warum bin ich so albern und ernst? Er hat mich gleich wieder vergessen. Wie will ich morgen arbeiten!

Er öffnete die Tür zu seinem Atelier, und da stand, ihnen gegenüber, eine fauchende Katze in Terrakotta. Sie duckte sich, zornig und sprungbereit auf dem Sockel, mit ausgespreizten Krallen, voll wilder Anmut.

»O Blake!« rief Susan.

»Ist das nicht herrlich?« fragte er eifrig. »Ich werde sie ›Das Weibchen‹ nennen.«

Er lachte und überfiel sie mit seinem Kuß. Sie hatte ihren Morgen vergeudet, indem sie an ihn dachte. Nie wieder wollte sie so etwas tun, versprach sie sich ungestüm unter seinem langen Kuß.

Sie hatte an dem großen Block belgischen Marmors zu arbeiten begonnen, ungeachtet seiner Unverläßlichkeit, denn am zweiten Tag kam eine riesige Negerin auf den Fußspitzen ins Atelier, leichten Schrittes, gleich einer Tigerin. Sie öffnete die Tür und schloß sie leise. Susan, die träumte und wartete, sah diese Frau, als wäre sie eine Vision. Die Negerin war eine reinblütige Afrikanerin. Ihre Haut schimmerte schwarz, ihr Mund glich einer angeschnittenen Blutorange, und ihr ganzer Körper war gewaltig und fest.

»Brauchen Sie vielleicht eine Putzfrau?« fragte sie, und ihre Stimme war eine Viola. »Ich besorge das Waschen und Aufräumen für die besseren Leute in der anderen Straße.«

»Treten Sie nur ein«, sagte Susan. »Wie heißen Sie?«

»Ich bin Delia«, sagte die Negerin. Sie trat ein und setzte sich auf einen Block weißen Marmors und lachte, und ihre Lippen teilten sich und zeigten große weiße Zähne. »Steine hab' ich bis jetzt noch nie gescheuert«, sagte sie lachend.

»Woher kommen Sie?« fragte Susan. »Wer sind Sie? Wer waren Ihre Vorfahren?«

»Ich habe keine Vorfahren«, antwortete Delia.

»Sie müssen doch von irgendwo stammen«, beharrte Susan. »Ihr Großvater –«

»Mein Großpapa war bei einer Familie in Virginia. Er ist übers Meer gekommen, so hat man mir erzählt. Mein Papa ist dann nach Norden gezogen.«

»Aber wo sind Sie geboren worden?« fragte Susan. Wie war diese Afrikanerin der Berührung weißer Hände entronnen?

»Ich bin hier in New York geboren worden«, sagte sie munter.

»Und hier bin ich geblieben. Mehr hab' ich nicht zu erzählen.« Sinnend schwieg sie eine Weile. »Ich hab' einen wirklich weißen Neger geheiratet, aber ich glaube, er war zu weiß. Drum hat er mich immer geprügelt. Jetzt hab' ich ihn schon seit Jahren nicht mehr gesehen. Einmal möcht' ich einen Schwarzen heiraten, aber ich komm' gar nicht dazu, weil mir die Kinder zuviel Zeit nehmen. Ich hab' sechse, und das Jüngste ist noch kein Jahr alt.«

Natürlich, der belgische Marmor, dachte Susan, die gar nicht hinhörte. Schweigend saß sie da und fühlte die furchterregende Nähe dieser Frau. Diese großen Linien, diese massigen Schultern und Brüste, diese einem Gebirge vergleichbaren Hüftenl »Wenn ich Ihnen doppelt soviel zahle, wie Sie fürs Scheuern bekommen, wollen Sie sich dann von mir zeichnen lassen?« fragte sie.

»Sie meinen, ich soll bloß ruhigsitzen?«

»Ja.«

»Ich bin nicht angezogen dafür. Das ist mein Arbeitskleid.«

»Sie werden überhaupt nichts anhaben.«

»Ich soll mich doch nicht ausziehen?«

»Doch, wenn Sie nichts dagegen haben«, sagte Susan.

Delia erhob sich und schüttelte den Kopf. »Nein, vor einer Dame habe ich mich noch nie ausgezogen.« Dann machte sie eine sehnsüchtige Pause und sagte: »Könnt' ich nicht eine Kleinigkeit anbehalten?«

»Aber natürlich«, sagte Susan.

»Versperren Sie die Tür.«

Susan drehte den Schlüssel im Schloß.

»Nun ja«, sagte Delia seufzend. »Ich brauche das Geld. Drehen Sie den Kopf zur Seite, Schätzchen.«

Susan drehte den Kopf zur Seite.

»Jetzt«, sagte Delia. »Das ist aber ein komisches Gefühl.«

Sie saß auf einem Block weißen parischen Marmors und hatte die Hände auf den großen, nackten, schwarzen Knien und den Kopf gesenkt und die Schultern hochgezogen. »Ich komme mir lächerlich vor«, murmelte sie.

Susan hörte diese Worte gar nicht. Auf dem großen weißen Papier, das sie gestern an die Wand geheftet hatte, zeichnete sie nun. Zuerst hatte sie zum Bleistift gegriffen, doch legte sie ihn bald zur Seite und nahm weiche schwarze Kohle. Delia starrte sie an.

»Schaue ich denn so aus, mein Schätzchen?« winselte sie. »Habe ich meine Figur verloren?«

»Sie sind schön«, flüsterte Susan. »Schön – schön –« Sie keuchte ein wenig. Rasch mußte sie diesen Körper erforschen, damit sie die Arbeit am Marmor beginnen konnte! Stundenlang zeichnete sie.

»Jetzt hab' ich aber großen Hunger«, hörte sie Delia aus weiter Ferne sagen. »Gewöhnlich habe ich um diese Zeit schon längst etwas gegessen.«

Susan sah auf die Uhr. Es war früher Nachmittag.

»Oh, verzeihen Sie!« rief sie. Sie suchte ihre Geldtasche und nahm eine Banknote heraus. »Hier«, sagte sie. »Ziehen Sie sich an und kaufen Sie sich etwas Gutes zum Essen.«

»Soll ich Ihnen aufräumen, Gnädige?«

»Ja«, sagte Susan. »Morgen. Dann wird es eine Menge wegzufegen geben.«

Lange Zeit musterte sie die Zeichnungen. Dann nahm sie die Blätter und zerriß sie. Ihre gierigen Hände hatten die Linien dieses schwarzen Körpers schon erlernt, und sie brauchte die Skizzen nicht mehr. Die konnten ihr nur Grenzen ziehen. Sie waren Delia. Susan aber sah mehr als Delia. Sie wollte gleich im Marmor arbeiten und nicht nach der schlichten Delia suchen, sondern nach dem großen, dunklen weiblichen Geschöpf, das, von Afrika zum Dienen geholt, sein schwarzes Blut in die weißen Adern eines neuen Amerika ergoß.

An diesem Tag begann sie ihre ungeheure schwarze Statue, an diesem Tag, der berühmt werden sollte, begann sie die Statue einer Negerin, die dasaß mit gespreizten Beinen, die Hände erhoben und mit schmerzenden Brüsten. Beim ersten Schlag, mit dem sie den Meißel in den Marmor trieb, nannte sie die Figur: »Amerikanische Frau, schwarz.«

. . . Ungeduldig blickte sie auf. Sie konnte nicht mehr sehen. Es war Nacht. Es wurde dunkel, und die Dunkelheit entzog Susans Händen diesen noch dunkleren, festen Körper. Sie vermochte die Umrisse des Marmors nicht mehr wahrzunehmen. Sie konnte den Stein nur noch mit den Händen fühlen. Ach, wäre die Nacht nicht gekommen, diese brandende, brausende Woge angespannter Blicksicherheit zu brechen! Im trüben Licht stand sie einen Augenblick da, und sie fühlte, fühlte das Geschöpf, das sie besessen hielt. Dann legte sie den Kittel ab, nahm Mantel und Hut und ging halb betäubt auf die Straße und nach Hause. Ihr Herz sang eine leichte Weise. Doch die Arme schmerzten. Diese seltsame geheime Leichtigkeit – die war süßer als irgend etwas auf Erden, süßer als die Liebe. Sie war die Erfüllung.

Wie sonderbar, so dachte sie, vor Blakes Augen oder unter dem verschleierten Blick des alten Mr. Kinnaird konnte sie nichts schaffen, aber sie hatte gar nichts dagegen, wenn all diese Leute kamen, um ihr bei der Arbeit zuzuschauen. Fremde Kinder gafften eines Morgens durchs Fenster, und Susan trat hin und entdeckte, daß sie auf einem schmalen Gesims standen und sich mit den Fingerspitzen am Fensterbrett festhielten.

»Kommt doch herein, wenn ihr wollt«, rief sie.

Da kamen sie, einander drängend und stoßend, zur Tür herein, und sie keuchten heftig.

»Ich werde weiterarbeiten«, sagte sie. Mit großen Augen standen sie da, der Kopf der Negerin erhob sich bereits aus dem Marmor, und Susan begann nun, an der massigen Schulter zu arbeiten.

»Nein, so was«, sagte eine heisere Stimme.

»Das wird ein Grabstein«, sagte eine andere. »Ich war einmal auf dem Friedhof, und dort gibt es eine Menge Engel aus Stein.«

»Eine Negerin kann kein Engel werden«, flüsterte einer verächtlich. »Engel sind weiß. Ich hab' einmal in der Radio City bei einer Weihnachtsvorstellung Engel gesehen.«

Ein paar Augenblicke standen sie mit verhaltenem Atem da. »Gehen wir«, flüsterten sie. »Hier ist nichts anzuschauen.« Und der ganze Trupp verschwand, denn sie hatten alles besichtigt. Susan hatte gar nichts gegen ihre Anwesenheit, und das erschien ihr sonderbar. Diese Augen, die so voll Leben und so unkritisch waren, hatten sie bei der Arbeit nicht gestört. Nun begann sie halblaut zu singen: »Oh, das wird – eitel Herrlichkeit!« Die alte, tiefe Befriedigung stahl sich in alle Fibern ihres Wesens, drang wie langsamer Regenfall zu den feinsten Wurzeln eines dürstenden Baumes. Sie verstand nichts davon und fragte sich auch nicht, woher dieses Gefühl kommen mochte. Es genügte ihr, daß es so war. Sie stellte keine Fragen.

Wie gerne wäre sie mit ihrer Freude zu Blake geeilt! Wenn zwei Menschen einander lieben, muß die Freude des einen auch die des anderen sein. Aber Blake war in diesen Tagen zornig, denn seine erste Ausstellung moderner Werke war von einem der Museumsdirektoren verspottet worden.

»Aber, Liebster«, sagte sie, erstaunt über seine Wut. »So vielen Kritikern haben die Sachen gefallen.« Am Morgen nach der Eröffnung der Ausstellung hatte er dagesessen, in Zeitungen vergraben, und alle Besprechungen las er ihr laut beim Frühstück vor. Ohne jede Verlegenheit las er glatte, hübsche Bemerkungen, wie: »Außerordentlich begabt... ein durchdringender Geist«, »Vollendete Erfassung des Abstrakten«, »Wohl der Führende unserer Modernen«. Und dann hatte der alte Joseph Hart in der »Times« geschrieben. Susan kam heim, voll von ihrem Entzücken, und fand Blake tobend vor Wut. »Am liebsten würde ich ihn verklagen«, sagte er immer wieder. »Wie kann er sich unterstehen, meine Arbeiten seicht zu nennen? Das sind sie doch nicht – natürlich nicht. Er ist ein alter Idiot! Er möchte, daß wir ewig Kopien von Michelangelo und den Griechen machen. Er erkennt nicht, daß diese Leute zu ihrer Zeit modern waren und daß sie deshalb unsterblich geworden sind. Man muß die eigene Zeit interpretieren – die ist das einzige, was man kennen kann.«

»Aber, Liebster, ein einzelner alter Mann!«

»Nicht einmal einer darf so dumm sein! Außerdem hat er Einfluß. Die ›Times‹ hätte das nicht bringen dürfen.« Blakes Mund war ein harter Strich, und seine Brauen zuckten. Er konnte nicht stillsitzen. Immer von neuem durchschritt er den Salon. »Ich glaube, ich werde ihn doch verklagen«, sagte er wieder.

»Aber, Blake, mach keine Dummheit!« rief sie. »Warum ärgert dich das so?«

»Weil ich weiß, daß ich im Recht bin«, schrie er.

Es schien, als könnte er das nie vergessen. Eine Woche lang war er mürrisch und hatte weder zum Essen noch zum Arbeiten Lust. Und als dann eines Tages Susans Geduld beinahe erschöpft war, bekam sie einen Brief aus Paris. Die »Kniende« war vom Salon zurückgewiesen worden.

»Das ist doch eine Gemeinheit«, sagte Blake ohne jeden Groll. Freundlich lächelte er Susan an.

»Wahrscheinlich war die Arbeit nicht gut genug«, sagte Susan ruhig, und sie faltete den Brief zusammen. Sie hatte an die Kniende gar nicht mehr gedacht, an die Kniende, die sie geschaffen hatte, als ihre Liebe zu Blake begann.

»Macht es dir denn nichts aus?« fragte er neugierig.

»O gewiß«, sagte sie, »aber mich kann nichts aufhalten.

Immerhin«, fügte sie hinzu, »habe ich das Gefühl, als hätte ich mit der Knienden nichts mehr zu tun.«

»Na schön«, sagte er. »Wahrscheinlich geht auch das auf die Politik zurück. Du bist ja Ausländerin – und die Franzosen lassen keine Ausländer aufkommen – außerdem bist du eine Frau, Susanne. Da kannst du nicht erwarten –«

»Was?« fragte sie ruhig.

»Daß man dich ganz so behandelt wie einen Mann«, sagte er, und zum erstenmal seit Tagen lachte er. »Laß den Kopf nicht hängen, Susanne«, sagte er mit ungewohnter Freundlichkeit, und sie erkannte staunend und ohne es verstehen zu wollen, daß er sich irgendwie getröstet fühlte.

Der Frühling kam, und Susan hatte die Empfindung, als hätte sie bisher nicht gewußt, was der Frühling sei. Auf dem Lande kündigte sich der Frühling durch hunderterlei Zeichen an. Der Schnee schmolz zu wirbelnden Bächen, die Weidenzweige bedeckten sich mit Grün, und unter erstorbenem Laub drängten sich die Schößlinge vor, und der Wind blies den Winter fort. Aber hier in New York war es Winter, und eines Morgens war dann der Frühling da. Tag für Tag ging sie zu Fuß zu ihrem Atelier, und jetzt kannte sie schon viele Leute beim Namen. Der Türhüter mit dem schmutzigen Gesicht hieß Dinny King, und Mrs. King war eines Tages auf Besuch gekommen, mit Zwillingen, einen auf jedem Arm. Mit großen Augen hatte sie dagesessen, während Susan arbeitete, und als sie sich erhob, um zu gehen, hatte sie gesagt: »Na, es ist gut, daß Sie die Zeit dafür haben. Ich könnt' das nicht bei meiner vielen Arbeit.«

Und Susan kannte Larry und Pietro und Smikey, und Smikey plauderte manchmal mit ihr und sagte ihr die Namen der anderen, auf die er mit dem kleinen, dreckigen Zeigefinger wies.

»Das sind die Connigans, und ihr Vater ist tot. Sie heißen

Minty und Jim. Jim war in der Besserungsanstalt – und das ist Izzy – wir spielen nicht jeden Tag mit ihm – nur wenn wir Lust haben.«

»Ist er dann nicht böse?« fragte Susan.

»Was soll er denn machen?« sagte Smikey geringschätzig. Wenn Smikey allein war, war er immer sehr kühn.

Sie erfuhr bruchstückweise allerlei Geschichten, wenn Stimmen aus den Fenstern riefen, wenn lautes Gepolter und Schluchzen zu hören waren, wenn Ärzte und Priester ein und aus gingen. Eines Morgens lag ein zerschmetterter Körper auf dem Gehweg, und ein Polizist drängte mit lautem Schelten die Menge zurück.

»Das ist die alte Miss Brookes vom obersten Stockwerk«, erklärte ihr der junge Micky King. »Sie hat immer gesagt, eines schönen Tages wird sie hinunterspringen, und jetzt haben wir's. Vater ist sehr böse auf sie, aber wenn sie tot ist, kann er ihr nichts mehr tun.«

Es war ein sehr schöner Tag, ein Tag, so erfüllt von Frühling, daß es für dieses weißhaarige arme Geschöpf zuviel gewesen sein mußte.

»Kann man gar nichts machen?« fragte sie den Polizisten.

»Nein, gnädige Frau, höchstens diese jungen Teufel verjagen. Man glaubt ja geradezu, die Kerle seien im Kino.«

»Kommt, kommt«, sagte sie. »Gehen wir zur Ecke auf eine Eiscrème.«

Sie schritt voran, dann zählte sie die Häupter und spendierte jedem ein Eis. Als sie zurückkam, war der Gehweg leer. Der Polizist stand wieder auf seinem Posten, und die Leute eilten dort vorbei, wo die alte Miss Brookes gelegen hatte.

Verborgen inmitten dieses brodelnden Lebens arbeitete sie unablässig weiter, ohne Hast, ohne Zaudern, lange Stunden der Vertiefung. Sie schritt durch den Frühlingssonnenschein am Morgen, und wenn sie das Werkzeug niedergelegt hatte, trat sie hinaus in den hellen Frühlingsabend. Manchmal, wenn ein plötzlicher Regenschauer ans Fenster prasselte, hob sie für einen Augenblick den Kopf, und die Geräusche der Straße erstarben im Lärm des Regens, bis dann die Sonne wieder schien und die Kinder ausschwärmten, um erregt Expeditionen in den Rinnstein und in plötzlich entstandene Pfützen zu unternehmen.

Und unablässig, Tag für Tag, meißelte sie, hämmerte sie und schlug manchmal große Brocken fort, und manchmal meißelte sie so zart, als malte sie mit einem Pinsel den Schwung von Lippen und Lidern, die Warze einer Brust, die Rundung eines Knies oder Knöchels. Im frühen Frühsommer vollendete sie ihr Werk.

Delia, die eben aufräumte, unterbrach ihre Arbeit und betrachtete die Gestalt. Sie lachte hell auf.

»Ich wäre schön traurig, wenn ich so aussähe«, erklärte sie. Dann sagte sie ernst und wuchtig: »Ich möchte nicht, daß man von mir glaubt, ich sei keine Dame.«

»Kein Mensch wird glauben, daß das Sie sind, Delia«, gab Susan zu.

»Nein«, sagte Delia, »niemand, und darüber bin ich wirklich froh.«

Susan wußte nun, daß diese große Figur bloß die erste von vielen war, die noch kommen sollten, doch wie viele das sein mochten, wußte sie nicht. Aber rings um sie zog diese Prozession von Gesichtern und Gestalten. Jeden Tag sah sie einen, der in Marmor festgehalten werden mußte. So wählte sie eine Schwedin, die mit ihrem Mann ein Gasthaus führte. Die beiden hatten keine Hilfskraft, und gemeinsam kochten sie und wuschen Geschirr und bedienten an den kleinen, mit rot-weißem Wachstuch gedeckten Tischen. In früheren Zeiten hätten sie hinter einem Ochsengespann die Fahrt durch die westlichen Steppen angetreten.

Eines Tages kam Susan in das Lokal und fragte die Frau, die hinter ihrem Schanktisch stand: »Wollen Sie und Ihr Mann mir erlauben, daß ich hier sitze und Sie bei der Arbeit zeichne?«

»Aber natürlich!« rief die Frau freundlich. »Das wird uns nicht weh tun, nicht wahr, Gus?«

»Freilich«, grunzte er, ganze Stöße von Geschirr im Arm.

Zwei Wochen lang ging sie Tag für Tag hin und beobachtete und zeichnete und hörte die Gespräche der beiden. Am Ende dieser Zeit zerriß sie die Zeichnungen und begann aus dem parischen Marmor Gestalten zu meißeln, die sie »Amerika, Norden« nannte. Es waren Gestalten in alter schwedischer Tracht, und ihre Körper ragten hoch und hager empor, und in den gelassenen Gesichtern zeigte sich die Bitterkeit des Nordwindes.

Eines Tages kam Smikey allein ins Atelier, denn auf der Straße wurde es schon heiß, und er setzte sich und starrte den Kopf an, an dem Susan arbeitete.

»Ist das nicht Gus? Es sieht ihm ähnlich, nur ist es größer.«

Sie nickte und fuhr fort, die harten weißen Steinflocken abzuschlagen.

Blake war die ganze Zeit bezaubernd. Vielleicht standen sie einander nicht mehr so nahe wie bisher, dennoch waren sie in einer Beziehung einander näher. Da sie den ganzen Tag getrennt waren, sprachen sie abends eifriger als zu der Zeit, da sie den ganzen Tag mitsammen verbracht hatten. Damals gab es nicht viel zu sprechen, denn jeder Augenblick war gemeinsam verbracht. Einer kannte den anderen und teilte sich ihm eher durch Berührung und Liebkosung mit als durch Worte. Aber Worte sind ein besseres Ausdrucksmittel. So hatten die beiden nichts verloren oder doch nur sehr wenig verloren. Vielleicht mußte Susan nur ein wenig mehr darauf achten, daß sie sich nicht verspätete.

Eines Abends kam sie heim, die Füße wund vom langen Stehen und mit schmerzenden Armen, doch achtete sie der Ermüdung nicht. Sie war doch Herrin ihres wunderbaren Körpers. Sie war zu mager gewesen, jetzt aber kehrte die kräftige Fülle ihrer einstigen Gestalt zurück. Sie lief die Treppe hinauf, badete rasch und zog ein weiches, rostfarbenes Kleid an. Dann suchte sie Blake auf. Blake benahm sich vielleicht ein wenig anders, aber sie schenkte dem keine Beachtung. Er hatte aufgehört, sogleich in ihr Zimmer zu gehen, wie er einst getan. Er ließ ihr nicht mehr das Badewasser ein und bürstete nicht mehr ihr Haar und wählte ihr nicht mehr die Kleider aus. Förmlich wartete er im Salon, bis sie kam. Nun neigte sie sich über ihn, um ihn zu küssen, und er erwiderte rasch und leicht diesen Kuß. Doch sie wollte das alles nicht bemerken. Außerdem war er in die Lektüre eines Buches über jugoslawische Skulptur vertieft. Susan ließ sich neben ihm nieder und griff verstohlen nach seiner Hand. So saßen sie still, bis Crowne sie zum Abendessen holte. Susan machte sich keine Gedanken über Blake, denn sie wußte, daß sie, schenkte sie sich ihm, von ihm verschlungen würde, verzehrt von seinem Eigenwillen und seinem Gefühl, von seinen unablässigen Ansprüchen an ihre Aufmerksamkeit. Sie entfernten sich ein wenig voneinander, doch das mußte sein, denn sonst wäre Susan verloren gewesen.

Sie speisten zu zweit, und ruhig lauschte sie seinem Geplauder über die Ereignisse des Tages, und später gingen sie gemeinsam hinauf, und sie betrachtete eingehend seine Arbeit und erkannte sogleich, was er beabsichtigte und was er geleistet hatte. Er arbeitete sehr eifrig. Es war nicht ihre Art der Arbeit, aber sie konnte die Schönheit dieser langen, hageren Linien sehen, der schrägen Augen und der ansteigenden Brauen, der stilisierten Gestalten, die er so sehr liebte und so erlesen schuf.

»Es ist die Schönheit der Mathematik, in Menschengestalt dargestellt«, sagte sie zu ihm, und er freute sich. »Du hast etwas zutiefst Großes erfaßt«, fügte sie warm hinzu, nicht nur, weil sie Blake liebte, sondern auch, weil sie glaubte, was sie sagte.

Im nächsten Winter war es – in dem Winter, in dem er die Gipsfigur Marcias machte und die Statue Sonja Prawalows schuf, der russischen Tänzerin, die aller Welt den Kopf verdrehte. Blake arbeitete sehr schnell. In einem Monat wurde er mit Marcia fertig, und die Figur war groß und schlank und hatte den Kopf geneigt, und ihr straffes Haar fiel über das schmale Gesicht, und die dünnen Hände waren gefaltet. Das war Marcia, nur Gefühl und Erregung, und ihr Körper hager wie der einer Katze.

Marcia hatte nun einzig und allein den Wunsch, tanzen zu lernen, und nachdem sie zu Weihnachten mit Sonja bekannt geworden war, bat sie Susan jeden Tag: »Laß mich nicht mehr zur Schule gehen, Mutter, ich möchte tanzen lernen, wirklich tanzen, so wie Sonja.«

»Sonja ist dumm«, sagte John ruhig. »Sie kann nicht einmal recht lesen. Wenigstens hab' ich sie nie ein Buch lesen sehen.«

»Ich mag auch keine Bücher«, sagte Marcia rasch und biß sich in den Finger. »Bücher sind wie Tote. Oh, Mutter, laß mich tanzen lernen, bitte, bitte!«

»Das Kind sollte tanzen lernen«, sagte Sonja. Sie kam oft zum Abendessen, denn sie tanzte nicht öfter als dreimal in der Woche. Außerdem machte Blake ihr Porträt in seiner berühmten Terrakotta, die keiner anderen glich, und wenn Sonja ihr Bild sah, wie es sich unter Blakes Händen gestaltete, war sie erregt. Sie konnte seinem Atelier nicht fernbleiben.

Als er die Figur vollendet hatte, war Susan zum erstenmal mit seiner Arbeit nicht zufrieden. Sie stand vor der dahinschwebenden Gestalt und schwieg. Blake wartete, ihres Lobes gewiß.

»Bin ich nicht schön?« rief Sonja inbrünstig.

Sie saß auf Blakes großer Couch, die Knie ans Kinn gezogen, und hatte den muskulösen, kräftigen, hageren Körper unter dem dünnen Atlaskleid zusammengekrümmt.

»O Blake, Sie sind ein Genie! Wie herrlich Sie mich gemacht haben!«

Aber Susan sagte verlegen: »Irgend etwas stimmt daran nicht.«

»Wie meinst du das?« fragte Blake.

Sie vergaß, daß er und sie Mann und Frau waren, sie vergaß, daß sie einander noch immer liebten. Sie vergaß, daß sie als Frau zu einem Mann sprach. Sie sah nur die Plastik, die nicht Sonja war. Blake hatte seinen Stil Sonja aufgezwungen. Er war nicht aus sich selbst herausgegangen, um sie zu sehen, wie sie wirklich war. Zum erstenmal hatte ihn sein Instinkt bei der Wahl des Materials im Stich gelassen.

In diesem Augenblick erkannte sie, daß Blake immer in seinen Grenzen bleiben mußte. Welchen Stoff er auch wählte, dieser Stoff mußte ihm gleichen, sonst konnte er ihn mit seiner Begabung nicht erfassen. Und diese Begabung war zwar ungewöhnlich edel, aber begrenzt.

»Ich glaube nicht, daß Sonja zum Modellieren taugt, Blake«, sagte Susan. Sie musterte Sonja. »Beachte doch die Form ihres Kopfes und ihre Gestalt – da ist Ton nicht das richtige Material – überhaupt soll man sie nicht modellieren. Sie ist glyptisch. Ich habe das oft gedacht. Ihr Tanz ist glyptisch – ich meine damit, daß man eine ganze Serie von ihr machen könnte, in Marmor oder in Stein, ja, in ganz hartem Stein. Sie ist nicht zart, wie du sie dargestellt hast – sie ist fest –, und die Stärke ihres Tanzens liegt in dieser Festigkeit. Du hast sie zart gemacht, damit der Ton sie festhalte, aber er ist trotzdem nicht stark genug für sie. Sie ließ sich nicht festhalten.«

Sogleich sah sie, daß er vor Zorn tobte.

»Du bist so aufs Meißeln versessen, daß du von anderen Dingen gar nichts mehr verstehen kannst«, sagte er. »Außerdem kann ich alles festhalten.«

»Aber ich liebe doch deine Arbeiten, Blake«, wandte sie ein.

»Das ist bei weitem mein bestes Werk«, sagte er.

»Marcia ist besser«, antwortete Susan.

Sonst konnte sie schmeicheln und nachgeben und lokken – doch nicht, wenn es um die Arbeit ging. Hier durfte es nichts anderes geben als Aufrichtigkeit. Sonja beobachtete die beiden mit seltsamen Blicken, und in den hellen, schrägen Augen in dem dunklen Gesicht mit den eckigen Backenknochen spielte das Licht.

»Sehen Sie denn nicht, daß das Sonja ist?« fragte sie Susan scharf.

»Nein«, sagte Susan. »Es spricht nicht mit Ihrer Stimme. Wenn eine Statue das Leben festgehalten hat, glaube ich sie immer sprechen zu hören. Aber das hier erscheint mir nur als Statue. Es schweigt.«

»Trotzdem werde ich es der Akademie einreichen«, sagte Blake.

»Blake, warum bist du zornig?« fragte sie.

»Ich bin nicht zornig«, erwiderte er. Er lächelte Sonja an. »Es belustigt mich nur.«

Sie sah den Blick, den er Sonja zuwarf, und dieser Blick war noch hitzig vor Zorn, und plötzlich fühlte auch sie sich zornig.

»Sonja, wollen Sie mir Modell stehen?« fragte sie deutlich. »Ich will Sie in Marmor machen, und dann soll Blake sehen, was ich meine.«

»Sie auch?« rief Sonja, und sie lachte ihr lautes russisches Lachen. »Ja, warum denn nicht? Das wird ein Spaß!«

»Gehen wir irgendwohin aus«, sagte Blake unvermittelt. »In diesem Haus wird mir übel.«

Sie gingen in einen Nachtklub, wie Blake es so oft wollte, und Susan sah zu, als Blake mit Sonja tanzte, und die beiden tanzten so schön, daß Susan, das Kinn in den Händen, ganz verloren dasaß, voll Bewunderung und voll Entzükken über solche Schönheit. Als Blake zurückkam und sie mit hochgezogenen Augenbrauen kühl und fragend ansah, schüttelte sie den Kopf und lächelte. »Viel lieber sehe ich euch beiden noch einmal beim Tanzen zu«, sagte sie.

»Das ist doch nicht Ihr Ernst!« rief Sonja mit weitgeöffneten Augen.

»Oh, gewiß«, sagte Blake. »Das muß ich Susanne zugute halten – sie ist zu einfach, um zu lügen. Du bist ganz und gar nicht klug, Susanne, mein Schatz, weißt du das?«

Er war nicht mehr zornig, und sie freute sich darüber. Zudem hatte er ganz recht mit der Behauptung, daß sie nicht klug sei. Sie konnte nicht klug und rasch und leicht und nur mit dem Hirn denken, wie Blake und seine Freunde. Sie dachte auf geheimnisvolle Art aus den Tiefen ihres Wesens, aus ihrem Innersten, aus ihrem Herzen. Sie fühlte, wie die Gedanken sich in ihrem Schoß regten. Und dann erst vermittelte ihr Blut das, was sie schon wußte, dem Hirn, und erst ganz zuletzt und nur, wenn es notwendig war, sprach sie aus, was sie zuerst gefühlt hatte. Nun lächelte sie Blake an.

»Tanzt wieder«, bat sie. »Ihr beide seid so schön.«

Lachend stand er auf. »Oh, Susanne!« rief er. »Meine vollkommene Gattin! Kommen Sie, Sonja!«

Sie tanzten, und von irgendwo schoß ein Kreis weißen Lichtes auf sie zu, suchte nach ihnen unter all den anderen. Die Leute hatten Sonja erkannt, und Blake war entzückt, daß man ihn erkannte und mit ihr sah. Sein Gesicht war gestrafft in Kälte und Ernst. Er schien niemanden zu sehen, schien nichts zu fühlen, aber Susan, die ihn kannte, wußte, daß er seinem hübschen Gesicht diesen fernen Ausdruck aufgezwungen und daß er die Lider gesenkt hatte, weil er alles sah. Die Kapelle spielte nun langsame, schwingende Weisen und spielte nur für die beiden. Jedermann sah ihnen zu. Und Susan zeichnete auf die Rückseite einer Menükarte mit einem vom Kellner geliehenen Bleistift die flinken, kräftigen Linien Sonjas, um sie im Marmor festzuhalten. Das war der Beginn der »Tanzenden Russin« in ihrer Serie »Amerikanische Prozession«.

Als sie am Abend heimkamen, trat Susan als erste in den Salon, und an der Tür wandte sie sich überrascht um, weil die beiden so lange hinter ihr zögerten, und da sah sie, wie Blake im Schatten der Hall Sonja an sich zog und sie rasch und heftig küßte. Susan blickte weg und ging schnell zum Kamin, und im nächsten Augenblick traten die beiden lachend ins Zimmer.

»Laß uns etwas zum Trinken kommen«, bat Blake. Sie fühlte nicht die Hitze des Feuers, obwohl Crowne die trokkenen Scheiter hoch aufgeschichtet hatte ... Blake und Sonja! Dieser Kuß hatte die beiden gar nicht erregt. Da konnte es ja nicht der erste gewesen sein.

»Aber natürlich«, sagte sie verwirrt, und sie klingelte, weil Blake es befohlen hatte. Sie setzte sich ans Ende einer Couch und streckte die Hände zum Feuer. Ihr war kalt, und sie wollte sich wärmen. Crowne brachte Whisky und Soda, und weil Susan nie trank, schenkte er kein drittes Glas ein.

»Crowne«, sagte sie scharf, »auch ich möchte ein Glas!«

»Sehr wohl, gnädige Frau«, sagte er überrascht, und sie sagte schnell zu den anderen: »Es ist hier kalt, nicht wahr?«

»Ich finde nicht«, lachte Sonja. »Mir ist immer so heiß. Oh, wie schläfrig ich bin!« Hinter der braunen Hand gähnte sie. »Bringen Sie mich nach Hause, Blake – aber ein Glas möchte ich vorher noch trinken. Susan, ich komme morgen vormittag um zehn Uhr zu Ihnen, ja? Ich habe es mir nun in den Kopf gesetzt und möchte unbedingt in Marmor porträtiert werden. Marmor dauert ewig, nicht wahr? Wenn ich Staub bin und Blakes Figur schon in Stücke geschlagen ist wie ein alter irdener Topf, wird der Marmor bleiben.«

»Ja«, sagte Susan.

Nein, die beiden waren nicht erregt. Das war nicht ihr erster Kuß gewesen.

In ihrem Zimmer, in ihrem Bett lag sie und wartete, daß Blake von Sonjas Hotel zurückkehre. Er kam sehr bald, ohne Verzögerung, und jetzt saß er neben ihr auf der Bettkante. Er betrug sich so natürlich und so liebenswürdig, er war immer so liebenswürdig um drei Uhr morgens, daß sie es nicht über sich brachte, ihm zu sagen: »Warum müßt ihr einander küssen, du und Sonja?«

Hätte sie das gesagt, er hätte die Achseln gezuckt und hätte gelacht und gespottet: »Du bist doch nicht eifersüchtig, wie? Ein Kuß ist ja nichts, Susanne. Meinetwegen kannst du küssen, wen du willst.«

Und hätte sie aufrichtig erklärt: »Ich will niemanden küssen, nur dich, Blake«, hätte er nur wieder gelacht und gesagt: »Also, küß mich!« Und dann hätte er sich niedergebeugt, ihren Kuß entgegenzunehmen.

Nein, sie wollte nichts sagen. Sie wünschte nicht, ihn zu küssen.

»Blake hat recht, Susan«, sagte Sonja. Sie tanzte, und während sie sich aus einer scharfen Pose in die andere bewegte, warf sie Redebrocken hin. »Sie sind sehr einfach.«

»Wirklich?« fragte Susan. »Ich habe noch nicht Zeit gehabt, darüber nachzudenken.« Hastig zeichnete sie eine Skizze nach der anderen.

»Blake ist so, passen Sie auf«, sagte Sonja. Sie begann nun mit kurzen, nervösen, abgehackten Schritten zu tanzen. Ihr Körper nahm den Sinn »Blake« an. Irgendwie war sie Blake, ohne ihm im geringsten zu ähneln. Susan hörte zu zeichnen auf und wartete. Es war unmöglich, jetzt zu zeichnen. Sie hätte nicht gewußt, wie sie festhalten sollte, was Sonja tat. Während sie ihr zusah, sagte sie sich, daß ihr bis jetzt noch nie der Wunsch gekommen war, Blakes Porträt zu machen. Sie konnte sich Blake in Marmor nicht vorstellen. In ihm war etwas Flüchtiges, das nicht erhascht und nicht festgehalten werden konnte. Sonja tanzte hastig, in flüchtigen Stakkatoschritten.

»Und das sind Sie –« Sonja blieb stehen, schüttelte sich und schritt nun in langsamen, tiefen, elementaren Bewegungen dahin, ein wenig steif. »So einfach, so gleich einem Kind – ohne Eitelkeit, ohne Gefallsucht – Blake ist kokett, nicht aber Susan. Susan ist traurig, aber sie weiß es nicht. Sie ist nicht um ihretwillen traurig, sondern weil sie weiß, daß das Leben im geheimen traurig ist und daß die Freude nur für den Augenblick taugt. Trauer ist die lange Wirklichkeit – Kummer ist die Grundlage, und das wissen heißt den Frieden kennen.«

Aber Susan hörte nicht zu. Sie zeichnete, so schnell sich ihre Kohle bewegen ließ. Sie zeichnete mit den kühnen, dikken schwarzen Strichen, die ihr eigen waren. Sie skizzierte nie, sie zeichnete dreidimensional die Gestalt, die sie immer in Marmor vor sich sah, mochte sie sie auch auf Papier zeichnen. »Jetzt ist es genug«, sagte sie. »Ich habe, was ich brauche.«

Sonja hielt inne und trat zu Susan und nahm die Blätter – etwa zwei Dutzend – zur Hand.

»Wie anders Sie mich sehen!« rief sie. »Und welches ist nun Sonja? Soll ich Susan glauben oder Blake? Was bin ich also?«

Susan antwortete nicht und hörte nicht. Sie schritt zwischen ihren Marmorblöcken einem runden Stück zu. Während des ganzen Vormittags war ihr der Gedanke nicht gekommen, daß Blake am Vorabend eben diese Sonja geküßt hatte. Sie erinnerte sich nicht daran. Zumindest konnte der unklare Schmerz in einem fernen Winkel ihres Wesens kaum Erinnerung genannt werden.

Doch Mary enthüllte die Sache wieder erbarmungslos, an einem Maienmorgen. Susan vollendete die erste von den drei Figuren Sonjas, die in einer runden Gruppe gemeißelt wurden. Jede dieser Figuren war Sonja, und die drei bildeten erst ein Ganzes. Sonja, in einer steif-schönen Pose kühner Anmut, Sonja, bewegungslos, mit gekreuzten Armen und aufstampfendem Fuß, Sonja, gebeugt wie ein Weidenzweig. Susan hatte nie eine schwerere Arbeit gemacht, denn der Raum war ein Teil des Ganzen. Die drei Körper berührten einander nicht, aber aus einem pfeilerähnlichen Stamm floß die Bewegung eines jeden Körpers in den nächsten und übernächsten, so daß sie alle durch fortlaufende Bewegung miteinander verbunden waren. Susan hatte die Linien schlicht geführt und aus Sonja nicht eine Frau gemacht, sondern einen Tanz.

Eines Vormittags kam Mary.

»Ich bin unterwegs zum Mittagessen«, sagte sie. »Außerdem fahre ich nächste Woche nach Paris. Parsdale & Poore schicken mich hinüber. Sonst fährt immer Miss Blume, aber zum Glück hat sie Blinddarmentzündung!«

Sie war sehr elegant und magerer denn je. Sie zog das Taschentuch hervor, klopfte den Staub von dem Sessel und setzte sich.

»Gehst du mit Michael essen? Ich habe euch beide so lang nicht gesehen«, sagte Susan. Sie arbeitete jetzt am Rist Sonjas und machte keine Pause.

»Ach, Michael!« sagte Mary. »Der ist böse.«

»Seid ihr etwa auseinandergegangen?« Susan blickte von Sonjas emporgehobenem Fuß auf.

»Ich weiß nicht, was du meinst«, sagte Mary. Sie musterte ihre schmalen braunen Hände und ihre weinroten Fingernägel. »Wieso auseinandergegangen, wenn wir nie beisammen waren?«

Susan zögerte.

»Ich weiß nicht«, sagte sie, »denn von euch beiden habe ich nie etwas gewußt. Ihr heiratet einander nicht und heiratet auch sonst niemanden.«

»Heiraten – heiraten!« rief Mary. Ihre alte, heimliche Beherrschung war in jüngster Zeit, wenigstens nach außen hin, verschwunden. Sie sprach viel und auf scharfe, unvermittelte, nervöse Art. »Du warst immer vom Heiraten besessen, Susan. Du glaubst, eine Frau kann ohne Heiraten nicht leben.«

»Es gehört dazu«, sagte Susan freundlich.

»Sollte ich heiraten«, fuhr Mary unvermittelt fort, »muß es ein Geschäft sein. Vielleicht werde ich heiraten. Wenn ich zurückkomme, habe ich meinen Entschluß schon gefaßt. Ich weiß noch nicht recht.«

»Michael hat große Geduld gehabt.« Susan bearbeitete einen Muskel im Marmor so zart, daß man geglaubt hätte, sie habe eine Linie gezogen, nun sah man, daß der Stein sich rundete, als wäre er Fleisch.

»Michael hat damit nichts zu tun.« Marys Stimme klang klar und ohne Tiefe und war spröde vor Klarheit. »Ich werde ihn nie heiraten. Wenn ich heirate, heirate ich Bennyfield Rhodes.«

Susan unterbrach ihre Arbeit und blickte die Schwester an. »Von dem habe ich nie gehört«, sagte sie.

»Er ist trotzdem jemand«, erwiderte Mary. Ihre scharfen, hübschen Nägel pochten wie kleine Spechte auf die Armlehne des Sessels. »Er ist der größte Aktionär unserer Gesellschaft.«

Susan legte die Werkzeuge nieder. Sie kniete auf dem Boden, und so schaute sie nun ernst zu Mary hin.

»Heiratest du ihn deshalb?« fragte sie. Zum erstenmal sah sie, daß Marys dunkle hübsche Augen, mochten sie auch den ihren mit scheinbarer Offenheit begegnen, undurchdringlich waren. Sie schimmerten so dunkel, daß sich die Pupillen im Dunkel verloren.

»Warum ich heirate, wenn ich es überhaupt tue, ist meine Sache«, sagte Mary.

»Wie hast du ihn kennengelernt?«

»Er kommt ziemlich oft ins Büro.«

»Wie alt ist er?«

»Noch nicht sechzig – sieht aber jünger aus.«

»Michael muß wirklich sehr böse sein«, sagte Susan. Sie fühlte sich ein wenig übel. Im Tun der Menschen gab es keine Ehre mehr. Irgendeine Süße, ein gesundes Fühlen alter Zeit war aus den Herzen der Menschen verschwunden. Für eine flüchtige Sekunde sehnte sie sich nach Mark.

»Ich war völlig aufrichtig mit Michael.« Marys Stimme klang hell und hart. »Ich habe ihm nie etwas vorgelogen. Ich habe ihm gegeben, was ich konnte. Er weiß, daß ich nie imstande gewesen wäre, ihn zu heiraten.«

»Aber warum nicht, Mary?«

Mary nahm den Hut ab, strich sich das kurze, dichtanliegende Haar zurück und setzte den Hut dann wieder auf, ein wenig mehr nach links. Sie öffnete die Handtasche, holte die Puderdose hervor und puderte sich die gerade Nase. Dann steckte sie alles wieder in das Handtäschchen zurück und schloß es fest. »Susan, eine Frau, die Michael heiratet, muß alles andere aufgeben. Er gibt nichts auf. Ich hätte ein Teil von ihm werden müssen. Nun, das paßt mir nicht. Ich will nicht ein Teil von jemandem werden.«

»Obwohl du ihn liebst?«

»Nein, auch wenn ich ihn noch so sehr liebte. Ich ertrüge es nicht. Du denkst nicht nach, Susan. Du fühlst nur. Du gehst dein Leben weiter und ertastest dir deinen Weg von einem Tag zum anderen. Deine Augen sind nicht offen und werden es nie sein. Aber ich schmiede Pläne und nutze mein Hirn. Gefühle bedeuten nichts, wenn es sich um das praktische Alltagsleben handelt. Würde ich Michael heiraten, wüßte ich nie, wie ich stehe oder wieviel Geld wir haben. Wenn seine Mutter einmal stirbt, wird er wahrscheinlich einiges erben, aber sie sieht aus, als wollte sie hundert Jahre alt werden. Und mit seiner Art Malerei wird er nie Geld verdienen.«

»Aber du könntest doch weiterarbeiten?« fragte Susan. Sie dachte an den Knaben Michael, der zu ihr auf den Dachboden gekommen war – vor so langer Zeit –, und sie erinnerte sich, wie er sich selbst gezeichnet hatte, zu Roß dahinsprengend in den dunklen Wald.

»Gewiß könnte ich das, aber ich will nicht«, sagte Mary. »Wenn ich heirate, muß die Arbeit ein Ende haben. Sonst bleibe ich lieber so wie ich bin.«

Susan nahm Meißel und Hammer zur Hand. Sie wollte arbeiten, angestrengt arbeiten. Sie war plötzlich sehr zornig.

»Frauen wie du«, sagte sie langsam, »Frauen wie du werfen uns alle um Jahrhunderte zurück. Für uns gibt es keine Hoffnung, wenn wir nicht lernen, das Leben richtig zu nehmen.« Wütend bearbeitete sie den Marmor. Sie hatte jetzt den zart gewölbten Fuß beendet und stellte nun den Sockel fertig. Im Atelier hallten ihre Schläge wider. Doch trotz allem Zorn wußte sie, was sie tat. Ihre Hände flogen, lebend in sicherem Instinkt . . . »Ich hasse Frauen, die an nichts anderes denken als daran, wie sie den oder jenen Mann am besten ausnutzen können. Sieh Lucille an und den armen Hal! Sie hält sich für eine ehrbare Frau. Sie sieht nicht, daß sie Hal das Blut ausgesogen hat, bis nur die leere Hülle zurückblieb. All sein Lebtag hat er nichts anderes getan als Lucille erhalten. Den ganzen Tag schuftet er, um sie zu ernähren und zu kleiden, und abends kommt er heim und hilft ihr beim Geschirrabwaschen und bringt mit ihr die Kinder zu Bett, weil sie zu müde ist. Das ist sein Leben. Niemand kennt ihn eigentlich. Er hat selbst nicht die Zeit gehabt, zu entdecken, wer er ist. Nein, Mary, heirate Michael nicht. Es ist gütig von dir, wenn du ihn nicht heiratest. Vielleicht wird er, sobald er einmal sicher ist, daß du ihn nicht heiratest, doch vergessen und das sein können, was er ist – ein großer Maler. Es wäre jammerschade, ihn zu ruinieren, nur damit du die Arbeit aufgeben kannst und nichts mehr zu tun brauchst!«

Diese Worte sprudelten zwischen den Hammerhieben hervor.

Und Mary sagte, und ihre Stimme klang wie ein kalter, ruhiger Bach: »Deine Theorien sind nicht stichhaltig, Susan. Niemand hat alles, nicht einmal du.« Sie machte eine Pause, und dann sagte sie ruhig: »Du hast ja Blake gar nicht – Sonja hat ihn.« Sie erhob sich. »Nun – ich hatte nicht die Absicht, es dir zu sagen. Es geht mich ja nichts an. Ich weiß es schon den ganzen Winter. Jeder Mensch weiß es, nur du nicht. Ich erzähle es dir einzig deshalb, weil ich dir beweisen will, daß du unrecht hast. Du hast ihn verloren. Du kannst nicht alles haben, magst du auch immer geglaubt haben, es zu können.«

Da war nichts zu sagen. Mary hatte ihr den Boden unter den Füßen fortgerissen. Sie hatte nicht einmal die Kraft, den Hammer zu heben, nicht die Kraft, auf den Meißel zu schlagen, nicht die Kraft, den Stein zu zerbrechen. Sie legte die Werkzeuge nieder, und plötzlich fühlte sie in dem stillen Atelier, wie ihr Mund trocken wurde.

»Du hast mich immer gehaßt – warum?« fragte sie. Schwer bewegte sich ihre Zunge in dem ausgedörrten Mund.

»Nein, ich hasse dich nicht, Susan«, sagte Mary. In ihrer spröden Stimme klang ein Anflug von Mitleid. »Ich bedaure dich. Alle Welt kennt Blake Kinnaird besser als du. Darum war ich so überrascht – übrigens hast du dich sehr gut gehalten –, du bist doch jetzt schon beinahe drei Jahre verheiratet, und Sonja ist die erste, von der ich höre –«

»Im Juni werden es drei Jahre –« Susans Stimme war ein Flüstern. An einem strahlenden Junitag waren sie und Blake in das kleine Pariser Standesamt gegangen und hatten geheiratet. Damals hatte sie gefühlt, sie müsse ihn heiraten, und sie war einfach hingegangen und hatte es getan.

»Michael sagte erst neulich, er hätte nicht erwartet, daß es so lange dauern würde. Du bist ja gar nicht Blakes Typ – denn eigentlich bist du sehr simpel, Susan. Du bist gar nicht so wie die anderen Leute hier.«

Susan kniete noch immer und blickte zu Mary empor. Vielleicht hatte Mary recht. Sie war einfach, zu einfach für Blake – zu einfach für jeden. Sonja hatte sie einfach genannt. Nur für Mark war sie nicht zu einfach gewesen. Aber Mark war ein Kind gewesen und jung gestorben. Und sie vermochte nicht Klugheit zu verstehen oder ihr standzuhalten. Sie steckte zu tief in der Wirklichkeit – oder vielleicht auch in Träumen.

»Also leb wohl.« Mary beugte sich nieder und legte die kühle, dunkle Wange für einen Augenblick an die Susans. »Du darfst dich nicht grämen. Das ist ja herrlich, diese Negerin. Ich muß sagen, du machst Fortschritte, Susan.«

Susan fühlte, daß Mary den Wunsch hegte, ein wenig freundlich zu sein, doch es war zu spät. Sie stand auf.

»Leb wohl, Mary«, sagte sie. »Nimm mir nicht übel, was ich vorhin gesagt habe – du mußt ja selbst wissen, was du zu tun hast.«

Mary ging lächelnd und sicher, und ihre schmalen roten Lippen waren fest zusammengepreßt. »Ja, das weiß ich«, sagte sie.

Als Mary fort war, setzte sich Susan auf den Stuhl und rief sich schmerzlich die Erinnerung an den Augenblick zurück, als Blake Sonja geküßt hatte. Was sollte dieser Kuß bedeuten, und wie war er gegeben worden und warum? Sie wußte es nicht. Warum hätte Blake Sonja küssen sollen, wenn er sie nicht liebte? Sie verstand es nicht. Also mußte er sie lieben.

Es bleibt mir nichts übrig, als ihn zu fragen, dachte sie einfach.

Sie fand keinen anderen Ausweg. Selbst wenn sie gewußt hätte, wie sie das anstellen sollte, vermochte sie es doch nicht, ihm nachzuspähen. Und wenn sie es gekonnt hätte, sie hätte nicht die Zeit gehabt, ihm untertags zu folgen. Sie hatte ihre Arbeit.

Sie sah auf die Uhr. Sie wollte sogleich nach Hause gehen und Blake suchen. Doch zu dieser Stunde, um eins, war er gewiß nicht daheim. Er aß mittags selten zu Hause, wenn er nicht arbeitete, und gerade jetzt traf er die Vorbereitungen für eine zweite Ausstellung. Sie wußte, daß er die Hoffnung hegte, ja, daß er damit rechnete, das Museum werde nach der Ausstellung zumindest einige der Figuren ankaufen. Sie seufzte und nahm aus der Tasche ihres Mantels ein Päckchen mit belegten Broten, wie Crowne es ihr allmorgendlich brachte und voll Würde überreichte, wenn sie das Haus verließ.

»Oh, besten Dank, Crowne«, sagte sie immer und stopfte sich das Paket in die Tasche. Einmal fragte er: »Soll man Ihnen das Mittagessen nicht hinschicken, gnädige Frau?« Sie aber, voll Angst bei dem Gedanken, Dienstboten mit Tabletts könnten sie bei der Arbeit stören, hatte rasch geantwortet: »Nein, nein, ich esse sehr gern belegte Brote.«

Sie aß, dann ging sie zur Wasserleitung, bückte sich und trank wie aus einer Quelle. Dann stand sie einen Augenblick unschlüssig da, und weil sie noch immer nicht wußte, was sie tun sollte, ging sie an ihre Arbeit zurück. Einmal hielt sie inne und dachte: Das ist Sonjas Körper, an dem ich jetzt arbeite – wie kann ich das? Sie zögerte einen Augenblick und fuhr dann fort. Tiefer als alles war das Verlangen, weiterzuarbeiten, das Begonnene zu vollenden. Es war nicht Sonja. Es war ihre Arbeit.

Beim Abendessen im Speisezimmer erzählte ihr Blake, mit welcher Mühe und welchem Ärger er den Versuch machte, den alten Joseph Hart davon zu überzeugen, daß seine Arbeiten etwas anderes seien als bloßes »Spielen mit Schlamm«. Als er eine Pause machte, fragte Susan: »Ist das alles, Blake?«

»Für einen Tag ist es wohl genug, Susanne«, antwortete er freundlich, nun, da er alles erzählt hatte. Er war ganz und gar nicht anders als sonst. Sie hatte ihn beobachtet, während er sprach, und hatte darüber nachgedacht, ob er sich insgeheim doch geändert habe. Denn eine neue Liebe mußte gewiß irgendein kleines Merkmal hinterlassen. Aber er sah sie mit seinen klaren, kühlen grauen Augen an, und seine Hand, die die Asche von der Zigarette streifte, zitterte nie, und Susan bemerkte auch keine Flüchtigkeit in dem Kuß, den er ihr gab, als sie eintrat. Vor dem Abendessen hatte sie in ihrem Zimmer den Wunsch gehabt, das rotgoldene Kleid anzulegen, das er ihr entworfen hatte. Glitzernd und funkelnd hing es im Schrank. Aber sie schämte sich, etwas zu tun, das an Gefallsucht erinnern konnte. Immerhin brauchte sie zumindest das blaue nicht zu tragen, das er nicht mochte. Und so wählte sie schließlich ein einfaches weißes Chiffonkleid und bürstete sich das lange Haar zurück und kämmte es zu einem Knoten wie immer. Doch Blake, voll Eifer, sich seinen Groll von der Seele zu sprechen, bemerkte es nicht.

»Ich habe dich etwas zu fragen«, sagte sie. Sie waren für einen Augenblick allein. Soeben hatte man den Salat serviert. Crowne würde erst in einigen Minuten wiederkommen.

»Ja?« Blake hob die zarten schwarzen Brauen. Aber seine Stimme klang furchtlos.

»Heute hat mich Mary besucht«, sagte Susan. »Und sie hat mir erzählt, daß du und Sonja einander liebt. Ist das wahr, Blake?«

Jetzt hatte sie ihn überrascht. Er legte die Gabel nieder und fuhr sich mit der Serviette über den Mund.

»Warum mußte Mary das sagen?« fragte er.

Und mit der gleichen ruhigen Stimme erwiderte sie: »Es entfuhr ihr im Zusammenhang mit anderen Dingen, die ich gesagt hatte. Es war kein Klatsch. Sie wollte es mir nicht erzählen, davon bin ich überzeugt. Aber sie geriet in Zorn.«

Sie hatte geglaubt, sie würde in Wut geraten, aber sie war ruhig wie der Tod, als Blake sie ansah.

»Wirst du mir böse sein?« fragte er.

»Nein«, sagte sie, »nein, nicht böse – nur muß ich es wissen. Sag es mir doch ganz einfach, Blake.«

Aber er konnte es ihr nicht einfach sagen. Er zerkrümelte ein Stück Brot auf seinem Teller. »Sonja – natürlich hat Sonja sehr viele Männer geliebt – es gehört zu ihrem Wesen – wahrscheinlich auch zu ihrer Kunst.«

»Wenn du es mir nur einfach erzählen wolltest, Blake«, sagte sie wieder.

»Es ist nicht ganz einfach, Susanne«, antwortete er. »Sonja hat zum Beispiel mit meinen Gefühlen für dich nichts zu tun. Daß sie auf – auf einen Teil meiner Gedanken wirkt, leugne ich nicht. Warum sollte ich das leugnen? Ich könnte mich ja auch darüber beklagen, daß ich dich in David Barnes' Atelier habe arbeiten sehen, aber ich sage kein Wort. Leute wie wir – wir tun, was wir tun, weil wir es tun müssen. Unsere Natur verlangt viel.«

Sie starrte ihn an. »Ja, hast du geglaubt, daß David Barnes und ich –«, begann sie.

Er schüttelte den Kopf und streckte die Hand aus. »Nein, nein, Susanne! Ich sage dir, ich habe gar nichts geglaubt!

Ich nahm dich, wie du warst – ich nehme dich auch weiter, wie du bist – was du auch tun magst, du bist Susanne.«

Seine Stimme und seine Miene waren so ruhig, daß es Susan verblüffte. Sie klammerte sich an einen Satz, den er gesprochen hatte. Irgendwo mußte doch die Wahrheit zu finden sein, die unumstößliche Wahrheit.

»Du meinst also, du liebst Sonja?«

»Susanne, meine schlichte Liebste, denk nicht mehr an Sonja. Was ich von Sonja halte, hat nichts mit uns beiden zu schaffen.«

»O doch, Blake – alles, was du denkst und fühlst, hat irgendwie mit mir zu tun.« Das war wenigstens deutlich gesprochen, aber sie hatte das Gefühl, als machte sie den Versuch, Blake in dichtem Nebel zu finden. Sie konnte seine Stimme hören, nicht aber sein Gesicht sehen.

»Susanne!« Blakes Tonfall klang ungeduldig. »Willst du davon nie wieder sprechen, bitte!«

»Du willst es mir also nicht sagen, Blake?«

»Ich bin nicht der Meinung, daß es dich etwas angeht«, sagte er trocken und kalt. Plötzlich sah er aus wie sein Vater: blaß und kalt und eigentlich nicht unfreundlich, nur außerstande, über das eigene Ich hinaus zu fühlen ... »Du wirst davon nicht mehr sprechen, meine Liebe«, sagte die trockene Stimme des alten Mr. Kinnaird zu Blakes Mutter. Und sie sagte demütig: »Gewiß, Arthur, verzeih.« »Schon gut«, erwiderte er, und dann hatte er seinem Sohn gesagt: »Ich war mit deiner Mutter immer sehr glücklich, mein Sohn.« Sie aber war zwar viel, viel jünger gewesen als ihr Mann, war aber schon vor vielen Jahren gestorben – damals, als Blake so klein war, daß er sich jetzt nicht an sie erinnern konnte. Doch vielleicht hatte jene Frau schon erkannt, daß ihr kleiner Knabe nur der alte Mr. Kinnaird in neuer Fassung war, und so schien ihr nichts die Mühe zu lohnen. Sonst hatte sie ja nichts gehabt ... In ihrem Innersten rief Susan leidenschaftlich: »Oh, wie glücklich bin ich, daß ich mehr habe als meinen Mann – daß ich mehr habe als die Liebe! Wenn ich nichts anderes hätte als die Liebe –«

Festen Blickes musterte sie ihn. Sie sagte, und sie hätte ganz und gar nicht erwartet, daß sie das sagen würde: »Ich brauche dir nicht zu gehorchen, Blake.« Ihr war, als käme eine Stimme aus einer ihrer Statuen. »Ich bin ganz unabhängig von dir, weißt du das?« sagte diese Stimme.

»Susanne –«

»Nein, bitte, warte. Ich bin noch nicht zu Ende. Jedenfalls handle im Falle Sonja nach deinem Gutdünken. Aber ehe du zu einem Entschluß gelangst, den du mir verständlich machen kannst, muß ich dich bitten, mich in Ruhe zu lassen.«

»Susanne«, rief er, »du bist albern!«

»Ich könnte ja Sonja fragen, aber das will ich nicht«, fuhr sie fort, ohne den Blick von seinem Antlitz zu wenden. »Du wirst es mir sagen.«

»Ich kann dir nichts sagen – ich weiß nichts.«

»Dann werde ich warten«, erwiderte sie.

»Welch kindische, dumme Eifersucht«, murmelte er. »Susanne, du bist zu einfach für dieses Leben!«

»Ich bin einfach«, gab sie zu. »Ich muß die Dinge deutlich und klar sehen können. Mein Leben muß mir faßbar sein. Ich muß die Grundlagen meines Daseins verstehen. Ich bin mit dir verheiratet, und für mich bedeutet das, daß ich in meinem Leben keinem anderen einen Platz einräume. So einfach bin ich.«

»Du bist eine Frau«, unterbrach er sie.

»Ich bin mehr«, entgegnete sie. »Ich bin eine arbeitende Frau.«

Und während sie sprach, stand ihr die Arbeit vor Augen, und diese Arbeit wurde Freiheit und Sicherheit und Zuflucht und Fortschritt, und jetzt hatte sie keine Furcht mehr. Als Mark starb, war sie nicht gestorben. Und selbst wenn Blake Sonja liebte, sie starb nicht.

»Mary ist albern«, sagte sie laut.
»Das ist sie wirklich«, stimmte Blake zu.
»Ich meine es nicht so«, sagte Susan verschlossen.
Sie sah die Frage in Blakes Augen. Crowne kam jetzt mit einem neuen Gang, und Susan verstummte. Sie dachte: Mary ist dumm, daß sie ihre Arbeit aufgibt. Sie aß weiter. Essen und schlafen und ein ruhiges Gemüt – das waren die wichtigsten Erfordernisse für die Arbeit. Sie hatte Blake innig geliebt, und für eine Zeit hatte er sie durch die Liebe zerstört. Jetzt durfte er sie nicht durch Kummer zerstören. Sie wollte den Kummer von ihrem wirklichen Ich fernhalten, von ihrem Ich, aus dem allein die Kraft für die Arbeit quoll. Crowne hatte den Kaffee draußen auf der Terrasse serviert, und Blake folgte Susan dorthin. Bevor er sich setzte, hob er ihr das Kinn in die Höhe und küßte sie heftig. Sie stieß ihn nicht zurück, wandte auch nicht den Kopf ab, sie schenkte ein und reichte Blake seine Tasse Kaffee, und dann sah sie einen sonderbaren Ausdruck in seinen Augen, halb belustigt, halb triumphierend.
»Wenigstens läßt du dich noch immer küssen«, sagte er.
Sie wandte sich ab. »Wie schön der Fluß ist!« murmelte sie. Er war wirklich schön. Leichter Nebel lag auf dem Wasser, das noch immer zu kalt war für die warme Nachtluft, und der Nebel begann in langen, schwankenden Schwaden emporzusteigen, so daß sich bald die Sterne in ein Nebelnetz verstrickten. So herrlich war das, daß Susans Herz plötzlich vor Pein brach und die Tränen ihr in die Augen schossen. Sie zitterte ein wenig vor verhaltenem Schluchzen. Es war ihr ganz und gar nicht gleichgültig. Sie liebte ihn wie eh und je. Sie wartete einen Augenblick und starrte in den Nebel.
»Aber ich meine ernst, was ich gesagt habe, Blake«, sagte sie fest.

David Barnes war wieder in New York, und nun betrachtete er mit großen Augen die sieben Statuen, die Susan gemacht hatte.

»Das ist ganz neu«, sagte er. »Ich sehe keinerlei Spur mehr von Französischem daran.«

»Sie sind amerikanisch«, sagte Susan.

»Ich zweifle daran, daß Sie wissen, was diese Figuren bedeuten«, antwortete er. Und nach einer Weile sagte er: »Jedenfalls hat Blake keinerlei Einfluß auf Sie.«

»O doch«, sagte Susan.

»Ich sehe nichts davon.«

»Er hat mich mehr zu mir selbst geführt«, erwiderte sie, und weil er wartete, beide Hände in dem zerzausten Bart, versuchte sie weiter, ihm zu sagen, was sie fühlte: »Ich kann mit Hammer und Meißel viel leichter umgehen als mit meiner Zunge, David. Als Blake und ich einander liebgewannen, da warf ich mein Leben in das seine und war verloren. Ein Jahr lang machte ich gar nichts. Und dann öffneten mir ein paar Worte meines Vaters die Augen, und ich erkannte, daß ich mich wiederfinden mußte, sonst hätte ich nicht weiterleben können und wäre eines Tages ohne Erfüllung gestorben. Und so begann ich zu arbeiten. Ich mußte unabhängig von Blake arbeiten, und bei der Arbeit fand ich immer mehr und mehr zu mir – nicht bewußt, es sei denn durch den Entschluß, alles auszuschalten, indem ich an niemanden dachte.«

»Sehr gut!« rief er. »Jetzt kann ich Sie also fragen – was, zum Teufel, hat Sie bewogen, ihn zu heiraten?«

»Er schenkte mir etwas, das ich nie gehabt hatte«, sagte sie.

Dann erinnerte sie sich all der Stunden leidenschaftlicher Liebe, und ihr Mund bebte, und ihre Wangen wurden heiß unter David Barnes' stetem Blick. Aber sie wußte, daß sie nicht zur Seite schauen durfte. »Er hat mich zur Frau gemacht«, sagte sie.

David Barnes strich sich heftig den Bart zur Seite. »Susan«, begann er sehr ernst, »am ersten Tag schon, als Sie in jenem alten Haus auf dem Lande mein Atelier betraten, es ist jetzt viele Jahre her, sah ich, daß Sie eine schöne Frau sind. Wußten Sie das?«

Sie schüttelte den Kopf. »Nein, Dave, daran dachte ich nie.«

Mit gekreuzten Beinen setzte er sich auf den kahlen Fußboden. »Ich wußte, daß Sie es nicht wußten«, sagte er, »und ich sagte Ihnen nichts. Und als Sie in Paris waren und ich Ihnen half, und als Sie in mein Atelier kamen, hätte ich es Ihnen sagen können. Immer wieder wollte ich es Ihnen sagen – aber ich sagte es nicht. Ich hatte das Gefühl, kein Mann habe das Recht, Sie – Sie zu berühren, nur weil Sie zufällig eine Frau sind.«

»Daran dachte ich nie«, sagte sie. »Ich ahnte nicht –«

»Ich weiß es«, sagte er, »aber hätte ich die Hand ausgestreckt –«

Sie schüttelte den Kopf. »Ich glaube nicht, David«, sagte sie zart.

Er stand auf und setzte sich aufs Fensterbrett. »Das ist gleichgültig«, sagte er schroff. »Halten Sie es mir wenigstens zugute, daß ich nie die Hand ausgestreckt habe. Blake hat es getan – aber er hatte kein größeres Recht dazu als ich. Er dachte an sich – ich dachte an Sie.«

»Ich glaube Ihnen«, sagte sie.

Er maß sie mit einem langen Blick.

...Aber Blake hatte gefordert, und sie hatte gegeben, und sie bereute es nicht. Nein, hätte sie das alles wieder erleben müssen, sie hätte genauso gehandelt, denn auch Blake hatte ihr Leben erfüllt. Ohne ihn hätte sie nicht alles gehabt. Noch immer dachte sie an ihn mit einem tiefen Gefühl leidenschaftlicher Sehnsucht. Immer mußte sie ihn lieben, mit der begrenzten, tiefen Liebe, mit der sie ihn jetzt liebte. Ihre Seele war von der seinen getrennt; sie und er konnten im

Innersten nie verschmelzen, aber in der begrenzten, tiefen Liebe von Körper zu Körper, in dieser blinden, heftigen, quälenden Liebe mußte ihr Gefühl für ihn währen, solange ihr Herz schlug. Schweigend saß sie da und dachte so, und David Barnes saß da und beobachtete ihre Miene, bis er es nicht mehr ertragen konnte, sie anzusehen.

»Nun, um wieder zur Wirklichkeit zurückzukommen«, sagte er schroff, »Sie müssen diese Sachen ausstellen, Susan. Sieben Stück – es ist ja ziemlich wenig –, aber wir können jene Pariser Arbeit dazunehmen. Es ist Zeit, zu beginnen. Allzu leicht wird es nicht sein, weil Sie eine Frau sind – das ist ein großes Hindernis. Von einer Frau erwarten die Kritiker niedliche, kleine Sachen. Wir müssen es ihnen einbleuen, daß Sie nicht Christbaumschmuck anfertigen.« Er starrte die Figuren Sonjas an. »Du meine Güte, was für eine Technik Sie haben!« murmelte er. »Hat Blake diese Gruppe gesehen?« fragte er.

»Er hat keine meiner Arbeiten gesehen«, sagte Susan.

»Wie, er hat nichts gesehen?« Davids haariges Gesicht erbleichte.

»Nein«, sagte sie. »Er war zu beschäftigt. Es gab immer etwas anderes zu tun. Vielleicht bin ich daran schuld, weil ich nicht viel Worte machen kann. Ich habe von meiner Arbeit überhaupt nicht mit ihm gesprochen.«

»Hm!« Seine ungeheuren klobigen Hände zausten wieder den Bart. »Es wäre interessant gewesen, hättet ihr beide mitsammen ausgestellt. Hören Sie, Susan, ich hab's – schließen Sie sich meiner Ausstellung an – meinen Titanen! Ich habe einundzwanzig fertig und will sie im November ausstellen, und ich werde auch Ihnen einen Platz lassen. David Barnes und Susan Gaylord – ich will in aller Bescheidenheit sagen, daß das für Sie förderlich wäre.«

Sie war so dankbar für seine Wärme, daß sie zu ihm trat und seine große Hand ergriff. Noch nie hatte sie diese

Hand berührt, und es war ihr, als hielte sie die knorrige Wurzel eines Baumes fest. Einen Augenblick war er in großer Verlegenheit, dann zog er die Hand zurück.

»Ich sage Ihnen keinen Dank, David«, rief Susan. »Doch Ihre Güte rührt mich. Aber ich muß allein arbeiten, und meine Arbeit muß für sich bestehen. Ich kann mich nicht an Ihren Namen lehnen.«

»Sie wissen nichts von diesem Geschäft.« Er rieb sich die große platte Nase. »Ich habe es von allen Seiten überlegt. Ich sage Ihnen, schon für einen Mann ist es schlimm genug, mit der Verbrecherbande fertig zu werden. Für eine Frau ist es ganz aussichtslos. Man wird Sie nicht ernst nehmen. Das Gerede von der Gleichheit der Geschlechter ist Unsinn. Und die Künstler sind das elendste, selbstsüchtigste Pack, und ein jeder versucht, alle anderen in den Boden zu trampeln. Eine Frau hat keinen Schatten von Aussicht. Wenn sie etwas kann, werden die Männer toben – sie sind schon aufeinander eifersüchtig genug. Aber daß eine Frau mit ihnen wetteifert, das wäre eitel Frechheit. Man ist verdammt, wenn man als Frau zur Welt kommt – das heißt, wenn man irgend etwas macht, worin man mit den Männern rivalisiert.«

»In diesem Land der Ritterlichkeit?« fragte sie mit flüchtigem Lächeln.

»Ritterlichkeit«, erklärte er feierlich, »ist nur für die Damen, Susan. Und die Damen bedeuten keine ernstliche Konkurrenz für die Männer, wissen Sie. Hol's der Teufel, Sie sind keine Dame. Sehen Sie Ihre Hände an!«

Sie musterte ihre Hände. Die waren schmutzig und schwielig und hatten zerbrochene Nägel. Neulich erst hatte Blake ihre Hand genommen und angesehen und mit einer Grimasse sinken lassen.

»Putzfrau!« hatte er gesagt, und sie hatte gelächelt und nichts erwidert.

»Ein Glück, daß Sie Naturlocken haben«, sagte David

Barnes zornig. »Doch bei den Kritikern wird es Ihnen nichts nützen.«

Sie blickte ihre sieben Statuen an, und die Statuen erwiderten den Blick. Sie kannte ihre Stimmen, deren jede sie einst deutlich gehört hatte. »Ich habe keine Angst«, sagte sie. »Ich mache mir nichts daraus, daß ich eine Frau bin.«

Mit einem Ruck zog er seine alte Mütze aus der Tasche.

»Ich werde mir keine Sorge um Sie machen«, sagte er, und plötzlich strahlte sein bärtiges Gesicht. »Sie sind durch den Wald gegangen und schon wieder am anderen Ende angelangt, wie ich sehe. Machen Sie nur Ihre eigene Ausstellung. Hoffentlich werden Sie nicht verrückt, wenn ich sie mir ansehe und dann in den Zeitungen meine Meinung darüber sage.«

Er war schon durch die Tür geschritten, als er sich noch einmal umwandte, den Kopf ins Zimmer steckte und unter buschigen Brauen Susan angrinste.

»Hören Sie, Susan«, rief er. »Wenn Sie keine Frau wären, würde ich Sie zu einem meiner Titanen machen. Hol mich der Teufel, wenn ich das nicht täte!« Er grölte vor Lachen und schmetterte die Tür zu. Plötzlich hörte sie Gekreisch, und sie ging zum Fenster und sah, wie er sich die Straße hinabwälzte, und sein Bart flatterte im Wind, und die Kappe hatte er über das eine Ohr gezogen. Aus den Taschen warf er Nickelstücke auf die Straße, und Kinder strömten aus Hausfluren und Türen und eilten ihm nach, und er pfiff vor sich hin und tat so, als sähe er sie nicht.

Weil es den Anschein hatte, als ob ihr Leben mit Blake plötzlich ins Nichts versunken wäre, sprach sie zu ihm das erstemal von ihrer Arbeit. Worauf war ihr Leben wohl aufgebaut gewesen, so fragte sie sich erstaunt und traurig, daß nun, weil sie nachts die Tür verschloß, der Tag so qualvoll leer erschien? Aber sie vermochte es nicht, die Tür zu öffnen, solange er nicht über Sonja sprach, solange er keine Tür in seine Seele öffnete.

Als sie einmal um Mitternacht oben auf der Treppe Abschied nahmen, lächelte er, und sie sah unter diesem Lächeln, daß sein Blick zornig wurde, obwohl seine Stimme, als er nun sprach, ganz ruhig klang.

»Ist das nicht eine Art körperliche Erpressung, Susanne?«

Sie schüttelte den Kopf und antwortete ihm offen und gelassen: »Nein, Blake. Es ist sehr einfach. Der Gedanke an dein Fleisch ist mir ein wenig unangenehm, sonst ist es nichts.«

Er schwieg, und sie sah, daß er empört war. Allmählich erkannte sie jetzt, daß Einfachheit und Geradheit Dinge waren, denen er nicht zu begegnen verstand.

»Eine angenehme Bemerkung für eine Gattin«, sagte er schließlich, und darauf antwortete sie nichts. Und dann fragte er an ihrer Tür: »Willst du dich von mir scheiden lassen, Susanne?«

»O nein«, sagte sie ruhig. »Warum fragst du mich das?«

»Du liebst mich ja nicht mehr«, sagte er.

»O doch, doch!« rief sie. »Ich liebe dich – ich liebe dich wie immer. Nur muß ich an mein Ich denken. Dieses Ich ist abseits getreten und wartet. Ich kann es nicht zwingen. Das wäre schlimm.«

Er starrte sie lange an. Dann nahm er ihren Kopf in seine langen, hageren Hände und küßte ihre Brauen.

»Gute Nacht«, sagte er, und er ging fort, und sie schloß ihre Tür. Es war nicht notwendig, sie zu versperren. Sie kannte Blake. Aber sie wußte nicht, was er hinter seinen meergrauen Augen dachte. Sie wollte sich von ihm nicht trennen. Was sie ihm gesagt hatte, war wahr, daß nämlich sein Körper sie abstieß, solange sie nicht wußte, was Sonja ihm bedeutete. Sie vermochte es nicht, ihm nur ihren Körper zu schenken, wenn die Tür zwischen den beiden Seelen geschlossen war – nein, ach nein. Das wäre zu niedrig gewesen. Einst hatte Trina in einem Gespräch über die Freiheit der Frau gesagt: »Manchmal muß man es mitmachen, auch wenn man müde ist wie eine alte Katze. Wenn man's nicht tut, werden sie verdrießlich. Es ist die einzige Art, den Frieden aufrechtzuerhalten.« Sie dachte über diese Worte nach, während ihr Körper kühl und ruhig im Mondlicht lag, das schräg durchs Fenster fiel. Aber sie konnte sich nicht so vergewaltigen, und ein solcher Friede, um solchen Preis erkauft, war kein Friede. Sie hatte etwas Köstliches in sich, und dieses Köstliche war sie, und das mußte unversehrt bleiben. Es handelte sich nicht nur um ihren Körper, es handelte sich um die Kraft, die, war sie ungehemmt, die Seele zur Vision geleitete und ihre Hände führte, so daß sie schuf, was sie sah. Nicht einmal Blake durfte dieser Kraft Einhalt gebieten, denn diese Kraft war der tiefe Strom ihres Lebens, und geriet der ins Stocken, hörte alles auf, und sie war verloren. Und so lag sie im Bett in dem großen, stillen Zimmer und dachte über eine andere Tür nach, die in ihre Seele führte, eine Tür, die sie Blake öffnen konnte, mochte die Leidenschaft auch noch warten.

Da wurde ihr klar, daß sie diesen Teil ihres Wesens vor Blake nie erschlossen hatte. Vielleicht konnten sie jetzt, wenn sie es doch tat, ein neues Mittel der Vereinigung finden. Sie beschloß, ihm am nächsten Morgen von ihren sieben Statuen zu erzählen und ihn um seinen Rat wegen der Ausstellung zu bitten. Vielleicht bereitete ihm dies Freude. Von diesem tiefsten Gebiet ihres Lebens wollte sie ihm von Stund an nichts mehr vorenthalten. Sie hatte sich verborgen, aber jetzt wollte sie ihm nichts mehr verbergen. Nach diesem Entschluß fühlte sie sich froh und erleichtert und schlief endlich ein.

Es fiel ihr ganz leicht, ihm am Morgen zu sagen: »Blake, willst du dir ein paar Arbeiten von mir ansehen?«

Er sah hübsch aus und kühl in seinem leichten grauen Anzug. Das Speisezimmer war zum Frühstück durch Markisen beschattet, und Crowne trug eisgekühlte Früchte und Kaffee auf. Susan hatte einen silberweißen Schlafrock angelegt, den Blake liebte. Neben ihrer Serviette lag ein Brief von John aus dem Camp. Sie war munter und hoffnungsvoll, und darum sprach sie sogleich.

Er war ein wenig früher als sie zu Tisch gekommen, und er stand auf, während sie sich setzte, und dann setzte auch er sich. Als sie sprach, blickte er auf.

»Natürlich«, sagte er, und dann sagte er nach einem Augenblick: »Schon oft wollte ich dich nach deiner Arbeit fragen, Susanne, aber du bist ja eine so unabhängige Frau.«

Er lächelte, aber sie bemerkte oder glaubte zu bemerken, daß in seiner Stimme Zorn klang.

»Ich habe nicht gewußt, daß du daran gedacht hast!« rief sie. »Ich wartete darauf, daß du etwas sagtest.«

»Aber warum? Ich zeige dir doch alle meine Arbeiten!«

Sie sah ihn an. Vielleicht hatte sie Blake großes Unrecht getan.

»Ich weiß nicht«, sagte sie schließlich. »Ich hatte das Gefühl, als wäre jener Teil meines Lebens ganz von dir getrennt, vielleicht weil ich wußte, du würdest nicht einverstanden sein. Oder vielleicht, weil ich eine Frau bin«, sagte sie grübelnd. »Vielleicht hatte ich deshalb das Gefühl, ich müsse mich bewähren, ich müsse etwas leisten, bevor ich davon spreche. Ich weiß wirklich nicht, Blake, ich denke nie nach, warum ich dies oder jenes tue. Ich fühle, daß ich es tun muß, und ich tue es, das ist alles!«

»Ach«, sagte er ruhig, »das ist der Grund, warum du so furchtbar bist.«

»Bin ich das?«

»Ja. Man hat dich nie ganz, weißt du?«

»Ich glaube, ich verstehe dich nicht«, sagte sie.

»Ich meine, daß du, weil du nicht so denkst wie andere Leute, einem jeden immer ein wenig fern stehst. Es ist nicht leicht, dir nahezukommen, Susanne. Weißt du, daß fast alle meine Freunde Angst vor dir haben?«

»Wie?« rief sie staunend. »Aber warum wohl, Blake?«

»Sie halten dich für ziemlich selbstbewußt – sie haben das Gefühl, daß du sie bekrittelst. Weißt du, wenn man dich dasitzen und die Leute beobachten sieht –«

»Aber das tue ich doch nicht –« Beinahe hätte sie geweint. »Ich kann nur nicht anders, ich muß die Leute beobachten. Ich tue es unbewußt.«

So sprachen sie hin und her wie Fremde, und sie konnte es nicht ertragen. Die Tränen, die sie bis jetzt zurückgehalten hatte, schossen ihr plötzlich in die Augen.

»Sag nicht, daß du mich nicht verstehen kannst«, flüsterte sie.

Doch er blickte nicht auf und sah ihre Tränen nicht und fuhr leichthin fort: »Frauen lieben es doch, geheimnisvoll zu sein und schwer verständlich.«

Sie fühlte sich ihm sehr ferne. Eigentlich einer jeden Menschenseele ferne, so wie er gesagt hatte. Während sie Tag für Tag gearbeitet, waren ihr die Menschen in weite Ferne gerückt. Sie hatte nicht die Zeit gehabt, Freundschaften zu schließen, nicht die Zeit für andere. Selbst die Kinder waren nur flüchtige Ausblicke gewesen, Fragmente am Beginn des Tages und an seinem Ende. Und jetzt hatte sie sich auch nachts vor Blake verschlossen. Er saß am Ende des Tisches, ihrem Auge nur unklar erkennbar im Sonnenlicht, unklar und ferne.

»Blake, sag mir doch etwas Wirkliches!« bat sie. »Sprich zu mir!«

Hätte er zu ihr gesprochen, sie wäre zu ihm geeilt und neben ihm auf die Knie gesunken, und sie hätte die Arme um ihn gelegt und ihm zugerufen: »Denken wir nicht mehr an die Sache mit Sonja – denken wir an nichts anderes, wenn ich nur in deiner Nähe bleiben darf. Ich muß jemandem nahe sein.«

Aber er schaute auf und sagte mit der gleichen freundlichen Stimme: »Was soll ich dir sagen, Susanne? Daß du heute sehr schön bist? Aber du bist immer schön, und ich sage dir das so oft – geh, iß dein Frühstück, dann wollen wir uns deine herrlichen Arbeiten ansehen.«

Er steckte die Fingerspitzen in die Wasserschale, in der ein paar rote Rosenblätter schwammen, und trocknete sie dann an der steifen Leinenserviette. Crowne kam mit Nieren und Speck, und Blake begann mit seinem alten Appetit zu essen. Er aß immer herzhaft und bewahrte doch die hagere Schlankheit, die ihm angeboren war.

»Die Nieren sind heute wirklich gut«, sagte er, und seine Stimme klang ernst und gefühlvoll.

»Ich freue mich so sehr«, sagte sie, denn sie hatte kostbare Stunden daran gewandt, sich um eine neue Köchin umzusehen, weil die Nieren, die Blake so gern zum Frühstück aß, nicht so zubereitet waren, wie er sie haben wollte, und am gestrigen Tag hatte Jane mürrisch, wie es ihre Art war, gesagt: »Meinetwegen stelle ich mich am Morgen selbst in die Küche, Gnädige, und mache ihm seine Nieren, damit er nicht schreit. Aber Sie müssen den Leuten unten klarmachen, daß das ein Spezialauftrag ist.«

»Vielen Dank, Jane – Sie sind mir immer eine solche Hilfe«, hatte Susan gesagt, und Jane erteilte darauf die rätselhafte Antwort: »Eines Tages werden Sie mich noch wirklich brauchen. . .«

»Gehen wir jetzt?« fragte Blake.

Susan erhob sich sogleich, und die Knie zitterten ihr ein wenig.

»Ich habe keine Angst vor ihm«, sagte sie sich vor, laut aber sagte sie: »Ich kleide mich nur noch an, Blake.« Dann stiegen sie in den Wagen, und feierlich fuhr sie Bantie die vier Häuserblocks entlang zum Atelier. An diesen Ort, den sie vor Blake so sorgfältig verborgen hatte, führte sie ihn nun.

»Aber, Susanne!« rief Blake. »Mitten in solchem Lärm und Schmutz!«

»Das Atelier ist sehr hübsch«, sagte sie hastig. »Freilich nicht allzu groß.«

Sie lief ihm über die Treppe voran und öffnete die Tür. Doch als er eingetreten war und Umschau hielt, begann sie aufs neue zu zittern. Sie bat ihn: »Setz dich, Blake, mein Liebster, und ich setze mich zu dir auf die Armlehne.«

Und so setzte er sich, und sie setzte sich neben ihn und wartete, und ach, wie pochte ihr Herz! Als David Barnes die Statuen besichtigt hatte, war sie ihrer Arbeit so sicher gewesen, doch jetzt unter Blakes scharfem Blick wußte sie nicht mehr Bescheid. Die Figuren erschienen ihr plötzlich klobig, schwerfällig, klotzig, zu groß. Neben der erlesenen, überspitzten Vollendung seiner Arbeiten kamen sie ihr roh vor.

»Ich bin ganz – überwältigt«, sagte er schließlich. »Susanne, die sind ja ungeheuerlich. Wie hast du das alles geleistet?«

»Ich habe fast jeden Tag gearbeitet«, antwortete sie.

»Ich war nicht auf so große Figuren gefaßt«, erwiderte Blake.

Er stand auf und ging zwischen den Arbeiten umher. Sie fühlte, wie die Statuen seinen Schritt spürten, seinen Schritt und sein Näherkommen, aber sie schraken nicht zurück.

»Natürlich haben sie eine gewisse Schlichtheit«, begann er, doch er vollendete den Satz nicht. Draußen kreischte ein Feuerlöschwagen und ratterte vorbei, und Kinderstimmen gellten, und der alte Raum erzitterte und beruhigte sich dann wieder. Nur die massigen Gestalten bebten nicht.

»Ich sehe, was du dir vorgestellt hast«, begann Blake wieder, während er die Inschriften studierte. »Eine Art elementares Amerika mit Wurzeln und Boden und Feldfrüchten und dergleichen.«

»Etwas Ähnliches«, sagte sie. »Es ist mehr ein Gefühl als eine Vorstellung.«

Lange Zeit stand er vor der Dreigestalt Sonjas.

»Aha«, sagte er sehr ruhig. »So siehst du sie – als eine Art Bäuerin. Ich sehe sie ganz anders.«

»Sie ist eigentlich eine Bäuerin«, sagte Susan. »Ihr Vater war ein kroatischer Bauer. Sie lebten unter den Tataren.«

Und dann fragte er: »Hat sie es gesehen?«

Und sie sagte: »Vollendet noch nicht. Sie kam nur her, mir Modell zu stehen.«

Und er sagte: »Das hat sie mir erzählt.«

Seit dem Abend, da Susan mit Blake über Sonja gesprochen hatte, war diese nicht mehr im Haus gewesen, aber Susan wußte natürlich, daß die beiden zusammenkamen, und Blake sprach jetzt lässig über sie, als hätte er nichts zu verbergen.

»Hast du alles gleich in Marmor ausgeführt?« fragte er.

»Ja«, antwortete sie, und dann fügte sie hinzu: »Du magst Stein nicht, aber es ist mein Material.« Er blickte noch immer Sonjas kräftigen nackten Körper an, und dann konnte sie es nicht mehr ertragen.

»Gefällt dir meine schwarze Frau?« fragte sie, und er wandte sich um.

»Ja«, sagte er, »sie ist gut.« Und dann sagte er mit einer Art Staunen: »Wirklich, sehr gut, Susanne.«

Am liebsten hätte sie aufgeschrien: »Warum staunst du da?« Aber sie sagte nur: »Ja, auch mir gefällt sie.«

Dann wurde er sehr freundlich. Er sagte ihr, wie sie ihre Ausstellung vorbereiten sollte, und er nannte ihr Adressen und Namen, und er fragte: »Kann ich dir etwas abnehmen, Susanne? Soll ich dir die Wege ebnen?«

Aber sie schüttelte den Kopf.

»Es wird mir Spaß machen. Ich möchte alles selbst erledigen. Du hast doch nichts dagegen, wenn ich unter meinem Mädchennamen ausstelle?«

»Was sollte ich dagegen haben?« erwiderte er.

An der Tür küßte er sie zart und sagte: »In seiner Art ist alles erstaunlich gut. Aber die Sachen sind nicht modern, Susanne.«

»Sie sind nur, was ich sehe«, sagte sie. »Ich weiß nicht, was sie sind.«

»Nein«, sagte er, und er musterte unverwandt die Statuen. »Ich bemerke, daß du das nicht weißt. Du hast nicht mit dem Kopf gearbeitet, sondern mit einem anderen Teil deines Wesens – ich weiß nicht, womit. Es ist eine Instinktarbeit und in gewissem Sinn unvollständig. Machst du dir Skizzen?«

»Ja, aber ich zerreiße sie alle und arbeite aus dem Gedächtnis.«

»Ah«, sagte er, »das können nur wenige.« Sie wußte nicht genau, ob er meinte, daß sie nicht zu diesen wenigen gehöre. Dann beugte er sich über sie und küßte sie. »Leb wohl, Susanne.«

Jetzt war er fort – doch nein, an der Tür verweilte er, und ein Ausdruck des Trotzes zeigte sich in seinem Gesicht. »Ich möchte, daß du heute mit mir zu Mittag ißt«, sagte er plötzlich.

Seit vielen Monaten hatten sie nicht mitsammen zu Mittag gegessen. Es war ein stillschweigender Brauch geworden, daß sie bis zum Anbruch des Abends ihre eigenen Wege gingen. Zögernd sah sie ihn an. Sie hatte diesen Tag mit ihren Figuren verbringen wollen, um über deren letzte Vollendung nachzudenken. Hätte sie sicher gewußt, daß er aus Liebe ihre Gesellschaft suchte, sie hätte gewiß nicht gezögert. Aber der Funke von Trotz in seinem Auge und in seinem spöttischen Lächeln machte sie zweifeln. Sie schob den Zweifel zur Seite. In Launenhaftigkeit konnte sie es nicht mit ihm aufnehmen und konnte ihn auch nicht begreifen.

»Ja, gerne«, sagte sie leise. »Wo? Zu Haus?«

»Nein – in der ›Femme d'Or‹«, sagte er, und dann fügte er rasch hinzu: »Hast du etwas dagegen, wenn auch Sonja kommt?«

Sie blickten einander an. Das war jetzt offenkundige Tücke.

»Eigentlich ja«, sagte sie.

»Ach, ein einziges Mal«, schmeichelte er, und dann sagte er: »Du mußt kommen, es wird das letzte Mal sein. Nächste Woche fährt sie nach Rußland zurück, und den Winter wird sie in Moskau verbringen.« Er kam zurück, packte plötzlich hart ihre Schultern und war verschwunden.

Und als er fort war, nahmen die steinernen Gestalten, die in seiner lebendigen Nähe so ruhig gewesen waren, wieder Leben an, und Susan schob den Gedanken an Blake und Sonja zur Seite und schenkte sich diesen Gestalten. Sie hatte schon gelernt, wie sie das tun mußte. Vor langer Zeit, als Mark starb, hatte sie es gelernt. Doch damals brachte sie es nicht so gut zustande wie heute. Ihre Willenskraft war jetzt fast vollkommen. Blake arbeitete in anfallartigen Stimmungen. Er hatte Tage, an denen er furchterregend rasch arbeitete, und Tage, an denen er seiner Laune nicht Herr werden konnte.

»O Gott, ich werde nie wieder arbeiten können«, stöhnte er dann verzweifelt. Er konnte sich nicht dazu zwingen, etwas zu tun, was er nicht gern tat.

Sie aber hatte ihren Willen immer zur Hand und vermochte es, die Arbeitsstimmung heraufzubeschwören. Das war, als berührte sie einen Knopf, um eine Kraft in Gang zu setzen, die einen Treibriemen trieb. Aber die Hand auszustrecken – dieser erste Augenblick war eine reine Willensleistung. Es war, als zwänge man seinen Willen zur Gefühllosigkeit. Nach diesem ersten Augenblick wurde ihr ganzes

Wesen, getrieben von ihrem Willen, davongefegt zur Erfüllung, und jeder andere Gedanke wurde abgetan, und sie war nur noch Tatkraft... Jetzt glättete sie und vollendete sie, aber nicht allzu fein, denn das Wesen ihrer Arbeit lag in Rauheit und nicht in Glätte. Ihre Gestalten erhoben sich aus Massen rauhen Steins, oder sie sprangen angespannt aus hohen Felssäulen. Sie vergaß alles, und als sie sich wieder erinnerte, war es schon längst zu spät zum Mittagessen.

So brauche ich Sonja nicht zu sehen, war ihr erster Gedanke, und dankbaren Blickes betrachtete sie ihre Gestalten, die sie alles hatten vergessen lassen. Sie arbeitete weiter, froh und reuig zur gleichen Zeit. Was mochte Blake sagen? Wahrscheinlich störte es ihn gar nicht. Vielleicht hatte er irgendeinen melodramatischen Auftritt geplant. Sie wußte, daß er einen Hang zum Melodramatischen hatte. Er konnte weinen wie ein Kind, wenn er allzu müde war oder wenn eine Sache, an der er arbeitete, nicht so geriet, wie er es sich vorgenommen. Sie, die so selten weinte, war anfangs entsetzt gewesen, denn sie hatte nur wenige Männer weinen sehen. Dann bemerkte sie, daß Blake leicht und gerne weinte, und dieses Weinen war ebenso bedeutungslos wie das eines Kindes, das weint, weil es etwas nicht bekommt, das es im Augenblick haben möchte. Und so ließ sie ihn weinen, wenn er weinte, und sie sagte nichts dagegen, und schließlich hatte sie auch kein Mitleid mehr.

»Du bist herzlos, Susanne!« rief er eines Tages.

»Das Weinen erleichtert dich«, erwiderte sie, und sogleich hörte er auf zu weinen und schrie sie an: »Wie hart du bist!«

Und sie antwortete festen Sinnes: »Nein, aber ich will mich nicht zerreißen lassen.« Das war zu der Zeit, als sie lernte, sich selbst zu bewahren, und sie wußte, daß Blakes Unwetter über ihn dahinstrichen wie ein Sommerregen über eine Landschaft. Aber sie war nicht wie er. Ein Gewittersturm rüttelte an ihren Wurzeln, und sie mußte auf der Hut sein, damit sie nicht der Zerstörung anheimfalle ... Nun dachte sie: Und wenn er zornig ist, werde ich ihm zu Hause einfach die Wahrheit sagen, daß ich gearbeitet habe und alles vergessen. Wenn er zornig ist, will ich seinen Zorn über mein Haupt hinwegstreichen lassen.

Nun öffnete sich plötzlich die Tür. Susan wandte sich um, und da stand Sonja in einem weißen Kleid aus schwerer Seide. Lächelnd stand sie in der Tür, und ihre hellen Augen wurden immer tiefer grün unter dem weißen Hut.

»Darf ich eintreten?« fragte sie.

»Ja«, sagte Susan. »Ich dachte eben, ich wüßte keine rechte Entschuldigung dafür, daß ich heute nicht zum Mittagessen kam. Ich weiß nur die Wahrheit. Ich habe ganz vergessen, daß Blake mich einlud.«

Sonja ging langsam auf sie zu. »Sie haben es vergessen! Lassen Sie Ihre Augen ansehen! Nein, wirklich, Sie sind aufrichtig. Ich sehe, daß Sie es vergessen haben. Susan, so eine Frau gibt es kein zweites Mal auf der Welt, eine Frau, die es vergißt, wenn ihr Mann mit mir ausgeht!«

Susan blickte zu Sonja auf. Sie konnte Blake keinen Vorwurf machen, wenigstens nicht ganz. Man mußte völlig besessen sein, wenn man Sonjas fröhlichen Mund nicht bemerkte, nicht ihr breites, liebliches Gesicht, nicht die fließende Anmut ihres sehnigen Körpers. Und Blake war vielleicht ein Mensch, der nicht völlig besessen sein konnte.

»Ich wollte nicht fortfahren, ohne Sie noch einmal zu sehen, Susan‹, sagte Sonjas tiefe, gezierte Stimme. »Ich weiß, daß Sie gar mancherlei über Blake und mich gedacht haben. Ich wollte schon lange zu Ihnen kommen und kam doch nicht.«

Was verbarg sich hinter den schönen Augen dieser Frau? Schmerzlich trachtete Susan, ihren Ausdruck zu erforschen. Aber nun war Sonja zu ihrem Porträt getreten und betrachtete es. Sie streckte die eckige, gelenkige Hand aus und liebkoste ihre eigene Marmorwange.

»Sie haben drei Sonjas gemacht. Das ist nicht genug. Es gibt viel mehr. Die eine hat gesagt: ›Geh hin und sag es Susan‹, und eine andere sagte: ›Du und Blake, ihr gebt einander etwas, das notwendig ist‹, und zu einer anderen Sonja hat Blake gesagt: ›Ich nehme Susan nichts weg, Sonja. Susan versteht mich.‹ Und so –«

Sie zuckte die Achseln und streckte lächelnd die Hände den drei Gestalten entgegen.

»Liebt ihr einander noch immer?« fragte Susan.

»Was sagt Blake?« fragte Sonja, ohne sie anzusehen.

»Weder ja noch nein«, antwortete Susan.

»Ich sage ja und nein«, sagte Sonja. Voll erwiderte sie Susans Blick, dann lachte sie ihr lautes russisches Lachen. »Was Blake und ich getan haben, ist vorbei. Ich fahre nach Hause, für ein Jahr oder für zwei. Wenn ich zurückkomme, werde ich ein anderer Mensch sein. Ich bleibe nie die gleiche. Jedes Jahr bin ich eine andere. Hören Sie, ich verspreche es Ihnen! Ich werde mir sogar das Haar färben.«

»Sie können Ihre Augen nicht ändern«, sagte Susan.

In diesem Geschöpf lag etwas, das Ähnlichkeit mit Blake hatte, etwas nicht gerade Kindisches, aber Wildes und im Wesen Elfisches. Es war eine Sache des Temperaments, doch Susan war anders. Sie konnte in solchen Zuckungen und Zornanfällen und Anfällen von Freude und Bosheit nicht schaffen. Ihre Gestalten schuf sie auf tiefer, fester, felsharter Grundlage. Alles in ihrem Leben hatte sich in diese Grundlage ihres Wesens eingefügt, und aus dieser Grundlage kam eine ewige Quelle, die Schaffenskraft. Sie brauchte keinen Wein, ihre Schaffenskraft aufzustacheln, keine Liebe, sie zu nähren, wie Blake unablässig tat, Blake und Sonja und alle ihresgleichen. Sie brauchte nichts anderes als die wichtigsten Dinge des täglichen Lebens: Essen und Schlaf, den einfachsten Verkehr mit menschlichen Wesen und Zeit, um nachzudenken und zu arbeiten. Sie erkannte dies alles, und jetzt tat ihr nicht mehr not, irgend etwas über Blake und Sonja zu wissen. Sie hatte das vergessen, und das heutige Vergessen war ein Symbol gewesen.

»Oh, seien Sie nicht böse«, schmeichelte Sonja. »Gehen Sie Ihren Weg, Susan!«

»Ja, das will ich, das werde ich«, sagte Susan.

Sonjas Augen wurden hell vor Lachen. »Ach, Susan!« rief sie. »Leben Sie wohl, teure Susan! Erinnern Sie sich daran, daß diese Sonja nie wiederkommt.« Sie küßte Susan auf beide Wangen, und ihre roten Lippen waren warm und weich. »Niemand gleicht Ihnen ganz«, sagte sie. »Sie werden immer ein wenig allein sein, weil es niemanden gibt, der Ihnen gleicht – aber Sie sind nicht einsam.« Sie stand nun an der Tür und winkte.

»Ich habe Ihnen nicht weh getan«, sagte sie. »Ich bedaure Sie nicht.«

Nun war sie verschwunden. Und Susan stand da und lauschte den alten Worten, die ihr das ganze Leben lang gefolgt waren – »Niemand gleicht Ihnen«, hallten die Wände wider. Sie kämpfte jetzt nicht mehr dagegen an. Diese Worte konnten sie künftig nicht erschrecken. Diese Worte waren wahr. Sie setzte sich für eine kleine Weile und rastete, und dann nahm sie den Hut und trat auf die Straße.

»Hallo, Miss Gaylord!« riefen die Kinder. Es war der erste heiße Tag, und der Hydrant der Straße war geöffnet, und in dem dicken Wasserstrahl hüpften ein Dutzend kleine, magere Körperchen. Der große Bill, der Schutzmann, stand dabei und legte die Hand grüßend an die Mütze.

»Wenigstens werden sie einmal sauber«, sagte er grinsend.

»Wie gerne täte ich mit«, sagte Susan lächelnd. Sie alle waren ihre Freunde. Sie hatte viele Freunde, aber keines

Menschen Leben war mit dem ihren verflochten. So gibt es Bäume, deren Wurzeln sich weithin in den Feldern verbreiten, Bäume, deren Arme sich ausbreiten und Schutz bieten, die aber allein unter dem Himmel stehen. Sie ging heim, und in der Hall rief sie: »Blake!« Aber es kam keine Antwort.

Am Abend hatte sie es nicht nötig, ihm zu sagen, daß sie die Verabredung vergessen hatte, denn er erwähnte kein Wort davon. Den ganzen Abend war er schweigsam, er las ein wenig, und dann tat er nichts. Sie aber sah, daß er ruhelos war, und fragte freundlich: »Wird dir Sonja allzusehr fehlen, Blake?«

Er blickte sie von der Seite an. »Mir? Ich habe nicht an sie gedacht.«

»Warum bist du dann so traurig?« fragte sie.

»Ich weiß es nicht«, antwortete er. »Nur bin ich heute schon den ganzen Tag verteufelt melancholisch. Ich habe das Gefühl, als könnte ich nie wieder arbeiten.«

»Aber du wirst arbeiten«, sagte sie. »Du hattest dieses Gefühl schon manchmal, hast aber immer wieder begonnen zu arbeiten.«

»So war mir noch nie«, beharrte er. »Mir ist so leer.«

Er warf sich auf die Couch und schloß die Augen. Sein Gesicht war scharf vor Trauer, angespannt vor Trauer. Sie betrachtete es genau, erschüttert von solcher Schönheit, aber nicht mehr gerührt. Mit Marmor konnte man hier keine Ähnlichkeit erzielen – vielleicht mit Elfenbein? Er öffnete die Augen.

»Komm her!« befahl er. Sie ging zu ihm, und er legte ihr den Kopf auf die Knie und umschlang sie. Sie umarmte ihn, und nun fühlte sie, daß er, an sie gepreßt, lautlos zu schluchzen begann.

»Aber, Liebster, aber, aber!« sagte sie, doch ohne Kummer. Sie wußte nicht, was ihm fehlte, vielleicht wußte nicht einmal er es, denn sonst hätte er es vor ihr nicht verheimlicht. Er schluchzte, dahintreibend auf einem tiefen Strom grundloser Schwermut, und sie hielt ihn fest umschlungen und wartete geduldig, daß er zu sich zurückkehre, vielleicht auch zu ihr. Sie brauchte ihn nicht mehr, aber er war ihr teuer. Wenn er zu ihr zurückkehren konnte, mochte vielleicht eine neue Liebe zwischen ihnen wachsen.

Gewiß kehrte er zu ihr zurück. Den ganzen Sommer widmete sie sich der Vorbereitung ihrer Ausstellung, die zu Beginn des Herbstes eröffnet werden sollte. Und sie wartete auf Blake.

»Der November ist der beste Monat für einen Anfänger«, sagte ihr Joseph Hart. Eines Tages hatte sie ihn auf David Barnes' Rat hin in seinem alten Hause aufgesucht.

»Ich habe dem alten Knaben von Ihnen erzählt«, sagte er. »Er möchte Sie kennenlernen. Gehen Sie doch hin – es kommt nicht oft vor, daß er jemanden kennenlernen will.«

Doch als sie in Joseph Harts Salon trat, tat er, als wüßte er nichts von ihr.

»Nie von Ihnen gehört«, sagte er kurz, als sie eintrat. Seine Zimmer glichen einem Museum, so viele Gemälde und Plastiken gab es hier.

Anfangs konnte sie nichts deutlich sehen. Farbensatte flämische Gesichter nickten dunkel aus alten Goldrahmen neben blassen amerikanischen Landschaften, die dürr und neu wirkten. Dann sah sie plötzlich am Ende des Zimmers Michaels wilde Pferde. Es war ein breites Gemälde, und das Licht fiel darauf. Silberweiße Pferde flohen im Mondlicht quer durch die nachtdunkle Wüste, aber eines, das flinkste von allen, war klein und schwarz und das Leittier.

»Ich kenne Ihre Sachen nicht«, sagte Joseph Hart.

»Das weiß ich«, antwortete sie, »aber Sie werden sie kennenlernen.«

»Gewiß nicht, wenn es sich um modernen Unfug handelt. So etwas schaue ich mir nicht an«, bemerkte er. Überall hatten ihr Galeriedirektoren und Kunsthändler gesagt: »Wenn Sie den alten Joseph Hart für sich gewinnen können –«

»Sie betrachten diese Pferde?« fragte er.

»Ja«, antwortete sie.

»Ein Michael Barry«, sagte er. »Das ist der ungleichmäßigste junge Maler auf Erden. Manchmal macht er etwas wie das hier – reine Farben, reine Formen, reine Schönheit. Dann geht er hin und macht irgend etwas Abenteuerliches – nackte Frauen auf Felsen – lasterhafte Dinge!«

Sie antwortete nicht. Unverwandt starrte sie die Pferde an, die wild und frei durch die Wüste galoppierten.

»Worin arbeiten Sie?« fragte er. »Hoffentlich nicht in Schlamm?«

»In Marmor«, sagte sie, und sie fügte hinzu: »Ich habe einmal auch eine Bronzegruppe gemacht.«

»Wo steht die?« fragte er.

»Im Halfred-Gedächtnisspital.«

»Das ist von Ihnen?«

»Ja, es war meine erste richtige Arbeit.«

Er griff nach einem Glas Wein, das er niedergestellt hatte, als sie eintrat, und nippte wortlos daran.

»Schade, daß Sie eine Frau sind«, sagte er schließlich.

»Nein, es ist nicht schade«, sagte sie. »Das ist nicht mehr wichtig.«

»Sie werden daraufkommen, daß es noch immer wichtig ist«, erklärte er. »Sie kommen erst dann in die Höhe, wenn Sie wirklich mehr sind als alle anderen.«

»Darum arbeite ich nicht«, sagte sie.

Er antwortete nicht. Aber nachdem er sich noch ein Glas Wein aus einer schlanken roten Flasche eingeschenkt hatte, suchte er in einer Tasche nach einer Karte und schrieb etwas darauf. »Bringen Sie das einem Mann namens Gelwicks.

Die Adresse steht hier«, befahl er. »Sagen Sie ihm, ich hätte Sie geschickt.«

»Vielen Dank«, sagte sie, aber er hatte ihr schon den Rükken gekehrt.

Einen langen Augenblick stand sie allein da und betrachtete Michaels Gemälde, und dann ging sie fort.

Ich muß Michael sagen, daß ich das Bild hier gesehen habe, dachte sie. Ich muß ihm sagen, wie herrlich es ist.

Sie hatte Joseph Hart schon vergessen.

Es war eine kleine, sehr schlichte Galerie. Susan hatte alle ihre Arbeiten hintransportieren lassen, und im letzten Augenblick war auch die Kniende aus Paris angekommen.

Gemeinsam mit Blake hatte Susan sie ausgepackt. »Die Zurückgewiesene!« hatte Blake gerufen, als er die Sackleinwand entfernte. Susan betrachtete ihr Werk mit kritischem Blick.

»Natürlich hat man sie nicht haben wollen«, sagte sie. »Ich sehe jetzt auch, warum. Sie ist bei weitem nicht gut genug. Ich glaube, ich habe in Paris überhaupt nichts Gutes gemacht. Ich wußte ja gar nicht recht, was ich arbeiten wollte.«

»Sollen wir sie ausscheiden?« fragte Blake.

»Nein, sie soll bleiben«, sagte Susan. »Schließlich und endlich – ich habe sie gemacht.«

Zwischen ihr und Blake erwuchs nun eine Art Kameradschaft.

Doch kein einziges Mal hatte er mehr von ihr verlangt. Manchmal fiel es sehr schwer, mit ihm zu sprechen, und dann zwang sie sich zu Geplauder, weil Schweigen zwischen ihnen beiden nicht zu ertragen war, obwohl sie sich nach Schweigen sehnte, nach tiefem, ruhigem Schweigen.

Aber wenn sie nicht miteinander sprachen, erhob sich

zwischen ihnen eine schroffe Stille, die weder tief war noch ruhig.

»Ich glaube, ich werde auch noch eine alte Statue Janes ausstellen«, sagte sie plötzlich. »Es war eine gute Arbeit.«

»Ach, die alte Furie«, sagte Blake freundlich. Er musterte gerade die Negerin. »Schieben Sie sie einen Zoll nach rechts«, befahl er den schwitzenden Arbeitern, und sie führten es aus.

»Nein, Blake«, sagte Susan. »Das wirkt zu theatralisch. Das Licht muß auf meine Sachen voll und gerade fallen, nicht schräg.«

»Beim Marmor füge ich mich dir«, sagte er munter.

Als alles fertig war, ging sie mit Blake langsam umher.

»Du darfst dir nichts daraus machen, wenn die Kritiker über dich herfallen, Susanne«, sagte er friedfertig.

»Gewiß nicht«, sagte sie überrascht. Der Gedanke, was die Kritiker sagen mochten, war ihr noch gar nicht gekommen. Was sie geschaffen hatte, war vollendet, dem Lob gleichermaßen wie dem Tadel entrückt.

Am letzten Tag kam die Statue Janes, und an diesem Tag war Susan allein und packte sie allein aus. Die Arbeit war noch roh und allzu jung in der Technik, aber es war Jane, die erschreckt von ihrer Arbeit aufblickte und sich die Hände an der Schürze abtrocknete. Susan stellte die Figur neben die Tür, ein wenig abseits von den anderen Werken, in eine ruhige Ecke, in der Jane gern gestanden hätte . . .

Und als sie den letzten Arbeiter ausbezahlt hatte, machte sie ganz allein einen Rundgang vom Porträt Janes bis zu ihrer jüngsten Arbeit, der Figur eines walisischen Bergarbeiters aus Westvirginia. Sie hatte den Mann ganz zufällig gefunden. Er war als Abgeordneter zu einer Arbeiterversammlung nach New York gekommen, und Susan war zufällig in diese Versammlung verschlagen worden, denn sie ging überall hin, ohne zu wissen, was sie dort suchte, es sei denn Menschen, und er hatte gerade eine Rede gehalten. Nach der Versammlung ging sie zu ihm und bat ihn, ihr als Modell zu sitzen, und er war ins Atelier gekommen und hatte viel erzählt und saß da mit hochgezogenen Schultern, die gewaltigen Hände ausgespreizt auf den Knien.

»Ich kann mich nicht mehr gerade aufrichten, Miss«, sagte er. »Dazu mußte ich viel zu lange unter Tag gebückt gehen.«

In gewissem Sinn war dies ihre beste Arbeit. Sie hatte gefühlt, wie er unter der Erde kroch. Seine Augen wirkten, als wären sie blind und der Sonne beraubt, und so hatte sie sie dargestellt. Seine Hände waren große Klauen, gleich den Pfoten eines Maulwurfs, machtvoll und in keinem Verhältnis zu dem geduckten Körper, und sie hatte sie so gemacht. Ja, jede ihrer Figuren war besser als die vorige. Sie hatte gewaltige Fortschritte gemacht. Und sie stand erst am Beginn.

Am Tag vor der Eröffnung nahm sie John und Marcia mit, um ihnen alles zu zeigen. Sie waren über die Herbstferien zu Hause. Susan sagte nichts, denn sie empfand Scheu vor den beiden. Aber sie schritt zwischen ihnen und merkte auf jedes Zeichen und jedes Wort und sehnte sich nach Beifall und tastete danach, während sie ihre Erklärungen gab.

»Diese hier heißt ›Amerikanische Frau, schwarz‹, und das hier ist ›Amerika, Norden‹ – es ist der Anteil Schwedens, und hier seht ihr ein italienisches Mädchen, das ich ›Amerikanische Venus‹ genannt habe, und dies –«

Sie konnte Johns leidenschaftliche Anteilnahme fühlen. Er war jetzt fast schon so groß wie sie und trug seine erste lange Hose. Er sagte nichts, stand aber vertieft vor jeder Figur und hörte zu und schaute, die Hände in den Taschen. Wenn er jemals Mark ähnlich gesehen hatte, so dachte Susan, hatte er das längst hinter sich.

»Ich verstehe deine Absicht genau«, sagte er mit verhaltenem Atem. »Die Sachen sind herrlich, Mutter«, fügte er hinzu, und das Herz hüpfte ihr in der Brust.

Marcia sagte ungeduldig: »Aber warum sind sie alle so groß und so häßlich, Mutter? Du hast doch sogar Sonja häßlich gemacht.«

»Ach, halte den Mund, Marcia!« rief John an Susans Statt. »Du verstehst ja gar nichts.«

»O doch!« schmollte Marcia. »Ich kann so dicke, plumpe Leute nicht leiden.« Beim Sprechen machte sie eine Pirouette auf der Fußspitze und wirbelte mit emporgehobenen Armen und schlaffen Fingern in einem kleinen Tanz. Zwischen den massigen, säulenartigen Gestalten sah sie aus wie ein zarter Falter, flatternd und unsicher, ein Geschöpf, das man berühren und zermalmen konnte.

»Marcia hat ihr ganzes Hirn in den Beinen«, murmelte John.

»Das weiß ich«, sang Marcias Stimme munter. »Ich glaube, ich fühle sogar mit den Beinen. Wenn ich tanze, bin ich glücklich.«

Jetzt war sie sehr glücklich, da die beiden anderen nicht mehr die Statuen ansahen, sondern sie.

»Wozu brauchst du die häßliche alte Jane?« sang sie schamlos, während sie zur Tür tanzte. »Sie ist ja abscheulich. Jane ist so häßlich.«

»Sie ist prächtig, und du weißt es genau!« rief John. Und auf dem Heimweg im Wagen sagte er schüchtern zu Susan: »Ich mache jetzt selbst ein Porträt Janes, in Holz. Ich weiß nicht, warum ich so gerne in Holz arbeite. Wahrscheinlich, weil Großpapa und ich immer gemeinsam schnitzten. Seit ich von der Schule zurück bin, sitzt mir Jane jeden Tag.«

»Kann ich die Arbeit sehen?« fragte Susan.

»Ich habe sie gesehen – sie ist häßlich, weil Jane häßlich ist«, rief Marcia.

Mit einem Blick wies John sie in die Schranken. »Du

kennst doch Janes Gesicht, Mutter. Ich halte es nicht für häßlich.«

»Nur Sonja ist hübsch!« rief Marcia trotzig. »Sonja und Mary sind hübsch, und Blake ist schön. Oh, hoffentlich, hoffentlich werde auch ich hübsch sein, Mutter, wenn ich einmal groß bin.« Mit dunklen, flehenden Augen blickte sie Susan an. »Wenn ich nicht hübsch werde, will ich sterben!«

»Du wirst wahrscheinlich hübsch werden«, sagte Susan.

»Das glaube ich nicht«, sagte John erbarmungslos. »Dein Gesicht widert mich an. Du denkst immer nur an dich, Marcia.«

»Aber, John!« sagte Susan, und sie wandte sich zu Marcia, um sie zu trösten.

Doch Marcia saß sehr gerade und sehr kühl da und brauchte von keiner Menschenseele Trost. »Es ist mir gleichgültig, was John glaubt«, sagte sie fröhlich. »Blake gefalle ich.« Sie waren jetzt zu Hause, und die Türen öffneten sich. »Ich will die alte hölzerne Jane nicht sehen«, sagte sie, und sie hüpfte davon.

In Johns Zimmer sagte Susan: »Du sollst nicht so zu Marcia sprechen, John.«

Sie war überrascht von der Reife und dem Ernst seines Blickes.

»Ich muß, Mutter«, sagte er. »Man kann ihr nicht weh tun. Man muß sie derb anfassen, sonst macht sie einen verrückt. Und wenn sie weiß, daß sie einen verrückt gemacht hat, ist sie glücklich.«

Jetzt hob er etwas aus seinem Schrank und enthüllte es. Es war ein Stück Holz, ungefähr ein Fuß hoch. »Es ist ein Wurzelstück«, sagte er. »Ich habe es im Camp gefunden, und es sah aus wie Jane. Schau, Mutter, ich brauchte nur das Gesicht anzudeuten. Die Linien sind schon alle da. Natürlich ist es noch nicht fertig.«

Susan dachte nicht mehr an Marcia. Fürwahr, dieses Holz glich Jane. John hatte die Rinde und die Oberflächenschicht des Holzes entfernt, und aus dem gekrümmten Wurzelstück tauchte Janes gebeugte Gestalt.

»Das ist ganz ausgezeichnet«, sagte sie schlicht.

Sie war stolz – stolz auf ihren Sohn. Sie hatte ihn geboren, sie hatte ihm einen Teil ihres Wesens geschenkt. Seine jungen Hände, die jetzt das glatte Holz liebkosten, waren rührend in ihrer Hagerkeit, in ihrer Form – der Gestalt nach die Hände eines Mannes, aber noch so kindlich in ihrer knochigen Jugendlichkeit. Kalt überlief es sie bei diesem Anblick, und sie wollte sich vorbeugen und ihm die Hände küssen. Aber sie tat es nicht.

Sie sagte: »Ich denke gerade nach, ob du nicht Unterricht nehmen sollst.«

Er schüttelte den Kopf. »Nein, das möchte ich nicht, Mutter. Ich werde das Holzschnitzen nicht als Beruf wählen. Ich schnitze nur so zum Vergnügen. Wahrscheinlich widme ich mich einer wissenschaftlichen Laufbahn.«

Er hüllte das alte seidene Taschentuch wieder sorgfältig um die kleine Holzstatue. »Ich habe das Gefühl, als ertrüge ich es nicht, Geld damit zu verdienen«, sagte er, »selbst wenn ich es könnte.« Und dann fügte er, während er ihr den Rücken zuwandte, um die Figur wieder in den Schrank zu stellen, gleichmütig und sehr erwachsen hinzu: »Weißt du, Marcia nimmt das Leben sehr sonderbar, Mutter. Sie denkt nur an sich. Das macht mir Sorge.«

»Sie ist noch so jung«, sagte Susan lächelnd. John war von Natur verantwortungsbewußt. Ja, an seinen Schultern und an seinem Hinterkopf konnte man eine kleine Ähnlichkeit mit Mark entdecken, doch wenn er sich umwandte, war das verschwunden. Diese Ähnlichkeit lag nicht in seinem Gesicht, sondern irgendwo in seinem ganzen Wesen verborgen.

»Sie wird sich nie ändern«, sagte John. »Sie ist schon so. Sie ist aus anderem Stoff. Mir kommt immer vor, sie sei aus Terrakotta – nicht aus Holz oder Marmor –, aus nichts, was Dauer hätte.«

Sie stand da und sog sein Bild ein, beglückt durch seine Nähe, erstaunt über seine Klugheit.

»Du und ich«, sagte sie schüchtern, »wir sollten mehr zusammen sein.«

Er errötete jählings, seine helle Haut färbte sich scharlachrot.

»Ach, wie gerne«, sagte er. »Nur hast du immer so viel zu tun.«

»Für das, was ich wünschte, hatte ich immer Zeit«, sagte sie. Dieser Augenblick war zu süß, um ertragen zu werden, und sie brach ihn unvermittelt ab.

»Wir werden daran denken«, sagte sie, »wenn meine Ausstellung vorüber ist.«

Sie sagte so oft: »Wenn meine Ausstellung vorüber ist«, daß sie ein Vorgefühl eines Abschnittes und einer Veränderung hatte. Dieses Gefühl war so stark und so seltsam, daß sie am Tag der Eröffnung frühmorgens in ihr Atelier ging und über ihre nächste Arbeit nachdachte. Sie hatte sich für die vollständige »Amerikanische Prozession« Ideen notiert, und die sieben Figuren in der Ausstellung waren nur der erste Teil dieser Prozession. Doch als sie nun ihre Notizen durchging, erschienen ihr die Ideen seicht. Keine einzige war unumgänglich nötig. Außerdem hatte sie keinen Marmor mehr. Sie wußte nicht recht, ob sie noch weitere Blöcke von Fane Hill haben wollte. Gestern war spätabends auf ihre Einladung Blakes Vater gekommen, um allein mit ihr die Ausstellung zu besichtigen.

»Sieh dir deinen Marmor an«, sagte sie fröhlich, und sie

öffnete ihm die Tür. Die letzten Aufräumearbeiten waren schon gemacht worden, und alles stand bereit.

Er war eingetreten, den glatten, schwarzen Zylinder und die grauen Handschuhe in der Hand. Gemeinsam schritten sie von Stück zu Stück, und je tiefer sein Schweigen wurde, desto mehr und rascher sprach sie. »Erinnerst du dich an diesen Block? Es ist einer von den parischen Stücken. Das sind Leute, die in der Nähe ein Restaurant führen. Wirken sie nicht herrlich? Der Mann serviert Suppe, als wäre er ein Gott, der die Menschheit ernährt.«

»Ah«, sagte Mr. Kinnaird zweifelnd.

»Und das ist der schwarze belgische Marmor.« Sie legte die Hand auf das dicke schwarze Knie der Negerin.

Mr. Kinnaird wandte den Blick ab. »Wirklich überwältigend«, murmelte er.

Als er alles besichtigt hatte, setzte er sich und betrachtete die Figuren von neuem.

»Ich kann dir nicht erklären, wie mir zumute ist«, sagte er, und in seinem Gesicht zeigte sich Erregung. Er fuhr sich mit der freien Hand über die Stirn. »Es ist – die Sachen sind – so gewaltig. Vielleicht ist der Raum ein wenig klein. Eine jede dieser Figuren braucht sehr viel Raum – man hat das Gefühl, als zermalmten sie einen.«

Sie wartete einen Augenblick. Dann sagte sie: »Hoffentlich tut es dir nicht leid, daß du mir den Marmor gegeben hast.«

»Nein, ach nein«, sagte er rasch. »Nur habe ich vielleicht – vielleicht nicht so riesige Arbeiten von einer – einer Dame erwartet. Man muß sich daran gewöhnen, das ist alles. Ich stellte mir vielleicht etwas Leichteres vor – eher etwas Klassisches.«

»Hübsch sind die Sachen nicht, das weiß ich«, sagte sie.

Und dann verbesserte er sich rasch. »Sie sind sehr kraftvoll, meine Teure. Und in der Technik wirklich ganz männlich.«

»Ich glaube nicht, daß das Schaffen von Männern und Frauen so verschiedenartig ist«, sagte sie.

»Es wird mich sehr interessieren, die Meinungen der Kritik zu hören«, sagte der alte Mr. Kinnaird.

Und als sie jetzt in ihrem Atelier saß und sich seines verwirrten Blickes erinnerte, dachte sie: Armer alter Mann! Er hat nichts dafür übrig. Ich darf ihm keinen Marmor mehr wegnehmen.

Der Tag war sonderbar und bunt. Denn Michael kam für eine kleine Weile, blickte sich um, stieß einen Pfiff aus und rief: »Susan, das ist ja ungeheuerlich – das ist ja herrlich! Man sollte sie irgendwo im Hafen aufstellen, um aller Welt zu zeigen, woraus Amerika besteht!« Und dann sah er sie düster an und sagte mit bebenden Lippen: »Susan, Mary ist verheiratet.«

»Oh, Michael!« Sie setzte sich plötzlich nieder, zerschmettert von solchem Unheil.

Er nickte. »Mich hat sie nicht heiraten wollen – wohl aber den alten Mr. Rhodes – einen ganz anständigen alten Burschen – aber Mary –«

Er schluckte, doch er konnte sich nicht beherrschen. Er setzte sich neben Susan auf eine Bank und legte den Kopf auf Susans Schulter, und sie legte die Arme um ihn.

»Ach, du meine Güte, ach, du meine Güte«, murmelte sie in tiefster Verzweiflung.

»Ich bin ein Dummkopf«, flüsterte er. »Es ist ja lächerlich. Die ganze Nacht konnte ich nicht schlafen. Als sie gestern zurückkam, rief sie mich an. Er ist ihr nach Paris nachgefahren. Und dann war es aus. Ich hätte nie gedacht, daß sie es wirklich tun wird.«

Sie fühlte, wie sein Körper zitterte. In seinem Weinen lag etwas Furchterregendes, Zerstörendes.

»An Ihrer Stelle, Michael«, sagte sie zart, »würde ich –«

»Ich kann sie nicht vergessen«, sagte er unvermittelt. »Sprechen Sie nicht so zu mir.«

»Das wollte ich gar nicht sagen«, antwortete sie. »Ich wollte sagen, nehmen Sie es auf sich als Ihr Leben. Alles in Ihrem Leben fügt sich in Sie ein – Sie können es nicht vergessen. Sie dürfen es nicht vergessen. Sie brauchen das alles – alles – Liebe und Leid und Verlust – alles . . .« Sie machte eine Pause und holte die Worte tief aus ihrem Inneren. »Auch ein Verlust ist etwas Positives – auch das ist eine Art Leben.«

Sie hielt ihn fest und wartete, daß er sich beruhige. Was sie ihm gesagt hatte, hatte sie auch sich gesagt. Was Blake ihr gab, war ein Teil ihres Lebens, aber was er ihr nicht gab, war gleichermaßen ein solcher Teil. Was sie hatte und was sie nicht hatte, das alles mitsammen ergab, was sie brauchte.

»Ich fahre irgendwohin in den Norden, um zu malen.« Michael rückte nun von ihr ab. Er wandte den Kopf zur Seite und räusperte sich.

Sie erhob sich, nahm ein Tuch und wischte den Staub vom Fuß der steinernen Sonja.

»Ich habe immer das Gefühl, Sie hätten noch nicht richtig gefunden, was Sie eigentlich malen wollen.« Es verlangte sie nach leicht dahinfließenden Worten, mit denen sie ihm hätte helfen können, aber sie fand solche Worte nicht, und darum fuhr sie fort, so gut sie konnte: »Es gibt eine Art endgültigen Vorwurfs, eines Vorwurfs, der Ihnen angeboren ist – wenn Sie diesen Vorwurf finden, werden Sie aus Ihrem Innersten arbeiten. Alle diese Bilder Marys – keines von ihnen ist aus Ihrem Innersten gemalt – auch nicht aus dem Marys. Man arbeitet so mit den Dingen, die man für den Augenblick hat, aber nichts formt sich klar, ehe man das Wirkliche entdeckt.«

Er hörte zu, gab aber keine Antwort.

»Ich freue mich, daß Mary jemand anderen geheiratet hat«, fuhr sie hartnäckig fort. »Hätte Mary Sie geheiratet, wären Sie immer dort stehengeblieben, wo Sie jetzt sind.«

»Das wäre mir gleichgültig gewesen.« Michaels Stimme klang gepreßt. »Wer kümmert sich darum, ob ich ein paar Bilder male oder nicht?«

»Niemand«, antwortete Susan. »Ein paar Bilder oder Statuen mehr, ein wenig mehr Musik, ein wenig mehr oder weniger von dem oder jenem – das ist nicht wichtig. Aber es ist wichtig, ob Sie in Ihrem Leben glücklich sind. Und Sie können nur glücklich sein, wenn Sie daraufkommen, was Sie eigentlich schaffen wollen, und wenn Sie es schaffen können.« Sie machte eine Pause, bemüht, sich richtig auszudrücken. »Manche Leute sind Weiher, und manche sind Ströme und fließen zum Meer. Sie sind ein Strom – Sie müssen dahinfließen – man kann Sie nicht in einem Weiher festhalten. Da wären Sie gefesselt und zornig und würden schließlich überquellen, und es gäbe allerlei Wildheit und Elend. Sie müssen Ihr Flußbett rein erhalten.«

All das sagte sie auch zu sich, während sie den Marmor vom Staub reinigte – nur war sie sich selbst nicht so wichtig. Sie mußte Michael noch mehr sagen, etwas, das ihn wirklich trösten konnte. Plötzlich kam ihr ein Gedanke, und sie blickte auf, strahlend vor Freude.

»Michael, ich habe Ihre Pferde gesehen!«

»Pferde?« Er wußte nicht, wovon sie sprach.

»Ihre wilden Pferde – das Bild, das Joseph Hart gekauft hat!«

Jetzt war ihm klar, was sie meinte.

»Susan! Was halten Sie davon?«

»Das Bild ist herrlich«, flüsterte sie. »Herrlich! Mehr kann ich nicht sagen. Als ich es ansah, hatte ich das Gefühl – hatte ich das Gefühl –«

»Ja?« Eifrig hing sein Blick an ihr. Sie mußte ihm genau sagen, was für ein Gefühl sie gehabt hatte, damit er Mary vergessen könne, damit er getröstet werde.

»Ich hatte das Gefühl, Sie seien endlich frei geworden«, sagte sie.

»Diese endlose Wüste, dieser endlose Himmel, dieses reine, kalte Mondlicht auf dem Wasser, diese dahinfliegenden schönen Geschöpfe, die noch nie jemand gezähmt hat, die nie jemand zähmen wird –« Sie sahen einander in die Augen, und ein entrücktes Verstehen war zwischen ihnen, ein Verstehen, das mit ihnen selbst nichts zu tun hatte.

Michael trat dorthin, wo sie kniete. Er berührte mit der Hand ihre Wange und ging wortlos fort.

Und als er fortgegangen war, blieb sie noch einen Augenblick regungslos auf den Knien. Dann ging sie zum Telephon und klingelte Marys Wohnung an. Eine selbstsichere Stimme erteilte die Antwort, daß Mary Gaylords Nummer geändert sei, und nannte eine neue Nummer, und Susan wählte die Nummer und hörte eine angenehme, tiefe, ein wenig näselnde Männerstimme.

»Bitte, kann ich Mary Gaylord sprechen?« sagte Susan, und sie hörte die Stimme rufen: »Mary, mein Schatz, da möchte dich jemand sprechen!« Und dann fragte Marys scharfe, sehr klare Stimme: »Ja?«

»Hier ist Susan«, antwortete sie.

Marys Tonfall änderte sich nicht. »Ich wollte dich eben anrufen, Susan, und dir sagen –«

»Michael hat es mir gesagt.«

»So? Wir sind erst gestern zurückgekommen. Ich habe mich ziemlich rasch entschlossen.« In dieser klaren Stimme war kein Schuldbewußtsein zu hören.

»Wissen es die Eltern schon?« fragte Susan.

»Nein, denen schreibe ich heute«, antwortete Mary.

Susan hörte wieder die angenehme, tiefe Stimme, und Mary sagte: »Benny möchte einen Augenblick mit dir sprechen. Er hat heute in der Zeitung deine Ausstellung angekündigt gesehen.«

Und wieder klang die freundliche Männerstimme an ihr Ohr.

»Nein, so was, Susan! Ich war ganz aufgeregt. Mary hat mir nichts davon erzählt, daß Sie ausstellen werden. Ich las ganz zufällig den Namen und fragte Mary, ob das eine Verwandte sei.«

Das also war Marys Gatte, dachte Susan, während sie zuhörte und gelegentlich ein Wort oder zwei antwortete – er hatte eine gute, freundliche Stimme und sprach ein wenig langweilig, ein wenig alltäglich. Natürlich war nichts seine Schuld. Mary erzählte ihm gewiß nie im Leben, daß Michael auch nur existierte.

»Ja, natürlich«, antwortete Susan jetzt. »Nein, ich habe nichts zu tun. Morgen werde ich wahrscheinlich viel mehr beschäftigt sein. Ich hoffe wenigstens. Kommen Sie doch jetzt. Ich bin ganz allein.« Sie warf diese Sätze hin, zwischen seinen Fragen. Dann kam wieder Mary an den Apparat.

»Benny möchte dich kennenlernen. Wir kommen also, sobald wir den Wagen zur Verfügung haben.«

»Ich bin den ganzen Tag hier«, antwortete Susan.

Und während sie wartete, erinnerte sie sich an Mary als kleines Mädchen vor dem Piano, das hartnäckig und immer wieder ein Musikstück falsch spielte und böse wurde, wenn man ihm sagte, es spiele falsch.

»Das ist Benny«, sagte Mary. Ihr Gesicht und ihre Stimme waren gelassen wie immer, und sie sah sehr elegant aus in ihrem neuen braunen Samtkleid. Susan wandte den Blick von ihr weg zu zwei sehr blauen, freundlichen Augen, die klein aus einem runden, roten Gesicht unter schütterem, sorgfältig gebürstetem weißem Haar hervorschauten, unter weißem Haar, durch das man die scharlachrote Kopfhaut sah.

Sie fühlte den warmen Griff einer dicken, impulsiven, ein wenig feuchten Hand.

»Na, also«, sagte die tiefe Stimme. »Ich kann Ihnen gar nicht sagen, wie stolz ich bin.«

Mr. Rhodes zog sein seidenes Taschentuch hervor und wischte sich das Gesicht ab und lachte. »Draußen ist es ziemlich kühl«, sagte er. »Aber ich transpiriere immer ein wenig, wenn ich erregt bin, und die Bekanntschaft mit Ihnen hat mich ganz gewiß erregt, nicht wahr, mein Schatz?« Er wandte sich nun an Mary, und sie lächelte ein flüchtiges Lächeln. Dann betrachtete er die Statuen. »Ist das – aber du meine Güte, Mary, du hast mir ja nie erzählt, daß deine Schwester eine wirkliche Bildhauerin ist!«

»Ich hatte noch nicht die Zeit, dir alles von meiner Familie zu erzählen«, erwiderte Mary.

»Schon recht«, sagte Mr. Rhodes freundlich. »Nun, jedenfalls will ich den Beginn machen. Ich freue mich schon darauf, alle kennenzulernen, Susan, besonders Ihre Kinder. Ich habe Kinder so gern. Ich war schon einmal verheiratet – meine erste Frau starb an Typhus, als sie eine Weltreise machte, und ich habe nie mehr ans Heiraten gedacht, erst als ich eines Tages im Büro Mary sah.« Er lachte wieder.

Susan sah, was für ein Mensch das war; jeder konnte sehen, was für ein Mensch das war: ein gütiger und guter Mann, nicht mehr jung, von Natur aus harmlos. Vorwurfsvoll sah sie Mary an, und Marys Augen begegneten ihrem Blick fest und anmaßend. Hier stand noch immer das mürrische, trotzige Kind, das sie einst gewesen.

»Sieht Mary nicht blendend aus?« fragte Mr. Rhodes. Voll Liebe musterte er Mary, und dann nahm er ihre Hand, die er tätschelte. Sie hatte die Handschuhe abgelegt, und Susan sah den funkelnden neuen Ehering und einen zweiten Ring mit Brillanten und Smaragden. »Die Ehe tut ihr gut«, sagte Mr. Rhodes.

»Sie sieht aus, als ob Sie sie mit unendlicher Güte behandelten«, sagte Susan energisch. Dieser freundliche, kindliche Mann gefiel ihr, und sie hätte am liebsten Mary ins Gesicht geschrien, sie müsse gut zu ihm sein, denn es sei verworfen, einem alten, arglosen Menschen Grausames zuzufügen.

»Ich glaube, ich kann gar nicht zu gut mit ihr sein«, sagte Mr. Rhodes mit ernstem Gesicht. Er spielte mit der dicken goldenen Uhrkette, die ein wenig zu fest über die Rundung seiner Weste gespannt war. »Ein Mann kann zu einer Frau überhaupt nicht zu gut sein, glaube ich immer, und wenn sich ein schönes junges Mädchen wie Mary so einem alten Kerl anvertraut –« Er unterbrach sich. In seinen blauen, unschuldigen Augen standen Tränen. »Nun, also, ich vermag gar nicht genug für sie zu tun. Was sie an mir findet, weiß ich nicht. Es kann nicht allzuviel sein.« Er machte eine Pause und fuhr dann schüchtern fort: »Ich stehe nicht an, Ihnen zu erklären, daß ich mir sehr klein vorkomme, wenn ich über mich nachdenke. Als ich mich heute früh rasierte, sah ich mich im Spiegel und dachte: Du alter Idiot, wie kommst du denn auf den Gedanken, daß sie dich lieben könnte? Da mußte ich mir in Erinnerung rufen, daß sie mich nicht geheiratet hätte, wenn sie mich nicht aus irgendeinem Grund liebte. Sie ist ja ein so süßes Ding. Oft habe ich mich gefragt, wenn ich mir manche meiner Bekannten angesehen habe, warum ihre Frauen, so prächtige Frauen, sie haben heiraten können. Das ist wohl die gütige weibliche Natur –« Seine Stimme zitterte. »Und darum frage ich nicht, warum. Ich nehme nur dankbar, was sie mir gibt. Sie ist ein wunderbares Geschöpf.«

Und er sah Mary an, Anbetung im Blick, und sie stand da und lächelte ihr flüchtiges Lächeln, kalt und ungerührt in ihrer fremdartigen, geheimen Schönheit. Sie streckte die Hand aus und berührte leicht die seine. »Du netter Benny«, murmelte sie, und dann sagte sie rasch zu Susan: »Wir werden ein Haus in der Stadt kaufen, Susan. Ist das nicht großartig? Und eines in Palm Beach! Benny verbringt jeden Winter viele Monate im Süden.«

»Sie müssen mit den Kindern und mit Ihrem Mann uns besuchen kommen«, sagte er. »Aber jetzt, mein Schatz, dürfen wir nicht länger plaudern, denn wir wollen uns hier alles ansehen.«

Hinter seinem breiten Rücken warf Susan Mary einen ernsten Blick zu, aber Marys Augen waren noch immer ausdruckslos, strahlend, undurchdringlich. Ich werde es dir sagen, dachte Susan voll Zorn, während sie in das harte Dunkel dieser Augen blickte, daß du dem guten alten Mann nicht weh tun darfst. Und ihm könntest du größeren Schmerz zufügen, als du sogar Michael zugefügt hast. Denn der Mann hier ist so schutzlos. Du mußt gut zu ihm sein, wenn du schon nicht zärtlich sein kannst. Aber sie wußte, daß er Zuneigung brauchte. Einst bat er wohl demütig um Marys Zärtlichkeit und verstand dann nicht, warum sie ihm keine Zärtlichkeit gab, und verstand auch gewiß nicht, daß keine Zärtlichkeit in ihr war. Und er war auch nicht wie Michael, der fortzugehen vermochte. Je mehr sie ihm weh tat, desto fester mußte er sich an sie klammern, denn er konnte nirgends hingehen, weil er war, was er war, weil er alt war und keine Zuflucht hatte. Ihr tat das Herz weh für ihn, während ihre Phantasie in die Jahre der Zukunft vorauseilte. Sie trat zu ihm und begann, warm und genau ihm Erklärungen zu geben, obwohl sie wußte, daß er sie nicht verstehen konnte.

»Soll ich Ihnen die Geschichte einer jeden einzelnen Figur erzählen, ja? Ich möchte, daß Sie alle die Entstehungsgeschichten kennen.« Und beim Sprechen dachte sie: Ich werde gut zu ihm sein. Ich werde die Kinder oft zu ihm schicken, und sie sollen ihn liebgewinnen. Er muß wenigstens etwas von der Ehe mit Mary haben.

»Aha, aha«, sagte er ernst. »Aber das ist ja wunderbar! Ach, ich bin stolz auf Sie!« Jetzt wandte er sich an Mary: »Wir sind furchtbar stolz auf sie, nicht wahr, Mary?«

Mary lächelte. »Ja, natürlich«, sagte sie. Dann neigte

sie den Kopf und zog sich ein wenig den Zobelpelz zurecht.

»Wie bist du zufrieden?« fragte sie Blake.

»Es geht gar nicht so übel«, erwiderte er.

Sie hatten den größten Teil des Tages in der Galerie verbracht, und jetzt war es Abend geworden. Den ganzen Tag waren kleine Gruppen von Leuten, einzelne Personen, einige Paare, eingetreten. Es hatte keinen Massenandrang gegeben, aber das hatte Susan nicht erwartet. Sie freute sich, weil Leute, die zufällig eintraten, um die Arbeiten einer neuen, noch unbekannten Künstlerin zu sehen, stehenblieben und schauten und leise miteinander sprachen. Sie hörte Bruchstücke solcher Gespräche – Genörgel, Lob, Ausdrücke der Verwirrung.

»Sehr groß«, hörte sie einen jungen Mann zu einem älteren sagen.

»Ja«, gab der ältere Mann zögernd zu. »Aber vielleicht zu groß zur Ausführung. Wenn ein Künstler zuviel schaffen will, mißlingt es ihm oft gänzlich.«

»Ich möchte nicht behaupten, daß ihr etwas von diesen Arbeiten mißlungen ist«, antwortete der junge Mann.

»Vielleicht nicht«, sagte der ältere, dann machte er eine Pause und sagte wieder: »Ich habe das Gefühl, als ob die klobige Technik ihrer Arbeiten den Eindruck erwecken soll, daß hier mehr dahintersteckt, als wirklich da ist.«

»Vielleicht ist das immer so in der Kunst«, sagte der junge Mann.

»Mag sein, mag sein«, erwiderte der ältere gelassen. »Ich gehöre zu einer Schule, die geringere Anforderungen stellt, aber Anforderungen, die erfüllbar sind.«

»Na ja«, sagte der junge Mann geringschätzig, und die beiden gingen weiter.

Immer wieder sagten Leute: »Die Sachen sehen gar nicht

aus wie die Arbeiten einer Frau.« Und manche zuckten die Achseln. »Ich verstehe nicht, warum ein Künstler so häßliche Leute darstellen muß. Sehen Sie sich nur die dicke, ungeschlachte Negerin an. Wie derb!«

Als sie nach dem Abendessen zu Hause mit Blake allein war, blickten sie einander an und lächelten.

Es war ein seltsamer und glücklicher Tag gewesen, erfüllt von einem Glück, das sie nicht verstehen konnte. Denn sie hatte gesagt, sie schätze ihre Arbeiten mehr, während sie sie schaffe, und finde schon in der Fertigstellung ihre Befriedigung. Aber das traf nicht zu. Ihre Arbeit war nie fertig, nicht einmal in ihren Augen, so dachte sie nun, während sie den Tag an sich vorbeiziehen ließ: erst dann konnte sie von Vollendung sprechen, wenn sie ihr Werk hergab, auf daß andere Menschenwesen es sähen, es verstünden oder nicht verstünden. Es war ähnlich wie mit der Sprache, die wertlos war, wurde sie nicht zum Verständigungsmittel. Jetzt hörte sie Blakes Stimme.

»Bis jetzt war noch keiner der wichtigen Kritiker da«, sagte er.

»Wenn sie auch morgen nicht kommen, werde ich Lee und Silbert anrufen und noch zwei oder drei andere, die ich kenne.«

»Du darfst aber nicht sagen, daß ich deine Frau bin«, sagte Susan lächelnd.

»Das würde dir gar nicht schaden«, erwiderte er spöttisch, und seine Augen funkelten.

»Nein, nein, Blake«, bat sie.

»Schon gut, du unabhängiges Geschöpf!« Er lachte über sie, aber er war doch ein wenig verärgert. Als sie dies sah, konnte sie es plötzlich – am Ende eines solchen Tages – nicht ertragen, und sie ging zur Couch, auf der Blake saß, und schmiegte sich an ihn, und sie hatte keinen anderen Gedanken als den einen, ihn heute in guter Stimmung zu erhalten.

Doch bei der Berührung mit ihrem Körper schrak er zusammen. Dann streckte er die Arme aus und zog Susan an sich. Und sie fühlte sich ihm nahe, wie sie ihm seit vielen Monaten nicht nahe gewesen, und sie befreite sich nicht aus seiner Umarmung. Ihre Arbeit war für den Augenblick getan. In ihrem tiefsten Inneren fühlte sie Erfüllung. Sie war zufrieden. Plötzlich wandte sich ihm eine Seite ihrer Seele wieder voll Sehnsucht zu.

Sonja? fragte sie sich. Aber Sonja war fort. Blake hatte nichts gesagt, und Susan wußte nun, daß er ihr nie etwas sagen würde. Das war vielleicht wirklich am besten. Ihre Gedanken jagten dahin, während sie fühlte, wie seine Umarmung immer fester und glühender wurde. Es war wohl anders nicht möglich. Vielleicht war die Kameradschaft, von der sie geträumt, die Kameradschaft in der Liebe und in der Arbeit, für Frauen ihrer Art unmöglich. Sie mußte nehmen, was sie hatte und was sie nicht hatte, denn auch das war das Leben, das Nichthaben. Das hatte sie Michael gesagt. Das alles gehörte zur Gänze des Lebens. Wenn sie und Blake einander nur so nahekommen konnten, mochte das doch besser sein, als wenn sie einander überhaupt nie nahegekommen wären.

Es war ihr, als sähe sie Sonja, die sie aus weiter Ferne mit ihren hellen, leidenschaftlichen Augen beobachtete, aber sie verjagte dieses Gesicht. Irgendwo mußte es doch zwischen ihr und Blake ein Band geben, das sie fest zusammenhielt. Seine Lippen preßten sich jetzt auf die ihren, schweigend und heiß und heftig, und in einer traurigen, neuen Leidenschaft gab sie sich ihm wieder.

Doch am Morgen entsann sie sich und blickte um sich und sah ihren Körper weiß schimmern im Dämmerlicht, und sie dachte an Marmor und wie dieser Marmor entstand, wie er langsam in Jahrhunderten erhärtete, bis er tauglich war und bereit für die menschliche Hand, und wenn dann die vergängliche Hand ihr Mal hinterlassen und ihr Werk getan hatte, stand der Marmor geformt für weitere Jahrhunderte. Und ihre Hände waren nur Fleisch und ihr Körper nichts anderes als ein Augenblick, geschaffen, die Kraft zu nutzen, die sie ganz und gar nicht verstehen konnte, denn sie wußte nur, wie diese Kraft arbeitete, wußte aber nicht, warum sie arbeiten mußte, wenn sie leben wollte. Und so dachte sie an ihren allzu vergänglichen Körper und dachte kummervoll: Wie kann dieser Körper genügen, Blake und mich beisammenzuhalten? Und als sie an Blake dachte, war sie ihm heute nicht näher. Nein, trotz allem, was nachts geschehen, war er ihr nicht näher. Sie brachte ihm Zärtlichkeit entgegen, aber sie war ihm sehr ferne.

Als sie spät zum Frühstück hinunterging, las er bereits die Sonntagszeitung, und eine Falte stand zwischen seinen Augen.

»Höre, Susanne«, sagte er, als sie eintrat. »Ich sehe, daß dein alter Freund eine Lanze für dich gebrochen hat.« Seine Stimme klang munter.

Sie trat zu ihm, und die Zärtlichkeit, ein Widerhall der Nacht, war noch in ihr, und sie legte ihm die Arme um die Schultern. Doch für Blake war die Nacht vorüber. Er klopfte mit dem Finger aufs Papier.

»Barnes«, sagte er. »Sicher sehr anständig von ihm, wenigstens in gewissem Sinn.«

Sie überflog die Zeitungsspalten. »David Barnes lobt neue Bildhauerin«, las Blake vor. »Freilich übertreibt er ein wenig – er sagt mehr, als dir nützt. Es klingt viel zu sehr nach Persönlichem, oder als brauchtest du eine Stütze.«

Sie ging zu ihrem Stuhl.

»Das wird die Kritiker in Bewegung setzen«, sagte er. »Immerhin könnte ich doch noch einen oder zwei von den einflußreicheren anrufen.«

»Wie du glaubst, Blake«, sagte sie.

»Wir werden ja sehen«, erwiderte er. Sie bat ihn nicht um die Zeitung. Die wollte sie lesen, wenn sie allein war. Sie unterdrückte den Gedanken daran und musterte Blake. Er war ganz kühl, sogar ein wenig lässig. Er hatte die Nacht nicht als Erneuerung aufgefaßt, wie Susan jetzt bemerkte, sondern als etwas Selbstverständliches, als etwas, worauf er nur ein wenig hatte warten müssen. Sie wandte den Blick ab, und irgendwie schämte sie sich.

»Es wird spaßig sein zuzusehen, was passiert«, sagte er. »Jedenfalls wird man auf die Kritik Barnes' aufmerken.« Und dann sagte er: »Meine Arbeiten hat Barnes natürlich nie verstanden.«

Seine Stimme klang gleichmütig, aber Susan hörte die Bitterkeit heraus, und als sie erstaunt aufblickte, sah sie ihm an, daß er verletzt war.

»Aber, Blake!« rief sie. »Ach, Liebster! David Barnes glaubt eben nur, ich brauchte ein wenig Hilfe, du aber nicht –«

»Natürlich brauche ich keine Hilfe«, sagte Blake. »Aber es wäre nett von ihm.«

»Vielleicht glaubt er, daß ich es als Frau schwerhaben werde.«

Wieder schmeichelte sie ihm, wieder versuchte sie, ihn in gute Laune zu bringen, doch plötzlich unterbrach sie sich. Wenn es in ihr etwas gab, das um des Friedens willen bereit war nachzugeben, wollte sie sich nicht davon verleiten lassen, und sie sagte: »Ich brauche aber keine Hilfe. Ich stehe zu dem, was ich bin. In der Arbeit darf es nicht Mann und Frau geben.« Sie lächelte. »Die Arbeit ist eine Art Himmelreich, in dem es weder Männer noch Frauen gibt.«

»Du wirst daraufkommen, daß ein solches Himmelreich nicht existiert, Susanne«, sagte Blake. »Ob du ein Mann bist oder eine Frau, bestimmt deine Stellung, da magst du tun, was du willst.«

»Ich weigere mich, das anzuerkennen«, sagte sie.

»Aber die Frauen verdächtigt man nun einmal«, begann Blake. »Die großen Künstler, die großen Musiker, ja sogar die großen Köche sind Männer, und –«

»Aber, Blake, ich bitte dich – diese alten, alten Phrasen!« rief sie. »Daß gerade du so sprichst!«

»Vielleicht fällt es mir schwer, die Frauen ernst zu nehmen«, sagte er mit einem kurzen, selbstbewußten Lächeln.

Sie zürnte ihm so sehr, sie zürnte auch sich so sehr, weil sie in einer derart albernen und abgedroschenen Diskussion zürnen konnte, daß sie kein Wort mehr sprach. Sie aß hastig und wenig, und dann stand sie auf. »Jetzt werde ich wohl hinübergehen und nachschauen, wie sich die Dinge heute anlassen«, sagte sie.

»Ich komme bald nach.«

Es war ihr unmöglich zu glauben, daß diese Nacht wirklich gewesen. Und doch, diese Nacht war gewesen und war noch immer da und mußte festgehalten werden. Susan ging zu Blake und strich ihm mit der Hand über die glatte Wange. Er bewegte sich nicht, aber sie beugte sich über ihn und küßte ihn und ging fort.

Joseph Hart trat zu ihr, während er sich den Kneifer auf die scharfe Römernase schob, und das breite, schwarze Kneiferband flatterte an seiner Wange. »Eine Nuance mehr, und die Sachen wären vielleicht modern geworden‹, sagte er. »Ihr eingebildeten jungen Künstler wißt es nur nicht, aber der Unterschied zwischen dem extrem Klassischen und dem extrem Modernen ist sehr geringfügig, allerdings sehr wichtig. Immerhin haben Sie eine eigene Note angeschlagen, ungemein originell – vielleicht ein wenig zu massig. Aber Sie werden schon noch das richtige Maß finden.«

Der alte Mr.Kinnaird war heute gekommen. Er war gestern hier gewesen und war wieder ohne ein Wort fortgegangen. Jetzt saß er auf einer Bank und starrte mit blassem

Gesicht die Figuren an. Leute kamen, und da Joseph Hart Susan durch seine Ansprache ausgezeichnet hatte, starrte man sie an. Und nun sah sie Blake. Er trat ein und sprach mit seinem Vater und kam dann zu ihr. Sie lächelte ihm zu, sagte aber nichts. Joseph Hart hielt ihr gewissermaßen einen Vortrag, und ein paar Leute sammelten sich in der Nähe, um zuzuhören, und Hart bemerkte das und fuhr ein wenig salbungsvoller fort:

»Freilich genügt es nicht, nur originell zu sein. Fast jeder kann originell sein. Auch der Verrückte, auch ein kindisches Gemüt kann originell sein. Aber sie wissen nichts auszudrücken. Der Prüfstein eines jeden Kunstwerkes ist das, was es ausdrückt. Wenn es nichts ausdrückt, ist es wertlos.«

Blake sagte: »Manches mag auch von der Gemütsverfassung der Person abhängen, die eine solche Mitteilung empfängt. Manche nehmen vielleicht nur das auf, was schlicht und offenkundig ist. Man kann die Kunst ganz und gar nicht nach der Gemütsverfassung des Betrachtenden beurteilen.«

»Das gehört nicht zur Sache«, sagte Joseph Hart. »Ich würde diese Statuen bei aller Massigkeit in gewissem Sinn schlicht nennen, aber nicht leicht verständlich.«

Blake sah ihn wütend an.

»Sie sind recht leicht verständlich«, sagte er wild. »Wenigstens für den Kenner.«

Das also war es, was Blake dachte! In seinem Zorn – ja, in seiner Eifersucht hatte er zu Joseph Hart ausgesprochen, was er vor ihr verborgen gehalten. Denn sie wußte, daß nur eines ihn so zornig machen konnte, nämlich die Eifersucht auf seine Arbeit. Sie hatte ihn in manchen Fällen schon eifersüchtig gesehen, und wenn er ihr gegenüber dieses Gefühl hegte, konnte nichts die Kluft schließen, die sich zwischen ihnen auftat. Denn sie wußte, daß es auch in Blake etwas gab, das tiefer reichte als die Liebe. Er geriet nie in wirkliche Wut, es sei denn, daß dieses Gefühl in ihm verletzt und beleidigt wurde. Und das hatte sie unbewußt getan, indem ihre Arbeiten das Wohlgefallen eines reichen, eigenwilligen alten Ästheten erweckt hatten, der sehr viel Einfluß besaß. Das vergab ihr Blake nie.

Verzagt blickte sie sich in der Galerie um. Jetzt, da der Tag fortgeschritten war, füllte sich der Raum. Das dankte sie der Kritik David Barnes'. Aber die Leute verweilten auch und führten ernste Gespräche und scharten sich um die eine und die andere Figur.

...Doch was nützte das alles, wenn Blake ihr nicht verzieh? In diesem Augenblick rief das Weib, das Blakes Liebste gewesen: »Was nützt es?«

Und Susan antwortete: »Weißt du, du bist nicht alles. Du bist nur ein Teil. Außerdem hat jedes Ding zwei Seiten. Wenn meine Arbeit gut ist, hat Blake unrecht. Und man darf nicht nur an dich denken, es gibt auch die Gerechtigkeit.«

Sie stahl sich davon und ging zum alten Mr. Kinnaird und setzte sich zu ihm. Sie wollte sich über die Worte Blakes nicht kränken. Er hatte das Recht, seine Meinung auszusprechen. Aber sie wußte, daß er das nicht zu Joseph Hart gesagt hatte, sondern zu ihr. Jetzt hatte er es gesagt, und niemals konnte er seine Worte zurücknehmen. Die beiden Männer führten noch immer ihre Debatte. Blake stand hochaufgerichtet da, mit dem Rücken zu Susan. Joseph Hart fuchtelte mit den Armen und schwenkte das breite schwarze Kneiferband in der Hand. Jetzt hörte Susan Mr. Kinnairds freundliche, farblose Stimme.

»Ich komme immer wieder, mir deine Sachen anzuschauen, meine Teure«, sagte er. »Sie ziehen mich in ihren Bann.«

»Das freut mich«, sagte sie. Sie sah, wie Joseph Hart eine steife Verbeugung vor Blake machte und sich von ihm abwandte. Sie wartete, daß Blake zu ihr komme, aber er tat es nicht. Er schritt ans Ende der Galerie und blieb einen Augenblick in der Tür stehen. Dann ging er fort.

»Ich kann dich nicht recht unterbringen«, sagte Mr. Kinnaird. »Das verwirrt mich. Ich erkenne deine Technik nicht. Blake läßt sich einordnen. Er ist ausgesprochen modern. Aber du bist es nicht. Du bist auch nicht klassisch, und ich sehe keine Spur von französischem Stil in deiner Kunst. So sag mir, meine Teure, was hattest du eigentlich im Sinn?«

»Ich weiß nicht«, sagte sie. »Ich weiß nicht. Ich kann mich selbst nicht unterbringen. Ich arbeite so, wie ich atme – unbewußt. Ich fühle von Augenblick zu Augenblick.«

»Aha«, sagte er freundlich. »Vielleicht deshalb, weil du eine Frau bist.«

»Vielleicht«, sagte sie, und sie machte sich nichts daraus. Sie hörte nicht zu.

»Sie werden am Telephon verlangt, Miss Gaylord«, sagte jemand. Der Tag war nahezu vorbei. Sie hatte nicht den Wunsch gehegt, nach Hause zu gehen, und so war sie geblieben und hatte abgewartet, bis sie wieder daran denken konnte, Blake zu sehen. Als sie zum Telephon kam, hörte sie Crownes Stimme: »Gnädige Frau, ein Telegramm ist für Sie gekommen. Darf ich es Ihnen vorlesen?«

»Bitte«, sagte sie erstaunt. Und er las langsam vor: »›Papa sehr krank. Komm sofort. Mutter.‹ Wollen Sie etwas antworten, gnädige Frau?«

»Ja«, sagte sie. »Telegraphieren Sie an die angegebene Adresse: ›Komme sofort. Susan.‹ Und sagen Sie Jane, sie soll meine und ihre Koffer packen und meiner Schwester nach Palm Beach ins Hotel ›Regina‹ kabeln – Sie wissen doch, Mrs. Bennyfield Rhodes.«

»Sehr wohl, gnädige Frau.«

»Ist Mr. Kinnaird zu Hause?« fragte sie.

»Nein, gnädige Frau«, sagte er.

Sie hängte den Hörer ein. Die Leute strömten jetzt dichter denn je in den Saal. Sie sah einen mageren, dunkelhäutigen Mann mit übellaunigem Gesicht, der vor jeder Figur stehenblieb und hastig auf einem kleinen Block Notizen machte. Der alte Mr. Kinnaird war wieder gekommen und starrte krampfhaft die Statue eines italienischen Knaben an. Er hatte Susan vergessen, und sie ging fort, ohne noch einmal mit ihm zu sprechen.

Nach weniger als einer Stunde, als sie im Begriff war, Blakes Haus zu verlassen, schrieb sie ein paar Zeilen an Blake:

›Mein Liebster! Papa ist krank, und ich fahre sofort zu ihm. Ich weiß nicht, wo ich Dich finden kann.« Sie hatte Crowne beauftragt, Blakes Klub anzurufen, doch Blake war nicht dort gewesen. »Ich gehe fort mit der Erinnerung an diese Nacht. Komm nach, wenn Du kannst. Vielleicht werde ich Dich sehr brauchen. Ich weiß nicht, was mir bevorsteht. Deine Susanne.«

Sie faltete den Brief zusammen und versiegelte ihn und reichte ihn Crowne. »Geben Sie das Mr. Kinnaird, sobald er heimkommt«, sagte sie.

Er verbeugte sich und schloß die Tür des Autos, nachdem sie und Jane eingestiegen waren, und als dann Bantie den Motor anließ, trat er ins Haus und schloß die Tür. Und mit dem Bild dieser verschlossenen Tür fuhr Susan fort.

Wenn ich an Vorahnungen glaubte –, dachte sie verwirrt. Aber ich glaube nicht daran. Mit jäher, grenzenloser Sehnsucht dachte sie an Blake. Der Zorn von heute war ein Nichts. In der Wirklichkeit kam er ihr gewiß sofort nach, sobald er erfuhr, daß sie das Haus verlassen hatte, und dort, in dem schäbigen, behaglichen, einfachen alten Haus fanden sie einander vielleicht wieder wie noch nie vorher. Ihre Gedanken wurden durch Janes Stimme unterbrochen.

»Als wir das letztemal zu Hause waren, hat er schon recht

schlecht ausgesehen«, sagte sie seufzend. »Nun, wir alle sind ja nur Menschen.«

»Seien Sie still, Jane!« rief Susan. »Sie glauben immer gleich das Schlimmste.«

»Manchmal ist es auch schlimm«, sagte Jane. »Aber ich habe doch noch Hoffnung, Gnädige.«

Susan antwortete nicht. Sie konnte noch immer nur an Blake denken – sonst an nichts. Blake durfte ihr, mochte geschehen, was da geschah, nicht böse sein. Sie dachte noch immer an Blake, als sie das Haus ihres Vaters erreichte und Hal Palmer ihr die Tür öffnete.

»Oh, Hal!« rief sie. »Wo ist denn Mutter?«

»Lucille ist bei ihr«, sagte er. Sein einfaches, rundliches Gesicht war betrübt, und in den kleinen blauen Augen standen Tränen. »Du kommst leider zu spät, Sue«, sagte er. »Es war ein Schlaganfall.«

Sie wandte sich an Jane. »Telegraphieren Sie Blake«, sagte sie.

Dann legte sie den Mantel ab und ging zu ihrer Mutter.

Stunde für Stunde saß sie da und hörte ihrer Mutter zu.

Als sie eingetreten war, hatte sich Lucille erhoben.

»Oh, wie ich mich freue, daß du hier bist, Susan! Wir haben ja getan, was wir konnten, aber das ist doch nicht dasselbe wie die Familie. Wo ist denn Mary?«

»Ich habe ihr gekabelt«, erwiderte Susan. Seltsam, wie Lucille und Hal immer bei solchen Todesfällen mit ihrem Leben in Berührung kamen. Einen Augenblick lang erinnerte sie sich deutlicher als an die letzte Nacht an jenen Tag, an dem Mark gestorben war.

»Solange du hier bist«, sagte Lucille flüsternd, »werde ich hinübergehen. Hal hat alles schon geordnet. Der Priester war gerade da. Vielleicht kommt er wieder, weil du hier bist. Werden andere Familienmitglieder kommen?«

»Ich lasse die Kinder kommen«, sagte Susan. »Natürlich wird auch mein Mann dabeisein.«

»Oh, bitte laß die Kinder kommen«, schluchzte die Mutter. »Es wird mir wohltun, sie zu sehen. Ich habe ja gar nichts mehr im Leben.«

»Aber, Mrs. Gaylord«, sagte Lucille mit ihrer kräftigen, frischen Stimme. »Sie dürfen nicht so sprechen. Sie haben Ihre zwei lieben Töchter und Ihre prächtigen Enkelkinder, und eine Menge Leute in der Stadt haben Sie gern. Und Sie müssen sich immer vor Augen halten, daß Sie eine wunderbare Gattin und Mutter gewesen sind. Sie brauchen sich keinerlei Vorwurf zu machen.«

»Ich habe getan, was in meinen Kräften stand«, sagte die Mutter, und sie trocknete sich die Augen.

»Es gibt nichts, was Sie für Ihre Familie nicht getan hätten«, sagte Lucille tröstend. »Und nun müssen Sie tapfer sein. Susan wird sich jetzt wohl ein wenig waschen und von der Reise säubern wollen, und dann will sie gewis hineingehen und ihren Vater anschauen.« Sie wandte sich an Susan. »Er sieht so natürlich aus. Sobald er zu atmen aufhörte, verschwand das häßliche Rot aus seinem Gesicht und –«

»Hat er gelitten?« fragte Susan rasch.

»Das wissen wir nicht genau«, sagte Lucille. »Denn wir wissen nicht, wie weit er bei Bewußtsein war. Er hat kein Wort gesagt.«

»Wir hatten gerade einen kleinen Streit«, warf die Mutter ein, und ihre Augen röteten sich. »Einen Streit über eine Kleinigkeit. Du weißt ja, Susan, wie er streiten konnte. Nun, das wurde in den letzten Jahren immer schlimmer. Am Schluß durfte ich gar nicht mehr den Mund aufmachen, und schon setzte es Widerspruch.«

»Und wie geduldig Sie waren!« seufzte Lucille.

Die Mutter fuhr fort, und ihre angeschwollenen Lippen zitterten: »Am Morgen wollte er in den Hof gehen, und ich sagte ihm, er solle das nicht, weil er wirklich sehr erkältet war. Außerdem sagte ich, wenn er sich wohl genug fühle auszugehen, müsse er sich auch wohl genug fühlen, in den Keller hinabzusteigen und die Heizung nachzusehen. Einen oder zwei Tage mußte ich das machen, weil er sagte, die Asche reize ihn zum Husten. Und da wandte er sich gegen mich und sagte, ich – nun, du weißt ja, wie er in solchen Fällen sprach – und er werde sich nie wieder um die Heizung kümmern. Und ich sagte, das sei keine Frauenarbeit. Und plötzlich bekam er ein rotes Gesicht, und seine Adern schwollen an, wie immer, wenn er zornig wurde – und dann fiel er nieder –« Und sie begann zu weinen.

Und Susan hörte zu und sah ihn zu Boden fallen. In einem nichtigen, albernen Zank war er gestorben. Doch nein, nicht der einzelne kleine Augenblick hatte ihn getötet. Es war der Zorn eines ganzen Lebens, des Lebens hier in dem Hause, das er selbst erbaut und bewohnt und durch alle die Jahre gehaßt hatte.

»Ich gehe jetzt«, sagte Lucille, die sich niederbeugte und Mrs. Gaylord auf die Wange küßte. »Lassen Sie mich holen, wenn Sie mich brauchen.«

Sie ging fort, und Susan blieb mit ihrer Mutter allein. Sie hätte sie trösten sollen, aber sie vermochte es nicht. Sie weinte so heftig, daß sie nicht sprechen konnte – nicht um den Tod ihres Vaters, sondern um sein Leben – und die Mutter sah diese Tränen und begann aufs neue zu schluchzen.

»Laß«, sagte Susan schließlich, »laß, wir dürfen das nicht. Morgen schicken wir Jane nach den Kindern. Und jetzt muß ich hineingehen und Vater anschauen, und du sollst ruhen und alles mir überlassen. Leg dich aufs Bett und laß dich von mir zudecken, und ich bringe dir das Abendessen ins Zimmer.«

Sie half ihrer Mutter beim Auskleiden und zog ihr das altmodische Nachthemd an. Wie unmöglich war die Vorstellung, daß dieser dicke, unschöne Körper einst die zarte, hübsche Gestalt gewesen war, die alle die Jahre vom Leben ihres Vaters festgehalten und eingekerkert hatte. Und doch, es war so – es war so! Ach, wie leicht veränderte sich das Fleisch, und wie leicht war auch wieder das Band verloren, das sie aufs neue zwischen sich und Blake geknüpft.

Wenige Augenblicke stand sie im Wohnzimmer, in dem ihr Vater aufgebahrt worden war. Da lag er in seinem besten schwarzen Anzug, und die schwarzen Schuhe glänzten, und das schwarze Haar war glattgestrichen. Gesicht und Hände sahen aus wie Marmor. Und als Susan ihm die Hand auf die Schulter legte, fühlte sich diese Schulter unter der Jacke kalt an und hart. Es war, als hätte man eine Statue angekleidet. Susan war nicht imstande, die unsagbare Trauer dieses Gesichtes zu ertragen, und sie setzte sich neben die Leiche nieder und weinte von neuem. Und doch, es war nicht der Tod, um den sie trauerte, sondern sie trauerte um das Leben, um das Leben, das diesen Mund zu solchen Linien des Grames verzogen hatte und Höhlen gegraben unter die Augen, um das Leben, das ihm in der Jugend Träume der Liebe geschenkt und ihn dann beraubt hatte, das ihm Träume von freien Inseln im blauen Tropenmeer gab und ihn in einem grauen Hause einer Kleinstadt eingesperrt hielt. Und ebenso grausam war der Tod, der diese Trauer enthüllte, diese Trauer eines Menschen, der nun hilflos war und nicht mehr imstande zu verbergen, was er all sein Lebtag verborgen hatte.

Sie verließ das Zimmer, und leidenschaftlich rief sie ihrem Herzen zu: »Wir alle sollten frei sein! Jeder sollte irgendwie frei sein und für sich leben. Niemand darf sterben, ohne daß er je gewußt hätte, was Freiheit heißt.«

Als sie das Tablett mit dem Abendessen ins Zimmer ihrer Mutter trug, fand sie sie schlafend. Die Mutter erwachte beim Geräusch der Schritte, erschrak ein wenig und rief: »Aber, Susan, wieso – ach, ich habe es vergessen. Jedesmal, wenn ich einschlafe, vergesse ich, was geschehen ist!« Und sie begann zu weinen, und Susan stellte das Tablett hin und legte die Arme um sie. »Aber ich habe doch immer getan, was ich konnte«, schluchzte die Mutter.

»Natürlich hast du das getan«, sagte Susan. Bei sich aber dachte sie: Es ist wahr, und das ist es, was einem das Herz bricht.

»Niemand hätte mehr tun können«, sagte die Mutter, die sich die Augen trocknete.

»Niemand«, sagte Susan ruhig, und sie nahm das Tablett wieder auf.

Sie sehnte sich unaussprechlich nach etwas Eigenem. Denn jetzt schien das Haus ihrer Kindheit nicht mehr ihr zu gehören. Ihr Anteil daran war mit dem Vater gestorben. Als sie in dieser Nacht wartete und halb und halb mit Blakes Kommen rechnete, zog ihre Erinnerung aus in die vergangenen Jahre, und sie sah, daß zwar die Mutter die Kinder genährt und betreut hatte, daß es aber der Vater gewesen, der ihnen die Tür des Lebens öffnete. Immer wieder und wieder sagte er in all den Jahren, jedesmal, wenn etwas Neues auftauchte: »Versuch es – versuch es – warum nicht? –« Er war es, der ihr zuerst einen Bleistift in die Hand gegeben, er war es, der ihr den ersten Ton zum Modellieren gekauft hatte. Und sie hatte das Verlangen zu modellieren deshalb empfunden, weil sie sah, wie er aus Holz kleine Tiere und Vögel für seine Kinder schnitzte. An diesem Tag rief die Mutter: »Welcher Schmutz! Sie hat ihre Hände und die ganze Schürze voll!« Und er hatte seiner Frau einen seltsamen Blick zugeworfen. »Ich werde sie dann schon saubermachen«, sagte er. Und sie modellierte eine kleine Figur, und er lobte die Arbeit, und dann gingen sie ins Badezimmer, und er wusch ihr sorgfältig die Hände. Er sagte: »Es hat keinen Sinn, deine Schürze jetzt schon zu waschen. Die behalten wir für die Arbeit mit dem Ton. Du wirst sie noch viele, viele Male brauchen.« Und so trug er ihre kleine blaue Schürze hinauf und hängte sie in seine Dachkammer und sagte: »Hier ist sie, wenn du sie brauchst.« Er hatte bei einem Fenster ein Brett quer über Stühle gelegt, und dort lag der Ton, und daneben stand ein Wasserkrug zum Mischen. »Du kannst heraufkommen, damit du deiner Mutter nicht zur Last fällst«, sagte er. »Mir macht ein wenig Schmutz nichts, wenn etwas Schönes herauskommt.« Und alle die Jahre ihrer Kindheit hatte sie glückselig vor diesem Brett gesessen.

Die unzähligen kleinen Dinge, die er getan, erhoben sich vor ihr in der Nacht, und sie erinnerte sich an ihn, und der Verlust wurde unerträglich. Und doch, so dachte sie sinnend, war Mary eben von dieser Großzügigkeit in seinem Wesen abgestoßen worden. Wenn er sagte: »Versuch es – versuch es –«, war Mary zusammengefahren. »Ich will nicht«, erwiderte sie instinktiv. »Schon recht«, sagte er dann, und die Freude erlosch in seinem Gesicht. Und wenn Mary gegangen war, umarmte er Susan fest. »Du bist mein Mädel, nicht wahr, Sue?« rief er. . . Mary hatte heute ein Telegramm geschickt: »Tief betrübt. Werde kommen, wenn Du es für nötig hältst. Innig Mary.« Susan hatte dieses Telegramm nicht beantwortet. Wenn alles vorbei war, wollte sie Mary schreiben.

Gegen Mitternacht klingelte das Telephon, und als Susan hinging, hörte sie Blakes Stimme.

»Susanne?«

»Ach, Blake, Liebster!« rief sie. »Oh, wie ich dich brauche!«

»Ich habe jetzt erst deinen Brief erhalten«, sagte seine Stimme. Diese Stimme klang leise und weit entfernt. »Ich war den ganzen Tag nicht zu Hause und habe auch nicht angerufen. Susanne, ich bin tief betrübt. Wie geht es dir, meine Liebste?«

»Ich – ach, Blake! Er starb so rasch. Als ich herkam, war alles schon vorbei.«

»Ach, du meine Güte, du tust mir so leid!« Er schwieg einen Augenblick. Sie hörte das Surren in den Drähten, und sie wartete, und sie schluchzte beinahe. Jetzt mußte er sagen, daß er herkäme. Er fing wieder zu sprechen an. »Susanne, es ist so viel besser. Ich hoffe, daß auch mein Vater eines Tages so sterben kann.«

»Aber ich werde ihn nie wiedersehen! Das Haus ist ganz leer!«

»Ich weiß.« Sie konnte hören, wie er leise hustete. »Aber schließlich war er alt, Susanne. Er hatte sein Leben hinter sich.«

Es verlangte sie, ins Telephon zu rufen: »Ach, nein, das war es ja. Er hat sein Leben nicht gelebt.« Aber sie sagte es nicht.

Eine Art trüber Ermattung stahl sich in sie, während sie der Stimme Blakes lauschte.

»Ich bitte dich nicht, herzukommen, Blake, außer du wünschst es.«

»Ach, liebste Susanne«, sagte er ein wenig trotzig, ein wenig schuldbewußt, »ich gehe nie zu Begräbnissen. Ich weiß nicht einmal, ob ich zu dem Papas gehen werde; bei meinem eigenen muß ich wohl dabeisein. Aber ich hoffe, daß sonst niemand kommt, nicht einmal du. Es ist barbarisch, zu Begräbnissen zu gehen. Nein, Susanne – du mußt es natürlich. Und dann bitte ich dich, mit dem nächsten Zug nach Hause zu fahren. Es ist so albern, bei solchen Gelegenheiten lange den Kopf hängen zu lassen.« Sie antwortete nicht, und er rief wieder: »Susanne, bist du noch da?«

»Ja«, antwortete sie, »ich bin hier.«

»Hörst du mich?« fragte er.

»Ja, ich höre dich.«

»Du verstehst doch, wie ich es meine, nicht wahr?«

»Ja, natürlich.«

»Kann ich also – noch irgend etwas für dich tun?« fragte er. »Du weißt, daß ich es gerne tue, Susanne, nur nicht –«

»Nein«, erwiderte sie. »Nein, ich danke dir, Blake. Ich gehe zu Bett. Gute Nacht.«

»Das ist das klügste«, stimmte er zu. »Gute Nacht, Susanne!«

Seine Stimme entrann in weite Fernen, und Susan hängte den Hörer ein. Warum hatte sie gestern abend geglaubt – ja, war es denn wirklich erst gestern gewesen? –, daß das Fleisch sie mit ihm verbinden konnte?

Plötzlich begann sie zu weinen, während sie die Treppe hinaufstieg, und sie konnte nicht aufhören. Sie kleidete sich aus und badete und ging zu Bett, und ihr Körper zitterte vor Schluchzen, dem sie nicht Einhalt gebieten konnte. Sie wußte nicht, warum sie so unablässig schluchzte, aber sie wußte, es ging um mehr als um den Tod.

Am nächsten Tag öffnete sie die Tür, und da standen John und Marcia, auf deren Kommen sie so inbrünstig gewartet hatte. Der Gedanke an diesen Augenblick war es gewesen, der ihr Weinen schließlich verstummen machte. Sie hatte sich erinnert: John und Marcia kommen morgen! Ein großer Strahl des Trostes fiel wie helles Licht in ihre Verzagtheit. In leidenschaftlicher Liebe dachte sie an die beiden. Das waren ihre Kinder, denen sie das Leben geschenkt hatte, die sie liebte. Am Morgen sagte sie sich: Ich darf mich nicht an sie klammern und darf auch nicht an mich denken. Ich muß mir vor Augen halten, daß sie zum erstenmal den Tod sehen. Und als sie ihnen die Tür nun öffnete, hielt sie ihr Herz zurück, das ihnen stürmisch entgegenbebte. Sie küßte sie zwar warm, um sich insgeheim zu trösten, sagte aber munter: »Kommt herein, meine Lieben, ist euch kalt? Jane, bitte machen Sie für uns alle Schokolade!«

Die Kinder waren schüchtern, denn sie hatten nicht gewußt, wie sie die Mutter vorfinden würden. Und so versuchte sie, so zu sein, wie sie immer zu ihnen war. Und die ganze Zeit schwelgte ihr Herz am Anblick der beiden, labte sich daran, wie gesund und hübsch sie aussahen, labte sich an den frischen Wangen und klaren Augen. Sie vergaß, daß Marcia Fehler hatte, und sah nur ihre hübsche, schlanke, dunkle Anmut, und John war kräftig und schön mit seinem hellen Haar und seinen blauen Augen, wie Mark sie gehabt. Doch war er auch lebhaft und rasch und beweglich, und sein Mund war zart.

»Jane hat es uns gesagt, Mutter!« rief er ernst. »Sie hat gesagt, das Begräbnis werde heute sein.«

»Gehen wir mit?« fragte Marcia rasch.

»Ja«, sagte Susan ruhig. »Großmutter wäre gekränkt, wenn ihr nicht mitgeht. Und außerdem liegt kein Grund vor, nicht mitzugehen, da wir Großvater so sehr geliebt haben. Kommt jetzt zur Großmutter. Sie liegt im Bett.«

Scheu traten die Kinder ein und traten neben das Bett. Mrs. Gaylord griff nach ihren Händen und brach in Tränen aus.

»Ihr seid alles, was ich habe«, schluchzte sie, und die beiden sahen Susan mit verzweifelten Blicken an. Susan setzte sich auf das Bett, und auch John setzte sich, und er streichelte die Hand seiner Großmutter.

»Ach, wie traurig«, sagte er mit brechender Stimme. »Ach, wie furchtbar traurig!«

Aber Marcia blieb stehen und starrte in das verzerrte Gesicht der alten Frau.

»Natürlich«, sagte Susan zart, »haben wir alle eine Menge, wofür wir leben müssen – uns selbst und noch viel mehr. Jetzt sollst du etwas Heißes trinken, Mutter, und dann stehst du wohl auf, und wir gehen alle spazieren.«

»Oh, das kann ich nicht«, schluchzte Mrs. Gaylord. »Es würde auch gewiß keinen guten Eindruck machen, Susan.«

»Wir brauchen ja nicht durch die Stadt zu gehen«, sagte Susan. »Aber gehen wir ins Freie, in den Sonnenschein. Marcia, sag Jane, sie soll die Schokolade hierher bringen.«

Ihr nüchterner Tonfall beruhigte alle, was auch ihre Absicht gewesen war, und Marcia lief aus dem Zimmer.

»Werden sie hineingehen und ihn anschauen, bevor – bevor –?« flüsterte Mrs. Gaylord.

Susan wandte sich an John. »Würdest du Großvater gerne sehen, mein Liebling, so wie er jetzt ist?«

Er blickte sie an, und seine Augen wurden groß. Er erblaßte ein wenig. »Kann ich es dir nach einer Weile sagen?« bat er.

»Ja, natürlich«, sagte sie.

»Was?« fragte Marcia, als sie zurückkam.

»Ich habe John gefragt, ob er Großvater sehen will«, sagte Susan, und ihre Stimme klang wie immer.

Marcia blieb mitten im Zimmer stehen.

»Ich schon«, sagte sie eifrig. »Ich habe noch nie eine Leiche gesehen.«

»Das Kind hat ja keine Vorstellung –«, stöhnte Mrs. Gaylord und schloß die Augen.

»Schön«, sagte Susan.

»Gehen wir jetzt!« rief Marcia, und sie schob die schmale kleine Hand in die Susans.

Susan stand auf, und sie verließen das Zimmer. Sie bemerkte, wie John ihnen nachsah, zögernd, schwankend, aber er folgte ihnen nicht.

Sie führte Marcia wortlos ins Wohnzimmer und trat mit ihr neben die Bahre. Sie beobachtete Marcias Gesicht und suchte nach einem Ausdruck der Furcht.

Aber Marcia hatte keinerlei Furcht.

»Er sieht schrecklich still aus«, sagte sie nach einem Augenblick.

»Ja«, sagte Susan. »Das macht wohl der Tod. Der ist die völlige Stille.«

Für einen Augenblick schwieg Marcia.

»Nun kann Großmutter nicht mehr sagen, daß ich keine Vorstellung davon habe«, sagte sie. Susan antwortete nicht. Sie standen noch eine Weile da. »Jetzt möchte ich fortgehen«, sagte Marcia. Und so gingen sie fort. Vor der Tür stand John.

»Ich möchte ihn nicht sehen«, flüsterte er. Seine Lippen waren weiß, und er zitterte.

»Er würde es auch nicht von dir verlangen«, sagte Susan.

»Das letztemal, daß – daß ich ihn sah – schnitzte er mir mein Boot, meinen Dreimaster – er lachte, und als er mir Lebewohl sagte, sagte er, er werde es mir in drei oder vier Tagen schicken, und das hat er auch getan. Du glaubst doch nicht, daß er böse sein wird, wenn ich nicht hineingehe?«

»Es ist am besten, du behältst ihn so in der Erinnerung«, sagte Susan. »Es wäre auch ihm lieber.«

Sie faßte ihn unter dem Arm und führte ihn fort.

Schließlich kam ihr aus ihrem Inneren Trost. Im kalten, klaren Sonnenschein des Novembertages kam ihr der Trost. Der Vater war tot, aber aus diesem Tod sollte ein Leben entstehen, ein Leben, das sie schaffen wollte. Ihm gedachte sie die schönste Arbeit zu weihen, die sie je gemacht, ein Werk, das aus der Erinnerung an ihn entspringen sollte. Aus dem Wissen um ihren Verlust schoß eine reine Flamme empor, jenes starke, vertraute, ekstatische Verlangen. Das hielt sie aufrecht, während sie am Nachmittag neben dem offenen Grab stand und die Mutter sich an ihren Arm klammerte und sie die eigene Hand unter Johns jungen Arm geschoben hatte. Sie blickte in einen Himmel, den ein früher Sonnenuntergang beleuchtete, und sah keinen von den Versammelten und hörte keine Musik und keine Rede. Sie stand abseits in einem Schweigen, das ihr zu eigen war, und schuf aus dem Lehm dieser Leiche das dauernde Bild ihres Vaters. Sie vernahm das dumpfe Poltern von Schollen, die auf das Holz des Sarges schlugen.

»Staub zu Staub –« Die Worte klangen wie ein Echo aus weiter Ferne. Sie sah nichts und hörte nichts.

Ich will ihn in reinstem Marmor machen, dachte sie in feierlichem Frohlocken. Und sie schaute mit dem Auge der Seele sein Bild, und sie sah es vollendet, und sie hörte es sprechen, und sie dachte nicht an die Erde, die sich anhäufte, und hob lächelnd den Kopf.

Blake hatte gesagt: »Fahre mit dem nächsten Zug nach Hause«, aber das konnte sie nicht. Als sie wieder in dem leeren Haus war, blickten die Kinder einander an und wußten nicht, was sie tun sollten. Und in diesem Schweigen sagte sie, denn sie fühlte, wie ihr Wunsch sich aus solcher Leere formte: »Was würdet ihr sagen, wenn wir alle für ein paar Tage in das Farmhaus zögen?«

Jane sagte fröhlich: »Das ist aber ein guter Einfall, Gnädige, wenn ich etwas dreinreden darf. Übrigens hab' ich im Sommer gründlich saubergemacht, wie jedesmal.«

»Ja«, sagte John. »Ja, Mutter.«

»Ich kann mich gar nicht mehr erinnern, wie es dort ist«, sagte Marcia.

»Mir ist es gleichgültig, wo ich bin«, seufzte Mrs. Gaylord. Und so luden sie Bettzeug ins Auto und Lebensmittel und fuhren gleich los.

Im letzten Augenblick hatte Lucille telephoniert: »Wir kommen heute abend hinüber – der erste Abend ist immer so traurig. Ich weiß, wie das war, als meine Mutter starb.

Man fühlt es am ersten Abend so arg, wenn der Tote nicht mehr daheim ist.«

»Wir gehen alle ins Farmhaus«, sagte ihr Susan, und sie hängte den Hörer ein, ohne auf weiteres zu warten, und dann versperrte sie rasch die Tür und lief zu dem Wagen, der abfahrbereit dastand. Wie gut mußte es sein, mit dem Bettenmachen und mit dem Aufräumen und Kochen beschäftigt zu sein – in so alltäglichem Tun lag Heilkraft. Morgen wollte sie ihre Mutter zur Arbeit überreden, und die Kinder sollten nach Herzenslust umherlaufen. Eine Weile mochten sie die Schule versäumen. Sie brauchte die beiden in ihrer Nähe. Nun fuhr sie durch die Nacht zum Ende der Stadt, die Straße hinab, die sie einst gegangen war, als sie Mark krank fand, und dann quer über die Wiese. Es schien kein Mond, aber die Sterne glitzerten. Und dann waren sie vor der vertrauten Vorhalle, und Jane zog den großen Eisenschlüssel aus der Handtasche.

»Ich dachte mir, ich würde einmal herschauen, und so habe ich den Schlüssel mitgebracht«, sagte sie.

Susan trat als erste ins Haus.

»Warten Sie einen Augenblick«, sagte Jane. »Ich weiß genau Bescheid. Ich habe die Lampe hier auf dem Tisch in der Hall stehenlassen, und daneben liegen Streichhölzchen – Sicherheitszünder, denn sonst weiß man nicht, was die Mäuse für Unheil anrichten könnten.«

Die Lampe flammte auf, und sie standen in der Hall und hielten Umschau.

»Jetzt erinnere ich mich«, sagte John, und in seiner Stimme klang Staunen.

»Ich nicht«, sagte Marcia. »Mir kommt es komisch vor.«

Aber Susan hörte nichts. Sie dachte: Ich werde es Blake sagen müssen. Ich werde ihm sagen, daß ich eine Arbeit zu machen habe, die ich nur hier machen kann. Denn im Augenblick war ihr klargeworden, daß sie die Statue ihres Vaters nicht in jener lärmenden, gedrängt vollen Straße schaffen konnte. Er war nie dort gewesen, und er ließ sich gewiß nicht festhalten, wenn sie ihn jetzt dorthin brachte. Aber hier konnte sie arbeiten, hier, in solchem Schweigen, in so weitem Raum. Hier stand sie auf eigenem Grund und Boden, als wäre sie endlich heimgekehrt.

6

Sie schrieb jeden Tag an Blake. Denn es war nur gerecht, daß sie ihm Tag für Tag mitteilte, was sie in ihrem Inneren entdeckte. Zuerst schrieb sie: »Ich werde eine Weile hierbleiben, bis ich weiß, was ich machen will. Du wirst verstehen, daß man an manchen Orten eine gewisse Person deutlicher sehen kann als anderswo. Ich sehe ihn hier.«

Blake erwiderte darauf: »Natürlich verstehe ich das.« Und dann fuhr er fort und sagte, woran er wirklich dachte: »Ich habe die Besprechungen über Deine Ausstellung ausgeschnitten. Alle Kritiker haben irgend etwas einzuwenden, und das dachte ich mir auch nach der Äußerung Barnes'. Im großen und ganzen kommst du recht gut weg – natürlich sagt ein jeder, dein Werk sei höchst beachtenswert, denn Frauen hätten es vor allem in der Skulptur nicht leicht.«

Ihr galt es gleich, was man sagte, und sie schrieb es ihm auch. Denn jetzt war der Marmorblock, den sie telegraphisch bestellt hatte, gekommen, und sie begann ihre neue Arbeit. Was vergangen war, war vorbei. Sie fand sich mit diesem Vergessen ab, ohne es zu verstehen, denn aufs neue trieb es sie zu neuem Schaffen.

Im Haus war Jane mit Aufräumen und Kochen beschäftigt, und Susans Mutter putzte Silber und besserte Vorhänge aus, und dann und wann weinte sie ein wenig. Und wenn irgend jemand in der Nähe war, hielt sie inne und erzählte irgend etwas, erzählte, was sie gesagt und gedacht hatte und was er darauf sagte . . .

John sagte zu Susan: »Ich glaube, ich werde Großpapas Kopf aus Holz schnitzen. Was meinst du, Mutter? Das möchte ich gerne für mich behalten. Soll ich Weichselholz nehmen? In der Scheune habe ich ein schönes trockenes Stück gefunden. Könntest du mir bei den Skizzen ein wenig helfen?«

Nur Marcia war rastlos. »Hier gibt es nichts zu tun«, sagte sie oft. »Wenn wir erst nach Weihnachten wieder zur Schule gehen, Mutter, weiß ich ja den ganzen Tag nichts anzufangen.«

Susan verschob immer wieder die Abreise. Sie ging von einem Zimmer zum anderen und blickte durch die Fenster auf Felder und Hügel und Himmel und dachte nach und grübelte. Sie hatte sich gefragt, ob hier, in diesem Haus, Mark zu ihr zurückkommen werde, aber er war nicht zurückgekommen. Er war fort, doch blieb sein Leben für alle Zeiten ein Teil ihres Lebens, so wie alles ein Teil ihres Lebens wurde. Freundinnen aus alter Zeit kamen auf Besuch und fragten: »Wie lange willst du bleiben, Sue?« Und sie sagte: »Ich weiß es nicht.« Und sie erzählten ihr allerlei Klatsch –: »Du erinnerst dich doch an Trina, Sue? Ihr Mann hat immer argen Unfug getrieben – nun, und schließlich hat sie vor ein paar Jahren Selbstmord begangen, und er heiratete ein anderes Mädchen, das noch temperamentvoller ist als er, und jetzt ist die Reihe an ihm, sich zu grämen – es geschieht ihm recht.«

Sie war ihren Weg gegangen, der nicht der Weg der anderen gewesen, und doch, da sie ihnen nun wieder begegnete, nahmen sie den alten Platz in ihrem Leben ein. Alles, was sie je besessen, besaß sie noch immer.

Einmal schrieb ihr David Barnes: »Im Januar mache ich meine Ausstellung in New York, und dann gehe ich nach Frankreich und bleibe dort. Ich bin mit den Titanen fertig. Zu meinen Lebzeiten wird es keine mehr geben. Ich habe das Gefühl, als wäre ich aus dem Olymp verstoßen. Ich lebe schon so lange mit Göttern und kann nicht mehr in menschlichen Maßstäben sehen. Sie haben einen großartigen Start. Die Kritiker wissen nicht, ob sie Sie loben sollen oder nicht, und so wird man Sie nicht vergessen. Gehen Sie nur weiter auf Ihrem Weg. Sie brauchen niemanden. Lassen Sie es mich wissen, wenn Sie wieder in die Stadt kommen.«

Sie faltete den Brief zusammen und legte ihn weg. Vielleicht sah sie David Barnes nie wieder, aber das machte nichts aus. Sie hatten einander alles gegeben, was sie zu geben hatten. Man gab, so gut man konnte und so gut der andere zu empfangen vermochte.

Blake schrieb: »Allmählich glaube ich, daß Du gar nicht mehr zurückkommst.«

Und sie schrieb: »Ich weiß nicht, was ich tun werde. Irgendwie sehe ich immer nur den nächsten Tag.«

Und dann telegraphierte er ihr, daß er sofort kommen werde.

Sie hatte es sich versagt, darüber nachzudenken, ob sie den Wunsch hegte, Blake zu sehen oder nicht. Sie wollte sich völlig von dem leiten lassen, was er ihr war. Denn jetzt wußte sie, daß sie Blake nicht mehr so sah wie früher. Er war eine neue Person und mußte neu gesehen werden. Und sie wollte nicht nur daran denken, wie sie ihn sah, sondern auch daran, wie er sie sah. Wenn er sie brauchte, mußte sie das in Erwägung ziehen. Aber sie wußte, daß sie ihn nicht mehr brauchte.

Am Morgen sagte sie nebenbei: »Heute kommt Blake.«

Marcias Gesicht erhellte sich, und sie rief: »Oh, wie fein! Blake hat mir ja so gefehlt, Mutter!«

Jane sagte: »Da muß ich noch Fleisch holen, Gnädige. Irish Stew ißt er uns gewiß nicht.«

»Ach, daß Vater ihn nie gesehen hat!« seufzte die Mutter.

Aber John sagte nichts. Er saß am Tisch und zeichnete und kam flott vorwärts.

Blake hatte telegraphiert, daß er um drei Uhr eintreffen

werde. Er fuhr mit Bantie. Susan kleidete sich sorgfältig an und erwartete ihn im Wohnzimmer. – Wenige Minuten nach drei sah sie, wie er, in seinen Pelzmantel gehüllt, aus dem Wagen stieg, den Stock in der Hand, und die Stufen hinaufeilte. Sie ging zur Tür und öffnete.

»Tritt ein, Blake«, sagte sie.

»Oh, Susanne!« sagte er, und er beugte sich vor und küßte sie auf die Wange.

Hier in ihrem Haus war er ihr so fremd, daß dieser Kuß auf die Wange sie überraschte. Sie stand wortlos da, während er den Mantel ablegte.

»Das Haus ist schwer zu finden«, sagte er. »Fast niemand kennt es, und dazu haben wir einen tierisch kalten Tag.«

Die Spitze seiner hübschen Nase war leicht gerötet, und er rieb sich die Hände. Susan hörte das trockene Geräusch welken Laubs, das Geräusch, das die Hände seines Vaters gemacht hatten, als er sie aneinanderrieb. – »Komm zum Kamin«, sagte Susan.

John hatte Holz gebracht und in dem alten Kamin ein großes Feuer angezündet. Der Raum mit den wenigen Einrichtungsstücken sah warm aus und freundlich und groß.

Jane hatte auf einem kleinen Tisch beim Feuer den Tee angerichtet, und die Mutter saß da und wartete.

»Das ist Blake, Mutter«, sagte Susan, und Blake beugte sie über die Hand ihrer Mutter, und die alte Frau blickte zu ihm empor, ein wenig verängstigt.

»Gerade bevor Sie kamen, sagte ich Susan –«, begann sie, doch plötzlich stürzte Marcia ins Zimmer.

»Blake, Blake!« schrie sie. »Oh, endlich bist du da!«

Sie hatte ihr rosa Taftkleid angezogen, ihr bestes Kleid, und trug ein dunkelrotes Band in dem kurzgeschnittenen schwarzen Haar, und ihre Wangen und Lippen waren allzu rot.

»Marcia!« rief Susan. »Komm her!«

Marcia sah sie mit plötzlicher Verdrießlichkeit an und kam langsam näher. – »Was gibt's?« murmelte sie.

Aber Susan hielt sie schon fest und rieb ihr die Wangen und Lippen mit dem Taschentuch.

»Schäm dich, Marcia!« rief sie, und Blake brach in helles Gelächter aus. Alle starrten sie die roten Flecken auf dem weißen Taschentuch an, und in Marcias schwarzen Augen zeigte sich Wut.

»Ich verstehe nicht, was dich das angeht!« rief sie.

»Nein, so etwas«, murmelte Mrs. Gaylord.

John trat ein. »Ich habe ihr gesagt, daß du es nicht gerne sehen wirst, Mutter«, erklärte er. »Guten Tag, Blake.« Er streckte die Hand aus, und Blake nahm sie, und in seinen spöttischen Augen funkelte noch immer das Lachen.

»Ich weiß es zu schätzen, Marcia!« rief er. »Wirklich –«

»Jetzt geh und wasch dir das Gesicht, Marcia«, sagte Susan. Insgeheim aber war sie dem Kind für diese Albernheit dankbar.

Doch die ganze Zeit war sie sich der Nähe Blakes, und nur seiner Nähe, bewußt. Denn sie sah immer deutlicher, daß es zwischen ihr und ihm kein körperliches Band mehr gab. Sein Fleisch war ihr fremd geworden. Es lag kein Zauber mehr darin. Sie hegte nicht mehr den Wunsch, seine Hand zu berühren, und daß er sie geküßt hatte, erfüllte sie mit Ekel.

Sie saß in wachsender Verwirrung da, während sie den Tee eingoß und während Marcia zurückkam und sich plappernd auf Blakes Knie setzte und so tat, als wäre nichts geschehen.

Die ganze Zeit wußte Susan, daß der Augenblick kam, daß der Augenblick da war, in dem sie und Blake einander finden oder sich trennen mußten. Noch ehe die Nacht anbrach, mußte er kommen. Plötzlich erhob sie sich.

»Jetzt lauft alle fort«, befahl sie. »Blake und ich haben miteinander zu sprechen.« – Eine seltsame Kraft in ihrer

Stimme zwang sogar Marcia, und Susan und Blake waren endlich allein.

Sie wartete, daß Blake beginne, denn sie wollte wissen, ob er sie brauchte oder nicht. Denn wenn er sie brauchte, wenn sie ihm notwendig war, mußte sie sich an ihr Gelübde erinnern, das sie an jenem Tag in dem kleinen Standesamt abgelegt hatte. Und so wartete sie, ein wenig furchtsam, und es schien ihr, als müßte er sprechen, als müßte er leidenschaftlich die Frage an sie richten: Wann kommst du zu mir zurück, Susanne?

Doch als er das Wort ergriff, sagte er: »Ich bin zum Teil auch in Geschäften da, Susanne. Joseph Hart, der alte Narr –«, er machte eine Pause und lachte laut auf – »hat den Wunsch – jetzt mußt du dich sehr geschmeichelt fühlen, Susanne –, zwei Arbeiten von dir im Museum aufzustellen.«

Sie war so betäubt, war so erschüttert, daß es ihr schwerfiel, von ihrer gespannten Erwartung zu lassen und ihren Sinn auf Blakes Worte zu richten. Was er ihr gesagt hatte, war in diesem Augenblick nicht wichtig für sie. Sie konnte nicht sogleich antworten. Blake zündete sich eine Zigarette an.

»Er sagt, er brauche deine formelle Zustimmung, oder wie das heißt.« Heftig sog er an der Zigarette, und heftig stieß er den Rauch aus. »Ich glaube, ich kann wohl als dein Vertreter für dich abschließen«, fügte er hinzu.

Sie zwang sich zum Nachdenken.

»Ich möchte meine Serie nicht zerreißen«, sagte sie endlich. »Sie ist dann unvollständig. Ich habe noch mindestens acht Figuren zu machen. Wenn ein Museum sie haben will, so muß es alle nehmen.«

Seine Augenbrauen zuckten empor. »Nun, ich muß sagen, Susanne«, murmelte er, »du erwartest nicht wenig, wie?« Seine Stimme klang ironisch, und Susans Herz preßte sich zusammen.

»Ich erwarte alles«, sagte sie stolz.

»Nun, hoffentlich bekommst du es auch«, entgegnete er.

Sie antwortete nicht. »Soll ich das dem alten Knaben sagen?« fragte er nach einer Weile.

»Nein, ich sage es ihm selber«, erwiderte sie. Und dann neigte sie sich impulsiv vor. »Das ist nicht wichtig«, sagte sie. »Blake, was wird mit uns beiden?«

Da hatte sie es ausgesprochen. Er sah sie an, und sie hielt seinem Blick stand, und ihre Augen stellten eine Frage.

»Wie meinst du das?« fragte er.

»Bist du glücklich mit mir?« fragte sie.

»Bist du es ohne mich?« gab er zurück.

»Ich kann eben nicht – so weiterleben mit dir«, sagte sie. »Es muß für uns beide etwas bedeuten.«

»Natürlich«, stimmte er freundlich zu. Sie wartete, aber er sprach nicht weiter. Ein Holzscheit im Kamin geriet ins Gleiten, und als Susan hinspringen wollte, kam er ihr zuvor.

»Laß mich das machen«, bat er. Und als er sich wieder setzte, sagte er: »Du könntest aus diesem alten Haus allerhand machen, Susanne. Es hat Stil.« Er sah sich in dem Zimmer um.

»Ja«, sagte sie.

Da sah sie, daß er es nie über sich bringen konnte, aus tiefster Seele zu ihr zu sprechen. Er hatte so lange vor sich selber Verstecken gespielt, hatte sich so lange vor jeglicher Wahrheit verborgen, daß er, Aug in Aug mit der Wahrheit, ihr nicht die Stirn bieten konnte. Susan aber war für die Wahrheit geboren und mußte Wahrheit haben. Wenn sie miteinander weiterleben sollten, war es nun, da das Band des Fleisches zwischen ihnen nicht mehr bestand, unvermeidlich, daß sie ihn in ihrem unduldsamen Verlangen immer wieder und wieder zu einer endgültigen Klarheit trieb, der er dann ebensooft aus dem Weg ging, und schließlich mußte er sie hassen, so wie auch sie ihn jetzt nicht mehr lieben konnte. Nein, sie liebte ihn nicht mehr, aber nie und nimmer vergaß sie, daß sie ihn mit tiefster Leidenschaft geliebt hatte. Sie schwieg lange Zeit und dachte nach, und er saß da und rauchte und starrte ins Feuer.

»Blake«, sagte sie schließlich sanft, »wärst du sehr traurig, wenn – wenn ich dich bäte, mich hierzulassen?«

»Scheidung?« Er sprach das Wort rasch und scharf.

»Wenn es dir lieber ist«, antwortete sie. »Mir gilt es gleich – ich will nur eines – hier leben und arbeiten.«

»Hast du am Ende jemanden kennengelernt?«

Sie schüttelte den Kopf. – »Nein«, sagte sie, »natürlich nicht.«

Er lächelte. »Das hätte ich verstanden«, sagte er.

Aber sie antwortete nicht. Es war ihr noch immer unmöglich, zu wissen, was er wirklich fühlte.

»Ich war recht glücklich mit dir, Susanne«, fuhr er fort, und seine Stimme klang gleichmäßig und freundlich wie immer. »Anfangs fragte ich mich manchmal, ob ich mit dir glücklich würde. Du bist nicht mein Typ – doch hast du mich herausgefordert, weil du undurchdringlich warst. Zuerst hatte ich den Wunsch, deinen Stolz zu brechen, und dann verliebte ich mich in dich.«

»Mein Stolz ist nicht gebrochen«, sagte sie ruhig.

»Es ist ein verteufelt tiefer Instinkt in dir.«

Jetzt kam er der Wahrheit so nahe er konnte, und jetzt verstand sie ihn, und sie sagte mit augenblicklich bereitem Mitgefühl: »Ich weiß, daß ich als Ehefrau nicht allzuviel tauge.«

»Du bist nur halb da«, sagte er lächelnd. »Ein Mann liebt es, seine Frau zu besitzen.«

»Ich weiß«, sagte sie ein wenig düster. »Aber mich kann man nicht besitzen.« Sie wartete eine Weile und sagte dann fest: »So bin ich von Geburt an.«

Er antwortete nicht. Er blieb sitzen und sah sie an.

»Ich habe immer alles haben wollen«, sagte sie zu ihm,

fast bittend, denn sie wollte ihm ihr Tun ein wenig erklären. »Ich wollte alles sein – eine gute Gattin und eine Mutter, wie Kinder sie wünschen, und ich wollte auch meine Arbeit leisten. Und als du kamst, wollte ich – auch deine Geliebte sein.«

»Und du warst wahrscheinlich das alles«, sagte er, halb wider Willen.

»Ich weiß nicht, warum wir so sprechen, als ob ich tot wäre«, sagte sie. »Ich bin lebendiger denn je – mehr denn je aller Dinge bewußt.«

Und fürwahr, das traf zu. In diesem Bewußtsein sah sie in einem großen Licht der Ahnung und in trauriger Demut, daß ihr größter Fehler in ihrem innersten Wesen lag, das sich allzusehr vom Durchschnitt der Menschen unterschied und daher von den Menschen nicht ertragen werden konnte. Mit Frauen vermochte sie keine neue Freundschaft zu schließen, denn sie tat das gleiche, was die Frauen taten, und obendrein noch allzuviel anderes. Was wäre sonst der Grund gewesen, daß Mary sie niemals liebte, und warum wich Marcia jetzt so oft zurück, wenn Susan die Arme ausstreckte – wohl deshalb, weil Marcias geringe Wärme nicht ausreichte, die allzu reiche Liebe der Mutter zu ertragen. Sie war für David Barnes zuviel gewesen, denn ihm genügten seine Titanen. Sie war zuviel gewesen für Mark und war jetzt zuviel für Blake. Vielleicht hätte er ihr vergeben, hätte nicht Joseph Hart an ihren Arbeiten Gefallen gefunden. Ein jeder hatte von ihr etwas verlangt, das die anderen nicht hatten. Aber sie hatte allzu großmütig gespendet, und ein jeder hatte die Last alles dessen gefühlt, was sie nebenbei noch war, und ein jeder hatte gewußt, daß er allein für sie nicht genügte, und dieses Wissen war allzu bitter, und man mußte davor fliehen. Sie war zuviel für jeden, und keiner konnte sie erfüllen, und jeder wußte es und ging seines Weges.

Niemand war ihr geblieben, nur John. Auf John mußte

sie achten. Er sollte seine kleinen Figuren in Holz schnitzen und durfte nichts fühlen von der ungeheuerlichen Größe ihrer Marmorgestalten. Bis zum Tod wollte sie diese Größe vor ihm verbergen.

»Du hast mir so oft gesagt, ich sei einfach – ich glaube, einmal hast du sogar gesagt, albern – du hattest ja so recht. Ich brauchte lange, lange Zeit, um zu erkennen, woran es mir fehlt.«

Er fragte nicht, was sie erkannt katte. »Ich meinte damit«, sagte er, »daß du naiv bist. Denn du erwartest, daß die Menschen dich nehmen, wie du bist. Du trittst ihnen offen entgegen wie ein Kind. Aber du bist kein Kind, und sie wissen nicht, was sie mir dir beginnen sollen.«

»Ja«, sagte sie. »Das weiß ich. Die Menschen nehmen die anderen nur so, wie sie selber sind – und wie sie selber es können. Das hätte ich wohl vor langer Zeit schon wissen sollen.«

Sie sprachen weiter, mit langen Pausen. Susans Pausen waren von Sehnsucht und Zweifel erfüllt, die seinen ein wenig angriffslustig, und der Nachmittag näherte sich dem Ende. Schon sandte die Sonne ihre Strahlen schräg ins Zimmer. Sie fielen auf den alten blauen Teppich, den Susan und Mark gekauft hatten, als sie ihr gemeinsames Leben begannen. Dieses Leben war vorbei und abgetan, doch hatte es seinen Platz in dem Ganzen eingenommen. Und jetzt fühlte sie gerade deshalb, weil Blake und sie nur so wenig miteinander sprechen konnten, daß auch dieses Leben ihr entglitt.

»Ich weiß es nicht«, sagte er. »Frag mich nicht nach psychologischen Dingen, mein Kind. Die schlichte Wahrheit ist –« Er hielt einen Augenblick inne und wandte den Kopf zur Seite, und dann sagte er: »Alles, was wir gehabt haben, scheint unseren Händen entglitten zu sein.«

»Wenn ich nicht gewesen wäre, was ich bin –«, begann sie.

»– hätte ich mich überhaupt nicht in dich verliebt«, ergänzte Blake. Er war jetzt aufgestanden und schloß den Gürtel um seinen Mantel. Sein Gesicht sah ein wenig weiß aus, und seine Lippen waren trocken. Plötzlich wurde Susan von einem gewaltigen, schattenhaften Schmerz erfaßt.

»Oh, Blake«, rief sie, »du hast mir sehr viel gegeben!«

»Dasselbe hast du getan, Susanne.« Doch als sie die Hand ausstreckte, schüttelte er den Kopf. »Nein, sei nicht böse«, sagte er, »aber wir wollen nicht versuchen festzuhalten, was vorbei ist. Ich bin traurig darüber, daß es vorbei ist. Ich hätte gewünscht, daß es geblieben wäre, aber nichts bleibt. Ich weiß das – bei allem habe ich dieses Gefühl eines Endes. Ich hatte es immer. Noch ehe ich beginne, fühle ich das Ende.«

»Hast du das auch bei mir gefühlt?« fragte sie.

»Ich glaube wohl«, sagte er langsam. »Ich glaube, ich muß das gefühlt haben, denn all das Jetzige erscheint mir nicht sonderbar. Mir ist, als hätte ich es schon erlebt.«

Er nahm ihre Hand, die er küßte, und sie sah, daß seine Augen winterkalt waren. So wird er aussehen, wenn er alt ist, dachte sie.

»Wir werden vielleicht oft zusammenkommen«, sagte sie.

»Warum nicht?« fragte er. Er schritt jetzt zur Tür und bückte sich, um Hut und Handschuhe zu nehmen. Sein Stock fiel zu Boden, und er hob ihn auf.

»Ich will dir schreiben«, sagte er. »Die Einzelheiten können wir ganz leicht besprechen. Wie sonderbar!« Er machte eine Pause und sah sich in der Hall um. »Ich ahnte dieses Ende schon, als ich heute hier eintrat.«

Es war unmöglich, festzustellen, ob er traurig war oder nicht.

»Wenn ich überzeugt wäre, daß du traurig bist«, sagte sie ernst, während sie ihm die Hand auf den Arm legte, »würde es mich sehr erschüttern.«

»Bist du traurig?« fragte er.

»Ich glaube, ich könnte es sein, Blake – irgendwie habe ich das Gefühl, daß ich es sein werde.«

»Ach«, sagte er, »du wirst traurig sein, weil nichts von Dauer ist – das ist alles. Das ist die letzte Trauer, und unser ganzes Leben trachten wir, ihr zu entrinnen. Leb wohl, Susanne, und hab Dank.«

Er war so plötzlich fortgegangen, als ob er vom Erdboden verschwunden wäre. Sie sah ihn in den Wagen steigen, und der Wagen schoß davon ins Dämmerlicht.

Verwirrt ging sie ins Zimmer zurück. Die Sonne war jetzt verschwunden, aber das Feuer brannte stetig weiter, mit der üppigen Glut zusammengesunkener Scheiter, und der Raum war von Wärme erfüllt und von Licht wie nur je. Noch immer verwirrt, setzte sie sich. Seine Gegenwart hatte die Zeit ein wenig leicht und doch mit so schrecklicher Endgültigkeit vergehen lassen. Jetzt war es vorbei. Grämte sie sich? Sie wußte das nicht. Ihr war, als hätte sie von ihm in einer starken Narkose einen Schlag empfangen.

»Du wirst traurig sein, weil nichts von Dauer ist – das ist alles«, hatte er gesagt.

Ach, aber in ihr war alles von Dauer. Sie besaß alles, was sie je besessen. Alles besaß sie: das Heim, das sie und Mark eingerichtet hatten, seinen Tod, Blakes heftige, leidenschaftliche Liebe, der sie es dankte, daß sie sich als Frau fühlte, die Kinder – das alles besaß sie für immer, und dies war die reiche Erfahrung, aus der sie ihr Leben formte, ihr Leben, das um so viel mehr war als ihr sterblicher Körper. Ja, manchmal mochte sie sich gewiß grämen, vielleicht nachts, aber am Morgen mußte sie aufstehen und zur Arbeit gehen, und dann grämte sie sich wohl nicht mehr. Da vergaß sie jede Trauer.